MW00979410

LE ZOO DE MENGELE

GERT NYGÅRDSHAUG

LE ZOO DE MENGELE

roman

Traduit du norvégien
par Hélène Hervieu et Magny Telnes-Tan

Titre original :
MENGELE ZOO

Ouvrage publié sous la direction de Thibaud Eliroff

Il me revient en mémoire ces journées étranges passées au fin fond des forêts pluviales du Venezuela et du Brésil. Thomas, l'Indien Canaima qui racontait tranquillement des histoires les plus extraordinaires autour d'un feu de camp le soir, une fois la pirogue remontée sur la rive. Des histoires sur la *selva*, l'immense jungle qu'on est en train de détruire à l'heure où j'écris ces lignes.

Je me souviens des nombreuses conversations devant un verre de rhum au bar *Stalingrad*, dans la petite ville côtière de Cumana. Il y circule encore diverses théories sur ce qui a pu arriver à Percy Fawcett, le légendaire capitaine anglais disparu sans laisser de traces il y a plus de cinquante ans, dans la jungle au sud de la rivière Xingu, alors qu'il était parti à la recherche d'anciennes civilisations. Fawcett lui-même avait répertorié et nommé plus de cent tribus d'Indiens indigènes. Aujourd'hui, il en reste tout au plus une dizaine.

La violence exercée contre la forêt pluviale et ses habitants est proprement inouïe. Et la réalité dépasse de loin ce qu'un roman pourrait décrire. Ses conséquences défient l'entendement.

Je tiens à souligner que dans ce livre, j'ai consciemment mélangé du portugais et de l'espagnol avec des locutions locales. Ceci afin d'éviter de mettre l'accent sur un pays ou une région en particulier dans cette partie du monde où se situe le principal de l'action. Les noms des différentes espèces animales et végétales sont authentiques.

Straumen, 22 novembre 1988
Gert Nygårdshaug

I. Blanc comme le cœur d'une noix de coco

La colline aux magnolias au sud-est du village s'illuminait d'un vert tendre dans la lumière rasante du couchant ; la douce brise humide, presque imperceptible, apportait le parfum légèrement amer du *canforeira*, le camphrier. Au milieu de toute cette verdure trônaient les jacarandas en pleine floraison, tels des phares bleu porcelaine qui attiraient tous les oiseaux – depuis les vautours, les *zopilotes*, aux colibris, en passant par les toucans au bec si particulier.

Une nuée de *Statiras*, ces papillons citron, décollèrent de leur abri après la brève mais intense ondée de l'après-midi pour voleter en direction du village, attirés par les fortes senteurs du marché de fleurs et de légumes. La température torride faisait remonter de la jungle une sorte de brume.

« Va-t'en, petite canaille, sinon je vais invoquer tous les esprits des Obojos et des Kajimis de la jungle pour qu'ils se glissent sous ta couverture la nuit et t'injectent leur poison en te mordant. »

Un vendeur de coco tout frêle frappait de son chapeau loqueteux un jeune garçon pieds nus à moitié dévêtu qui s'échappait, rapide comme l'éclair, avec un rire taquin perlant.

Mino Aquiles Portoguesa avait six ans, et il avait perdu presque toutes ses dents de lait. Il alla se cacher derrière le tronc du gros platane. Le vendeur de coco ne lui faisait pas peur. Personne parmi les enfants ne craignait le vieil Eusebio et sa charrette à bras, quand bien même c'était lui qui s'agitait le plus, avec la plus grosse voix, quand les garçons venaient traîner un peu trop près de son chariot de noix de coco.

Tous savaient qu'au fond Eusebio était gentil. Plus d'une fois, ils avaient reçu de lui une noix entière non coupée. Ils n'étaient pas nombreux, les vendeurs de coco sur le marché, à se montrer aussi généreux avec les enfants pauvres.

« Minolito ! Viens ici ! On a trouvé quelque chose ! »

C'était la voix de son camarade Lucás.

Mino courut du platane jusqu'à une pile de vieux cageots à légumes. Lucás, Pepe et Armando étaient déjà en train de farfouiller dans les feuilles de chou pourries avec un bâton. Mino inspecta le fond du cageot.

« Armando, regarde, un *sapito*, un petit crapaud blanc. Il essaie de se cacher dans les vieux choux pourris. Ne lui fais pas de mal, Armando ! »

Armando, qui avait dix ans – presque un adulte à ses yeux –, jeta son bâton pour sortir de sa poche de pantalon un lacet, avec lequel il confectionna un nœud coulant de qualité professionnelle.

« On va le pendre, ça va flanquer la frousse aux vendeurs de coco – et du coup ils lâcheront leurs charrettes. Il est venimeux, je vous dis ! Mon grand-père a failli mourir en en touchant un. »

Armando abaissa doucement le nœud coulant vers la tête du crapaud, puis tira brusquement d'un coup sec.

Lucás, Pepe et Mino, effrayés, eurent un mouvement de recul. Le crapaud se balançait en frétillant, brassant l'air avec ses longues pattes antérieures, mais ses yeux vitreux commençaient à se couvrir d'une membrane mate. Tout frémissant de joie, Armando poussa un rire sauvage en tenant l'animal le plus loin possible de son corps. Mais tout à coup, le crapaud décrivit un mouvement aussi soudain qu'inattendu qui le projeta contre sa cuisse nue. Le garçon, dans un hurlement, lâcha aussitôt l'animal, qui partit se tapir sous les autres cageots de légumes.

Sur sa cuisse apparaissait une tache rouge enflammée, comme s'il s'était brûlé au contact d'un buisson de *mujare*. Lucás, Pepe et Mino fixaient sur elle des yeux écarquillés, s'attendant à la voir se mettre à fumer d'un instant à l'autre et gagner le haut de la cuisse d'Armando jusqu'à l'aine, puis son ventre et sa cage thoracique ; bientôt, tout le corps du garçon entrerait en ébullition comme un cochon de lait dans la marmite au-dessus de l'âtre, puis c'en serait fini de lui.

Les *sapos* blancs étaient dangereux, tout le monde le savait.

Mais la tache ne s'étendit pas, et Armando ne pâlit pas davantage. Bientôt ses joues reprirent leur couleur habituelle, et ses yeux redevinrent aussi effrontés que d'habitude.

« Zut ! lança-t-il en donnant un coup de pied dans la pile de cageots où le crapaud s'était enfui. Zut et zut ! Je vais aller me laver la cuisse au point d'eau. Puis j'irai chercher de grosses coquilles de noix de coco pour Mama Esmeralda. »

Sur ces mots, il partit comme un tourbillon parmi les vendeurs de fruits et légumes et disparut de l'autre côté du platane, Pepe sur ses talons.

« Il mourra certainement cette nuit », déclara Lucás, qui s'était cramponné à la main de Mino. Les deux petits hochèrent gravement la tête.

Mino s'approcha avec précaution de la lisière de la forêt. Ses pieds nus s'enfonçaient dans la terre glaise rouge où *padre* Macondo avait vainement tenté de faire pousser du taro. Les plants fanés rebiquaient désespérément de la boue appauvrie – qui ne méritait guère le nom de terre. La jungle qui encerclait le village laissait une ceinture de marécage entre la lisière de la forêt et la bande de terre cultivable. Mais *padre* Macondo n'abandonnait jamais, il continuait de planter, encore et encore.

Mino s'arrêta pour ramasser une branche tombée d'un arbre géant. Sa forme en Y convenait parfaitement. Il sortit de sa poche une moustiquaire, cousue comme une longue saucisse avec une ouverture à l'une des extrémités, qu'il enfila délicatement sur les deux extrémités supérieures de l'Y, formant ainsi le filet à papillons le plus parfait qui soit. Car c'était ici, tout près du mur végétal de la jungle, que vivait le plus beau des *mariposas*.

Aujourd'hui son père lui avait demandé deux grands Morphos bleus.

Mino repensait au crapaud qui avait attaqué Armando – à présent, celui-ci devait être alité avec une forte fièvre. Il fit très attention où il mettait ses pieds, peut-être y avait-il d'autres crapauds blancs cachés dans la boue marron…

Là, un grand *Argante* jaune citron était en train de se poser sur un plant de taro desséché ! Mino connaissait le nom de la plupart des spécimens dans la jungle, son père lui ayant appris tout ce que contenait le grand livre sur les papillons. Il s'approcha des plants sur la pointe des pieds, le filet devant lui. Puis, d'un bond rapide, il l'abattit sur le papillon. De ses doigts agiles, il appuya rapidement sur son thorax, juste assez pour l'étourdir sans l'abîmer. Puis il extirpa de sa poche une petite boîte métallique, et y déposa l'insecte sur une petite boule de coton trempée dans de l'éther. Ainsi se termina la vie du papillon.

Chaque fois qu'il partait avec son filet à papillons, Mino se sentait dans la peau d'un chasseur. Un *grand* chasseur. Aucun de ses camarades n'avait le droit de l'accompagner quand il allait chasser pour son père. Parce que dans sa poche, il emportait une arme mortelle : sa boîte métallique remplie d'éther. Son père et lui-même partageaient un rituel secret chaque fois qu'il partait à la chasse : « Minolito, disait son père, écoute bien. » Puis suivait un mot difficile : « acétate d'éthyle ».

Ce mot, Mino devait le répéter. Puis tous deux hochaient la tête. Ensuite, son père se faufilait dans la salle d'eau sans que son épouse s'en aperçoive, pour dérober un peu de coton du tiroir le plus haut de la commode. Puis, d'un signe entendu, Mino le suivait dans la cabane. La fameuse bouteille, celle contenant le liquide mortel, était cachée derrière une poutre, si haut qu'il fallait grimper sur une caisse pour l'atteindre. On humectait alors – à peine – le bout de coton, qu'on se hâtait ensuite de glisser dans la boîte métallique du garçon. Elle avait le pouvoir de tuer pendant plusieurs heures.

Une fois à la lisière de la jungle, Mino regarda avec précaution tout autour de lui. Pour débusquer des Morphos, il fallait pénétrer sous le couvert des arbres. C'était ici que vivaient ces beaux papillons célestes d'un bleu métallique. Ils étaient difficiles à attraper. En général ils volaient haut, beaucoup trop haut pour que Mino puisse les atteindre avec son filet. Mais il leur arrivait parfois de venir se poser par terre dans les clairières de la forêt. Il convenait alors de s'en approcher avec une extrême précaution.

C'était le moment idéal pour attraper des Morphos, Mino le savait. L'après-midi touchait à sa fin, dans une heure il ferait nuit. À ce moment précis, des Morphos descendaient parfois du sommet des arbres, tels d'éclatants pétales bleus, et venaient se poser sur le sol.

Son père recevait dix fois plus pour un Morpho que pour un Statira ou un Argante.

La jungle silencieuse était saturée d'humidité. De la vapeur montait des feuilles mortes sur lesquelles il posait les pieds. De temps à autre, un petit animal effrayé détalait devant lui : des grenouilles et des *leguanes* d'un gris vert. Mino aimait la jungle. Il n'en avait pas peur, même s'il faisait un peu sombre sous les arbres gigantesques. Mais il ne s'y enfonçait jamais au point de ne plus entendre le bruit et la clameur du village.

C'était un petit chasseur, mais en même temps il se savait un *grand* chasseur, à l'instar des Obojos et des Kajimis un demi-siècle plus tôt. Armando lui avait raconté qu'ils se servaient de flèches empoisonnées. Lui-même avait de l'éther dangereux dans sa poche. Si sa boîte avait été plus grande, il aurait certainement pu attraper des *cerrillos*, des pécaris et des *armadillos*, des tatous. Mais ceux-là vivaient loin, au plus profond de la jungle.

Mino attrapa un Morpho, puis deux autres. Et juste avant qu'il ne fasse trop sombre, il put en capturer encore un dernier. Plus grands que sa main, ceux-ci tenaient à peine dans la boîte, même les ailes repliées. Son père ne manquerait pas de féliciter le grand chasseur qu'il était.

Il sautillait d'un pas vif à travers la boue en oubliant la présence éventuelle de crapauds blancs. Il zigzagua à travers le carré de tomates de señor Gomera, puis sauta par-dessus les luxuriants plants de manioc de la señora Sarrata.

Bientôt, le garçon arriva au platane où il avait caché le ballot de coquilles de noix de coco qu'il avait ramassé autour des charrettes des vendeurs dans l'après-midi. Il remarqua alors Mama Esmeralda qui arrivait en sanglotant vers la place du marché, un chiffon noir à la main.

Alors Mino comprit qu'Armando était déjà mort.

Avant de lever la pelle pour faire tomber un peu de terre rouge sur la caisse en bois au fond du trou dans lequel reposait Armando, *padre* Macondo déclara : « Les petits cœurs qui cessent de battre ici-bas continuent de le faire devant Dieu, et le sang qui les traverse pétille de joie au ciel, à l'image de la source vive qui dévale les pentes de la montagne. À présent, Armando vit dans les vastes espaces du ciel. Là-haut, il n'y a ni larmes, ni pauvreté, ni faim qui déchire l'estomac des petits enfants telles les griffes acérées de l'ocelot. Là-haut, Armando pourra nous sourire, à nous les *peones* qui semons dans des terres stériles. Mais notre temps viendra aussi un jour. »

Mino serra fort la main de son père tout en pensant aux plants de taro desséchés de *padre* Macondo. Mais Armando, se disait-il, était désormais enfoui si profondément dans la terre que ni les fourmis ni les coléoptères ne pourraient l'atteindre. Puis il frissonna en repensant au crapaud blanc.

« Papa, chuchota-t-il. Les crapauds sont-ils plus toxiques que l'acétate d'éthyle ?

— Chut », répondit Sebastian Portoguesa en recouvrant doucement la bouche de son fils d'une main aimante.

Le curé jeta une poignée de terre dans le trou, ce qui arracha un sanglot à Mama Esmeralda – la grand-mère d'Armando. Personne dans le village ne connaissait ses parents – quant à savoir où ils se trouvaient…

Les funérailles touchaient à leur fin quand Mino vit un vol d'ibis écarlates se diriger vers le grand fleuve. Le docteur avait expliqué que le venin du crapaud n'était pas mortel, mais qu'Armando, aux tréfonds de son être, avait eu si peur, si terriblement peur, que son cœur s'était arrêté de pomper le sang.

« Papa, pourquoi les papillons n'ont-ils pas de sang ? Ça veut dire qu'ils n'ont pas non plus de cœur ? »

Il tenait toujours fermement la main de son père quand ils pénétrèrent dans l'ombre des canneliers aux senteurs éternellement fraîches qui entouraient le cimetière et la petite église blanche à deux clochers.

Leur demeure n'était pas grande. Elle se trouvait à la périphérie du village, près d'un ruisseau, en un endroit où les eaux restaient toujours calmes, sauf en période de mousson. Le ruisseau débordait alors de son lit pour venir lécher le pas de la porte de señora Serrata, leur plus proche voisine. Le grand-père de Mino l'avait construite avec de la boue, de la paille et des branchages ; pour le toit, il avait utilisé des tôles ondulées rouillées. Cette maison était l'une des plus belles du village, parce que Sebastian Portoguesa, au moins deux fois l'an, allait chercher de la chaux et de la peinture dans la *venda* de señor Rivera. Alors la mère confectionnait des pinceaux, grands et petits, à partir de la fibre de *tarapo*, pour que toute la famille puisse peindre et enduire de chaux leur foyer en chantant des ballades boliviennes aux textes improvisés. On avait attaché Teófilo, le frère cadet de Mino, trop petit pour peindre, au séchoir à linge pour l'empêcher de renverser les seaux de chaux ou d'en boire. Amanthea, sa mère, Sefrino, son frère de quatre ans, et Ana Maria, sa jumelle, participaient tous à ce travail avec entrain. Mais la mère ne chantait pas. Amanthea Portoguesa n'avait pas émis un seul son depuis plus d'un an.

Le père vivait de la préparation et de la vente de papillons. Il connaissait quelqu'un à la capitale du district – située à deux cents kilomètres en aval du grand fleuve – qui chaque semaine réceptionnait un envoi par le bus local. De petites boîtes de plastique transparentes ayant auparavant servi à contenir des sucreries. Son père lui adressait les plus beaux spécimens, des créatures parfaites aux couleurs chatoyantes et aux motifs extravagants – les *Anges de la jungle*, comme il les appelait. Il en tirait une somme correcte et, grâce aux coquilles de noix de coco qu'Ana Maria et Mino ramassaient au marché autour des étals des vendeurs, ils tenaient la faim à distance, même si viande et poisson restaient rares dans les marmites d'Amanthea Portoguesa. Mais ils possédaient un cochon et sept poules, plus deux *mutum* apprivoisés, des dindes de la jungle qui engraissaient de jour en jour en festoyant de pelures de manioc et de riz moisi.

Mino pouvait rester des heures près de son père à l'observer préparer les papillons. Il ne se lassait jamais d'étudier ses doigts précis qui dépliaient les lépidoptères sur un étaloir sans jamais toucher leurs ailes fragiles. Il employait des épingles, une pince à épiler et du papier cristal sur les ailes, qu'il prenait soin de ne jamais piquer. Mais avant de commencer la préparation, il fichait une longue épingle fine dans la poitrine de l'insecte, son « thorax », ainsi que son père le lui avait appris. On fixait ensuite l'insecte sur l'étaloir, puis on poussait doucement ses ailes dans la bonne position. Tout à la fin, quand il affichait une attitude parfaite, on positionnait ses longues antennes délicates en un très joli V symétrique – l'instant le plus critique de la préparation. Il suffisait d'un rien pour qu'une antenne se casse et que le papillon ne vaille plus rien. Le père pouvait alors exploser de rage ; aussi Mino retenait-il son souffle chaque fois qu'on en arrivait au tour des antennes. Si son père avait devant lui un papillon spécialement rare, le garçon préférait ne pas regarder du tout. Il allait plutôt faire un tour derrière la cabane en craignant d'entendre son géniteur s'emporter à l'intérieur. Si le calme perdurait, en revanche, Mino se hâtait d'y retourner en souriant joyeusement à son père qui, lui-même, rayonnait de bonheur en tenant l'étaloir à la lumière pour permettre à tout le monde d'admirer la merveille : un *Pseudolycaena marsyas* ! Un *Morpho montezuma* ! Ou encore un *Parides perrhebus* ! Mino connaissait tous les noms en latin, des mots secrets et envoûtants.

Ensuite, le papillon devait sécher pendant au moins une semaine pour parvenir à une dessiccation complète, avant d'être placé dans une boîte plastique à fond de liège, sur laquelle le père posait une feuille blanche où étaient notés, de la main de sa mère, le nom et la famille du lépidoptère. C'était elle qui avait la plus belle écriture de la maison.

Pour Mino et son père, rien sur terre ne pouvait égaler la beauté d'un papillon aux ailes largement déployées dans une immobilité éternelle.

Le père avait appris à lire à Ana Maria et à Mino. Les autorités avaient promis qu'un professeur viendrait au village, mais personne ne s'était encore présenté. Mino savait lire couramment à voix haute grâce au grand livre consacré aux papillons. Le soir, avant qu'il ne s'endorme, son père venait parfois s'asseoir sur son lit pour lui raconter les quatre cycles de vie du lépidoptère : son existence d'œuf, de chenille, de chrysalide et de papillon. Si la dernière phase était en général la plus courte, rarement plus de deux mois, un papillon de jungle pouvait vivre toutes sortes d'aventures pendant ce laps de temps.

Dans l'embrasure de la porte, la mère l'écoutait avec un sourire mélancolique, mais pas un son ne passait le seuil de ses lèvres.

Personne dans le village ne comprenait d'où Sebastian Portoguesa tirait cette science des papillons, ni comment il avait appris à les préparer, mais tout le monde s'accordait à dire que señor Portoguesa avait trouvé un moyen de subsistance respectable, là où la misère et le chômage collaient à la peau des gens comme les sèves de caoutchouc, dont il est impossible de se défaire. Personne parmi les camarades de jeux de Mino ne le taquinait quand il partait pour sa mission quotidienne, muni du filet à papillons. Un chasseur solitaire, oui, mais respecté.

« Pourquoi ne coupons-nous pas les arbres qui cachent le soleil ? Pourquoi n'exterminons-nous pas les mouches bleues avec de l'essence et du feu ? Nous autres, habitants de ce village, n'avons-nous pas la tête sur les épaules ? Ne valons-nous pas mieux que le chou qui reste à pourrir dans son cageot ? Regardez señor Tico, qui a monté une *machete* tranchante à l'une des extrémités de sa béquille et qui ne se gêne pas pour la brandir à la gorge de Cabura, chaque fois que cette ordure ose se montrer sur la place du marché ! Señor Tico, l'estropié, est-il le seul homme ici à avoir un peu de courage ? Vous avez entendu ce qu'a dit *padre* Macondo : les grands propriétaires terriens, là-haut, sur la fertile *sabana*, achètent des machines plus hautes que notre église et qui abattent davantage de travail que mille *caboclos* réunis. Ils nous ont pris nos terres, et maintenant ils prennent aussi notre travail. Nous voilà réduits à des choux pourris puants, à de la vermine terrorisée qui court se cacher quand ils nous écrasent ! »

Debout sur deux cageots de légumes, le vendeur de coco de l'étal jouxtant la charrette d'Eusebio haranguait la foule avec de grands mouvements de bras. Le flot de paroles qu'il jeta au travers de la place du marché avant le rangement et la sieste recueillait tous les suffrages. Le vieil Eusebio agita son chapeau en riant au soleil de sa bouche édentée. Il sortit une bouteille d'*aguardiente* blanche, but un bon coup et la tendit vers l'orateur.

« Encore, Gonzo, encore ! Vive Tico à la béquille à machette !

— Immonde vermine ! » La forte eau-de-vie de canne fit tousser señor Gonzo, qui poursuivit néanmoins : « Le gouvernement nous avait promis du travail, de la nourriture et des écoles ! Et qu'avons-nous reçu ? Rien. Nos maisons s'enfoncent de plus en plus dans le sol boueux, la chaux et le plâtre s'écaillent, et le bois de nos charpentes pourrit ! Nos lopins de terre sont épuisés, l'écorce des nouveaux arbres que nous avons plantés est verdâtre de moisissure, et ils ne donnent pas de fruits. Dès que nous trouvons un nouvel endroit fertile, des hommes importants débarquent aussitôt avec leurs beaux documents scellés, et *los armeros* vous pointent le canon de leur fusil entre les yeux pour vous ramener enchaînés dans les trous à rats de la capitale du district ! Où est passé señor Gypez ? Et señor Vasques, et son fils ?

« On les a forcés à boire l'urine de ce porc de Cabura, puis on les a poussés dans un camion qui les a emportés ! C'est toujours la même chose, et nous, nous inclinons la tête dans cette boue qui gagne de plus en plus de terrain après chaque mousson. »

Mino grimpa sur le mur du cimetière, sous les canneliers, afin d'avoir une meilleure vue sur l'effervescence qui avait gagné la place du marché. Avant de le suivre, Lucás avait posé sa tortue à un endroit sûr entre deux pierres dans le mur.

« C'est señor Gonzo qui se fâche encore, murmura Mino. Il est debout sur un cageot et mouline avec les bras.

— Señor Gonzo n'est pas *fâché*, moi je le sais très bien, le corrigea Lucás en prenant un air grave. Il m'a donné une belle noix entière pas plus tard qu'hier.

— Ce n'est pas contre nous qu'il est en colère, mais contre cette ordure de Cabura.

— Tout le monde est en colère contre cette ordure.

— Viens ! fit Mino tout en sautant du mur, rampons jusqu'au cageot où il se tient. Si nous l'applaudissons, il nous donnera peut-être une noix. »

Mais Lucás resta sur le mur, de peur que quelqu'un dans la foule compacte n'écrase son orteil enflé, conséquence d'une morsure du chat de la señora Serrata.

Se faufilant entre les vendeurs de coco et les vendeurs de légumes qui criaient et gesticulaient, Mino se retrouva bientôt juste en dessous de Gonzo. Il applaudit avec empressement dans l'espoir de se faire remarquer. Mais le harangueur embrassait du regard la foule au-dessus de la tête du garçon, enivré par son propre discours, sa propre audace et l'eau-de-vie qu'Eusebio, l'édenté, lui refilait en permanence. Son discours devenait de plus en plus virulent.

« Que ferons-nous de ces porcs qui dévorent leur propre progéniture ? Eh bien, nous affûterons notre meilleur couteau de boucher pour l'enfoncer dans leur gorge grasse jusqu'à ce que leur sang puant jaillisse et teinte la terre de rouge, puis nous suspendrons leur cadavre au-dessus d'une fourmilière au fin fond de la jungle. Chiche que nous le ferons ! Oui, la prochaine fois que je passerai devant le bureau miteux de Cabura, je cracherai un gros mollard devant ses bottes militaires pestilentielles, je repousserai sa carabine et tirerai l'un auprès l'autre les poils jaunes de son nez ! Je lui dirai que nous n'avons pas besoin de laquais des *Americanos* pour surveiller les terres que nos ancêtres ont durement gagnées sur la jungle ! »

Applaudissements, cris et braillements cessèrent soudain. Un silence inquiétant tomba sur la place. Confus, le prédicateur regarda tout autour de lui ; ses yeux s'arrêtèrent sur un point situé un peu à gauche du platane. Là, la foule s'écartait pour laisser passer trois hommes en tenue de camouflage bordeaux, avec des carabines en bandoulière prêtes à faire feu. Ils s'avancèrent d'un pas cadencé droit sur señor Gonzo, devenu blême, qui mâchait de l'air sans pouvoir sortir un seul son. Ses yeux se remplirent de larmes.

Mino s'accrocha à la cuisse du vendeur le plus proche en voyant qui arrivait : le sergent Felipe Cabura en personne et deux de ses soldats. *Los armeros.*

Señor Gonzo s'était raidi, dans une position qui défiait les lois de la pesanteur, ses bras et l'une des jambes en train de descendre des cageots. L'instant durant lequel il resta ainsi parut à tout le monde durer toute une éternité.

Felipe Cabura flanqua un tel coup de pied dans le cageot inférieur que señor Gonzo tomba sur le dos dans la charrette à bras d'Eusebio, où il se retrouva parmi les noix de coco vertes et lisses, le blanc des yeux tourné vers le ciel d'un bleu tendre. Felipe Cabura alla jusqu'à la charrette, empoigna la lourde carabine par le canon et asséna de toute sa force un coup sur une noix, qui éclata en envoyant un jet d'eau de coco blanchâtre sur les spectateurs les plus proches.

« Une noix fraîche », fit-il en repositionnant la carabine pour asse-ner un nouveau coup.

Il fracassa une noix juste à la gauche de la tête de señor Gonzo.

« Et encore une autre. »

Le troisième coup, d'une force épouvantable, atteignit señor Gonzo à peu près au milieu du nez ; une pluie de gouttelettes rouges retomba presque aussitôt sur le vendeur de fruits et légumes.

« Tiens, une noix pourrie. » Et le sergent Felipe Cabura tourna les talons, puis repartit du même pas martial avec lequel il était venu en entraînant dans son sillage ses deux soldats. Les jambes maigres de señor Gonzo, qui sortaient de la charrette, s'agitaient dans les der-nières convulsions de la mort.

Mino lâcha la cuisse du vendeur et déguerpit au plus vite. Il tré-bucha, tomba, se releva et reprit sa course, ne s'arrêtant qu'après s'être retrouvé devant la table de travail de son père à l'ombre du bananier. Sa mère était en train de suspendre du linge sur une corde.

« Ce sa-salaud de Ca-Cabura a éclaté la tê-tête de señor Gonzo comme une noix de coco », bégaya-t-il, hors d'haleine.

Sebastian Portoguesa jeta un regard distrait à son enfant. Puis il reposa l'étaloir, qui accueillait un *Anartia* à moitié préparé, pour le prendre sur ses genoux.

« Minolito », dit-il.

Après avoir écouté le récit haché de son fils, il décida de se rendre sur la place du marché. Il revint seulement deux heures plus tard, et toucha à peine l'assiette fumante de haricots mungo et de manioc épicés au chili et au piment vert qu'Ana Maria avait posée devant lui. Amanthea, sa femme qui lui avait donné quatre beaux enfants en bonne santé, se tenait debout dans l'embrasure de la porte, à fixer avec angoisse le sol en terre battue.

« Où est Minolito ? demanda-t-il d'une voix cassée.

— Il joue avec Teófilo et Sefrino derrière la cabane, répondit Ana Maria.

— Ce soir, je vous raconterai l'histoire du chef des Obojos et de Mariposa Mimosa. »

« Au-delà du grand fleuve, derrière les lointaines collines, dans les profondeurs de la *selva*, habitait Tarquentarque, le chef des Obojos. Tarquentarque avait sept femmes et trente-quatre fils, mais pas une seule fille. C'est pour cette raison que tous les soirs, autour du feu de camp, il se lamentait en buvant des bolées entières de *kasave* fermenté que ses femmes et ses innombrables fils lui servaient à volonté. À la fin, son ventre devint si gros de *kasave* qu'il pendait jusqu'au sol, et il devait le traîner derrière lui tel un sac quand il se rendait au bord du fleuve pour s'asseoir sur une racine de palétuvier. Il lui arrivait de rester là toute la nuit en s'apitoyant sur son sort tandis que son ventre, qui flottait à la surface de l'eau, attirait des bancs entiers de *piranhas.* Ceux-ci, voraces, essayaient de percer un trou dans cette immense panse tentante qui demeurait là à se balancer sur l'eau. Mais la peau du ventre du chef était si coriace et épaisse que même les dents acérées des *piranhas* n'arrivaient pas à la déchiqueter. Tarquentarque continua ainsi, soir après soir, nuit après nuit, à se lamenter sur son sort. »

Mino cligna des yeux. La voix douce de son père le berçait, les sons familiers en provenance de la lisière de la jungle, à une centaine de mètres de la maison, enveloppaient comme dans une tiède couverture apaisante les trois enfants serrés les uns contre les autres dans le large lit commun. Seul Teófilo avait sa propre caisse dans un coin, et il dormait déjà.

En fermant les paupières, il revit le hideux visage du sergent Felipe Cabura quand celui-ci avait enfoncé la crosse de la carabine dans la charrette à bras d'Eusebio. Un mélange de sang et de lait de coco. Mais bientôt l'image s'évanouissait – la description si vivante du chagrin ressenti par le chef indien, comme celle de la grâce vaporeuse du Mariposa Mimosa, finissait par l'ensorceler, se fixant dans son imaginaire pour se superposer aux mauvaises expériences de la journée.

Quand Sebastian Portoguesa eut terminé son récit et installé la moustiquaire au-dessus du lit, il vit que son fils avait glissé dans le monde des rêves en laissant derrière lui les images torturées susceptibles de lui causer des cauchemars et des visions de folie.

Il se retourna vers sa femme restée dans l'embrasure de la porte. Amanthea Portoguesa avait défait son chignon, et ses cheveux aile de corbeau retombaient sur ses épaules en encadrant son beau visage frêle d'un halo où le chagrin le disputait au désir. Elle remua les lèvres pour former un mot silencieux quand l'homme l'attira vers lui en lui caressant doucement le dos. Depuis plus d'un an, il en avait été ainsi.

Mino avait presque neuf ans quand il entendit le bruit pour la première fois. Il poursuivait un beau *Feronia* à travers une clairière. Ce papillon rose pâle, moucheté de noir, avait tendance à se poser en hauteur sur les troncs d'arbre, trop haut pour que Mino pût l'atteindre avec son filet. Il était alors obligé de lui lancer des bouts de bois dans l'espoir qu'il s'envole et se pose plus bas sur un autre tronc.

Il s'immobilisa. Quel était donc ce bruit étrange ? Un profond grondement menaçant qui montait et descendait, qui se mêlait aux cris aigus des aigrettes voletant sur la cime des arbres au-dessus de lui. Ce bruit n'émanait pas d'un animal, plutôt d'une espèce quelconque de machine qui devait avancer lourdement là-haut, dans la colline aux magnolias. Le garçon tendit l'oreille. C'était forcément un engin, mais que faisait-il là-bas ? Comment y était-il parvenu ? Oubliant le *Feronia*, Mino prit ses jambes à son cou pour retourner au plus vite au mur du cimetière, à l'endroit où Lucás et Pepe taquinaient les fourmis géantes qui s'affairaient toujours à quelque tâche incompréhensible entre les pierres.

« Écoutez ! s'écria Mino.

— Tu crois qu'on est sourds ? »

Debout sur le mur, tous trois scrutaient les frondaisons, et la colline si basse qu'elle n'en méritait guère le nom. Mais ce léger renflement de terrain sur lequel prospéraient magnolias et camphriers ressortait néanmoins de l'océan de la jungle. Parfois, quand soufflait le vent d'est, les vieux du village qui souffraient de bronchite chronique se rassemblaient sur leurs chaises devant le mur de l'église. La bouche ouverte, ils se remplissaient les poumons des senteurs bienfaisantes des camphriers apportées par le vent.

On ne voyait rien, mais le ronflement montait et descendait en un rythme monotone.

« C'est peut-être un avion tombé du ciel, et qui reste là à vrombir de souffrance ? » hasarda Pepe.

Arriva alors señora Serrata, le jupon plein de taro ; elle aussi tendit l'oreille. Puis le grand-père de Drusilla, le paralysé. Au bout du compte, ce fut tout un attroupement d'adultes et d'enfants qui s'interrogea près du mur de l'église sur cet étrange bruit qu'aucun d'eux n'avait entendu jusqu'alors.

« Je parie que c'est encore don Edmundo qui a inventé une machine infernale pour nous faire peur ! » gémit un vieil homme.

Don Edmundo, le voisin le plus proche du village, avait une immense propriété allant de la fertile *sabana* jusqu'au fleuve et encore au-delà, loin dans la jungle. Une fois, il avait affirmé posséder également la terre sur laquelle le village avait été bâti, mais cela avait causé une violente rébellion ; on avait aiguisé des faucilles et des machettes comme des lames de rasoir, des délégations s'étaient rendues à la capitale du district pour protester. Des bonnes femmes et des enfants s'étaient installés dans le très luxueux patio privé de don Edmundo avec cochons, poules et sacs remplis de manioc pour tenir un siège ; durant des nuits entières, ils avaient poussé des cris de lamentation en faisant un vacarme de tous les diables jusqu'à ce que le puissant propriétaire ravale ses mots malheureux et signe le document que *padre* Macondo avait posé devant lui – il y était indiqué qu'il n'avait aucun droit sur la terre du village.

Les théories et les rumeurs sur l'étrange vrombissement allaient bon train, mais quand enfin le bus de l'après-midi déboucha sur la place du marché pour s'arrêter devant la véranda de señor Rivera après avoir peiné le long de tortueuses routes boueuses sur les deux cents kilomètres qui séparaient le village de la capitale du district,

Elvira Mucco, la fille de señor Rivera qui cultivait les plus jolis des gardénias, raconta l'histoire suivante.

À l'endroit même où la route dessine une boucle autour de la mare de boue, derrière le rocher où don Edmundo avait vainement défendu à señor Rivera et *padre* Macondo de planter des arbres, il y avait à présent plusieurs engins énormes qui vomissaient du gaz carbonique et de la vapeur. Une grande partie de la jungle environnante, déjà coupée et débitée, fourmillait d'*Americanos* braillards aux casques en plastique blanc, qui agitaient des mètres à ruban, des jumelles et d'autres instruments singuliers. Au milieu de ce chaos, on creusait la terre ; une terrifiante machine enfonçait un poteau de fer de plus en plus profondément dans le sol. Elvira avait vu tout ceci de ses propres yeux quand le bus avait dû attendre presque une demi-heure qu'un gros tronc d'arbre soit dégagé de la route. Elle racontait tout ceci non sans difficulté, s'étant rendue à la capitale du district pour se faire extraire toutes les dents gâtées de la mâchoire supérieure. De plus, ajoutait-elle, les deux fils de don Edmundo avaient été présents avec *primera* Lazzo. Leur visage maculé de boue sous leur casque blanc leur donnait un air ridicule.

Les gens s'étaient attroupés autour du bus pour écouter Elvira Mucco. L'air grave, *padre* Macondo se tordait les doigts derrière son dos ; señor Rivera shootait dans une boîte de conserve, à la grande frayeur d'un chien assoupi à l'ombre de l'escalier menant à la *venda*. Louis Hencator, le conducteur de réserve du bus d'habitude tellement pondéré, ne cessait de cracher.

« Du pétrole, dit señor Rivera.

— Du pétrole, répéta *padre* Macondo.

— Du pétrole, murmurèrent toutes les personnes autour du bus.

— Du pétrole », dit Mino en donnant un coup dans les côtes de Lucás.

Le vrombissement semblait ne jamais vouloir cesser. Les gens s'arrêtaient de temps à autre pour l'écouter en secouant la tête, les yeux levés vers la colline aux magnolias.

Et soudain, un jour, ils virent émerger une tour parmi les arbres. L'acier brillant étincelait au soleil. Presque tout le monde au village,

24

à l'exception du sergent Felipe Cabura et de ses *armeros*, s'était rassemblé près du mur du cimetière. Mino aida Pepe à trouver une cachette sûre pour ses deux tortues afin que personne ne les écrase par mégarde. Les hommes discutaient à voix basse ; Mino voyait son père gesticuler devant señor Hencator et señor Mucco.

« C'est la forêt du village ! s'exclama soudain *padre* Macondo d'une voix forte. Ils ont coupé beaucoup d'arbres sans même nous avoir prévenus.

— Quand je pense qu'à cet endroit-là, on aurait pu planter un beau champ de taro ! protesta un vendeur de fruits et légumes.

— Oui, enchaîna un autre, et le sol à cet endroit est fertile pour les *seranga*.

— Peut-être qu'on pourrait demander un peu de leur pétrole pour le vendre aux stations-service de la ville ? proposa le vieil Olli Occus.

— Le pétrole est à nous, *tout* le pétrole est à nous ! rectifia señor Rivera.

— Ne parlez pas si fort, les mit en garde *padre* Macondo en levant une main en signe d'apaisement. Nous pourrions peut-être faire quelque chose. Beaucoup de nos villageois n'ont plus de travail, depuis que don Edmundo a acheté de grandes machines pour les semailles et les récoltes. Nous pourrions demander au *jefe* américain de donner du travail à tous ceux qui le désirent. Puis réclamer une école en paiement de tous les arbres abattus. Et qui sait si, à plus long terme, le pétrole qu'ils cherchent là-haut ne va pas enrichir un peu notre village ? »

Un murmure d'excitation parcourut les auditeurs une fois que *padre* Macondo eut prononcé ces paroles. Et, assez rapidement, on décida d'envoyer une délégation pour parler au *jefe americano*. Avec *padre* Macondo en tête, cinq hommes seraient du voyage.

Mino et Pepe étaient restés sur le mur du cimetière. Quand Mino se retourna pour en descendre, il aperçut l'un des *armeros* de Cabura sortir de l'ombre d'un cannelier.

Un ravissant *Morpho peleides* descendit de la cime d'un arbre pour se poser sur un tronc vermoulu tout près de l'endroit où Mino se tenait avec son filet. Le papillon était presque indécelable, tant les couleurs du dessous de ses ailes se confondaient avec la végétation. Mais Mino l'avait vu, tel un pétale d'un bleu brillant avant qu'il se pose. Le garçon s'approcha avec précaution et, d'un geste sûr, abattit le filet sur l'insecte. Peu après, il reposait mort et inerte dans la boîte en fer-blanc de Mino.

Mino cligna des yeux pour tenter de percer le feuillage, les lianes et les troncs d'arbre. Il régnait dans la jungle une clarté étrange, apaisante autant qu'excitante. Les fleurs, le pourrissement des feuilles et des branchages, de la terre et des champignons, exhalaient une senteur forte. Il savait rester totalement immobile, l'œil et les oreilles aux aguets parmi le piaillement de centaines d'oiseaux dans la cime des arbres au-dessus de lui, le bourdonnement de milliers d'insectes différents à ses pieds, le froissement des feuilles causé par les lézards et les varans, l'agitation de fourmis de toutes tailles, des coléoptères, des larves et des araignées qui s'activaient sans relâche. Et pratiquement aucun arbre n'était identique ; il y avait des centaines, des milliers d'espèces, et si le garçon entaillait l'écorce, il en sortait chaque fois une couleur inattendue avec une nouvelle odeur tout à fait particulière.

Il devait exister tant de créatures étranges, songea Mino, tant de beaux papillons de par le vaste monde ! Figuraient-ils tous dans les livres de son père ? Ou y en avait-il qui n'étaient pas encore répertoriés ? Et s'il rentrait un jour à la maison avec un très beau papillon qui ne se trouvait dans aucun des livres ? Qu'il aurait été le premier à découvrir ? Que dirait alors son père ? Il en obtiendrait une jolie somme, ça c'est sûr ! Assez pour construire une pièce supplémentaire où Mino et sa fratrie auraient chacun leur propre lit.

Le garçon se perdit dans ses rêves. Il crut voir des papillons inconnus voler au sommet des arbres. Pieds nus, le petit garçon de neuf ans s'enfonça de plus en plus profondément dans la jungle.

Sebastian Portoguesa regarda avec douceur son fils ouvrir avec empressement la boîte qui contenait ses captures de la journée. Deux magnifiques Morphos et plusieurs beaux spécimens de la famille des *Heliconidae*. Sa mère Amanthea arriva avec une assiette de *carvera* fumant et la posa devant lui. Elle lui caressa les cheveux en souriant, toujours sans rien dire. Mino attaqua le plat de légumes au délicieux fumet.

Señor Portoguesa observa fièrement son fils occupé à manger. Puis son regard glissa vers sa femme.

Cela faisait presque quatre ans qu'Amanthea Portoguesa n'avait pas prononcé une phrase entière. Cette année, elle avait réussi à émettre quelques mots d'une syllabe, mais guère plus. Par deux fois, Sebastian Portoguesa avait entrepris le long et coûteux aller-retour jusqu'à la capitale du district avec sa femme pour consulter *el médico psicólogo*. Il avait l'impression que le dernier voyage avait porté ses fruits : une petite étincelle s'était allumée au fond des yeux de son épouse, et elle arrivait à dire certains mots. Dans quelques mois, il aurait épargné assez d'argent pour y retourner. Il espérait que sa femme recouvrerait la santé, qui s'était beaucoup détériorée après l'événement dégradant dont elle avait été la victime tard un après-midi, quatre ans auparavant – un événement cruel qui avait transformé Amanthea Portoguesa en un zombie ambulant au regard vide.

Elle et deux autres femmes, la vieille Esmeralda et señora Freitas, étaient parties le long de la route pour ramasser des anones tombées d'un grand arbre découvert par Amanthea à quelque distance dans la jungle. Son jupon plein, elle s'était hâtée de rejoindre les deux autres femmes déjà sur le chemin du retour. Au même moment, une Jeep avait surgi avec quatre *armeros* en route vers la capitale du district.

Plus tard, devant l'autel de l'église, le crucifix pressé contre la poitrine à l'impérieuse exhortation de *padre* Macondo, señora Freitas flanquée de la vieille Esmeralda avait raconté qu'elles s'étaient retournées pour regarder la Jeep quand le véhicule les avait croisées. Celui-ci s'était arrêté brusquement tout près de señora Portoguesa, qui marchait au bord de la route avec son jupon plein d'anones. Les quatre *armeros* avaient sauté de la voiture pour aller encercler Amanthea, qui en avait lâché le bord de son jupon, laissant se répandre tous les fruits sur la route boueuse. Elle avait ensuite été traînée jusqu'à la Jeep, contre laquelle ils l'avaient immobilisée. Ils lui avaient arraché tous les vêtements et l'avaient plaquée sur le capot. Pendant que trois d'entre eux la maintenaient, le quatrième avait les mains libres pour lui faire subir ce qu'il voulait. Ils s'étaient ainsi relayés jusqu'à ce que tous lui soient passés dessus. Señora Portoguesa avait hurlé, au début, et puis soudain elle s'était tue. La Jeep avait fini par repartir, laissant la pauvre femme allongée sur le bord de la route, nue, ensanglantée et muette. Au prix de grands efforts, les deux grand-mères étaient finalement parvenues à ramener la femme outragée jusqu'à sa maison.

Voilà ce que señora Freitas avait raconté à l'église, quatre ans plus tôt.

Sebastian Portoguesa soupira, balaya de la main quelques mouches par trop entreprenantes et commença la préparation des papillons. Mino, qui avait fini son repas, reçut l'ordre de courir jusqu'à la place du marché pour glaner des coquilles de noix de coco avant que les vendeurs ne remballent leurs marchandises et ne s'en aillent avec leurs charrettes. Son frère Sefrino, âgé à présent de six ans, était au lit avec des nausées et de la fièvre après avoir mangé les baies d'un arbuste de *turkuesa*. La sœur jumelle de Mino aidait leur mère avec la lessive, tandis que le plus jeune de la famille, Teófilo, qui n'avait que quatre ans, comptait les fourmis qu'il écrasait avec l'index à mesure qu'elles entraient par une fente à côté du pas de la porte.

Pendant ce temps, là-haut dans la colline aux camélias, les grosses machines grondaient.

« Alors arriva depuis les airs le magnifique *Mariposa Mimosa,* aux ailes rayées d'or et aux grandes antennes bleues. Il se posa sur le ventre du malheureux Tarquentarque. Sentant les ailes du papillon le chatouiller, le chef des Obojos essaya de le balayer du revers de la main. Mais le *Mariposa Mimosa* revenait sans cesse ; il avait l'air d'aimer s'attarder sur la grande panse qui flottait à la surface de l'eau. *"Pourquoi as-tu un si gros ventre, ô vénérable chef ?"* demanda le *Mariposa Mimosa* de sa petite voix fluette. "Parce que je bois trop de *kasave*", grogna le chef indien. *"Et pourquoi bois-tu autant de kasave, ô vénérable chef ?"* bourdonna le *Mariposa Mimosa*. "Parce que j'ai du chagrin", répondit le chef indien en gloussant sous les chatouilles du papillon. *"Pourquoi as-tu du chagrin, ô vénérable chef ?"* demanda le papillon strié d'or. "Parce que j'ai trente-quatre fils, mais pas une seule fille, s'apitoya le chef indien en balançant son ventre d'avant en arrière. Je voudrais avoir une fille aussi belle que toi, papillon, mais il faut croire que je n'en aurai jamais." *"Oh si, tu peux en avoir une, ô vénérable chef, si tu suis mon conseil."* Alors le malheureux chef indien tendit l'oreille. »

Dans son lit, Mino écoutait à moitié l'histoire que son père racontait à son frère Sefrino – la connaissant par cœur, il ne la laissait pas le distraire de ses pensées. C'était quoi, au juste, ce pétrole que *los Americanos* voulaient maintenant faire sortir de la terre ? Et pourquoi ne venaient-ils pas au village demander la permission à *padre* Macondo avant d'abattre les arbres qui leur appartenaient ? Pater Macondo s'était rendu là-haut avec d'autres villageois pour parler au *jefe*, mais il les avait vus revenir la queue entre les jambes. Beaucoup d'hommes qui d'habitude se tenaient tranquilles avaient crié très fort, allant jusqu'à insulter *los Americanos* et *los armeros*. C'était dangereux, Mino le savait bien. Il se rappelait bien que Cabura, trois ans plus tôt, avait brisé le crâne du vendeur de coco Gonzo, comme une simple noix. Gonzo avait parlé trop fort. Cabura avait toujours une escorte d'au moins dix *armeros*, et il en était arrivé six de plus au village la semaine précédente. Ils s'amusaient à pourchasser les poules dans leurs Jeeps, ou faisaient des grimaces effrayantes aux plus jeunes enfants, qui couraient se réfugier en larmes dans les jupes de leurs mères.

Mino n'aimait pas le nouveau bourdonnement dans la colline aux magnolias. C'était un bruit mauvais. Mais quand le père arriva à la conclusion du conte sur le chef indien Tarquentarque, il mit de côté son inquiétude pour prêter une oreille attentive à ses ultimes paroles. C'était ainsi que les choses devaient être.

L'année suivante, il y eut de grands changements dans et autour du village. Il se passa davantage d'événements en une année que durant les cinquante précédentes, selon señor Rivera à la *venda*. Mais rien de ce qui se produisit ne fut pour leur bien.

Tout d'abord une délégation après l'autre fut dépêchée là-haut, au champ de pétrole, pour plaider leur droit de propriété et assurer aux villageois sans travail une occupation dans la nouvelle entreprise. En vain. Seuls trois hommes se virent proposer un travail, mais ceux-ci déclinèrent l'offre quand ils comprirent que les vingt-sept autres n'en auraient pas. *El jefe*, l'Américain, au nom aussi curieux que D.T. Star et que *padre* Macondo baptisa immédiatement *Detestar*[1], n'était pas commode. Il soutenait que la forêt et toute la région appartenaient à don Edmundo. Il pouvait exhiber un document flambant neuf muni de tous les sceaux et cachets nécessaires – avec même la signature du Président en personne pour confirmer ses dires. Un autre document tout aussi impressionnant attestait que son entreprise, sa *company*, avait acheté les droits d'exploiter le pétrole dans toute la région, voire dans la province tout entière. Quand *padre* Macondo avait produit *ses* documents à lui, eux aussi dotés de plusieurs cachets et signatures, parmi lesquelles celle de don Edmundo, D.T. Star s'était contenté de ricaner méchamment avant d'en faire des confettis, qu'il avait jetés par terre devant la délégation du village.

La population du village en fut également pour ses frais sur les questions de travail et d'indemnisation. Il fallait des *ouvriers spécialisés*. Leur tâche consistant essentiellement à manipuler des engins complexes, D.T. Star n'avait nul besoin d'analphabètes incompétents. Et la forêt ? Des compensations ? Don Edmundo en avait bien été le propriétaire, n'est-ce pas ? Et il avait déjà reçu une somme rondelette en guise de compensation.

Les délégations retournèrent donc au village, pieds nus et tête basse. Mais à l'église, *padre* Macondo tint alors un prêche virulent, en des termes que personne au village n'avait entendus auparavant dans sa bouche.

Sur la place du marché aussi, parmi les vendeurs de fruits et légumes, l'heure n'était pas à la gaieté. Quatre d'entre eux, ceux qui vendaient des fruits *sergata* et des racines sauvages, parmi lesquels se trouvait Eusebio et sa charrette à bras, avaient dû cesser leurs activités : les meilleures terres de culture avaient été rasées par les bulldozers de la Compagnie. Les bancs autour du grand platane accueillaient toujours plus de désœuvrés. Écraser des mouches et mâcher du coco pas encore mûr, voilà à quoi se réduisait l'occupation principale de nombreux villageois. Par moments, leur agressivité se

---

1. Détester, en espagnol. *(N.d.T.)*

traduisait par un gros crachat envoyé sur le passage des hommes de Cabura qui, de plus en plus fréquemment, patrouillaient sur la place du marché avec leurs carabines.

« Tirez ! cria un jour señor Tico en menaçant de sa béquille un *armero*. Tirez sur moi et vous descendrez un infirme. Vous aurez alors enfin accompli un exploit digne de votre cervelle de lézard pas plus grande qu'un petit pois ! »

Alors l'*armero* mit en joue sa carabine, enleva le cran de sûreté et troua le corps de Tico de dix-huit coups. Au moins dix d'entre eux étaient mortels.

La vie n'était guère plus facile pour les enfants qui ramassaient les coquilles de coco sur la place du marché. Mino et Sefrino rentraient de plus en plus rarement à la maison avec un balluchon plein. Aussi plusieurs gosses furent-ils envoyés dans la jungle à la recherche de racines sauvages, de *sergata* et de fruits mûrs tombés au sol. Un jour, Teobalda, la plus jeune fille de señor Mucco, s'éloigna de ses petits camarades et se perdit dans la forêt. Quatre jours durant, on la chercha en vain. Jamais on ne la revit. Quant à Pepe, le meilleur ami de Mino, il tomba d'un corossolier vermoulu et se cassa une jambe. Ce qui l'obligea à marcher avec des béquilles le restant de sa vie.

Il arrivait de plus en plus souvent que D.T. Star eût des choses à faire au village, au bureau du sergent Felipe Cabura. Personne ne sut ce qu'on y disait. Tout ce que les villageois voyaient, c'étaient de temps à autre des bouteilles vides jetées dans la rue par la fenêtre du bureau de Cabura. Leur étiquette était toujours la même : *Old Kentucky Bourbon. Five Years Old.*

Un jour que Mino marchait au plus profond de la jungle sur des sentiers connus de lui seul, à la recherche de papillons extrêmement rares, une pensée lui traversa l'esprit, une pensée si énorme et angoissante qu'il dut s'asseoir sur une branche gigantesque tombée du sommet d'un *cipo matador*.

Cette pensée, la voici : si Cabura et D.T. Star étaient si bons amis, c'est qu'ils devaient se connaître depuis longtemps, et le premier avait dû raconter au second qu'il y avait du pétrole dans le sol tout près de chez eux. C'était donc lui le responsable du malheur qui frappait le village. Il avait en outre autorité sur tous les *armeros* qui terrorisaient les villageois. Ce salaud de Cabura était un meurtrier. Il fallait l'éliminer.

À cet instant précis, sur cette branche perdue au tréfonds de la jungle, tandis qu'une armée de fourmis *sauba* cheminait sur son pied gauche, qu'un *cerrillo* couinait dans les fourrés non loin et qu'un papillon *Serpico* s'était miraculeusement posé tout près de la boîte en fer-blanc qu'il avait laissée par terre devant lui, Mino Aquiles Portoguesa, ce garçon de dix ans, prit une grave décision : *il allait tuer cette ordure de sergent Felipe Cabura.*

Ses intentions à présent bien arrêtées, il sourit vers les jeux d'ombre et de lumière dans la cime des arbres, très haut au-dessus de lui, leva précautionneusement son filet et attrapa avec dextérité le rare papillon *Serpico*.

*

Loin sous terre, quelque part sous la longue rue du Bac à Paris, disons à peu près au niveau de l'hôtel Fleury, exigu et assez minable, deux hommes se tenaient assis face à face dans une pièce au curieux agencement – outre trois autres personnes, eux seuls en connaissaient l'existence. Cette salle, en effet, n'apparaissait sur aucun cadastre ; l'escalier qui y menait avait été construit d'une manière si habile que même un chat de gouttière familier du coin n'avait aucune chance de la trouver. Elle bénéficiait d'un statut de territoire international, et parmi les cinq personnes à en connaître l'existence, figurait le directeur des Renseignements généraux. Il se déplaçait rarement ici.

Urquart et Gascoigne se faisaient face, chacun dans son confortable fauteuil. Entre eux, en guise de table, campait une plaque de verre sur laquelle s'étalaient des cercles et des carrés marqués en rouge, vert et bleu, ainsi que des symboles alphabétiques et numériques. Un cendrier occupait le milieu de la plaque, et divers documents traînaient çà et là.

Des téléscripteurs, des moniteurs, des télex et du matériel informatique très pointu s'alignaient le long des murs de la vaste pièce. L'éclairage assez doux évoquait la lumière du jour.

Urquart, le plus âgé des deux, approchait la soixantaine, le visage grave, sérieux, les mâchoires carrées, les yeux clairs et profonds derrière de grosses lunettes en écaille. Une bonne couche de gel maintenait en arrière ses cheveux fins. Il portait un costume sombre élégant, une chemise à rayures claires et une cravate neutre. Gascoigne, en revanche, était habillé de manière beaucoup plus décontractée : pantalon clair et pull en acrylique assorti. Il était, par ailleurs, bien plus jeune qu'Urquart, cinquante ans à tout casser, le corps un peu enrobé et le visage couperosé mais avenant.

Dans la rue, Urquart et Gascoigne se seraient parfaitement fondus dans la foule.

Gascoigne écrasa sa cigarette, puis pointa du doigt une zone verte sur la plaque de verre. Un moniteur s'alluma sur un mur latéral.

« Le train Athènes-Istanbul, dit-il en hochant la tête.

— Qui va s'occuper d'elle ? s'enquit Urquart en enlevant un grain de poussière sur le verre gauche de ses lunettes.

— Un civil grec du nom de Nikis. Il la conduira directement à l'aéroport près de Komotiní. Un avion spécial les y attend.

— Combien de temps allons-nous devoir la garder dans la cabane, à ton avis ? »

Gascoigne haussa les épaules.

« Deux heures, deux jours. Impossible de le savoir. *Merde.* Espérons qu'elle se montrera causante. »

Un télex leur parvint. Urquart déchira la bande de papier et la lut à voix haute :

« Confirmé, conclut-il. La mouche bleue sera bientôt prise au piège, et le monde pourra enfin soupirer de soulagement. »

La conversation entre ces deux hommes, sur un territoire international profondément enfoui sous terre rue du Bac à Paris, eut lieu très exactement quatre mille trois cent quatre-vingts jours après qu'un garçon de dix ans, Mino Aquiles Portoguesa, eut décidé de tuer Felipe Cabura.

*

Pepe clopinait à côté de Mino, s'appuyant sur des béquilles beaucoup trop grandes pour lui.

« On va peindre la carapace des tortues aujourd'hui ? »

Mino fit non de la tête. Il avait demandé à son meilleur ami de l'accompagner jusqu'à la mare aux canards située derrière la maison de la señora Serrata. Mino s'était réservé un petit endroit tranquille à l'abri d'une touffe de roseaux : la terre étant là bien tassée, il pouvait venir y trouver la paix sur les dalles de pierre qu'il avait installées pour pouvoir observer le coassement des grenouilles sur les grandes feuilles de *victoria* qui flottaient à la surface de l'eau. L'étang bruissait de créatures extraordinaires qui y vivaient une existence complexe.

Mino avait besoin d'aide. Il avait besoin de quelqu'un pour l'aider à supprimer cette ordure de Cabura. Il allait devoir dévoiler son plan à Pepe.

« Nous allons tuer ce salaud de Cabura, annonça-t-il un beau jour.

— Vraiment ? s'écria Pepe, dont le visage s'était illuminé. Alors jouons-y tout de suite, Minolito. On va jouer qu'on tue tous *los armeros*. Cette grenouille-là, par exemple, elle peut faire Cabura. Tu ne trouves pas qu'elle lui ressemble ? » Et il éclata de rire.

« Crétin ! s'emporta Mino. C'est pour de vrai. Toi et moi, nous allons tuer Cabura. Le tuer pour qu'il meure et ne puisse plus jamais respirer. »

Puis il raconta à son ami les pensées qui lui étaient venues dans la forêt.

Pepe pâlit, ses yeux s'écarquillèrent. D'abord, il tapota l'eau avec son bâton. Puis il se mit à étudier soigneusement son pied, celui dont la fracture avait été si complexe que le garçon n'en retrouverait jamais le plein usage.

« Ca-Cabura et *los-los armeros* – ils sont très dangereux. Jamais nous n'y arriverons, bredouilla-t-il.

— Bien sûr que si, rétorqua Mino en redressant la tête. Ce n'est pas difficile. Ça l'est bien plus d'attraper un papillon *Serpico* et de le tuer, je t'assure. Mais il ne faut le dire à personne. À personne ! Tu ne parles pas en dormant, au moins ? »

Pepe secoua énergiquement la tête.

Alors Mino lui raconta en détail comment ils s'y prendraient pour tuer ce salaud de Cabura et sauver le village des destructions planifiées par don Edmundo et par D.T. Star.

Le carré de tomates de señor Gomera était le meilleur de tout le village. Personne ne réussissait à faire pousser autant de tomates que lui. Quatre rangs soigneusement entretenus de dix plants chacun lui permettaient, chaque jour, d'emporter deux paniers pleins au marché. Le petit secret de señor Gomera était celui-ci : il avait découvert, tout à fait par hasard, l'influence bénéfique du *miamorates* : quand cette herbacée poussait au pied d'un plant de tomates, on en doublait facilement le rendement. Par contre, les fleurs et les baies de cette plante étaient très toxiques. Mais puisque personne ne comptait en manger, cela n'avait aucune importance.

Il se trouva qu'un des sergents parmi les *armeros* de Cabura, un cou de taureau à tête rasée répondant au nom de Pitrolfo, possédait un chien. Un berger allemand malingre dressé à attaquer les hommes, le plus souvent enfermé dans un enclos derrière la *caserna*. Mais de temps à autre, Pitrolfo sortait le monstre affamé et le tenait en laisse au bout d'un long *sipo*, une liane, pour le promener. Parfois même il le lâchait, et tous les enfants du village devaient alors rester chez eux, derrière des portes closes.

Un jour que Pitrolfo avait jugé bon de lâcher son berger allemand, celui-ci se précipita sur le carré regorgeant de tomates de señor Gomera. Tout d'abord, il renifla tout autour de lui, puis pissa systématiquement sur une dizaine de plants. Enfin arriva ce qui allait causer le grand malheur de señor Gomera : l'animal se mit soudain à dévorer goulûment de grandes quantités de petites fleurs blanches de *miamorates*. Il n'eut ensuite le temps de pisser que sur quatre ou cinq autres plants de tomates avant de s'allonger par terre en glapissant de douleur. Pitrolfo lâcha sa carabine et sortit son sifflet pour le faire revenir. Mais le berger allemand, immobile parmi les plants de tomates, ne faisait que hurler à la mort. Il finit par se retourner sur le dos en battant l'air de ses pattes – ses cris baissèrent alors d'intensité. Pitrolfo cessa de siffler et s'approcha de son chien. Au moment même où il l'atteignait, l'animal fut pris de convulsions, émit un sifflement rauque, puis s'immobilisa. Raide mort. Empoisonné par les *miamorates* de señor Gomera.

Les yeux de Pitrolfo faillirent lui sortir de la tête quand il vit son chien mort. Puis il aperçut un *miamorates* à moitié avalé dans la gueule du chien. Furieux, il jeta un regard autour de lui en proférant des jurons, pour ensuite vider son chargeur sur le plant de tomates le plus proche.

Les villageois s'étaient barricadés en voyant Pitrolfo sur le point de lâcher son chien. À présent, les coups de feu dans le champ de tomates leur donnaient plutôt envie de déguerpir au plus vite. Les vendeurs de fruits et légumes se hâtèrent de démonter leurs étals et partirent se réfugier sous des cageots inutilisés, ou bien dans un coin sombre. En un instant, tout le village parut vidé de ses habitants.

Perchés en haut d'un arbre derrière la maison où se trouvait son bureau, Mino et Pepe avaient espionné cette ordure de Cabura dès les premières lueurs du jour. De là-haut, ils virent les quatorze *armeros* emmenés par le sergent Cabura, fusils en joue, prendre d'assaut le carré de tomates pour venir en aide à Pitrolfo, puisque ce dernier venait de tirer dix-sept coups de fusil.

Les heures suivantes marquèrent l'esprit de la plupart des villageois. Le temps que le sergent Felipe Cabura et le reste des *armeros* comprennent ce qui s'était passé dans le carré de tomates, Pitrolfo était dans tous ses états. On rapporta le cadavre du chien à la *caserna* – il attira bientôt de grosses nuées de mouches dans l'enclos où on l'avait déposé. Puis *los armeros* se séparèrent pour pénétrer dans chaque maison du village avec une terrifiante détermination, en ouvrant les portes à coups de pied.

« Qui est le propriétaire de ce putain de champ de tomates ! vociférèrent-ils. Que le propriétaire de ces putains de plantes se montre immédiatement ! »

Les villageois se turent, partout *los armeros* furent accueillis avec un signe négatif de la tête.

Señora Gomera habitait une petite maison au centre du village. Elle et son mari partageaient cette demeure avec la famille Perez qui s'occupait d'une petite *lavanderia*, une blanchisserie. En entendant les cris et les coups contre la porte, elle serra tout contre sa poitrine la petite Maria, âgée de huit mois, et se résolut à aller ouvrir. Deux *armeros* lui demandèrent alors si c'était bien ici qu'habitait le propriétaire d'un certain champ de tomates.

Señora Gomera acquiesça d'un signe de tête, incapable de mentir à qui que ce soit.

Tous les soldats – Cabura à leur tête – rappliquèrent dès que *los armeros* eurent localisé la maison du propriétaire des tomates. Il y eut un tapage sans nom, et la petite Maria pleura à fendre le cœur quand sa mère fut traînée dans la rue.

La famille Gomera était devenue la cible de la fureur des *armeros*, tout le village le savait désormais – quand bien même on ne comprenait pas vraiment le lien de cause à effet. Les vendeurs de fruits et légumes émergèrent à nouveau de derrière les cageots, les portes des maisons s'ouvrirent et les gens réapparurent dans la rue. Lentement, mais sûrement, un cercle silencieux entoura la señora Gomera et des *armeros* furieux.

Un petit homme agile en sortit et marcha d'un pas décidé vers le sergent Cabura. C'était señor Gomera lui-même. Il demanda poliment ce que tout cela signifiait. S'ils lui voulaient quelque chose, ils auraient mieux fait de venir au marché, où il tenait chaque jour son étal de légumes, au lieu de flanquer une peur bleue à sa femme et sa petite fille.

« *Ole !* hurla le sergent Cabura. *Ole !* Pitrolfo ! Voici l'empoisonneur ! Voici l'infâme coléoptère qui laisse des plantes toxiques pousser à côté de belles tomates rouges ! Seul saint Giovanni sait s'il n'a pas fait pousser ce poison avec l'intention de le mélanger un beau jour dans notre soupe ! Pitrolfo ! Qu'est-ce qu'on va faire de ce fils de pute qui a tué ton majestueux César ? »

Il ricana méchamment tout en agitant son fusil devant le visage de señor Gomera ; celui-ci esquiva, mais le bout pointu de la mire vint quand même entailler un de ses lobes d'oreille. Du sang goutta sur sa chemise blanche et propre.

« Faire ? Ha, ha ! *Faire !* Ce que je vais faire de ce lézard ? Je vais te le dire. Je vais lui donner à mâcher deux grandes poignées de ses plantes empoisonnées. Et s'il ne les avale pas, on lui zigouillera les couilles et la bite ! »

Un murmure parcourut l'assemblée. Les femmes commencèrent à sangloter. *Padre* Macondo parvint à se frayer un chemin parmi la foule avec le vieux docteur, Pedro Pinelli.

« Écoutez, dit-il en tendant les deux mains vers le sergent Cabura. Le docteur ici présent dit qu'on risque de mourir si l'on ingère une telle quantité de cette plante. Soyez raisonnable, sergent Felipe Cabura. Un être humain doit-il mourir parce qu'un chien, par accident, est mort d'avoir mangé des plantes toxiques dans un champ ? Aucun Dieu justicier n'approuverait pareille vengeance. »

Avec un rire cruel, le sergent Cabura repoussa le *padre* et le docteur dans la foule. Il ordonna à un *armero* de ramasser des *miamorates*. Puis le pauvre señor Gomera fut attaché les mains dans le dos et assis sur un cageot juste devant la porte de sa maison. Sept *armeros* le surveillaient, leurs armes déverrouillées braquées sur sa tête. La señora Gomera se réfugia en sanglotant dans la maison, emportant la petite Maria dans ses bras.

Le murmure de la foule des villageois se fit plus menaçant. Quand le cercle autour des *armeros* et du pauvre señor Gomera commença à se resserrer, certains soldats visiblement inquiets brandirent les canons des fusils pour tenir les autres à distance. L'*armero* parti au carré de tomates revint avec une brassée de plantes toxiques.

« Au nom de Dieu et de la Sainte Vierge, sergent Felipe Cabura, je vous demande d'arrêter ceci ! » le supplia *padre* Macondo en s'avançant.

Mais, une fois encore, il fut repoussé avec mépris par les canons des fusils et des mains brutales.

Assis sur le cageot, señor Gomera regardait devant lui avec un air buté, les dents serrées. Son teint, cependant, était devenu grisâtre. Pitrolfo prit une poignée de feuilles de *miamorates* et les tassa en une boule, qu'il tint ensuite sous le menton de señor Gomera ; celui-ci ouvrit soudainement la bouche pour la happer, avant même que Pitrolfo ne puisse la lui fourrer de force.

Un silence total se fit tout autour. Même *los armeros* cessèrent de tripoter leurs bandoulières et leurs fusils. Tout le monde regarda fixement le pauvre Gomera. Ses joues étaient bombées – tout cela aurait eu l'air assez comique si la situation n'avait pas été si tragique.

« Mâche ! » hurla soudain Pitrolfo.

Et, tout doucement, señor Gomera commença à mâcher. Encore, et encore. Ses deux joues se bombaient tour à tour. Et pendant tout ce temps, il ne cessait de fixer Pitrolfo d'un regard empli de haine.

« Avale ! » rugit Pitrolfo.

Señor Gomera arrêta de mâcher. Il scruta encore un instant son bourreau devant lui. Puis avala.

Un frisson parcourut l'assemblée.

Le malheureux tomba à la renverse de son cageot et se mit à tourner comme une toupie sur la terre glaise desséchée, tel un insecte incapable de prendre son envol. Une mouche sans ailes. Il tourna de plus en plus vite, puis ralentit jusqu'à s'immobiliser tout à fait. Une bave verdâtre maculait le pourtour de sa bouche.

Macondo et Pinelli se précipitèrent auprès de lui. *Los armeros* se retirèrent, Pitrolfo marmonna quelque chose comme quoi visiblement, une seule poignée de cette plante suffisait.

On porta señor Gomera chez lui.

Haut perché dans l'arbre, n'en ayant pas perdu une miette, Mino lança à Pepe : « Tu comprends maintenant pourquoi il faut tuer Cabura ? »

Un miracle se produisit cependant : señor Gomera ne mourut pas. Le vieux docteur lui sauva la vie en introduisant un long tuyau en plastique jusque dans son estomac pour aspirer tout ce qui restait du poison du *miamorates*. Mais le malheureux devint à moitié aveugle et presque sourd, et il perdit la faculté de reconnaître les gens du village. Même sa propre femme et la petite Maria. Il ôtait constamment son chapeau devant ses plus proches parents en déclinant l'identité de son père. Quant aux tomates, il ne comprenait même pas qu'elles lui appartenaient ; sa femme eut beau le conduire jusqu'à la place du marché, là où il avait son étal, il refusa tout net de s'asseoir là-bas parmi de parfaits inconnus pour vendre des tomates de quelqu'un d'autre.

· Chaque jour, du matin au soir, dès qu'ils pouvaient se libérer des tâches qu'on leur imposait, Mino et Pepe allaient espionner le sergent Cabura. Ils finirent ainsi par connaître ses moindres habitudes et le détail de son emploi du temps : quand il allait aux latrines, l'endroit où il pissait, le coin où il posait son fusil, dans quel trou il bouclait sa bandoulière après avoir lâché son rot de l'après-midi, à quel moment il recevait les ordres téléphoniques de la capitale du district et, avant tout, à quel moment D.T. Star venait lui rendre visite avec de nouvelles bouteilles de *Old Kentucky Bourbon. Five Years Old.* Chaque visite se terminait en effet par un lancer de bouteilles vides par la fenêtre – Cabura en profitait ensuite pour faire une longue sieste au milieu de la journée, les jambes croisées sur son bureau. Il cuvait son alcool la bouche ouverte, avec force ronflements, tandis que la bave lui coulait le long du menton puis sur son uniforme. Mino et Pepe pouvaient alors sans vergogne laisser tomber des fourmis géantes dans son cou. Une fois, ils parvinrent même à en glisser pas moins de cinquante-trois dans sa chemise militaire. Ce qui ne l'empêcha pas de se réveiller plus d'une heure après l'insertion du dernier insecte.

Ceci donna confiance aux deux garçons, qui dès lors ne doutèrent plus du succès de leur entreprise.

Pepe, installé sur le mur du cimetière, était en train de balancer ses jambes dans le vide. Il avait confié sa tortue à Lucás, et attendait impatiemment l'arrivée de Mino. C'était le grand jour. Tous deux allaient libérer le village de son cruel tortionnaire. Ce salaud de Cabura allait mourir.

La veille, il avait eu droit à une nouvelle visite de D.T. Star, visite qui avait eu raison d'au moins cinq bouteilles de *Old Kentucky Bourbon. Five Years Old.* Selon toute vraisemblance, Felipe Cabura allait tomber dans un profond sommeil d'ivrogne vers deux heures et quart. Pour peu qu'aucune fourmi ne vienne le déranger, il était parti pour trois bonnes heures de sieste.

Mino arriva en courant, les joues rouges d'excitation.

« Viens Pepe ! Maman Amanthea est à la *venda* chez señor Rivera, et papa est allé prendre le bus avec une boîte de papillons ! »

Pepe se laissa précautionneusement glisser du mur, attrapa ses béquilles et commença à clopiner derrière Mino. Ils allaient mettre en œuvre la première phase de leur grand plan. Dans la cabane de tôle de Sebastian Portoguesa.

« Elle est posée là, Pepe ! La bouteille d'acétate d'éthyle ! Un poison mortel, cent fois plus dangereux que le *miamorates*. »

Il pointa du doigt une bouteille en équilibre sur une poutre sous le plafond.

Mino grimpa prestement dessus pour descendre la bouteille. Puis il se glissa hors de la cabane pour revenir avec une grande boîte de conserve rouillée munie d'un couvercle. À l'intérieur se trouvait un chiffon jaune provenant d'une vieille chemise de Sebastian Portoguesa.

Délicatement, avec le plus grand respect, Mino déboucha la bouteille d'éther. Pepe recula en roulant de gros yeux. Puis, en se bouchant le nez, Mino en versa une quantité conséquente sur le chiffon de la boîte en fer-blanc. Il se hâta de remettre le couvercle, puis grimpa remettre la bouteille à sa place.

La *phase un* du plan était achevée, il ne restait plus désormais qu'à cacher la boîte aux Gouttes de la Mort dans un endroit sûr et attendre deux heures de l'après-midi.

La matinée leur parut interminable. Pour tous deux, les aiguilles de l'horloge du clocher de l'église semblaient arrêtées. Mino n'attrapa que deux papillons, et il n'eut guère plus de succès en mendiant des coquilles de coco. À une heure moins le quart, la mère de Pepe arriva et voulut l'emmener dans la jungle à la recherche de racines sauvages. Pepe se défila en évoquant son pied, qui le faisait particulièrement souffrir ; mieux valait qu'il reste ici sur le mur du cimetière à observer les fourmis géantes.

Juste après que l'horloge eut sonné une heure, une bouteille vide de *Old Kentucky Bourbon. Five Years Old* fut balancée par la fenêtre du bureau de Cabura, manquant de peu la tête de la vieille Esmeralda.

La jungle arrivait presque jusqu'au mur arrière de la maison où le sergent Cabura avait son bureau. Mino et Pepe eurent tôt fait de comprendre que presque personne ne passait par là, d'une part parce que Cabura avait là, entre deux broméliacées, ses latrines privées malodorantes, d'autre part parce qu'en général il était interdit de s'approcher à moins de dix mètres de son bureau sans raison valable. Le mur de derrière ne bénéficiait que d'une seule fenêtre, si judicieusement placée qu'en y passant la main, on pouvait presque toucher la nuque poilue du sergent quand celui-ci se trouvait dans son fauteuil.

Le reste des *armeros*, à présent plus d'une quinzaine, était logé dans la *caserna* située en face, de l'autre côté de la rue.

Mino et Pepe se glissèrent parmi les arbres. Il était enfin près de deux heures. Outre la boîte en fer-blanc que Mino portait avec précaution, Pepe tenait une longue perche de presque deux mètres, avec une profonde entaille à son extrémité la plus fine. Les deux garçonnets aux visages singulièrement pâles prenaient bien garde de ne pas poser le pied sur des brindilles sèches. Ils marquèrent un arrêt derrière une grande racine de *cipo matador*.

Ils pouvaient voir Cabura piquer du nez vers la table où trônait une bouteille à moitié vide.

Mino et Pepe se firent un signe de la tête.

Tout à coup, le téléphone sonna. Cabura se redressa pour décrocher, bafouilla quelques mots incompréhensibles au milieu de maints jurons et blasphèmes. Dès qu'il eut raccroché, il se saisit de la bouteille pour boire une grande rasade. Puis éructa un bon coup et se renversa dans son fauteuil en posant ses bottes militaires crottées sur le dessus de son bureau. Il ferma les yeux. Renifla pour faire partir une mouche *pium* qui avait atterri sur son nez.

Les deux garçons jetèrent un regard alentour en retenant leur souffle. Tout se déroulait comme prévu.

Au bout de cinq minutes, Cabura ouvrit la bouche pour laisser l'air passer plus librement. Deux minutes plus tard, Mino et Pepe percevaient le premier ronflement. Deux minutes encore et celui-ci était régulier et puissant.

Pepe commença à trembler. Il dut poser ses béquilles et s'appuyer sur la racine.

« Je crois pas que ça va marcher, Mino, murmura-t-il. La mauvaise odeur va sûrement le réveiller. Et alors, pauvres de nous… Je plains ma mère. Je plains tes pauvres parents et ta sœur.

— Arrête de dire des bêtises ! N'aie pas peur. Cette ordure de Cabura ne se réveillera plus jamais. Tu verras. »

Mino pinça les lèvres, son visage fin se durcit. Ses yeux brûlaient d'une lueur étrange sous sa tignasse brune.

Ils attendirent encore dix minutes. Alors la bave commença à couler sur le menton de Cabura. Il dormait profondément. Les garçons se glissèrent jusqu'à la fenêtre. La *phase deux* était achevée. C'était à présent au tour de la *phase trois* – déterminante, celle-là. Elle exigeait de la précision et des mains sûres. Mino et Pepe s'étaient longuement entraînés à reproduire parfaitement les gestes requis.

« Donne-moi la perche », chuchota Mino.

Après l'avoir récupérée, il se hâta d'ouvrir la boîte de fer-blanc dont émanait une odeur âcre et piquante. Mino sortit le chiffon trempé dans l'éther, l'enroula et le fixa sur l'encoche de la perche. Puis il introduisit délicatement celle-ci à travers la fenêtre, vers la poitrine de Cabura, ensuite son cou et son menton, ne s'arrêtant qu'à quelques centimètres de la bouche ouverte du sergent. Le chiffon se trouvait droit sous son nez.

Mino cala l'extrémité de la perche sur le rebord de la fenêtre. Il fallait la tenir parfaitement immobile pour éviter que le chiffon ne bouge. C'était difficile – Mino en haletait. Pepe, effrayé, posa une main devant sa bouche.

Tout à coup, leur cible tressaillit dans son fauteuil. Son ronflement s'arrêta dans un hoquet. Mino sursauta, mais parvint quand même à éloigner un peu la perche du visage de Cabura. Le menton du sergent se mit ensuite à vibrer légèrement, tandis que le ronflement se faisait plus aigu, presque comme un sifflement.

Le chiffon revint à sa position initiale. Il ne se trouvait à présent qu'à quelques millimètres du visage du dormeur. Mino devait refréner son envie de ramener la perche et de prendre ses jambes à son cou. *N'allait-il pas bientôt crever, ce salaud ?* Il y avait au moins mille fois plus d'éther sur son chiffon que sur la boule de coton qu'il utilisait pour tuer les papillons.

Brusquement le sergent s'arrêta de ronfler. Sa cage thoracique se soulevait désormais par à-coups irréguliers – l'éther commençait à faire son effet. Mino sentait qu'il ne pourrait plus tenir la perche encore très longtemps. Il fallait que son ami prenne le relais.

« Pe-Pepe, chuchota-t-il, il faut que tu la tiennes. Fermement. Sans bouger. Comme on l'a fait à l'entraînement. Je sens que je vais lâcher. »

Tétanisé d'angoisse, Pepe reprit la perche. Tendu comme un ressort d'acier, il se pencha légèrement sur le rebord de la fenêtre, tandis que Mino se mettait tout doucement en retrait.

« Je crois que j'y arrive, Mino ! » chuchota-t-il fièrement.

À ce moment précis, un gargouillis profond sortit de la gorge du sergent. Pris de panique, Pepe voulut ramener la perche, mais ses bras n'obéissaient pas comme ils auraient dû : elle tomba sur le visage de Cabura, le chiffon se détacha et resta sur le visage de Cabura ! Terrorisés, les garçons déguerpirent dans la jungle. Pepe jeta la perche au loin, Mino buta dans la boîte en fer-blanc vide, ce qui déchaîna un bruit infernal. En claquant les dents, tous deux allèrent se réfugier derrière une racine pour y attendre la fin du monde.

Mais rien ne se produisit. Plus aucun bruit ne s'élevait dans le bureau ; en revanche, ils entendaient très bien le caquètement du *mutum* apprivoisé de señor Mucata dans la maison d'à côté. Et un toucan dans un arbre derrière eux. Et le bourdonnement d'un millier d'insectes. Et les cris des vendeurs de fruits et légumes sur le marché. Et, au loin, le grondement des machines de pétrole de la Compagnie. Sinon rien. Un silence inquiétant.

Les deux garçons restèrent serrés l'un contre l'autre derrière la racine pendant presque une demi-heure avant d'oser revenir sur leurs pas. La fenêtre se dessinait à travers le feuillage. Ils apercevaient clairement la nuque de Cabura. Et ses pieds posés sur le bureau. Il n'avait pas bougé d'un pouce. Mais n'émettait plus le moindre ronflement.

Mino et Pepe avaient trop peur pour ne fût-ce que chuchoter quand ils se glissèrent subrepticement vers la fenêtre. Le premier tendit le cou pour jeter un coup d'œil à l'intérieur – et dut aussitôt baisser la tête à cause de l'odeur âcre et écœurante qui emplissait la pièce. Il regarda à nouveau, le nez pincé. Le chiffon était resté sur le visage du sergent. Cabura ne bougeait pas, il ne *respirait* pas ! Sa cage thoracique restait inerte, et Mino pouvait voir que la peau du front et de la nuque avait bleui. Les mains du sergent, auparavant croisées sur son ventre, pendaient mollement sur les côtés presque jusqu'au sol. Elles aussi avaient pris une teinte bleuâtre.

Mino se retourna vers Pepe, qui tremblait toujours comme une feuille.

« Mort ! dit-il à voix haute. Cabura est mort. Nous l'avons tué. »

Pepe se hasarda enfin à y jeter un coup d'œil. Puis il hocha gravement la tête en direction de Mino.

Ils avaient réussi à tuer cette brute de Felipe Cabura !

Les garçons s'autocongratulèrent aussitôt, assis près de la fenêtre. Ils évoquèrent le moindre de leurs gestes depuis qu'ils avaient mis leur plan en branle. Mino n'avait-il pas tenu la perche très fermement les premières minutes ? Pepe n'avait-il pas sciemment déposé le chiffon sur la bouche et le nez de Cabura avant qu'ils se retirent dans la forêt ? N'avaient-ils pas su attendre patiemment que l'éther fasse son effet ? Oui, ils avaient accompli un acte héroïque de premier ordre. Avec une facilité déconcertante, ils avaient ôté la vie au tyran qui brutalisait le village. Si seulement señor Gonzo avait pu les voir ! Lui qui avait eu la tête écrasée par la crosse du fusil de Cabura. Et señor Tico ! Lui dont le corps avait été criblé de dix-huit balles tirées par l'un des *armeros* de Cabura. Et señor Gomera ! Lui qu'on avait forcé à ingurgiter des plantes toxiques, qui ne reconnaissait à présent plus personne et se prenait pour son propre père. Ah, si tous avaient pu voir ce que Mino et Pepe avaient accompli !

Justice était faite. Les deux garçons firent pieusement le signe de croix, puis remercièrent la Vierge Marie et le saint du village pour le courage qu'ils leur avaient conféré.

Une heure entière, ils bavardèrent sous la fenêtre, le temps que l'éther s'évapore et que le corps de Cabura finisse de se rigidifier. Alors Mino grimpa par la fenêtre pour ôter le chiffon du visage du sergent. La découverte des yeux de Cabura le fit frissonner. Ils étaient intégralement blancs, d'un blanc qui évoquait la fine membrane sous la coquille d'un œuf.

Pas de trace. Personne ne devait rien soupçonner. Leur bravoure devait rester à tout jamais secrète.

Mino et Pepe passèrent le reste de l'après-midi à jouer avec Lucás et les tortues. Ils avaient peint des visages grotesques sur leurs écailles, des visages représentant des personnages connus dans le village. C'était à se tordre de rire.

Juste après la tombée de la nuit, la bonne nouvelle se répandit : Felipe Cabura s'était saoulé à mort avec du *Old Kentucky Bourbon. Five Years Old.* Un événement qui fut dignement fêté dans chaque maison à grand renfort d'alcool de sucre de canne. Et quand *padre* Macondo sonna les cloches le nombre de fois escompté pour signaler un décès, plusieurs personnes les trouvèrent pour une fois plutôt joyeuses.

Le soulagement d'être débarrassé du terrible sergent fut cependant de courte durée : à peine une semaine plus tard, on nommait Pitrolfo au cou de taureau nouveau sergent des *armeros*. Sa brutalité était déjà légendaire.

Un certain nombre d'événements fort inquiétants se produisirent en outre les mois suivants, ce qui amena plusieurs des anciens à déclarer, avec une conviction contagieuse, que le Jugement dernier était proche, non seulement pour le village, mais pour la planète entière.

Ça concerna tout d'abord D.T. Star et la Compagnie. La déforestation allait bon train, et les tours des derricks s'approchèrent dangereusement du village. Des délégations furent envoyées jusque dans la capitale du district, pour des résultats fort peu encourageants. *Los Americanos* avaient le droit de chercher du pétrole n'importe où dans cette partie du pays. Le Président avait conclu un important accord à ce sujet. Les *caboclos* – les métis – et les Indiens n'avaient aucun droit particulier sur la forêt ou sur terre. Néanmoins, peut-être pourraient-ils trouver du travail dans les nouvelles villes qui poussaient comme des champignons à d'autres endroits du pays. Voilà ce que les délégations obtinrent pour toute réponse dans la capitale du district.

Et puis, il y avait la grande *hacienda* de don Edmundo là-haut sur la *sabana*. Celle-ci avait déjà donné du travail à des villageois, lors de certaines saisons en tout cas – même si, avec l'introduction des machines, il y en avait de moins en moins chaque année. Mais à présent l'arrêt était total : don Edmundo avait cessé de cultiver la terre. L'argent qu'il avait gagné avec les concessions pétrolières, il l'avait investi dans des pelleteuses, des camions et des bulldozers. Ses fils étaient devenus des *ingenieros*. Une route moderne allait être construite à partir des divers champs pétrolifères pour rejoindre la capitale du district. Les céréales et le bétail là-haut, sur la *sabana*, n'étaient apparemment plus au goût du jour.

Par voie de conséquence, le village connut dès lors une immigration bien particulière : des travailleurs agricoles au chômage vinrent s'installer autour de la place du marché, où ils se bagarraient, buvaient et jouaient aux dés. Beaucoup de ces migrants se montraient très agressifs, ils voulaient entraîner le village dans une rébellion à la fois contre don Edmundo et D.T. Star. Ils discutaient à voix haute de *socialismo*, un mot que peu de villageois comprenaient, à l'exception de señor Gomera qui, se prenant toujours pour son père, affirma son allégeance au socialisme. Voilà pourquoi il serrait chaque jour la main à tous les migrants rassemblés sur la place du marché.

Le résultat fut que les *armeros* du sergent Pitrolfo eurent droit à des renforts : plus de trente *armeros* stationnaient à présent dans le village, ce qui ne facilitait guère l'existence des gens. La place et le marché étaient constamment surveillés par des patrouilles, qui pratiquaient souvent des fouilles au corps inopinées sur n'importe qui, de la vieille Esmeralda jusqu'au *padre* Macondo.

On aurait pu s'attendre à ce que ce flot d'immigrants augmente le commerce, et par là même profite aux habitants. Malheureusement, ce fut l'inverse qui se produisit. Les travailleurs agricoles n'ayant que peu ou pas du tout d'argent, ils mendiaient ou volaient de la nourriture au marché. Après leur passage, on avait bien du mal à trouver encore une coquille de coco autour des étals des vendeurs. Quant à *los armeros*, peu leur importait : ils étaient approvisionnés soit par la *venda* américaine de D.T. Star, soit par la capitale du district.

Tout le village soupira donc de soulagement quand un beau jour quatre bus militaires complètement vides s'arrêtèrent sur la place du marché, et que *los armeros* forcèrent tous les travailleurs agricoles à monter à bord. Ils seraient conduits jusqu'à la capitale du district pour, disait-on, y être dispersés et y trouver un travail légal, utile à la société. Les bus démarrèrent au milieu du tumulte et des cris ; à travers les fenêtres ouvertes, les hommes brandissaient des poings serrés en criant « *Viva la revolución !* »

Si curieux que cela puisse paraître, plusieurs personnes, parmi lesquelles se trouvaient Sebastian Portoguesa, señor Mucco et le vieil Olli Occus, virent le poing de *padre* Macondo se serrer, et ses lèvres prononcer à leur tour très distinctement : « *Viva la revolución !* »

Quelques semaines après la déportation des travailleurs agricoles, une énième goutte d'eau fit déborder le vase : D.T. Star pénétrait dans le village avec huit grands camions, deux bulldozers et une pelleteuse. On allait construire une tour de forage presque au cœur de l'agglomération, plus précisément là où s'étendait le carré regorgeant de tomates de señor Gomera – señora Gomera, qui s'en occupait à présent, n'avait en rien changé la technique de son mari : elle utilisait toujours le *miamorates*, la morelle noire toxique. Le soir même, *padre* Macondo convia tout le village à une messe particulièrement importante, au cours de laquelle il leur tiendrait un discours.

L'église était remplie jusqu'au dernier banc. Il y avait des gens assis dans l'allée centrale, mais aussi debout le long des murs. Pater Macondo prit la parole : « Notre avenir ne repose plus seulement entre les mains de Notre Père Tout-Puissant, désormais, mais aussi entre les nôtres. Nous avons vainement tenté, avec toute l'humilité et la civilité qui s'imposaient, de convaincre les autorités de faire respecter nos droits. Pieds nus, nous avons porté nos prières à don Edmundo, à ses fils, à D.T. Star, à la Compagnie. Chaque fois, nous avons été rejetés, foulés aux pieds et traînés dans la boue comme des nuisibles, on nous a méprisés, craché dessus. Avons-nous jamais craché sur quiconque ? Avons-nous jamais méprisé quiconque, ou blasphémé ? Que chacun interroge son cœur pour y trouver la réponse. Pendant des générations, nous avons vécu paisiblement dans notre village. Nous n'avons jamais été riches, mais très peu d'entre nous sont morts de pauvreté. Dans les villes où ils veulent nous envoyer, il y a tous les jours des gens qui meurent dans le plus grand dénuement. Il y a des maladies, mais aucun hôpital pour les pauvres incapables de payer. Chaque jour qui passe, *los Americanos* érigent une nouvelle tour de forage dans notre province. Le pétrole jaillit de la terre. Aucun d'entre nous ne peut le boire ou le manger. Et pourtant il est vendu pour des sommes exorbitantes. L'argent que gagne la Compagnie est envoyé en Amérique du Nord. Là-bas, ils construisent des maisons qui montent jusqu'au ciel ; là-bas, ils fabriquent des voitures qu'ils vendent aux riches d'ici. Le pétrole qui va bientôt jaillir du champ de tomates de señor Gomera fera rouler de nombreuses voitures, mais combien d'enfants s'endormiront en larmes, l'estomac vide ? Où est la justice de notre Dieu ? Eh bien, Dieu l'a placée entre *nos mains*. À partir d'aujourd'hui, une grande responsabilité nous incombe : si jusqu'ici nous nous sommes contentés de penser à l'intérieur de nos têtes, il est temps désormais de penser *en dehors*. Sur la terre, dans les montagnes, dans la jungle vivent tant d'étranges créatures misérables. Mais toutes ou presque mènent une existence pleine de sens. Même la hyène peut compter sur sa mère. Alors que nous-mêmes ne pouvons aucunement compter sur le gouvernement, pas plus que sur *los armeros*, et nous n'avons rien à attendre du señor *Detestar*. Aujourd'hui il faut nous interroger : avons-nous de nouveaux chemins à prendre ? Que deviendront nos pensées pour peu qu'on les extériorise ? À partir d'aujourd'hui, rien ne sera plus comme avant. Si jamais il existe une quelconque possibilité d'un retour à une vie normale, c'est à chacun d'entre nous ici présent d'en décider. Tournons-nous vers le Seigneur, agenouillons-nous devant notre Sainte Mère ! Prions pour qu'ils nous donnent de la force. De la force, non pas pour résister au mépris et aux crachats, mais pour leur cracher au visage en retour. Rappelez-vous : *"Yahvé vit que la méchanceté de l'homme était grande sur la terre et que son cœur ne formait que de mauvais desseins à longueur de journée. Yahvé se repentit d'avoir fait l'homme sur la terre et il s'affligea dans son cœur."* »

De petits groupes se formèrent ensuite le long du mur du cimetière pour discuter du discours de Macondo. Les hommes se rassemblaient spontanément. Miraculeusement, deux travailleurs agricoles surgirent alors. Par on ne savait trop quel moyen, ils avaient réussi à échapper à la déportation forcée. C'étaient Mario et Benedicto, deux hommes avenants qui n'avaient jamais causé le moindre problème aux villageois. Aux côtés de Mario se tenaient señor Freitas, Louis Hencator, señor Mucco plus quatre adolescents, tandis que Benedicto discutait avec un autre groupe qui comprenait entre autres señor Rivera, Sebastian Portoguesa et Eusebio l'édenté. Tous parlaient en même temps, pour finalement dire la même chose : par son prêche puissant, *padre* Macondo leur avait fait comprendre qu'ils devaient désormais passer à *l'action*. Mais sous quelle forme ?

Peu à peu, les deux groupes fusionnèrent, et señor Rivera finit par inviter tout le monde à sa *venda* pour faire une synthèse de leurs idées. Vingt-trois hommes prirent donc place dans la petite boutique, dont on verrouilla ensuite soigneusement la porte de l'intérieur. Aucun son ne devait en sortir.

Mino et Pepe n'avaient pas perdu une miette du discours de *padre* Macondo. Assis dans la pénombre sur les pierres qui jouxtaient la mare de boue où Mino avait son coin à lui, ils remuaient à présent l'eau avec une tige de roseau. Il ne se passait pas un jour sans qu'ils évoquent leur action héroïque – car c'en avait été une, assurément. Pourtant, la situation du village ne s'était pas du tout améliorée depuis qu'ils avaient tué cette ordure de Cabura. Pepe avança donc avec le plus grand sérieux l'idée de supprimer également le sergent Pitrolfo, puis D.T. Star lui-même, ainsi que deux ou trois des pires *armeros* – mais Mino refusa d'en entendre parler. Il arriverait toujours de nouveaux *armeros*, de nouveaux sergents encore pires que les précédents, et combien de *jefe* y avait-il en Amérique du Nord capables de remplacer D.T. Star au pied levé ? À coup sûr plus de dix, affirma Mino. Et ils n'avaient certainement pas assez d'acétate d'éthyle pour tout ce monde-là.

« Je crois que le bulldozer viendra demain détruire le carré de tomates de señor Gomera », déclara Pepe.

Mino hocha la tête, mais tout à coup une fulgurance passa dans son regard.

« Le bulldozer, oui, dit-il. Les bulldozers aussi, on peut les tuer. »

Et alors que les hommes du village discutaient dans la *venda* du señor Rivera, Mino et Pepe se faufilèrent dans le noir jusqu'à l'épouvantable machine censée détruire le beau champ de tomates. Sans laisser la moindre trace de leur méfait, ils parvinrent à verser quatorze poignées de terre dans le réservoir de gasoil.

Une ambiance étrange régna dans le village au cours des semaines suivantes. Vu de l'extérieur, rien ne semblait avoir changé, les marchands de fruits et légumes vendaient leurs produits sur la place du marché, señor Mucco donnait à manger à ses dindons domestiqués et señor Rivera négociait ses articles soigneusement rangés dans les innombrables tiroirs de sa *venda*. Les petits enfants cherchaient des coquilles de noix de coco et les femmes transportaient du taro dans leurs larges jupons. Mais où donc étaient passés Louis Hencator, Sebastian Portoguesa et Benedicto, le travailleur agricole, au cours des trois jours qui avaient précédé l'effondrement du pont sur le grand fleuve, ce même pont qui justement avait été renforcé afin de pouvoir supporter le transport de matériel pour les champs pétrolifères ? Et qu'allaient faire señor Rivera et Mario, quand tard un soir ils se faufilèrent dans la forêt en direction de la *venda* américaine privée de D.T. Star, au beau milieu des tours de forage ? Et pourquoi señor Freitas avait-il emporté une hache quand il était sorti de chez lui à trois heures du matin ?

On aurait pu aussi poser ces questions autrement : pourquoi *los Americanos* ne parvinrent-ils pas à démarrer ni le bulldozer ni la pelleteuse quand ils voulurent arracher le champ de tomates de señor Gomera ? Et où étaient passées toutes les boîtes à outils indispensables pour ériger les tours de forage et réparer les machines ? Pourquoi des éboulements plus ou moins importants ne cessaient-ils jamais de barrer la route qui menait à la capitale du district ? Et comment le nouveau pont avait-il pu s'effondrer ? Pourquoi les pneus de camions et des Jeeps crevaient-ils régulièrement ? Pourquoi les deux tours de forage s'étaient-elles renversées là-haut, sur la colline, là où poussaient auparavant des magnolias et des *canforeira* ? Pourquoi la *venda* privée de D.T. Star avait-elle brûlé jusqu'aux fondations ? D'où venaient tous les termites qui, en l'espace de quelques jours, firent s'écrouler la *caserna* des *Americanos* ? Et pourquoi le bureau du sergent Pedro Pitrolfo explosa-t-il en pleine nuit avec le dépôt d'armes stockées au même endroit ?

On pourrait à loisir allonger cette liste de questions, mais il n'en demeurait pas moins qu'un mois après la décision de D.T. Star de dresser une nouvelle tour de forage dans le carré de señor Gomera, l'épouse de ce dernier pouvait toujours apporter au marché son panier rempli des plus jolies tomates rouges.

Quelques semaines avant le onzième anniversaire de Mino, Amanthea Portoguesa déposa une casserole de riz aux piments sur la table devant son mari et ses deux fils aînés, Mino et Sefrino. Elle souriait.

« J'ai peut-être mis un peu trop de sel », annonça-t-elle d'une voix claire et limpide.

Mino et Sefrino eurent un mouvement de recul sur leur chaise – ils n'en croyaient pas leurs oreilles : ça faisait plusieurs années que leur mère n'avait pas prononcé une phrase entière. Ils se souvenaient encore moins de l'avoir jamais vue sourire.

Sebastian Portoguesa se leva d'un bond de sa chaise et s'agenouilla devant elle. Le visage baigné de larmes, il murmura : « Merci, Sainte Mère, pour avoir enfin entendu mes prières. Oh, Amanthea, chère Amanthea, ma jolie femme !

— Voyons Sebastian, quelle attitude ! Assieds-toi donc, et mange ce que je vous ai préparé. »

Jamais Mino n'avait assisté à une telle fête. On appela Ana Maria, qui suspendait le linge derrière la maison, et Sefrino s'empressa d'aller chercher Teófilo, le cadet, qui jouait près du mur du cimetière. Le petit garçon fut presque effrayé d'entendre la voix de sa mère – il avait moins d'un an la dernière fois que cela lui était arrivé. Pourtant, Amanthea parlait comme si c'était la chose la plus naturelle du monde, comme si elle ne s'était jamais réfugiée dans le silence. Elle semblait ne pas comprendre cette explosion de joie, l'ambiance de fête autour de la simple table du dîner.

Bientôt tout le village sut qu'Amanthea Portoguesa avait retrouvé la parole et le sourire. C'était, de l'avis général, un bon présage.

Un *cerrillo* grognait parmi les buissons. Mino vit qu'il avait remué la terre autour de l'imposant *cipo matador*. Après avoir reposé son filet à papillons, le garçon s'assit sur une branche tombée par terre. Ah, si seulement il avait possédé une arme à feu, il aurait eu la peau du *cerrillo* ! Que de bonnes viandes sa mère aurait alors eues à mettre dans ses marmites ! Son estomac criait famine. Il avait l'habitude de ne jamais le sentir tout à fait rassasié. Mais il s'imaginait sans difficulté le plaisir de sentir la peau de son ventre se tendre, et celui de pouvoir roter de bien-être.

Il n'avait qu'à trouver un papillon suffisamment rare pour rapporter beaucoup d'argent à son père ! Quelque part dans la jungle, il en avait la conviction, se cachaient des papillons magnifiques dont l'image ne figurait encore dans aucun livre.

Il jeta un coup d'œil dans sa boîte en fer-blanc. Aucun *Morpho* aujourd'hui. Deux *Statiras*, un *Papilio machaon* de la famille des *Papilionidae* ainsi que quelques petits mais très beaux *Lycaenidae*. Le butin n'était pas fameux. Mais c'était toujours ainsi désormais : depuis que de grandes parties de la jungle autour du village avaient été rasées par les bulldozers de la Compagnie, une grande partie des papillons avait elle aussi disparu. Les délicats *Morpho montezuma*, par exemple, on n'en voyait presque plus jamais.

Aujourd'hui je vais m'aventurer plus loin, se dit Mino. *Je vais traverser à gué la petite rivière et pénétrer dans l'épaisse jungle au sud du village qui, une fois l'an, pendant la pire période de la mousson, se retrouve complètement inondée. C'est ça qui rend impossible de circuler là-bas. Il n'y a pas de sentiers.*

Mino atteignit enfin la petite rivière. Jusqu'ici, il connaissait parfaitement le terrain. Après avoir traversé à gué, sans le moindre problème, il sortit de sa poche un petit canif et grava une croix dans l'écorce d'un arbre.

Tandis qu'il se faufilait prudemment dans le clair-obscur de la jungle humide, il prit soin de casser des petites branches et d'entailler l'écorce des arbres. Il n'avait aucunement l'intention de se perdre. Il eut tôt fait de s'arrêter en admiration devant une fleur de la passion rouge sang sur un buisson, puis un lis *crinum* arborant des couleurs totalement improbables. Impressionné, il étudia un joli *peperomia* qui drapait délicatement un tronc d'arbre – il s'était enraciné en hauteur, parmi les branches. Puis caressa doucement la poire ronde un peu collante au cœur d'une fleur de *histeria*. Tant de beauté ! Tant de choses nouvelles !

Juste à sa gauche, un papillon jaune orangé s'envola tout à coup parmi les branches. Il leva son filet et hop ! il l'avait attrapé. C'était un rare *Heliconidae*. Peu après, il capturait deux beaux *Ithomiidae* aux ailes en partie transparentes. Il parvint ensuite à s'approcher suf-fisamment d'un *Morpho* pour l'attraper, abîmant malheureusement l'une de ses ailes dans la manœuvre. Dommage, car il était de l'ordre des *Peleides*.

Ensuite, il resta longtemps sous un arbre à écouter une nuée de hoazins huppés qui pépiaient si bizarrement qu'il ne put s'empêcher d'en rire.

Tout à coup un grand papillon jaune et bleu s'envola devant lui pour partir zigzaguer avec agilité entre les feuilles et les branches. Était-ce un *Papilionadae*, un Machaon ? Non, les couleurs ne corres-pondaient pas. Mino sentit son cœur s'emballer ; il se força à retenir sa respiration avant de suivre le vol de l'insecte. Jamais il n'en avait vu de semblable auparavant, en tout cas pas vivant. La traque com-mença.

Par trois fois, il manqua sa cible – le papillon, rapide comme l'éclair, avait changé de direction au dernier moment. La troisième fois, il crut l'avoir perdu de vue, l'insecte étant parti se réfugier dans la jungle ; mais voilà qu'il faisait son retour, en voletant droit sur lui. Fasciné, le garçon ne voyait plus que ce papillon – il devait à tout prix l'attraper.

Finalement, celui-ci vint se poser sur un buisson *mujare*. Mino s'approcha furtivement de lui et le prit dans son filet.

Épuisé, il s'assit pour admirer cette merveille ; il lui avait appuyé légèrement sur le thorax pour lui faire perdre connaissance. Le papillon reposait dans sa paume, les ailes repliées. De ses doigts adroits, sans abîmer la fine poudre, le garçon déplia ses ailes. Quelle perfection ! Bleu et jaune, avec des motifs magnifiques et un petit œil à l'extrémité de l'aile arrière. Aucun doute : c'était un *Papilionidae*, un Machaon. Jamais encore Mino n'avait attrapé un papillon de cette famille. Convaincu de tenir une petite fortune dans la main, il se réjouissait déjà de rentrer chez son père regarder dans ses livres !

Il se hâta de le placer dans la boîte en fer-blanc, avant qu'il ne puisse se réveiller – et s'envoler à nouveau.

L'une de ses mains – celle qui avait touché le feuillage du buisson *mujare* sur lequel le papillon s'était posé – avait pris une teinte rou-geâtre. Elle le brûlait. Mais cela n'avait pas d'importance, et Mino ne cessa de rire et de danser sur le chemin du retour, au fil des traces qu'il avait laissées dans la jungle.

Mino ne devait plus se trouver très loin de la rivière quand il entendit tout à coup un violent grondement au-dessus de la cime des arbres derrière lui. Le vacarme était assourdissant, et brusquement un vent puissant se mit à arracher les feuilles du sommet des arbres. Mino, qui se bouchait les oreilles, aperçut alors trois hélicoptères qui volaient à basse altitude. De la même couleur que les uniformes des *armeros*, bordeaux et jaune, ils se dirigeaient vers le village.

Arrivé à la rivière, Mino comprit que les hélicoptères avaient atterri. Hésitant, il tendit l'oreille. Une angoisse diffuse le prenait à la gorge. Tout était calme, très calme. Ce vacarme aussi soudain que violent avait également effrayé les animaux peuplant la jungle.

Il alla s'asseoir sur une grosse pierre au bord de la rivière. Plongea sa main endolorie dans l'eau tiède. Cela le soulagea. Pourtant il frissonnait ; inexplicablement, il trouvait qu'il faisait froid.

Alors il entendit des coups de feu. D'abord quelques tirs épars. Puis des salves entières, qui finirent par se confondre les unes avec les autres, sur fond d'explosions et de grondements sourds. Les dents serrées, Mino fixait son reflet dans l'eau ; son image se balançait d'avant en arrière, nette, floue, nette, floue. Et soudain, il remarqua un curieux phénomène : *son reflet changeait graduellement.* Il se pencha un peu plus pour tenter de comprendre – il n'en croyait pas ses yeux, il se les frotta donc et regarda de nouveau. Tout devint soudain limpide, le miroir de l'eau était à présent parfaitement immobile. Alors Mino esquissa un étrange sourire, un sourire qui surgissait du plus profond de son être, d'un lieu qu'il ne connaissait pas.

Enfin les tirs et les explosions cessèrent. Mais le silence fut de courte durée. Les hélicoptères repartirent au-dessus de la jungle, la fouettant telles des vagues d'ouragan. Longtemps, ils tournèrent en rond autour du village, avant de disparaître par là où ils étaient venus. Mino se leva alors de sa pierre.

Lentement, il suivit le chemin qui traversait la jungle. Une fois, il s'arrêta pour regarder sa boîte en fer-blanc. Le splendide papillon était toujours là, avec ses couleurs lumineuses et éclatantes.

Une fois assez près pour apercevoir les tours de forage, il sentit l'odeur du feu, et celle, plus âcre, de la poudre. Puis il découvrit la fumée. Elle provenait du village même. Noire, effroyable, elle s'élevait en volutes parmi la cime des arbres. Mino commença à courir, d'abord lentement, puis de plus en plus vite.

« Papa ! Maman ! » cria-t-il.

L'église était réduite à un tas de pierres fumantes. Près de ce qui restait du mur, Mino tomba sur le corps disloqué de *padre* Macondo. Sa tête avait explosé sous l'impact des balles. Plus loin, il découvrit la vieille Esmeralda baignant dans son sang. Puis Lucás et Pepe. Tous deux gisaient immobiles, la bouche et les yeux grands ouverts. Une tortue à la carapace peinte rampait sur la gorge ensanglantée de Pepe.

Mino éclata en sanglots.

Partout, les gens étaient morts, déchiquetés par les tirs. La place du marché était complètement détruite, toutes les maisons autour d'elle n'étaient plus que ruines fumantes. Du sang, du sang, du sang, il y avait du sang partout.

« Maman ! Papa ! »

Mino courut aussi vite qu'il le put, tout en criant et en pleurant à grosses larmes. La maison de señora Serrata était toujours intacte. Et là, c'était la sienne, récemment blanchie à la chaux, avec ses volets bleus. Il s'arrêta net après avoir contourné le hangar en tôle : sa sœur jumelle Ana Maria était allongée par terre, avec Teófilo dans ses bras. Ils reposaient, immobiles, dans une position tout sauf naturelle. Un petit trou était visible au-dessus de l'œil gauche d'Ana Maria. Et il y avait du sang autour de la bouche de Teófilo. Sa petite poitrine ne bougeait plus. Alors Mino cessa de pleurer.

Il trouva Sefrino, son père et sa mère devant la porte d'entrée ouverte, tous trois baignant dans une mare de sang qui commençait déjà à sécher. Une nuée de mouches bourdonnait au-dessus des corps abîmés. La main droite du père tenait encore celle de Sefrino ; à côté de lui se trouvait un étaloir avec un *Argante* à demi préparé.

Mino s'écroula par terre et se mit à ramper à quatre pattes jusqu'à la mare de sang, dans laquelle il trempa l'intégralité de son visage. Longtemps, il resta ainsi, en retenant son souffle. Mais il ne réussit pas à mourir.

Il se releva, cligna des paupières pour chasser le sang coagulé autour de ses yeux.

Et il vit.

Il vit tout, avec une clarté éblouissante : le sang tout autour de lui n'était pas rouge. Il était blanc. Blanc comme le cœur d'une noix de coco.

Puis Mino prit ses jambes à son cou et retourna dans la jungle. Franchit la petite rivière, dépassa les arbres qu'il avait marqués avec son couteau quelques heures plus tôt. Tantôt il courait, tantôt il marchait. Quand la nuit fut tombée, il s'allongea sous les racines d'un *cipo matador*.

Blanc, blanc comme le cœur d'une noix de coco.

2. Fumée noire jaillissant du cercle autour de l'homme de feu

Toute la nuit et toute la journée suivantes, Mino resta couché sous le *cipo matador*. S'il ne dormait pas, le garçon n'était pas non plus tout à fait éveillé. Des fourmis n'arrêtaient pas de lui grimper sur le dos, et il devait constamment se frotter les yeux pour en chasser des mouches minuscules. La terre était humide sous son corps, et il avait pris froid.

La deuxième nuit, il entendit nettement la voix de son père lui réciter l'histoire de Tarquentarque, le grand chef des Obojos, et de *Mariposa Mimosa.* Alors il s'endormit pour de bon, le sourire aux lèvres. À son réveil, il se rappela l'image que lui avait renvoyée le miroir de l'eau.

Il sortit de sous les racines en rampant. Une nuée de hoazins huppés jacassaient joyeusement dans la cime des arbres, et un *tordo* à tête rouge inclinait la tête sur une branche juste au-dessus de lui. Les rais de la lumière du matin qui filtraient à travers la cime des arbres allaient toucher le sol comme autant de guirlandes argentées.

Mino ôta un instant ses vêtements humides pour les débarrasser des fourmis et autres vermines. Il avait faim, terriblement faim.

Il commença à marcher au hasard, sans savoir où ses pieds le portaient – tout juste s'efforçait-il de ne pas tourner en rond. Quand le soleil se retrouva au zénith, il s'effondra d'épuisement sur une branche tombée à terre et resta là, les yeux fixés au sol. La jungle avait élevé autour de lui comme un mur épais qui l'enserrait de près.

Puis le corps frêle du garçonnet se tendit. Il commença à chercher autour des arbres, par terre, y trouvant deux anones et quelques navets sauvages. Il ingurgita ensuite avidement les baies d'un buisson *loca* au goût affreux, mais qu'il savait inoffensives.

Tout l'après-midi il marcha, et la jungle autour de lui avait exactement le même aspect. Quand le soir commença à tomber, il grimpa dans un grand arbre pour se reposer entre deux grosses branches. Là, il dormit toute la nuit, d'un sommeil profond et sans rêves.

Le lendemain, il tomba sur un cocotier dont il parvint à faire tomber quelques noix, qu'il entreprit de casser sur des pierres. Le lait et la chair grasse, bien nutritive, lui redonnèrent des forces. Il reprit inlassablement sa marche. Grimpa dans un arbre et dormit encore. Ne prêta pas attention à un serpent *coonaradi* de cinq mètres qui se glissait dans les branches juste au-dessus de sa tête.

Au bout du cinquième jour, le garçon avait été tellement malmené par la jungle sombre et humide qu'il rampait plus qu'il ne marchait. Il remarqua alors que la terre sous ses pieds était un peu moins humide, et que le terrain sur lequel il avait progressé ces dernières heures montait imperceptiblement. Dans une semi-inconscience, il longea tant bien que mal quelque chose qui semblait être un sentier. Le soir venu, il n'avait même plus la force de grimper dans un arbre. Il s'écroula par terre avant même que les aigrettes aient fini de chanter.

« Eh oui, Président Pingo, si au moins ce maudit chemin pouvait un jour commencer à ressembler à une route ! Tes oreilles sont déjà pleines de mouches, à ce que je vois. »

Zigzaguant à travers le feuillage touffu, sur quelque chose qui pouvait ressembler à un sentier, un curieux énergumène arrivait à dos de mulet. Vêtu d'un large poncho noir, il portait sur la tête un énorme chapeau de paille d'un mètre de diamètre et, aux pieds, des bottes bizarres, noires également, terminées par une pointe recourbée ornée d'un nœud rouge. Sous le chapeau de paille, dans l'ombre, on devinait un visage tanné et ridé, mais pas si vieux que cela, aux traits étrangement fins et doux ; n'eût été cette barbiche très soignée, d'un roux doré, il aurait tout bonnement pu appartenir à un enfant grandi trop vite.

Le mulet était chargé des remèdes les plus extraordinaires. Derrière la selle saillaient plusieurs objets ressemblant à des perches qui s'accrochaient sans cesse aux taillis. Deux sacs ronds pendaient au cou du mulet ; des sachets et de petites boîtes étaient suspendus aux parties les plus improbables de l'animal : des clochettes tintantes sur les pattes antérieures, par exemple. Tout ce barda était si haut en couleur qu'il aurait sans peine trouvé sa place dans un défilé de carnaval.

« De l'eau pour Président Pingo et du vin pour papa Mágico ! »

L'homme sauta aisément à bas du mulet pour aller détacher une gibecière d'un de ses flancs. Puis il enfourna le goulot d'un bidon dans la gueule de l'animal, qui renversa aussitôt la tête pour boire.

« Ha, ha, dit-il. Bon garçon. Bon garçon, Président Pingo. Maintenant on va voir ce qu'on va voir. »

L'homme prit un autre bidon et but avidement à son tour. Ensuite, après avoir épousseté quelques feuilles de son large poncho noir, il grimpa de nouveau sur la bête. L'expédition repartit à travers les broussailles, et l'homme reprit sa conversation avec son mulet.

Le sentier montait, aussi l'homme ôta-t-il son grand chapeau pour s'essuyer le front. Des cheveux d'un blond doré retombèrent alors sur ses épaules. Avec beaucoup de dignité – et une certaine élégance –, il les ramassa dans un chignon qu'il fit disparaître sous son couvre-chef.

« Ça alors, Président Pingo, qu'est-ce que c'est que ça ? »

Il arrêta le mulet.

Devant lui, sur le sentier, un petit être était allongé sur le ventre. Ses vêtements lacérés tombaient en lambeaux. Son visage était caché, protégé par l'une de ses mains, et l'homme constata que son frêle corps tremblait.

« Eh bien, qu'est-ce que la jungle nous a laissé ici ? » L'homme mit pied à terre pour s'agenouiller près de la maigre créature étendue par terre.

« N'est-ce pas un petit garçon ? Un petit garçon complètement perdu. Oh là là. Et regarde ! Qu'est-ce qu'il tient dans sa main ? C'est une boîte en fer-blanc ? Que peut-il y avoir dans cette boîte ? Peut-être que papa Mágico va regarder. »

Il prit la boîte que le garçon serrait dans sa main droite. Une odeur âcre en sortit lorsqu'il l'ouvrit. Alors il aperçut les papillons. L'un d'eux, très grand, était d'une beauté inouïe. Bleu et jaune, avec un petit cercle rouge sur l'aile postérieure.

« Ça alors, Président Pingo, qu'est-ce que nous avons trouvé ? Un collectionneur de papillons égaré. Et si loin du village le plus proche. Qu'allons-nous faire de lui, Président Pingo ? »

Le mulet se mit à braire, dévoilant les dents de sa mâchoire supérieure.

« Exactement, *sí*, *sí*, señor Pingo. »

L'homme ôta son poncho et l'étala sur le sentier. Il portait en dessous une chemise de dentelle avec un nœud violet, une veste assortie aux broderies dorées ainsi qu'une large ceinture jaune. Puis, il tira doucement le garçon sur la couverture improvisée et le tourna sur le dos. Quelques tremblements parcoururent son corps, mais il n'ouvrit pas les yeux. Ses lèvres pâles étaient gonflées et gercées.

« Quel petit *niño* maigrichon ! Encore un qui n'a pas dû manger depuis plusieurs jours. Tortillas… Président Pingo, crois-tu que les tortillas à la viande pimentée de papa Mágico pourraient faire l'affaire ? Et un peu d'eau ? Oui, il lui faut un peu d'eau tiède. »

L'homme détacha alors du mulet un tas d'affaires qu'il entreprit ensuite d'étaler sur le sentier. Il alla prendre un torchon et versa l'eau d'un bidon sur le visage du garçon. Puis il commença doucement à le nettoyer, pressant un peu d'eau du torchon dans la bouche desséchée. Le gosse se tordit en gémissant. Enfin, il ouvrit les yeux.

Mino vit d'abord le grand chapeau qui le protégeait du soleil. Puis il découvrit un visage avec des yeux bruns et doux, encadrés de ridules de sourire.

« *Bom dia*, dit la bouche du visage. La matinée est bien avancée et le soleil s'approche du nombril du ciel. Le petit señor Mariposa a probablement faim. Et si on voyait un peu ce que papa Mágico peut trouver dans ses pauvres besaces en cuir ? »

L'inconnu ouvrit une sacoche et déballa soigneusement une pile de tortillas, chacune fourrée de minces tranches de viande pimentée. Ensuite, il posa la nourriture près de la tête de Mino.

Ce dernier cligna des yeux, puis se hissa sur les coudes. La vue de cette nourriture délicieuse l'hypnotisait, au point qu'il oublia l'espace d'un instant tout ce qui l'entourait. Il attrapa d'une main avide une tortilla, qu'il enfourna illico dans sa bouche. Puis encore une autre. Et une autre encore. But de l'eau d'un godet que l'homme lui tendait et remplissait sans cesse. Enfin rassasié, Mino retomba en gémissant sur le poncho. Puis il vit la boîte en fer-blanc à côté de lui. Il se hâta de s'en saisir pour la fourrer tout au fond de sa poche.

« Bon, bon, à présent que señor Mariposa a le ventre plein, il n'a peut-être plus besoin de dormir ? Il pourrait donc expliquer à Président Pingo et papa Mágico qui il est et d'où il vient ? Voire même, sait-on jamais, nous remercier pour la nourriture ? » L'homme porta à sa bouche un petit baril de vin, dont il prit quelques lampées.

« *Muchas gracias* », murmura Mino.

Pendant un moment il resta immobile, les yeux clos, son estomac agité d'un agréable gargouillement. Puis lui vint une pensée tout à fait nette, précise : il ne *voulait* pas retourner au village détruit où tout le monde avait péri. Là-bas, il ne restait plus à présent que des *armeros*. Et D.T. Star avec ses *Americanos*. Et si cet homme étrange le ramenait au village ? Peut-être était-il *en route* pour le village ? Que devait-il dire, que pouvait-il raconter ?

« *Muchas gracias, señor* », répéta-t-il en se redressant.

Il replia ses jambes sous lui en s'efforçant de cacher les pires trous de son pantalon. Le monsieur qui l'avait trouvé était beau, mais vêtu d'une manière passablement étrange. Il ne voudrait sans doute pas s'encombrer d'un petit mendiant comme lui. Dans un instant, il remballerait certainement ses affaires, monterait sur le mulet et repartirait. Mino se retrouverait alors de nouveau seul dans la jungle. Avec le ventre rempli, il tiendrait certainement encore plusieurs jours.

« Bon, bon, Président Pingo, déclara l'homme en se tournant vers le mulet. Señor Mariposa ne semble guère désireux de nous parler. Peut-être que papa Mágico a l'air méchant ? Peut-être ce charmant garçon a-t-il peur de nous ? Mais il ne pourra pas retourner dans la jungle, n'est-ce pas ? »

Señor Mariposa, se dit Mino. *Pourquoi m'appelle-t-il señor Mariposa ?* Puis il se rappela la boîte en fer-blanc qu'il avait tenue dans la main. L'homme l'avait certainement ouverte pour en inspecter le contenu. Le magnifique papillon qu'il n'avait encore jamais vu... Mino sentit une pointe dans la poitrine, et sa gorge se serra.

« *Señor. Mu... muchas gracias*, bégaya-t-il pour la troisième fois.

— Voilà un garçon bien poli. Il m'a remercié trois fois pour la nourriture. » Tout sourire, l'homme adressa un clin d'œil à Mino – à l'évidence, il comprenait le débat intérieur de l'enfant. « Regarde », dit-il tout à coup en produisant une pièce de monnaie brillante.

Mino s'exécuta. La pièce trônait entre le pouce et l'index d'une longue main souple et fine. Puis l'homme la laissa tomber dans l'autre, qui se referma immédiatement sur elle. Ensuite, il marmonna tout un tas de mots bizarres, pivota sur lui-même, donna un petit coup de coude à Mino et ouvrit la main où la pièce aurait dû se trouver. Vide. Pas de pièce. Il lui montra ses deux paumes, les tourna et les retourna – la pièce avait bel et bien disparu.

Mino n'en croyait pas ses yeux. Où était-elle passée ? Elle n'était pas tombée par terre, sur le poncho – il l'aurait vue.

« Disparue ? Complètement disparue, he he ! Peut-être le señor Mariposa pourrait-il regarder dans sa poche ? Non, pas dans celle où il range sa boîte, dans *l'autre* poche. »

Mino hésitant, y glissa donc la main. Dans *sa* poche ? Le prenait-il pour un voleur qui dérobait les pièces d'argent des autres ? Mais l'homme souriait – apparemment, ce n'était qu'un jeu pour lui. De toute façon, il n'y avait pas de pièces d'argent dans sa poche. Mino n'avait jamais possédé la moindre pièce d'argent.

Sa main sentit quelque chose, lisse et rond. Empli d'effroi, le garçon sortit la pièce. Elle était pareille à celle que l'homme avait tenue à l'instant ! Il la laissa tomber sur le poncho comme si elle lui avait brûlé les doigts.

« He he. Alors señor Mariposa va payer pour son repas. Merci beaucoup, merci beaucoup. Mais la nourriture de papa Mágico coûte cher, très cher. Elle coûte *trois pièces d'argent*, he he ! Tu n'en as pas d'autres dans ta poche ? »

Mino prit soudain peur ; totalement affolé, il retourna sa poche – de laquelle tombèrent deux autres pièces identiques à la première.

« *Muy bien, chico.* Pourquoi as-tu l'air si effrayé ? Si tu te voyais avec ce chapeau sur la caboche ! »

Mino se tâta aussitôt la tête ; il portait *effectivement* un petit chapeau pointu ! Comment était-ce possible ? Le garçon lança soudain un regard dur en direction de l'homme au costume bizarre, assis devant lui sur le poncho. Il avait pourtant l'air gentil. Et ses yeux étaient si malicieux.

« Tu es un *mágico* ? dit-il, à présent guilleret. Quelqu'un qui fait de la magie qui n'en est pas *vraiment* ? Papa m'a raconté... »

Il s'arrêta brusquement ; son visage redevint grave.

« Papa est mort ! dit-il d'une voix dure.

— Ah bon, ton père est mort, fit doucement l'étranger. Ça s'est passé il y a longtemps ?

— Maman est morte ! Elle pouvait parler, et sourire. »

L'homme se taisait.

« Sefrino est mort ! Et Teófilo ! Et Ana Maria ! Et Pater Macondo ! Et Pepe ! Et Lucás ! Et señor Rivera ! Ils sont tous morts ! »

L'énumération de tous ces défunts résonnait dans sa bouche comme une rafale de mitrailleuse.

« Voilà qui est bien triste », commenta l'homme au bout d'un moment.

Il comprit que le garçon avait échappé à une catastrophe ayant frappé beaucoup de monde. Et qu'il avait erré dans la jungle en état de choc. La seule question était de savoir de *quelle* catastrophe il s'agissait.

« Cher petit », commença l'homme en ôtant son grand chapeau. Sa chevelure d'un blond doré tomba aussitôt en cascade sur ses épaules. « Dis-moi d'abord comment tu t'appelles. Moi, c'est Isidoro, un pauvre magicien inoffensif qui va de ville en ville. »

À la vue de sa belle chevelure qui brillait comme de l'or et de son visage qui, à présent, apparaissait nettement dans la lumière, Mino se sentit soudain tout à fait en confiance : cet homme ne lui voulait aucun mal.

« Je m'appelle Mino Aquiles Portoguesa », répondit-il.

Puis il se mit à raconter d'une voix basse, parfois de manière incohérente, ce qui s'était passé dans son village. Plusieurs fois, Isidoro l'interrompit doucement pour mieux suivre le fil de son récit. Quand Mino en eut terminé, le magicien itinérant connaissait tout du drame qui s'était joué, depuis le moment où señor Gonzo avait eu la tête éclatée comme une noix de coco dans la charrette à bras d'Eusebio, jusqu'au massacre avec les hélicoptères qui, apparemment, avait eu lieu quelques jours plus tôt.

Isidoro fut obligé de détourner la tête tant le petit visage du garçon qui lui racontait ces horreurs le bouleversait.

Mino se redressa brusquement. Une flamme s'était allumée dans ses yeux.

« Je ne veux pas y retourner, señor Mágico ! cria-t-il.

— Cher enfant, n'effraie pas Président Pingo. Je me rends dans une tout autre direction, et je n'ai jamais entendu le nom du village d'où tu viens. » Il se racla la gorge avant de poursuivre : « Et j'aurais bien besoin des services d'un chasseur de papillons. Ma richesse n'est pas grande – à part les trois pièces d'argent avec lesquelles tu as payé ta nourriture, je n'en possède que deux autres. Mais nous avons quelques victuailles. Et un peu d'équipement. Ensemble, nous arriverons à survivre, tu ne crois pas ? »

En mesurant la portée des mots qu'il venait de prononcer, il détourna les yeux une fois encore : il venait peu ou prou d'adopter un orphelin. Ici, dans ce pays qui en regorgeait.

Il commença à rassembler toutes les affaires éparpillées sur le sentier et à les atteler au mulet. Pour finir, il jeta le poncho noir sur ses épaules.

« Bien, señor Mariposa. C'est, je crois, le jour de chance de Président Pingo ! Il ne va plus avoir à trimballer le gros Isidoro désormais. Monte sur son dos, mon garçon ! »

Mino resta sans bouger. « Je peux très bien marcher, señor.

« — Arrête de raconter des bêtises, tu m'entends ! Tu as assez marché ces jours derniers. Ton corps maigrichon a besoin de repos. Monte, allez, ouste ! »

Puis il se baissa pour détacher les deux nœuds rouges de la pointe de ses bottes, avant de les mettre dans sa poche.

Mino grimpa sur le dos de la mule, et tous deux s'en furent à travers la jungle.

« Isidoro ! Là, un *Morpho menelaus* ! Est-ce que je dois l'attraper ? »

Mino courait devant Président Pingo avec un filet à papillons qu'il avait fabriqué à partir de la moustiquaire d'Isidoro.

« Oui, attrape-le. Mais y a-t-il encore de la place dans ta boîte ?

— Oui, pour un de plus », répondit Mino en poursuivant le Morpho bleu qui voletait devant lui.

« Tu vois ceci ? »

Isidoro sortit une fine petite canne qu'il brandit devant Mino. Ils avaient établi leur campement du soir près d'un ruisseau, et le garçon venait de ramasser du bois pour le feu de camp de la nuit. Le hamac que lui et le magicien partageaient était déjà suspendu.

« Oui, dit Mino, tout excité.

— Eh bien, je peux la transformer en presque n'importe quoi. Regarde bien ! »

Isidoro balaya l'air de sa canne. Soudain, celle-ci avait laissé place à un simple bout de corde molle, qu'il fit aussitôt tournoyer – et la canne réapparut. Ensuite, elle se transforma en une poignée de foulards colorés. Qui à son tour dissimulait une boule verte. Et tout à coup, il n'y avait plus ni boule ni foulards, mais une trompette étincelante !

Mino suivait les tours de magie, les yeux émerveillés.

« Viens ici, dit Isidoro, je vais te montrer comment faire. Mais d'abord, il faut que tu prêtes serment, le grand serment des magiciens. Cela veut dire que tu ne devras jamais révéler à quiconque les secrets de cet art. Tu comprends ?

— Oui, dit Mino. Mais toi, tu as également fait le serment des magiciens, señor Isidoro ?

— Bien sûr, bêta.

— Alors comment peux-tu me révéler cet art, à *moi* ? Ne suis-je pas un "quiconque" ? » Mino fixait le magicien avec le plus grand sérieux.

Isidoro se tordait littéralement de rire. Il riait si fort qu'il en tomba à la renverse.

« Toi… toi, hoqueta-t-il. Tu es un petit garçon futé. *Logique*, pourrait-on presque dire. Mais si ! L'art des magiciens peut être enseigné, mais seulement aux *apprentis magiciens*. Veux-tu devenir apprenti magicien ? »

Mino hocha la tête d'excitation.

« *Muy bien*, alors faisons le serment des magiciens. »

Et au terme d'un rituel très solennel, à la lueur d'un feu de camp qui laissait la jungle former un épais mur d'obscurité autour d'eux, Mino apprit comment transformer la canne en presque n'importe quoi.

« C'est à peu près ici que ça va se passer », annonça un jour Isidoro en descendant du dos de Président Pingo. Un mois s'était écoulé depuis que Mino avait pour ainsi dire été adopté par *el mágico* Isidoro. Durant ce temps, ils avaient parcouru la jungle sur des sentiers parfois à la limite du praticable. À deux reprises seulement, ils avaient rencontré des gens : des Indiens aux énormes ballots qui déménageaient d'un endroit à un autre. Craintifs et apeurés, ils s'enfuyaient dans la jungle quand Isidoro cherchait à leur parler.

Les derniers jours, le terrain était devenu résolument plus raide. Ils devaient souvent contourner de petites buttes granitiques, et la jungle n'était plus aussi humide. En arrivant aux bifurcations, Isidoro restait longtemps à se parler à lui-même tout en feuilletant un vieux livre à la couverture noire. Puis il hochait la tête, et prenait le chemin qu'il pensait être le bon.

Ils s'étaient présentement arrêtés sous un grand surplomb rocheux qui émergeait de la jungle tel un pain de sucre. Isidoro feuilletait le livre en lambeaux.

« Viens ici, Minolito ! » cria-t-il.

Mino qui, fasciné, regardait le vol d'un très beau *Heliconidae* parmi les branchages, accourut jusqu'à Isidoro.

« Regarde ici, dit-il en montrant dans le livre un dessin à la mine de plomb. Ça y ressemble ? »

Comprenant que ça devait représenter un sommet à peu près semblable à celui où ils se trouvaient maintenant, Mino acquiesça avec ferveur.

« Pourquoi crois-tu qu'un vieux magicien comme moi traîne sur des sentiers boueux presque impraticables pendant des semaines, quand il aurait pu progresser tout à son aise sur de belles routes entre de grandes villes où ses spectacles étaient attendus ? He he ! fit-il en imitant le braiment de son mulet. Viens, on va s'asseoir dans l'ombre, là-bas, papa Mágico va te raconter une histoire qui te fera vibrer les oreilles comme les feuilles du *pilat*. »

Puis Isidoro étendit son poncho en guise de couverture. Tout en feuilletant un carnet avec ferveur, il commença son histoire. Tout ouïe, Mino n'en perdait pas une miette.

Il y avait de cela plusieurs années, quand Isidoro n'était encore qu'un magicien débutant, une étrange histoire circulait dans une grande ville plus à l'ouest. Un Indien, le soi-disant petit-fils d'un grand chef, s'était fait prendre pour un simple vol. Il avait dérobé quelque chose de passablement dérisoire, une caisse de flambeaux destinés au prochain carnaval. On le condamna pourtant à brûler lui-même comme un flambeau. L'Indien accepta le verdict sans broncher, mais demanda à pouvoir aller aux toilettes avant l'exécution de la sentence. Il en obtint la permission. Quand il revint après avoir soulagé ce besoin naturel, il était nu comme un ver, et sa peau brillait d'une matière semblable à de la graisse. On versa alors généreusement de l'essence sur le pauvre homme et y mit le feu. On dit qu'il brûla pendant dix longues minutes. Mais quand les flammes s'éteignirent et que la fumée disparut, l'homme était toujours debout, bien vivant. Certes, il était noir de suie, mais pas un seul cheveu n'avait brûlé ! Tout le monde s'inclina de frayeur lorsqu'il marcha droit sur ceux qui l'avaient condamné à cette cruelle punition. Et il put s'en aller, en homme libre.

Isidoro avait toujours été d'une nature curieuse. Au terme de longues recherches, il parvint à retrouver l'Indien. En usant de ruse et des stratégies les plus élaborées, il gagna l'amitié de cet homme, et, à la longue, obtint le secret de pouvoir brûler comme un flambeau sans dommages : l'huile d'une plante qui ne poussait qu'à un seul endroit, là où, plusieurs milliers d'années auparavant, des Indiens descendus des grandes montagnes s'étaient établis. Quel bonheur ce serait pour un magicien d'obtenir pareille merveille ! Malheureusement, l'Indien n'en avait plus : le peu qu'il avait utilisé la fois où l'on avait essayé de le faire brûler vif était tout ce qui restait au fond de sa cruche, transmise de père en fils pendant des générations.

Mais Isidoro n'abandonna pas la partie pour autant, il revint sans arrêt à la charge, posant mille et une questions – au bout du compte, il avait rempli tout un carnet de descriptions, cartes et dessins sur cette partie du pays et l'endroit où ces plantes pouvaient pousser.

« Voici le carnet, dit Isidoro en agitant la main, et voici l'endroit. Minolito, petit garnement, comprends-tu que le vieux papa Mágico en rêve depuis des années ? Ah, trouver cet endroit ! Mais jusqu'à présent, papa Mágico n'avait jamais eu assez d'argent pour organiser une si longue expédition dans cette partie reculée du pays.

— Mais señor Isidoro, intervint Mino avec une mine grave, de quoi a l'air cette fleur ? Il y en a tellement. »

Isidoro tourna les pages de son carnet jusqu'à la dernière. Sur celle-ci figurait une grande fleur bleue dont les pétales retombaient telles des langues pointues autour d'un robuste cœur jaune. Elle était si particulière qu'il ne devait guère être très difficile de la trouver.

« Je peux commencer à chercher tout de suite ! lança Mino, qui s'était déjà remis debout.

— Doucement, petit chasseur de papillons, he he ! fit-il, visiblement heureux de l'enthousiasme du garçon. D'abord, nous allons trouver un bon emplacement pour notre campement, puis nous irons ramasser plein de bois pour la nuit – il y a plein d'ocelots et de jaguars près de ce rocher, tu sais. Il se peut que nous devions passer plusieurs jours ici. Oh, grand Mágico, si seulement je pouvais trouver ces fleurs ! J'espère qu'elles n'ont pas disparu comme est en passe de le faire tout le reste dans ce pays de charognards ! »

Mino fixa le sol d'un regard dur.

Il grimpa une fois de plus sur le flanc du rocher pour en examiner chaque anfractuosité, chaque crevasse. C'était presque aussi excitant que de chasser les papillons les plus rares.

Ils cherchaient depuis deux jours à présent. Ils avaient péniblement coupé à travers la jungle autour du rocher ovale – qui n'était pas si petit que ça, puisqu'il dépassait la cime des arbres les plus hauts et mesurait au moins trois cents mètres de circonférence. Mais pour l'instant, ils n'avaient pas encore trouvé de fleur bleue au cœur jaune.

Mino tenait dans sa main un petit bâton, avec lequel il martelait la pierre afin de faire fuir les serpents venimeux qui foisonnaient dans les environs. Il longeait à présent une petite corniche à mi-chemin sur le flanc du rocher. En bas, Isidoro chassait les insectes volants avec son grand chapeau. Si la chemise en dentelle blanche présentait désormais de nombreuses taches, le nœud violet restait impeccablement exécuté. Parfois, Mino ne pouvait s'empêcher de rire en voyant cet homme aussi original que gentil qui l'avait pris sous son aile. Sans lui, il aurait certainement péri à l'heure qu'il était, au ciel avec sa mère, son père, ses frères et sa sœur, Lucás, Pepe et *padre* Macondo. Pas sûr qu'il s'y serait amusé autant qu'ici.

Il contempla le mur de la falaise devant lui. Une surface plane. Mais n'y avait-il pas une sorte de dessin gravé dessus ? Il laissa ses doigts glisser sur les sillons. Si. Quelqu'un avait creusé des motifs dans la falaise même ! Là, le visage d'un homme et un tas de signes étranges. Des cercles et des traits. Une sorte d'écriture.

« Isidoro ! » cria-t-il vers le bas. Et il s'empressa de lui raconter ce qu'il voyait.

Le magicien jeta son chapeau à terre et commença à exécuter une sorte de danse sautillante.

« Mino, s'exclama-t-il en riant, *c'est ici*, c'est le bon endroit ! C'est exactement ce que l'Indien m'avait raconté. Des fleurs ! Est-ce que tu vois des fleurs là-haut, acrobate Minolito ? »

Alors seulement, Minolito aperçut les fleurs : bleues avec un grand cœur jaune, elles poussaient partout sur les corniches qui s'élevaient devant lui.

Brassée après brassée, Mino les cueillait et les lançait vers le magicien. Isidoro lui intima d'en laisser quelques-unes à intervalles réguliers. Mais il y en avait tellement – au point que, plus tard, assis autour du feu de camp à presser l'huile des cœurs dans un baril, ils durent se rabattre sur les bouteilles de vin d'Isidoro une fois le premier récipient rempli. Mais d'abord, il fallait les vider de ce qui restait à l'intérieur, ce dont se chargea sans problème le gosier d'Isidoro.

L'huile était visqueuse et blanchâtre. Elle rappelait à Mino les épluchures de manioc.

« Maintenant, voyons voir, he he ! Tout est prêt pour le grand test. »

Les mains d'Isidoro, autrement si fermes, tremblaient d'excitation.

Après avoir soigneusement enduit d'huile son index gauche, il alla chercha un tison dans le feu de camp. Prudemment, il en approcha le doigt – et l'y laissa. Puis il se renversa sur le dos et éclata de rire, fit des roulades partout, extatique, en proférant tout un tas de choses bizarres que le garçon ne comprit pas. Ensuite, il retira l'une de ses bottes afin de pouvoir s'enduire la plante du pied et son mollet poilu. Puis il exposa tout le bas de sa jambe au feu de camp, tandis que Mino écarquillait les yeux d'épouvante.

« Que dirais-tu d'un petit pied grillé pour le dîner de Minolito et papa Mágico, he he ? Ho ho ho ! »

Quand il se décida à retirer sa jambe du feu, celle-ci était intacte ; pas un poil n'avait cramé sous la couche de suie.

« Tu n'as rien sen... senti ! bégaya Mino, qui ne comprenait absolument pas comment c'était possible, huile magique ou pas.

— *Nada*. Absolument rien, répondit Isidoro avec un large sourire. Maintenant, les gens vont pouvoir assister au plus grand *espectáculo* du monde ! Nous allons devenir riches, Minolito, attends seulement et tu verras. He he ! »

L'idée de faire fortune importait peu à Mino, qui se recroquevilla dans le hamac. Avant de s'endormir, il songea au magnifique papillon inconnu qu'il gardait dans sa boîte en fer-blanc ; il aurait tellement voulu avoir le grand livre d'images pour pouvoir le nommer.

« Puis tu tiens la boule ainsi et tu la fais glisser entre le majeur et l'annulaire, d'avant en arrière, cent fois, mille fois par jour, Minolito, pour avoir des doigts souples et sensibles ! »

Sur le bord de la route, sous un *piña* aux branches vertes et odorantes, Isidoro donnait à Mino sa leçon quotidienne de prestidigitation. Ils étaient sortis de la jungle quelques jours plus tôt, et suivaient à présent une route de graviers qui serpentait au fond de vallées et en haut de collines, pour rejoindre la première ville où Isidoro allait présenter son grand *espectáculo*. Même si le magicien trouvait que ce n'était qu'une petite bourgade de rien du tout comparée à celles qu'ils verraient plus tard, Mino bouillait littéralement d'impatience – jamais auparavant il ne s'était rendu dans une vraie ville.

Une fois, une Jeep avait foncé droit sur eux, remplie d'*armeros* aux carabines prêtes à tirer. Mino avait détalé aussi vite qu'il avait pu du chemin pour aller se dissimuler dans d'épais fourrés. Quand Isodoro était enfin parvenu à l'en faire sortir, il avait remarqué que le garçon avait de longues traînées de larmes sur le visage.

Mino jouait avec la boule. Elle dansait entre ses doigts, apparaissant soudain dans une main, puis dans l'autre. Il était prévu qu'il assiste Isidoro pendant les représentations, mais le garçon ignorait ce que cela voulait dire. Il maîtrisait en tout cas déjà beaucoup des tours de magie qu'Isidoro lui avait montrés et qu'il trouvait fabuleux. Il n'arrivait pas à comprendre pourquoi le *mágico* n'était pas encore un homme riche, lui qui savait tant de choses.

La ville se trouvait sur une hauteur que la route atteignait après de larges virages. Mino distinguait déjà l'église ainsi que bon nombre de grandes maisons, mais aussi, sur les bas-côtés de la route, des monceaux de débris, des barils d'essence, des bouteilles en plastique de toutes les couleurs, des chiffons, des pneus et même une voiture presque entière. Ils dépassèrent des marchands de fruits et légumes, sur leurs chariots ou marchant avec un énorme fardeau sur la tête. Mino aurait aimé savoir où ils cultivaient leurs produits, car il ne voyait aucun champ alentour. La terre était rouge, et des cactus poussaient partout.

Sur une butte à côté de l'agglomération se dressait une haute tour. Certainement pas une tour de forage – trop haute, et manifestement trop fragile pour cela. À son sommet trônait quelque chose qui tournait sans arrêt sur lui-même. Mais le plus intrigant, c'était l'énorme assiette installée sur un support juste à côté. Orientée vers le haut, elle devait mesurer au moins cinq mètres de diamètre, estima Mino. Il la montra du doigt et interrogea Isidoro.

« C'est l'œuvre des *Americanos*, glissa le magicien, et des *armeros*. Des constructions stupides. Faut pas s'en approcher. Une sirène se met en route dès que des intrus s'en approchent d'un peu trop près. »

Aux yeux du garçon, il s'agissait déjà d'une grande ville, avec beaucoup de rues, plusieurs places et une foule de gens amassés en grappes sur les trottoirs. On en voyait qui couraient partout en s'appelant les uns les autres. Plusieurs maisons arboraient des couleurs vives, et chaque rue comptait de nombreuses *vendas*. Mino s'agrippait à la jambe gauche d'Isidoro, tout près de Président Pingo, tandis que le magicien chevauchait dignement le long de la rue principale. Plusieurs personnes se retournèrent sur eux en riant, remarqua-t-il, mais Isidoro fit comme si de rien n'était. Il gardait un visage fermé et silencieux, comme s'il renfermait une grande sagesse.

Sur la place du marché, Mino lâcha la jambe d'Isidoro et regarda autour de lui les étals et les charrettes. Au centre de la place trônait un grand platane au pied duquel se prélassaient quelques vieillards. Et des enfants loqueteux ramassaient des coquilles de noix de coco ! C'était presque comme à la maison, au point qu'il se surprit à chercher des visages connus. Mais tout à coup, il aperçut une grande maison tout au fond ornée d'un drapeau qui flottait au vent. Devant elle, quatre *armeros* montaient la garde, carabines en main. Alors Mino s'empressa d'aller se réfugier derrière Président Pingo.

« *Los… los armeros* ont une grande maison ici, señor Isidoro, bégaya-t-il. Com… combien de sergents cro… crois-tu qu'ils ont ici ? »

Le magicien tapota l'enfant sur l'épaule pour le rassurer.

« Nous n'allons pas nous occuper de ces *armeros*. Laissons tranquilles ces fils de porcs. »

74

Ils attachèrent Président Pingo devant un lieu qu'on appelait ici une *cantina*. Isidoro y utilisa l'une de ses pièces en argent pour qu'on leur serve une grande marmite de viande fumante. De la viande aux tomates, aux oignons et au chili. Et plein de riz. Et du pain blanc.

La nuit, ils logèrent dans une *pensão*, une petite pièce où chacun avait son lit.

Le lendemain, après avoir conduit Président Pingo dans une écurie, Isidoro emmena le garçon en ville. Tout leur équipement était resté dans leur chambre.

« De nouveaux vêtements », dit seulement le magicien.

Et Mino eut de nouveaux vêtements. Un joli pantalon à rayures rouges et blanches, de nouvelles chaussures brillantes et noires, une chemise blanche, une veste verte et, pour couronner le tout, un chapeau blanc à bourdalou rouge et calotte plate.

« Parfait, he he ! s'écria Isidoro. Maintenant tu commences à ressembler à un apprenti magicien. L'apprenti du grand Isidoro ! »

Mino, pâle et sérieux dans ses nouveaux atours, n'arrêtait pas de tripoter sa veste. Il était riche. Il était l'homme le plus riche au monde ! Droit comme un jeune bambou, il commença à marcher. N'ayant encore jamais eu de chaussures aux pieds, il prenait garde à lever les jambes haut, très haut.

Isidoro et Mino sillonnèrent les rues afin de distribuer des tracts et d'accrocher des affiches sur les maisons et les arbres. Isidoro lui-même les avait rédigées :

LE GRAND MAGICIEN ISIDORO.
UN ÉVÉNEMENT MONDIAL !
Un tour de magie sensationnel,
totalement inédit,
sera montré sur la Plaza de las Brujas.
TOURS DE MAGIE ! JONGLAGE !
Apportez une chaise et venez voir.
La représentation commence à dix-neuf heures.
5 cruzos pour les adultes,
2 pour les enfants (de moins de douze ans).

« Ça vaut combien, un cruzo, señor Isidoro ? » demanda Mino.

Mino eut alors une leçon complète sur la valeur de l'argent : une des pièces d'argent dont Isidoro ne possédait plus qu'un seul exemplaire équivalait à 50 cruzos. Il existait aussi des pièces d'argent plus grandes, qui se divisaient en 100 cruzos. Il existait par ailleurs de l'argent en papier, qui valait 50, 100, oui, jusqu'à 1 000 cruzos. Mais cela, Isidoro n'en voulait pas ; pour la bonne raison que beaucoup des billets en circulation étaient faux, et difficilement détectables. Sans compter que le papier avait tendance à moisir dans l'air saturé d'humidité de la jungle. Mino reçut l'ordre strict de ne *jamais* accepter de l'argent en papier pour *el espectáculo*. Il s'était en effet vu confier la caisse. À cette fin, Isidoro lui montra l'aspect des différentes pièces de cuivre, et de quelle manière il devait effectuer le change. Le garçon ne mit guère de temps à comprendre le système qui, au fond, était plutôt simple.

Alors qu'ils étaient en train de coller les affiches, Mino remarqua qu'il y avait progressivement de plus en plus d'agitation autour d'eux.

De grands attroupements d'enfants suivaient des yeux tous leurs mouvements. On murmurait : « *El mágico* est arrivé en ville. » Il y avait aussi des adultes qui observaient leurs activités avec respect. Les hommes s'inclinaient profondément au passage d'Isidoro, mais le magicien lui-même faisait mine de ne rien voir. Il avançait lentement, comme imprégné d'une aura mystérieuse. Le large chapeau dissimulait presque tout le temps son visage.

Deux heures avant le début de la représentation, Mino reçut ses dernières directives. Le garçon était tellement excité qu'il dut se faire violence pour rester assis. Il savait à peu près comment ça allait se passer ; ils s'étaient longuement entraînés durant leur traversée de la jungle, mais à présent c'était pour de vrai. Il allait participer au spectacle ! Isidoro lui avait confié des tâches importantes.

Quand il ne resta plus qu'une heure, ils prirent toutes les affaires d'Isidoro et se dirigèrent vers la place. Bon nombre de personnes s'étaient déjà rassemblées sur des chaises et des cageots tout autour. Isidoro trouva un endroit convenable, non loin du centre de la place, là où la terre glaise était bien tassée. Suspendue à un arbre juste derrière eux, une lanterne à la lumière forte et blanche apportait tout l'éclairage nécessaire. Après avoir monté les supports, ils déroulèrent un grand morceau de tissu sombre qu'ils entreprirent de suspendre. Isidoro avait besoin d'un fond noir pour ses tours de magie. Ils posèrent donc une rangée de pots contenant du suif devant l'endroit où le magicien allait faire ses tours, puis accrochèrent un autre morceau de tissu pour empêcher quiconque de voir leurs préparatifs. Les deux compères se trouvaient à présent dans une sorte de tente sans toit. Tout fut soigneusement mis en place.

Le garçon regarda à travers une fente. Les plus jeunes avaient tiré leurs cageots tout près ; il y en avait tant ! Leurs visages étincelaient d'excitation et d'impatience. Mais s'il y avait beaucoup d'enfants, il y avait davantage encore d'adultes : les rangées de chaises et de cageots semblaient interminables. Mino sentait son cœur battre à tout rompre. Il était sérieux comme un pape.

Quand l'horloge du clocher de l'église indiqua qu'il ne restait plus qu'un quart d'heure, Mino dut passer dans les rangs avec un bol en laiton pour encaisser l'argent.

Les enfants le regardèrent passer avec un profond respect – ils se battaient presque pour être les premiers à mettre leurs pièces dans sa coupelle. Tant de petits poings serrés autour de trois pièces de monnaie au cuivre brillant de sueur ! Puis ce fut au tour des adultes. La coupelle se remplissait à mesure que Mino se glissait entre les rangs. Il dut parfois rendre la monnaie, mais la plupart des gens donnaient l'appoint. Lorsqu'une pièce d'argent tomba dans l'escarcelle, le garçon dut faire quelques petits calculs pour ne pas se tromper.

Il faisait sombre dans les derniers rangs, beaucoup d'adultes privés de chaises restaient debout. Certains avaient apporté des bouteilles, qu'ils vidaient peu à peu en parlant d'une voix de plus en plus forte. Ils se moquaient de Mino, tiraient sur sa belle veste neuve, mais tout le monde finissait par payer.

Sous un arbre braillait un groupe de jeunes gens bien habillés. En s'approchant, Mino découvrit que quatre d'entre eux avaient la peau claire. Des *Americanos*. Il leur tendit le récipient en se tenant droit comme un cierge. Alors l'un d'eux, un homme grassouillet aux cheveux coupés en brosse, prit une poignée de sable et la versa dans sa coupelle.

« *This is what we pay for this damned, dirty show ! Go away, monkey !* »

Mino, effrayé, ne demanda pas son reste ; il courut rejoindre Isidoro.

« Ne t'en fais pas, ce n'est pas grave, le réconforta Isidoro qui, à présent, était fin prêt. Les lumières, Mino ! » ordonna-t-il.

À l'instant précis où l'horloge sonna sept coups, Mino sortit de derrière le rideau avec une longue torche au bout enflammé. Le public fit un silence complet dès qu'il eut commencé à allumer un à un les pots de suif. Alors Mino écarta le rideau noir, ôta son chapeau et s'inclina profondément trois fois.

« *El mágico Isidoro !* » cria-t-il aussi fort qu'il le put avant de s'effacer.

El espectáculo magique d'Isidoro remporta un franc succès. Les enfants criaient de joie en voyant de boules disparaître, des cannes magiques devenir des foulards et des balles flotter librement. Et ils reculaient, effrayés, quand le magicien cueillait des pièces d'argent de leurs oreilles, de leurs cheveux ou de leurs poches.

« Et maintenant, *señoras* et *señores* : le plus grand tour de magie jamais vu. *Les mains en feu !* » C'était Isidoro qui annonçait lui-même son numéro. « *Asistente, por favor !* » ordonna-t-il.

Mino arriva en courant. Isidoro ôta le manteau qu'il avait porté pendant la représentation, remonta ses manches de chemise et enduisit soigneusement ses mains d'huile. Le garçon montra une petite cruche sur laquelle tout le monde pouvait lire : *Parafina*. Puis il versa généreusement l'essence sur les mains tendues du *mágico*. Avec des mouvements lents et bien rodés, il saisit alors un fin bâtonnet en bois qu'il enfonça dans un des pots de suif jusqu'à ce que le bois prenne feu. Il décrivit ensuite quelques cercles mystérieux dans l'air avec le bâton enflammé tout en éteignant les pots de suif l'un après l'autre. L'obscurité devint presque totale à l'endroit où Isidoro se tenait. Les gens tout autour retenaient leur souffle, tétanisés à l'idée de ce qui allait se passer.

La flamme s'approchait de plus en plus des mains d'Isidoro. Enfin, dans une grande déflagration, celles-ci se mirent à brûler comme deux torches. Le magicien tendit les bras sur le côté, puis les leva au-dessus de sa tête ; ses mains n'arrêtaient pas de brûler.

Certains enfants fondirent en larmes, mais leurs parents leur demandèrent de se taire. Quand le feu finit par s'éteindre, le magicien exécuta une profonde révérence – les applaudissements se déchaînèrent sitôt que Mino eut refermé le rideau. Les gens l'acclamaient à s'en égosiller. Personne en ville n'avait jamais assisté à pareil prodige !

Oui, la représentation avait été un grand succès. Ivre de bonheur, Isidoro ne cessa d'embrasser Mino sur le chemin de retour à la pension. Ils comptèrent ensuite la recette de la soirée : parmi les grains de sable au fond de la coupelle, il y avait exactement trois cent quarante-neuf cruzos.

Isidoro et Mino restèrent quatre jours dans la ville. Ils tinrent trois représentations supplémentaires, toutes couronnées de succès. Dans sa petite bourse en cuir, Isidoro possédait désormais plus de vingt pièces d'argent, soit plus de mille cruzos. Et ils reprirent la route avec mulets – Mino avait eu le sien, une belle bête qu'il baptisa Tarquentarque, du nom du grand chef obojo. Par-dessus sa veste, il portait à présent un petit poncho. Noir, bien sûr ! Ils étaient à présent deux *mágicos* à quitter la ville.

« Pourquoi n'y a-t-il pas de forêt ici, señor Isidoro ? »

La route serpentait à travers un paysage aride entre des mares de boue, une terre de sable noir et, çà et là, des taches vertes où poussait une herbe *bungo* épaisse et un peu visqueuse. Des barils de pétrole rouillés et des monceaux de détritus témoignaient de l'activité des hommes, dans un passé assez récent. Plusieurs maisons de pisé s'étaient écroulées.

« De forêt ? Ah non, plus maintenant. Mais tu aurais dû voir ces terres, la première fois que papa Mágico les a traversées. La jungle était verte et luxuriante des deux côtés de la route, les toucans voletaient en grand nombre dans la canopée. Mais un jour, le Président a eu l'idée de distribuer gratuitement de la terre aux pauvres – enfin pas de la *terre*, de la jungle. Et, vois-tu Minolito, ce sont deux choses *bien* différentes. Alors les pauvres gens sont arrivés en masse des villes pour s'établir, ils ont défriché la jungle et semé du blé et des légumes. Tout allait pour le mieux les premières années, et puis les récoltes ont commencé à diminuer, au point qu'au bout du compte même les mauvaises herbes ont cessé de pousser. La richesse de la jungle se trouve dans la canopée, Minolito. Si la cime des arbres disparaît, la terre meurt à son tour.

— Mais pourquoi n'ont-ils pas laissé tranquilles la plupart des arbres, et juste cultivé un peu de terre au milieu ?

— Une telle sagesse, soupira Isidoro, est aussi étrangère à ces messieurs haut placés qu'une chauve-souris dans un poulailler... »

Ils cheminaient vers la grande ville. Mino veillait à ce que Tarquentarque reste tout près de Président Pingo, rendu nerveux par la circulation et le bruit. De nombreux véhicules les dépassaient, la plupart du temps des camions et des Jeeps, mais aussi des voitures particulières. Il y avait aussi des bus pleins à craquer de passagers braillards. Le long de la route, ils virent des hordes de mendiants et des infirmes qui tendaient la main quand Isidoro et Mino les dépassaient. Plus d'une fois, le jeune homme entendit le magicien toussoter pour masquer sa gêne, dénouer sa bourse en cuir et produire une pièce de monnaie brillante. Mino comprit alors pourquoi Isidoro n'était pas encore riche.

Partout autour d'eux, des gens grouillaient. Certains traînaient de grands ballots, d'autres tiraient des chariots chargés d'effets personnels. Mino vit un homme à qui il manquait les deux jambes. Il vit une vieille femme au visage recouvert d'excroissances plus grosses que des citrons. Il vit un garçon, peut-être du même âge que lui, qui avançait sur le ventre plutôt que sur ses membres malformés. Il vit une dame à qui il manquait le nez entier. Un homme dont tout le cuir chevelu n'était qu'une seule grande cicatrice rose. Il vit des corps, tels des baluchons inertes le long des murs, il vit des chiens amaigris qui rôdaient en reniflant partout. Et partout retentissaient des appels, des cris et des plaintes. Mino eut envie de fermer les yeux et de se boucher les oreilles. Ils allaient devoir rester dans cette ville une semaine entière, avait dit Isidoro : cinq représentations les attendaient.

Mino jouait avec sa boîte en fer-blanc, assis sur le lit. Quant à Isidoro, il fredonnait, plus que satisfait du succès de la soirée. Quatre boules roulaient d'avant en arrière entre ses doigts, disparaissant tout à coup pour réapparaître plus loin.

« Papa Mágico, lui dit soudain le garçon, tu crois que je le saurai un jour ? »

Il avait ouvert la boîte, et contemplait le grand papillon bleu et jaune enfermé à l'intérieur – l'insecte avait séché.

« Tu sauras quoi, petit Mágico ?

— Le nom de ce papillon. »

Le magicien reposa les boules magiques et considéra le jeune garçon avec intérêt. Cela faisait maintenant presque dix mois qu'il l'avait trouvé dans la jungle. Il avait grandi, forci, et commençait à maîtriser l'art des tours de magie – il se débrouillait particulièrement bien avec les boules magiques. Bientôt, Isidoro créerait un petit numéro rien que pour lui. Peut-être dans quelques mois à peine. Mais quelque chose dans le beau visage clair du garçon restait insaisissable. Parfois un feu brûlait au fond de ses grands yeux sombres sous l'épaisse tignasse noire. Même si le jeu, les grimaces et les polissonneries occupaient le plus clair du temps de l'enfant, les traits de son visage lui faisaient presque peur à certains moments.

« Le nom du papillon ? » Isidoro se racla la gorge.

Mino s'intéressait vraiment aux papillons ; il se mettait à gloser chaque fois qu'il en découvrait un nouveau. Pas seulement les lépidoptères, d'ailleurs : Isidoro n'avait pas manqué de remarquer que ce gosse avait un œil particulièrement aguerri pour déceler tout ce qui se passait dans la nature autour de lui. Ce qui en soi n'avait rien d'étrange. N'avait-il pas grandi dans un village isolé tout au fond de la jungle ?

« Le nom du papillon, oui, répéta-t-il. Nous allons le trouver, Minolito. Dans cette ville, il y a beaucoup de *librerías*, et demain nous irons acheter tous les livres qu'ils proposent sur les papillons. »

« Un *Papilio homerus* ! » s'écria Mino en éclatant de rire.

Ils en avaient terminé avec la grande ville, et traversaient à présent quelques profondes vallées, vers des régions plus au sud du pays.

Tarquentarque, le mulet de Mino, avait désormais un paquet supplémentaire – assez lourd – à porter. C'était une boîte rectangulaire. Et dans cette boîte, il y avait un grand et beau livre illustré : *Mariposas del Mundo*, accompagné d'un autre, plus petit, qui décrivait la plupart des papillons de ce pays. Mais il y avait encore bien d'autres trésors : plusieurs petites boîtes en plastique à fond de liège, des épingles, des pinces, du coton, une petite bouteille avec une étiquette indiquant « acétate d'éthyle », plus quatre étaloirs de tailles diverses. Sans oublier un vrai filet à papillons, avec un manche démontable en trois morceaux. Mino disposait à présent d'un équipement complet pour chasser, préparer et conserver les papillons.

Il avait poussé des cris d'allégresse en découvrant ce qu'Isidoro lui avait acheté. Il s'était immédiatement mis à feuilleter le grand livre à la recherche de la famille *Papilionidae*. Et avait trouvé le bleu et jaune : un *Papilio homerus*.

Il se rappelait comment son père procédait pour préparer les papillons devenus secs et durs à force d'être restés trop longtemps sans traitement : il les posait précautionneusement dans une boîte dont il avait tapissé le fond de sable humide. Là, ils restaient vingt-quatre heures sous un couvercle qui maintenait la boîte hermétiquement fermée. Une fois réhydratés, aussi souples que s'ils venaient d'être capturés, on pouvait alors les manipuler sans risquer de casser leurs antennes ou leurs ailes.

La boîte sur le dos de Tarquentarque contenait donc désormais toute une série de récipients plus petits, intercalés avec du coton, qui accueillaient, joliment disposé avec des épingles, un exemplaire de chaque papillon qu'il avait capturé. Le grand *Papilio homerus* avait eu droit à son propre coffret.

Ils descendirent le long de vallées étroites sur leurs mulets. Sous peu, ils devaient atteindre un village plus petit où ils donneraient un *espectáculo*. Ensuite, le voyage se poursuivrait sur des sentiers, en partie à travers la jungle épaisse, en partie en plaine, dans la *sabana*. Ils s'arrêteraient dans plusieurs petites villes isolées, dispersées dans la jungle. Isidoro lui aussi préférait la jungle et la *sabana* aux montagnes et aux vallées.

Leurs mulets furent à plusieurs reprises chassés de la route par d'énormes camions-citernes qui vrombissaient avec leurs tonnes de pétrole brut.

Ayant aperçu plusieurs tours de forage, Mino avait demandé avec angoisse à Isidoro si c'était ici que D.T. Star vivait. Mais le magicien l'avait rassuré en lui expliquant que dans ce pays, exactement comme dans la nation voisine, il y avait plusieurs centaines d'*Americanos*, des *gringos* à la recherche de pétrole, et que D.T. Star se trouvait certainement dans une tout autre partie du pays.

Ils arrivèrent au village quelques heures avant le coucher du soleil, et eurent tout juste le temps de coller les affiches avant que l'horloge du clocher ne sonne sept coups. La représentation des tours de magie ne commencerait qu'à vingt et une heures.

Mino se sentait mal à l'aise. Le village n'était guère plus grand que celui d'où il venait. Avec son marché de fruits et légumes et son muret autour de l'église. Le garçon, qui avait repéré non loin une tour de forage, croyait croiser partout des Lucás et des Pepe. Et il voyait des ombres sur les visages des adultes.

Mais surtout, Mino vit que le village fourmillait d'*armeros*.

La représentation allait commencer. Presque tout le village était rassemblé sur la place. Isidoro avait informé Mino que s'il voyait des enfants rôder alentour, il devrait leur proposer juste avant le début d'aller prendre place tout devant, près des pots de suif qui servaient d'éclairage. Ils ne devaient pas avoir d'argent. Comme un seul spectacle était prévu ici, peu importait qu'ils ne puissent pas payer. Et si des gosses ne laissaient tomber qu'un ou deux cruzos dans l'écuelle, Mino devait hocher la tête et passer au suivant.

Il se prépara à passer dans les rangs. Le bâtonnet avec lequel il devait allumer les pots de suif attendait dans l'une de ses poches.

Les enfants le regardèrent avec admiration passer parmi eux avec la coupelle en laiton, s'inclinant chaque fois qu'il recevait de l'argent. Il entendit quelqu'un chuchoter que ça pouvait être dangereux de regarder directement le fils de l'homme de feu. Qui sait s'ils n'allaient pas eux-mêmes s'enflammer ? Mino rit en son for intérieur, mais s'amusa à prendre un air particulièrement lugubre. En s'approchant des spectateurs les plus éloignés, il se figea. Quatre ou cinq *armeros* étaient assis sur des cageots, leurs carabines coincées entre les genoux. À leur position, on devinait qu'ils allaient regarder la représentation.

Mino serra les dents et s'approcha des uniformes bordeaux à liseré jaune. Tendit la coupelle en laiton.

« Dix cruzos ! dit-il particulièrement fort. Ça coûte dix cruzos pour *los armeros* ! Deux fois plus cher que pour les autres ! »

Il ne récolta que des ricanements. Puis quelques crachats vinrent s'écraser sur le sable devant ses chaussures.

« *Filho da puta !* Fils de pute, va-t'en avec ton costume de clown ! Tu ne sais donc pas que les hommes du Président peuvent voir tout ce qu'ils veulent sans payer ? Déguerpis ! »

Mino ne bougea pas d'un pouce. Un bourdonnement monta des adultes assis tout autour. Il avança d'un pas résolu vers l'*armero* le plus proche, un homme avec d'épaisses lèvres et de petits yeux méchants – après avoir sorti de sa poche le bâtonnet qu'il devait utiliser pour allumer les pots de suif. Et soudain, vif comme l'éclair, il l'enfonça avec une précision parfaite dans l'œil du soldat, le vrilla à l'intérieur de l'orbite jusqu'à ce que le bois bute contre la paroi arrière du crâne.

*

Une tomate rouge, un morceau de pain blanc, de la moutarde de Dijon et un magret de canard juteux ; voilà ce qui constituait le déjeuner de Gascoigne. Urquart, par contre, se contentait toujours d'une tasse de café noir et de deux croissants. Sa boisson l'attendait dans une cafetière posée dans un coin, à droite. La nourriture de Gascoigne était toujours soigneusement emballée dans une boîte ronde au couvercle orné d'un paysage de montagnes suisses. Les deux croissants d'Urquart sortaient d'un sac en papier dont la couleur variait d'un jour sur l'autre.

Sur la plaque en verre qui les séparait, il n'y avait rien d'autre que la nourriture. Ils mangeaient en silence, tout en jetant des coups d'œil sur l'écran au mur.

RAP. SEC. + 10. CANAL DIRECT : *Arrêt/séjour dans la « cabane », deux heures et vingt minutes. Elle n'a rien dit. Elle avait trois billets de train différents : un dans son sac à main, destination Varna, un caché dans le col de sa veste, destination Bakou, et le dernier derrière le papier métallisé d'un paquet de cigarettes, destination Istanbul. Le passeport indique Constance Frey, vingt-trois ans, de nationalité espagnole. Métier : styliste. Pas d'autres papiers. Elle est actuellement couchée sur le banc. Le colonel se coupe les ongles des pieds. Elle a vraisemblablement pris des cachets. Très apathique, réagit peu. Le colonel se charge des phases une à vingt, l'opération se termine au plus tard dans vingt et une heures et quarante minutes si négatif. Rap. Continue toutes les vingt minutes SEC. + 10.*

« Merde ! lâcha Gascoigne entre deux bouchées de magret.

— Détends-toi, fit Urquart en tambourinant le plateau de verre avec l'annulaire. Elle est faible. C'est la plus faible. Nous le savons bien ! En tout cas, elle se comporte comme un *être humain*, pas comme un esprit désincarné. Les autres… »

Urquart s'interrompit pour boire une gorgée de café.

Les deux hommes se dévisagèrent. Le bonus était important. Si important qu'en cas de réussite, cette mission resterait pour eux la dernière – ils pourraient alors choisir leur nationalité, et s'établir là où ils le souhaiteraient dans le vaste monde. Quelques années auparavant, Urquart avait été israélien, et Gascoigne français. À présent ils n'étaient rien, même s'ils demeuraient dans une pièce dissimulée dans les entrailles de Paris, sous un des meilleurs quartiers de la ville. Ils n'étaient *rien*, mais ils gouvernaient, sans limites, un puissant appareil. Ils étaient à deux doigts de solder les comptes avec leur passé.

« Je parie qu'elle ne tiendra pas quatre heures », déclara Urquart en refusant d'un geste de la main un morceau de magret de canard relevé de moutarde forte que lui proposait Gascoigne.

*

85

L'*armero* s'effondra ; du sang jaillissait de son œil. Mino recula de quelques pas, mais brusquement trois hommes baraqués se jetèrent sur lui. Il vit un scintillement de bordeaux et de jaune, vit l'éclair des boucles des bandoulières, sentit une odeur de vieille pisse, sentit qu'on le pressait au sol avec violence, sentit une botte de cuir sur son visage, des pincements, des coups de poing et des coups de pied, sentit qu'on lui cassait un bras. Tout devint lourd, encore plus lourd. Un brouillard blanc s'éleva autour de lui, dans lequel il s'enfonça loin, très loin.

Sur la place régnait un grand tumulte. Hommes, femmes et enfants formaient un cercle compact autour des *armeros* presque couchés sur ce qui était visiblement le petit garçon, l'*ayudante* du *mágico*.

Le magicien observa la scène à côté de sa tente avec une certaine appréhension. Il avait compris que quelque chose de grave se passait – et que cela concernait Minolito. Dans un éclair de lucidité, il avait deviné que la situation ne pourrait que dégénérer s'il se hasardait à intervenir. Il se hâta donc de ramasser ses remèdes, enroula ses effets dans les grandes étoffes noires, et disparut de la place en un clin d'œil. Le *mágico* s'était comme volatilisé. Il aurait tout aussi bien pu monter au ciel ou disparaître sous terre.

De fait, douze *armeros* furieux se précipitèrent alors avec leurs carabines vers l'endroit où la tente noire du magicien se trouvait quelques secondes plus tôt – pour n'y découvrir qu'une colombe de papier blanc par terre, laquelle fut immédiatement transpercée de trente-sept balles qui allèrent ensuite fouetter la terre glaise sèche. Les ricochets sifflèrent une sorte de marche militaire atonale dans l'obscurité.

Isidoro alla récupérer Président Pingo et Tarquentarque, attachés derrière le mur d'une maison à l'extérieur du village, et les conduisit directement dans les fourrés les plus épais, assez loin à l'intérieur de la jungle pour que le vacarme cesse de leur parvenir.

Blanc, blanc comme le cœur d'une noix de coco. Allongé sur un sol en terre battue, Mino essaya de se redresser en gémissant, avant de retomber. Sa tête, sa poitrine, tout son corps lui faisait mal. Et il ne sentait plus son bras gauche depuis le coude jusqu'aux doigts. Des faisceaux de lumière pénétraient par une fente sous la porte. Soudain, tout lui revint en mémoire : il était prisonnier. Il se trouvait en prison. Dans la prison des *armeros* ! Un sourire dur traversa comme une ombre le visage du garçon de onze ans, qui se leva.

De l'extérieur lui parvenaient des voix. Des voix qui riaient et parlaient fort. Et, parfois, des voix en colère, des voix qui braillaient les pires jurons qu'on puisse imaginer. Mino entendit quelqu'un prononcer « *el mágico* ». Ils parlaient d'Isidoro. Avaient-ils tué papa Mágico ? Tout à coup, il sentit ses yeux se remplir de larmes. C'était sa faute, *sa faute* ! Il avait tout gâché, et le gentil Isidoro l'avait payé de sa vie. Il se recoucha sur le sol en terre battue et se mit à pleurer tout bas. Puis finit par s'endormir.

La porte s'ouvrit brusquement, inondant la pièce de lumière. Mino se frotta les yeux de sa main valide. Il vit une paire de bottes marron ainsi qu'un pantalon bordeaux à liseré jaune. Puis, un quignon de pain lui heurta la tête.

« De la nourriture pour rats, entendit-il dire au-dessus de sa tête. Mais le rat, il va crever demain ! On va te trouver une bonne petite fourmilière, au-dessus de laquelle on va te suspendre par les pieds de manière que le bout de ton nez se retrouve juste au niveau de la terre. De grosses fourmis marron, he he ! »

La porte claqua derrière lui dans un gros fracas, et Mino se retrouva de nouveau plongé dans l'obscurité.

Il faisait complètement noir quand l'horloge du clocher de l'église sonna sept coups. Mino entendit soudain des cognements sur le mur derrière lui. Puis une espèce de murmure. Intrigué, il s'approcha en rampant.

« Minolito, entendit-il chuchoter. Minolito, est-ce que tu es là ? Est-ce que tu m'entends ? »

Le garçon sentit des picotements chauds lui parcourir le corps, et d'un seul coup toutes ses douleurs s'évanouirent. C'était Isidoro ! C'était papa Mágico, qui vivait, qui lui parlait !

« Oui, je suis ici ! murmura-t-il à son tour, d'une voix à peine audible.

— Ils ne t'ont pas trop esquinté ? Tu penses pouvoir marcher, Minolito ?

— Non, papa Mágico, je peux marcher, mais j'ai mal à la poitrine et un de mes bras est mort, chuchota Mino – il avait une peur bleue d'être entendu par l'un des *armeros*.

— Magnifique, *chico*. Admirable. N'aie pas peur. N'était-ce pas à neuf heures qu'*el espectáculo* allait commencer ? Quand tu entendras l'horloge sonner neuf coups, tiens-toi prêt ! Papa Mágico connaît son art. »

Puis la voix disparut.

Mino se recoucha sur le sol. Son cœur battait la chamade.

« Papa Mágico est vivant, papa Mágico est vivant », répétait-il en boucle.

Le garçon crut distinguer une petite rivière tranquille quand il ferma les paupières. Son visage se reflétait dans l'eau calme. Puis la surface se mit à vibrer légèrement, son image se brouilla pour laisser peu à peu place à quelque chose d'autre.

Alors Mino se leva, et se mit à rire tout haut : bien sûr qu'il n'allait pas mourir, il aurait dû s'en souvenir. Cela faisait plus d'un an maintenant.

L'horloge avait sonné huit heures. L'heure fatidique allait bientôt arriver.

Les habitants du village restaient pour la plupart chez eux. Après la tombée de la nuit, les rues et la place du marché demeuraient pratiquement vides. Les *armeros* se montraient capricieux, à présent que l'un d'eux avait été tué par un jeune garçon. Ils avaient fouillé chaque maison dans l'espoir de mettre la main sur le terrible *mágico*, et tué deux travailleurs agricoles au chômage, sans aucun motif. Sur la place du marché, un vieil homme traînait en agitant dans l'air une bouteille d'alcool blanc à moitié vide. À l'ombre, sur le banc devant la *cantina*, un berger pinçait les cordes d'une vieille guitare désaccordée. Personne d'autre, à part devant la *caserna* où, comme d'habitude, les *armeros* faisaient un boucan de tous les diables. Ils avaient confisqué un cochon qu'ils faisaient griller à la broche.

Puis, peu après que l'horloge eut sonné neuf coups, eut lieu un événement qui incita le vieux bonhomme avec sa bouteille à s'asseoir, la guitare à se taire et les *armeros* à oublier la viande grasse du cochon.

Une forte lumière apparut dans le ciel d'un noir de plomb, au-dessus de la cime des arbres. Elle luisait d'une sinistre couleur verdâtre qui jetait une clarté fantomatique sur tout le village. C'était une tête d'homme, une tête énorme. Ceux qui la voyaient devaient se frotter les yeux avant d'oser la regarder à nouveau, car c'était celle de Jésus-Christ, avec une couronne d'épines qui brillait comme de l'argent pur ! Elle flottait juste au-dessus de la *caserna*, d'avant en arrière en des mouvements lents, accusateurs, menaçants ; entre deux quintes de toux, les *armeros* tombèrent à genoux en régurgitant viande de porc et alcool de canne à sucre. Le sergent eut tout juste le temps de jeter un seau d'eau sur les braises avant de se laisser tomber à terre.

« *Jesus Cristo*, gémit quelqu'un.

— Santa Maria, Sainte Mère, aidez-nous ! implora un autre.

— *Salvación !* » murmura encore un autre entre deux sanglots.

Puis le visage au-dessus d'eux commença à rétrécir, Jésus-Christ remonta au ciel et la lumière verte disparut. Tout redevint complètement noir. Mais le premier *armero* à se relever commença aussitôt à agiter ses bras comme un dément ; il ne tarda pas à prendre ses jambes à son cou.

Une nouvelle lueur était apparue, un miracle plus effrayant encore : une figure humanoïde arrivait en hurlant de la jungle qui s'étendait derrière la *caserna*, une silhouette nue qui brûlait comme une torche ! Le feu venait lécher son corps, ses bras en flammes étaient tendus au-dessus de sa tête en direction de la cime des arbres. Ses deux grands yeux rouges brillaient plus intensément encore.

Les *armeros* jetèrent leurs fusils et prirent leurs jambes à leur cou, se précipitant dans la rue au-delà de la place du marché, au-delà de la *cantina*, pour finalement disparaître derrière un virage. Ils se dirigèrent vers la petite ville de préfabriqués des *gringos* bien éclairée, située à quelques kilomètres de là, près des champs pétrolifères.

Une fois le feu éteint, Isidoro essuya le plus gros de la suie qui lui couvrait le corps. Puis il s'approcha d'une porte et tira un lourd verrou.

« Minolito, viens ! dit-il hors d'haleine. *El espectáculo* est fini. Il aurait dû nous rapporter au moins cent cruzos. Mais au final, ça leur aura coûté bien plus que ça ! »

Mino sortit en chancelant, puis s'accrocha au magicien noir et nu qui se tenait devant lui. Autour de ses yeux, il avait dessiné de grands cercles avec une peinture rouge fluorescente. Un chaman indien n'aurait pas eu l'air plus effrayant.

« *Rápido !* Tarquentarque et Président Pingo nous attendent dans la jungle. »

Il poussa le garçon devant lui. Avisant un fusil automatique et une ceinture pleine de cartouches abandonnés par terre, il se hâta de les ramasser – et bientôt tous deux furent avalés par l'épaisse jungle noire.

Ils suivaient une direction qu'Isidoro estimait être le nord. Dix jours s'étaient écoulés depuis l'incident du village. Ils progressaient sur des sentiers presque impraticables, évitant toute agglomération, grande ville ou village. L'humidité et la chaleur étaient étouffantes, mais ils tenaient le coup. Tous deux avaient l'habitude de la jungle. Isidoro avait immobilisé le bras du garçon avec des bouts de bois ; si Mino évitait de s'en servir dans les jours qui venaient, il pouvait escompter une guérison totale.

Le *mágico* avait longuement parlé avec Mino de ce qui s'était passé, et le garçon avait compris. Ils ne pouvaient plus continuer comme *mágicos* dans ce pays. Ils ne pourraient pas visiter de ville de quelque importance sans risquer leur vie. Ils allaient devoir se rendre dans le pays voisin, où l'on parlait presque la même langue. Mais puisque aucun d'entre eux n'avait de *pasaporte*, il leur fallait franchir la frontière en un endroit désert. Mais un long chemin leur restait à parcourir, un chemin qui allait les contraindre à traverser la *selva*, la partie la plus inaccessible de la jungle. Par chance, Isidoro l'avait déjà sillonnée par le passé.

Mino, silencieux, suivait le magicien. Il évitait son regard quand ils s'arrêtaient manger ou pour installer leur campement pour la nuit. Isidoro devait lui en vouloir terriblement – il avait détruit tellement de choses. Mais un soir, Isidoro le prit par les épaules et le regarda droit dans ses yeux sombres.

« Minolito, tu as tout un village à venger. *Moi,* j'ai tout un peuple. Ce pays n'a rien de bien à nous offrir. Tu étais dans ton bon droit quand tu as crevé le cerveau de l'*armero*. Même si ça nous avait coûté la vie à tous deux, tu as fait ce qu'il fallait faire. Est-ce que tu comprends cela, petit garnement ? » conclut-il en secouant l'enfant avec tendresse.

Alors Mino sourit ; ses yeux s'illuminèrent à la lueur du feu de camp.

« Si tu avais été un papillon, papa Mágico, tu aurais été un *Mariposa Mimosa*. C'est le papillon le plus gentil sur Terre. Et le plus beau. »

Le magicien dut se détourner un instant. Ce compliment, à l'évidence, était le plus fort que le garçon puisse imaginer.

Ce soir-là, Mino mit longtemps à s'endormir. Depuis son hamac, il regardait les bûches de bois se consumer lentement. Au loin, dans la jungle, il entendait le hurlement d'un tapir à l'agonie : un jaguar avait trouvé sa proie. Et dans la nuit impénétrable au-dessus de lui, un millier de scies électriques semblait striduler : c'étaient les cigales *tupo*. Par intermittence, il entendait des « plopp-plopp-plopp » émanant d'un chœur de crapauds. Des bruits rassurants, bienveillants. Le vrai danger, il en avait pleinement conscience, ne venait pas de la jungle.

Il avait appris des tours de magie. Il savait escamoter trois pièces d'argent et les faire réapparaître où il le voulait. Il savait faire rouler des billes en défiant les lois de la gravité, jongler avec des balles et des massues et les rattraper avec précision. Quant aux objets inertes, il savait les obliger à paraître vivants. Ah, si seulement les tours de magie pouvaient marcher avec les humains ! S'il avait pu faire disparaître ceux qu'il détestait, et mettre les gens qu'il aimait à des endroits où ils seraient heureux. Si seulement il pouvait dire « abracadabra ! » et faire jaillir des têtes grasses des *Americanos* leur horrible sang blanc. Ou « pirouli piroula et voilà ! » pour faire éclater les boyaux des *armeros* et attirer sur eux des nuées de mouches bleues ! Ou encore « paparouna parouta palali papon ! » et faire exploser les tours de forage du pays pour que la jungle, verte et exubérante, puisse reprendre ses droits. Il aurait voulu, par un coup de baguette magique, donner des vêtements aux enfants pauvres, guérir les maladies des vieilles femmes et poser un plat de viande fumante aux pieds des mendiants. Si seulement il avait eu de tels pouvoirs ! Alors il aurait fait revenir dans son village son père, sa mère, ses frères et sœurs, *padre* Macondo et le vieil Eusebio. Il aurait transformé en or l'horloge du clocher de l'église, ensorcelé dix millions de fourmis pour qu'elles dévorent les yeux de chaque *armero* ou *Americano* assez fou pour s'approcher du village. Il aurait redonné vie aux plantes de taro fanées. Il aurait fait mûrir les tomates les plus belles du monde. Et il aurait ajouté subrepticement des *miamorates* toxiques dans le bol de soupe de don Edmundo.

Mais il ne pouvait exécuter de tels tours de magie. Personne au monde ne détenait de pouvoirs de ce genre.

Il repensa à la fleur étrange qu'Isidoro avait trouvée dans la jungle, et qui ne poussait peut-être nulle part ailleurs. L'huile de cette fleur permettait de ne pas sentir la chaleur, elle empêchait le feu de vous brûler. N'était-ce pas déjà un miracle en soi ? Papa Mágico lui avait raconté que les anciens Indiens savaient accomplir bien des miracles. Il avait entendu une vieille histoire sur des oiseaux qui frottaient les feuilles d'une certaine plante contre des pierres pour les rendre aussi molles que du suif. Ils s'en servaient pour creuser des nids très haut dans les falaises. Les anciens Indiens connaissaient les secrets de tels miracles. Mais il ne restait presque plus d'Indiens à présent. Tous avaient disparu, ou péri. À en croire Isidoro, seuls quelques-uns étaient parvenus à se retirer dans des lieux plus reculés encore.

Quels autres secrets recelait la jungle ? Qui sait si le sang d'un certain crapaud ne permettait pas de léviter ?

Le jeune garçon rêvait. Il rêvait de tours de magie et de miracles, il rêvait que lui, Mino, pouvait tout diriger depuis l'endroit où il se trouvait : dans la fine membrane qui séparait l'air de l'eau – non pas sous le miroir de l'eau, ni au-dessus, mais dedans. Là où *tout* était possible.

Isidoro examina soigneusement le fusil. Appuya plusieurs fois sur la détente, des tirs à blanc. Visa. Renifla l'acier poli.

« He he », fredonna-t-il.

Ils n'avaient presque plus de nourriture. Ils allaient devoir tester l'arme.

« Je n'ai jamais tiré auparavant, tu comprends », avoua-t-il.

Un peu avant, tous deux avaient aperçu un troupeau de tapirs qui s'empiffraient de plantes aquatiques dans une mare de boue. Isidoro allait essayer d'en tuer un.

Il chargea le fusil. Mino dut lui montrer comment s'y prendre. Une éternité plus tôt, quand lui et Pepe avaient espionné ce salaud de Cabura, ils avaient eu tout loisir d'observer de quelle manière le sergent maniait son fusil ; à la longue, le fonctionnement de chaque pièce avait perdu tout secret pour eux – ils auraient sans doute pu sans aucun mal démonter et remonter une arme à feu.

« Puis tu tournes ici juste avant de tirer, expliqua Mino en ôtant le cran de sûreté.

— Tu vois cet arbre là-bas ? Et le champignon à peu près au milieu du tronc ? Eh bien, c'est lui que je vise, he he ! »

Isidoro épaula l'arme, visa, ferma les deux yeux et appuya sur la détente. Le bruit de la détonation alla se perdre dans la jungle. Le magicien tomba à la renverse et resta sur le dos, le visage rouge écarlate. Difficile de déterminer si c'était la violente détonation ou l'impact du coup qui l'avait fait tomber, mais il resta étendu là, en respirant bruyamment.

Mino s'empressa de rejoindre l'arbre pour ne pas l'offusquer avec ses rires. Il chercha les marques sur le tronc. Pas la moindre trace de balle.

« Tu l'as raté, papa Mágico ! cria-t-il.

— Une invention diabolique », gémit le magicien en se relevant, sa veste couverte de feuilles mortes. On va laisser tomber, Mino. Nous allons jeter cet objet de malheur et nous contenter de tortues et de fruits. »

Mino resta longtemps à réfléchir. Son bras gauche était presque guéri.

« Puis-je essayer, papa Isidoro ? » hasarda-t-il.

Le garçon disait sciemment « papa Isidoro » au lieu de « papa Mágico », parce qu'il savait que cela le faisait fondre.

« Essayer ? *Essayer !* Bon, si ça te chante. Mais sois prudent, Minolito. »

Mino bondit sur le fusil. Le chargea. Il était lourd, aussi le garçon prit-il tout son temps pour viser. Puis le coup partit. Mino, *lui*, ne tomba pas ; il courut aussitôt jusqu'à l'arbre. Un petit trou rond avait fait son apparition au milieu du champignon.

« Dans le mille ! » jubila-t-il.

Trois jours plus tard, Mino abattait son premier tapir. Ils mangèrent à s'en éclater la panse. Une autre fois, il tua un paresseux au sommet d'un arbre. Puis il troua la tête d'un anaconda qui dormait sur une branche, à la demande d'Isidoro – celui-ci avait toujours eu envie d'avoir la peau d'un serpent géant.

Après cinquante jours dans la jungle, ils atteignirent un grand fleuve, sur l'autre rive duquel s'étendait un nouveau pays. Mais la jungle restait la même, aux yeux du garçon.

Ils passèrent quelques jours à attacher ensemble des troncs d'arbre vermoulus et de grandes branches pour construire un radeau. Il fallait qu'il soit assez grand pour transporter également Président Pingo et Tarquentarque. Après avoir traversé tant bien que mal, ils cherchèrent longtemps avant de trouver un semblant de sentier de l'autre côté. Un nouveau pays ! Mino ne comprenait pas tout à fait ce que cela signifiait. Mais le magicien ne cessait de le lui répéter : ils avaient enfin atteint un autre pays.

« Pourquoi ont-ils coupé toute la forêt ici, Isidoro ? » Ils avançaient le long d'une route boueuse, striée de profondes ornières creusées par de grosses machines. Le magicien effectua un grand geste avec son chapeau.

« Dans ce pays, vois-tu Minolito, ils sont en train de couper toute la forêt. Pour la réduire à des *troncs de bois*. Et les troncs de bois serviront à faire des *planches*. Et les planches sont vendues à tous les pays qui en ont besoin pour fabriquer de grands coffres et de beaux fauteuils – ce qui permet aux gens de ranger leurs jolies choses et d'être bien assis pendant qu'ils mangent de la viande. C'est comme ça, Minolito. »

Tous les soirs, autour du feu de camp, Isidoro et Minolito s'étaient exercés à la pratique de nouveaux tours de magie fabuleux. Le garçon allait lui-même en exécuter certains. Il allait, entre autres, faire sortir sept colombes blanches de ses oreilles, et des ballons phosphorescents représentant des esprits de la jungle de ses poches. Mino avait en outre capturé un bébé perroquet, auquel il apprenait à parler. L'oiseau savait déjà dire « Tarquentarque » de sa voix rauque, et « il faut saler la viande, mon garçon » en imitant à la perfection la voix d'Isidoro.

Ils devaient s'approcher d'une ville, ou d'une bourgade. La route s'était améliorée, et ils croisaient constamment des gens qui les saluaient poliment en leur disant « *bom dia* », « *boa tarde* » ou « *boa noite* », en fonction de l'heure de la journée. Les gens avaient des mouches autour des yeux et des plaies sur les lèvres. Leurs vêtements étaient colorés, mais en lambeaux.

Quand Mino tendit le cou dans l'espoir d'apercevoir la ville au loin, ce qu'il vit l'incita à donner un coup de talon à Tarquentarque pour le faire stopper net : trois personnes pendues à un arbre immense, tout près de la route. Elles étaient attachées par le cou, leurs pieds ne touchaient pas le sol. Leurs visages étaient noirâtres, leurs langues pendaient comme des saucisses grises le long de leur menton. Des nuées de mouches volaient autour de leurs corps gonflés.

« I... Isidoro », bégaya Mino tout en les désignant du doigt.

Président Pingo s'arrêta à la hauteur de Tarquentarque. Après avoir fixé un instant le sol sans rien dire, le magicien enfonça un peu plus son chapeau et reprit sa route.

« Qu... qui a fait ça ? s'enquit Mino après l'avoir rattrapé.

— *Quién sabe*, répondit-il simplement. Peut-être des *bandidos* », ajouta-t-il après un moment.

La ville ne différait guère de celles du pays d'où ils venaient. Il y avait une *pensão*, des *cantinas* et des *vendas*. Et une place du marché. Isidoro et Mino s'empressèrent d'annoncer le grand spectacle, qui s'appelait « Les Mains en feu ».

Dans la chambre qu'ils avaient pu louer, Mino eut droit à une rapide leçon sur les particularités de ce pays. La monnaie ne s'appelait pas *cruzos*, mais *crazos*. Deux crazos valaient à peu près autant qu'un cruzo. Aussi les places allaient-elles coûter dix crazos pour les adultes et cinq pour les enfants. Si certains voulaient payer avec des sucreries ou des fruits, Mino devait refuser. Par contre, pas de problème si on lui proposait des saucisses fumées au poivre vert, la spécialité de ce pays, qui étaient *délicieuses*. Une saucisse équivalait environ à dix crazos. À leur crédit, elles avaient la particularité de pouvoir se garder pendant des mois.

Mino, qui l'écoutait avec le plus grand sérieux, acquiesça. Ses vêtements venaient d'être lavés, et il luisait de pied en cap. Ses yeux brillaient. Puis une ombre, tel un oiseau noir, passa sur son visage.

« Et si *los armeros* viennent à la représentation ? »

Isidoro se racla la gorge ; ses yeux se firent perçants.

« Dans ce pays, il n'y a pas d'*armeros*. Ici, il n'y a que des *carabineros*. Ils portent des uniformes verts avec des taches roses. Et ils ont tous des casques en acier sur la tête, ornés d'un oiseau rouge au bec crochu qu'on appelle *águila llorando*, l'aigle pleureur – un oiseau qui a disparu. Le dernier a été tué il y a plus de trente ans. Avant de fondre sur sa proie, il émettait un cri aussi déchirant que les pleurs d'un enfant. Si tu vois un casque d'acier avec un oiseau rouge, Minolito, baisse les yeux au sol. Ou regarde le ciel. Pour nous autres *mágicos*, mon garçon, tous les *carabineros* ne sont rien d'autre que de l'air. De l'air, tu comprends ! »

De l'air. Ils n'étaient que de l'air. Mino acquiesça. Ils n'étaient que de l'air. *Lui-même*, il était l'eau. Non, il se trouvait exactement au milieu, au niveau de la fine membrane. Dans l'air planaient les aigles pleureurs rouges. Mais il n'en verrait pas : ils avaient disparu depuis plus de trente ans.

Quand, quelques jours plus tard, Isidoro et Mino quittèrent la ville à dos de mulet, ils avaient présenté cinq *espectáculos* couronnés de succès. Les débuts du garçon comme magicien avaient dépassé toute attente.

« Tu possèdes un grand talent », avait déclaré Isidoro.

Il y eut jusqu'à vingt-deux saucisses fumées dans un des sacs que portait Tarquentarque, et des pièces de monnaie tintaient dans la bourse en cuir d'Isidoro.

Ainsi donc Isidoro et Mino parcoururent-ils ce pays de village en village, à l'est vers les montagnes, à l'ouest vers les grands fleuves et la jungle, au nord vers les plateaux et au sud vers les marécages, gagnant beaucoup de crazos et de saucisses. Mais la bourse en cuir d'Isidoro ne se remplit jamais complètement, car il avait toujours une pièce entre ses doigts quand la détresse et la misère tendaient vers lui une main décharnée.

« Nous nous débrouillons très bien, toi et moi. Nous sommes les plus grands *mágicos* du monde. »

Le numéro final d'Isidoro – ses mains en feu – remportait toujours un franc succès. Et il leur restait encore beaucoup d'huile tirée de la fleur bleue.

Quand Mino fêta ses douze ans, il reçut une nouvelle panoplie de vêtements, presque identique à celle d'Isidoro.

« Toi, tu es Verseau, *l'homme d'eau*, mon garçon. C'est une bonne chose, c'est entre les mains de l'homme Verseau que reposent les grands miracles de l'avenir. » Mino ne comprenait pas vraiment ce que le magicien entendait par là, mais il eut un peu peur : Isidoro connaissait sa nature profonde. Jusqu'ici, il avait cru que ce secret n'existait que dans sa tête.

Le perroquet de Mino, appelé Tímido en raison de sa timidité, avait peu à peu acquis un vocabulaire honnête – qu'il utilisait malheureusement en dépit du bon sens. Il pouvait imiter à la perfection la voix d'Isidoro et, tout à coup, lancer : « Président Pingo marche comme une saucisse fumée » ou « Cueillir du pétrole, Tímido, cueillir du pétrole ! » ou encore « Mange tes mouches, mon garçon. He he ! » Isidoro ne trouvait pas cela drôle du tout. En raison même de sa réserve, cependant, Tímido ne leur était d'aucune utilité pendant les représentations. Oh, ils avaient essayé, mais à la vue d'autres personnes, le sommet de son bec crochu rougissait légèrement et il dissimulait sa tête sous son aile. Tímido parlait uniquement lorsqu'ils se retrouvaient seuls – il devenait alors un vrai moulin à paroles.

Pendant tout ce temps, Mino continuait à rechercher des papillons. Il exultait chaque fois qu'une nouvelle famille s'ajoutait à sa collection. À présent, il avait presque quatorze boîtes pleines d'exemplaires de chaque famille. Il possédait de très jolis *Pierides* dans toutes les nuances de blanc à l'orange, d'élégants *Machaons*, des *Morphos* bleu métallique, des *Nymphalidae* arc-en-ciel, des *Heliconidae* de velours et des *Ithomiidae* fragiles, presque transparents. Isidoro, taquin, lui fit remarquer qu'à ce rythme, il aurait bientôt besoin d'un second mulet pour transporter tous ses papillons. C'était vrai ; s'ils ne pesaient presque rien, les boîtes prenaient beaucoup de place. Si bien qu'un jour, Isidoro acheta pour de bon un autre mulet ; car outre les papillons, le matériel de magie avait lui aussi fini par devenir assez encombrant. Le mulet fut baptisé Menelaus, le nom d'un Morpho particulièrement beau.

« Quarante-trois villages, mon garçon, nous avons maintenant visité quarante-trois villages dans ce pays putride. Bientôt on en aura fait le tour. » Ils avaient installé leur campement près d'une petite rivière, et attaché les mulets aux racines d'un grand *cipo matador*.

« Que va-t-on faire alors, papa Isidoro ? » s'enquit Mino avec inquiétude.

Ces derniers temps, il appelait toujours ainsi le magicien.

« Bah, mon garçon, he he ! Il existe bien des frontières à traverser. Une par-ci, une par-là.

— Un nouveau pays ? »

Mino s'impatienta.

« Un nouveau pays, acquiesça le magicien.

— *Cette tomate pourrie d'un pays, he he !* » renchérit Tímido, attaché à une branche au-dessus de la tête de Mino.

Sans cesser de grignoter sa cuisse de poulet, Isodoro gratifia le perroquet d'un regard méfiant par-dessous son chapeau. Puis il éminça un oignon et le tendit à Mino.

Le garçon avait grandi. Il était fort, et en bonne santé. Presque un petit homme. Un petit homme particulièrement beau, se dit Isidoro. Des dents blanches sans défaut, un menton décidé, un nez fin et régulier. Sa chevelure aile de corbeau lui cachait les yeux quand sa frange lui tombait sur le front. Des yeux bruns, intenses. Ses mains étaient longues et douces, exactement comme les siennes. Des mains de magicien. Mino était devenu un très bon magicien. Sans compter qu'il avait du charisme à revendre. Les enfants criaient de joie quand il tirait des mètres et des mètres de rubans de leurs narines, ou quand, en un tournemain, il enlevait la chemise d'un maraîcher timide. Mais il avait des sautes d'humeur. Si des *carabineros* assistaient à la représentation, Mino se raidissait comme un bout de bois et exécutait ses tours de magie avec froideur, sans un sourire.

Par deux fois, ils avaient frôlé la catastrophe, l'accident et probablement la mort. La première, quand deux *gringos* totalement ivres avaient failli perturber le spectacle, la seconde quand un bataillon de *carabineros* avait assailli la *plaza* à la recherche de *terroristas*. Dans le premier cas, Mino avait attrapé un pot de suif enflammé – et il l'aurait lancé au visage d'un des *gringos* si Isidoro n'était pas intervenu à la dernière minute. Dans l'autre, cela avait été pire encore : les *carabineros* s'étaient précipités vers la tente des magiciens pour leur demander en hurlant s'ils avaient vu les terroristes.

« *Sí, señores*, avait répondu Mino en exécutant une révérence un peu sèche. *Uno, dos, tres, cuatro, cinco...* » en pointant du doigt chacun des *carabineros*. Encore une fois, Isidoro était parvenu *in extremis* à désamorcer la catastrophe. Il avait réussi à calmer le sergent en traitant le garçon d'*imbécil*, qui, chaque fois qu'on lui demandait quelque chose, ne pouvait pas s'empêcher de montrer qu'il savait compter. Le sergent se moucha, essuya de la bave au coin de sa bouche, mais il ne partit qu'après avoir reçu un cadeau de la part du magicien : une petite poule rose qui ouvrait le bec quand on lui appuyait légèrement sur la poitrine.

Suite à ces événements, Isidoro avait décidé d'annuler dorénavant leur représentation s'il y avait des *carabineros* ou des *gringos* en état d'ébriété dans le public. Mino était entièrement d'accord : à quoi bon gâcher leur talent sur des *águilas llorando* – ces aigles pleureurs ?

Mino s'empara tout à coup du filet à papillons. Un grand *Pieride* aux ailes piquetées de taches dorées voletait devant eux. Il se mit en chasse, fixant du regard le papillon qui faisait des zigzags entre des *petrus* élancés... et heurta un arbre de plein fouet ! Des étoiles se mirent à danser devant ses yeux, et il tomba en entendant Isidoro rire à perdre haleine. Le papillon avait disparu quand il se releva. Déçu, il reposa le filet à papillons, s'assit et frotta la bosse sur son front.

« Tu courais droit vers l'arbre, dit Isidoro quand sa crise de fou rire fut passée. J'ai cru que tu l'avais vu et que tu allais t'arrêter. »

Assis près du feu de camp, Mino s'amusait à faire glisser sept balles de fusil d'avant en arrière entre ses doigts. Elles étaient toutes en mouvement simultanément, et même un œil exercé n'aurait pu deviner où elles se trouvaient quand le garçon s'arrêta de jouer.

Isidoro lisait à la lueur du feu un livre intitulé *L'Homme qui se dressa pour décrocher la lune.* C'était un authentique Indien qui l'avait écrit, expliqua le magicien. Et les Indiens ne racontaient pas de mensonges.

Un jour, Isidoro avait interrogé Mino sur ses parents. Avait-il un *Indien* comme ancêtre ? Mino l'ignorait, mais c'était possible. Dans son village vivaient des Indiens et des caboclos. Peut-être était-il Indien, après tout ? L'idée n'avait rien pour lui déplaire. Qui sait si Sebastian et Amanthea n'avaient pas tous deux été des Indiens ?

« Un nouveau pays, papa Isidoro ?

— Un nouveau pays, mon garçon, mais il nous reste encore plusieurs jours de marche avant d'atteindre la frontière. »

Il ne se passait pas un jour sans qu'ils voient des cadavres pendus aux arbres. Des corps noirs, grotesques, leurs vêtements en lambeaux. Ils approchaient de la frontière, à présent. Isidoro consultait constamment la grande carte qu'il avait achetée. Lui-même n'avait jamais visité la nation vers laquelle ils se dirigeaient présentement, aussi hésitait-il sur le meilleur endroit pour traverser la frontière. Car pénétrer illégalement dans un pays était passible de mort, avait-il informé son jeune compagnon d'une voix grave. Si ça tournait mal, ils risqueraient eux aussi de se retrouver pendus à un arbre. Mais Mino était sûr qu'une telle chose ne lui arriverait pas.

Isidoro estima finalement qu'ils devaient avoir atteint le nouveau pays. Faire gravir des collines abruptes, recouvertes de cactus, à leurs mulets lourdement chargés ne fut pas une partie de plaisir. Quand enfin ils purent redescendre de l'autre côté, ce fut pour découvrir un paysage de marécages qu'ils mirent deux jours à franchir. Mais, à en croire Isidoro, ils étaient en sécurité à présent. Il ne leur restait plus qu'à repérer le village le plus proche. Les *mágicos* allaient bientôt retrouver les feux de la rampe, littéralement parlant.

« Ce pays est terriblement vaste, Minolito, annonça Isidoro tandis qu'ils se préparaient dans leur chambre pour la première représentation. Je parie qu'il y a au moins un millier de villes de tailles diverses ici. Toutes les parcourir va nous prendre des années. Nous allons devenir riches comme Crésus, mon garçon, he he ! Et quand nous en aurons assez de faire les magiciens, nous irons jusqu'à la mer, où nous achèterons avec tout notre argent une belle maison avec un jardin et l'eau courante. Nous resterons alors là-bas, à peler des oranges en regardant passer les bateaux. Oui, nous pourrons nous acheter une maison en bord de mer, mon garçon !

— Oui, nous achèterons une maison en bord de mer, papa Isidoro, répéta Mino. Toi, tu pourras peler des oranges en regardant passer les bateaux, et moi, je rassemblerai la plus belle collection de papillons du monde ! »

La monnaie du pays s'appelait *crazys*, et il en fallait quatre pour un crazo. Ici, les saucisses fumées ne pouvaient servir de moyen de paiement. Ce temps-là était bel et bien derrière eux. Mais il y avait pas mal de *gringos* dans le pays occupés à détruire la forêt pour construire d'énormes plantations de bananes, à creuser la montagne en quête d'or ou encore à forer à la recherche de pétrole. Des primes étaient versées pour abattre les Indiens qui refusaient de se laisser déloger. Cela, Isidoro l'avait lu dans un grand livre. Il n'y avait ni *armeros* ni *carabineros*, mais des *comanderos* vêtus d'uniformes noirs avec des taches de camouflage vertes. Il y en avait vraiment beaucoup, pour protéger les nombreux *gringos* des hordes de pauvres et d'expropriés qui voulaient leur couper la tête et voler leurs bananes. Mais ils étaient, déclara Isidoro, peu ou prou invisibles, pour deux fiers *mágicos* venus présenter leur fabuleux spectacle de magie. Si par malheur ils devaient assister à leur *espectáculo*, il suffirait de tout annuler. L'affaire était entendue.

Mino acquiesça gravement à cette brève mais nécessaire introduction aux spécificités du pays. Puis il esquissa un grand sourire.

« Une maison en bord de mer, papa Mágico ?

— Une maison en bord de mer, Minolito. Je promets. Dès que ma bourse d'argent sera pleine. Cela ira vite. »

La bourse de papa Mágico se remplissait bel et bien à mesure qu'ils traversaient le pays, où leur spectacle rencontrait un vrai succès. Le magicien était devenu un peu plus regardant vis-à-vis de ceux qui mendiaient. Sans doute parce que la file était interminable : des armées entières d'aveugles, de culs-de-jatte, de ventres gonflés, d'affamés, de bossus et de lépreux pouvaient par moments encercler les deux magiciens, et ni Mino ni Isidoro n'en voyaient la fin. « Une maison en bord de mer. Éplucher des oranges. Regarder passer les bateaux », marmonnait de plus en plus souvent le magicien. Puis Mino l'entendait braire exactement comme Président Pingo.

Pendant des jours et des jours, ils traversèrent des plantations de bananes dans lesquelles Mino n'apercevait pas le moindre papillon. Pendant toute une semaine, ils longèrent une rivière rendue boueuse par les grands champs aurifères qui défiguraient les collines. Ils mirent deux mois à traverser le pays dans sa diagonale la plus étroite. C'était un pays immense. Un pays abîmé.

Ils étaient arrivés dans une partie plus riche du pays. Même dans les petites villes, ils remarquèrent que l'intérêt pour leur spectacle s'émoussait. En revanche, ils pouvaient augmenter le prix des billets et, assez souvent, réclamer jusqu'à cent crazys aux *gringos* qui assistaient aux représentations. Mais insultes et crachats étaient eux aussi monnaie courante.

« Il me reste encore beaucoup d'huile, mon garçon, dit un jour Isidoro. Nous allons créer un spectacle qui fera pâlir jusqu'au dernier des *gringos*. »

Puis il raconta à Mino ce qu'il prévoyait de faire.

Pendant que Mino accomplirait sa part du programme, Isidoro allait se dévêtir complètement et s'enduire tout le corps avec l'huile pour *un gran final*. « La Torche humaine », tel serait le nom du spectacle. Venir assister à cet incroyable spectacle vous en coûterait cent crazys, rien de moins. Quelques représentations de la sorte, et sa bourse serait pleine à craquer.

La première devait avoir lieu à l'occasion du treizième anniversaire de Minolito. Ils arrivèrent à un village plein de *gringos* employés à la construction d'un grand oléoduc, qui passaient leurs soirées à s'enivrer avec du rhum mélangé à du Coca-Cola. Mino et Isidoro annoncèrent la représentation en fanfare. Tous les enfants pauvres étaient invités à assister gratuitement au spectacle. À l'approche de huit heures, la place fourmillait d'enfants tout excités, de chiens errants gémissants et de *gringos* avinés qui ne cessaient de brailler.

Leur brouhaha vint d'ailleurs ternir une bonne partie de la représentation – leurs ricanements fusèrent entre les murs d'adobe lorsque Mino annonça le grand finale : « La Torche humaine ».

Le garçon passait parmi le public avec un bidon, pour donner aux plus sceptiques l'occasion de s'assurer qu'il s'agissait bien d'essence. Quelques *gringos* lui demandèrent d'en verser un peu sur le sol puis d'y mettre le feu. Mino s'exécuta volontiers – personne ne devait douter de la nature du liquide. Puis il retourna vers le rideau, toujours avec le bidon au-dessus de sa tête, de sorte que tous puissent le voir. Ensuite, il ouvrit le rideau.

Isidoro se tenait là, nu et brillant d'huile. Mino lui versa généreusement de l'essence sur la tête, jusqu'à ce qu'elle ruisselle sur l'intégralité de son corps. Un étrange silence s'était fait. Seuls quelques cris épars s'élevèrent de la foule des *gringos*, mais ceux-ci eurent tôt fait de se taire. Mino trempa un fin bâtonnet dans l'un des pots de suif brûlant, puis dans un geste théâtral approcha la flamme du corps d'Isidoro. Et, dans une flambée terrible, le magicien prit feu.

Un silence total s'était abattu sur la place. Les gens regardaient ébahis ce qui pour eux s'apparentait à un suicide. Les plus proches durent même reculer en raison de la chaleur. Les femmes mirent leurs mains devant les yeux. Et le magicien flambait toujours. Puis les flammes commencèrent à faiblir ; au bout du compte, ce fut une figure noircie par la suie, mais avec les cheveux et la barbe intacts, qui s'inclina respectueusement devant le public. Ensuite, le garçon ferma le rideau.

Les applaudissements furent assourdissants. Après être allé s'essuyer le visage et enfiler un pantalon, ce fut Isidoro en personne qui passa dans les rangs avec la coupelle en laiton pour récolter d'autres crazys.

La renommée de la Torche humaine se répandit comme une traînée de poudre. Les jours suivants, ils durent organiser des représentations supplémentaires dans cette localité et les bourgades des alentours.

La provision d'huile magique touchait à sa fin. Il en restait tout au plus pour deux ou trois représentations. Ils cheminaient vers une ville de moindre importance, censée se trouver près de quelque chose qu'Isidoro appelait *el ferrocarril*, le chemin de fer. Sur la carte, Mino vit que celui-ci traversait trois pays avant d'arriver à la côte. La mer ! Quelques séances dans cette ville, puis ils vendraient Président Pingo, Tarquentarque et Menelaus. Ensuite, ils monteraient dans un *vagón* et se cacheraient parmi les marchandises en transit vers la grande ville côtière. Isidoro avait tout soigneusement prévu.

Mino montait Tarquentarque quelques mètres derrière Président Pingo ; encore plus loin trottait Menelaus, attaché par une corde au mulet de Mino. Ils progressaient sur une route poussiéreuse bordée de bosquets d'aloès et d'agaves – peu ou prou les seules plantes qui poussaient dans le coin. En de rares occasions, ils passèrent devant des maisons aux murs d'adobe en partie écroulés. Seuls les vautours *zopilotes* décrivaient des cercles au-dessus des cactus cierges. Les deux voyageurs apercevaient parfois l'énorme oléoduc en cours de construction à travers tout le pays. Mino n'avait pas attrapé le moindre papillon depuis des mois. Dans ce pays blessé, il y avait surtout des lézards, des mouches et des fourmis.

Le garçon avait dû se résoudre à vendre Tímido, le perroquet, quelques mois plus tôt, car Isidoro ne supportait plus d'entendre sa propre voix proférer à tout bout de champ des phrases sans queue ni tête, durant leurs trajets. Sans compter qu'il fallait toujours le surveiller, et qu'il ne leur était d'aucune utilité.

Un nuage de poussière s'éleva devant eux sur la route. Mino mena les deux bêtes de somme devant quelques gigantesques buissons d'aloès et s'arrêta. Il voulait éviter que la poussière ne salisse ses vêtements plus que nécessaire.

Il y avait en fait deux véhicules. D'abord une grosse américaine rouillée, une Dodge, suivie d'un petit camion. Dans l'automobile se trouvaient deux *gringos*. Dans le camion, trois *comanderos*. Au moment de dépasser Isidoro et Président Pingo, qui trottinait lentement sur le bord de la route, la Dodge s'arrêta si brusquement que le camion faillit l'emboutir. Une fois le nuage de poussière dissipé, Mino vit Isidoro tousser en s'éventant avec son chapeau.

De la grosse américaine sortirent les deux *gringos* chancelants, avec chacun leur bouteille de rhum à moitié vide. Ils hurlèrent de rire en pointant Isidoro du doigt, puis vociférèrent quelque chose aux *comanderos*, qui sortirent à leur tour du camion. Tous les cinq vinrent se regrouper autour du magicien.

Mino fit reculer ses deux mulets parmi les aloès. Les étrangers ne l'avaient pas découvert. Il entendait fuser des hurlements et de gros rires

« *Isn't it the stinkin' famous burnin' man ! Will he burn in hell ? Hey, you apeshit ! Can you burn for us ? I've seen your stinkin' show twice and paid for it. I say paid ! This time I won't pay. Hey, what you say, Tex ?*

— *Damned shit-eating dego. Home in ol' Texas we're burnin' them, oh yeah, burnin' them I say. I've burned niggers you see, oh yeah, twice in the middle of the night. Let's have some fun, Mike !* »

Papa Isidoro essayait de forcer le mulet à franchir le cercle des hommes. Mais les *gringos* hurlèrent quelque chose aux *comanderos*, qui le firent descendre du mulet, avant de chasser l'animal d'un coup de pied. Le magicien se tenait à présent au centre du groupe, au milieu des braillements et des rires. Son chapeau fut balayé de sa tête – il alla valser vers le bas-côté de la route, où il s'accrocha à un cactus cierge. Sa blonde chevelure se répandit sur ses épaules.

« *Let's hear how old tom turkey's gobbling scream sounds when his neck's wrung the day before Thanksgiving ! You scoundrel, apeshit ! Let's undress him. Tex, huh ?* »

Mino vit les *gringos* et les *comanderos* arracher le poncho d'Isidoro, lui enlever sa veste et déchirer sa chemise. Alors le garçon descendit doucement de Tarquentarque et s'approcha furtivement de Menelaus pour prendre quelque chose dans les bagages.

« *Let's have a really big show, Mike ! Home in Texas we burn them, those... those monkeys. He is a magician, isn't he ? He can burn, can't he ? Oh yeah he'll burn. He won't die, will he ?*

105

— We have petrol, lots of petrol on the truck, Tex. Miquel, José !
Petrol, rapido. »

Ils avaient à présent arraché tous les vêtements du magicien, que
le plus grand des *comanderos* immobilisait en attendant le retour des
deux autres, partis chercher des bidons dans le camion. Les *gringos*
buvaient leur rhum au goulot tout en hurlant des ordres aux soldats.
Impossible pour Isidoro, qui n'avait rien d'un colosse, de se dégager
de cette étreinte. D'autant qu'ils lui avaient attaché les chevilles par
une sangle de cuir.

« *Lots of petrol, wow, let's see the miracle ! The burnin' man ! but
we won't pay, not this time. I said lots of petrol, José ! You pig !* »

Mino les vit déverser un grand bidon d'essence sur le pauvre
Isidoro nu comme un ver. Le liquide dégoulinait de ses cheveux pour
former un grand cercle humide dans le sable sec qui l'entourait. Le
soleil se trouvait à peu près au zénith, la chaleur provoquait une éva-
poration rapide de l'essence. Mino compta ses balles : quatorze. Cela
faisait un moment qu'il n'avait pas utilisé l'automatique, aussi
préféra-t-il s'appuyer contre un bras du cactus pour mieux viser.

À l'instant même où l'un des *comanderos* sortait une boîte d'allumettes de sa poche pour lancer une allumette enflammée sur le magicien, qui s'était affaissé, les coups de fusil de Mino détonèrent en une
seule et unique salve.

L'un des *gringos* écopa d'une balle directement dans le front et
s'écroula comme un sac de patates le long de la Dodge. L'autre reçut
deux projectiles dans la gorge, d'où gicla un jet de sang quand il
s'effondra. Un *comandero* tournoya comme une toupie, la poitrine
trouée par quatre balles, puis tomba à son tour par terre, une jambe
agitée de spasmes. Un autre, touché à l'œil et dans le ventre, se
retrouva projeté dans un buisson d'agaves. Le troisième encaissa les
cinq dernières balles de Mino : deux dans l'arrière-crâne et trois dans
le dos. Il chancela jusqu'à l'endroit où Isidoro était allongé. Alors
qu'il s'écroulait la tête la première dans le sable gorgé d'essence,
Mino s'aperçut qu'une cigarette allumée était restée collée à ses
lèvres.

La déflagration fut terrible. Un océan de flammes s'éleva à plusieurs mètres au-dessus du sol, coiffé d'une fumée noire tourbillon-

nante. Un cri poignant retentit dans le paysage alentour desséché par le soleil. Président Pingo y répondit avec un braiement douloureux. Puis plus rien.

Mino lâcha l'arme. Son visage se contracta dans une grimace terrible. Puis il se précipita vers l'océan de flammes, au milieu duquel un ballot se tortillait désespérément avant de s'immobiliser. De désespoir, il commença à jeter du sable sur le brasier. Sans effet. La chaleur était intense, et la fumée montait en volutes. Il resta pétrifié. Les minutes s'écoulèrent. Les flammes continuaient à s'élever dans les airs.

Papa Mágico était déjà mort.

Mino donna un coup de pied à l'un des *comanderos*. Cracha sur celui qui avait atterri dans les agaves. Puis il alla chercher le chapeau d'Isidoro sur le cactus où il s'était accroché. Le posa sur sa tête. Ensuite, il resta longtemps à regarder la mare de sang où reposait le *gringo* touché à la gorge.

« Comme c'est blanc », dit-il à voix haute.

3. La maison au bord de la mer

Les secousses monotones le rendaient somnolent. Il avait trouvé refuge dans un petit creux entre d'énormes troncs d'arbres *ukawi*. Au bruit des roues d'acier du train qui chantaient sous ses pieds, il essaya de se remémorer la voix d'Isidoro quand il lui avait raconté comment une pierre pouvait devenir aussi molle que du suif.

Au sommet de trois montagnes appelées Endavi, Undavi et Gandavi vivait le puissant et brillant peuple *ujibandevi*. Il avait érigé des villes avec d'immenses bâtisses, des tours, des flèches et des temples, tous construits dans une pierre rouge et brillante aussi dure que du métal. Le reflet éclatant de ces villes se propageait à une distance infinie. On disait que le peuple *ujibandevi* avait été en contact avec les dieux du ciel, dans un passé lointain. Les nombreux autres peuples et tribus qui vivaient dans les environs venaient leur rendre visite pour admirer ces magnifiques cités. Personne ne comprenait comment ils avaient réussi à obtenir cette pierre rouge, encore moins comment ils avaient réussi à porter les énormes blocs si haut dans la montagne. Mais un jour, le chef des *Ujibandevi* avait raconté à l'un de ses homologues en visite l'histoire des petites feuilles *tepi* d'un vert tendre capables de faire fondre des pierres comme du beurre. Il suffisait de les frotter sur n'importe quelle roche pour que celle-ci devienne totalement malléable. Au bout d'un moment, la pierre, au moins aussi dure qu'avant, prenait une teinte rouge et brillante. Le chef des *Ujibandevi* refusait de dévoiler où poussaient ces feuilles *tepi*, parce qu'il avait promis aux dieux du ciel de ne le révéler à personne.

Mais, avait-il indiqué, s'ils observaient minutieusement les mouvements de chaque espèce d'oiseaux, ils trouveraient peut-être un jour le secret par eux-mêmes. Cette histoire courait de bouche en oreille, de tribu en tribu, de peuple en peuple, au travers de cet imposant continent. Mais, malgré la méticulosité avec laquelle les oiseaux furent étudiés, personne ne parvint à percer le secret. Des siècles s'écoulèrent sans que l'histoire du chef *ujibandevi* ne soit jamais oubliée. Elle arriva ainsi aux oreilles du peuple inca, qui forma une grande armée et partit conquérir les trois belles cités pour s'approprier cette merveille. Les *Ujibandevi*, cependant, avaient disparu. Les Incas trouvèrent trois villes fantômes, mais pas un seul squelette – dans leur furie, ils démolirent d'ailleurs les magnifiques édifices. Ils découvrirent de profondes caves et grottes qui s'enfonçaient dans la montagne – mais les *Ujibandevi* ne se trouvaient pas là non plus. Alors les Incas construisirent leurs propres villes sur les ruines des anciennes, sans qu'elles puissent se mesurer aux métropoles grandioses des *Ujibandevi*. L'histoire des feuilles *tepi*, qui avaient la propriété de faire fondre la pierre, tomba alors dans l'oubli. Mais un jour, plusieurs siècles plus tard, le jeune *padre* jésuite Pietro de Freitas, après avoir accompli une longue et pénible expédition jusqu'aux extrêmes profondeurs de la jungle, raconta qu'il lui était arrivé une chose remarquable. Dans sa marche vers les montagnes, il avait atteint une vallée étroite où coulait une rivière, qu'il longea jusqu'à se retrouver devant une falaise abrupte de plusieurs centaines de mètres de hauteur. La rivière ruisselait en une fine pluie de la falaise. Mais cette dernière était pleine de niches, d'où entraient et sortaient des oiseaux au grand bec jaune. Alors que le jeune *padre* observait le ballet des volatiles, il vit un oiseau avec une feuille verte dans le bec. Tout en battant des ailes pour se maintenir sur place, le volatile se mit à la frotter contre le mur lisse de la falaise. Et immédiatement une petite cavité se forma. L'oiseau fit des allers et retours avec de nouvelles feuilles, et une petite anfractuosité apparut dans le mur de la falaise. Fasciné par ce spectacle, Pietro de Freitas essaya de dénicher l'endroit où l'oiseau allait chercher ces feuilles. En vain. Impossible de le suivre, tant il volait haut dans la canopée. Le *padre* consigna ses observations dans un livre, mais personne ne voulait croire à son histoire. Puis arrivèrent les *goddamns* au pays. C'était le nom qu'avaient donné les autochtones à ces étrangers, car ils avaient toujours ce mot à la bouche dès qu'ils voyaient des choses qu'ils ne comprenaient pas. Le plus grand de ces *goddamns* était un homme du nom de Henry Bates. Ayant lu le livre de Pietro de Freitas, il n'abandonna jamais l'espoir de trouver les oiseaux et les feuilles capables de rendre la pierre aussi molle que du beurre. Il existait, disait-on, des tribus d'Indiens cachées, peut-être des descendants du peuple mystique des *Ujibandevi*, qui connaissaient ces feuilles, mais personne n'avait réussi à les localiser. Ni le *goddamn* Henry Bates, ni aucun autre parti sur ses traces, ni les *Americanos* qui coupaient la forêt pour trouver du pétrole, ni même lui, le grand magicien Isidoro, n'avaient percé ce grand secret...

Ah, les secrets de la jungle, les secrets de la *selva*. Les rails chantaient, la nuit était noire, et Mino entendait distinctement la voix d'Isidoro.

Tard dans la soirée, plusieurs heures après qu'Isidoro eut été réduit en cendres, il avait enfin trouvé le village d'où partait *el ferrocarril*. Après avoir caché Tarquentarque dans une ruelle sombre, il avait pris les deux bourses de peau pleines de pièces d'or et d'argent ainsi que les boîtes de papillons, grandes mais légères, et s'était faufilé le long des maisons.

« *El ferrocarril ?* avait-il demandé à un mendiant accroupi à un coin de rue.

— Là, juste là-bas, avait répondu le mendiant après avoir reçu une pièce d'argent dans la main.

— Est-ce qu'il va jusqu'à l'océan ? chuchota Mino.

— *Sí, sí.* Jusqu'à l'océan, loin, très loin. »

Puis Mino avait vu le train : un long serpent à plusieurs chaînons, stationné sur une route qui n'en était pas une – plutôt une voie formée par deux bandes d'acier brillantes qui semblaient s'étendre à l'infini dans la nuit. Jusqu'à l'océan.

À l'insu de tous, il avait grimpé dans un wagon de billes de bois et trouvé un espace entre les troncs. Là, il avait attendu sans faire de bruit. Après plusieurs heures, il avait entendu un sifflet perçant et des gens qui criaient, puis ressenti une grosse secousse : *el ferrocarril* s'ébranlait, direction l'océan.

Mino Aquiles Portoguesa, treize ans, allait voir la mer pour la première fois de sa vie.

Tuer les *gringos* et les *Americanos* n'avait pas été difficile. Ses quatorze balles avaient toutes touché leur cible. Exactement là où il avait visé. Ils étaient tombés comme du plomb. Mais il avait vu trop tard que l'un d'entre eux avait une cigarette allumée à la bouche : l'homme lui avait tourné le dos jusqu'à ce qu'il tombe en avant sur Isidoro, qu'ils avaient arrosé d'essence.

Il était plus facile d'abattre des *gringos* et des *Americanos* que d'écraser des fourmis. D'ailleurs, il n'écrasait jamais d'insectes à moins de ne pas avoir le choix. Mais il ôterait avec plaisir la vie à tous les *gringos*, *armeros*, *carabineros* et autres *comanderos* qui se mettraient sur son chemin. Ils n'apportaient que la pauvreté, la misère et les maladies ; ils répandaient la peur. Une fourmi avait plus de valeur que dix *gringos*. Et les fourmis étaient nombreuses ; elles travaillaient au sein de millions et de millions de républiques, divisées en équipes de travail, en troupes auxiliaires, en éclaireurs, en agriculteurs, en chasseurs, en ravitailleurs et en troupes d'ingénieurs capables de tout réparer. Partout dans le pays elles étaient en marche, lourdement chargées de morceaux de feuilles fraîches découpés, d'ailes de mouches, de petites araignées, de larves de termites et de tout ce qui pouvait leur servir. Les fourmis termites pouvaient détruire des maisons, mais uniquement dans un but déterminé. Jamais elles n'auraient, par pure méchanceté ou par simple amusement, rasé tout un village. Les fourmis suivaient toujours un objectif précis, alors que bon nombre d'humains ne servaient à rien.

Couché dans un wagon de train qui s'enfonçait en cahotant dans la nuit, Mino sentait une boule dure dans sa poitrine. Il se retrouvait seul, papa Mágico avait péri. Mais *lui* n'était pas mort, il possédait deux bourses remplies de pièces et vingt-sept boîtes de papillons. Il connaissait des tours de magie et pouvait accomplir des miracles qui n'en étaient pas. Dans les profondeurs de la jungle, il le savait, il existait de vrais miracles. Après tout, un *mariposa*, un papillon, relevait du miracle. Il avait quatre vies. Et la dernière prenait la forme d'une beauté pure, éblouissante.

Cette beauté, il fallait l'admirer. Était-ce pour cela que Mino collectionnait des papillons ? Pour montrer à tous la méchanceté, la brutalité qu'il croisait sur son chemin ? Voyez, voyez toute cette innocence qui n'est que beauté ! Oui, tout n'aurait dû être que beauté. Dans un premier temps, ç'avait été par nécessité qu'il chassait les papillons. Les collectionner était à présent devenu une joie.

Mino ignorait vers quel pays il voyageait. Tout ce qu'il savait, c'était que l'océan l'y attendait. Une étendue d'eau à perte de vue. Dans ce miroir, il verrait. Il verrait et il apprendrait. Il était un homme d'eau, Isidoro le lui avait affirmé, mais comment aurait-il pu comprendre ? Seul Mino savait pourquoi il était l'homme d'eau, l'homme Verseau.

Le nouveau pays, le pays sur l'océan. Peut-être grouillait-il d'*Americanos*, de *gringos* ? Et de militaires dans de vilains uniformes qui puaient la sueur et l'urine. Mais il ne les verrait pas. Il allait apprendre, il allait réfléchir. Réfléchir en dehors de sa propre tête. Penser à des miracles, éplucher des oranges et admirer les papillons. Personne dans ce pays ne savait qu'il avait tué des *carabineros* et des *gringos* plus facilement que s'ils avaient été des fourmis. Personne ne le saurait jamais.

Le train roulait presque jour et nuit. Les rares fois où il s'immobilisait, pour des durées assez longues, Mino allait se dissimuler profondément entre les troncs de bois. Mais pendant la journée, quand la machine était lancée à toute vitesse, il grimpait en haut du chargement pour regarder défiler le paysage. Aux plaines infinies, presque des déserts, succédaient des marécages boueux, puis des versants abrupts et de profondes vallées. Parfois, le train pénétrait dans un trou dans la montagne pour ressortir de l'autre côté. Les longs cheveux noirs de Mino volaient au vent tandis qu'il grignotait un pain de maïs sec et buvait l'eau tiède d'une petite bouteille.

Il n'aurait su dire quand le train traversait une frontière. Tout ce qu'il savait, c'était qu'il devait absolument rester caché, n'ayant pas de passeport.

Il vit des soldats armés de fusils, et de grandes routes où circulaient des voitures mais pas un seul mulet. La nuit, il voyait des villes briller de mille feux, ainsi que de grands panneaux sur lesquels on pouvait lire : « BEBE POLAR BEER », « BANCO ESPIRITO SANTO E

COMERCIAL », « GOLF, SURFING, SUNSHINE : SPEAR-MINT CHICLE », « KENT POR SENIORS » et plein d'autres mots curieux dont il ne comprenait pas le sens. Et il put voir des détritus jetés n'importe où : des vieilles carcasses de voitures, des monceaux de bidons de pétrole rouillés, des lits cassés, des matelas, des boîtes de fer-blanc et des caisses de toutes sortes, des bouteilles en plastique, des chaussures et des haillons. Çà et là, une fleur poussait, solitaire, parmi les ordures. L'odeur devenait parfois si nauséabonde qu'il devait se boucher le nez. Il espérait que ça sentirait meilleur au bord de la mer.

À la fin du cinquième jour, Mino s'avisa qu'ils approchaient d'une grande ville – quand il grimpait en haut du wagon, il ne voyait plus que des maisons à perte de vue. Soudain, le train décrivit une grande courbe dans un espace plus ouvert, et le garçon aperçut alors, loin devant, une étendue bleue apparemment infinie. Il touchait donc au but.

Le garçon sauta du train avant que la locomotive ne s'arrête pour de bon. Emporté par son élan, il trébucha sur les rails. Des lanternes éblouissantes brillaient au-dessus de lui. Il lui fallait vite se mettre à l'abri quelque part dans l'obscurité pour éviter de se faire prendre. Enfin, Mino se retrouva dans une rue, mais il y avait là encore plus de lumière, et il faillit heurter une voiture. Elle le klaxonna si violemment qu'il fit un bond de côté et se mit à trembler. Des véhicules roulaient dans les deux sens, des gens s'agitaient de toute part. Mino avait l'impression que des centaines de lumières multicolores clignotaient devant lui ; de l'autre côté de la rue, il aperçut au moins dix *cantinas* où des hommes buvaient de la bière.

Tout à coup, son estomac se réveilla. Pouvait-on voir sur son visage qu'il était venu clandestinement avec *el ferrocarril* ? Apparemment non. Il était arrivé. Il n'avait qu'à entrer dans une *cantina* et s'acheter à manger.

Il posa une pièce d'argent sur le comptoir, une pièce de cinq cents crazys. L'homme grassouillet derrière le comptoir le fixa méchamment du regard quand il demanda de la viande avec du piment et du riz. Il prit la pièce pour l'examiner de près.

« *Crazys*, dit-il en rigolant, *no tienes bolivares ?* »

Mino, consterné, comprit tout à coup qu'une autre monnaie avait cours dans ce pays. *Bolivars*, avait dit le gros. Où pourrait-il faire changer tout son argent en bolivars ? Il resta indécis un moment, puis demanda poliment : « Señor, je n'ai que des crazys. Vous pourriez me dire où je peux les changer pour avoir des bolivars ? »

Soudain, un attroupement d'hommes bien habillés se pressait autour de lui – ils parlaient tous en même temps, mais le garçon finit par comprendre qu'ils n'étaient pas fâchés contre lui. Ils l'entretinrent de bolivars et de crazys, l'homme posté derrière le comptoir alla même prendre un journal pour lui lire à voix haute des chiffres sur les crazys, les pesos et les bolivars. Mino comprit que les crazys avaient plus de valeur que les bolivars. L'un des hommes demanda à voir sa pièce d'argent ; après l'avoir longuement examinée, il tira un billet de sa poche et le tendit au garçon.

« Je peux te faire le change, petit. La banque est fermée, et tu as l'air d'avoir faim. Tu m'as tout l'air d'être arrivé avec le train comme passager clandestin. Cela dit, tu n'as pas l'air d'être trop pauvre. Mais si tu as encore de l'argent à changer, va à la banque demain matin. »

Mino hésita un moment, le billet de banque à la main, avant d'avoir une idée. S'il donnait tout de suite son billet au gros, derrière le comptoir, et qu'on lui donnait à manger, alors ça signifierait que le papier possédait une certaine valeur. Il remercia donc poliment, posa l'argent sur le comptoir et jeta un regard interrogateur au gros monsieur. Celui-ci acquiesça, puis commença aussitôt à remplir une assiette d'une marmite fumante. Mino eut aussi droit à du pain blanc, une coupelle de poivre et une cruche d'eau. Le premier billet lui en rapporta d'autres, de moindre valeur, plus quelques menues pièces en cuivre. Il ramassa ses bagages et alla s'asseoir à une table libre, où il mangea enfin à sa faim.

Deux des hommes lui montrèrent une pension un peu plus bas dans la rue. Ils lui expliquèrent qu'il avait assez de bolivars pour y dormir pendant au moins dix nuits.

« *Muchas gracias* », leur dit-il.

Une fois couché entre les beaux draps propres de son lit, il s'avisa que dans ce pays les gens étaient incroyablement gentils.

Mino passa ses premiers jours en ces lieux à errer au hasard dans les rues de la ville. Des *vendas* incomparables proposaient des choses magnifiques – il restait longtemps devant leurs grandes vitrines à admirer l'étalage. Mais toutes ces voitures lui faisaient peur. Il y en avait partout, elles remplissaient les rues de bruit et de gaz d'échappement. L'air était si pollué qu'il était souvent obligé de se boucher le nez.

Quand il s'était rendu à la banque pour changer tous ses crazys, on l'avait regardé avec un vif étonnement déverser sur le comptoir ses bourses en peau remplies à ras bord de pièces d'or et d'argent. Mais il avait récupéré des bolivars. Des piles de billets tout neufs, des billets avec de gros chiffres. Ces piles de billets, il les dissimula au fin fond des poches de sa chemise de magicien.

Bientôt il s'achèterait une maison au bord de la mer.

La plupart des gens qu'il voyait étaient bien habillés. Mais il n'avait pu ignorer les mendiants au coin des rues, ni les hordes d'enfants pauvres qui traînaient dans un parc non loin du centre-ville. Ils venaient des taudis près du fleuve, qui empestaient les eaux usées et où il avait aperçu de gros rats parmi les déchets. Et il avait croisé des *soldateros*, habillés de vert et de brun, fusil à l'épaule et pistolet à la ceinture. Ils n'étaient pas nombreux, mais ils existaient.

Enfin, un jour, il se décida : il devait trouver la mer.

Il descendit donc une rue qui menait vers de grands baraquements plats. Une foule de gens y travaillait. Une forte odeur de sel lui monta aux narines lorsqu'il eut dépassé ces constructions. Il voyait là plein de machines et de voitures aller et venir. Ainsi que de hautes grues qui lui rappelaient les tours de forage. Mais ne voyait-il pas un bateau, là-bas ?

Mino en perdit le souffle, les yeux comme hypnotisés. L'eau grise en contrebas *puait*. Des détritus flottaient partout dans des taches d'huile iridescentes – il ne pouvait même pas voir son propre reflet au bout du quai. C'était donc cela, la mer ? Suivant des yeux la surface de l'eau au-delà des quais les plus lointains, il vit qu'elle s'étirait à l'infini.

L'océan.

Il resta ainsi longtemps, les lèvres serrées, assis sur sa caisse de papillons. Puis il se leva et commença à marcher. Il voulait suivre le bord de la mer.

Les quais se terminaient à la périphérie de la ville. Et la mer était plus propre ici. La houle – de grandes vagues à l'écume blanche – se brisait au contact des rochers. Il reprit sa marche. C'était facile ici, il n'avait qu'à suivre la route à double sens qui serpentait le long de la côte. Il y vit des maisons qui jouissaient d'une jolie vue sur la mer, de grandes demeures avec des jardins fleuris et des arbres regorgeant de fruits. Devant une maison totalement à l'écart, assez loin de la ville, il y avait un panneau : *Venda-se.* À vendre.

Mino resta longtemps là, à regarder cette demeure. Elle était incroyablement jolie, avec ses tuiles rouges sur le toit et ses carreaux blancs aux murs. Au bout d'une vaste terrasse qui faisait face à la mer, un escalier descendait jusqu'à la plage, où se dressait un petit ponton. Des orangers poussaient dans le jardin.

Alors il traversa le portail et frappa d'un coup sec à la porte.

Un bruit de pas à l'intérieur, puis la porte s'ouvrit. Un homme de petite taille en short apparut alors sur le seuil. En découvrant son énorme ventre, Mino crut un instant se retrouver face à Tarquentarque en personne. Mais l'homme n'était pas un Indien.

« Qu'est-ce que tu veux ? lança l'homme d'une voix éraillée.

— Je veux acheter la maison », répondit Mino avec fermeté.

L'homme aurait aussi bien pu avoir reçu une noix de coco sur la tête. Ses yeux roulaient dans leurs orbites.

« Toi, dit-il entre deux respirations bruyantes, *toi,* tu veux acheter cette maison ? Ho, ho ! Tu veux acheter *cette* maison ? Aurais-tu dévalisé une banque, par hasard ?

— Non, dit Mino. J'ai fait des tours de magie. Combien coûte la maison ?

— Combien ? De la magie ? *Desculpe,* qui es-tu, qu'est-ce que tu cherches ? »

L'homme remonta son short sur son gros bedon aussi haut qu'il le put.

« Je m'appelle Mino Aquiles Portoguesa et je suis magicien. Je voudrais acheter cette maison. »

Le visage de son interlocuteur afficha soudain une expression rusée ; ses yeux se réduisirent à deux fentes.

« Donc, tu veux *acheter* cette maison. Je peux te dire qu'elle ne coûte pas moins d'un million deux cent mille bolivars, *más o menos !* »

L'homme allait lui claquer la porte au nez, mais le garçon se glissa, rapide comme l'éclair, à l'intérieur.

« *Sí, señor* », insista-t-il poliment, tandis que ses yeux s'habituaient à la pénombre qui régnait à l'intérieur. La maison respirait la propreté, avec de grands pots de fleurs un peu partout et un carrelage éclatant.

« Quoi, quoi ! Tu te prends pour qui, espèce de garnement ? J'en ai marre de ces bêtises. Déguerpis ! lança-t-il en essayant de le repousser vers la porte.

— Tu veux l'argent tout de suite, *señor* ? ajouta alors Mino.

— De l'argent ? Maintenant ? Ici ? » s'étonna le gros bedon – qui avait vraiment l'air d'avoir été bombardé de noix de coco.

Mino sortit la liasse de billets de sa chemise. Lentement, avec le plus grand soin, il compta cent vingt billets de dix mille bolivars flambant neufs.

« *Santa Maria*, qu'est-ce que c'est que ça ! Ça fait des mois que j'essaie de vendre la propriété de mon oncle décédé. Mais personne ne veut acheter une maison si chère et si éloignée de la ville. Et voilà qu'un gamin se pointe et aligne la somme en cash ! *Jesus Cristo*, que dois-je faire ? Je deviens fou. Écoute mon petit, où as-tu eu tout cet argent ? »

Mino lui indiqua la banque où il avait fait le change.

L'homme acquiesça en se grattant le ventre. Il secoua la tête comme s'il voulait se réveiller d'un rêve. Puis il marmonna quelque chose d'incompréhensible et força Mino à l'accompagner. Dehors, puis dans une petite voiture. À une vitesse qui ne manqua pas de terrifier le garçon, tous deux retournèrent en ville, se faufilant à travers les rues et les venelles pour ne s'arrêter qu'une fois devant la banque que le jeune homme avait indiquée.

Durant les heures suivantes, Mino se retrouva au centre d'affaires dont il ne comprit pas grand-chose. Il devait apposer son nom sur tant de papiers différents. Il lui fallut montrer quelques tours de magie assez basiques afin de leur prouver qu'il avait gagné tout cet argent d'une façon honnête. On le harcela longuement avec le passeport. Mino ferma alors la bouche et fit clairement non de la tête. Au bout du compte, on lui remit un document des plus impressionnant, qui le désignait comme nouveau propriétaire de la maison. Puis il dut serrer plusieurs fois la main de l'homme au gros ventre. Pendant tout ce temps, des individus incroyablement sérieux restèrent autour de lui – des employés de la banque. L'argent qu'il donnait pour la maison, remarqua-t-il, ce fut la banque qui le prit. Peut-être l'oncle décédé possédait-il aussi cet établissement ?

En fin de compte, ils se retrouvèrent dans la voiture du neveu, pour retourner à la maison. Là, l'homme entreprit de réunir ses quelques affaires, puis partit après avoir confié à Mino un gros trousseau de clés. Le garçon le posa au beau milieu de la pièce principale et s'assit sur la caisse de papillons.

C'est facile, songea Mino, *c'est drôlement facile d'acheter une maison quand on a beaucoup d'argent.*

Il alla ensuite au jardin remplir un grand saladier d'oranges. Puis il sortit deux chaises sur la terrasse tournée vers la mer, s'assit dans l'une d'elles et dit à l'autre, vide : « Maintenant, Isidoro, nous allons peler les oranges. Et regarder passer les bateaux. »

La maison était isolée. Elle se trouvait dans une petite baie où la marée venait taper sur les rochers et le ponton de pierre, qui lui appartenait également. L'habitation la plus proche se dressait à plus de cent mètres. Entre les deux poussaient des yuccas et de l'herbe *sampo*, drue et marron. Les rochers rouges se jetaient verticalement dans la mer, sauf là où les marches descendaient jusqu'au ponton de pierre. L'escalier en comptait cinquante-trois. Sur le ciment rugueux détalaient des animaux qui évoquaient à Mino des araignées géantes.

L'eau de l'océan était verte et propre.

Dans le petit jardin au pied de la terrasse poussaient des bougainvillées et des hibiscus. Du joli portail en fer forgé jusqu'à la porte d'entrée s'alignaient des pots d'orchidées.

Il n'arrivait pas à concevoir que toutes ces jolies choses lui appartenaient.

Il bondit de pièce en pièce. Il y avait une grande cuisine avec des placards et l'eau courante. Une table et des chaises. Des casseroles et des marmites. Il y avait de la lumière électrique et un four fonctionnant au gaz. Comprendre comment fonctionnaient toutes ces étranges installations lui prit un bon moment. Il y avait une salle de bains avec des toilettes dont la chasse d'eau faisait tout disparaître. Un grand et beau lavabo et un immense miroir. Il y avait un grand salon avec une table et encore plus de chaises. Des pots de fleurs, des coffres et des placards. Partout, ça sentait le camphre et la propreté. Il y avait deux chambres à coucher accueillant de larges lits. Et toute une armoire de linge de nuit, le plus beau et le plus propre qu'on puisse imaginer. Il se décida pour celle qui donnait sur la mer.

Mais le plus grand miracle de la maison, c'était *el teléfono*. Mino savait qu'avec un tel appareil, on pouvait parler avec d'autres personnes localisées très loin de l'endroit où l'on se trouvait. Mais, comme toutes ses tentatives se soldaient par un sifflement strident, il renonça finalement à s'en servir. Sans doute personne ne voulait-il lui parler.

Il découvrit qu'il pouvait prendre le bus pour aller en ville. Cela coûtait trois fois rien. Il acheta des tonnes de nourriture, qu'il rapporta à la maison et rangea dans un placard ronronnant qui était froid à l'intérieur. Un décompte du reliquat de ses bolivars lui apprit qu'il ne lui en restait plus guère : cent quatorze mille. Mais cela devrait lui permettre de tenir un certain temps.

Pendant des jours et des jours, Mino resta sur la terrasse à peler des oranges et parler avec Isidoro. Assis dans la chaise vide, papa Mágico regardait passer les bateaux. Mino en avait compté plus de cent. Quand il n'y avait plus de bateaux à compter, il descendait en courant les cinquante-trois marches pour aller faire la chasse aux araignées-insectes marins. Le matin, quand la mer était calme, il pouvait voir le fond de l'eau, les poissons. Il ramassait alors de jolis coquillages qu'il faisait disparaître de ses mains d'un tour de magie. Il lui fallait s'entraîner un peu chaque jour pour garder la souplesse de ses doigts. Enfin, un matin de mer sans vague, il osa se jeter à l'eau.

La salinité le fit tousser. Mais c'était bon, tellement chaud. Et il flottait si facilement. Il plongea vers le fond en gardant les yeux ouverts. Nagea derrière un banc de poissons vert et rouge qu'il essaya d'attraper – en vain. Une fois assis sur le ponton pour sécher au soleil, il songea : *C'est presque aussi joli sous l'eau que dans la jungle. La jungle de la mer, les gringos ne pourront pas l'abîmer avec leurs machines et leurs tours de forage de pétrole.*

Des papillons voletaient dans son jardin. Il avait déjà capturé sept nouvelles espèces. L'une des chambres à coucher servait d'ailleurs uniquement à sa collection. Le lit faisait office d'espace d'exposition pour ses boîtes, tandis que son matériel de préparation reposait sur une table. Il avait acheté une grande bouteille d'acétate d'éthyle à la *farmacia* de la ville. Et à la *librería* il avait fait l'acquisition de trois nouveaux beaux livres sur les papillons. Le soir, à la lumière d'une ampoule électrique, il en apprenait par cœur chaque mot. Avant de s'endormir, il avait toujours le nom d'un papillon sur les lèvres.

Dans l'un de ces nouveaux ouvrages, il y avait une grande photo du *Papilio homerus*, le Machaon ou Queue d'hirondelle bleu et jaune qu'il avait trouvé dans la jungle juste avant que n'arrivent les hélicoptères. Mais il se rendait compte à présent d'un certain nombre de différences – les cercles rouges sur ses ailes postérieures, par exemple. Le *Papilio homerus* avait par ailleurs sur les ailes antérieures une tache dont le sien était dépourvu. La taille ne correspondait pas tout à fait non plus. La taille du sien dépassait de beaucoup les mesures données pour le *Homerus*. Il devait appartenir à une autre espèce. Une espèce qui ne figurait dans aucun de ses livres. Dommage. Son plus beau papillon avait reperdu son nom.

Un jour il reçut la visite d'une femme de la maison voisine, une *señorita* très élégante avec une robe à fleurs et des bijoux dans les cheveux. Elle avait demandé à Mino quand le reste de sa famille comptait arriver. Mino lui avait fait face, les lèvres serrées, en secouant la tête. Elle repartit donc, boudeuse, sans avoir obtenu la moindre réponse à ses questions. Il n'y avait plus eu de visite de voisins depuis. Et il préférait ça.

Environ deux fois par semaine, il prenait le bus pour la ville. Une fois là-bas, il allait s'asseoir dans le parc sur un banc d'où il regardait jouer les enfants pauvres. Ensuite, il se rendait au *supermercado* se procurer la nourriture dont il avait besoin. Parfois il achetait également des vêtements. Et un jour, après avoir croisé un camion rempli de

121

soldateros affublés de casques et de fusils, il alla à un *ferretería* faire l'acquisition de deux longs couteaux bien affûtés.

Un matin qu'il attendait le bus pour se rendre en ville, une petite fille maigrichonne vint se poster à ses côtés. Elle avait un petit filet de courses à la main, des égratignures aux genoux et deux très belles nattes aile de corbeau. Elle fixa Mino de ses grands yeux bruns.

« C'est toi qui vis dans la maison là-bas ? » s'enquit-elle en désignant du doigt sa maison.

Mino acquiesça, le regard fixé sur le sable rouge.

« Je m'appelle Maria Estrella Piña ; je vis dans la maison, là-haut. »

Elle fit un signe de la tête en direction d'un groupe de maisons situées au cœur d'un luxuriant vallon dans lequel coulait un ruisseau. Mino la regarda – et se sentit rougir. Elle n'avait guère plus de douze ans. Sa robe était simple, mais propre. Il resta silencieux.

« Je sais que tu vis seul, mais je ne connais pas ton nom. »

Mino leva les yeux du sable pour scruter la direction d'où le bus allait arriver.

« Mariposa Mimosa », dit-il rapidement.

Elle gloussa.

« Personne ne peut s'appeler ainsi, pas vrai ? »

Sitôt le bus arrivé, Mino se hâta d'aller trouver une place tout au fond, plongeant derrière deux imposantes *señoras* aux genoux encombrés de paniers de tomates. Mais tout à coup elle était là, et s'asseyait à côté de lui.

« Je vis presque seule, dit-elle.

— Presque ? »

Mino se hasarda à la regarder.

« Oui, il n'y a que ma mère et moi. Et mon grand-père, qui est malade et alité. Mon père est mort quand j'étais petite. Toute ta famille est morte ?

— Tout mon village est mort », déclara Mino d'une voix dure.

Il examina les genoux de l'adolescente. Jolis, malgré les écorchures. Sa robe à galons arborait un petit bijou sur la poitrine, là où il y avait un léger renflement. Un minuscule escargot de plastique rouge avec des pois blancs.

« Oui, il y a beaucoup de maladies dans ce pays, dit-elle avec le plus grand sérieux. Que vas-tu faire en ville ?

— Acheter du pain et du poivre vert frais.

— *Moi*, je vais à l'école. Tu es déjà allé à l'école ? »

Mino regardait par la fenêtre du bus sans rien lui répondre. Enfin, le véhicule stoppa à son arrêt. La jeune fille allait plus loin.

« Est-ce que je peux venir te voir un de ces jours ? Je peux t'apporter des œufs frais ! » lança-t-elle derrière lui.

La gamine lui adressa un signe de la main derrière la fenêtre du bus ; il le lui rendit machinalement.

Il traversa le parc. Remonta lentement le long du fleuve qui puait les égouts. Des iguanes vert fluo étaient collés aux troncs d'arbres qui se penchaient au-dessus du fleuve. Des *Heliconidae* veloutés, rouge et noir, voletaient dans l'ombre ; c'était le papillon le plus commun ici, avait-il remarqué. Un groupe de petits enfants bruyants, avec des plaies au visage et des vêtements en lambeaux, étaient en train de jeter des pierres sur les crapauds qui peuplaient une mare de boue. Une *culebra*, une couleuvre, s'enfuit parmi des boîtes de conserve rouillées.

Il grimpa sur une petite éminence au bord du fleuve pour scruter l'intérieur du pays. Des collines brunes s'élevaient au loin, là où la forêt avait été brûlée ou coupée. Et des routes rouges traversaient partout le paysage. Comme des tranchées fraîches dans le corps d'un animal, se dit-il.

Il redescendit vers la ville.

À un coin de rue, il acheta à un vendeur ambulant une noix de coco, dont il but le lait frais avec une paille et creusa la chair avec un bout de coquille pointu. Ensuite, il descendit vers le *supermercado*, mais s'arrêta à mi-chemin en un lieu où des gens s'étaient attroupés.

Au milieu de la rue, deux corps sans vie baignaient dans une mare de sang. Une femme et un enfant en bas âge. À proximité était garée une grande voiture – CHEVROLET, lut Mino dessus. Le véhicule les avait fauchés tous les deux, comprit-il. Les passants avaient ôté leurs chapeaux.

Des fourmis, songea Mino.

Il acheta deux sacs de nourriture et prit le bus pour rentrer. Puis il descendit aussitôt au ponton. Les vagues ne lui faisaient plus peur.

Il plongea dans l'eau verte en quête de coquillages et de coraux qu'il déposa ensuite, joliment alignés, le long de l'escalier.

Assis au milieu des marches, il fixait la mer. Pas pour compter les bateaux, mais tous les morts qu'il avait vus depuis son arrivée dans cette ville. Ils étaient déjà au nombre de quatorze. Il y incluait un pied qu'il avait vu dériver dans le fleuve.

Il s'entraînait avec ses couteaux. Leur grande taille les rendait difficiles à manier, et il fallait prendre garde à leur lame acérée. Mais bientôt ils dansaient autour de son corps, volaient dans les airs, pour en un instant disparaître quelque part sous sa chemise. Il s'entraîna également à les lancer. L'un d'eux, surtout, s'y prêtait parfaitement. Le tronc d'un citronnier dans le jardin lui servit de cible. Il y suspendit des bouts de papier qu'il s'amusa à viser.

Un jour qu'il venait de finir de manger, il entendit quelqu'un frapper doucement à la porte. Quand il alla ouvrir, elle se tenait là, devant lui : Maria Estrella Piña. Elle portait une robe jaune serrée par une ceinture à la taille et des chaussures assorties. Un bandeau, jaune lui aussi, empêchait ses cheveux de tomber sur ses frêles épaules. Elle n'avait plus d'égratignures aux genoux, et Mino sentit un parfum doux et sucré flotter à travers l'ouverture de la porte. Elle lui tendit immédiatement son panier, qui contenait six œufs marron.

« Voici pour toi, Mariposa Mimosa ! » lança-t-elle aussitôt en étouffant un petit rire.

Mino sentit le rouge lui monter aux joues, et son cœur se mettre à battre un peu plus fort.

« *Muchas gracias*, dit-il poliment d'une voix mal assurée.

— Je peux entrer ? »

Mino bondit en arrière pour la laisser passer.

Elle resta longtemps à regarder autour d'elle. Hocha la tête. Puis commença à aller d'une pièce à l'autre comme une quelconque *señora* en tournée d'inspection. Mino la suivait avec le panier d'œufs. Quand enfin elle sortit sur la terrasse et découvrit les oranges et les deux chaises, la gamine s'installa dans l'une d'elles, directement sur les genoux d'Isidoro.

« Jooooli ! Jamais je n'aurais cru que ce serait aussi bien rangé chez toi. Chez les garçons, d'habitude, c'est plutôt sale.

— Ah bon », fit Mino, qui alla s'asseoir dans sa propre chaise.

Il tripota nerveusement les œufs, en sortit deux du panier, qu'il posa sur la table à côté du plat d'oranges. Sans s'en rendre compte, il commença à s'en servir pour effectuer ses exercices d'assouplissement, en les faisant passer d'un doigt à l'autre.

« Attention, l'avertit Maria, ne les casse pas.

— Moi, les casser ? »

Il se leva brusquement et vint se poster devant elle. Il était *el mágico*. Prenant les deux œufs dans ses paumes, il se mit à jongler avec aisance face au visage de la gamine. Après quelques mouvements rapides, les œufs avaient disparu. Il fit mine de les chercher dans l'air et, hop ! il tenait tout à coup l'un d'eux entre le pouce et le majeur. Aussitôt après, le second apparaissait de la même manière.

Les yeux écarquillés, la bouche grande ouverte, Maria fixait intensément les mains du garçon. Celui-ci continua un certain temps à faire rouler les œufs entre ses doigts, pour enfin les reposer dans le panier et s'asseoir. Il regrettait de ne pas avoir avec lui tout l'équipement d'Isidoro – *là*, elle aurait vraiment été éblouie !

« Tu es un sacré magicien ! dit-elle enfin. Comment as-tu appris ? C'était tout simplement génial, tu as de si jolies mains. Ton père, il était magicien ?

— Non, c'était un papillon. »

Mino pinça les lèvres et regarda vers la mer.

« Un papillon ? répéta-t-elle.

— Tu viens chercher des coquillages dans l'eau avec moi ? lui demanda-t-il, soudain pris d'impatience.

— Oui, dit-elle avec un sourire. Allons-y. »

Ils descendirent en courant les cinquante-trois marches qui menaient au ponton. Là, ils restèrent un instant à se regarder timidement.

« Je n'ai pas de maillot de bain, dit-elle. Mais ça ne fait rien. Après tout, personne ne me verra ici. À part Mariposa Mimosa », ajouta-t-elle en riant.

Elle enleva sa robe, ses chaussures, son bandeau et sa petite culotte blanche. Puis le corps mince et bronzé plongea dans l'eau verte et y disparut.

Mino, qui avait quant à lui gardé son short, l'imita aussitôt.

Le garçon pouvait la voir suivre le fond en quête des coquillages. Il la rejoignit sous l'eau, et essaya de lui sourire.

« Dis-moi ton vrai nom. »

Couchés tous deux sur le ventre, sur de grandes serviettes que Mino avait apportées de la maison, ils triaient les coquillages qu'ils avaient trouvés.

« Mino Aquiles Portoguesa, répondit-il. J'aurai quatorze ans dans quelques semaines. Mais si tu me poses encore d'autres questions, je ne te laisserai plus jamais revenir te baigner ici.

— D'accord, je ne t'en poserai plus. Moi, j'ai treize ans. Tu peux me grattouiller le dos si tu veux. L'eau salée, ça démange drôlement. »

Mino entreprit donc de lui gratter doucement le dos. Il osait à peine la regarder – qu'elle ne porte que sa petite culotte ne manquait pas de le troubler. Mais il la trouvait très jolie – surtout sa bouche.

Ensuite, ils remontèrent sur la terrasse manger trois oranges chacun. Puis Mino l'emmena voir sa collection de papillons. Les couleurs lui plaisaient tant qu'elle ne voulait plus quitter la pièce. Mais il fallait qu'elle rentre à la maison. Sa mère l'attendait.

« Tu reviendras te baigner demain ? »

Elle le lui confirma d'un signe de tête. Elle sortait de l'école à cinq heures, et viendrait dès qu'elle pourrait.

Presque chaque jour, Maria Estrella venait chez Mino se baigner et ramasser des coquillages. Ceux-ci s'alignaient désormais des deux côtés de l'escalier, presque jusqu'à la terrasse. Les matinées où Maria n'avait pas école, ils restaient plusieurs heures sur le ponton à laisser le soleil chauffer leur peau hâlée. Maria racontait sur ce pays plein de choses bizarres, que Mino écoutait avec attention. Elle lui apprit comment fonctionnait le téléphone. Mais celui-ci ne servait pas à grand-chose, vu qu'ils n'avaient personne à qui téléphoner. À plusieurs reprises, néanmoins, ils avaient composé un numéro trouvé au hasard dans le bottin, le grand livre posé à côté du téléphone, et entendu des voix leur répondre. Dans un grand éclat de rire, ils s'étaient empressés de raccrocher.

Un soir que Maria se tenait sur le pas de la porte pour rentrer chez elle, elle dit tout à coup : « Tu peux m'embrasser si tu veux. »

Mino sentit un picotement monter depuis son cou jusqu'à son visage. Puis il lui mit doucement les mains derrière la tête et posa sa bouche contre la sienne. Un instant, il put apprécier sa petite langue. Qui disparut presque aussitôt. Ce soir-là, le nom que Mino répéta avant de s'endormir n'était pas celui d'un papillon.

« C'est quoi, Maria ? »

Mino lui montra une lettre arrivée par la fente de la porte. Elle était à son nom, et contenait un bout de papier avec des tas de chiffres.

L'adolescente l'examina soigneusement. Puis dit : « Il faut que tu apportes la somme correspondante à la banque demain. Sinon il n'y aura plus d'eau au robinet et tes ampoules vont s'éteindre. Deux fois l'an, il faudra que tu paies cette somme. Tu as assez d'argent pour ça ? »

Mino hocha la tête. La veille au soir, il avait compté ses bolivars : il lui en restait un peu plus de soixante-dix mille. Il n'arrivait pas à comprendre que les crazys qu'Isidoro et lui avaient gagnés pouvaient donner autant de bolivars.

Quand, plus tard, arriva une facture du *teléfono*, Maria secoua la tête. Il n'avait pas besoin de la payer. Après tout, quel besoin avait-il d'un téléphone ? Bientôt, les sifflements de l'appareil disparurent. Il demeura là, noir et muet.

Elle lui expliqua tout ce qu'il ne comprenait pas dans la maison : comment changer une ampoule quand elle s'arrêtait de briller, dans quelle boutique aller pour remplacer la bouteille de gaz de la cuisinière, quel savon particulier il fallait utiliser pour laver le linge de lit. Et chaque fois qu'elle lui expliquait quelque chose de nouveau ou d'inconnu pour lui, il fallait qu'ils s'embrassent. C'était toujours aussi excitant.

Le grand-père de Maria décéda quelques semaines après le quinzième anniversaire de Mino. Celui-ci était allé dîner chez eux à deux reprises. La mère travaillait dans une fabrique de chaussures, tandis que le vieillard restait couché à la maison, pâle, tout sec. Il avait travaillé dans les mines, où il avait attrapé la maladie du sel. C'était également comme ça que le père de Maria était mort. Beaucoup ne survivaient pas à cette maladie. La peau se desséchait et arrêtait de respirer.

Après la mort de son grand-père, Maria vint encore plus souvent chez Mino. Il lui arrivait même de faire l'école buissonnière pour passer la matinée en bas, sur le ponton. Elle lui apprenait l'*inglés*, l'anglais, à partir de ses livres.

« Embrasse-moi longtemps », dit-elle un jour.

Elle était allongée sur une serviette. Les grains de sel qui constellaient ses petits seins fermes étincelaient au soleil. La petite culotte blanche avait glissé vers le bas, laissant apercevoir des poils noirs et frisés. Ses longues jambes fines étaient légèrement repliées ; elle avait les yeux fermés. Mino sentit un chatouillement en bas du nombril, et le contenu de son short cogner terriblement contre le tissu. Il se pencha sur elle et l'embrassa. Longtemps.

Leurs langues s'enroulèrent, puis Maria l'attira vers elle. La respiration lourde, elle lui chuchota à l'oreille : « On va le faire, *querido* ? Je te donne la permission, si tu veux. »

Elle ôta complètement sa culotte. Lui-même eut bien du mal à en faire de même avec son short. Son membre était grand, dur, presque effrayant. Il savait où il devait aller, mais y aurait-il assez de place ? Sans oser respirer, il se coucha doucement sur elle et sentit ses doigts à elle l'introduire doucement dans quelque chose de doux, de chaud, de mouillé. Elle souleva son bassin vers lui et, soudain, il sentit qu'il s'enfonçait en elle. Elle gémit, trouva sa bouche avec sa langue. C'était si serré, si bon. Si doux. Il remua d'avant en arrière, se retrouva bientôt très profondément en elle, puis presque en dehors et de nouveau loin à l'intérieur. Enfin le soleil explosa et Mino fut capturé dans les plus beaux pétales d'orchidées.

« C'était bien mieux que des bananes, dit-elle en lui mordillant le nez.

— Bien meilleur que des oranges aussi », ajouta-t-il.

Alors elle éclata de rire et sauta aussitôt dans l'eau. Il s'empressa de la suivre.

Après, ils couchèrent encore ensemble une seconde fois. Et, juste avant le coucher du soleil, dans son lit à lui, il resta en elle une heure entière.

La semaine suivante, Mino et Maria firent l'amour plusieurs fois par jour. Mino en oublia de manger, de regarder ses papillons, de lancer ses couteaux. Il pensait à Maria tout le temps. Comme c'était bon d'être avec elle. Il restait sur sa chaise à l'attendre. À espérer sa venue – à peine avait-elle franchi le seuil qu'elle enlevait sa robe. Tous deux se retrouvaient alors dans le lit, blottis l'un contre l'autre, c'était doux, chaud et bon. Comme s'ils ne formaient qu'un seul corps.

« Nous ne pouvons plus le faire, Mino, déclara-t-elle un jour en le regardant avec des yeux tristes.

— Quoi ? »

Le garçon laissa s'échapper l'orange qu'il était en train de peler.

« Je pourrais tomber enceinte. Je suis trop jeune pour avoir un enfant. Et toi pour devenir papa. Il faut qu'on arrête, à moins que... que tu ne puisses acheter... » Elle le regarda avec malice.

« Acheter quoi ? » Il ne comprenait rien du tout.

« Des comme ça, tu sais... » Gênée, elle frottait ses chaussures jaunes contre le carrelage du sol.

« Comme quoi ? »

Elle dut donc le lui expliquer. Elle savait qu'ils en vendaient à la *farmacia*. Des petits ballons très fins à enfiler dessus. Pour éviter d'avoir des enfants. Et alors ils pouvaient le faire autant de fois qu'ils le voulaient. Ça s'appelait des *cauchinos*. Elle le lui écrivit sur un papier.

Le lendemain, Mino allait à la *farmacia* de la ville. Là-bas, il demanda poliment, le visage très sérieux, mille préservatifs. On les lui donna dans un sac de courses. Quand il dit « *Muchas gracias, señoras* », les vendeuses éclatèrent de rire derrière le comptoir.

Les mois suivants, en dehors du lit et de la plage, il se passa très peu de choses dans la vie de Mino Aquiles Portoguesa. Le tas de coquillages grandissait, et le jeune corps d'adolescente de Maria Estrella Piña acquérait peu à peu des formes plus rondes. Mais sa taille resta fine comme celle d'une guêpe. Elle était la *querida* de Mino, aucun autre garçon n'avait le droit de l'approcher. Elle jetait des regards froids à tous ceux qui s'y risquaient.

Dès le début, Mino avait conçu un grand intérêt pour ses livres de classe. Il les lisait avec elle, l'interrogeait sur les choses qu'il ne comprenait pas. Il ne tarda pas à tous les connaître par cœur et, assez souvent, quand il avait une course à faire en ville, il revenait avec un nouveau livre acheté à la librairie. Cela pouvait être *História da América do Sul* ou *Album Floristico do Amazona*. L'histoire, la géographie et les sciences naturelles le passionnaient. Maria l'encourageait, et lui disait d'un ton taquin qu'il deviendrait un jour un grand professeur.

Dans un premier temps, il se méfia beaucoup des livres d'anglais de Maria. C'était la langue des *gringos*, laide, dégoûtante et écœurante. Mais à en croire son amante, presque tout le monde sur la planète comprenait l'*inglés* ; que ferait-il s'il se retrouvait un jour dans un pays où personne ne parlait sa langue ? Le jeune homme marmonna qu'il avait déjà été dans plusieurs pays sans que cela n'ait posé de problèmes particuliers. Toutefois, malgré sa réticence, il commença à les étudier et, peu à peu, se prit au jeu. D'autant qu'un gros volume sur les papillons, qu'il venait d'acheter – un ouvrage très cher, plus complet que tout ce qu'il avait pu voir jusqu'à présent –, était rédigé en anglais. Pourtant, Mino n'y avait pas non plus trouvé d'espèce identique au Machaon bleu et jaune qu'il possédait dans sa collection.

Son enthousiasme pour la lecture et les livres scolaires déteignait sur Maria, qui s'en sortait donc très bien à l'école, quand bien même elle la séchait souvent pour partager quelques moments de bonheur sur le ponton ou dans le lit de Mino.

Sa mère, qui travaillait à la fabrique de chaussures six jours par semaine de sept heures du matin à sept heures du soir et ne rentrait que rarement à l'heure de la sieste, ne ressemblait pas beaucoup à Maria : le corps rude, le dos voûté et la peau grisâtre, avec un regard qui semblait ne s'intéresser à rien. Elle parlait rarement à Mino, bien qu'elle soit venue plusieurs fois chez lui sur la terrasse, le dimanche après-midi. Elle ne toucha jamais aux oranges. Les seuls mots qu'elle prononçait étaient en général destinés à sa fille, et ces paroles ne comprenaient presque jamais de reproches ou de réprimandes. Juste des constats triviaux, comme : « Aujourd'hui, j'ai payé ton école, Maria Estrella », ou « Les poules ont pondu sept œufs aujourd'hui », ou « Señor Paz a remis la tuile du toit tombée l'année dernière », ou, sans même chercher à la complimenter : « Le pain que tu as fait était léger et bon, Maria Estrella. » Mino ne l'avait entendue exprimer une sorte de colère ou d'irritation qu'à une seule reprise. Les deux jeunes gens, restés longtemps à jouer dans l'eau, étaient de retour sur la terrasse, leurs corps blanchis par l'eau salée de la mer. Alors elle les avait menacés du doigt en disant : « Allez tout de suite enlever cette saloperie, allez vite vous rincer à l'eau douce ! »

Dans le petit groupement de maisons où Maria et sa mère habitaient, le délabrement se faisait de plus en plus palpable. Là vivaient surtout d'anciens ouvriers des mines de sel, pour la plupart vieux et malades, et il y avait peu d'enfants. C'était l'entreprise exploitant la mine qui avait fait construire ces maisons d'une qualité exécrable. Les loyers étaient élevés, et rares étaient ceux qui avaient les moyens de les entretenir. Trois d'entre elles, restées inoccupées après la mort des habitants, étaient devenues des refuges pour cochons, poules et chèvres. Maria était d'avis que dans quelques années, elle et sa mère vivraient seules au milieu d'un tas d'ordures et de ruines. Mais tout valait mieux que de déménager dans les quartiers pauvres de la ville, où il fallait décrasser les enfants au couteau avant de les envoyer à l'école.

Quand Mino se retrouvait seul, et qu'il parvenait quelques instants à s'abstraire de l'image de Maria, il jonglait et s'exerçait avec ses couteaux. Il les faisait virevolter autour de son corps, les dissimulait aux endroits les plus incongrus, d'où ils ressortaient par des mouvements quasi invisibles à l'œil nu, pour être lancés avec une grande précision vers la cible accrochée sur un tronc d'arbre dans le jardin. Chaque fois qu'un couteau volait vers la cible, le garçon s'écriait : « Armero ! » ou « Carabinero ! » ou « Gringo ! » Et en même temps que les couteaux, ses yeux lançaient des éclairs sous sa mèche sombre. Ensuite, il s'asseyait sur une chaise pour se remémorer des événements qui lui semblaient si récents qu'ils auraient pu s'être déroulés la veille. Il entendait clairement la voix de papa Sebastian quand il était revenu, à l'âge de cinq ans, avec son premier papillon : « C'est un très joli *Argante*, Minolito. » Il sentait toujours le goût des larmes de sa mère quand, à l'âge de trois ans, il avait grimpé sur ses genoux pour la réconforter après que le cochon apprivoisé fut mort d'une peste inexplicable qui avait touché plusieurs animaux du village et rendu leur viande immangeable. Il croyait entendre papa Mágico dire à Président Pingo au fond de la jungle : « Il a le pied léger, ce garçon, quand il brandit son filet papillon, he he. » Ou Lucás près du muret de l'église : « Maintenant, j'ai quarante-trois fourmis empereur dans cette bouteille. Et elles sont très en colère. »

Mino observa la mer et le bleu du ciel. Toutes ces voix, n'étaient-elles pas accrochées là-haut, quelque part, pour lui parler encore ? Il tendit l'oreille, sans rien entendre. Pire encore : le silence lui parut funeste après qu'il se fut remémoré toutes ces choses.

Quand une bonne moitié des préservatifs eurent été utilisés, cinq cent vingt-quatre pour être précis, Mino commença à éprouver un regain d'intérêt pour d'autres choses. Il travailla intensément sur sa collection de papillons ; tria, classa, catalogua et étiqueta chaque espèce. Il acheta de nouvelles boîtes magnifiques pour soigneusement les ranger selon l'ordre, la famille et le sous-ordre. Une des boîtes de *Papilionidae* contenait un papillon sans nom : le grand bleu et jaune. Un jour, il se décida donc à écrire *Papilio Portoguesa* de sa plus belle plume sur un bout de papier et à placer celui-ci sous l'insecte. Qui avait enfin un nom, désormais.

Peu après l'anniversaire de Maria, Mino se sentit de plus en plus souvent attiré par un endroit bien particulier de la ville. Située à peu près au croisement des deux rues principales, c'était une sorte de niche imbriquée dans le mur du grand bâtiment brut qui appartenait au Banco Epirito Santo. Dans ce recoin qui sentait l'urine, le vomi et le chou pourri, Mino avait placé une caisse de bière sur lequel il pouvait rester des heures sans que personne ne vienne le déranger. Et, de là, il observait les passants. Il avait calculé, d'une manière assez logique, que tôt ou tard presque tous les habitants seraient passés sur ce trottoir. Mino s'était mis en tête d'étudier de plus près les occupations des gens afin de découvrir, dans l'absolu, l'utilité de cette ville. D'après ce qu'il avait lu et compris, le monde était principalement composé d'agglomérations plus ou moins grandes, aussi espérait-il en apprendre davantage sur le monde en restant assis à cet endroit précis, dans cette niche, à observer soigneusement tout ce qui se passait. Il avait glissé les deux couteaux sous sa chemise pour se rassurer.

Dans un premier temps, le flot des passants ne manqua pas de le déconcerter. Il ne savait pas très bien quoi chercher. Mais, peu à peu, il commença à mettre au point un système, comptant par exemple les estropiés ou les gens qui avaient l'air de souffrir. Ou ceux qui avaient un gros ventre, un goitre et un cou de taureau. Ou les hommes en uniformes qui portaient une arme, ou les couples qui se promenaient ensemble en riant. Ou ceux qui se disputaient, la mine sombre. Ou les garçons de son âge bien habillés qui avaient l'air d'avoir des occupations importantes, contrairement à ceux qui traînaient sans aucun but précis. Ou les filles qui semblaient bien plus apprêtées et prétentieuses que Maria Estrella. Ou celles avec un air naturel et timide. Ou les *gringos* – mais il n'y en avait pas beaucoup.

Comme, à la longue, il finissait par avoir pas mal de choses à garder en mémoire, il s'acheta un bloc-notes à la couverture rigide dans lequel il nota des colonnes de chiffres et les choses essentielles.

Après plusieurs semaines consacrées à cette activité, il commença à reconnaître certains visages. Les mêmes personnes passaient et repassaient, ce qui ne l'avançait pas beaucoup pour autant. Ils ressemblaient à des fourmis qui allaient et venaient. Des fourmis vides de sens.

Il s'attacha donc à étudier de plus près leurs visages, y cherchant une expression de haine et de brutalité, de peur et d'angoisse, de joie ou d'indifférence. Mille visages furent ainsi catalogués dans le bloc-notes de Mino : six cent soixante et onze dans la colonne des « indifférents ». Cent quarante-trois sous « haine et brutalité ». Cent soixante-douze avaient l'air d'exprimer « peur, angoisse ou chagrin ». Et quatorze eurent leur place dans la colonne « joie ».

Voilà comment Mino fit connaissance avec cette ville et ses habitants.

Chez lui, le soir, une fois que Maria Estrella était rentrée chez sa mère, quand les papillons de nuit se mettaient à voleter, impuissants, autour de l'ampoule qui jetait une lumière crue sur la terrasse, Mino passait des heures à feuilleter son bloc-notes pour se rappeler certains visages. Ou à additionner des montagnes de chiffres pour trouver de nouveaux angles de vue susceptibles de lui donner les clés de cette ville – et du monde.

Au bout de plusieurs mois de cette activité, et après avoir été importuné, voire harcelé sur sa caisse, il abandonna complètement l'entreprise. Il en était malgré tout arrivé à une conclusion : les gens de cette ville, pour la plupart, étaient apparemment de peu d'utilité. Ils ne faisaient rien qui semblât vraiment nécessaire. Ils avaient moins de valeur que des fourmis. C'étaient des *armeros* sans arme ni uniforme.

« Je t'aime, Maria Estrella. Tu es la fille la plus mignonne, la plus gentille et la plus patiente au monde, lui dit Mino un jour qu'ils avaient mangé des haricots *cuno*, du riz mélangé avec du piment et un grand morceau de poisson blanc. Je t'aime, et je sauterais dans la mer pour me noyer si tu devais disparaître un jour. Dans deux ans, quand je serai assez grand, je veux me marier avec toi et avoir un tas d'enfants. J'ai planté un corossolier dans le jardin, pour nous symboliser tous les deux. Je l'ai baptisé Mami, et je l'arrose tous les jours. »

Maria le regarda avec des yeux pétillants de malice. « Toi, te marier ? Et comment as-tu prévu de m'entretenir ? Tu dois aussi t'occuper de ma mère, tu sais, elle n'aura bientôt plus l'âge de travailler. Tes bolivars suffiront pour encore un an, mais qu'est-ce qu'on fera après ? En faire apparaître d'autres par magie ?

— Dans deux ans, quand j'aurai dix-sept ans, je retournerai dans la jungle. À un endroit où il n'y a pas de *gringos*. Là, je construirai un village. Ta mère pourra venir, elle y oubliera tout ce qui concerne le sel. Elle pourra cultiver des tomates là où poussent les *miamorates*. Et nos enfants pourront jouer avec le *mutum* apprivoisé. Pas besoin de bolivars, dans la jungle ; de toute façon ils y pourriraient. »

Mino entreprit de peler une orange.

« Je ne sais pas, *querido*. Tu as tellement d'idées bizarres. Je t'aime. Et si nous allions arroser Mami tous les deux ? »

Elle rajusta son bandeau, puis alla remplir avec ferveur une cruche d'eau.

« Tu ne veux pas me suivre dans la jungle ? s'enquit-il avec un regard contrarié, tout en suçant un quartier d'orange.

— La jungle est dangereuse, lui répondit-elle doucement en renversant de l'eau sur le carrelage. D'ailleurs, ce n'est pas pour les humains.

— La jungle convient aux humains si les humains s'adaptent à la jungle », trancha-t-il en se levant.

C'était, à son avis, la phrase la plus extraordinaire qu'il eût jamais prononcée.

Puis, ensemble, ils allèrent arroser Mami, sans cesser de s'embrasser, leurs mains serrées au-dessus du buisson appelé à devenir un grand corossolier.

Quelques jours plus tard, alors que Mino se mettait en route pour la ville afin de voir d'un peu plus près une diseuse de bonne aventure qui apparemment attirait beaucoup de monde, un événement étrange se produisit. Il avait verrouillé toutes les portes, caché les clés à l'endroit secret que seuls lui et Maria connaissaient, et franchissait à présent le portail en direction de l'arrêt du bus, quand une grosse voiture américaine fit son apparition et s'arrêta à sa hauteur. Deux hommes en descendirent – l'un d'eux était un *gringo* –, chacun affublé d'un appareil photo dans la main.

« Tu t'appelles bien Mino Aquiles Portoguesa ? » demanda l'un d'eux.

Le garçon resta devant les hommes sans rien répondre, en gardant les mains à l'intérieur de sa chemise – là où il avait caché ses couteaux. Le *gringo* était un gros courtaud, avec une plaie sur le nez où se promenait une mouche. L'autre portait un costume chic d'une couleur qui se confondait avec le sable sur les bas-côtés de la route derrière lui.

Pendant les quelques secondes qui suivirent, ils prirent toute une série de clichés de Mino ; oui, avant qu'il n'ait le temps de réagir, des objectifs le mitraillaient. Il se força à contrôler sa respiration, tout en s'assurant qu'il n'y avait rien d'autre que ces appareils photo pointés sur lui ; auquel cas l'un des couteaux se serait vrillé dans une gorge,

135

l'autre se serait enfoncé jusqu'à la garde dans un ventre gras avant même qu'ils n'aient le temps d'appuyer sur quoi que ce soit. Mais il laissa les couteaux à leur place, s'écarta des hommes et fit tranquillement le tour de la voiture en prenant soin de détourner le visage des appareils photo. Avec un calme maîtrisé, il parvint à l'arrêt du bus au moment même où ce dernier arrivait. De la vitre arrière, il put voir la grosse Dodge le suivre jusqu'en ville.

*

RAP. SEC. + 10. CANAL DIRECT : *Séjour dans la « cabane » pendant sept heures et quarante-cinq minutes. Toujours négatif. Le colonel a exécuté la phase neuf, mais elle reste pleinement consciente malgré des douleurs censées être à leur comble. Elle semble même mettre un point d'honneur à ne pas se départir de son sourire diabolique. Les recherches concernant Varna, Bakou et Istanbul continuent, sans succès jusqu'à présent. Faites-nous savoir si vous voulez qu'on accélère la procédure.*

Urquart jouait avec les lunettes à monture en écaille posées sur le plateau de la table devant lui. Gascoigne, irrité, écrasa une demi-douzaine de boutons. L'écran s'éteignit.

« Phase neuf, murmura Urquart. Extraction de dents et arrachage de tétons. Phase dix. Broyage des poignets et des chevilles. Ensuite, ce sera fini, elle perdra connaissance comme cela a été le cas pour Ali Ismail et Peter Rambeck. Les phases de onze à vingt, c'est de l'abattage rituel. Merde, ça va encore foirer ! »

Les deux chasseurs de terroristes se dévisagèrent. D'énormes moyens avaient été déployés pour cette traque, et au moins cinq des pays les plus riches au monde attendaient des résultats décisifs. Les méthodes employées ne supporteraient guère la lumière du jour, eu égard aux tensions palpables qui secouaient l'opinion publique ces derniers temps. Le service central et l'organisation sur lesquelles Urquart et Gascoigne avaient tout pouvoir étaient en réalité composés d'alliances qui auraient éclairé la politique officielle d'une lumière fort étrange. Les deux hommes, qui avaient un passé chaotique dans divers services de renseignements, devaient à tout prix remplir la seule et unique mission que leur hiérarchie leur avait confiée : la complète destruction du groupe Mariposa. La récompense qui les attendait s'ils réussissaient était plus que tentante. Mais en cas d'échec, le fiasco serait total. Pendant la durée des opérations, ils n'appartenaient à aucun État. Ils n'existaient pas, ils n'étaient nulle part. Les gouvernements des grandes puissances ne voulaient prendre aucun risque vis-à-vis de l'opinion publique. La morale officieuse pouvait se formuler ainsi : l'extermination radicale du groupe Mariposa leur permettrait en tout cas d'évaluer la puissance de l'opinion publique. Est-ce qu'il en résulterait un changement de politique ? Seul l'avenir le dirait.

« Oui, tu es bien placé pour le savoir, marmonna Gascoigne, toi qui as déjà participé à quelques abattages de ce genre.

— La ferme, siffla Urquart. Faisons plutôt quelque chose d'utile. Vérifions encore une fois le rapport qu'on a sur cette femme. On a peut-être négligé un détail. »

Gascoigne soupira, mais toucha néanmoins quelques parties bleues de la plaque de verre. Un écran émergea. Urquart lut lentement à haute voix :

« *Femme, observée dans le hall de réception à l'hôtel Monte-Carlo à Barcelone, après avoir passé plusieurs communications téléphoniques dans diverses villes d'Europe. Observateur : Fernando. Se présente comme Rita Padeste dans le bar quand Fernando lui propose sa compagnie. Elle se prétend dentiste, venue ici pour participer à un congrès. (Vérification : aucun congrès de dentistes à Barcelone à ce moment.) Fernando remarque dans son filet à commissions un quotidien datant de deux semaines – il titre sur des enchères à Hambourg. Elle semble gênée quand il attire son attention dessus. Six jours de filature ne permettent pas d'obtenir de nouveaux indices. Puis, elle part brusquement à Venise, où nos limiers la perdent de vue pendant huit heures. On pense qu'elle a pu avoir une conversation avec deux hommes non identifiés dans une trattoria située à proximité du Canale Vecchio. Ensuite, elle prend en train pour la Grèce, change pour un nouveau train, et est appréhendée près de Komotiní. Passeport au nom de Constance Frey, de nationalité espagnole. Profession : styliste de mode. Elle est en possession de billets pour Varna, Bakou et Istanbul. Fin provisoire.*

« Deux hommes non identifiés à Venise, dit Urquart. Comment diable est-ce possible ? À croire que nos associés sont des amateurs ! Allez, visionnons les rapports des agents. »

De nouveaux écrans s'éclairèrent ; les deux hommes avaient déjà lu le texte qui défilait dessus au moins à dix reprises, et la onzième ne leur apporta aucun élément nouveau.

« J'ai un mauvais pressentiment, marmonna Gascoigne, le pressentiment qu'elle n'est qu'un leurre. Les trois billets différents la rendaient *forcément* suspecte.

— Bien sûr que non ! rugit Urquart en tapant du poing dangereusement fort sur la plaque de verre. Impossible qu'elle soit un leurre ! Le groupe Mariposa n'a pas pour habitude de sacrifier les siens en multipliant les fausses pistes. Envoyons le message d'urgence : cartographier tous les congrès et réunions à Bakou, Varna et Istanbul, partout où il y a une participation internationale. »

Gascoigne repoussa la boîte au paysage de montagnes suisses. Le magret de canard n'avait pas fait long feu. Puis il se leva et commença à coder le message sur un clavier.

*

Mino perdit de vue la grosse voiture américaine après l'entrée du bus en ville. Sur le chemin qui le menait au pont, près du parc, là où cette diseuse de bonne aventure devait officier, il acheta un *perro caliente*, une saucisse glissée dans un pain avec des feuilles de salade autour. Il se demandait pourquoi on appelait « chien chaud » une saucisse dans un petit pain – ça n'avait absolument rien de logique. Le nom des saucisses, les étrangers qui le prennent soudain en photo, l'inutilité de la plupart des habitants de cette ville… autant de signes de l'idiotie qui régnait dans le monde en dehors de la jungle. Mais tant qu'il avait sa maison, son ponton et Maria Estrella, à quoi bon perdre son temps avec ça ?

La diseuse de bonne aventure, nota-t-il, était installée dans une petite roulotte susceptible d'être accrochée à une voiture – ce devait être là la façon dont elle la transportait d'un endroit à l'autre. Pareille découverte le déçut quelque peu ; il croyait que les diseuses de bonne aventure, dont papa Mágico lui avait souvent parlé, se déplaçaient à dos de mulet. Pas celle-ci, apparemment.

Sur la porte de la roulotte avait été punaisée une affiche colorée annonçant que pour cinq bolivars, Madame Mercina pouvait lire l'avenir dans vos mains et vous donner de bons conseils. Autour de la roulotte, quelques enfants en haillons s'amusaient à bombarder les passants de baies *tetti* rouges et collantes qu'ils soufflaient dans des pailles ramassées sur le trottoir.

En jetant un rapide coup d'œil à travers une lucarne, Mino vit une vieille dame ridée assise près d'une table. Elle était seule ; le garçon frappa à la porte.

Tandis qu'il pénétrait dans la pénombre, elle l'appela à elle en lui désignant une chaise. Mino s'assit, hésitant, et posa un billet de cinq bolivars sur la table. La dame acquiesça, ce qui fit briller l'or et les perles qu'elle portait autour du cou, dans les cheveux et aux oreilles. Elle devait avoir au moins cent ans, pensa Mino, mais gardait des yeux terriblement perçants. Le garçon avait l'impression qu'elle voyait *à travers* lui, comme s'il avait été en verre. Il se redressa, soutint son regard. À ce moment précis, il en était captif. Les yeux de l'ancêtre s'approchaient de lui comme deux ventouses, s'enfonçant dans les siens, *l'emprisonnant*. Les contours des objets autour de lui s'effacèrent, et il se retrouva brusquement dans un monde gélatineux où deux énormes pupilles maintenaient la réalité en équilibre.

Il flottait. Il montait et descendait. Il se trouvait à la surface de l'eau, entre le néant et l'absolu. Il n'était plus Mino Aquiles Portoguesa, il n'avait plus ni bras, ni jambes ni tête, il n'avait plus que des yeux, non, plus d'yeux, seulement…

« Mon petit, dit une voix grave, éraillée, donne-moi ta main gauche. »

Mino traversa la surface de l'eau et tendit la main. Sa tête était complètement vide.

« Mon garçon, tu t'inquiètes pour l'avenir, pour des mots pas encore prononcés, pour des pensées pas encore exprimées. Tes yeux appartiennent à quelqu'un d'autre, ils appartiennent à beaucoup d'autres. Les lignes de ta main ne pourront jamais mentir. Dans toute ma vie, je n'ai vu qu'une seule fois une main comme celle-ci. Et elle n'est pas venue à moi. C'est *moi* qui ai dû aller vers elle, pour la voler – pour la *couper*. J'ai volé la main d'un mort afin de lire des lignes que jamais je n'avais vues auparavant. Dans une morgue. »

La diseuse de bonne aventure montra soudainement une étagère derrière sa tête.

Levant les yeux, Mino découvrit un énorme bocal de verre dans lequel flottait une pâle main humaine. Il pouvait voir l'extrémité des os coupés juste au-dessus du poignet. Mino *voyait*, mais il était incapable de réfléchir.

« Mon petit, la main appartenait au grand José Pedro de Freitas, connu partout sous le nom d'*Arigó*, le mineur de Congonhas qui se passionnait pour la révolution et guérissait des milliers de pauvres avec ses mains miraculeuses. Il a extrait des tumeurs avec un canif sale, sans laisser de cicatrice, et il n'y avait pas de pus dans les plaies qu'il soignait. Ces méfaits lui ont valu de finir en prison, mais aucun gardien ne verrouillait sa cellule, aucun policier à Congonhas ne l'arrêtait quand il sortait tous les jours de la prison pour visiter les malades. De grands *médicos* venaient du monde entier pour voir ses miracles et étudier les ordonnances qu'il établissait sans la moindre hésitation. Il a été photographié, filmé, mais tout le monde a bien dû s'incliner devant sa ferveur et son authenticité. Arigó est mort, mais moi, Madame Mercina, j'ai volé sa main pour interpréter les lignes. Jamais, je n'ai vu tant de choses dans une main. *Les lignes de la main sont l'écriture des dieux.* Je connais cette écriture. »

La diseuse de bonne aventure lâcha la main de Mino et repoussa sur la table le billet de banque qu'il lui avait donné.

« Lève-toi et pars, mon petit. J'en ai suffisamment vu. Et pour ce que j'ai vu, je ne veux pas de paiement. Je vois beaucoup de choses pour lesquelles il n'y a pas de mots, pour lesquelles la parole reste impuissante. Laisse-moi seulement te dire ceci : tu ne verras jamais le sang rouge. Tu verras de l'eau, du lait, mais tu ne verras jamais de sang. Et celle que tu aimes ne pourra jamais pleurer. Va, maintenant, et laisse une vieille voyante en paix avec ses pensées. »

Mino se retrouva soudain dehors, dans la rue, et reçut un crachat de baie *tetti* sur le front. Il cligna des yeux et, lentement, retrouva ses esprits. Il n'aurait su dire s'il avait appris quoi que ce soit de la diseuse.

Il regarda la paume de sa main : elle lui semblait tout à fait normale. Avait-elle vu qu'il était magicien ? Pas impossible, il utilisait surtout les mains pour ses tours. Elle-même devait être un genre de magicienne, même si sa magie différait de celle d'Isidoro. Il n'ignorait pas que les magiciens ne devaient pas se questionner mutuellement sur leurs tours. Il eut honte d'être allé chez elle.

Avant de rentrer à la maison, il eut l'idée de passer à la *biblioteca*. Il demanda un livre sur Arigó ou José de Freitas ; on lui donna un gros volume écrit par le docteur Andrija Puharich : *El médico supernatural de Congonhas.*

Plus tard dans la journée, quand Maria Estrella descendit en chantant l'escalier du ponton pour se baigner et faire l'amour avec son bien-aimé, elle le trouva couché sur le matelas, complètement absorbé par le livre qu'il avait emprunté, et dut déployer des trésors de séduction, cet après-midi-là, pour le détourner de sa lecture. Après une courte baignade, il la regarda d'un air grave et lui demanda : « Est-ce que tu pleures facilement ?

— Peuh ! répondit-elle. Je ne pleure jamais. »

Il avait acheté un masque de plongée et un harpon. Il ne se lassait jamais de nager dans la crique et d'y chasser les poissons. Il plongeait parfois si profondément parmi les rochers que ses poumons manquaient d'éclater. Mais tout ce qu'il voyait sous la surface n'en était pas moins féerique. Un monde vierge, rempli de couleurs et de mouvements gracieux.

Un jour qu'il était couché sur le ponton en attendant Maria Estrella, quelque chose d'insolite se passa. L'un des petits bateaux de pêche souvent ancrés au large de la baie semblait avoir des problèmes. Les trois hommes à bord braillaient et juraient en tirant sur une corde qui s'enfonçait dans la mer. L'ancre, comprit-il, devait s'être coincée. Il resta un moment à regarder le tapage avant de s'élancer à la nage pour les rejoindre. La mer était d'un calme plat ce jour-là – même s'il n'avait jamais nagé aussi loin, atteindre le bateau ne devrait donc pas lui poser de problèmes. Il était presque arrivé quand il vit l'un des gars sortir un couteau dans l'intention manifeste de couper la corde de l'ancre. Mino lui cria d'attendre.

Dès que les hommes comprirent qu'il allait essayer de plonger jusqu'à l'ancre, le jeune homme se retrouva hissé dans le bateau par des mains bienveillantes. Ce n'était pas très profond, d'après eux. Tout au plus quinze mètres.

Quinze mètres. Mino pensait être déjà descendu aussi bas, ça devrait dont aller. Après s'être reposé un moment, il sauta par-dessus bord, prit une profonde inspiration et s'enfonça dans l'eau en s'aidant de la corde. Enfin, il aperçut le fond, où il découvrit les contours de quelque chose de grand et d'informe, probablement un rocher couvert d'algues. La corde disparaissait parmi un amas d'algues où il crut deviner un bout de l'ancre.

Ses tympans allaient éclater, il voyait des étoiles devant ses yeux. Il fallait qu'il remonte. La surface de la mer s'étalait comme une membrane argentée, là-haut. Mino fit quelques mouvements puissants pour remonter, s'agrippa au bastingage, toussa, cracha, essuya l'eau salée de ses yeux.

« Tu n'y es pas arrivé ? » demanda l'homme qui s'appelait Diego, le propriétaire du bateau.

Le garçon secoua fébrilement la tête.

« Encore une fois, dit-il. Je vais essayer encore une fois. J'ai vu l'ancre. Il faut juste que j'y arrive plus vite pour garder un peu de souffle.

— Regarde ça, dit le plus jeune des pêcheurs, tu pourrais peut-être l'utiliser ? Tu descendrais plus vite. »

Il souleva une grosse pierre du fond du bateau. C'était un poids servant à submerger des casiers à crabe.

On le donna à Mino, qui brassa l'eau comme un fou pour rester à la surface. Il entoura ensuite la corde de l'ancre autour de son coude, inspira profondément et se laissa descendre.

Cette fois-ci, il ne mit que quelques secondes pour atteindre le fond. Il lâcha la pierre et se saisit de la corde. Fouilla dans les algues jusqu'à trouver l'ancre.

C'est alors qu'il comprit.

L'épave d'un grand bateau reposait sur le fond, envahie par les coraux et les algues. Elle devait être fort vieille : le bois de construction se réduisit en poudre qui alla troubler l'eau quand il le frôla. Il tira sur l'ancre, vit où elle s'était coincée : dans le châssis d'un énorme canon en fer. Il dut se démener avant de réussir enfin à la détacher.

Comme il lui restait encore un peu d'air dans les poumons, il entreprit d'arracher des amas d'algues afin d'avoir une meilleure vue de l'épave. Celle-ci ne ressemblait plus guère à un navire, le pont et la coque avaient disparu, mais il repéra les restes d'un gros mât brisé en travers du bateau. Il remonta un peu afin d'avoir une meilleure vue de l'ensemble. À peu près au milieu de l'épave, là où il avait arraché les algues près du canon, il vit soudain quelque chose qui brillait d'un éclat vif. Mais ses oreilles commencèrent à bourdonner – il devait remonter le plus vite possible.

Il était presque sans connaissance quand il arriva à la surface. Les pêcheurs l'attrapèrent et le hissèrent par-dessus bord. Il resta un bon moment allongé à panteler, tandis que les pêcheurs riaient et criaient « olé » au fabuleux homme de l'eau qui avait sauvé une ancre coûtant l'équivalent de tout un mois de salaire.

On débarqua Mino à son ponton avec tout un seau de corrodos, le meilleur poisson de leur pêche. Après les avoir salués d'un signe de la main, le garçon tituba jusqu'au matelas de bain, où il resta sans bouger jusqu'à l'arrivée de Maria Estrella.

Après deux lectures successives de l'ouvrage, Mino ne douta plus que José Pedro de Freitas de Congonhas fût un vrai mágico capable d'accomplir d'authentiques miracles. Ce qu'Isidoro et lui faisaient n'avait rien de réel, c'était des artifices à la portée de n'importe qui. Lui aurait beau s'entraîner, s'exercer et se concentrer, jamais il ne serait capable de guérir les pauvres de maladies graves s'il n'étudiait pas la médecine. Et encore, cela resterait de la triche, des tours de main comme ceux que pratiquait Isidoro. Ça n'avait rien à voir avec de vrais miracles. Le fils de la Vierge Marie, Jésus-Christ de Nazareth, qui avait vécu de l'autre côté de l'océan, lui avait été un vrai mágico. Ses miracles n'avaient eu rien d'artificiel. Mais il avait été hissé sur une croix, transpercé, et tué par des armeros romains. José Pedro de Freitas, en revanche, était mort dans un accident de voiture. Une voiture de gringo. Toutes les voitures étaient des voitures de gringos. C'étaient les gringos qui avaient inventé les voitures afin de gagner de l'argent sur le pétrole qu'ils extorquaient aux pays pauvres, saccageant la jungle par la même occasion. Le plus grand souhait des *gringos* devait être de pouvoir couvrir la planète entière de bitume pour donner au plus grand nombre de personnes possible l'occasion de finir leur vie dans des accidents de voiture ou asphyxiées par les gaz d'échappement.

En tout cas, se dit Mino quand il rendit le livre à la bibliothèque, une semaine plus tard, les deux seuls vrais *mágicos* ayant foulé cette terre avaient tous deux été tués par des *armeros* ou des *gringos*.

Il se rendit ensuite au pont près du parc, mais la roulotte de Madame Mercina avait disparu. Quand il interrogea deux vieillards assis sur un banc des environs, ceux-ci lui racontèrent qu'une chose horrible était arrivée : tard, un soir, une bande de jeunes gens éméchés venus de la capitale pour leurs vacances avaient fait basculer sa roulotte dans le fleuve, où le courant l'avait emportée jusqu'à la mer. La diseuse de bonne aventure avait été sauvée de justesse.

Mino songea à la main dans le bocal de verre : les poissons ne manqueraient certainement pas de la manger.

Mino et Maria Estrella prirent ensemble le bus pour rentrer à la maison. La mère devait passer plus tard chez Mino avec un cochon de lait qui venait d'être abattu et qu'ils comptaient faire cuire dans son four, beaucoup plus grand et de meilleure facture que celui de la señora Piña. Il arrivait de plus en plus souvent que Vanina Piña vienne leur préparer à manger à tous les trois dans la cuisine de Mino. Ils étaient presque devenus une petite famille, se disait-il.

Ils eurent le temps de passer quelques heures sur le ponton avant son arrivée. Les seins de Maria étaient devenus plus gros et plus fermes, et Mino ne perdait jamais une occasion de les caresser. Maria gémissait de ravissement sous ses mains sensibles de magicien qui allumaient chaque fois la même flamme en elle. Il en serait ainsi pour l'éternité, songeait-elle.

« Qu'est-ce qui peut rester au fond de la mer pendant dix, peut-être cent, peut-être mille ans, Maria, et garder toujours le même éclat vif ? s'enquit Mino alors qu'ils se baignaient.

— Je le sais très bien, répondit-elle. Le prof de chimie nous l'a expliqué. Ce n'est pas du fer, il rouille. Ce n'est pas de la tôle, l'eau finit par la ronger. Ce n'est pas du cuivre, il devient vert-de-gris. Ce n'est pas de l'argent, il devient gris ou noir. C'est de l'or. L'or brille encore même au bout de mille ans. Rien ne peut l'entamer. Tu as vu quelque chose de brillant au fond ?

— Non. »

Ils montèrent jusqu'à la maison et s'assirent sur la terrasse pour attendre la mère de Maria.

« Je crois que j'aime la mer presque autant que la jungle, déclara Mino. Tu te marieras avec moi si je construis au fond de la mer une maison d'où nous pourrons sortir pour aller nager parmi les poissons et les étoiles de mer ? Une maison en forme de conque ? »

Maria n'eut pas le temps de répondre, car soudain ils entendirent de violents coups contre la porte d'entrée et des cris qui leur ordonnaient d'ouvrir.

« Qu'est-ce que c'est ? » chuchota Mino en se sentant pâlir.

Il saisit la main de Maria, et tous deux se glissèrent dans l'une des chambres d'où l'on pouvait voir la porte d'entrée et le portail.

Trois voitures de police étaient garées dans l'allée, le toit garni de lumières clignotantes ; au moins dix policiers visaient la porte d'entrée avec des fusils automatiques. Dans un fracas de tous les diables, la porte fut défoncée.

« Ma... Maria, bégaya Mino. S'ils me prennent, occupe-toi de mes papillons. Tu... tu sais où sont les clés secrètes... »

Deux policiers firent irruption dans la chambre et se saisirent de Mino. Il fut mis à terre, les bras tordus sur le dos. Après qu'on lui eut passé des menottes, on le releva brutalement en le ruant de coups, puis on l'entraîna hors de la maison pour l'enfermer dans une voiture de police.

Cinquante mètres plus loin, son porcelet fraîchement abattu serré contre sa poitrine, señora Piña vit les voitures des policiers démarrer et partir en trombe vers la ville. À travers la lunette arrière de la voiture, elle crut distinguer les longs cheveux noirs de Mino Aquiles Portoguesa.

4. La révolution a la patience du cactus

Il suçota quelques gouttes de sang de sa lèvre, qui avait éclaté suite au coup brutal qu'il avait reçu quand on l'avait poussé dans le bureau du chef de la police. Les menottes lui cisaillaient la peau des poignets, et il fixait haineusement le cou du porc assis devant lui, ses petits yeux rouges plissés. La pièce empestait la transpiration et la fumée de cigarette.

« Passeport », grogna-t-il pour la troisième fois.

Mino ne répondit pas, mais ses yeux luisaient sous sa chevelure sombre. Ils avaient trouvé les couteaux sous sa chemise, et les lui avaient confisqués.

Le chef de la police posa une photo sur la table devant Mino. Il y jeta un coup d'œil, et sentit aussitôt la chaleur lui monter aux joues. C'était une photo de cinq personnes aux corps tordus autour d'un grand cercle de suif, au centre duquel gisait un ballot informe.

« Tu n'es qu'un vaurien, un misérable, dit le chef de la police avec un rire rauque. *Claro.* Tu as sans doute débarqué ici il y a un an et demi comme passager clandestin du chemin de fer de notre pays frère, après avoir tué là-bas cinq hommes, parmi lesquels deux citoyens d'Amérique du Nord. La banque nous a informés que tu avais changé deux grandes bourses en cuir de pièces d'or et d'argent de ce pays – une somme énorme, presque un million et demi de bolivars. Tu auras à répondre plus tard de votre expédition criminelle, toi et le soi-disant *mágico*. C'est grâce à moi que les Américains t'ont traqué et retrouvé. Je me suis rappelé cette histoire que le directeur de la banque m'a racontée il y a plus d'un an, à propos de cette petite fripouille venue avec tout cet argent et qui, peu après, s'était acheté une maison hors de prix. Et quand les documents sont arrivés à mon bureau, il y a quelques semaines, avec une description exacte, alors j'ai dit : Juan, voici le fils du diable. Les photos que nous avons prises de toi ont permis à certaines personnes de formellement t'identifier – ils t'avaient vu en représentation avec cette ordure de *mágico*. *Claro.* Je n'ai pas envie de perdre davantage de temps avec toi. Il y en a d'autres qui t'attendent avec joie. Dehors ! »

Mino fut traîné dans une petite cellule sombre. Il resta là pendant plus de vingt-quatre heures sans eau ni nourriture.

Il fut transporté en voiture et en avion. Trois jours après que señora Piña aurait dû faire cuire son cochon de lait chez lui, Mino titubait, complètement affamé et menotté, entre trois *comanderos* vêtus d'uniformes noirs tachés de vert, direction un interrogatoire musclé chez *el comandante*, dans une ville plus importante où lui et papa Mágico avaient donné un spectacle plus de deux ans auparavant. Voilà donc qu'il était de retour dans ce pays où seules les vertes bananeraies venaient interrompre le marron des collines. Le pays sans papillons.

El comandante était un petit homme maigre et pâle, chaussé de grosses lunettes qui rendaient ses yeux gris terne. Dans son bureau se trouvaient également deux *gringos* habillés en costume cravate. L'un d'eux se curait les ongles avec un canif. Il ordonna qu'on ôte ses menottes au prisonnier, et qu'on lui apporte du thé chaud et de la nourriture. Mino ne toucha ni au thé ni au pain blanc qu'on lui proposa. Il se borna à fixer le commandant d'un regard qui n'avait rien perdu de sa force.

Le commandant s'adressa aux deux Américains : « C'est bien lui ? Vous en êtes tout à fait certains ?

— *Positive, sir.* Nous le reconnaissons. Nous avons vu deux fois le spectacle de magie du garçon et du vieux. C'était près du Campo Cruzeiro.

— Bien. Vous pouvez partir. Après ses aveux, il sera condamné selon les lois de notre pays. Autrement dit, fusillé. Puisqu'il est coupable de cinq assassinats, le peloton d'exécution sera composé de quinze hommes qui, respectivement, viseront la poitrine, le ventre et la tête. Satisfaits ?

— *Yes, sir.* »

Les deux *gringos* quittèrent la pièce.

« Tu ne veux pas manger ? Tant pis pour toi. » Les yeux du commandant se réduisirent à deux fentes. « On les connaît, les types dans ton genre. Tu n'as pas besoin de manger. Tu ne grandiras plus de toute façon. Et en enfer, tu auras une queue, une longue queue noire. Mais tu n'es pas encore arrivé là-bas. Avant ça, tu vas *parler*, tu comprends, *parler*. » Les mots sifflaient au travers de ses lèvres. « Des aveux complets nous épargneraient beaucoup de temps et d'emmerdements, tu comprends ? Et dans ce pays, On ne veut pas d'emmerdes. Donc tu vas *parler*. Tu as tué, n'est-ce pas ? Si tu réponds "oui" à cette simple question, on aura déjà gagné beaucoup de temps. Et tu les as tués pour qui ? Pour les bandits du *Frente Trabajero* ? Ou pour ce rebut de la société de CMC ? Ils paient bien, hein ? À moins que tu ne fasses partie des *terroristas Luz da Noche* ? Peut-être es-tu l'un de ces putains de descendants d'Estebar Zomozol ? Hein ? Si tu nous donnes une réponse, il y aura peu d'emmerdes, tout ira si bien, si bien… Tiens, tu vas signer ici cet aveu, et tu auras déjà fait la moitié du chemin. »

Le commandant poussa un papier vers Mino.

Mino n'y prêta aucune attention. Il continua de fixer les verres des lunettes du commandant.

« Écris, tu m'entends ! » hurla ce dernier en bondissant de son fauteuil.

Mino sentit l'odeur de taro putrescent de la bouche du commandant quand celui-ci s'approcha. Puis il reçut au visage un coup assez violent pour le faire tomber par terre.

Comme il est petit, songea Mino. *Il n'est même pas aussi grand que Maria Estrella.* Il aurait pu, facilement, lui enlever ses lunettes et lui enfoncer les branches dans les yeux, jusque dans le cerveau. Mais il devait encore patienter.

« Je ne le répéterai pas : *écris !* » éructa le commandant.

Mino se pencha en avant, laissant le sang qui coulait de son menton goutter sur la feuille de papier. Alors le commandant se jeta sur lui par-derrière pour le basculer par terre, où il reçut toute une série de coups de pied dans le ventre et la poitrine. Sa vue se troubla, et respirer lui faisait mal. Pourtant, il remarqua un papillon de nuit, un *Sphinx ligustri*, mort et desséché dans le plafonnier de verre dépoli. *Luz da Noche*, répéta-t-il en lui-même, quand la botte de cuir heurta son menton.

Mino frissonna. Il sentait qu'il reposait sur un sol dur, inconfortable. Tout son corps lui faisait mal. Il ouvrit les yeux, pour constater qu'il se trouvait dans une petite pièce aux murs de briques brutes. Le plafond ne s'élevait guère qu'à un mètre et demi au-dessus du sol, et l'humidité suintait de toutes parts. L'un des murs se résumait à un solide grillage de fer – il donnait sur un couloir éclairé d'une faible lumière. Le garçon pouvait tout juste apercevoir une cellule semblable à la sienne juste en face. Il entendait des cris, des hurlements, des gémissements et des pleurs. Ça sentait la merde et la pisse.

Lorsqu'il essaya de se relever, Mino sentit des pointes dans sa poitrine et des battements dans sa tête. Il se palpa le corps. Il y avait un petit creux juste en dessous de son aisselle gauche, là où les douleurs étaient les pires. Il lui manquait par ailleurs quelques dents, et ses lèvres étaient gonflées jusqu'à trois fois leur taille normale. La langue avait une grosse entaille.

Il tremblait de froid. Il n'y avait rien d'autre dans sa cellule que du plâtre tombé par terre et des flaques d'humidité. Une fois tant bien que mal calé contre le mur du fond, Mino essaya de s'habituer à la pénombre.

Soudain, le claquement d'une porte en fer, puis des hurlements et des gémissements terribles. Il entendit de l'eau couler entre les cris et, avant qu'il ne comprenne ce qui se passait, les pieds et la moitié inférieure du corps d'un homme en uniforme apparaissaient dans son champ de vision, devant la grille. Puis il reçut un puissant jet d'eau glacée sur le visage ; il se débattit, toussa, cracha, vomit de la bile. Quand le lavage au jet prit fin, il resta immobile sur le ventre tel un rat noyé.

Les cris provenant des autres cellules s'étaient transformés en complaintes et sanglots étouffés. Mino n'avait pas prononcé un son pendant le traitement. Il n'avait pas dit un mot depuis qu'il avait demandé à Maria de surveiller ses papillons.

Quand on vint le tirer de son cachot, son corps était paralysé de froid et il ne sentait plus la douleur au niveau de ses côtes cassées. On le traîna dans plusieurs escaliers, pour enfin le pousser dans une pièce bien chauffée à l'éclairage aveuglant. La porte fut verrouillée derrière lui, et il se retrouva seul. Un courant d'air surchauffé montait de plusieurs grilles dans le sol ; Mino s'assit immédiatement sur l'une d'elles pour sécher ses vêtements froids et trempés. Combien de temps était-il resté en bas dans la cellule-cave ? Deux heures ? Vingt ?

À présent, ils allaient certainement le fusiller.

Une fois sec et réchauffé, il se passa doucement la langue dans la bouche ; y trouva un trou béant là où il avait perdu des dents. Puis il commença à se masser les doigts – il les remuait comme pour s'exercer, tout en essayant de réfléchir. De se rappeler. Mais tout ce qui s'était passé précédemment était devenu lointain, si lointain. Il se concentra sur quelque chose qu'il devinait important pour lui : une image à la surface de l'eau, loin dans la jungle, qu'il avait vue bien longtemps auparavant. Il avait vu quelque chose. Quelque chose qui le rendait confiant, courageux.

Impossible de se rappeler cette image.

Qui était-il, au fond ? Était-il Mino Aquiles Portoguesa ? Avait-il vécu dans un village supplicié, où tout le monde sauf lui avait péri ? Avait-il partagé l'existence d'un magicien qui répondait au nom d'Isidoro ? Était-il le propriétaire d'une jolie maison au bord de la mer, avec une très jolie amoureuse qui surveillait ses papillons pendant son absence ?

Absence ?

Pourquoi se trouvait-il ici ? Était-il un assassin, comme ils le prétendaient ? Il l'ignorait. Toutes ses pensées lui échappaient. Un morne sentiment de bien-être l'enfonça dans une somnolence vide.

Un coup de pied dans les côtes vint brutalement le réveiller. Deux *comanderos* lui ordonnèrent de se lever. Peu après, il se retrouvait une fois encore devant les yeux ternes du *comandante*. Il dut s'aider des deux mains pour rester assis sur le banc de bois.

« Fraîchement lavé et tout beau, hein ? Le fils de pute n'est peut-être plus aussi muet aujourd'hui ? Regarde ici, des tortillas toutes fraîches ; mange autant que tu en veux. Ensuite nous pourrons arranger cette merde. J'ai tous les papiers prêts. Nous dirons que tu as été payé par le groupe de saboteurs CMC, tout sera dès lors en ordre et ton cas sera réglé en l'espace de quelques jours, tu comprends ? Je veillerai personnellement à ce que tu sois transféré dans un endroit désert près de la frontière, de sorte que tu puisses rejoindre le pays voisin. Puis nous dirons aux *gringos* que tu as été tué par une balle de fusil au cours d'une tentative de fuite et que ton corps a été jeté en pâture aux chiens. Hein ? Qu'est-ce que t'en dis ? »

Les lèvres du commandant étaient incolores, et Mino voyait une lueur verdâtre dans les yeux cachés derrière les épaisses lunettes.

Il ne toucha pas à la tortilla. Son estomac ne criait pas famine. Son regard glissa lentement vers la fenêtre, et la rue au-delà. Il vit les deux tours blanches de l'église de la ville. Deux pigeons s'étaient perchés sur l'une d'elles. Tout était calme et silencieux. Il pouvait rester longtemps ainsi.

La tortilla, soudain balayée d'un revers de main, alla atterrir par terre. Écumant de rage, le commandant tambourinait des poings sur deux feuilles qu'il avait posées sur la table devant Mino. Quand, le visage glacial, le garçon soutint le regard du commandant, le petit homme sursauta et recula de deux pas avant de lancer un coup de pied d'une extrême violence en direction du visage de Mino. Mais ce dernier avait senti venir le mouvement. Rapide comme l'éclair, il pivota de côté, puis, sans réfléchir, faucha d'une de ses mains le talon de la botte tendue devant son visage, de sorte que le commandant s'écroula sur le dos. Ses lunettes tombèrent à côté du pied droit du garçon. Toujours aussi machinalement, celui-ci posa le pied dessus et les pulvérisa.

Le commandant eut un mal fou à se remettre debout. Alors qu'il butait contre le bureau en agitant fébrilement les bras, sa voix monta dans les aigus : « Adolpho ! Benito ! »

La porte s'ouvrit avec fracas ; deux *comanderos* firent aussitôt irruption et se mirent au garde-à-vous.

« Emmenez ce rat pestilentiel pour une séance spéciale ! Deux heures de séance spéciale, puis quarante-huit heures de cave avec jet d'eau toutes les demi-heures. Et donnez-lui une dose de *cassin* pour qu'il ne s'évanouisse pas. Compris ?

— *Sí, sí, comandante.* »

Ils le conduisirent dans une pièce et l'y attachèrent à une chaise. Ensuite, l'un d'eux arriva avec une grande seringue qu'il piqua dans le haut du bras de Mino. Une grande bosse apparut à l'endroit où le liquide avait été injecté. Puis, ils le détachèrent du siège pour le traîner dans une autre salle, beaucoup plus grande. Mino vit des taches de sang sur les murs, au sol, et même au plafond. Des taches de sang frais. Toutes blanches. Ça puait la sueur, la pisse et la merde.

À peu près au centre de la pièce se dressait une étrange installation : entre deux cheval-d'arçons d'un mètre de haut, une barre de fer carrée d'un pouce de large environ était fixée de manière telle qu'un de ses bords coupants pointait vers le haut.

Mino reçut l'ordre de grimper dessus et de s'y asseoir à cheval. Il obéit, apathique. Quatre nouveaux *comanderos* appelés en renfort vinrent se placer à côté de lui, deux de chaque côté. Chacun tenait son fusil à baïonnette braqué vers le garçon. S'il tombait de la barre et basculait sur le côté, une baïonnette le transpercerait immédiatement.

Il ne comprenait pas le but de la chose, n'ayant aucun problème pour garder son équilibre, surtout en s'aidant des mains, soit les deux devant, soit une devant et l'autre derrière sur la barre de fer.

Adolpho et Benito quittèrent la pièce avec un grand ricanement. Quant aux quatre *comanderos* munis de baïonnettes, ils restèrent là, immobiles, le visage inexpressif. Mino eut tout à coup l'impression de se réveiller – le produit qu'ils lui avaient injecté, comprit-il. Son cœur se mit à battre plus vite, et il sentit qu'il avait terriblement faim et soif. Combien de temps allait-il devoir rester ainsi ? Le commandant n'avait-il pas dit deux heures ? Deux heures de séance particulière ? Un petit sourire traversa son visage à l'évocation du petit gradé.

Au bout de cinq minutes, il commença à se tortiller sur la barre. Elle lui blessait l'entrejambe, et le mince pantalon qu'il portait ne le protégeait guère. Sans compter qu'il n'avait plus la force de pousser aussi fort avec les mains, la fatigue commençait à se faire sentir. Il essaya de trouver une position dans laquelle le bord pointu lui faisait le moins mal possible, mais il ne pouvait guère bouger sous peine de perdre l'équilibre et de s'empaler sur une baïonnette.

Il tenta de rester complètement immobile. C'était encore ce qui faisait le moins mal. Il suffisait d'un infime mouvement pour que la barre s'enfonce davantage dans l'entrejambe, qu'il sentait déjà contusionnée.

Après dix minutes, la position devint intenable. C'était comme si la barre allait le couper en deux. Les rares moments où il se soulevait pour transférer son poids sur les mains devenaient de plus en plus courts ; il était à bout de force. Il ferma les yeux et essaya de se pencher vers l'avant, de se coucher sur la barre. Ce qui lui fit perdre l'équilibre.

Il bascula en dessous et y resta suspendu. L'une des baïonnettes lui fit une grande entaille dans le haut du bras – un flot de sang se mit aussitôt à couler sur le sol. Puis il lâcha prise, et demeura étendu par terre.

Les quatre *comanderos* se mirent à hurler tout en le piquant avec leurs baïonnettes, entaillant ses vêtements de petits coups vicieux. Sur ce, Adolpho et Benito surgirent et se saisirent de Mino pour le remettre sur la barre. Il resta là, à se balancer de droite à gauche comme s'il allait tomber d'un instant à l'autre et se faire transpercer par les lames. Puis il s'immobilisa, les dents serrées, à voir ses phalanges blanchir autour de la barre de fer.

Deux minutes, dix minutes. Il sentait le sang couler le long de ses jambes, il avait l'impression que ses testicules, lentement mais sûrement, se transformaient en viande hachée ; tout son entrejambe n'était plus qu'une grande plaie sanguinolente. Il se laissa de nouveau aller en avant – et s'écrasa sur le sol dans un bruit sourd. Cette fois, ce fut son coude qui subit les assauts de baïonnette.

Ils n'avaient qu'à le tuer. Il n'en pouvait plus.

Benito revint et le traîna jusqu'au mur. Là, il fut remis debout et tenu fermement. Il remarqua, tout abruti qu'il était, les dents jaunes de cheval d'Adolpho qui ricanait, quand celui-ci tira un couteau de la tige de sa botte. Adolpho tâta de ses doigts le fil coupant du couteau, avant d'écarter les cheveux longs de Mino et de lui couper l'oreille droite avec le plus grand soin. Il la tint devant son visage avant de la jeter à terre.

« Si tu ne te tiens pas tranquille sur le cheval de fer, nous nous occuperons de l'autre la prochaine fois, en y ajoutant le nez ! »

On le ramena à la barre de fer.

C'était si chaud, si doux, il sentait un liquide dégouliner le long de son cou. Les douleurs à l'entrejambe ne le concernaient plus. Il allait rester là tranquillement, oui, sagement. Loin devant, il y avait la mer. Il pouvait entendre le martèlement de la houle. Sur le ponton, il y avait Maria Estrella, avec un Morpho bleu métallique dans les cheveux. Sa mère faisait rôtir un cochon de lait dans le four ; la sauce à la banane qu'elle préparait sentait tellement bon. En position horizontale à la surface de l'eau, il attendait – il aurait très bien pu plonger, mais ne le voulait pas ; c'était de là qu'il voyait tout. Il ne pouvait pas faire un signe de la main à Maria, sous peine de briser la surface. Il était allongé, invisible. Il allait rester ainsi pour l'éternité, à se nourrir des rayons de soleil qui lui apportaient leur chaleur. Tout était bien, calme et chaud.

Il fut réveillé par un cri à réveiller des morts. À son grand effroi, Il comprit que c'était lui-même qui l'avait poussé. Le jet d'eau glacée le fouetta en plein visage, manquant de l'étouffer, le balayant sur le sol de la cellule comme un animal mort. Quand cela s'arrêta enfin, il lapa quelques gorgées d'eau d'une flaque sur le sol. Puis tout redevint noir.

La fois suivante, il ne réagit pas quand le jet d'eau vint le réveiller. Il se sentait devenir de plus en plus raide. Il entendait des voix, le fracas de portes grillagées qu'on verrouillait, mais tout cela appartenait à un autre monde que le sien.

Mino Aquiles Portoguesa eut droit quatre fois au jet. On le remonta alors, inanimé, jusqu'aux étroites cellules, pour le laisser dans la pièce de séchage. Un broc de sirop de citron et quelques bouts de pain sec apparurent à côté de lui. On l'avait étendu sur une des grilles d'air chaud. L'un des *comanderos* ouvrit une petite valise métallique affublée d'une croix rouge, de laquelle il tira une grande compresse qu'il enduisit de pommade. Il la posa à l'endroit où l'oreille droite de Mino s'était trouvée. Puis on lui banda la tête et on le laissa seul.

Trois heures plus tard, Mino ouvrit les yeux. Son corps et ses vêtements avaient séché, des croûtes de sang coagulé collaient à ses pantalons en lambeaux et presque sur la totalité de son maillot. L'intérieur de ses cuisses jusqu'aux genoux n'était qu'une seule masse gluante de sang. Il fixa longtemps le plafond. Puis, voyant le broc, il se mit à boire. Ensuite il entama les morceaux de pain sec.

Une heure plus tard, il essaya de s'adosser contre un mur. Son entrecuisse le brûlait et le piquait quand il bougeait les jambes, mais il n'osait vérifier ce qui lui restait à cet endroit. Ça cognait terriblement sous le bandage qui lui enserrait le côté droit de la tête.

Il se souvint avec clarté : ils lui avaient coupé l'oreille.

Lentement, il se leva en s'aidant du mur. Il tenait debout. Il se plia presque aussitôt en deux et vomit le sirop de citron. Les douleurs dans sa poitrine lui faisaient voir des étoiles, mais il secoua la tête avec obstination. Ensuite, il fit deux pas vers le centre de la pièce, restant là sans appui. Le sang se remit à couler au niveau de son entrejambe.

Il resta longtemps au centre de la pièce.

Puis il commença à marcher d'un mur à l'autre. Ça piquait, brûlait et élançait, la tête lui tournait, mais il persévéra à marcher d'avant en arrière. Parfois, il se penchait pour prendre un morceau de pain ou pour boire au broc.

Tout lui revenait à l'esprit. Il savait où il se trouvait et pourquoi, et il savait aussi qu'il allait bientôt connaître de nouveau le parfum de la forêt verte et de la terre fumante.

Il marchait et il marchait, laissant un filet de sang blanc par terre derrière lui. Mais il n'avait plus la tête qui tournait. Il pouvait rester debout sans vaciller, il pouvait marcher.

Quand il entendit un bruit de bottes à l'extérieur, il se coucha par terre pour ne plus en bouger. Une fois la porte déverrouillée, il entendit un reniflement. Puis il reçut un coup de botte dans les côtes, auquel il se garda bien de réagir. On referma la porte, et il se retrouva seul.

Comme la pièce n'avait pas de fenêtres, il ignorait si c'était le jour ou bien la nuit. À intervalles réguliers, il percevait des bruits de pas devant la porte, mais aussi des voix qui criaient et pleuraient. Les saignements de son entrejambe s'étaient arrêtés, et se déplacer devenait moins douloureux. Plusieurs heures s'écoulèrent. Puis, un bruit de clé dans la serrure.

Mino se recroquevilla par terre dans une position pitoyable. Quand le *comandero* s'approcha de lui pour le retourner, il gémit et fit semblant d'ouvrir les yeux pour la première fois.

« Debout, vermine ! »

C'était Adolpho. Celui qui lui avait coupé l'oreille.

Mino le laissa le tirer vers le haut, tout en se cramponnant à ses jambes en feignant de ne pas avoir assez de force pour rester debout. Ce faisant, et sans éveiller le moindre soupçon, Mino avait réussi à ôter le couteau de la tige de ses bottes et le tenait, invisible, dans sa main droite.

« Dans deux heures, le *comandante*... »

Sa phrase se termina dans un râle hoquetant – guère différent de celui d'un *mutum* ayant pondu un œuf – quand Mino enfonça le couteau en travers du cou d'Adolpho, derrière l'œsophage. D'un coup, il ramena la lame vers lui de manière à trancher toute la gorge. Le sang gicla et Adolpho tomba par terre, les jambes agitées de spasmes. Il finit par s'immobiliser complètement.

Le souffle plus court à présent, Mino tendit l'oreille. Il n'y avait personne à l'extérieur. Rapidement, il prit les clés d'Adolpho et verrouilla la porte de l'intérieur.

Au prix de grands efforts, il parvint à retirer au cadavre son pantalon, sa veste et ses bottes, et enfila l'uniforme par-dessus ses propres vêtements. Rajusta la ceinture-bandoulière, mit les bottes et le casque. Le casque cachait son bandage. Mino s'apprêtait à glisser le couteau dans la tige de la botte quand on tambourina à la porte.

« Adolpho ! »

Il alla déverrouiller, puis se hâta de reculer.

Benito entra en trombe dans la pièce. « Adolpho, est-ce que tu as tué... »

Le couteau s'enfonça jusqu'à la garde dans l'œil gauche du nouvel arrivant, qui tomba sur le corps d'Adolpho comme un sac de patates. Mino ramassa le couteau, le plaça dans sa botte, Puis, le dos droit et aussi calmement que possible, il sortit de la pièce, verrouilla soigneusement la porte et marcha d'un pas lourd dans le couloir, laissant pendouiller négligemment les clés dans sa main comme s'il avait été gardien de prison toute sa vie. Il parvint jusqu'à la porte du commandant et frappa.

*

Sur la table qui les séparait se dressait une pile de journaux que Gascoigne était sorti chercher en même temps que deux plateaux-repas. Gigot d'agneau aux petits oignons et pommes de terre de Noirmoutier. C'était la première fois en dix-huit heures que l'un d'eux sortait de la pièce profondément enterrée sous la rue du Bac à Paris. Urquart lut à voix haute, les yeux rougis et secs : « *Des manifestations gigantesques ont eu lieu à Buenos Aires, Rio, Caracas et Mexico. Au moins un demi-million de personnes sont descendues dans les rues pour témoigner de leur sympathie en faveur des actions sanglantes du groupe Mariposa. Du côté des gouvernements de plusieurs pays d'Amérique latine, on s'étonne qu'un groupe de terroristes puisse rassembler une couche aussi large de la population.*" Journal Independente, édition d'hier.

— "*Des milliers de gens rassemblés sur la place Saint-Pierre exigent que le pape bénisse les membres du groupe Mariposa*", lut Gascoigne. *La Stampa*, édition d'hier. »

Urquart continua : « "*Des militants extrémistes bloquent l'entrée des grandes usines de papier à Boston, New York et Cleveland. Ils affirment soutenir le groupe Mariposa.*" Washington Post, édition d'hier.

— Merde, ils ont eu le temps de faire des émules. Écoute ceci : "*Des actes de sabotage commis contre un oléoduc de gaz qui venait d'entrer en activité dans le sud de la Norvège. On craint qu'ils n'aient été perpétrés par des sympathisants de Mariposa. Ici à Londres, vingt mille personnes ont manifesté pour soutenir les demandes du groupe Mariposa.*" Daily Telegraph, édition du jour. » Gascoigne jeta le journal sur la table. « Il semble que le groupe Mariposa ait obtenu ce que ni Baader Meinhof, ni la Fraction armée rouge, ni les Brigades rouges, ni Action directe, ni l'IRA, ni l'ETA, ni le Fatah, ni aucune autre organisation terroriste n'avaient gagné avant eux, à savoir un large soutien de l'opinion publique.

— Un large soutien de l'opinion publique ? répéta Urquart avec mépris. Mais bordel, ce n'est rien d'autre qu'une maudite psychose de masse, une hystérie à la remorque de l'épidémie du sida. Encore heureux que nous ayons des gouvernements raisonnables qui réagissent de façon normale, ajouta-t-il avant de dévorer les derniers morceaux du gigot.

— Tu verras, l'étoile des héros pâlira quand ils seront tombés dans nos filets. »

Gascoigne activa un écran, sur lequel tous deux lurent :

RAP. SEC. + 10. CANAL DIRECT : *Pendant la phase onze, elle a répété trois noms : Morpho, Gulhane et Orlando Villalobos. Le colonel est passé à la phase treize, mais elle ne semble plus réagir à la douleur. L'activité cérébrale s'est également réduite. Le colonel demande l'autorisation d'arrêter le traitement. Répète : demande d'arrêter le traitement après phase treize.*

Urquart regarda Gascoigne, qui acquiesça de la tête.

« Enfin, murmura-t-il. Enfin une vraie piste. Gulhane, c'est quelque part à Istanbul, merde ! Et nous connaissons à présent l'identité de Morpho. Allez, en route pour Istanbul ! C'est *là-bas* que nous les coincerons. Il faut mobiliser les forces un à cinq ! Je m'occupe du colonel et de la "cabane". »

Les deux hommes n'avaient soudain plus une minute à perdre : ils se mirent à taper des messages et des ordres codés par des canaux qui maillaient frontières et continents. Urquart envoya l'ordre suivant à la « cabane » : *Arrêtez le traitement. Liquidation habituelle : tuée par balle lors d'une tentative d'évasion.*

« Le petit oiseau a fini par se mettre à chanter », dit-il la mine réjouie.

*

Le commandant feuilletait des documents quand Mino poussa la porte pour entrer.

« Fais vite, je suis pressé. Je dois rencontrer le *magistrado* Lopez pour un verre de *cerezanha* dans un quart d'heure. Nous avons trois exécutions… »

Il cligna des yeux derrière ses nouvelles lunettes en rencontrant le regard du garçon. Mais à peine commença-t-il à se lever que le couteau se retrouva fiché dans sa gorge. Sans un son, il s'affala derrière le bureau.

Mino retira l'arme et essuya le sang sur la chemise du commandant. Puis il vit une boîte d'allumettes sur la table. Il regarda autour de lui – plein de papiers. Les étagères croulaient sous les dossiers. Il laissa tomber une allumette allumée dans la corbeille à papier, qu'il plaça ensuite sous une étagère. Le feu flambait déjà quand il quitta la pièce.

Deux *comanderos* armés montaient la garde près de la porte d'entrée, face à la rue. Ils ne lui prêtèrent aucune attention quand il sortit sans hâte, le casque bien enfoncé sur les yeux, et se dirigea vers une place où il y avait foule.

Marcher normalement lui avait été pénible. À présent, parmi tous ces gens, il put s'accroupir un instant en s'appuyant contre un mur de briques. Un mendiant cracha par terre devant ses bottes. Les regards qu'il rencontrait étaient glacés de haine. Il comprit que personne parmi la population civile ne l'aiderait s'il venait à s'écrouler d'épuisement.

Il se mit à marcher, en écartant les pieds autant que possible. Près d'une place, il vit un marchand de fruits et légumes empiler des cageots vides dans son camion. C'était donc la fin de l'après-midi, puisque le marchand se préparait à rentrer chez lui. Profitant d'un moment d'inattention, il sauta sur la plate-forme arrière du camion et alla se cacher derrière quelques caisses. Il ferma les yeux, et s'endormit immédiatement.

Le garçon grimaçait de douleur lorsque le véhicule bringuebalait. Il s'était réveillé au moment où le camion s'était mis en branle – ça devait à présent faire plus d'une heure qu'ils roulaient sur une route cahoteuse. La nuit étant tombée, Mino ne savait pas où ils allaient. Maintenant, c'était sa tête qui l'élançait le plus. La blessure pulsait sous le bandage, il entendait des bourdonnements pareils aux remous d'une rivière. Et il ne pouvait retenir une toux persistante qui décochait des flèches de douleur du fond de sa poitrine vers son cou.

Le camion finit par s'arrêter, et le garçon entendit quelqu'un crier « Manuel ! » Un nouveau-né pleurait, vite calmé par une femme. Mino bougea un peu dans l'espoir de réduire la douleur et se prépara à sauter du camion. Il voyait de la lumière dans un appentis en bois au toit de tôle ondulée, avec quelques cochons devant. Tout était calme. L'homme qui avait conduit le camion était rentré chez lui.

L'obscurité l'empêchait de voir où il mettait les pieds. Mino ne savait qu'une chose : il devait *marcher*. Encore et encore. S'éloigner le plus possible de la ville, capitale du district, où les *comanderos* avaient leur quartier général. Sentant qu'il avançait sur une sorte de route, il s'efforça de la suivre. Malgré la douceur de la nuit, il ne cessait de tousser et de grelotter. Il n'entendait ni le coassement des grenouilles, ni le chant des cigales géantes, ni le roucoulement des pigeons de nuit. Rien que le bourdonnement monotone de la rivière qui coulait à l'endroit où il avait eu son oreille droite.

Son entrejambe était humide, mais il n'aurait su dire s'il s'agissait de sang ou d'urine. Il guettait en permanence la moindre lumière dans le noir ; il lui fallait se tenir éloigné des villes. Une fois, une voiture le rattrapa, mais il eut le temps de se rouler en boule sur le bas-côté.

En avançant dans la nuit, il vit tout à coup devant lui plusieurs points lumineux, vers lesquels la route se dirigeait. Il quitta alors la chaussée pour s'enfoncer dans ce qui semblait être une plantation de bananes. Certains régimes étaient gigantesques. Il ferma les yeux et commença à progresser à tâtons parmi les plants, trébucha dans des amas de feuilles coupées, rampa, se releva et continua d'avancer.

On parlait à l'intérieur de sa tête, il entendait des voix qui criaient et riaient. Il voyait les dents de cheval d'Adolpho qui ricanait en brandissant une oreille devant lui. Non, il ne s'agissait pas d'une oreille : c'était un papillon qui s'agitait, un Morpho qui voletait en essayant de se libérer des doigts brutaux des *comanderos*. Puis, un autre visage apparut, celui de Felipe Cabura : les yeux écarquillés, l'homme mettait le garçon en joue. De peur, celui-ci se cogna contre un bananier, à côté duquel il resta un instant courbé en deux, pris d'une quinte de toux, avant de continuer son chemin en chancelant.

Il cligna des yeux. Y avait-il une lumière là-devant ? Il se ressaisit, essaya de distinguer quelque chose dans le noir. Oui, il y avait bien une lumière, dont il se servit comme point de repère. Mais il trébucha dans une tranchée et tomba de tout son long. Cette fois, il ne put se relever.

Quand les trois coqs de señor Ibañez eurent poussé leur chant matinal, et que les sirènes sur le toit du *primero* Pedro Aquirra eurent consciencieusement réveillé les travailleurs dans *las baracas* installées à quelques centaines de mètres de la maison de Vincente Ibañez, señora Ibañez sortit chercher de l'eau au puits. Impossible de sortir son homme du lit avant que le parfum du café ne vienne lui chatouiller les narines.

Señor et señora Ibañez possédaient une maison au-delà des baraquements, à bonne distance des sirènes du *primero* Aquirra. Vincente Ibañez profitait du privilège d'être *el botánico*, responsable du bien-être des plants de bananiers et chargé de faire croître de nouvelles pousses viables à partir des plants les plus appropriés.

Queen Fruit, la filiale d'*United Fruit Company*, n'avait pas élevé d'objection quand *el botánico* s'était construit sa propre maison, tant que la compagnie n'avait rien à débourser. Aussi *el botánico* devait-il également s'occuper lui-même de la lumière et de l'eau. Señora Ibañez veillait donc à nettoyer tous les jours la tranchée qui recueillait l'eau de pluie et l'amenait au puits. Alors qu'elle remontait un seau, elle vit qu'un grand tas de feuilles vertes barrait ladite tranchée. Irritée, elle reposa son récipient pour aller la dégager. Elle s'aperçut alors que ce n'étaient pas des feuilles, mais un être humain qui se trouvait là. Un être humain dans l'uniforme noir et vert détesté des *comanderos*.

Vincente Ibañez comprit qu'il n'avait pas d'autre choix ce matin-là que de se lever sans que le parfum exquis du café fraîchement moulu vienne envahir la maison. Corrina avait en effet trouvé un *denegaro* inanimé, un déserteur des forces armées du despote. Si ses compagnons d'armes venaient à trouver ce fugitif, il risquait d'être pendu haut et court dans un arbre et d'avoir la tête tellement criblée de balles que le poids du plomb l'arrachait au reste du corps.

Les bras forts du *botánico* avaient emporté le corps évanoui à l'intérieur de la maison où, à défaut d'un meilleur endroit, ils le déposèrent sur la table de la cuisine. Le garçon, constata Corrina, ne devait guère avoir plus de dix-sept ans ; et il était encore en vie. En lui ôtant son casque, ils découvrirent un pansement ensanglanté sur l'oreille droite.

« Ses cheveux, s'étonna señor Ibañez. Ils ne sont pas coupés court.

— Étrange, renchérit sa femme.

— Il est trempé, et glacé. Il faut lui retirer ses vêtements. »

Vincente avait totalement oublié le café.

Ils firent un pas en arrière en découvrant qu'il avait un autre pantalon en dessous, tout imbibé de sang. Son torse présentait de méchantes plaies, avec une entaille profonde dans le haut du bras. Le visage était gonflé, les lèvres fendues et ensanglantées.

Corrina alla chercher des ciseaux pour découper son pantalon, qu'ils lui ôtèrent morceau par morceau. Vincente Ibañez dut détourner les yeux quand le bas-ventre du garçon fut mis à nu. Et, une fois le bandage de la tête enlevé, quand il découvrit l'oreille manquante, il n'eut plus l'ombre d'un doute.

« Torturé, dit-il. Un prisonnier torturé qui s'est évadé. Que les archanges puissent foudroyer tous ceux dont c'est la tâche quotidienne ! »

Mino gémit quand la señora Corrina lui enleva des croûtes de sang séché en lavant ses plaies avec de l'eau bouillie. Ensuite, il eut droit à de nouveaux pansements, avant d'être doucement transféré dans le lit de Vincente et recouvert de deux couvertures en laine d'agneau.

« Il a beaucoup de fièvre, dit Corrina. Va donc chez le *primero* Aquirra lui demander des antibiotiques. Tu lui diras que je suis alitée. »

Mino n'ouvrit les yeux ni ce jour-là ni le suivant. Mais ils parvinrent néanmoins à lui faire avaler les comprimés en les poussant au fond de sa gorge. Le troisième jour, quand Vincente rentra du laboratoire après avoir contrôlé et mesuré la croissance de quatre cents nouvelles pousses de bananier, Mino respirait plus calmement ; il finit même par ouvrir les yeux.

« Bois, mon garçon », marmonna Vincente en tenant un verre d'eau devant lui.

Mino en but trois, puis se rendormit.

Vincente montra à sa femme un journal passablement taché. Toute la première page était consacrée à un seul événement : le commissariat de police et la prison de la capitale du district avaient été complètement détruits par un incendie. Le cadavre du *comandante* avait été identifié, contrairement à quatorze autres morts. Profitant du chaos et de la panique provoqués par les flammes, presque tous les détenus s'étaient fait la belle. Et comme les archives accueillant les dossiers sur les prisonniers étaient parties en fumée, personne ne savait vraiment qui avait été détenu dans la prison à ce moment-là. L'incendie, disait-on, aurait pu être causé par les cigares du commandant, puisque selon toute vraisemblance le feu avait pris dans son bureau.

« Je me pose des questions, murmura *el botánico*.

— Moi aussi », dit sa femme en déposant le poulet rôti sur la table.

Le cinquième jour, Mino se redressa dans le lit et regarda, étonné, une señora inconnue qui chantonnait en repassant le linge sur la table de la cuisine. Il entendit des poules caqueter à l'extérieur, vit des rangées de bananiers à travers la fenêtre. Des gens pouvaient donc vivre en plein milieu d'une plantation de bananes ? Comment avait-il atterri ici ? Il avait un vague souvenir d'eau glacée et de *comanderos* brutaux qui le persécutaient. Son corps était raide, et il avait le ventre creux.

« *Señora ?* » dit-il doucement.

Sa voix fit sursauter Corrina, qui posa aussitôt le fer à repasser. « Ah, enfin tu es réveillé. Tu as dormi presque constamment pendant cinq jours d'affilée, mon garçon, est-ce que tu t'en rends compte ? Tu dois être affamé, les yeux te sortent de la tête. Tu as envie de quoi ? De la bouillie de riz ? Des galettes de maïs ? Allez, les deux, je pense, plus le jus de quelques oranges. Ton estomac devrait le supporter. Vincente a hâte d'entendre ce que tu as à raconter ; il sera de retour dans quelques heures. Nous n'avons dit à personne que tu te trouvais ici. Tu es en sécurité, mon garçon. »

Mino écouta, mais ses idées n'étaient toujours pas claires. Quand elle déposa la nourriture devant lui, sur le lit, il se jeta littéralement dessus.

Il sentait des bandages sur sa tête et à l'entrejambe. Alors un éclair traversa sa conscience et il se souvint de tout.

Mais comment avait-il fait pour arriver dans ce lit, chez ces gens ? Aucune idée, mais il comprit qu'ici il était en sécurité. Tout semblait propre et bien tenu, et la nourriture qu'on lui avait servie était bonne. Peut-être s'agissait-il du propriétaire de la plantation ? Ils croyaient peut-être avoir affaire à un *comandero* blessé ayant été pourchassé par des bandits ? Les *gringos* et les propriétaires de plantations étaient pourtant tous en bons termes avec les *comanderos*... La maison n'était pas grande, un riche propriétaire de plantation pouvait-il habiter une si petite demeure ? Probablement pas. Mais peut-être *el primero*, le contremaître ? Soudain, Mino prit peur ; il remonta la couverture jusqu'à son cou. Puis il écouta la señora chantonner pendant qu'elle tordait le cou d'une poule, la plumait et la mettait dans une marmite avec du piment, des oignons et du chou *tinta*. L'odeur douceâtre des bananiers lui parvenait à travers la fenêtre ouverte au-dessus de son lit.

À son arrivée, Vincente jeta son chapeau d'un geste adroit sur une étagère. Mino se rappela avoir déjà vu ce visage à travers le brouillard de la fièvre.

« Le garçon s'est réveillé », annonça Corrina, alors que son mari enfonçait son nez dans la marmite de poulet.

Le corps puissant du *botánico* se laissa choir sur le lit à côté de Mino. Il épousseta une larve de bananier de sa veste tout en observant le jeune homme.

« Ils ne t'ont pas épargné. Tu es passé sous une machine à débiter le maïs, ou bien tu t'es perdu dans un élevage d'ocelots ? »

Mino se garda bien de répondre. Ces questions pouvaient avoir une signification qui lui échappait, et il lui fallait à tout prix éviter de se trahir. Quand l'homme posa une main amicale sur son front pour voir s'il avait de la fièvre, il se hasarda à demander : « Où est mon uniforme ? »

Le visage de Vincente Ibañez devint ombrageux.

« Nous avons brûlé cette horreur. Ça ne t'appartenait pas, n'est-ce pas ? Tu n'es ni un *comandero* ni un pauvre *denegaro*. Tu t'es évadé de la prison qui a brûlé, pas vrai ? C'est toi qui as mis le feu à cette abjection, toi qui as ouvert les portes à tous les malheureux qui s'y trouvaient enfermés ? » Il se lissait la moustache à présent, le regard rieur.

« Oui, c'était moi. »

Mino regarda l'homme droit dans les yeux.

« Par *Jesus, Maria* et tous les saints ! s'écria señor Ibañez. Si dans ce pays qui sent le soufre nous pouvions dire à voix haute ce que nous pensons, tu serais devenu un héros national. Tu aurais pu voyager de village en village, pour y être accueilli avec les plus grands honneurs, avec des saucisses et du *pulque*. Alors que dans la situation actuelle, la minorité au pouvoir t'a déclaré hors-la-loi. Corrina, donne-moi la bouteille de rhum. Nous avons en face de nous le garçon qui a mis le feu à la prison ! Rien que ça ! Il convient de fêter cela dignement. »

Après ce bon repas arrosé d'une demi-bouteille de rhum, *el botánico* Vincente Ibañez, d'une voix éraillée et les larmes aux yeux, confia à Mino son histoire : lui et sa femme étaient arrivés dans cette plantation de bananes cinq ans plus tôt, après deux ans d'études d'agriculture moderne à l'institut de la compagnie *Queen Fruit*. Il avait toujours aimé les plantes et les arbres, et passait pour être le meilleur maraîcher dans la bourgade où il était né et avait grandi. Et puis on avait commencé à brûler les collines autour du village. Chaque jour, la fumée noire s'en rapprochait, empoisonnant encore un peu plus l'air, la suie venait se déposer sur les maisons et les plantes de telle sorte que les poules avaient fini par pondre des œufs noirs. C'était alors que le rebelle Estebar Zomozol était venu au village les informer que la compagnie *Queen Fruit* comptait faire de toute la région une immense plantation de bananes, ce qui impliquait l'évacuation de tous les villages environnants. Les hommes révoltés par cette injustice pouvaient rejoindre la petite armée d'Estebar Zomozol qui, armes à la main, se battait contre les *gringos* et les *comanderos*. Vincente était alors un jeune jardinier assez lâche, marié depuis peu, qui ne jurait que par sa très jolie femme. Aussi s'était-il rendu à la capitale du district, où il avait trahi ses proches en acceptant un travail dans cette grande compagnie. Il s'était donc installé ici, mais chaque soir il serrait les poings en pensant à son frère et à son neveu qui osaient lever leurs fusils contre les *gringos*. Ils vivaient misérablement dans une grotte envahie par la végétation, en se nourrissant surtout de tortues et de viande de serpent, parce qu'à l'instar des hommes de Zomozol, ils attendaient le moment propice pour attaquer les propriétaires des plantations.

« Mon frère, Juan Ibañez, a perdu sa femme et trois de ses fils dans notre lutte pour sauver le village, conclut *el botánico*. À présent, il ne lui reste plus que Carlos, qui te ressemble. Je leur rends visite quatre fois par an pour leur faire part des dernières rumeurs et leur donner de la nourriture et de l'argent. Et puis je leur raconte le plan que j'ai concocté, à savoir cultiver des plants de bananes à croissance rapide. Ces bananiers donnent d'énormes récoltes pendant deux à trois ans. Puis ils meurent ! Dans quelques années, tous les arbres que tu vois autour de toi vont faner et mourir. Alors la compagnie sera ruinée. En entendant cela, Juan m'a pardonné de m'être sauvé du village. Mais je déteste quand il me traite de cheval. "Tu es un cheval de Troie", m'a-t-il dit. Corrina, je ne ressemble pas à un cheval, hein ? lui lança Vincente Ibañez en se levant tant bien que mal.

— Tu ne supportes pas le rhum, Vincente, le morigéna son épouse. Rassieds-toi et reste tranquille. »

Mino reçut tous les soins dont il avait besoin. Peu à peu, la nourriture dont on l'abreuvait finit par lui redonner des forces. Marcher normalement lui posait toujours problème, mais il retrouva progressivement sa souplesse, à mesure que ses blessures guérissaient. Il reçut l'ordre strict de ne pas mettre le nez dehors, personne ne devait découvrir qu'ils abritaient un prisonnier évadé. Ils étaient nombreux autour du *primero* Aquirra à cultiver des contacts étroits avec les *comanderos* pour grappiller à l'occasion quelques crazys supplémentaires en jouant les mouchards. Comme le disait Vincente Ibañez, ce pays pestiféré traversait l'histoire avec du poison dans le corps.

Mino ne leur avait pas raconté grand-chose sur lui-même. Il se disait orphelin, et leur avait juste expliqué que les *comanderos* avaient tué le grand magicien Isidoro qui s'était occupé de lui. À l'époque, lui-même avait descendu deux *gringos* et trois *comanderos* – raison pour laquelle il avait été emprisonné et torturé. Et qu'il s'était évadé.

Un matin qu'il aidait señora Ibañez à pousser des feuilles de bananiers fraîches entre les poutres du plafond afin de consolider le toit avant l'arrivée de la mousson, Vincente arriva en trombe.

« Par la Sainte Vierge ! s'écria-t-il. C'est la fin pour nous si nous n'agissons pas vite et bien ! Le commandant Rodolfo Cordova est arrivé à la plantation avec toute une armée de *comanderos*. Ils doivent fouiller tout le domaine, chaque maison, à la recherche d'évadés et de *terroristas* qui s'y seraient planqués. Hier matin, les pauvres frères Pedro et Alberto Rivera, qui habitaient dans le quatrième baraquement, ont été retrouvés tués par balle dans un fossé près de la route. On les avait mutilés. Ce sont sûrement les *Tropas Negras*, les bourreaux du gouvernement, qui ont commis cet acte de barbarie, mais le commandant Cordova affirme que les deux frères appartenaient au *Frente Trabajero*, et que plusieurs terroristes se terrent ici. C'est juste un prétexte, bien sûr ; ils lancent de tels raids à intervalles réguliers pour entretenir un climat de terreur. *Jesus Maria*, que devons-nous faire, ils vont te trouver et nous tuer tous ! » Tout en tordant sa moustache de désespoir, *el botánico* fourra dans sa bouche une poignée de piments posés dans une coupelle.

« Le camion, dit señora Ibañez d'une voix égale. C'est à ce moment de l'année que tu as l'habitude de rendre visite à ton frère. Prends-le avec toi.

— Et les contrôles ? geignit Vincente. Ils contrôlent toutes les voitures. »

Alors Corrina Ibañez prit résolument les commandes. Les longs cheveux de Mino se retrouvèrent donc bientôt ramenés en chignon, joliment arrangés à l'endroit de son oreille coupée. La señora l'habilla d'une robe, le poudra et le maquilla.

« Une très jolie señorita, dit-elle quand elle en eut fini. Regarde-toi dans la glace. »

Mino s'exécuta ; une jeune et jolie femme aux traits réguliers et aux grands yeux noirs lui rendit son regard.

Tout alla très vite. Le camion qu'utilisait Vincente fut chargé de divers produits alimentaires pour son frère. Mino prit place sur le siège avant. Sous la robe il avait caché son couteau, son pistolet et le petit sac contenant les munitions qu'il avait sur lui en arrivant. Puis

Vincente démarra. Il était moins une. Peu après, les *comanderos* prenaient d'assaut la maison de señor Ibañez, où ils furent accueillis vertement par Corrina.

Après trois heures de route, ils se retrouvèrent en vue d'un paysage de hautes collines couvertes de cactées arbustives, d'agaves et de buissons de *serro*. C'était ici que le frère de Vincente devait se trouver. Ils subirent deux contrôles en chemin, mais le beau sourire féminin de Mino leur permit chaque fois de passer sans encombre.

La voiture cahota sur un chemin de muletier presque entièrement recouvert de végétation. Enfin, Vincente s'arrêta et klaxonna à quatre reprises. Au bout d'un moment, un homme barbu en haillons, les cheveux longs, apparut un fusil à la main et trois cartouchières en croix sur la poitrine. Les deux frères s'embrassèrent, Vincente essuya même une larme. Sans attendre, il expliqua la situation à son frère, qui se tordit de rire en comprenant que Mino était en réalité un homme. Mais il ne tarda pas à redevenir grave : son fils, Carlos, était très malade. Ses muscles fondaient de jour en jour et il ne pouvait plus se lever du lit. Ils avaient envoyé chercher le médecin, mais celui-ci s'était contenté de secouer la tête en voyant l'état du garçon. Il n'y avait rien à faire avec cette maladie. Lui-même, en revanche, était en pleine forme, et il s'impatientait de voir éclater la *revolución*. Mais, pour Vincente, il faudrait sans doute d'abord attendre que les bananiers dépérissent.

Tous trois commencèrent à porter les aliments à l'intérieur d'un vallon étroit et humide. Dissimulée sous une falaise apparut bientôt une fragile cahute de planches. C'était ici qu'habitaient Juan Ibañez et son fils Carlos, ici qu'ils recevaient les messages d'Estebar Zomozol sur l'avancement des projets de soulèvement, qui ne saurait tarder.

Mino observa le garçon décharné et pâle, couché dans un lit près du mur du fond. Le malade leva une main affaiblie pour les saluer tout en esquissant un vague sourire. Vincente s'agenouilla près du lit, récita plusieurs prières et embrassa le front du garçon. Ensuite, Juan les invita à venir boire du vin de cactus fait maison.

Les deux frères avaient beaucoup de choses à se dire ; Mino s'assit donc sur une caisse dans un coin pour les écouter. Il avait essuyé son maquillage, enlevé sa robe et remis son vieux pantalon, que señora Ibañez avait lavé et raccommodé.

Quand ils entamèrent le quatrième tonnelet de vin de cactus, Mino les entendit commencer à parler de lui. Vincente était convaincu que Mino se rallierait à la révolution dès que celle-ci aurait commencé. Mais jusqu'à nouvel ordre, vu qu'il n'avait aucun papier d'identité, il devrait rester caché. Juan hocha la tête tout en lorgnant Mino. Avec la maladie de son fils, un coup de main supplémentaire ne serait pas de refus. Mais que dirait-il si un *comandero* venait à passer par là et exigeait de voir les papiers de Mino ? Eux-mêmes, avec leur statut de chercheurs d'or, étaient tranquilles. Tous deux possédaient une carte d'identité et un *pasaporte*. Si des étrangers venaient à se pointer, Mino devrait aller se cacher là-haut, dans les rochers, parmi les ocelots et les serpents *cura* venimeux.

Ils trinquèrent ensuite à la santé de Corrina, l'extraordinaire femme de Vincente, puis portèrent un autre toast, cette fois aux trente-deux mille bananiers que Vincente avait plantés et qui iraient direct en enfer après avoir porté deux ou trois fois des fruits.

« À Troie ! » lança Juan.

Vincente se raidit. Il n'aimait guère être comparé à une race de chevaux qu'il ne connaissait même pas. Ils trinquèrent malgré tout à la patience exceptionnelle des deux révolutionnaires occultes, le père et le fils. Ensuite, à leur magnifique mère, morte voilà près de vingt ans, qui avait élevé deux fils splendides, quoique vivant chacun à sa manière, mais qui, au fond, se ressemblaient comme deux gouttes d'eau. Enfin ils burent consciencieusement à la guérison prochaine de Carlos.

Le cinquième tonnelet de vin de cactus ne fut qu'un grand et unique toast larmoyant au village qui avait été rasé, brûlé et transformé en plantation de bananiers, ainsi qu'à la révolution imminente qui ne manquerait pas de les venger de toutes ces turpitudes. Quand le tonnelet fut vide, les deux frères sombrèrent dans un profond sommeil, le menton posé sur le dessus de la table, les bras passés autour de leurs épaules.

Carlos s'était endormi depuis longtemps. Seul Mino veillait, assis sur la caisse dans le coin. Les trois bougies qui éclairaient la cabane spartiate allaient bientôt s'éteindre. Le couteau entre ses mains, il le faisait rouler entre ses doigts, prêt à tuer. Il ferma les yeux en se demandant combien de *comanderos* peuplaient ce pays. Plusieurs milliers ? Et peut-être aussi plusieurs milliers de *gringos* ? Sans parler de tous les planteurs. Et des propriétaires de mines. Et des chercheurs de pétrole. Et des légions d'anonymes qui se contentaient de suivre les autres en courbant la nuque.

Il ne pourrait jamais tous les tuer.

Et ceci n'était qu'un pays. Il y en avait beaucoup d'autres comptant des *armeros*, des *carabineros*, des *soldateros* et des *gringos* plus cupides les uns que les autres, travaillant pour une compagnie ou une autre, qui tourmentaient les pauvres gens, tuaient les animaux innocents et détruisaient les vastes forêts. Et ils continueraient ainsi, continueraient jusqu'à ce qu'il n'y ait plus que des *gringos* et des voitures partout. La planète entière allait puer.

Mino se leva, trouva à tâtons la porte. Les bougies s'étaient consumées. Un doux parfum de seringas lui parvenait aux narines. Un ruisseau glougloutait un peu plus loin, sans qu'il parvienne à en localiser l'emplacement – le déterminer le contraignit à tourner la tête à de nombreuses reprises. Il n'avait qu'une seule oreille.

Il avança dans le noir, et put bientôt s'accroupir pour sentir l'eau couler entre ses doigts et en boire dans ses mains en coupelle. Une alouette arc-en-ciel lâcha des trilles dans la canopée au-dessus de lui tandis qu'il s'adossait contre le tronc d'un arbre. Ça sentait meilleur ici que dans l'océan de bananiers.

Il défit sa ceinture et baissa son pantalon. Avec une douceur extrême, il se palpa l'entrejambe et les organes sexuels. Les plaies étaient guéries, mais qu'en était-il réellement ? Il se concentra sur l'image de Maria Estrella en s'en remettant à ses doigts pour faire naître rapidement son désir. Rien ne se passa. Son membre restait flasque, sans vie. Il n'était plus un homme.

Dans le jardin d'une maison, loin, très loin, au bord de la mer, un corossolier croissait. Il l'avait baptisé Mami.

Mino serra les dents. Si quelqu'un était passé devant lui dans le noir, il aurait vu luire deux yeux brûlants, avec des pupilles qui projetaient des étincelles. Même un animal prédateur n'aurait pas osé s'approcher.

Mariposa Mimosa, installé sur le ventre de Tarquentarque, s'amusait à chatouiller le grand chef indien de ses ailes. « J'ai trente-quatre fils, se lamentait celui-ci, mais pas une seule fille » « Si tu suis mon conseil, ô grand chef, tu auras bientôt une si jolie fille que toute la jungle la voudra pour reine », susurra le joli papillon. « Et comment cela arrivera-t-il ? » s'enquit le chef, en soulevant son gros ventre qui flottait à la surface pour regagner la terre ferme. « Écoute bien, grand chef : tu n'as pas été bon avec la jungle qui pousse autour de ton village, n'est-ce pas ? Tu as coupé un grand nombre d'arbres, tu as arraché des plantes et les plus jolies fleurs qui soient, uniquement pour faire de la place à toutes tes racines de kasave. Tu n'as cultivé que du kasave, *rien d'autre n'a de valeur pour toi. À présent, tu dois te rendre en forêt avec tous tes fils pour ramasser des fruits et les graines de toutes les plantes que vous pourrez trouver. Ensuite, vous planterez l'intégralité de votre récolte autour du village. Au bout d'un certain temps, ô grand chef, il n'y aura plus de place pour tes racines de* kasave, *car de nouvelles plantes et de nouveaux arbres auront poussé. Il faut que tu en prennes bien soin, pas une seule plante ne doit mourir. Alors un jour, tu pourras voir toute ma parenté, parée des couleurs de l'arc-en-ciel, venir de la jungle pour pondre des œufs sur les feuilles de leur plante préférée. Après quelque temps, les œufs deviendront des larves, et les larves des chenilles. Et à présent, écoute bien, ô grand chef : il faut que tu étudies attentivement ces chenilles, l'une d'elles sera beaucoup plus grosse que toutes les autres. Si tu arrives à la trouver, il faudra l'apporter à celle que tu aimes le plus parmi tes femmes et lui demander de l'avaler tout entière. Il ne faut pas qu'elle la mâche. Puis tu lui feras l'amour avec toute ta puissance de chef, et avant un an elle t'aura donné une fille qu'humains et animaux appelleront le Tambour de la Jungle. Une fille si jolie que tous ses mouvements seront musique. Elle perpétuera ta lignée. » Puis Mariposa Mimosa s'envola, et disparut dans la jungle. Le pauvre chef au gros ventre ne savait trop qu'en penser, mais il se décida néanmoins à suivre les consignes du papillon. Bientôt les plantes les plus étranges se mirent à pousser autour du village – celles-ci, Tarquentarque les soignait et les surveillait avec beaucoup d'attention. Ce faisant, et comme il n'y avait plus de racines pour le* kasave, *son ventre finit par reprendre une taille normale. Quand les papillons vinrent pondre leurs œufs et que les œufs devinrent des larves, et les larves des chenilles, Tarquentarque mit longtemps à dénicher la plus grosse. À sa grande déception, il la découvrit sous les vilaines feuilles effilochées d'un buisson rabougri qui n'avait ni jolies fleurs ni baies délicieuses. Il alla trouver celle de ses femmes qui ne lui avait pas encore donné de fils, mais qu'il appréciait tout particulièrement, et lui demanda d'avaler la chenille tout entière. Moins d'un an plus tard, elle accoucha d'une fille parfaite, si mignonne que les yeux de Tarquentarque se retrouvèrent noyés de larmes. Dès lors, le chef des Obojos déclara sacrées toutes les plantes de la jungle. Tout être humain qui détruirait une plante sans remettre en terre une graine de la même famille, qu'elle fût utile ou pas, serait frappé d'une maladie mortelle et périrait d'une mort pitoyable. Il en serait ainsi éternellement, ordonna Tarquentarque. Et il en fut toujours ainsi.*

Mino écouta le ruisseau lui raconter cette histoire d'une voix qu'il n'oublierait jamais : celle de son père. Cela aurait pu être la veille. Par moments, il n'arrivait plus à discerner l'écoulement du temps : des événements depuis longtemps oubliés réapparaissaient soudain avec une présence qui ne manquait pas de l'effrayer. Peut-être le temps n'était-il qu'une chose imaginaire ? Peut-être que son père se tenait là, assis dans le noir parmi les arbres, à lui parler à voix basse ? Le chef des Obojos était peut-être encore en train de surveiller ses plantes et ses arbres ? Où pourrait-il trouver sa jolie fille, le Tambour de la Jungle ? La lune était montée au-dessus de la colline, ce qui lui permettait de voir le ruisseau devant lui. Immédiatement en amont se trouvait une petite mare. Il grimpa s'asseoir sur une pierre. Se pencha au-dessus de l'eau pour contempler son reflet. Scruta son image avant qu'elle ne se dissipe, pour devenir tout à fait autre chose.

Il retourna à la cabane. Les deux frères ronflaient toujours, penchés sur la table. Il se glissa dans un coin et s'allongea par terre.

Vincente Ibañez était reparti à la plantation de bananes après avoir souhaité bonne chance à Mino dans sa nouvelle carrière de révolutionnaire. Il faisait partie de la lutte organisée, désormais.

Juan Ibañez accueillit Mino avec bienveillance, et lui énuméra aussitôt toutes les tâches qui l'attendaient : aller chercher du bois, attraper des tortues et des serpents pour les faire cuire ou les fumer. Et s'occuper de l'orpaillage. Le ruisseau contenait de l'or, mais extrêmement peu, juste assez pour que Juan et Carlos, après quelques heures de travail, aient un peu de poudre brillante à mettre dans une petite bourse de cuir. Cette poudre, Juan la vendait ensuite à la banque d'une ville située à soixante-dix kilomètres de là. Une fois par mois, il s'y rendait avec de la poussière d'or et revenait avec du sucre, du sel, de la farine, du riz et des haricots. Et… des munitions. Juan et Carlos en avaient déjà constitué une bonne réserve. Ainsi, ils se préparaient à la révolution imminente.

Mino apprit l'orpaillage avec passion et fougue. Il utilisait la batée de Carlos, une grande cuvette en tôle. Trouver sa première paillette d'or lui donna l'impression d'être presque riche.

« Calme-toi, mon petit, grommela Juan, l'orpaillage n'est qu'un alibi pour éviter les soupçons des autorités et des *comanderos*. Il suffit d'en avoir suffisamment pour acheter du sel – le reste, on s'en fiche. C'est la *révolution*, qu'on prépare. Tu comprends ?

— *Sí, señor* », répondit Mino en continuant de plus belle.

Mino comprit que Carlos allait bientôt mourir. Il était très malade. Il n'avait plus que la peau sur les os. Sa voix s'était réduite à un chuchotement. Mino l'aidait à manger quand son père se trouvait à son poste d'observation, à l'affût de *comanderos* ou du messager d'Estebar Zomozol. Ce messager qui n'arrivait jamais.

« Ça fait deux ans, murmura Carlos. La révolution n'aura jamais lieu. Ils ont certainement tué Zomozol et ses hommes. Nous allons tous mourir dans ce pays. Seul père ne l'a pas encore compris. Il croit qu'il y a des révolutionnaires cachés dans chaque ravin de la montagne, sur le qui-vive. Dans l'attente d'un signe, d'un quelconque signal. Père est fou.

— Je crois que ce putain de pays, qui est un vrai nid de serpents, est en train de chanter son chant de cygne ! s'écria Juan Ibañez en jetant son fusil à côté de la porte. Je le sens. Ça explosera peut-être la semaine prochaine. Est-ce que tu as pu avaler quelque chose, Carlos ? »

Il alla s'agenouiller au chevet de son fils. Mino s'écarta. Le vieil homme parlait à Carlos comme s'il allait bientôt retrouver la santé. Que se passerait-il quand il mourrait ? Mino le savait : Juan Ibañez attendrait l'avènement de la révolution avec encore davantage d'assiduité. Jour après jour, mois après mois, il se tiendrait à l'affût immobile comme une statue, prêt à accueillir d'improbables messagers. Guettant de la fumée noire dans le lointain. Tendant l'oreille en espérant entendre les grondements sourds des canons.

Un jour, se dit Mino.

Il passait presque toutes ses journées à chercher de l'or, loin en amont du ruisseau, à des endroits que Juan et Carlos ne s'étaient pas donné la peine d'explorer. Procédait à des tests dans de petits affluents. Et un jour, dans sa batée, il trouva une pépite assez grande. Il alla aussitôt la montrer à Juan, qui grogna de satisfaction.

« Bien, mon garçon. Avec ça, tu vas pouvoir t'acheter un bon fusil. Couteaux et pistolets ne servent qu'en combat rapproché. Ou, pour paraphraser Che Guevara : "La révolution comporte plusieurs phases. Et chaque phase nécessite ses propres armes." Tu as lu Che Guevara ? Ou Pedro el Toro ? T'as entendu parler de Proudhon, Lénine ou Staline ? Fidel Castro ? »

Mino trouva plusieurs pépites d'or. Il les cherchait dans un petit ruisseau affluent, et glissait ce qu'il y récupérait dans un sac en cuir dissimulé sous une pierre. Il n'avait pas l'intention de s'acheter un fusil.

« Crois-tu en la Vierge Marie ? »

Juan et Mino, attablés dans la cabane, grignotaient de la viande de serpent fumée accompagnée de légumes et de riz.

« Moi, en tout cas, poursuivit Juan sans attendre sa réponse, je n'y crois pas. Aucune sainte ne peut avouer avoir porté un fils de Dieu avec un message si lamentable. Tout ça, c'est du bluff, de la superstition imposée par les *gringos*. Même les riches Espagnols venus ici il y a bien longtemps défendaient cette stupide doctrine. Faut dire qu'à cette époque-là, il y avait beaucoup de superstitions. Maintenant, par contre, ce sont les *gringos*, les planteurs et tous les laquais des capitalistes qui nous rebattent les oreilles, comme quoi la misère et la

175

pauvreté ici-bas ne comptent pas, que c'est la vie après la mort dans le palais doré de Dieu qui importe. Balivernes ! Avec une telle doctrine, on comprend aisément comment ce nid de vipères a pu perdurer aussi longtemps. »

Mino se garda bien de répliquer. Il pensait à *padre* Macondo, et à son corps troué de balles près du muret de l'église.

Puis un jour, Carlos s'éteignit. Sans un bruit.

Plusieurs jours durant, Juan tourna en rond sans dire un mot. Il restait des heures sans bouger devant le lit du défunt. Le cinquième jour, alors que le cadavre commençait à sentir, Mino se risqua à demander ce qu'ils allaient faire du corps. Troublé, Juan fixa le jeune homme sans répondre. L'après-midi, à son retour de l'orpaillage, Mino vit que le corps de Carlos avait disparu. Juan faisait bouillir de la soupe de tortue comme si de rien n'était. Le garçon mangea la soupe sans poser de questions, et Juan, en plein milieu du repas, commença à lui faire part de diverses stratégies révolutionnaires, compte tenu de la situation particulière de ce pays où quatre-vingt-dix pour cent des terres cultivées se composaient de plantations de bananes possédées par des Nord-Américains.

Mino alla examiner la végétation qui entourait la cabane. Tous les cactus avaient été arrachés. De même tous les buissons et les fougères. Il se rappela soudain ce que Carlos lui avait chuchoté le jour qui avait précédé sa mort : « Je hais les cactus. Leur seule odeur me rend malade. Mon père a de la chair de cactus dans le corps. » Alors Mino comprit pourquoi Carlos avait contracté cette cruelle maladie incurable. C'était lui qui avait arraché tous les cactus alentour – et la malédiction de Tarquentarque l'avait foudroyé.

Juan était parti à la ville avec deux sacs de cuir remplis d'or. Jamais auparavant il n'en avait emporté autant. Avant de partir, il avait marmonné pour lui-même quelque chose à propos des *gringos*, qui ne devaient surtout pas apprendre qu'il y avait tant d'or ici. Sinon, l'endroit deviendrait aussitôt un enfer avec des bulldozers et des machines de toutes sortes. Toutes ces collines finiraient rasées par ces capitalistes cupides, qui sèmeraient ensuite des graines de bananiers partout. Et la révolution serait encore retardée.

Mino faisait le guet à la place de Juan. Il avait reçu l'ordre de rester là jusqu'à son retour de la ville. Il ne fallait en aucun cas louper un messager qu'on aurait mal renseigné sur l'endroit exact où Juan Ibañez vivait.

Au-dessus de lui, très haut dans le ciel, tournoyait un couple d'aigles. En dessous, vers l'horizon, s'étendait le tapis vert des bananeraies. Mino se rappela ce qu'Isidoro lui avait dit : dans ce pays, une prime récompensait la mort de chaque Indien. Une information que le magicien avait lue dans un livre. Malgré l'immensité du pays, songea Mino, il ne restait plus beaucoup d'Indiens.

Des bananiers. Les *gringos* arrachaient et brûlaient toute la forêt pour y planter des bananiers. Ils avaient dû détruire des centaines de plantes. Pourquoi alors les *gringos* n'avaient-ils pas été touchés par la malédiction de Tarquentarque ? Pourquoi ne tombaient-ils pas comme des mouches ? Encore que c'était peut-être le cas, se dit Mino, peut-être qu'ils finissaient bel et bien par mourir. Mais comme il y en avait beaucoup, ils pouvaient s'acharner, encore et encore. De nouveaux arrivants venaient toujours remplacer les morts. C'était un flot continu.

Les *gringos* étaient stupides. Ils ne comprenaient donc pas que tout cela prendrait fin un jour ?

Juan était d'excellente humeur à son retour de la ville ; il tirait une charrette remplie à ras bord. Il descendit du chargement deux fusils flambant neufs, trois caisses de munitions, plusieurs kilos de dynamite, de la mèche, des détonateurs et beaucoup d'autres « articles de sabotage » dont Mino aurait été bien en peine de deviner l'usage. Des aliments, par contre, il y en avait fort peu – quelques sachets de café et une douzaine de boîtes de conserve de haricots.

« J'ai entendu certaines rumeurs, Carlos, dit-il gaiement à Mino. Apparemment, la révolution est apparemment en marche dans l'extrême nord du pays. Les travailleurs grognent dans les mines. Je parie que ça va se déchaîner pour de bon dans une semaine ou deux. Mais le père et le fils Ibañez sont fin prêts, pas vrai mon garçon ? Il y aura toujours des têtes en l'air qui n'auront pas eu la présence d'esprit d'engranger des armes et des munitions – c'est donc une bonne chose que nous en ayons un peu plus. Peut-être aurons-nous à commander toute une petite brigade de révolutionnaires, mon garçon. »

Juan l'avait appelé Carlos. Et il continua ainsi sans que Mino juge nécessaire de rectifier le malentendu. Il voulait bien être Carlos. Ça le rassurerait si quelques *comanderos* devaient surgir dans le coin.

Les semaines passèrent. Juan restait des journées entières à son poste de guet, quant à Mino il ramassait du bois de chauffage, lavait le sol, cherchait de l'or, couchait dans le lit de Carlos. Aux yeux de Juan, il était devenu son fils.

Un jour qu'il était seul dans la cabane, il avait trouvé la carte d'identité et le passeport de Carlos. Celui-ci avait un an de plus que Mino, mais la ressemblance était frappante sur les photos. Aucun contrôleur ne soupçonnerait la supercherie en feuilletant ces papiers. Dès lors, Mino se résolut à *vraiment* devenir Carlos Ibañez. Il glissa la carte d'identité et le passeport dans l'une des poches de sa chemise. Puis laissa pousser le petit duvet que, chaque semaine, il avait jusqu'ici soigneusement rasé avec un couteau aiguisé. Parce que Carlos, de son vivant, se laissait pousser la barbe.

Personne ne pouvait voir qu'il lui manquait une oreille. Ses cheveux longs dissimulaient la vilaine cicatrice. Plus jamais il ne pourrait porter les cheveux courts, il le savait. Mais il appréhendait le jour où Maria Estrella lui passerait la main dans les cheveux et découvrirait ce qu'il avait subi.

Maria Estrella.

Le chagrin le submergea. À la pensée de sa maison du bord de mer, de l'escalier et du ponton. À la pensée de ses papillons, qu'il n'avait pas vus depuis des lustres. Il avait désormais vingt-deux nouvelles espèces dans une boîte en fer-blanc – il les avait attrapées ici, à mains nues, des espèces endémiques qui viendraient compléter sa collection. *Qu'allait-il faire de tous ses papillons ?* N'était-il pas devenu adulte à présent ? Dans quelques semaines il aurait seize ans. De colère, il donna un coup de pied dans un caillou et hurla tout haut sa douleur.

Un jour, il emporta pistolet et boîte de munitions jusqu'à l'endroit où il cherchait de l'or. Il attacha une boîte de fer-blanc à une branche et s'éloigna de dix pas. La toucher une première fois lui demanda sept tirs. Ensuite, il faisait mouche une fois sur deux. Il s'entraîna long-temps, se contraignant à des séries entières jusqu'à devenir un excellent tireur. Ensuite, il s'exerça à faire rouler le pistolet entre ses doigts. C'était bien plus dur qu'avec le couteau. L'arme était grosse, lourde, impossible à dissimuler. Mais il parvenait néanmoins à la faire circuler autour de son corps, et à la cacher en certains endroits. Il décida de s'entraîner tous les jours.

Brusquement, il entendit haleter en dessous de lui. C'était Juan qui arrivait en courant, le fusil prêt à tirer.

« Qu'est-ce qui se passe, Carlos ? cria-t-il. Ils sont nombreux ? Tu es blessé ? Tu n'as pas tiré sur les gens de Zomozol, au moins ? »

Mino parvint finalement à le calmer, mais il pouvait lire dans ses yeux la déception d'apprendre qu'il s'agissait simplement de tirs d'entraînement. Juan Ibañez était devenu si fou, se dit le garçon, qu'il croyait la révolution susceptible de commencer n'importe quand et n'importe où, même au fin fond d'un ravin de montagne où seuls les serpents venimeux faisaient office de prédateurs.

Ils redescendirent ensemble à la cabane, où Mino prépara un bon plat de légumes – un mélange de pousses de cactus fraîches, de poivre vert, de maïs et de feuilles de seringa. Juan l'arrosa copieusement de vin et s'endormit aussitôt après le repas.

Vincente revint un jour leur rendre visite. Depuis son poste de guet, son frère avait vu le camion arriver. Mino était impatient de revoir le gentil botaniste. Pendant qu'ils déchargeaient les caisses d'aliments, il put expliquer la situation à señor Ibañez : Juan le prenait pour son fils Carlos.

« C'est aussi bien ainsi », commenta Vincente.

Juan s'enquit des dernières nouvelles auprès de son frère. Y avait-il quelque chose dans les journaux sur Estebar Zomozol ? Certains bananiers de Vincente commençaient-ils à dépérir ? Mais Vincente secoua tristement la tête.

« Les *Tropas Negras* ont encore assassiné trois cueilleurs de bananes ayant soi-disant appartenu au parti communiste CMC. Elles débar-quent la nuit, vêtues d'uniformes noirs qui leur couvrent également le visage. Je crois que *primero* Aquirra en fait partie. » Vincente goûta le vin de cactus de son frère.

Puis il se passa presque exactement la même chose que la fois précédente. Les deux frères attablés entreprirent de vider tonnelet sur tonnelet de vin. De temps à autre, ils portaient un toast solennel au passé, au présent et au futur. Tous deux appelaient le garçon Carlos à présent. Quand le cinquième tonnelet fut bien entamé, Juan sortit tant bien que mal dans la nuit noire faire exploser une charge considérable de dynamite. Le gros morceau de falaise qui se détacha au-dessus d'eux dévala la pente dans un bruit d'enfer, manquant de peu d'écraser la cabane.

« Ce sera comme ça, *hermano*, lança Juan d'une voix nasillarde, quand ça pétera partout dans quelques semaines ! »

Quand Mino se réveilla le lendemain matin, les deux frères roupillaient profondément, affalés sur la table, en se tenant mutuellement par le cou. Il sortit, pour découvrir que le morceau de falaise qui s'était effondré avait barré le ruisseau et créé un étang assez profond. Sans hésitation, Mino plongea dans la fraîcheur de l'eau claire. Il nagea longtemps, au-dessus comme en dessous de la surface de l'eau. Et se laissa ensuite sécher au soleil.

Puis il raccompagna Vincente en bas, au camion. Juan avait repris son poste au guet.

« Puis-je m'appeler Carlos Ibañez maintenant ? demanda-t-il.

— *Claro*, répondit *el botánico* en hochant sa tête alourdie par le vin. Tu peux te considérer comme un vrai Ibañez. Il n'en reste pas tellement. Tu es désormais Carlos Ibañez. »

Les grandes pépites d'or se faisaient de plus en plus rares. Pourtant, Mino allait chaque jour fouiller consciencieusement le lit de la rivière. Son sac de cuir était grand, et lourd. Puis, un jour, il vit quelque chose briller dans la terre, juste là. Une pépite ne pouvait quand même pas être aussi grande, si ? Il déterra l'objet, alla le laver dans le ruisseau – et comprit alors de quoi il s'agissait. D'un bijou. Un vrai bijou en or ! Qui représentait une sorte de scarabée ou un petit crabe, magnifiquement ouvragé. Guère plus grand que l'ongle de son pouce. Et, il le sut dès qu'il le vit : le bijou avait appartenu aux anciens Indiens. Eux aussi avaient cherché de l'or en ces lieux, des siècles plus tôt.

Mino tint le bijou au soleil pour le faire briller. Subitement, il en était sûr et certain : ce pendentif avait appartenu à la fille de Tarquentarque, la plus jolie des femmes, le Tambour de la Jungle. Elle l'avait porté autour du cou. Et voilà que *lui* le trouvait. C'était un signe. Un signe particulièrement remarquable.

« Il m'est venu une idée importante, père », dit-il le soir même à table, pendant le dîner. Il s'adressait toujours ainsi à Juan désormais, pour ne pas l'embrouiller sans raison.

« Bien, Carlos, bien. Tout ce qui est important peut être quelque chose d'important...

— La révolution, continua Minos doit forcément débuter quelque part. Il faut bien que quelqu'un la déclenche. Peut-être Estebar Zomozol a-t-il oublié la révolution, peut-être qu'il s'empiffre de cochon de lait et de crêpes de maïs. Ou peut-être que les *Tropas Negras* lui ont déjà tiré dessus pour en faire des confettis, et ensuite jeter sa charogne aux vautours blancs. »

Les yeux de Juan s'assombrirent, Mino ne manqua pas de le remarquer.

« Voilà pourquoi je vais partir. Partir pour déclencher la révolution. Peut-être tomberai-je sur Zomozol, peut-être pas. *Quién sabe ?* Je suis armé, je suis jeune et fort. Toi, tu n'as qu'à rester ici sur la falaise, à guetter. Un beau jour, tu verras de la fumée à l'horizon. Ça voudra dire que la révolution a commencé. Je reviendrai alors avec toute une brigade dont tu prendras la tête. »

Ce long discours fit longuement réfléchir Juan Ibañez, dont le regard erra de-ci de-là. Puis il prit la parole à son tour :

« *Claro*, dit-il. C'est la seule chose à faire. Je vais te donner tout l'équipement nécessaire pour démarrer la révolution. »

Le lendemain, Mino fit donc ses préparatifs. Outre le sac de pépites d'or, il avait son pistolet, le couteau et une boîte en fer-blanc remplie de papillons. Juan lui enfila de surcroît quatre cartouchières en bandoulière, fourra des paquets de dynamite et des détonateurs dans ses poches, enroula plusieurs mètres de mèche autour de sa taille et lui glissa un fusil flambant neuf entre les mains. Le poncho en laine de Carlos couvrait le tout. Sur la tête, il lui enfonça un vieux chapeau avec une plume rouge piquée dans le ruban. C'était un signe secret que les hommes de Zomozol comprendraient s'il les rencontrait. Le poids du plomb, de l'or et des détonateurs finissait par entraver les mouvements du garçon. Après avoir embrassé Juan, dont les yeux brillaient de larmes, il partit.

Il se retourna une seule fois pour adresser un signe de la main à Juan ; celui-ci resta immobile à son poste de guet, un poing dressé vers le ciel. Et Mino savait qu'il resterait là, avec la patience d'un cactus, à faire le guet.

Avant même d'avoir atteint la route principale censée le conduire jusqu'à la capitale du district, Mino se débarrassa du fusil, des mèches, de la dynamite, des détonateurs et des nombreuses cartouchières. Ainsi que de son chapeau hideux. Il garda néanmoins le poncho, qu'il trouvait agréable à porter. Attaché à son cou par une mince lanière de cuir, étincelait le bijou ayant appartenu au Tambour de la Jungle.

La première nuit, il dormit sur les bas-côtés de la route, la deuxième sur la banquette arrière d'une voiture accidentée au milieu des bananiers. Le troisième jour, il atteignit la ville.

Il arpentait les rues d'un pas alerte, soutenait tous les regards. Il pouvait se permettre de cracher après les *comanderos* qu'il rencontrait. Il était désormais *Carlos Ibañez*, le fils de l'orpailleur.

Juan lui avait expliqué quoi faire de l'or. Il y avait une banque spéciale nichée dans la rue Estreita-Bolivar, qui acceptait de l'échanger contre des crazys. Une fois l'endroit trouvé, il alla poser le sac d'or sur le comptoir – non sans une certaine appréhension. Le fonctionnaire lui demanda une pièce d'identité ; Mino lui présenta son passeport.

« Bien, dit l'homme. Le vieux aurait-il tant de difficultés à marcher qu'il lâche ainsi les jeunes dans le monde avec autant d'or sur eux ?

— *No, señor*, répondit Mino, mon père est devenu dépendant au vin de cactus et il n'arrive plus à s'en passer, même pas une journée. C'est pour ça qu'il m'a envoyé. »

Dans un éclat de rire, le fonctionnaire entreprit de peser l'or. Puis, après avoir rempli quelques papiers, il donna à Mino un reçu ainsi qu'une pile de billets de crazys.

« *Muchas gracias* », lui dit poliment le garçon avant de partir.

Mino alla s'acheter des chaussures et des vêtements neufs, engloutit un repas conséquent, puis partit se promener au hasard dans la ville.

Il resta longtemps à contempler les ruines de la prison incendiée. Un sourire étrange flottait sur son visage.

Ensuite il se rendit dans une boutique se procurer des feuilles de papier, une enveloppe et un stylo. Puis il alla à la poste pour écrire une lettre à Maria Estrella Piña :

Mi querida Maria Estrella.
J'ai trouvé un bijou qui a appartenu au Tambour de la Jungle. Je te le donnerai si jamais je te revois. Tout va bien pour moi, mais je n'ose pas revenir dans la ville où tu habites. J'espère que tu t'occupes bien de Mami et de mes papillons. En parlant de ça, toi et ta mère pourriez emménager dans ma maison si vous le vouliez. Je pense souvent à toi, et j'espère que tu recevras cette lettre. C'est la première que j'écris de ma vie. Je t'aime.
Baisers de Mariposa Mimosa.

Il relut plusieurs fois sa lettre avant de la glisser fièrement dans son enveloppe, qu'il referma en la collant. Ensuite, il écrivit son nom, puis celui du groupe des maisons appartenant à la compagnie de sel, celui de la ville, et enfin celui du pays – histoire de s'assurer qu'elle arrive bien à destination. Enfin, il remit solennellement la lettre au comptoir et paya pour le timbre.

La nuit, il dormit sur un banc dans le parc, son poncho par-dessus la tête.

Le lendemain, à son réveil, il avait une idée parfaitement claire de ce qu'il comptait faire. Dans une *librería*, il demanda *una grande mapa*, une carte du pays et de toutes les nations voisines. Satisfait, il retourna sur son banc afin de l'étudier à loisir. Isidoro lui avait appris comment lire une carte. Le garçon avait en outre soigneusement étudié toutes celles du livre de géographie de Maria Estrella.

Il localisa la ville où il se trouvait présentement – située loin à l'ouest de la mer. Or il voulait retrouver la mer, retourner dans le pays où vivait Maria Estrella. C'était un grand pays, décidément. Le garçon trouva également les lignes qui représentaient les trajets d'*el ferrocarril*. Mais il ne voulait pas prendre le chemin de fer tout de suite. Il étudia la ligne de la côte, vers le sud, et y dénicha une ville susceptible de lui convenir. Elle aussi était située en bord de mer, mais aucun train ne s'y rendait. Le voyage serait long, il lui ferait traverser plusieurs frontières. Mais cette fois-ci, il n'aurait pas peur. Personne ne pourrait l'arrêter. Il avait un *pasaporte*.

Avec le stylo qu'il avait acheté, il traça une ligne sinueuse qui s'arrêta sur la ville qu'il s'était choisie.

Après avoir rempli un grand sac de toile de fruits et d'aliments secs, il se rendit à la gare routière et posa la carte sur le comptoir. Il était *el turista* Carlos Ibañez. On lui vendit un billet pour la frontière. Là, il devrait acheter un nouveau billet et changer de bus. Et pas qu'une fois ! lui lança l'homme derrière le comptoir.

Pendant les sept jours qu'il resta dans le véhicule, Mino traversa les paysages les plus étranges. Voilà ce qu'il vit : six cent soixante milliards de bananiers qui s'étendaient sur des rangées infinies, plus de quatre-vingt-dix milliards de caféiers occupés à fleurir pour personne, des plantations de coton plus grandes que le plus grand océan, des hordes épouvantables de bovins *miuro* qui piétinaient la terre sur leur chemin vers les abattoirs nord-américains, une pile de billes de bois exotiques de cent kilomètres de long et de huit mètres de haut, neuf cent trente-huit mille tours de forage de pétrole qui défiaient le ciel, plus de deux milliards de barils de pétrole sur les bas-côtés des routes, sept barrages de fleuves ayant noyé des vallées fertiles et des marécages, trois cent dix-huit usines de bitume qui crachaient une fumée si aigre que les femmes enceintes accouchaient de prématurés, un nombre incalculable de collines brûlées, soixante millions de bulldozers, de pelleteuses, de concasseurs, d'excavatrices sur pneus, de camions géants et d'engins lance-flammes qui dévastaient tout sur leur passage, transformant montagnes et collines en des monceaux de graviers jaunes, rouges et gris, dix-neuf mines de sel qui puaient la pisse, quarante-deux de nickel, douze d'or, et sept cent quatorze usines de papier entourées d'un air jaune et épais.

Et le long des routes, il vit aussi de grands panneaux publicitaires, certains flambant neufs, d'autres plus anciens, couleur de rouille. Il put lire *United Steel Company, Queen Fruit, Bethlehem Steel, United Fruit, Gilmore Carbide, Chicago Caterpillars, Nescafé Company, United Progress Fruit, Chiquita World, Texaco Oil, Philadelphia Bull*

Farm, Detroit Mining Co., *Dunlop Tyres*, *Western Chicle Company*, *ITT Copper Co.*, *Websters Concrete*, *Portland Paper*, *Texas Lemon & Bananas*, *Cromwell Cattle*, *Power & Power*, *Kinin Associated*, *Brown Bauxitt*, *Ferro-Magnan Trust Mississippi*, *Yukon Gold & Mines*, *Rockefeller Wool* et *Pennsylvania Pork and Bull*. Il nota en outre un flot ininterrompu de voitures – Pontiac, Dodge, Chrysler, Ford, Hudson, Buick, Studebaker, Chevrolet, Packard, Lincoln et Oldsmobile, sans oublier les véhicules militaires en tout genre. Ils pouvaient dépasser des colonnes sans fin de camions grumiers chargés à bloc qui s'essoufflaient sur des routes menant aux trous les plus paumés du pays, là où la jungle était systématiquement détruite. Il nota six mille huit cents épaves de voitures sur les bas-côtés. Il fut témoin de quatre-vingt-un accidents de voiture, au cours desquels au moins quarante personnes furent tuées sur le coup. Des autobus où lui-même était passager firent à quatre reprises des sorties de route, au cours desquelles un nouveauné projeté contre le pare-brise du véhicule eut le crâne défoncé. Personne d'autre ne fut blessé.

Il vit des gens massés le long des routes, dans les villages et des villes plus importantes. Il vit des soldats en uniformes noirs aux imprimés marron, marron aux imprimés noirs, bordeaux aux imprimés verts et bleus sans imprimé du tout. Il vit des casques et des bandoulières, des cartouchières et des bâtons, des couteaux et des baïonnettes, des carabines et des pistolets, des mitraillettes et des petits canons.

Voilà ce que Mino vit, et plus encore, depuis l'autobus.

Au cours de ce long périple, il partagea sa banquette successivement avec un corpulent señor qui sentait le vinaigre et ne cessait de parler d'une inondation catastrophique quelque part dans la région, un monsieur filiforme qui allait assister au mariage de son fils – et qui, pour cette occasion, avait acheté un gros paquet de bonbons dont il faisait profiter tout le monde –, un garçon de son âge qui allait voir le médecin pour se faire amputer une jambe atteinte de gangrène, une fillette effarouchée qui, pour la première fois, se rendait en ville pour chercher du travail, un coq de combat censé aller rejoindre son nouveau propriétaire (sur la cage, on pouvait lire son magnifique nom : Caesar Antonio Castro), une truie reproductrice en route pour être couverte, un perroquet assis sur l'épaule de son propriétaire et qui criait sans cesse : « Mets la balle au fond, mets la balle au fond, mets la balle au fond ! » Dans le silence total qui fit suite à une sortie de route de l'autobus, le volatile s'écria soudain de sa voix perçante : « Antonio a encore marqué un but ! » Alors le chauffeur, le visage blanc comme un linge, remonta l'allée centrale du bus, qui penchait légèrement, pour d'un simple geste tordre le cou de l'oiseau. Il se trouvait que le prénom du chauffeur était Antonio.

Durant certains trajets, les passagers étaient serrés comme dans une boîte de sardines : travailleurs agricoles loqueteux, maigres et usés, mineurs ou cueilleurs de café et de coton qui allaient à leur travail ou en rentraient. On buvait alors du rhum et de l'*aguardiente*, des bouteilles changeaient de mains et des bouches édentées riaient sur la misère croissante de ce bas monde.

Le *pasaporte* de Mino fut tamponné à tous les passages de frontière sans qu'on lui pose de questions.

Le matin du septième jour, il arriva enfin à destination. Une ville de taille honorable au bord d'une mer bleue étincelante. Il alla changer ses crazys contre des bolivars – pas beaucoup, mais les billets dureraient un certain temps pour peu qu'il vive chichement. À la périphérie de la ville, il dénicha une pension bon marché. Après ce voyage éreintant, il dormit deux jours d'affilée.

Mino entreprit d'explorer la ville. Il avait décidé d'y rester un certain temps. Ce littoral n'avait rien à voir avec celui qu'il avait connu. Des plages de sable sans fin s'étiraient des deux côtés de la ville. Le paysage était plat. À l'ouest, il pouvait néanmoins entrevoir quelques collines brûlées.

La ville se révéla être plus petite que ce qu'il avait cru au premier abord. Il n'y avait qu'une seule église, ainsi qu'un unique grand parc. La plupart des maisons étaient basses, et mal entretenues. Les voitures qui circulaient sur les deux rues principales rivalisaient de rouille et de cabosses. Le port, majoritairement occupé par des bateaux de pêche, sentait les eaux usées et grouillait de rats. Les gens avaient l'air fatigués.

Des soldats patrouillaient dans le parc et à proximité des deux banques, vêtus d'uniformes kaki aux imprimés marron.

Au bout de l'une des grandes rues s'alignait toute une série de boutiques et de bars aux noms étranges. *Bar Mohamar, Shan ibn Hassan* et *Supermercado Ben Mustapha*, pouvait-il lire sur leur façade. Il y avait par ailleurs divers panneaux avec des signes bizarres qu'il ne comprenait pas. Mino se sentait attiré par cette partie singulière de la ville, il y découvrait des gens qui n'étaient ni des *gringos* ni des nègres – ils devaient venir d'une partie du monde qu'il ne connaissait pas. Il prit l'habitude de s'attabler à un bar un peu plus haut dans la rue pour observer les gens. L'établissement s'appelait *Stalingrad*, et il y avait ici des pêcheurs qui buvaient de la Cerveza Polar et du rhum. Lui-même ne prenait jamais que du café ou du lait de coco glacé.

Un jour qu'il s'y trouvait à compter son argent qui fondait à vue d'œil, le jour même de son seizième anniversaire, un brouhaha indescriptible lui parvint depuis la rue. Les clients se précipitèrent vers la porte pour voir ce qui se passait. Un jeune garçon, pieds nus et vêtu d'une chemise en lambeaux, s'était arraché à l'étreinte des deux *soldateros* qui le poursuivaient. Il trébucha juste devant le *Stalingrad*, et les *soldateros* se jetèrent sur lui pour le matraquer.

« Bâtard !

— Fils de pute !

— Le couteau coûte plus de vingt bolivars ! » Un commerçant bedonnant vêtu d'une chemise tachetée et d'une cravate verte était arrivé en courant. C'était le propriétaire d'une quincaillerie installée un peu plus haut dans la rue.

Le garçon gémit, essaya de se lever. Il saignait d'une blessure au front.

« Je-je pa-payerai pour le couteau dès que j'aurai coupé mes noix de coco, señor Gomez, soyez gentil ! »

Les *soldateros* lui arrachèrent la lame, qu'il avait cachée sous la chemise.

« Señor Gomez, juste deux jours, laisse-moi l'emprunter juste deux jours, j'aurai alors gagné assez d'argent pour le payer !

— Menteur ! Serpent sournois ! Ce n'est pas sur des noix de coco que tu vas manier le couteau ! Personne ne vole un couteau uniquement pour couper des noix ! Imbécile ! » L'un des *soldateros* le frappa avec la matraque.

Mino sortit alors brusquement devant le commerçant.

« Combien veux-tu pour ton couteau ? lui demanda-t-il tranquillement. Tiens, trente bolivars si tu le laisses partir. »

Mino lui glissa quelques billets et s'empara de l'arme.

« *Muchas gracias, señores*, dit-il poliment aux *soldateros* qui se tournèrent, désemparés, vers le commerçant.

— OK, OK, bredouilla le gros, mais que je ne te revois plus rôder dans ma boutique ! » ajouta-t-il avant de tourner les talons.

Les deux hommes lâchèrent le garçon. La foule se dispersa, les pêcheurs retournèrent à leurs *cervezas* en secouant la tête.

« Papiers, *por favor !* » exigea le plus vieux des soldats en uniforme.

Mino sortit son passeport de sa poche et le lui tendit. L'homme examina minutieusement le document.

« *Extranjero* », fit-il en le lui redonnant. Puis lui et son comparse partirent.

Les deux garçons se regardèrent. Mino tendit le couteau, l'autre le prit, hésitant, pour aussitôt le glisser sous sa chemise en hochant imperceptiblement la tête.

« *Fascistas*, marmonna-t-il en désignant les *soldateros*.

— *Sí*, répondit Mino. Tu t'appelles comment ?

— Orlando Villalobos », dit l'autre, la main tendue.

5. Réflexions à l'ombre du platane

Orlando Villalobos avait, à sept jours près, le même âge que Mino. Originaire d'un village perdu à l'intérieur des terres, il était arrivé dans cette ville deux ans plus tôt, après que son père, pour protester contre les infidélités répétées de sa femme avec des vendeurs de voitures itinérants, eut délibérément grimpé sur un poteau de ligne à haute tension et s'était fait carboniser en posant ses mains sur les câbles. Après quoi, prise de remords, sa mère infidèle s'était jetée sous les roues de la Chevrolet du maire de la ville. Orlando s'était ainsi retrouvé orphelin. Il n'avait pas de fratrie ou d'autre famille. Sans moyens de subsistance, il était parti vers l'est et avait rejoint un groupe de saigneurs de cochons qui passait de ferme en ferme. Au contact de ces saisonniers, Orlando avait fini par devenir un saigneur particulièrement habile. Mais le sort s'acharna encore sur lui : des querelles surgissaient régulièrement au sein du groupe, et, un soir, après que de grandes quantités d'*aguardiente* eurent été ingurgitées, une grosse bagarre éclata. Les hommes sortirent les couteaux – et comme il s'agissait de bons professionnels, le tout se solda par quatre blessés si amochés qu'ils saignèrent à mort. Orlando en avait profité pour se sauver et, après plusieurs jours d'errance, il s'était retrouvé dans cette ville. Il logeait dans une petite cahute au bord de la rivière, derrière le parc, qu'il avait construite avec des planches de cageots. Ces derniers temps, il avait survécu en faisant un peu de tout, de la peinture de bateaux de pêche jusqu'à la cueillette de noix de coco sur les rares palmiers sans propriétaire qui poussaient le long de la rivière. Il pouvait tout faire à part voler et mendier, déclara-t-il tandis qu'assis à la *Cantina d'Omar* tous deux mangeaient de la soupe de volaille avec des petits pains chauds que Mino avait achetés.

« Pourtant tu avais bien volé ce couteau ?

— Pas du tout. Je n'avais pas l'intention de le voler. Je voulais l'emprunter pour quelques jours, tout au plus une semaine. Gomez, cette espèce d'avare, me doit d'ailleurs de l'argent pour toutes les fois où j'ai balayé son trottoir. C'est vrai qu'il ne m'avait rien demandé, mais je l'ai quand même fait. Il m'arrive souvent de faire des choses que j'estime nécessaires, et parfois on me paie mieux que si j'avais demandé la permission de les faire. Certaines personnes apprécient que les choses soient faites sans qu'ils aient besoin de le demander – ils affectionnent le côté apparemment désintéressé de la chose. Mais pas ce gros idiot de Gomez. »

Orlando fixa sur son interlocuteur des yeux noirs pétillants.

« Mais le couteau… (Mino ne cessait d'y penser.) Pourquoi voulais-tu l'avoir ? Si tu en avais besoin pour quelque chose de bien particulier, tu aurais pu facilement en emprunter un sans faire d'histoire. Aux pêcheurs, par exemple…

— Ha ha ! Emprunter un couteau à quelqu'un dans ce pays, ça revient à peu de choses près à lui emprunter sa petite amie. On voit bien que tu n'es pas d'ici. »

Mino réfléchit. Un couteau, c'était une arme. Il savait qu'il n'était pas légal de vendre des fusils, des pistolets et des munitions dans les magasins de ce pays, comme à peu près partout ailleurs. Voilà pourquoi les couteaux avaient tant d'importance. Le garçon songea au pistolet et au sac de balles qu'il avait laissés à la pension – il allait devoir prendre garde que personne ne tombe dessus.

« Et donc tu allais couper les noix de coco avec ? »

Orlando se rejeta au fond de son fauteuil en riant de toutes ses dents blanches.

« Des noix de coco, hi, hi ! Oui, évidemment. Écoute, ce soir il va y avoir une grande fête, et *toi*, tu vas y participer. » Il se pencha au-dessus de la table pour chuchoter à l'oreille de Mino : « La semaine dernière, j'ai vu une énorme truie fouiller la terre le long de la rivière. Elle n'appartient à personne, j'en suis sûr à cent pour cent. La nuit, elle dort dans les fourrés derrière ma cabane. Elle s'est certainement sauvée d'une des grandes fermes. Je vais l'abattre et la dépecer. Mais le professionnel que je suis sait qu'il faut un bon couteau pour faire ça proprement. Comme celui-ci, dit-il en se tapotant la poitrine. J'ai déjà ramassé du bois et creusé un trou pour la cuisson. Tout est prêt. C'est pour ce soir. J'ai invité Pepita, Ildebranda et Felicia. Ça sera une fête du tonnerre, nous allons manger à nous en éclater la panse. Et il m'en restera pour les semaines à venir. Tu seras l'invité d'honneur. »

Mino prit la salière et répandit sur la table quelques cristaux, qu'il recueillit avec l'index avant de les porter à sa bouche. Il aimait bien Orlando. Quand les *soldateros* l'avaient plaqué au sol, il avait vu dans ses yeux une expression qu'il avait aussitôt reconnue. Un mélange de défi, de haine et de fierté. Quelque chose qui refusait de se faire humilier. En outre, il était sans toit et orphelin, tout comme lui.

« *Extranjero, amigo.* Tu m'as aidé. Ça te vaudra de la viande de cochon. Mais raconte-moi, qui es-tu ? Tu viens d'où ? Que fais-tu ici ? »

Mino raconta donc. Il lui raconta que son père se tenait sur une falaise d'un des pays voisins, à attendre la révolution, que la chair de son corps se changeait progressivement en fibres de cactus, par le travail conjugué de son extrême patience et de sa consommation effrénée de vin de cactus – bref que son père était devenu un peu fou et que lui, Carlos Ibañez, n'avait eu d'autre choix que de le quitter pour ne pas lui-même attraper la maladie du cactus. Il avait atterri ici après pas mal de péripéties, et n'avait aucune intention de faire le chemin inverse. Il ignorait ce qu'il allait faire désormais. À présent qu'il avait payé trente bolivars pour ce couteau, il ne lui en restait qu'une petite centaine. Et ils ne dureraient pas très longtemps.

Des heures durant, les deux garçons discutèrent à la *Cantina d'Omar*. Mino avait l'impression de ne jamais avoir tant parlé de toute son existence. Ensuite, ils traversèrent le parc et remontèrent la rivière jusqu'à l'endroit où Orlando avait construit sa cabane de planches.

Elle avait l'air plutôt fragile. Mais le toit ne fuyait pas, assura Orlando. Celui-ci ne restait à l'intérieur que pour dormir, lire ou s'abriter de la pluie. À l'extérieur, quatre sièges de voiture entouraient un trou bordé par un tas de bois. Ceux-là, Orlando les avait récupérés dans diverses carcasses de voitures. Ils étaient très confortables. Le bord de la rivière grouillait de lézards, petits et grands.

La chasse au cochon pouvait commencer.

Mino reçut l'ordre strict de rester près de la cabane. Orlando se chargerait de tout, il avait déjà tout soigneusement planifié. Sur ce, son nouvel ami disparut dans les fourrés qui bordaient la rivière. Peu après, Mino entendait un cri perçant – celui du cochon qu'on égorgeait. Puis tout redevint silencieux.

Un quart d'heure plus tard, Mino entendait un souffle rauque dans les fourrés ; puis Orlando refit son apparition, couvert de sang, en traînant un gros cochon derrière lui. Il avait le visage radieux.

« Un travail de pro, pas vrai ? »

Il désigna la carcasse, qu'il avait ouverte et dont il avait retiré abats et boyaux.

« Figure-toi que la truie était pleine ! Elle avait sept petits à terme dans son ventre. Délice suprême ! Bon, maintenant, il faut qu'on se hâte de tout préparer avant l'arrivée des filles. La carcasse a besoin de passer au moins quatre heures dans la braise.

Ils s'occupèrent du bois, allumèrent le feu, puis allèrent ramasser un tas de feuilles de bananiers depuis longtemps infertiles. Ensuite, après qu'Orlando se fut lavé et eut rincé ses vêtements dans la rivière, ils regardèrent le bois se transformer progressivement en braise.

« Il faut que je me trouve un travail, déclara Mino.

— Ça ne doit pas être difficile pour un malin dans ton genre, répondit Orlando. Si tu t'accroches, tu seras maire dans dix ans. Moi, de mon côté, peu m'importe de dégoter un travail stable. Je bosse un peu de temps à autre, juste quand j'en ai envie. Je veux pouvoir me coucher sur le dos et regarder le ciel bleu quand je le veux. Sans compter qu'il me faut pas mal de temps libre pour m'occuper de toutes les filles. Tu as remarqué tous les canons qu'il y avait dans cette ville ? Pepita, Ildebranda et Felicia, ce n'est qu'une petite sélection. Je n'ai qu'à claquer des doigts pour qu'elles viennent me rendre visite à la cabane. »

Mino passa en revue le jeune homme. Rien d'étonnant à ce que les filles l'adorent. Son jeune corps était souple, mince, sa peau lisse et douce, son visage exprimait un fort caractère. Et son cœur rayonnait de bonté.

Une fois le brasier prêt, ils enveloppèrent la carcasse du cochon dans les feuilles. L'entourèrent de fil de fer pour que tout reste en place. Ensuite, ils enterrèrent la truie dans les braises avec ses sept cochonnets pas encore nés. Puis ils recouvrirent le tout de pelletées de terre, de sorte que la viande se bonifie pendant quelques heures.

« Nous avons tout le nécessaire pour faire une grande *fiesta*, dit Orlando en allumant un mégot de cigarette qu'il avait dissimulé dans un des murs de la cabane. Nous avons assez de cochon pour tout un village, nous avons deux bouteilles de rhum que señor Obingo m'a procurées en échange de quelques menus services, nous avons du sel et du piment. *Olé amigo !* »

Mino ressentait une étrange euphorie mêlée d'impatience.

Ildebranda était la plus jolie des trois filles qui arrivèrent en pouffant de rire le long de la rivière. Elle était grande et mince, avec des cuisses athlétiques et des yeux malicieux. Pepita et Felicia étaient plus petites que leur copine, leurs formes plus rondes et enveloppées ; elles ressemblaient davantage à de vraies femmes. En marchant, elles tortillaient du derrière comme pour se prouver qu'elles étaient assez mûres pour que des hommes adultes les regardent. Toutes trois avaient quinze ans, à en croire Orlando.

Mino se sentit rougir quand il se leva pour se présenter.

Felicia posa un grand bouquet d'orchidées par terre, devant la cabane ; Orlando se hâta de remplir d'eau une boîte de fer-blanc rouillée pour s'en servir de vase, non sans avoir embrassé d'abord chaque pétale.

Les trois filles se pressèrent ensemble sur la banquette d'une Chevrolet, où elles se chuchotèrent des messes basses tout en jetant des coups d'œil à Mino. Celui-ci se hâta d'aller remuer la braise avec un bâton. Il se rappelait qu'il devait prendre garde à ne pas ouvrir trop grand la bouche, pour éviter qu'elles ne découvrent ses deux dents manquantes. Orlando était en train de mélanger du Coca et du rhum en proportions idéales dans un grand seau en plastique. Une odeur alléchante montait du trou où était enterré le cochon.

Il n'y avait pas d'habitations aux alentours. La rivière d'un jaune marron coulait paisiblement à côté, et un bosquet de palmiers *avora* et *pinto* les abritait du fort soleil de l'après-midi. Attiré par le délicieux fumet, un oiseau *parana* émit un cri rauque.

Les seins d'Ildebranda devaient être plus grands que des citrons *roxana*, se dit Mino en laissant glisser ses yeux dessus. Il parvenait presque voir à travers le tissu de sa robe en coton. Quand elle lui sourit, il se hâta de détourner le regard en direction de l'oiseau *parana*.

Orlando, qui en avait enfin fini avec le seau, le fit passer à ses convives. Les filles pouffèrent de rire, mais acceptèrent volontiers. Et puis ce fut au tour de Mino. Il n'avait pas bu beaucoup d'alcool jusqu'ici, juste goûté un peu de vin. Mais à présent, il allait participer à la fête. Il se trouvait avec des amis, des amis de son âge. Les deux grandes gorgées qu'il avala le firent tousser. Ça lui brûlait la gorge et la poitrine. C'était bon.

Orlando dansait avec le seau en riant.

« Trinquons à l'âme douteuse d'*el porco* qui monte présentement aux cieux sous la forme d'une fumée grasse. La fumée grasse d'un corps bien gras ! »

Puis il se laissa tomber sur les genoux de Felicia et Pepita en les gratifiant d'un baiser passionné sur la bouche. Lorsque ses doigts se mirent à courir avec légèreté sur deux paires de seins, leurs propriétaires lui pincèrent les fesses et la cuisse en poussant des gloussements.

« Et maintenant, chères invitées, continua Orlando, la grande fête va commencer. Ildebranda, j'espère que tu as apporté la machine à samba ? »

Ildebranda acquiesça, puis se mit aussitôt à fouiller dans son sac, dont elle sortit un petit lecteur et des cassettes. Bientôt, la « machine à samba » jouait *O mundo melhor de Pixinguinha*, dont les premières notes effrayèrent l'oiseau *parana* – il disparut bien vite entre les cimes des palmiers. Mino et Orlando entreprirent de creuser pour ressortir la carcasse du cochon de la braise.

Les cochonnets furent déballés les premiers, puis disposés sur de nouvelles feuilles, fraîches, autour de la grande carcasse. Une boîte en fer-blanc contenant du sel et du poivre ainsi qu'une coupelle de piments rouges trônaient sur une petite caisse en bois à côté d'une douzaine de citrons verts. Le festin pouvait commencer.

L'heure qui suivit vit une orgie de nourriture mémorable. Jamais Mino n'aurait pu se douter que la viande de porc pouvait avoir un tel goût. Orlando chantait, ou plutôt braillait, la bouche pleine de nourriture, les filles remuaient leurs fesses sur l'air de la samba tout en jetant les os, la couenne et la graisse de porc dans la rivière. Mino avait tellement bu que la musique commençait à fourmiller dans ses pieds ; tout ce qu'il voyait autour de lui brillait de couleurs vives. Quand la nuit commença à tomber, Orlando alluma un grand feu dans le trou qui avait servi à la cuisson.

Mino était assis sur la banquette de la Chevrolet, entre Pepita et Ildebranda. Cette dernière lui caressait la cuisse, pendant que Pepita le chatouillait dans le cou. Orlando avait disparu dans la cabane avec Felicia.

« Quand j'ai rencontré le chef des Obojos au fin fond de la jungle, il y a quelques années, commença Mino en essayant de parler de façon compréhensible, il était si gros que son ventre traînait par terre quand il marchait. »

Pepita s'esclaffa tellement qu'elle dut aller faire pipi à la rivière. Ildebranda posa son autre main autour du cou de Mino et l'attira vers elle. Le garçon l'embrassa, sentit ses douces lèvres s'entrouvrir. Il se leva alors d'un coup et courut vers le feu qui menaçait de s'éteindre. Posa quelques branches dessus, puis partit tant bien que mal se réfugier parmi les palmiers derrière la cabane.

Son bas-ventre allait exploser. Il essaya d'uriner – impossible. Ce qu'il tenait entre ses doigts n'était qu'une saucisse molle. Il était diminué. Diminué en tant qu'homme. Il eut soudain mal au cœur. Vomit de gros morceaux à moitié mastiqués. Quelque chose scintillait dans la nuit. Des lucioles. Des milliers de lucioles. Et un torrent tonnait du côté droit de sa tête, un torrent de samba. Mino gratta la cicatrice de son oreille manquante et secoua violemment la tête. Le torrent s'arrêta, les lucioles disparurent. Il entendit alors des gémissements et des soupirs dans la cabane.

Dans la pâle lueur du feu, il vit le cul blanc d'Orlando se mouvoir de haut en bas entre les cuisses écartées de Felicia. Il pouvait voir ses yeux briller de désir quand elle pressait son bassin vers lui.

Les laissant à leurs ébats, Mino retourna s'asseoir auprès du feu, dans le siège de voiture vide face à Ildebranda, installée de l'autre côté des flammes. À son retour de la rivière, Pepita se dirigea droit sur la cabane et y entra. « Est-ce que je peux venir, *querido* ? » l'entendit chuchoter Mino.

Puis il y eut des gloussements, suivi du rire joyeux d'Orlando.

Mino croisa le regard d'Ildebranda au-dessus des flammes.

Son intensité l'absorbait tout entier ; il le soutint néanmoins. Il vit ses seins pointer sous la cotonnade de la robe. Elle avait posé les paumes sur ses cuisses. La robe dévoilait des jambes nues et bronzées. Il remarqua qu'elle écartait légèrement les genoux, pour ensuite les resserrer et les rouvrir de nouveau, un peu plus chaque fois. Elle exécutait ce petit jeu sans quitter Mino des yeux. Puis, brusquement, elle écarta complètement les genoux et déplaça une main vers son entrejambe, en lui adressant un signe de la tête.

Il se leva, prêt à bondir comme un félin. Puis fit le tour du feu pour aller tranquillement s'asseoir sur le siège à côté d'elle. Posa une main sur son sexe, l'autre sur sa poitrine. Elle s'ouvrit complètement ; le jeune homme se mit à respirer lourdement quand il se rendit compte à quel point elle mouillait autour de sa petite fente serrée. À cet instant, un grand beuglement s'éleva de l'intérieur de la cabane ; Orlando en sortit avec son pantalon au niveau des genoux.

« Au secours ! s'esclaffa-t-il en remontant le pantalon. Vous êtes folles. Vous n'en avez jamais assez. La prochaine fois que vous viendrez, je vais m'organiser pour faire venir tout un bataillon de bouchers lubriques des fermes d'Ayacucho. Deux garçons bien montés comme Carlos et moi ne suffisent même pas à vous satisfaire, pas vrai *amigo* ? Et fais attention à Ildebranda, c'est elle la pire. Elle te pompe tout le liquide de ton corps et te laisse ensuite comme un cadavre de serpent séché au soleil ! »

Il se jeta sur le siège à côté de Mino et d'Ildebranda, puis se désaltéra de quelques rasades.

Peu après, Felicia et Pepita sortaient en pouffant de la cabane. Après avoir rajusté leurs jupes et leurs cheveux, elles prirent un siège et allèrent s'asseoir avec les autres. Orlando fit de nouveau circuler le seau, tandis qu'Ildebranda mettait la samba à fond. Bientôt, tous dansaient comme des sauvages autour du feu.

Alors qu'ils s'apprêtaient à attaquer le second seau, le premier ayant vécu, Mino s'écroula en arrière dans le cochon cuit dans un grand bruit de craquement de côtes. Le garçon resta un instant immobile, puis entreprit de manger de la viande tiède avec les mains. Les autres s'accroupirent autour de lui en feignant de confondre ses cuisses et celles du cochon.

« Le Zoo de Mengele ! s'écria Orlando. Voilà le Zoo de Mengele à son meilleur ! C'est comme ça que ça doit se passer. Qu'il en soit toujours ainsi !

— Le Zoo de Me-hengele ? hoqueta Pepita.

— Idiots, pécaris, crapauds ! s'exclama Orlando d'une voix désormais extatique. *Hora da enseñanza !* »

Puis il tituba jusqu'à sa cabane pour revenir les bras chargés de livres, qu'il déversa sur le siège de la Chevrolet.

« La bibliothèque, dit-il. À votre avis, qui va à la bibliothèque chaque jour y dénicher les histoires les plus étranges ? Orlando Villalobos, *amigos*, Orlando a lu presque toutes les étagères d'un bout à l'autre. Vous n'auriez jamais cru ça d'un simple saigneur de cochons de la campagne, hein ? »

Confortablement couché dans la carcasse, Mino s'efforçait de l'écouter en grignotant une côte de porc.

Orlando leur montra un livre. « Juan Rulfo, dit-il. Vous devriez lire Juan Rulfo au lieu de penser jour et nuit à la viande de porc et à l'amour. *Le Llano en flammes.* Ou celui-ci de Diego Pez, *Frères de sang.* C'était quoi votre question, déjà ? Pourquoi j'ai rapporté tous ces bouquins ? On va mettre plein de graisse dessus, en plus…

— Le "Zoo de Mengele", répondit Ildebranda. Tu disais, le "Zoo de Mengele".

— Ah, oui, marmonna Orlando. Vous n'avez peut-être jamais entendu parler de Josef Mengele. Le médecin nazi venu se réfugier ici après la guerre. Celui qui a découpé des Juifs pour les donner à manger aux rats de son laboratoire. Celui qui a réalisé la transplantation d'une tête de Juif sur un corps de babouin. Regardez ça ! »

Il leur désigna un épais volume.

« *Experimentos Mengele em Jungela,* écrit par le professeur Gello Lunger. À l'en croire, ce médecin nazi avait pour projet de faire de toute l'Amérique latine un zoo – son *propre* zoo. Le Zoo de Mengele. Ha ha ! Aujourd'hui, la planète entière est devenue un grand Zoo de Mengele. Sans l'aide de Josef Mengele. Une horrible maison de fous. Nous y serons de parfaits habitants. Santé ! »

Mino était couvert de graisse de porc des pieds jusqu'à la tête. Mais il se sentait si bien. Il ferma les yeux, et laissa le torrent rugissant l'emporter.

Le feu était presque éteint à son réveil. Quelques braises seulement rougeoyaient encore. Tout était calme, à l'exception du fort ronflement en provenance du siège de la Chevrolet. Il aperçut Orlando couché sur le dos. Les filles étaient reparties. Complètement imbibé de graisse, il s'extirpa de la carcasse de cochon. Il avait la nausée et un bon mal de crâne.

Il tituba dans le noir le long de la rivière jusqu'à trouver le parc. S'orientant à partir de là, il reprit la direction de la pension où il habitait. Une fois dans sa chambre, il arracha ses vêtements puants et se lava soigneusement avec du savon et de l'eau froide, avant de se glisser sous les draps.

Ce fut le soleil sur son visage qui le réveilla. Aussitôt après, il entendit les cloches de l'église sonner onze coups. La logeuse de la pension, señora Fend, grondait des enfants dans la rue.

Le Zoo de Mengele, songea-t-il.

Le rêve. Il avait fait un rêve magnifique, un rêve presque vivant. Il ferma les yeux pour s'efforcer de le poursuivre. Lui et Maria Estrella. Sur le ponton. Sa Maria Estrella bien-aimée. Brusquement, il sentit quelque chose qui comprimait son bas-ventre, prêt à exploser. Incrédule, il rouvrit les yeux : ça faisait une bosse exactement à l'endroit où… Était-ce possible ? Il glissa doucement la main sous le drap. Son sexe dur, épais et chaud se dressait tout droit.

Mino sauta hors du lit. Dansa devant le miroir. Remercia tous les saints qui lui revinrent en mémoire. Rendit grâce à Orlando. À Pepita, Felicia et Ildebranda. Mais plus que tout, il remercia Maria Estrella. Rêver d'*elle* avait ramené sa virilité du domaine des morts !

Il urina non sans mal dans le lavabo, le jet de son membre dressé ne se laissant pas diriger facilement – mais tout finit par revenir à la normale.

Mino jubilait. Il alla chercher du savon et une casserole d'eau bouillante de la buanderie et entreprit de laver ses vêtements.

Dans l'après-midi, une fois sa lessive sèche, il alla à la *Cantina d'Omar* manger une soupe de volaille accompagnée de pain blanc.

Ils s'étaient allongés à l'ombre du platane dans le parc. Orlando, qui avait ôté ses sandales, écartait ses orteils en éventail.

« Fauché, dit-il. Qui n'est pas fauché ? »

L'argent de Mino s'était épuisé. Trois jours après la *fiesta* d'Orlando. Les deux garçons se retrouvaient quotidiennement à la *Cantina d'Omar*. De là, ils se rendaient au parc pour s'installer à l'ombre du platane.

« L'un des bouchers avec qui je travaillais était allemand. C'est lui qui m'a parlé de Josef Mengele. De la fois où il avait cousu une verge d'âne sur un nain. L'homme le plus petit du monde avec le plus gros membre du monde. Cet Allemand m'a appris à parler sa langue. *Ich spreche deutsch* », déclara Orlando en riant.

Mino, toujours couché sur le dos, se mit à jongler avec quatre cailloux. À côté de lui, dans l'herbe, se dressait une pile de livres qu'il avait empruntés à la librairie. Un manuel spécialisé sur les *Lepidoptera*, quelques ouvrages d'histoire et un roman de Juan Rulfo.

« Et dans un bar ou un café dans le quartier libanais ? hasarda Mino. Je pourrais peut-être trouver un job là-bas.

— *Claro, amigo.* Demain. Aujourd'hui, paressons toute la journée jusqu'à ce que Dieu se décide à cacher le soleil dans son sac. Quand les crapauds se mettront à coasser, Orlando sera plongé dans un bon livre, dans sa cabane, et se rêvera loin d'ici. Au fait, tu sais qui je suis *vraiment* ? »

Mino, étonné, se redressa sur les coudes.

« Je suis le jaguar, le feu et le soleil, déclama Orlando en ouvrant grand les bras. Je suis tellement brillant que le Zoo de Mengele n'a pas encore de cage à mon nom. »

Il souriait de toutes ses dents si blanches.

Le soleil faisait briller l'acier des carabines portées par deux soldats occupés à patrouiller sur le sentier juste à côté. Mino cracha. « L'avantage, quand on est magicien, c'est qu'à la vue des uniformes, il suffit de plisser les yeux juste un peu pour tout faire disparaître : uniformes, fusils, casques et matraques. Tout se dissout dans l'air. Voilà ce que sont les *soldateros*, en réalité : rien que de l'air.

— Très juste, acquiesça Orlando. Et qu'est-ce que tu vois quand tu me regardes avec tes yeux de magicien ?

— Un jaguar qui siffle, des flammes jaunes et un soleil étincelant.

— *Muchas gracias*, Carlos. Tu es un véritable ami. Tu saisis le sens des choses comme seuls les grands poètes savent le faire. Tu es un grand poète.

— Je vis à la surface de l'eau, répondit Mino en reposant les cailloux. Je vis à la surface de l'eau en comptant l'humanité. La plupart des humains sont sans couleurs, ils sont comme des ombres qui s'agitent. Ils repoussent les couleurs loin d'eux. Ils sont trop nombreux. Il y a deux milliards de personnes de trop sur la planète aujourd'hui. Et tous ces gens s'ennuient – voilà pourquoi ils veulent détruire le monde.

— Toi, tu es un être humain, objecta Orlando en secouant la tête, et moi aussi.

— Oui, mais nous vivons à la surface de l'eau, ça fait toute la différence. Nous pouvons voir le spectre des couleurs dans les gouttelettes d'eau. Mais même nous, nous ignorons ce que sont vraiment les couleurs. Si j'étais un véritable magicien, je connaîtrais le secret de la lumière et des couleurs.

— Tu parles comme un vieux prince inca.

— Je porte le bijou du Tambour de la Jungle autour du cou », fit Mino en exhibant le pendentif.

Orlando l'étudia attentivement.

« Tu pourrais en obtenir pas mal d'argent », conclut-il.

Mino remit le bijou à sa place. Un papillon *marsya* s'était posé sur buisson *maka* à côté de lui. Sans filet, il était impossible de l'attraper, Mino le savait. Il se leva et ramassa ses livres.

« Peut-être trouverai-je un travail demain », dit-il.

Personne ne savait pourquoi tant de Libanais s'étaient établis précisément dans cette ville ; il y en avait plusieurs centaines, avec leur rue à eux regorgeant de cafés, de boutiques et de bars. La rue qui descendait vers le sud à partir du bar *Stalingrad* arborait des panneaux aux signes étranges. Mino appréciait d'aller se promener là-bas ; sans trop savoir pourquoi, il aimait bien les Libanais.

Il décida de procéder de façon systématique au cours de la matinée, d'étudier chaque bar, chaque café. Il fallait trouver un endroit assez fréquenté pour justifier une paire de bras supplémentaire. Sans compter que le propriétaire devait lui plaire. Son choix se porta finalement sur un établissement de taille modeste tout en bas de la rue, un bar qui servait un café épais fraîchement moulu dans de petites tasses bleues, accompagné d'un gâteau aux amandes. Et toutes autres sortes de boissons. Les lieux ne désemplissaient pas. Le propriétaire assurait seul le service, le front constamment emperlé de gouttes de sueur. C'était un Libanais grand et puissant, affublé d'une moustache noire et de dents de cheval. Quand il souriait en se curant les dents de devant avec l'ongle de son index, ce qu'il faisait souvent, ses yeux disparaissent presque dans son visage bonhomme. Le bar s'appelait *Pedro Baktar Asj*, et l'homme se nommait Bakhtar Suleyman Asj Asij.

Mino l'avait bien observé.

Le bar était presque plein quand il y pénétra. Une fois installé à une place libre, devant le comptoir, il commanda un verre de lait de coco avec des glaçons. Bakhtar courait partout en s'épongeant le front. Une fois servi, Mino lui dit nonchalamment : « Beaucoup à faire, señor.

— Ça oui », lui répondit Bakhtar, tout en essuyant le dessus du comptoir avec un torchon.

Mino observa les tables autour de lui. Elles débordaient de tasses, d'assiettes et de verres que Bakhtar n'avait pas eu le temps de ranger. Il était déjà assez occupé avec la machine à café derrière le comptoir.

Mino buvait son lait de coco à petites gorgées en attendant une occasion favorable.

« Beaucoup trop de choses à faire, señor, fit-il en poussant ses dernières pièces de monnaie vers lui, sur le comptoir. Maintenant, señor Bakhtar, regarde bien. »

Sur ce, Mino sauta du tabouret et marcha jusqu'à la table la plus proche. Avec une vitesse et une dextérité digne d'un magicien, il la débarrassa tout en jonglant avec tasses et verres, pour ensuite poser le tout sur le comptoir devant un Bakhtar éberlué. Une deuxième table eut droit au même traitement. Puis une troisième, et une quatrième. Toutes finirent par être débarrassées, et les trois derniers verres tournoyaient dans l'air avant que Mino s'en saisisse d'un geste habile pour les poser sur le comptoir.

Les clients avaient suivi cet incroyable spectacle avec beaucoup d'intérêt ; leurs applaudissements crépitèrent dès que Mino se fut rassis. Les gens frappaient des mains, criaient et riaient. Après une petite révérence, Mino se tourna vers Bakhtar, qui se curait les dents de devant.

« Tu vois, lui lança-t-il, si tu as besoin d'aide, tu n'as qu'à me demander.

— Viens ce soir à l'heure de la fermeture, mon garçon, on va en parler. » Et, après s'être épongé une fois encore le front, Bakhtar retourna à sa machine à café.

À onze heures et demie le même soir, Mino était embauché. Pour dix bolivars par jour, plus le pourboire, il devait travailler de onze heures du matin jusqu'à onze heures du soir. Avec trois heures de sieste au milieu de la journée. Des journées de congé restaient négociables en cas de besoin. La poignée de main de Bakhtar était ferme.

Quand la nouvelle se fut répandue qu'un jongleur incroyable travaillait au *Pedro Bakhtar Asj*, le chiffre d'affaires de l'établissement explosa. Il n'y avait presque jamais de place de libre au comptoir. Mino apprit, à sa grande joie, qu'il pouvait gagner jusqu'au triple de son salaire journalier en pourboires. Mais il tenait à un principe très important à ses yeux, dont il fit part à Bakhtar dès le premier jour : il ne ferait aucun tour de magie sur demande. Sa façon de s'occuper des tasses et des assiettes constituait une méthode de travail naturelle pour lui. Aucun des pêcheurs ivres n'arriverait jamais à lui faire exécuter de numéros supplémentaires. Les tours se feraient naturellement, quand quelqu'un partait et qu'il fallait débarrasser la table. Mais il arriva plus d'une fois que quelqu'un commande un café ou une modeste boisson pour tout boire en vitesse, quitter la table et se poser près de la porte afin de jouir du spectacle. En pareilles occasions, si Mino trouvait un gros pourboire sur la soucoupe, il se lançait dans quelque exercice de choc capable de tenir les spectateurs en haleine, sous l'œil admiratif de Bakhtar qui n'en revenait pas d'être tombé sur un tel assistant.

La sieste, Mino la passait avec Orlando dans le parc, ou seul si son copain s'était décidé à travailler ce jour-là.

« Qui est Mouammar Kadhafi ? » demanda un jour Mino à Bakhtar, juste après qu'ils eurent fermé pour la sieste. Il lui montrait une photo sur le mur, au-dessus de la caisse enregistreuse.

« L'un des rares apôtres équitables que compte ce monde. » Bakhtar se lissa la moustache. Puis il lui expliqua qui était Mouammar Kadhafi et lui parla de la révolution islamique.

Malgré tout ce qu'il avait lu dans ses livres d'histoire, Mino l'écouta avec délectation. Sous le cadre doré contenant la photo de Kadhafi était suspendue une caricature grotesque. Elle représentait une femme, ou une sorcière au corps de vautour, qui tenait un enfant en pleurs dans ses serres. La femme-vautour disait : « Il n'y a pas de Palestiniens, seulement des terroristes arabes. »

« Golda Meir », indiqua Bakhtar, avant de lui expliquer qui elle avait été et qui étaient les Palestiniens.

Ce jour-là, au lieu d'aller au parc, Mino se rendit directement à la bibliothèque et demanda à pouvoir emprunter tous les ouvrages disponibles sur la partie du monde baptisée le Moyen-Orient ainsi que sur les pays arabes. Il rapporta ainsi plus de vingt livres à la pension. En fait, Bakhtar avait dit quelque chose qui n'avait pas manqué de le frapper : presque tous les musulmans assidus menaient, et mèneraient toujours une lutte impitoyable contre les impérialistes américains. Contre *los gringos*. Contre l'oppression et l'exploitation. Mino était curieux de savoir quelle forme cette lutte revêtait.

Parfois Ildebranda, Pepita, Felicia et d'autres filles venaient trouver refuge à l'ombre du platane avec les deux garçons. Orlando flirtait avec toutes sans en favoriser aucune. Mino gardait une distance étudiée, sous prétexte qu'il était promis à la fille du chef des Obojos, le Tambour de la Jungle. Pareil engagement impliquait que s'il se laissait tenter par une autre femme, des furoncles jaunes lui pousseraient partout sur le corps ; des pustules qui dévoreraient ses muscles et sa chair et le transformeraient en nain. La magie du chef Obojo était grande, aussi lui-même y croyait confusément. Mais les désirs du cœur ne siégeant pas dans les mains ou les doigts, peu lui importait qu'on lui demandât de toucher un peu par-ci par-là. Et les filles aimaient bien jouer avec les doigts de Mino.

Malgré ses bonnes résolutions, un soir qu'il rentrait chez lui après le travail, Mino croisa Ildebranda, qui était allée au cinéma avec des copines. La jeune femme le raccompagna à sa pension. Cette nuit-là, Mino ne dormit pas une seule minute. Ildebranda pompa bel et bien chaque goutte de liquide que contenait son corps, et le lit n'était plus qu'une épave quand le coq se mit à chanter dans le jardin de señor Pecal, de l'autre côté de la rue.

« Te voilà guéri des conjurations du chef Obojo », déclara Ildebranda juste avant de quitter la pension, sans que la tenancière s'en aperçoive.

Ce jour-là, sur le chemin du travail, Mino passa par la poste pour envoyer une lettre à Maria Estrella Piña. Il lui avait écrit qu'il rentrerait bientôt à la maison, et qu'il se portait bien. Qu'il était en train de gagner assez d'argent pour le voyage de retour.

Quatre jours après la messe de la Saint-Jean, une grande catastrophe toucha le quartier libanais de la ville. Un des avions de chasse du gouvernement s'écrasa dans la rue non loin du bar *Stalingrad*, démolissant quatre maisons et douze voitures. L'incendie qui en résulta fut assez rapidement maîtrisé, mais quarante-trois personnes, y compris le pilote, perdirent la vie. Parmi elles, il y avait Ali Asj Asij, le jeune frère de Bakhtar, qui venait d'arriver du Liban.

Certaines voix s'élevèrent pour laisser entendre que le gouvernement avait agi délibérément. Que le pilote souffrait d'un cancer et qu'il s'était proposé comme kamikaze. Que les autorités souhaitaient chasser du pays les Libanais, soupçonnés de dissimuler des terroristes en puissance. Mais il ne s'agissait là que de rumeurs indémontrables. De même qu'on ne pouvait prouver que Hector Borgas, meurtrier des fameux trois frères communistes Felipe, Gerro et Ferdinand Zulebro, ait reçu un million de dollars de la CIA. Ou encore qu'il y avait des bactéries de choléra dans les médicaments que le gouvernement distribuait aux tribus indiennes protégées, installées très loin à l'intérieur des terres. Lesdites tribus vivaient dans des réserves dont le sous-sol regorgeait de minerais.

Le bar de Bakhtar resta fermé pendant une semaine, pour le deuil de son frère. Dans tout le quartier libanais, des drapeaux noirs flottaient au vent. Des morceaux de l'avion de chasse se retrouvèrent bientôt fixés aux murs, marqués de symboles fascistes. Les pêcheurs organisèrent leur propre cortège funéraire en allant déverser une charge entière de poisson pourri devant la porte de la plus haute autorité militaire de la ville, le capitaine Leopoldo Vultura. Les pêcheurs avaient toujours été en bons termes avec les Libanais, qui appréciaient leur clientèle.

La tragédie avait profondément touché Orlando. « Allons dans ton pays retrouver le cactus, ton père, et nous joindre à la révolution, dit-il un jour à Mino sous le platane. Lui, au moins, il a des armes. Ici, dans cet abattoir à cochons, on ne trouve que des couteaux.

— Que ferais-tu avec des armes ? demanda son ami, occupé à sucer le nectar d'une feuille d'orchidée.

— Je tuerais le maire de cette ville, répondit froidement Orlando.

— Qu'est-ce que tu as contre lui ?

— C'est un porc, arrivé au pouvoir à force de magouilles. Il exploite jusqu'à la moelle les pêcheurs à coups d'impôts et de taxes. Il a violé la sœur d'Ildebranda, qui travaille comme femme de ménage dans la somptueuse villa qu'il s'est fait construire. Il hait les Libanais, et ça ne m'étonnerait pas qu'il soit responsable de l'accident. C'est un vendu à la mafia des grumiers de bois exotiques, qui ont obtenu le droit de construire des parkings pour leurs camions près de la rivière, là où j'ai ma cabane. Que ses *cojones* soient lentement broyées dans un hachoir à viande !

205

— Et qui sera le nouveau maire, une fois que tu auras tué l'ancien ?

— Diego Navarro, bien évidemment. Un homme du peuple. Il a été pêcheur lui-même. »

Tuer. Mino sourit.

Il y avait beaucoup de choses qu'il ne comprenait pas. Certes, les livres qu'il lisait lui apportaient certaines réponses ; il connaissait par exemple le nom de chaque pays du monde, et leur emplacement précis. Et les livres d'histoire lui racontaient la souffrance et la brutalité de l'Homme. La soif du pouvoir et l'avidité. La détresse et la misère. Mais, jusqu'à présent, il n'avait pas trouvé de *vrai* livre d'histoire, qui expliquerait la destruction brutale de la nature, l'arrogance de l'Homme envers les plantes et les animaux, le manuel qui présenterait l'Homme tel qu'il était : le plus grand prédateur de la planète. La vie d'un être humain valait moins que celle d'un rat d'égout. Du point de vue de la planète. Quand on regardait depuis l'endroit où la membrane de l'eau et l'air se rejoignaient.

La nuit suivante, Mino Aquiles Portoguesa alla faire des rondes dans le quartier où le maire Louis Albergo de Pinarro habitait. À sept heures moins dix précises, quand le maire sortit par la porte de sa terrasse pour son plongeon matinal dans sa luxueuse piscine, une détonation retentit et un trou bleu apparut sur son front avant qu'il ne tombe dans l'eau tête la première. Sous un buisson *maka*, un rayon de soleil faisait briller une unique douille en train de refroidir par terre.

*

Urquart buvait du vin rouge, alors que Gascoigne avait préféré du blanc pour accompagner le repas servi dans l'avion particulier qu'on avait mis à leur disposition. La pièce sous la rue du Bac avait été scellée et camouflée. Ils étaient en route pour Istanbul. Cela faisait trois heures à peine que la fille dans la « cabane », Constance Frey alias Rita Padestra alias… avait été liquidée, officiellement « lors d'une tentative d'évasion », pour que la presse ne se doute pas de l'impitoyable torture dont elle avait été l'objet. Seuls les « colonels » Gascoigne et Urquart connaissaient l'existence de ces méthodes de torture, mises au point, après concertation, par la CIA, l'ERZA, le GUIP, le SAS, le Mossad et le KORMOL.

Le télex installé devant le siège d'Urquart déroulait des mètres de texte. Il crachait constamment de nouvelles informations sur des congrès internationaux, événements et autres conférences en cours ou à venir à Istanbul dans les prochains jours. Il y en avait pléthore. Mais l'un d'entre eux serait la prochaine cible du groupe Mariposa.

« Gulhane, murmura Gascoigne. Elle disait Gulhane. C'est un quartier d'Istanbul. Quelque chose va s'y produire.

— C'est peut-être là qu'elle devait rencontrer Morpho lui-même, ce diable invisible qui met le monde sens dessus dessous. J'aurais bien voulu voir le visage de ce type. Tu as obtenu des renseignements sur Orlando Villalobos ?

— Négatif, répondit Gascoigne. On va commencer par vérifier Bogotá, Caracas, Quito, Panamá, Mangua et Tegucigalpa. Possible que ce soit lui, *Argante*. Tu as vu les photos de ces papillons ? Ils sont beaux, non ?

— Au diable tous ces papillons. À présent, des groupes pseudo-terroristes – mais totalement criminels – surgissent un peu partout dans le monde. Tu as vu ce qui se passe en Australie ? »

Gascoigne fit oui de la tête.

« Le Premier ministre lui-même a déclaré avoir de la sympathie pour les buts affichés par le groupe Mariposa. Il en condamne les actions, mais admet la nécessité de faire usage de grands moyens pour changer le cours des choses. Est-ce qu'on va s'occuper de *lui* une fois que nous aurons brisé la mouche bleue ? »

Urquart ricana. « Mouche bleue », c'était bien plus parlant que « Morpho ». Dans le temps, au sein des réseaux de Stern, d'Irgun et du Mossad, un dicton disait : « Débarrasse un papillon de ses couleurs et tu obtiendras un monstre dégoûtant. » Cela voulait simplement dire que les turbans colorés des Arabes cachaient des demi-singes sanguinaires. Décidément, il appréciait ce dicton.

L'avion se préparait pour l'atterrissage à Istanbul. Après s'être essuyé la bouche, Gascoigne sortit une liste et lut : « Cinq cents *guardias* en civil appartenant aux forces intérieures de la Turquie. Garantis non infiltrés par les Kurdes. Munis d'armes automatiques

Target et de munitions polyex. Si une seule de ces balles vient à toucher un os, le reste du corps se transforme en viande hachée. Vingt types de la CIA hyper briefés. Plus une armée d'agents du renseignement relevant de diverses ambassades. Le tout à notre disposition. Est-ce qu'il te manque quelque chose ?

— Oui, répondit Urquart avec une grimace, en resserrant la ceinture de sécurité. Dix danseuses du ventre dans une boîte de nuit sombre, occupée à se trémousser autour de Morpho attaché à une chaise. Et une bouteille de raki pour nous. »

*

Orlando était blême quand Mino arriva au parc pour la sieste.
« T'as entendu ? dit-il.

— Non, quoi ? » Mino enleva sa chemise avant de se jeter dans l'herbe.

« Le maire a été assassiné. Tué par balle ! Il a été retrouvé flottant dans sa piscine avec un trou dans la tête. On ne parle que de ça en ville, et *toi*, tu n'as rien entendu ?

— Peut-être, si. Des rumeurs. Mais si c'est vrai, ça te donne une bonne raison de jubiler. N'était-ce pas un véritable porc, qui méritait d'avoir ses couilles passées dans un hachoir ? » Mino jeta une boîte de Coca froide à son ami.

« Oui, c'est incroyable, murmura Orlando. Le monde change, en vérité. Les grumiers vont devoir trouver un autre endroit où se garer.

— C'est sûr », répondit Mino.

Avant d'aller au parc, il était passé au bureau de poste pour envoyer une nouvelle lettre à Maria Estrella. Il craignait d'avoir oublié de mettre nom et adresse sur la précédente avant de la glisser dans la boîte aux lettres. Et le garçon avait changé d'avis. Il lui avait écrit qu'il serait bientôt de retour. Mais il n'en était plus si sûr à présent. Valait-il mieux faire venir Maria et sa mère ici ? Ici, il était en sécurité. Il doutait que ce soit le cas là-bas. Là-bas, plusieurs personnes connaissaient sa véritable identité. Ici, il était Carlos Ibañez. Maria Estrella lui manquait – son joli visage, son corps si doux.

« Je me demande qui a pu le tuer, reprit Orlando en rotant. Ça sent le pro à plein nez. Personne n'a vu l'assassin, et on n'a retrouvé qu'une seule douille sur les lieux. Je parie que c'est un pêcheur plus malin que la moyenne, qui aura réussi à récupérer une arme de contrebande sur une île des environs.

— Oui, c'est sûrement ça, acquiesça Mino. Au fait, tu as entendu parler du grand découvreur Humboldt ? Il a répertorié plus de vingt mille plantes et insectes rien que dans ce pays. Beaucoup d'entre eux ont disparu désormais – entre autres à cause des camions grumiers et de leur chargement. Avant, il existait un beau papillon de la famille des *Papilio*. Il était presque aussi grand qu'un Morpho. Il a disparu.

— Ah bon ? fit Orlando. Dommage. Mais qu'est-ce que ça a à voir avec l'assassinat du maire ?

— Tout », répondit Mino.

Orlando fixa l'herbe, comme plongé dans une profonde réflexion. Mino leva les yeux vers la cime des arbres. Il avait envie d'aller se baigner dans la mer. De plonger à la recherche de coquillages. Ça lui manquait tellement. Ici, la mer prenait la forme de grandes déferlantes qui venaient mourir sur d'infinies plages de sable stériles. Pas une mer pour la baignade. Pas une mer pour faire la planche. Et pourtant, cet endroit, cette ville, était peut-être le lieu le plus paisible dans toute l'Amérique latine. Mais Mino se sentait fiévreux, impatient. Il éprouvait le besoin irrépressible d'en apprendre plus. Il avait lu beaucoup de livres, mais il en existait tellement d'autres. Il lisait et parlait l'anglais. Bakhtar lui avait enseigné l'écriture arabe et la langue libanaise. Orlando, quant à lui, prétendait savoir parler allemand. Orlando était brillant, et lui aussi lisait beaucoup. Se contenterait-il de rester allongé ici dans le parc, à se délecter de la mort du maire ? Tel un rat crevé ? Mino détestait l'idée de partir quelque part sans Orlando. Un ami, un bon camarade, qui partageait ses vues. Et s'ils faisaient quelque chose ensemble ?

À force, il avait épargné pas mal d'argent. Il pouvait partir en voyage où et quand il voulait. Mais pour quelle destination ? Le monde était-il aussi fou partout ? Il craignait que ce soit encore pire ailleurs. Le monde était un corps sans tête. Avec deux milliards de personnes en trop.

« Tu es un drôle de type, dit soudain Orlando. Il n'y a pas de place pour toi au Zoo de Mengele. Tu réfléchis presque autant que moi. Cette nuit, j'ai rêvé que je tuais le maire. En voilà qu'en me réveillant, j'entends dire qu'il a été tué ! Je commence à me demander si tu n'es pas *réellement* en contact avec un certain chef des Obojos. Tu sais peut-être faire autre chose que jongler avec des tasses de café ?

— Dans la jungle, répondit Mino, on trouve la réponse à beaucoup de mystères. Peut-être mes parents étaient-ils *vraiment* des Indiens. Si tu veux, tu pourras m'y accompagner. Dans ce qui en reste, en tout cas. J'ai prévu d'aller y chasser des papillons. Et puis, je voudrais avoir la réponse à une question importante. Demain, j'apporterai une grande carte, et on planifiera notre voyage. »

Mino se leva et partit. Une étrange sensation s'était nichée au creux de son diaphragme : quelque chose commençait. Quelque chose qui avait été décidé longtemps auparavant, mais qui n'avait pas encore de nom. Tout au fond de sa conscience, il entrevoyait une image. Et cette image le rendait dangereux.

Le lendemain, il arriva au parc avec une grande carte, qui montrait en détail les régions les plus reculées du pays, des régions que le gouvernement avait déclarées protégées et qui, pour une grande part, se composaient de forêts humides vierges. Il devait y avoir dans les environs des tribus d'Indiens que d'aucuns qualifiaient de sauvages.

« On ne pourra pas aller jusque-là, déclara Mino, mais on pourrait s'en approcher. Par exemple prendre un avion jusqu'à ce village-ci. Il enjambe la frontière de la *terra pazada*. »

Intrigué, Orlando suivait le trajet sur la carte avec un brin d'herbe. Il s'était enflammé pour la proposition de voyage de son ami. Même s'il ne partageait pas sa passion pour les papillons, il y aurait certainement beaucoup d'autres choses fascinantes à découvrir. Lui-même n'avait pas d'argent, mais Mino lui avait clairement fait comprendre que, puisque c'était son idée, le voyage serait à sa charge.

L'équipement se réduirait au minimum : moustiquaires, hamacs, couteaux et chaussures étanches. Plus le matériel pour les papillons et un filet supplémentaire pour Orlando.

« Ça dépendra de la fréquence des vols pour y aller. Peut-être n'y en a-t-il que deux fois par an. »

Décidant de vérifier ce point sans délai, ils se rendirent ensemble à l'unique agence de voyages de la ville et apprirent qu'un vol hebdomadaire assurait la liaison. Au départ de la capitale. D'ici, ils pourraient au moins prendre un avion qui assurait plus ou moins la correspondance.

Les deux garçons ne tardèrent pas à se décider. Quant à Bakhtar, il ne fit aucune difficulté pour accorder quinze jours de vacances à Mino.

Ils achetèrent des billets pour la semaine suivante, avec un retour quinze jours plus tard.

« À notre retour, dit Orlando, la ville aura élu un nouveau maire. Et n'en doute pas : il s'appellera Diego Navarro. Je lui souhaiterai personnellement bonne chance en lui offrant une orchidée de la jungle. Cueillie de mes mains. »

Mino rit. « Tu n'as pas compris le système, *amigo. Claro*, Navarro sera bel et bien élu maire. Mais au bout d'un moment, il n'aura plus rien à voir avec le Navarro que tu connais aujourd'hui. Le pouvoir lui sera monté à la tête, il aura oublié qu'il a jadis été pêcheur. La seule chose qui l'intéressera vraiment, c'est l'épaisseur de son portefeuille. Et une nuit, on le tuera pour qu'un autre prenne sa place. Et ainsi de suite, éternellement, si personne n'arrête la force motrice qui fait fonctionner la machine.

— Mes illusions, ô, fils perspicace d'un cactus révolutionnaire, sont, comme disait Enrique Ibsen, un poète originaire du pays du *bacalao*, un mensonge vital qui me rend heureux à court terme. Bien sûr que Diego Navarro sera devenu un porc dans quelques années. Mais rien ne m'interdira alors de reprendre mon ancien métier de saigneur de porcs. »

Avant de retourner au *Pedro Bakhtar Asj*, Mino acheta un filet à papillons pour Orlando et lui enjoignit de s'exercer – il aurait besoin d'un excellent assistant pour chasser les plus beaux spécimens de la jungle.

Mino rassembla ses affaires personnelles à la pension. Il ne possédait pas grand-chose : un sac en cuir avec tout l'argent qu'il avait gagné, quelques livres – parmi lesquels une grammaire libanaise que Bakhtar lui avait donnée et qu'il avait apprise par cœur –, trois couteaux et, surtout, son pistolet automatique, qu'il faudrait bien cacher pour éviter que la tenancière ne le trouve en son absence. Il se décida donc à l'enterrer près de la rivière. Il aurait dû le faire depuis longtemps.

D'une manière ou d'une autre, Orlando avait déniché des vêtements de camouflage dernier cri : un pantalon de toile verte avec pas moins de sept poches à rabat, une chemise assortie, une ceinture de cuir solide et un casque colonial. À côté de Mino, dans le vieil avion à hélice cahotant qui allait les amener jusqu'au dernier poste avancé, il avait l'air d'un parfait explorateur.

Les dix-huit sièges de l'appareil étaient occupés. Par des hommes uniquement. Orlando et Mino notèrent avec surprise que quatorze d'entre eux portaient une tenue de travail orange arborant une inscription dans le dos en lettres majuscules bleues : AQUA-ENTREPO CO. Cette jungle était indiquée sur la carte comme *terra pazada*. Une région protégée. Ils allaient pouvoir le vérifier par eux-mêmes.

Ils survolèrent un océan de verdure, quadrillé de traits rouges et noirs. Des routes. Et de grandes parties de jungle marron, brûlées ou déboisées. Après trois heures de vol, juste avant l'atterrissage, ils virent une piste brunâtre apparaître dans la jungle, bordée par un groupe de maisons. Alignés le long de la piste d'atterrissage, un grand nombre de bulldozers affichait les couleurs de AQUA-ENTREPO CO. Quand Mino interrogea les hommes en orange, ceux-ci lui expliquèrent qu'on allait construire un barrage dans les environs. Un barrage énorme. Une fois fini, il y aurait là le plus grand lac du pays, qui s'étirerait jusqu'à la frontière de la nation voisine.

« Et la *terra pazada* ? » dit Mino.

L'homme lâcha un rire grinçant. « C'est pour l'électricité, *amigo*. Pour les usines de bauxite situées en aval. Histoire de donner un vrai travail à tous ces Indiens à moitié sauvages. »

Orlando et Mino allèrent se promener dans ce qu'on pouvait difficilement qualifier de village. Les baraquements étaient de construction récente, et devant chaque maison s'entassaient des canettes de bière vides. *Cerveza Polar*. La boisson favorite des Indiens, leur dit-on. Il y avait une *venda* dans laquelle les deux garçons achetèrent une grande quantité d'aliments secs. Puis ils se mirent en quête d'un endroit adéquat dans un bosquet d'arbres pour y accrocher leurs hamacs.

« C'est nul, déclara Orlando, occupé à mâchonner des biscuits secs en écrasant des mouches *pium*. Je m'attendais à un village ancien plein de couleurs, avec de jolies métisses dansant autour d'une mission jésuite abandonnée, et un petit marché où on aurait pu se gaver de papayes et de durians. Cet endroit ressemble davantage à une colonie pour épaves alcooliques où chacun a eu son bulldozer en cadeau. »

Mino ne rebondit pas sur cette remarque. Allongé dans son hamac, il écoutait le chant des aras. S'il voyait juste, il y avait eu ici un village indien jusque récemment. Peut-être même une vieille mission jésuite à l'origine. Peut-être que des centaines de *caboclos* avaient habité ici en cultivant paisiblement leur lopin de terre. Peut-être qu'une petite famille avait vécu en bordure du village dans une modeste maison blanchie à la chaux, où l'homme du foyer avait gagné sa vie en vendant les papillons que son fils aîné chassait dans la jungle. Jusqu'à ce que les hélicoptères arrivent. Et après eux les bulldozers, qui effaçaient toute trace. Mino se demanda combien d'ossements humains étaient enterrés sous la terre rouge où atterrissaient les avions.

« Il n'y a pas de *soldateros* ici, dit-il comme pour lui-même.

— La *Cerveza Polar* fait le travail à leur place », commenta Orlando, qui avait entendu la réflexion de son ami.

Le lendemain, Orlando et Mino s'enfoncèrent dans la jungle, en suivant un ancien sentier qui longeait la rivière. Ils croisaient régulièrement des pirogues à moitié pourries sur les berges. Après toute une journée de marche, quand ils établirent leur campement juste avant le coucher du soleil, Mino avait, avec l'aide d'Orlando, capturé dix-sept nouvelles familles de papillons.

Ils continuèrent à remonter la rivière. Au quatrième jour, le sentier disparut. Une fois qu'ils se furent trouvé un emplacement convenable, ils décidèrent d'y rester quelques jours avant de rebrousser chemin.

Orlando se plaisait dans la jungle. Il ne se passait pas une minute sans qu'il observe de nouvelles choses qu'il commentait aussitôt. Il fut pris de vertige en commençant à cueillir des orchidées et d'autres fleurs magnifiques – il voulait absolument les rapporter aux filles. À leur retour, annonça-t-il, ils feraient une grande fête aux fleurs à sa cabane. Mais à sa grande déception, la plupart des plantes fanèrent après seulement quelques heures. Ensuite, il s'essaya à la construction d'un piège à oiseaux, avec l'idée de les faire empailler à son retour. Mais son piège ne fut pas une réussite. Aucun oiseau ne s'y laissa prendre.

« Tu as de la chance, soupira-t-il, d'avoir choisi les papillons comme passe-temps. Eux, au moins, ils se laissent attraper.

— Oui, dit Mino, sans compter qu'*eux*, ils ne se fanent jamais. Ils conservent leurs couleurs pendant des centaines d'années. »

La veille du jour où ils avaient prévu de rebrousser chemin, ils laissèrent leur feu de camp brûler plus longtemps qu'à l'accoutumée.

« Avant de partir, observa Orlando, tu disais vouloir venir ici chercher des papillons. Bon, ça, tu l'as fait. Je n'ai jamais vu une telle collection. Mais tu as dit autre chose. Que tu voulais trouver la réponse à une question importante. Tu l'as eue ? »

Mino regarda son ami à travers les flammes du feu de camp. Pouvait-il voir que ses yeux brillaient davantage que les braises ?

« Presque », fit-il.

Orlando comprit que son ami brûlait de lui raconter quelque chose. Alors, il se tut. Il y eut un long silence.

Enfin, Mino se leva pour s'approcher de son ami. Sortit ensuite le couteau de sa gaine et s'accroupit. Laissa le fil de la lame glisser sur son pouce. Puis il se taillada juste assez pour laisser perler quelques gouttes de sang par terre.

« Tu vois le sang, dit-il. Il est blanc.

— Il est rouge, protesta Orlando.

— Certainement pas ! » grogna-t-il. Brusquement tendu comme un arc, il respirait bruyamment. « C'est blanc. C'est du sang d'insecte. Mais beaucoup plus dilué que celui des insectes. Bien plus mauvais. Il pue ! Comme du lait de coco pourri. Ça t'est déjà arrivé de casser une noix de coco pourrie ?

— Un bon millier de fois », répondit Orlando, qui faillit se mettre à rire de la folie de son ami.

Mino se détendit. Orlando n'avait pas fait mine de vouloir partir. Il ne s'était pas braqué, ne s'était pas renfermé sur lui-même. Il n'avait pas bronché d'un millimètre. C'était le test, le test déterminant. Il remit donc le couteau dans son fourreau et s'appuya contre un arbre, tout sourire.

« Orlando, dit-il. Mon ami. Tu es exactement tel que je me l'imaginais. J'ai eu la réponse à ma question. Tu fais partie de cette jungle, bientôt condamnée par la construction d'un barrage. Et pourtant tu vas continuer à vivre. Nous allons bientôt avoir dix-sept ans tous les deux, nous n'avons vécu qu'une fraction de notre vie. Comme moi, tu n'es jamais allé à l'école. Mais tu possèdes beaucoup de livres. Tu en sais plus long que ceux qui ont passé leur vie à étudier. Ça te permet de savoir, tout comme moi, où se trouve le centre du monde. *Ici*. Exactement ici, où nous nous trouvons assis. Au fond d'un futur lac. Le centre du monde, c'est la *jungle*. Cette jungle-ci, parce qu'elle est la plus grande au monde. La jungle est l'organe le plus important de cette planète. C'est ici que vivent quatre-vingt-dix pour cent des plantes et des animaux du monde. Ici qu'est produit l'air que nous respirons. J'ai lu l'histoire du monde. Un nombre incalculable de livres d'histoire. L'histoire des guerres de l'Humanité. Des guerres sans importance. Des guerres sans danger. Quelques milliers ou millions de personnes ont été tués çà et là, mais qu'est-ce que ça peut faire ? Rien. Ce ne sont pas les gens qui manquent. L'âme de la planète n'a jamais été menacée. L'âme de la planète s'est juste privée d'un peu de bien-être, chaque fois qu'une nouvelle guerre a éclaté. Du point de vue de la planète, une guerre entre humains est complètement inoffensive, c'est même plutôt bon pour la santé. La société humaine, avec ses villes, ses voitures, son bitume et son pétrole, n'est qu'un corps sans tête. Une tumeur grandissante, folle et dangereuse. Plus de bitume, plus d'argent, plus de pétrole ! Tel est le cri de joie de l'être humain. Il se croit supérieur à toute création, alors qu'en réalité il est plus pitoyable que le rat galeux le plus pestiféré. L'être humain n'a pas fait ce que cette planète voulait qu'il fasse : être comme une mère pour tout ce qui vit, pour tout ce qui pousse. » Il ignorait si ses mots recouvraient tout ce qu'il voulait exprimer. Les mots devenaient si pompeux une fois prononcés, alors même que le sens qu'ils revêtaient était simple, si simple.

« Je *sais* que la jungle est le centre du monde, poursuivit-il d'une voix égale. Quand bien même certains hommes pensent que c'est Rome, la ville où vit le pape. Pour les *gringos*, ce serait plutôt New York ou Washington. Mais ils vont tous mourir si la jungle venait à disparaître. À notre retour, je dirai à Bakhtar que je ne peux plus travailler pour lui encore longtemps. Il y a encore trop de choses que j'ignore, ce qui fausse peut-être toutes mes réflexions. Il faut que j'aille vivre à la capitale, à la grande ville. Là, il existe ce qu'on appelle l'université, un endroit où on trouve un nombre incalculable de livres sur tous les sujets imaginables. Où des étudiants discutent tout comme nous le faisons. Ça serait bien si tu pouvais venir, Orlando ; on pourrait comprendre les choses ensemble. »

Orlando avait écouté les paroles de Mino avec le plus grand sérieux. Il bondit sur ses pieds, alla prendre une branche enflammée dans le feu et descendit en courant jusqu'au bord de la rivière. Puis, après s'être débarrassé de ses chaussures, de son pantalon et de sa chemise, il s'avança dans les eaux sombres. Mino, qui entendait son ami barboter, ne voyait que la lumière de la torche. Puis, la voix d'Orlando tonna dans la nuit de la jungle : « Chef des Obojos, chef des Obojos, ne craignez pas pour le futur ! Car bientôt Carlos Ibañez et Orlando Villalobos vont extraire la vérité de la noirceur de l'existence. À présent, le fils du cactus et le saigneur de cochons vont mettre le monde sens dessus dessous ! La nuit des mille réflexions s'achève ! »

Puis il pataugea hors de l'eau, s'ébroua comme un chien devant le feu et, nu comme un ver, s'accroupit par terre.

« Voilà, tu me vois comme je suis, dit-il avec un large sourire. Le jaguar, le feu et le soleil. Le tout dans un seul et même corps. Nourri de milliers d'idées et de milliers de désirs. Un être impossible à caser dans le zoo de Mengele. Orphelin de père et de mère, sans foi ni loi. Mais pas sans bon sens. Avant ton apparition, je n'avais aucun interlocuteur sensé dans ce désert intellectuel qui se prétend une ville. Les pêcheurs, oui, bon. Mais ils ne parlent que de politique, ils passent leur temps à se quereller sur la différence entre le PCP, le CCP, l'Union Trabajeros et Frente Popular. La nuit, dans ma cabane, il m'arrivait de croire que j'allais devenir fou. Que je n'avais pas les pieds par terre. En lisant le livre sur Josef Mengele, j'ai compris que ce n'était pas *moi* qui étais fou, mais ce qui m'entourait. Tu crois que le professeur Gello Lunger, celui qui a écrit ce bouquin, enseigne à l'université ? N'est-ce pas là qu'habitent tous les professeurs ? *Claro*, on va le savoir ! *Amigo*, devine quelle est la plus grande folie dont Orlando ait eu vent jusqu'ici. Réjouis-toi : c'est leur projet de noyer cette jungle où toi et moi, nous avons marché ! Tu n'es pas le seul à connaître la véritable importance de la jungle. Reste à savoir comment nous allons pouvoir arrêter cette folie. Je suis prêt à assassiner, si c'est à bon escient. »

Orlando jeta de nouvelles branches dans le feu.

« Dès notre arrivée à la capitale, je propose que nous trouvions le bureau de construction de barrages et d'hydroélectricité et que nous le dynamitions. Ensuite, on s'occupera des usines de bauxite. »

Mino riait en coin. L'idée l'avait déjà effleuré. Sauf qu'ensuite, il y aurait de nouveaux bureaux et de nouveaux chefs. Derrière chaque personne de pouvoir s'étirait une file interminable de suppléants impatients d'avoir leur tour. À l'instar de Pitrolfo, qui avait remplacé cette brute de Cabura.

« Tu as peut-être raison, dit-il. On va se renseigner. Il y en a peut-être d'autres du même avis que nous. Qu'est-ce qu'ils font ? J'ai entendu dire que des bagarres avaient éclaté entre les étudiants et les *soldateros*. C'est bon signe. C'est là qu'il faut que nous allions. Oui, c'est comme ça que nous devons commencer.

— Tu as raison. Sans compter qu'il doit y avoir beaucoup de jolies *señoritas* à l'université. Du genre à venir là pour se limer les ongles. Tu savais que l'université était divisée en départements, un pour chaque domaine ? Des facultés, que ça s'appelle. Un grand mot. Par où commencer ? Existe-t-il une faculté pour apprendre à tuer le cochon ? Crois-tu qu'ils vont laisser y entrer des gens comme nous ?

— J'ai demandé à la bibliothèque, répondit Mino. L'université est ouverte à tous. Il faut juste comprendre le système. Moi, de mon côté, je me verrais bien étudier la lépidoptérologie – c'est l'étude des papillons. Puis la géographie et l'histoire. Peut-être aussi les sciences politiques. Ensuite, j'apprendrais vingt ou trente langues. Ça ne devrait pas être bien difficile. Et j'aimerais en connaître davantage sur le ciel étoilé, l'astronomie. Essayer de découvrir où se trouve Dieu. Avec tout ça, je devrais bien trouver un moyen de sauver la jungle. Qui sait si je ne finirai pas pape à Rome ? Je déménagerai alors le trône papal dans une cabane de bambou ici, dans la jungle. Et j'en bannirai tous les *gringos*.

— Ton père, dit tout à coup Orlando, tu n'as jamais pensé à le délivrer de son état de cactus ?

— Non, dit Mino, il se porte mieux ainsi. D'ailleurs, ce n'est pas mon père. Je t'ai menti, ajouta-t-il doucement. Je viens d'un tout autre pays. Mes parents ont été massacrés par *los armeros*, tout comme le reste du village. Je suis le seul survivant. Mon vrai nom est Mino Aquiles Portoguesa. »

Orlando remuait sans rien dire un bâton dans les braises. Alors Mino lui raconta toute son histoire.

Il baissa son pantalon pour lui montrer les vilaines cicatrices à son entrejambe. Repoussa ses cheveux et lui dévoila l'oreille manquante. Et, pour conclure, il lui dit : « Sur la berge de la rivière, pas très loin de ta cabane, j'ai enterré le pistolet et dix-neuf des vingt balles que j'avais au départ. La vingtième, je l'ai utilisée pour le maire. »

Dès leur retour en ville, Orlando commença à travailler sur un chantier naval. Bakhtar était tout content de récupérer son serveur-jongleur, mais triste d'apprendre que Mino allait partir pour la grande ville dans quelques mois. Pepita, Felicia, Ildebranda, Penelope, Diana et Miguela se rendaient assidûment sous le platane du parc quand les garçons s'y trouvaient, ou bien venaient faire la fête à la cabane d'Orlando. Personne ne croyait plus à l'histoire des pustules jaunes de Mino ; elles auraient dû apparaître depuis longtemps, s'il avait dit vrai.

Il alla chez *el dentista* se faire remplacer les dents qui lui manquaient. La barbe qu'il avait commencé à faire pousser gagnait en épaisseur, son corps acquérait peu à peu sa carrure d'adulte. C'était un beau jeune homme, qui n'avait plus rien de l'adolescent malingre arrivé ici quelque deux ans plus tôt. Il ressemblait trait pour trait à la photo du malheureux Carlos Ibañez sur le passeport – valable pendant encore sept ans, comme Mino l'avait constaté à sa grande satisfaction. Mais la même question demeurait : le reconnaîtrait-on dans la ville de Maria Estrella s'il venait à y retourner ? Peut-être. Peut-être pas.

Dire qu'il n'y avait pas si longtemps, il était allongé à côté d'elle sur le ponton... Tant de choses s'étaient passées depuis ! Pouvait-on lire sur son visage tout ce qu'il avait vécu ? Quand le jeune homme le scrutait devant un miroir, il ne pouvait rien y déceler. Ses cheveux dissimulaient l'oreille manquante. Il avait de nouvelles dents. Son sourire était comme avant. *Presque* tout était comme avant.

Le voyage que lui et Orlando avaient entrepris dans la jungle lui avait permis de rapporter soixante-treize nouvelles familles de papillons, qui s'alignaient à présent dans ses boîtes. Il avait hâte de rentrer à la maison du bord de mer y retrouver le reste de sa collection. Pour que tous les papillons qu'il avait découverts puissent y trouver leur place, selon leur famille et leur ordre. Même durant cette randonnée, cependant, il n'avait pu trouver l'identique du grand papillon bleu et jaune sur lequel il était tombé dans la jungle, tant d'années plus tôt. Le *Papilio Portoguesa*.

Diego Navarro était devenu maire. Il avait aussitôt lancé la construction d'un nouveau quai pour les pêcheurs, puis emménagé dans la maison de son prédécesseur. De là, il décida, dans l'ordre, la pose d'un nouveau bitume dans les rues principales, une nouvelle flèche pour l'église de la ville, des taxes spéciales pour les Libanais, d'autoriser la possession non plus de deux mais de quatre cochons dans les jardins privés, la construction d'un parking spécialement dédié aux camions grumiers à l'endroit où on le leur avait promis, et enfin la fermeture du parc entre minuit et sept heures du matin. Ainsi, tout était redevenu comme avant, sans grandes améliorations notables, à l'exception du quai pour les pêcheurs.

Les deux garçons travaillaient, et gagnaient de l'argent. Presque chaque jour dans le parc, ils comptaient leurs économies, qui augmentaient lentement mais sûrement. Ils ne tardèrent pas à comprendre que suivre des études à la capitale allait leur coûter beaucoup plus que ce qu'ils parvenaient à mettre de côté depuis quelques mois. Leur avenir semblait bouché.

Un soir, Mino lut un livre sur les ravages des conquistadors parmi les Indiens. Il y apprit que des tonnes et des tonnes d'or inca furent fondues en barres et chargées sur des bateaux pour être ramenées au Portugal et en Espagne. Nombre de ces bateaux n'arrivèrent jamais au port, pris dans des courants traîtres ou des tempêtes soudaines qui les avaient fait s'échouer sur des côtes inhospitalières. Un endroit était tout particulièrement dangereux le long de la route de l'or : un détroit entre la terre ferme et quelques îles, appelé la « Gueule du Diable ». Là-bas, la moindre brise pouvait se transformer en ouragan violent capable de rompre les mâts comme des fétus de paille. Les navires, entraînés par les courants, se fracassaient alors sur les falaises escarpées du littoral.

Au moins quarante galions avaient subi pareil sort. Tous chargés d'or.

Mino consulta la carte des routes maritimes. Les terres au sud de la Gueule du Diable devaient se situer tout près de la ville où se dressait sa maison. Brusquement, une idée passa comme un éclair dans sa tête. Il rejeta le livre et bondit sur ses pieds. Il l'avait oubliée ! L'épave qu'il avait vue en plongeant pour détacher l'ancre des pêcheurs... Elle étincelait de jaune. Et que lui avait expliqué Maria Estrella ?

« Ce n'est pas du fer, il rouille. Ce n'est pas de la tôle, l'eau finit par la ronger. Ce n'est pas du cuivre, il devient vert-de-gris. Ce n'est pas de l'argent, il devient gris ou noir. C'est de l'or. L'or brille encore même au bout de mille ans. »

Voilà ce qu'elle lui avait répondu.

Ce serait trop beau. Un vrai conte de fées. Mais Mino décida d'en avoir le cœur net. Il fallait qu'il retourne à la maison près de la mer. Presque toutes les nuits, il rêvait de Maria Estrella – il devait partir le plus vite possible.

Dès le lendemain, il alla donc se renseigner sur les correspondances de bus. Le trajet aurait été plus rapide en avion, mais aussi bien plus cher. Lui et Orlando auraient besoin de chaque bolivar une fois à la capitale. Il se décida finalement pour un départ deux jours plus tard, le samedi matin.

« Il faut que je sache comment va Maria Estrella. Je ne serai pas en paix avant, expliqua-t-il à son ami occupé à retirer des échardes de ses paumes.

— Je comprends, mais sois sûr d'une chose : si les porcs de ce pays te soupçonnent d'être à l'origine de l'incendie de la prison et du reste, alors ta maison sera sous surveillance constante. La communication entre pays sur les questions de criminalité fonctionne très bien, comme tu as pu le constater. Peut-être qu'ils retiennent ta petite amie et sa mère en otages en attendant que tu pointes ton nez là-bas. Mais je ne te retiens pas. C'est évident que tu dois y aller. Si tu n'es pas revenu dans une semaine, je viendrai te rejoindre. Le jaguar, le feu et le soleil viendront mettre un barouf d'enfer. Ou alors je détournerai un avion et menacerai de le faire s'écraser droit sur la tête des généraux, s'ils ne te relâchent pas. Je suis sérieux. »

Le voyage en bus prit une journée et demie. Mino avait rangé toutes les boîtes de papillons dans deux cartons soigneusement emballés. Quant au pistolet automatique, il l'avait glissé sous sa chemise.

Quand le bus s'arrêta à la gare routière, Mino coinça un grand bout de coton sous sa lèvre inférieure et enfila des lunettes de soleil. Non sans mal, il parvint à transporter ses cartons jusqu'à la pension la plus proche, où il loua une chambre pour trois nuits. Ensuite, il alla se positionner à l'angle de la rue où il avait autrefois passé tant d'heures. La niche dans le mur près de la Banco Espirito Santo se trouvait toujours là, et elle puait toujours l'urine. Il était deux heures de l'après-midi.

Il se sentait troublé. La ville lui parut beaucoup plus grande que dans son souvenir, encombrée par une circulation extrêmement dense. Il ne voyait pas comment quiconque aurait pu le reconnaître, avec sa barbe, ses lunettes de soleil et un coton sous la lèvre inférieure. Pourtant, il convenait de rester prudent. Allait-il oser prendre le bus pour la maison ? Il pouvait toujours descendre un arrêt plus loin et revenir à pied. Se faire passer pour un touriste parti admirer les rochers et la mer. Il lui fallait donc un appareil photo à faire pendouiller sur le torse.

Il alla dans une boutique acheter l'appareil le moins cher qu'il y trouva. Après quoi il monta dans le bus.

Certains des passagers lui disaient quelque chose. Et s'il tombait sur Maria Estrella en train de prendre le bus devant l'école ? Son sang se mit à battre plus fort dans ses veines. Mais aucune Maria Estrella n'apparut. Et personne parmi les voyageurs ne sembla le reconnaître. Le chauffeur du bus, qui l'avait conduit en ville des centaines de fois auparavant, avait pris son argent et lui avait donné son ticket comme s'il avait eu un parfait étranger en face de lui.

Le véhicule progressait à la vitesse d'un escargot – pour Mino, c'était interminable. Il était si tendu qu'il avait bien du mal à rester assis. Enfin, ils arrivèrent à destination. Là, la villa de la señora prétentieuse qu'il n'avait jamais pu supporter ! Et sa maison ! Il n'y vit aucun signe de vie en la dépassant, mais eut le temps de voir que les fleurs en pot de l'entrée semblaient se porter à ravir. Il espérait que Maria Estrella et sa mère avaient accepté son offre d'habiter là plutôt que dans la misérable maison de la compagnie de sel.

Il tira la sonnette. Il était temps de descendre.

Lentement, il commença à rebrousser chemin. Chaque fois qu'une voiture passait, il sortait son appareil et feignait de prendre un cliché. Il lui fallait se maîtriser pour ne pas se mettre à courir.

Derrière le prochain virage, il verrait sa maison.

Il marchait lentement, toujours sur ses gardes. Aucune voiture suspecte n'était garée dans les environs. Un instant, il resta devant son propre portail, en faisant semblant d'admirer la bougainvillée en fleurs. Il vit alors que la terre dans les pots de fleurs était étonnamment sèche, on ne l'avait pas arrosée depuis plusieurs jours. Puis, à court de courage pour jouer la comédie, il se glissa entre le portail et gagna la porte.

Elle était verrouillée. Il frappa. Lourdement. Pas de réaction. Perplexe, il jeta un regard autour de lui. Puis courut soulever une pierre dans le jardin. Les clés étaient bien là. Les doubles.

Il se précipita vers la porte pour la déverrouiller. L'air sentait le renfermé – on n'avait pas aéré depuis longtemps. Il courut d'une pièce à l'autre. Partout, c'était propre et bien rangé. Sur la table de la cuisine, il y avait deux assiettes. Sur la gazinière, une casserole, au contenu vert de moisissures. Il alla ouvrir la porte du réfrigérateur – pour le découvrir rempli d'aliments avariés. Le choc le poussa à s'asseoir sur une chaise.

Tout ceci l'intriguait. De toute évidence, des personnes habitaient encore ici une, voire deux semaines auparavant. Maria Estrella et sa mère.

Le lit était soigneusement fait dans la chambre qu'il partageait avec sa bien-aimée. Il replia un drap. La chemise de nuit de Maria. Dans les placards, les habits de Maria. Il ne put s'empêcher de les humer. La bonne odeur de Maria.

Sa perplexité ne cessait de croître. Il examina chaque pièce soigneusement. La mère de Maria avait ramené des objets qu'il avait vus dans leur domicile précédent : quelques coffres, des photos encadrées, de la vaisselle, un tapis tissé, une commode. À l'extérieur, sur la terrasse, se trouvaient deux chaises. Il dévala les marches qui menaient au ponton.

Il resta un moment à regarder dans l'eau un banc de poissons argentés, incapable de se décider sur la conduite à suivre. Puis quelque chose lui revint à l'esprit, et il remonta en courant.

Mino alla farfouiller dans les affaires de Maria. Au fond d'un placard, il trouva une petite cassette avec un grand cœur rouge dessus. Elle contenait une lettre. La première qu'il lui avait écrite.

Dans la salle de bains, il trouva la pochette rouge dans laquelle Maria rangeait son maquillage, ainsi que deux brosses à dents dans leurs verres respectifs. Mino comprit qu'elles avaient dû quitter la maison en toute hâte.

Il regarda les jolies boîtes de papillons, restées à l'endroit exact où il les avait laissées. Elles n'arrivaient même pas à capter son intérêt. Il n'avait plus qu'une idée en tête : retrouver Maria Estrella et sa mère.

Il grimpa jusqu'aux baraquements de la compagnie de sel, qui s'était encore dégradés. Des détritus s'amoncelaient de toute part. Les fenêtres de la maison où Maria et sa mère avaient vécu étaient cassées, la porte était même restée ouverte. Des poules y allaient et venaient librement. Personne. Señor Paz, le voisin, un vieillard sec au teint jaunâtre qui n'arrêtait pas de tousser, lui raconta que la señora Piña et sa fille avaient déménagé plusieurs mois auparavant. Oh, elles n'étaient pas allées très loin. Elles habitaient dans la demeure du fiancé de la señorita, la belle villa située en contrebas près des rochers, du côté de la mer. Señor Paz indiqua du doigt la maison de Mino.

Celui-ci le remercia pour l'information et s'en retourna.

L'usine de chaussures ! La mère avait travaillé à l'usine de chaussures. C'était là-bas qu'il devait aller, et le plus vite possible.

L'équipe de l'après-midi venait de prendre son service à son arrivée à l'usine, une demi-heure plus tard. Il se retrouva dans une grande salle, où des femmes attablées s'affairaient à couper du cuir. Une odeur forte vint lui piquer les narines. Au fond de la salle, derrière une porte vitrée, se trouvait un homme en costume. Mino alla frapper à sa porte. L'homme sortit et toisa le garçon d'un air interrogateur.

« Je cherche la señora Piña, dit Mino. Elle est censée travailler ici.

— *Censée* travailler, c'est bien le mot ! s'exclama l'homme en faisant nerveusement jouer un crayon sur ses phalanges. Ça fait onze jours qu'elle n'est pas venue, sans même prévenir. Personne ne nous a avertis qu'elle était malade. C'est étrange, d'ailleurs, car señora Piña est une travailleuse très consciencieuse. Ça fait plusieurs années qu'elle bosse ici. Mais nous allons devoir embaucher quelqu'un d'autre si elle ne revient pas bientôt. Vous êtes de sa famille ? »

Mino se borna à fixer le sol sans rien répondre.

« Alors vous êtes une connaissance ou un parent. Oui, c'est étrange, très étrange même. Vous êtes allé chez elle, vous y avez trouvé porte close, et c'est pour ça que vous êtes venu ici, j'imagine. »

Après un vague remerciement, Mino se retourna et partit. Une fois dans la rue, il remit ses lunettes de soleil. C'était sans espoir. *Qu'était-il arrivé à Maria Estrella et sa mère ?* Une fois de retour à la pension, il s'assit sur le lit et commença à faire rouler entre ses doigts le pistolet qu'il avait gardé pendant tout ce temps sous sa chemise.

Elles n'étaient certainement pas parties à sa recherche – jamais elles n'auraient laissé la maison dans cet état. Peut-être l'une d'elles avait-elle eu un grave accident ? Ce qui obligeait l'autre à la veiller à l'hôpital ? Il fallait vérifier cela séance tenante : en payant deux bolivars au propriétaire de la pension, il obtint que celui-ci téléphone à l'hôpital pour s'enquérir d'une certaine señora ou señorita Piña. Sans résultat.

Mino appela un taxi après avoir rangé ses affaires. À présent, il se fichait qu'on le reconnaisse. Ça faisait un moment qu'il avait avalé le bout de coton sous sa lèvre inférieure. Une fois les boîtes de papillons installées sur la banquette arrière, il donna son adresse au chauffeur : il avait l'intention d'habiter chez lui, de dormir dans l'odeur des vêtements de Maria Estrella.

Il ne ferma presque pas l'œil cette nuit-là. De temps à autre, il lui prenait l'envie de faire un tour dans la maison. Qui sait si elle n'avait pas caché un message quelque part ?

En se levant au-dessus de la colline de cactus, à l'est, le soleil le trouva assis sur la terrasse, à éplucher des oranges. Il suçait leur jus et se débarrassait de la pulpe.

Sans grande joie, il entreprit de s'occuper de sa collection de papillons, répertoriant et rangeant toutes les nouvelles espèces à leur place. Il possédait désormais plus de quarante boîtes plates à couvercle de verre, qui contenaient en tout cinq cent douze espèces. Des papillons de jour. Les plus beaux appartenaient à la famille des *Morphoidae* et des *Papilionidae*.

Il alla arroser toutes les plantes du jardin, restant longtemps près de l'arbre à anones qu'il avait planté pour Maria et lui-même, Mami. Mami avait grandi. Vert et exubérant. Un arbre solide et sain.

Il pouvait toujours prévenir la police. Tout autre l'aurait fait. Mais pas Mino Aquiles Portoguesa. Quand bien même il possédait un passeport et des papiers l'identifiant comme Carlos Ibañez.

Quand il eut fini de ranger ses insectes et de s'occuper du jardin, le jeune homme se retrouva à court d'idées. À quoi bon tout cela ? Il n'arriverait pas à se concentrer sur autre chose tant qu'il ignorerait ce qu'il était advenu de Maria Estrella. Il fallait absolument qu'il entreprenne quelque chose, il ne pouvait pas simplement rester là les bras croisés. Il alla donc se baigner, sans retrouver la sensation de fine membrane entre l'air et l'eau. Les couleurs des coquillages lui parurent grisâtres, tristes.

Bien sûr, le vieux galion espagnol chargé d'or n'existait que dans son imagination. L'éclat doré qu'il avait entrevu devait être une vulgaire boîte de sardines que les pêcheurs venaient de jeter à l'eau une fois vide. Mais puisqu'il n'avait rien d'autre à faire, pourquoi ne pas aller vérifier ? Maria Estrella serait peut-être revenue entre-temps.

Mino prit le masque de plongée et marcha jusqu'en ville. Il savait qu'en périphérie, se trouvait un petit port où les touristes pouvaient louer des bateaux à rames. Il lui fallait un bateau.

Après quelque marchandage avec un vieux bonhomme aussi décharné qu'édenté, il obtint le bateau qu'il voulait – avec un grappin solide et une longue corde.

La mer était d'un calme plat. N'ayant jamais ramé auparavant, il peina terriblement avant de comprendre la bonne technique. Finalement, en zigzaguant plus ou moins le long de la côte, il parvint jusqu'aux rochers. Alors il rama un peu vers le large. Il devait essayer de retrouver l'endroit où les pêcheurs avaient coincé leur ancre.

Sur le ponton comme dans la maison, tout était silencieux, désert. Il avait espéré trouver ouverte la porte donnant sur la terrasse, où une jeune femme en robe jaune le guetterait.

Il rama en rond pendant un bon moment, jusqu'à l'endroit qu'il supposait être le bon. Après avoir lancé corde et grappin dans l'eau, il enfila son masque de plongée et sauta. Il prit alors une profonde inspiration, puis descendit le long de la corde. Au fond, seules quelques formations de pierres grises l'attendaient. Pas d'épave. Par trois fois il plongea sans en trouver la trace. Il finit par regrimper dans le bateau le temps de récupérer un peu. C'était éprouvant, et il n'avait pas vraiment la forme.

Ensuite, il ramena le bateau jusqu'au ponton, où il resta un long moment à guetter. C'était pourtant là, oui, exactement là que s'était trouvé le bateau des pêcheurs. Il repartit donc, après s'être muni d'une dizaine de grosses pierres qui l'entraîneraient rapidement vers le fond. De cette façon, il gagnerait du temps et économiserait son souffle.

Il trouva l'épave dès sa première plongée. Elle était vieille, sans l'ombre d'un doute – des algues et des coraux la recouvraient presque entièrement. Il nagea un peu autour afin d'en avoir une vue d'ensemble. Il lui fallait retrouver cette espèce de vieux canon rouillé, dans lequel l'ancre des pêcheurs s'était coincée. À un moment, il dut remonter pour reprendre de l'air. Il resta un moment allongé près du bastingage, avant d'y retourner avec une nouvelle pierre dans les mains. Cette fois, il trouva le canon. Un *vrai* canon. Mais ne vit aucun éclat doré. La troisième et la quatrième fois, il se concentra sur les algues et les coraux. L'eau était devenue opaque à cause du bois de charpente qui s'émiettait, et Mino n'en pouvait plus.

Il se reposa presque une heure dans son bateau. Puis décida de faire quelques derniers plongeons. S'il ne trouvait rien, ça voudrait dire que le courant avait emporté la boîte de sardines encore plus au large.

Il touchait presque le fond, à proximité du canon, quand il repéra ce qu'il cherchait. L'eau était redevenue limpide et, sous une masse emmêlée d'algues, quelque chose de doré brillait. Il s'en approcha avec précaution, y introduisit une main. L'eau recommença immédiatement à se troubler. Mino saisit quelque chose de carré. C'était coincé. Il entreprit de dégager l'objet en le secouant – et finit par y arriver. C'était lourd. Si lourd qu'il ne pouvait le remonter à la surface. Il lutta jusqu'au grappin pour y accrocher sa trouvaille. Sa tête allait éclater, il ne voyait rien dans l'eau boueuse. Alors il remonta à la surface.

Mino ne voyait pas où il allait trouver le courage de redescendre encore une fois. Mais il n'avait pas le choix – il voulait en avoir le cœur net. Il lui fallait absolument remonter ce satané objet. Après quelques instants de repos, il repartit donc vers le fond.

Il alla examiner les griffes du grappin. Ça pouvait marcher. Puis il retourna au lourd objet, qu'il réussit à coincer entre deux griffes, serra la corde et s'assura que l'objet était bien arrimé.

Après être non sans mal parvenu à se hisser par-dessus bord, il entreprit de remonter précautionneusement la corde. C'était lourd. Il s'écorcha les paumes à tirer sur les torons rugueux et trempés. Avec une lenteur extrême, le grappin s'approchait de la surface de l'eau. Faire basculer l'objet dans le bateau lui demanda un effort considérable.

De la taille d'une brique, sa découverte était cependant plus lourde que du plomb. L'un des côtés brillait d'un jaune éclatant. Mino comprit qu'il s'agissait d'un bloc d'or pur.

Il rama lentement vers le ponton, pour y dissimuler la masse d'or derrière quelques pierres. Ensuite, le chemin du retour vers le loueur de bateaux lui prit plus d'une heure, tellement il était exténué. De là, il revint à pied jusque chez lui.

Assis sur la terrasse avec un broc de limonade, un peu de pain sec et une coupelle d'olives, il observait la barre d'or brillante sur la table. Il en avait nettoyé et astiqué toutes les faces. Elle devait peser plus de dix kilos. Il était donc devenu riche... Un homme riche avec une tête vide, une maison vide. Il ne ressentait aucune joie.

Il posa le lingot d'or dans une boîte sous le lit. Elle n'avait qu'à rester là.

Il possédait des sacs de cuir remplis de pièces d'or et d'argent à son arrivée dans cette ville, mais il avait perdu Isidoro. Seul, il avait pelé ses oranges en regardant passer les bateaux au loin. À présent, il dissimulait une fortune incroyable sous son lit, mais il avait perdu Maria Estrella. Il était seul à picorer des olives dans la coupelle.

Il alla remplir un récipient pour arroser Mami. Alors même qu'il traversait le salon pour sortir sur la terrasse, il vit quelque chose qu'il n'avait pas remarqué auparavant. Près du canapé en rotin, par terre – des taches sombres sur le carrelage. Il reposa l'arrosoir et s'en approcha. Trois taches rondes et foncées. Il en gratta une avec l'ongle. Du sang.

Profitant de sa position accroupie, il jeta un coup d'œil sous le canapé. Il y avait là quelque chose, une boule, un fruit pourri, et... Mino recula. Il se secoua pour tenter d'effacer de son esprit ce qu'il croyait avoir vu. Puis il se ressaisit, et alla chercher un balai.

Il ne parvenait plus à quitter des yeux ce qu'il avait ressorti de sous le canapé : une boule sanglante, desséchée. C'était un œil humain.

6. Le nectar des fleurs rouges

Orlando sentit sa gorge se nouer en écoutant l'histoire de Mino. Plus tard, il se demanderait si c'était parce que son ami n'avait pas retrouvé sa *querida*, ou à cause de la richesse incroyable que Mino lui présentait sous forme de pièces d'or sonnantes et trébuchantes.

« L'œil, dit gravement Mino. Personne ne perd sans raison un œil sous un canapé. La pupille était opaque, totalement décolorée. Il aurait pu appartenir à n'importe qui... que sais-je, moi, des yeux humains ? »

Ils étaient allés s'asseoir devant la cabane d'Orlando. Mino était revenu tard la veille au soir ; il avait quitté la maison immédiatement après son épouvantable trouvaille. Avant de partir, il avait déposé une note dans la cassette avec le cœur rouge, par-dessus sa propre lettre : « Mami grandit, il a l'air de se plaire ici. Il va devenir si grand qu'il finira par embrasser le ciel. » Puis il avait glissé la cassette sous le drap, à côté de la chemise de nuit de Maria Estrella.

Ils restèrent chez Orlando jusque tard dans la nuit. À voix basse, avec tout le sérieux dont ils étaient capables, ils mirent au point des plans à propos de leur voyage prochain à la capitale, réfléchirent aux moyens de retrouver Maria Estrella et sa mère. Ils étaient deux frères, deux frères colibris à la recherche de nectar.

Bakhtar Suleyman Asj Asij prit la main de Mino dans la sienne.
« Ma famille est ta famille », dit-il en libanais – Mino n'eut aucun mal à le comprendre. « Tu es jeune, va donc découvrir le monde. Et

qu'Allah te protège ! Voici deux lettres : l'une pour mon beau-frère dans la capitale – il t'accueillera comme un frère si jamais tu as besoin d'aide. L'autre, tu n'en auras peut-être jamais besoin, mais elle est destinée à mes frères, au pays. Ils habitent une ville appelée Baalbek – ce n'est guère facile d'y aller, mais ne doute pas d'y être bien accueilli si tu montres cette lettre. La guerre a détruit ce pays, mais peut-être auras-tu l'occasion de t'y rendre lorsqu'il aura été reconstruit, *inch Allah*. Adieu, tu vas manquer aux clients. » Tout en se curant les dents de devant, Bakhtar et mit soudain un zèle inhabituel à essuyer le comptoir.

Mino prit les lettres, remercia poliment et partit.

Les deux garçons quittèrent subrepticement la ville, sans mettre aucune des filles au courant. L'ombre sous le platane resta dès lors vide, tout simplement.

Mino et Orlando longeaient les murs à la recherche de l'ombre, en tirant leurs nouvelles valises sur le trottoir. Ils s'asseyaient parfois sur leurs bagages pour s'éponger le front. Les gaz d'échappement de sept millions de voitures leur brûlaient les poumons, le vacarme était envahissant et la foule autour d'eux innombrable.

Mino observa les quelques chiens galeux et efflanqués qui erraient parmi les gens. Eux aussi rasaient les murs, eux aussi semblaient courir tout droit, probablement sans but, sans jamais s'arrêter pour tourner la tête. Mino s'imagina accomplir pareil effort – ce qui ne fit que lui donner plus chaud encore. Il se demanda où ils finissaient par se rendre, après avoir ainsi traversé la ville en courant. Probablement dans une quelconque *favela*, *un barrio* ou *un rancho*, comme on appelait les faubourgs pauvres qui entouraient la ville. Ces quartiers ne faisaient que s'étendre, grimpant une colline pour dévaler la suivante, toujours plus loin, montant, descendant, dans toutes les directions, un bidonville sans fin, sans eau, sans lumière, sans égouts, peuplé de millions et de millions de gens poussés vers la ville depuis leurs provinces exsangues. Des travailleurs agricoles sans terre, des Indiens aux forêts brûlées, des petits paysans de la *sabana* devenue un désert après avoir été piétinée par le bétail, des malades, des vieux, des orphelins et des estropiés qui venaient en ville dans l'espoir de trouver du travail, des soins, du bonheur et des richesses. Il y en avait, mais pas pour eux.

Les deux garçons parvinrent finalement à traîner leurs valises jusqu'à un hôtel, *L'Imperial*. Celui-ci arborait une fière flopée de drapeaux sur sa toiture. Peu importait son prix, ils avaient suffisamment d'argent. Mino avait découpé une bande d'or du lingot puis l'avait martelée pour en faire une petite boule. Une banque la lui avait échangée contre un gros tas de billets.

On leur donna deux grandes chambres au dernier étage après qu'ils eurent payé un mois d'avance. Les chambres, contiguës, étaient reliées par une porte de communication. Tous deux se laissèrent tomber sur leur lit respectif, et se perdirent dans l'écoute des bruits de la ville.

Les jours suivants, les deux garçons menèrent une vie chaotique. Ayant trouvé le quartier de l'université de la ville, ils se perdirent dans un labyrinthe de bâtiments, couloirs, salles et bureaux où une myriade de personnes entraient et sortaient continuellement. Quand ils tentèrent de se renseigner, on leur remit une énorme pile de formulaires et de papiers à remettre ensuite à différents bureaux. Ils ne comprenaient pas grand-chose aux colonnes et aux rubriques à remplir, encore moins leur utilité. Mais ils étaient arrivés jusqu'ici, ils voulaient écouter, lire et apprendre. Point final.

Pourtant, Mino restait plongé dans un état d'apathie mélancolique. Il ne cessait de penser à Maria Estrella et à sa mère, et suivait son ami tel un chien sans volonté. Orlando le secouait de temps à autre, en vain. Pendant que son ami se démenait pour se renseigner, arpentait bureaux et couloirs, Mino restait en arrière et, sans s'en rendre compte, attirait l'attention en jonglant ou en faisant rouler entre ses doigts tout ce qui lui tombait sous la main. Cela pouvait être un cendrier, un gobelet de la machine à café, des pièces de monnaie, des livres, oui, même son pistolet automatique qu'il gardait toujours sous sa chemise, et qu'il sortit une fois dans un moment d'absence. L'arme virevolta à plusieurs reprises autour de son corps avant que son ami s'en aperçoive – et qu'il évite une éventuelle catastrophe si d'aventure quelque vigile avait vu l'arme. Ils s'étaient rendu compte que le quartier de l'université fourmillait de vigiles privés et d'espions introduits là dans le but de repérer – et d'éliminer – les fauteurs de troubles.

« Demain, dit Orlando un soir dans leur chambre d'hôtel, alors que tous deux étaient épuisés par les efforts de la journée, demain, je me mettrai à la recherche de ta *querida*. Je ferai ce que nous avions prévu. »

Mino acquiesça d'un signe de la tête.

Son ami, Orlando le savait, ne retrouverait pas la paix avant de connaître les circonstances de la disparition soudaine de sa petite amie.

« J'emprunte ton pistolet et dix balles, *claro* ?

— *Claro*. »

La lune était encore pleine au-dessus de la colline aux bidonvilles à l'ouest quand Orlando, très tôt le matin, après avoir bâillé à s'en décrocher la mâchoire, trouva l'arrêt du bus qui rejoignait la ville près de la mer. Il avait reçu des instructions détaillées de Mino. Quelques heures plus tard, il secouait ses vêtements pour les débarrasser de la poussière du voyage, et, toujours aussi mal réveillé, prenait un taxi pour la maison de son ami.

Face au portail, il admira la jolie villa dont l'escalier descendait jusqu'aux vagues vertes. La maison de Mino. Étrange. Difficile de croire que son camarade avait vécu ici. Il n'y avait personne. Après avoir récupéré les clés, il fit plusieurs fois le tour de la maison, en s'arrêtant longuement devant la collection de papillons de son ami. Ensuite, il descendit au ponton et plongea dans l'eau.

Orlando sifflait gaiement en planifiant la suite. Il savait sans l'ombre d'un doute où trouver Maria Estrella. La seule question était : dans quel état ? Il espérait ne pas avoir besoin d'utiliser l'arme qu'il avait dissimulée sous sa chemise.

Il allait partir, quand il découvrit une lettre posée devant la porte. Adressée à Mino, elle contenait un message aussi court que formel : si le propriétaire laissait les lieux inoccupés pendant un an, la commune recourrait à son droit de confiscation. Dans un sourire, Orlando froissa la lettre et la jeta.

Le poste de police ressemblait à un poste de police : du plâtre tombait des murs gris, quatre vigiles lourdement armés gardaient l'entrée, et un tas de chiens galeux dormaient à l'ombre près de l'escalier. Ça sentait la sueur et l'huile rance avant même qu'on ne franchisse la porte. Orlando prit garde à ne pas marcher dans les mollards gluants que les gardes raclaient de temps à autre du fond de leur gorge pour les envoyer par-dessus les marches – une preuve supplémentaire du mépris souverain des autorités pour les opprimés, qui marchaient toujours le regard collé au sol.

Il s'approcha d'un pas décidé de l'homme posté derrière le comptoir qui enregistrait toutes les plaintes de vols, hold-up, agressions et autres meurtres, sans oublier des choses bien plus intéressantes – délation politique, sabotage et pots-de-vin.

« *Tardes*, commença Orlando. Ça concerne ma tante Vanina Piña et sa fille Maria Estrella. J'ai fait un long voyage pour les avertir que des membres la famille étaient gravement malades – une vilaine peste a éclaté là-haut, dans la province d'Ayacucho. Elles ont disparu de leur maison, et n'ont pas remis les pieds à leur travail. Les voisins ne les ont pas vues depuis des semaines. Je n'ai pas vu d'autres moyens que de me tourner vers la police après avoir, en vain, vérifié auprès des hôpitaux et de la morgue.

— Une peste ? répéta le policier qui se moucha en le toisant d'un air soupçonneux. Tu viens d'*une région où il y a une épidémie de peste* ?

— Oui, mais je m'en irai dès que j'aurai eu les réponses à mes questions. Sinon, il va falloir que j'aille chercher le reste de ma famille, qui attend à l'extérieur : mon père, ma mère et mon grand-père, plus mes sept frères et sœurs plus petits – *eux* pourront mieux vous expliquer comment la señora Piña et sa fi... »

Orlando n'eut pas besoin d'en dire plus. Le préposé disparut immédiatement dans un bureau, où il resta un assez long moment. Quand il revint enfin, un document froissé dans la main, il demeura à bonne distance de sa place comme d'Orlando.

« Toi et ta famille galeuse, vous pouvez retourner vous terrer à Ayacucho au plus vite. Vous n'êtes pas les bienvenus dans cette ville ! éructa-t-il en lui jetant un regard furieux.

— Pardon ? » L'air tout à fait innocent, Orlando commença à contourner le comptoir pour s'approcher du policier. « Qu'est-ce qu'il y a de marqué dans le document ? A-t-elle fait quelque chose de mal ? Ma pauvre...

« — Allez-vous-en ! Sors d'ici ! hurla l'homme en reculant de quelques pas. La fille de señora Piña, cette putain, est en prison – en prison tu m'entends ? Et elle n'en sortira pas avant de nombreuses années. Elle a commis un crime ignoble ! »

Orlando se dirigea vers la porte.

« *Muchas gracias, señor*. Si seulement je pouvais savoir dans quelle prison elle se trouve, je n'aurais pas besoin de faire entrer toute ma famille…

— *Prisión Blanca !* » hurla le policier en claquant la porte du bureau.

Orlando alla s'asseoir sur le banc d'un parc pour profiter un instant de l'air frais du dehors. Il n'était pas peu fier. Tout avait marché comme sur des roulettes. Il savait pertinemment que rien n'obligeait la police à donner des renseignements aux étrangers incapables de faire la preuve de leurs liens familiaux avec des prisonniers. Preuve qui devait en général être dûment authentifiée. Et même là, on pouvait encore se heurter aux pires difficultés. Mais Maria Estrella en prison ? Quel « crime ignoble » avait-elle donc commis ? « De nombreuses années », avait dit le policier cadavérique.

Bon, prochain arrêt, *prisión Blanca*, se dit-il en grignotant un épi de maïs grillé avec un peu de sucre. Il avait entendu parler de cet établissement, qui se trouvait dans la province voisine, plus au sud.

Il retourna à la maison de Mino. Le soir était tombé, et il avait l'intention d'y passer la nuit. Orlando contempla les lucioles qui bourdonnaient dans le noir autour de lui. Son pistolet se trouvait sous son oreiller, prêt à l'emploi. Mais la maison était calme, et le murmure de la mer le berçait agréablement. Avant de sombrer dans le sommeil, il se dit : *Je voudrais franchir les frontières de l'impossible. Je n'ai qu'une vie, je ne compte pas la gâcher comme saigneur de cochons ou comme vagabond dans des parcs qui puent la vieille pisse. Ni en restant un lecteur acharné qui se complaît à rêver parmi les toiles d'araignées des bibliothèques. Mon père est monté sur un pylône à haute tension et a disparu à jamais dans une petite gerbe d'étincelles. Mes étincelles à moi ne vont pas retomber par terre et s'éteindre. Elles voleront comme d'énormes lucioles et attireront toute l'attention du monde. Elles seront bien visibles ! Les gens diront : « Regardez, c'est Orlando Villalobos qui flambe dans le ciel. Le jaguar, le feu, le soleil !* » Oui, il allait grogner, flamber, leur montrer à tous le chemin. Jamais il ne se laisserait faner, se tasser, se fondre dans le néant. Jamais ses cendres ne deviendraient ces tourbillons de poussière qui s'élevaient derrière les roues d'une Chevrolet.

De grands mots, de grandes idées. Il avait dix-sept ans, il était adulte et libre de rêver.

Orlando dut prendre quatre autobus avant d'atteindre, tard dans la soirée, le village paumé le plus proche de l'infâme prison. Il dîna à la *cantina* du seul hôtel des lieux en observant les gens autour de lui : tous avaient le visage gris couturé de cicatrices, des vêtements en lambeaux et des yeux fuyants. C'est ici que les femmes des condamnés à perpétuité s'étaient installées, ici que des familles attendaient leurs proches, enfermés derrière les impénétrables murs blanchis à la chaux du bâtiment qui se dressait, telle une forteresse, tout près du village. Chaque jour, mille yeux las fixaient le portail d'un regard qui aurait voulu briser l'acier et le béton. Mais le bâtiment résistait aux désirs de destruction comme à la force spirituelle des hommes. L'air qui séparait la prison du village, prêt à exploser à chaque instant, aurait tout aussi bien pu être de la glycérine.

Tôt le lendemain matin, Orlando se mit en route pour la prison. Il n'était pas le premier : une longue queue se pressait devant le portail le plus grand, sur lequel était barbouillé en lettres noires : ENTRÉE DES SINGES GALEUX. Sur les deux autres, plus petits, étaient inscrits respectivement : ENTRÉE DES RENARDS POUILLEUX et ENTRÉE DES ENCULÉS DE COCHONS. Et sur la petite porte la plus éloignée : LE REPOS DU CHRIST. Orlando comprit tout de suite pourquoi : juste à l'extérieur, des alignements de croix grises sortaient de terre, sur une surface loin d'être négligeable.

Il alla se ranger en bout de queue. Le portail s'ouvrit au bout de deux heures ; les cinq premiers furent autorisés à entrer. Quatre heures supplémentaires, et Orlando arrivait devant l'entrée, si desséché par le soleil qu'il pouvait à peine tenir debout. Enfin, on le laissa passer.

Le fonctionnaire de police assez jeune qui l'accueillit lui demanda à qui il voulait rendre visite. Il donna les noms de Maria Estrella et de sa mère. On lui réclama quelque chose qui s'appelait une « fiche de visite ». Orlando secoua la tête avec un air désolé. Il était de la famille, expliqua-t-il, il ne savait même pas pourquoi sa nièce se trouvait entre ces murs. Mais ça ne convainquit pas le jeune – et relativement sympathique – gardien, qui lui refusa l'entrée. Il fallait montrer des papiers.

Pas question pour Orlando de se laisser décourager. Il usa donc de toutes ses ficelles, de tout son talent de persuasion. En vain. Le gardien campa sur sa position.

« *Bueno*, fit le jeune homme en humectant ses lèvres sèches, je pourrais avoir un stylo et un bout de papier s'il vous plaît ? Pour que je puisse au moins suivre les préceptes de saint Giovanni consignés par le cardinal Aurelio Octoval ? »

Embrouillé par la soudaine évocation de ces très saintes personnes, ainsi que par une consigne dont il ne se souvenait pas pour l'instant, l'homme alla lui chercher ce qu'il demandait dans un tiroir, puis le lui tendit d'un geste hésitant.

Orlando y écrivit le plus lisiblement possible : *À l'attention de Maria Estrella Piña. Ta cousine Mami est en vie et aimerait avoir de tes nouvelles. Écris le plus vite possible à Carlos Ibañez.* En dessous, il nota l'adresse de l'hôtel où lui et Mino résidaient.

Ensuite, d'un geste décidé, il redonna le papier au gardien, accompagné d'un billet de cent bolivars qu'il avait discrètement sorti de sa poche.

« Aujourd'hui, dit-il, c'est aujourd'hui qu'elle doit recevoir ce message. Sinon, je reviendrai accompagné du cardinal Octoval et de huit autres juristes de l'Église pour mettre cette prison sens dessus dessous. L'argent est pour toi, pour te rappeler de ne pas traîner. »

Le gardien fixa son bienfaiteur, avala sa salive, puis s'empressa de glisser l'argent dans sa poche, un petit sourire aux lèvres.

Quand Orlando lui lança un dernier regard pendant qu'il déverrouillait la porte pour le laisser sortir, le jeune gardien lui adressa un clin d'œil et leva discrètement un pouce en l'air. On pouvait manifestement lui faire confiance.

Après le départ d'Orlando, Mino eut l'impression de sortir d'un mauvais songe. Convaincu que son ami allait retrouver Maria Estrella, il se rendit donc chaque matin aux aurores à l'université. Se repérer dans la jungle des couloirs, salles, auditoriums et bureaux, ne lui prit même pas une journée. Ayant sans peine déniché l'institut d'entomologie, il s'inscrivit dans l'unité spécialisée du professeur Jonathan Burgo sur les lépidoptères. On lui remit une carte qui prouvait, noir sur blanc, que Carlos Ibañez étudiait, à la Faculté Humboldt des Sciences naturelles, spécialité « papillons de jour ». Ladite carte suffisait à lui ouvrir la plupart des portes. Il pouvait, entre autres, manger bon marché dans les nombreux restaurants d'étudiants situés dans le périmètre de l'université.

Sa carte lui donnait accès à certaines conférences. Deux heures durant, il écouta un vieillard courbé parler du « Temps d'incubation du parasite de l'ovaire, le *Vaxina protopus*, chez la femelle moustique dans les rivières affluentes du centre d'Amazonie ». Il n'en comprit pas un mot.

Il s'acheta un certain nombre de livres dans une librairie. Parmi ceux-ci *L'Histoire véridique de la Conquête de la Nouvelle-Espagne* de Bernal Díaz del Castillo qu'il lut la nuit suivante dans sa chambre d'hôtel ; une lecture qui le rendit encore plus inquiet pour le passé, le présent et l'espoir d'un futur meilleur dans cette partie du monde. En outre, il dévora la moitié d'un ouvrage intitulé *La maladie infantile du communisme : le gauchisme*, écrit par un certain señor Lénine réputé être un chef socialiste de premier plan. L'autre moitié, il préféra la garder pour plus tard, une fois qu'il aurait mieux compris de quoi il s'agissait.

Par ailleurs, il fit la rencontre de Zulk.

Celle-ci se passa le lendemain du départ d'Orlando, alors qu'il courait dans les couloirs de l'unité consacrée aux insectes, tout à la joie de faire enfin *partie* de quelque chose. Dans les relents de thymol, de chlorures et d'autres liquides de préparation, il remarqua soudain un curieux bonhomme occupé à essuyer ses lunettes rondes au-dessus d'une pile de boîtes d'insectes qui renfermaient les plus beaux exemplaires de Piérides que Mino eût jamais vus. Toutes les nuances de jaunes, du presque blanc jusqu'à l'orange le plus soutenu, s'y trouvaient représentées. L'homme avait les deux verres de ses lunettes fissurés ; il était vêtu d'un costume gris à rayures verticales usé jusqu'à la corde. Maigre et chétif, il n'avait presque pas d'épaules, et l'on ne pouvait s'empêcher de remarquer qu'il reniflait sans arrêt, tel un cochon à la recherche de truffes. En étudiant son visage, on en découvrait aussitôt la raison : il possédait un nez ridiculement petit, pourvu d'une seule narine, celle de droite. Il ne devait guère avoir plus de trente ans.

Mino ne se serait sans doute même pas arrêté si cet homme n'avait eu cette extraordinaire collection de Piérides devant lui. Ce fut plus fort que lui : il *fallait* qu'il examine de plus près ces beaux papillons.

« *Humboldt*, dit l'homme en connaisseur. Les derniers *Humboldt*, oui. Inestimables. Ces quatre-ci, tu les connais ? Ils ont disparu, crois-moi. Exterminés. Je n'en ai pas vu un seul depuis vingt bonnes années », déclara-t-il en désignant quelques-uns des papillons avec un doigt en forme de griffe.

Pendant les minutes qui suivirent, Mino oublia complètement l'étrange aspect du personnage posté à côté de lui – il n'entendait que ses paroles. Les insectes centenaires, qui semblaient aussi vivants qu'au premier jour, le fascinaient.

Tous deux finirent néanmoins par se présenter. Tout excité d'avoir enfin trouvé l'âme sœur, Mino accepta, ravi, l'invitation à prendre une tasse de café à la cafétéria. Il parla longuement avec Zulk, nom sous lequel l'homme s'était présenté. Son nom de famille, sans doute.

Zulk recommanda au jeune étudiant fraîchement inscrit toute une série de conférences qui, d'après lui, pourraient lui être profitables. Mino n'arrêta pas de lui poser toutes sortes de questions, ce qui lui permit d'obtenir un certain nombre de réponses. Zulk n'avait pas de collection de papillons chez lui, car ni sa mère ni son père ne supportaient la vue d'un papillon entre leurs murs. S'il s'intéressait aux lépidoptères, c'était parce qu'il adorait leur odeur. Mino, pour sa part, ne se rappelait pas avoir jamais remarqué qu'un papillon eût la moindre odeur.

Après lui avoir souhaité bonne chance, Zulk quitta la cafétéria en reniflant violemment, au grand amusement des autres étudiants.

Un groupe de nomades s'était établi sur le grand terrain libre situé au centre du complexe universitaire. L'événement éveilla la curiosité de Mino, puis son vif intérêt quand il comprit qu'il s'agissait d'Indiens. De vrais Oyampis, des Tupinambas et des Tablaqueras. En plus de danser et de jouer, ils fabriquaient des objets artisanaux. Mino observa longuement deux jeunes vendeurs de longues sarbacanes creuses qui en faisaient la démonstration. Les flèches, façonnées dans un bois très dur, pénétraient profondément dans le tronc d'un arbre qui leur servait de cible. La précision des garçons était fabuleuse.

Mino acheta immédiatement trois sarbacanes et quelques douzaines de flèches, qu'il rapporta à sa chambre d'hôtel. Toute la soirée, et la plus grande partie de la nuit, il s'exerça à tirer sur une cible depuis la chambre d'Orlando jusqu'à son propre oreiller, où il avait collé un bout de papier rouge.

Au bout du quatrième jour d'absence d'Orlando, Mino sentit l'impatience le gagner. Il entrecoupait ses journées à l'université de visites à l'hôtel afin de s'assurer que son camarade n'y avait pas pointé le bout de son nez. Là, il s'asseyait à la réception, les yeux fixés sur la porte d'entrée. Ses pensées tournaient tout le temps autour de Maria Estrella. Si jamais quelqu'un l'avait blessée, il savait exactement ce qu'il ferait : sa vengeance serait si sanglante que même les actes honteux que les soldats lui avaient infligés pâliraient en comparaison. Depuis la membrane qui séparait l'eau de l'air, il utiliserait toutes les armes mortelles à sa disposition. Il traverserait le feu sans se brûler, il ferait fondre les pierres pour qu'elles coulent comme du sirop. Tout en comptant les feuilles des plantes *petrella* près de l'ouverture de la porte, il s'imagina mille manières de tuer ses ennemis. C'était un véritable magicien, qui maîtrisait des pouvoirs dangereux.

L'hôtel où ils habitaient était froid et sans vie. Ceux qui y passaient se résumaient à de pâles figures de papier qui n'avaient jamais vécu dans le vrai monde. Cette ville n'avait rien d'un vrai monde, ce n'était qu'une plaie bruyante et douloureuse sur la croûte terrestre. Une infection, une pustule. Mais c'était là que les livres se trouvaient, pas dans la jungle, gravés dans la pierre, la montagne, l'écorce des arbres. À moins que... peut-être y en avait-il également là-bas ? Peut-être y avaient-ils été de tout temps ?

Il attendait Orlando, il espérait voir son ami bientôt apparaître avec son sourire joyeux et de bonnes nouvelles. Ils ne tarderaient pas ensuite à quitter l'hôtel pour se mettre en quête d'un appartement convenable pas trop loin de l'université. Puis, lentement mais sûrement, ils acquerraient toutes les connaissances qu'on mettrait à leur portée. Ensuite ils quitteraient la ville. Mais, d'abord, lui et Maria Estrella se marieraient.

Pourquoi l'aimait-il ? Pourquoi restait-il ici, dans ce canapé de cuir sur ce sol de marbre dans ce hall d'hôtel quelconque, en proie à un manque lancinant, un désir brûlant de la voir, de la sentir, de la toucher, elle en particulier ? Pourquoi une douleur lui poignardait-elle le cœur chaque fois qu'il pensait à elle ? Était-elle si unique ? Il savait que non, mais à ses yeux, elle seule existait au monde.

Sur la plante *petrella* à côté de la porte d'entrée, il y avait exactement six cent cinquante-quatre feuilles. Sans compter les vingt-deux qui étaient fanées.

Orlando arriva tard dans la soirée. Mino eut droit à l'histoire dans ses moindres détails. Il n'y avait plus qu'à attendre, à présent. Attendre une lettre. Qui allait bientôt arriver, il en était certain.

Entre-temps, les deux garçons cogitèrent ; la *querida* de Mino se trouvait en prison, c'était là un fait indéniable, très probablement condamnée à une sentence très sévère. On ne pouvait quand même pas la garder sous les verrous uniquement parce que, par le plus grand des hasards, elle avait rencontré Mino Aquiles Portoguesa et était tombée amoureuse de lui. Elle avait dû se retrouver dans une situation très dangereuse – du moins pour la société.

Aurait-elle pu tuer sa mère, qui elle aussi avait disparu sans laisser de trace ? hasarda Orlando. Non, c'était impensable, lui répondit Mino. Maria Estrella n'avait aucune raison de faire une chose pareille. Pourtant, l'œil sous le canapé aurait tout à fait pu appartenir à sa mère. Ou à elle-même.

Pendant qu'ils se creusaient vainement la tête, les choses à l'université s'accélèrent. Mino expliqua à Orlando certaines astuces qui lui permirent bientôt d'obtenir à son tour la carte magique. Il se lança dans l'étude des langues et de la politique, et se passionna pour les cours magistraux en allemand, anglais et français, ainsi qu'en d'autres langues. Orlando n'avait presque plus le temps de discuter, il courait dans les couloirs d'un auditorium à l'autre avec une pile toujours grandissante de notes brouillonnes, et achetait des livres par paquets entiers. Bientôt sa chambre à l'hôtel croula sous les polycopiés de toutes les couleurs. « Ça ne marche pas, dit-il un jour en se laissant tomber, épuisé, sur le lit. Il y en a trop. »

Exactement une semaine après qu'Orlando eut retrouvé la trace de Maria Estrella en prison, la lettre arriva.

Mino reconnut de suite l'écriture de Maria sur l'enveloppe. Soudain tout pâle, il s'assit pour l'ouvrir. Après l'avoir lue trois fois, il resta silencieux plusieurs minutes, puis se tourna doucement vers Orlando, qui était sur des charbons ardents : « Elle va rester enfermée pendant six ans. Elle a arraché l'œil d'un officier de police. Elle l'a fait exprès, en toute connaissance de cause, quand ils sont venus leur annoncer ma mort, à elle et à sa mère – j'aurais péri dans l'incendie d'une prison à l'étranger. Sa mère a refusé d'être séparée d'elle, elle l'a suivie en prison. Et là-bas, elle s'est tapé la tête contre la porte jusqu'à en mourir. Ils l'ont enterrée au cimetière de la prison. Elle m'aime, et je lui manque. Elle remercie son ange gardien d'avoir entendu ses prières et de m'avoir laissé en vie. » Il regarda longuement Orlando. « Est-ce que je suis en vie ?

— *Paix à Jésus Christ* », murmura son ami.

La lettre était adressée à Carlos Ibañez. Maria Estrella avait compris qu'il devait vivre sous un nom d'emprunt. Mais elle se demandait comment il pourrait lui écrire, tout le courrier étant lu à la prison. De son côté, aucun problème : elle s'était arrangée pour faire sortir ses propres lettres en cachette, afin de pouvoir lui écrire librement. Mais comment ferait-il, lui, pour lui exprimer les choses qu'il avait sur le cœur ?

Oh, il y avait tant de choses dans cette lettre que les yeux de Mino se remplirent de larmes. Maria s'était retrouvée en prison à cause de lui. Elle en avait pris pour six ans, mais serait libérable au bout de quatre. Une éternité. Il aurait alors vingt et un ans.

Orlando sortit acheter une bouteille de liqueur de *tetza*. Ils la burent par petites gorgées, le temps de se remettre les idées en place.

« Je ne mange pas de poulet, renifla Zulk. Je ne connais rien de pire que les poules. Leur bec ignoble et leurs yeux méchants, je trouve ça franchement repoussant. »

Mino l'avait invité dans leur nouvel appartement, qui occupait l'intégralité du premier étage d'une maison située Calle Córdova, tout près de l'université. Il avait cuisiné, dans les règles de l'art, une marmite de poulet avec des bananes et du piment. L'invitation avait pour but de montrer à Zulk la collection de papillons qu'il avait rapportée de sa maison du bord de mer. Il tenait surtout à avoir son avis sur son *Papilio portoguesa*. Zulk s'était révélé un grand spécialiste, il en savait presque plus long que le professeur Jonathan Burgos, pourtant la plus haute autorité du département.

« Du poulet ! » Zulk renifla encore une fois, puis annonça qu'il allait se contenter d'eau et de pain sec. Il alla ensuite étudier la collection de Mino. « Oh ! lança-t-il. Impressionnant. Tu as dû parcourir la moitié de la jungle.

— Regarde celui-ci, fit Mino en en désignant un du doigt. Tu en as déjà vu de semblables ? »

Il était impatient de connaître l'opinion de Zulk sur ce beau Machaon qu'il avait baptisé *Papilio portoguesa*.

« *Homerus*, dit Zulk. Cela doit être un *homerus*. Non, attends, ce n'est *pas* un *homerus*. Il est trop grand, et puis il y a ces cercles. Étrange. » Ses drôles de pupilles, qui dansaient sous ses verres de lunettes fissurés, se fixèrent sur Mino. « Mais il y a un nom, ici, *portoguesa*. Jamais entendu parler d'un nom pareil. C'est toi qui le lui as donné ? »

Mino acquiesça.

« Il fallait bien lui en trouver un.

— Hum. (Zulk ne reniflait plus.) Je peux te l'emprunter quelques jours ? Je veux en avoir le cœur net. »

Après avoir promis d'en prendre le plus grand soin, Zulk reçut la permission d'emprunter le papillon pour un examen plus approfondi. L'insecte fut mis à part, dans une boîte en plastique.

Trois jours plus tard, Mino récupérait son papillon. Zulk n'avait rien trouvé. C'était devenu une petite sensation dans le département des papillons, ce qui conféra au jeune homme une certaine réputation parmi ses camarades et les chercheurs. Quand on lui demanda s'il pouvait s'imaginer l'offrir à la collection de l'université, il secoua vigoureusement la tête. Mais le papillon fut dûment photographié, dessiné et répertorié sous le nom de *portoguesa*.

Ainsi passèrent les jours et les semaines. Les deux camarades s'intégraient dans le milieu étudiant, s'y sentant de plus en plus à l'aise. Orlando limita ses études à l'anglais et à l'allemand, plus les sciences politiques, tandis que Mino s'en tint à l'entomologie. Ils firent la connaissance d'autres étudiants, qu'ils invitèrent à des *fiestas* dans leur appartement. Personne n'aurait songé un instant que les deux garçons puissent venir d'un milieu très pauvre – et que quelques mois plus tôt, on les aurait considérés comme des analphabètes sans le sou. Quand la conversation s'orientait sur leur passé, ils se fermaient littéralement, lèvres pincées, et gardaient le silence. Mais tous deux s'amusaient beaucoup de leur apparente aisance lorsqu'ils se retrouvaient entre eux.

« Il se peut qu'il y en ait des tonnes dans la vieille épave, déclara Orlando. Un beau jour, nous louerons un équipement de plongée et remonterons le tout. »

Mino avait réglé deux choses importantes, ce qui lui avait redonné le moral : il avait loué sa maison à deux señoras, des veuves, qui voulaient passer leurs dernières années à l'air pur en bord de mer. Et il avait trouvé un moyen de correspondre avec sa petite amie sans passer par la censure. Deux choses à mettre au crédit d'un *jurista* fort utile, du nom d'Arrabal de las Vegas, un grand soutien pour les étudiants confrontés aux autorités d'une façon ou d'une autre. Et ils étaient nombreux dans ce cas. Malheureusement, une troupe de soldats vinrent un jour cueillir Arrabal de la Vegas au campus pour l'emmener de force. On le jugea pour avoir été membre du parti révolutionnaire illégal, le CCPR.

Un groupe d'étudiants avaient élu le petit bar *La Colmena*, la ruche, comme quartier général. Mino et Orlando finirent par être admis parmi eux. À *La Colmena*, on jouait au billard français, on buvait du *sipparo* vert, on chantait et on discutait. Les palabres pouvaient durer jusqu'au petit matin, après que le tenancier, señor Torpedo, fut allé se coucher en laissant l'établissement entre les mains des étudiants. Cela fonctionnait très bien, il n'y avait jamais de bagarre ou de tapage nocturne.

Un soir, la discussion fut particulièrement animée. Elle tournait bien entendu autour de la politique, et plus précisément de la stratégie à adopter en vue d'une révolution imminente. Le groupe comptait des représentants de la plupart des partis politiques radicaux, légaux ou non.

« La révolution, ricana Camillo Ordo, c'est sans espoir, vous le savez aussi bien que moi. Il suffit de regarder l'histoire : au cours de ce siècle, les États-Unis ont effectué quatorze occupations et jusqu'à quarante-deux interventions militaires dans des pays de l'Amérique latine et de l'Amérique centrale ! » Camillo Ordo était membre du parti socialiste majoritaire, le PSS.

« Les épouses des millionnaires nord-américains ont droit à du bœuf tendre et bon marché de la *sabana*. Il ne faut pas dire du mal de ces gens-là, voyons ! »

C'était Gaspar Meza, l'un des anarchistes les plus actifs. Son commentaire provoqua un éclat de rire général qui fit tinter les fenêtres aux vitres vertes.

« En occupant l'université, nous pourrions obtenir un certain nombre de choses. L'occupation entraînera forcément d'autres groupes sociaux dans le combat ; ils érigeront à leur tour des barricades et se battront, arme à la main, pour sortir de la misère. »

Le gros Pedro Golfino était un révolutionnaire notoire, membre du groupe Negro, un groupe dissident du CCPR. Il avait fait plusieurs fois de la prison, et portait de vilaines blessures dans le dos ainsi que des cicatrices sur le cuir chevelu. Tout le monde était persuadé qu'un beau jour il finirait par se faire tuer, pour oser ainsi proclamer haut et fort ses opinions.

L'occupation de l'université restait matière à débat. Les étudiants avaient failli prendre le pouvoir à plusieurs reprises, mais la police et les militaires les avaient chaque fois refoulés. Un an auparavant, de graves émeutes avaient fait quinze morts et plusieurs centaines de blessés parmi les étudiants, après que les militaires eurent dirigé les canons vers le bâtiment de biologie où les insurgés s'étaient barricadés. Le bâtiment bombardé avait pris feu. Parmi les victimes se trouvait Juanita Bonifach, chef du parti révolutionnaire populaire, le CCPR. Quatre autres meneurs avaient été arrêtés et écroués.

« Le sabotage, intervint Jovina Pons. Du sabotage et des attentats politiques systématiques perpétrés en toute discrétion, voilà la méthode. Il faut créer la peur chez les décisionnaires, la bourgeoisie et les *gringos* venus ici avec leurs saloperies d'entreprises. Si la mort et la terreur sont leurs méthodes, nous devrions appliquer les mêmes. »

La jeune femme au visage pâle et allongé s'était levée en parlant, des éclairs dans les yeux. Tout le monde savait que Jovina Pons était la fille de l'un des capitalistes les plus honnis du pays, Rui Garcia Pons. Non content de posséder de gigantesques domaines, il était aussi le directeur du journal fasciste *El Nacional*. Jovina Pons n'appartenait à aucun groupe ou parti en particulier.

Orlando et Mino écoutaient, absorbant chaque mot, essayant d'en comprendre le sens. Le premier se montra particulièrement intéressé par Jovina, cette jolie fille qui semblait si dure malgré ses traits délicats. Il donna un coup de coude à Mino tout en la désignant d'un signe de tête. Son garçon lui rendit son sourire, sans savoir si son camarade faisait allusion à ses paroles ou simplement au physique parfait de Jovina. Qui sait, une combinaison des deux ?

Il se faisait tard, mais la discussion semblait ne pas vouloir finir, aussi señor Torpedo alla-t-il se coucher en laissant les clés à Mauricio Laxeiro, le neveu dont il avait la charge, qui était en dernière année de médecine.

« Les bidonvilles s'étendent, affirma Juan Manilo.

— Oui, et ils n'ont même pas l'eau courante ou des rues asphaltées – et encore moins des voitures ou la télé, renchérit le socialiste Camillo Ordo pour qui ces biens étaient manifestement de première nécessité.

— Nous habitons peut-être le pays le plus riche de l'Amérique latine. Ce n'est pas une fatalité. Ce sont les pauvres qui engraissent ces parasites. Mais à quoi bon distribuer des tracts à ceux qui ne savent ni lire ni écrire ?

— Mais ils peuvent écouter et parler.

— Beaucoup sont des Indiens.

— Il faut recommencer. Nous allons organiser une véritable occupation des lieux. Nous barricaderons toutes les entrées, et mettrons dehors tous les provocateurs et éléments réactionnaires. J'imprimerai les tracts demain.

— C'est suicidaire.

— Reprenons la tradition de Bolívar, Morelos, des frères Carrera, de Porfirio Díaz et Benito Juárez. Pour ne pas parler de Fidel, Che et des frères Ortega. *Patria y libertad !* C'était la devise d'Augusto César Sandino. Qu'elle soit aussi la nôtre ! »

À la fin, tout le monde parlait plus ou moins en même temps ; rares étaient ceux qui écoutaient autre chose que leur propre voix exposer des arguments splendidement formulés. Orlando s'était installé à côté de Jovina Pons, avec qui il trinquait passionnément. Mino retourna à la maison.

Il traversa les rues à présent presque vides de voitures et de bruit. Le bourdonnement des voix continuait de résonner dans sa tête. Il souriait. Il n'était plus seul. Il n'était qu'un parmi beaucoup d'autres, comme il l'avait longtemps espéré. Pourtant, quelque chose lui manquait. Ou peut-être l'inverse, d'ailleurs : il savait quelque chose que les autres ignoraient. Quelque chose que lui seul pouvait – devait – leur apporter. Lui et Orlando, bien sûr. Pour l'instant, cependant, tous deux devaient écouter et apprendre.

Il se rendit dans le plus grand parc, une petite colline verte coincée entre de grands immeubles, des bureaux d'acier et de verre, et des échangeurs particulièrement entortillés. S'installa sur un banc au centre de l'espace vert, sous la pâle lumière d'une lanterne suspendue à un arbre. Des grenouilles coassaient dans une mare et, au-dessus de lui, de grandes sauterelles *papaog* stridulaient leurs monotones sérénades.

Rien, se dit-il, *rien au monde ne pourra me forcer à trahir Maria Estrella*. Il regrettait amèrement de ne pas être retourné plus tôt dans sa maison – peut-être aurait-il pu ainsi empêcher la tragédie. Au lieu de quoi il avait chanté, et dansé, et fait l'amour avec Ildebranda et ses copines. Il s'était comporté comme un *porco*. Quatre ans. Quatre ans, c'était beaucoup trop long.

On avait dit à la jeune femme qu'il avait péri. Les autorités de ce pays le tenaient donc pour mort. Tant mieux, il pourrait ainsi y retourner en toute sécurité. Mais jamais sous sa véritable identité. Il ne pourrait plus jamais s'appeler Mino Aquiles Portoguesa. Seul un papillon portait désormais le nom de Portoguesa. Il espérait seulement qu'il y en avait d'autres cachés au fond de la jungle.

Un couple d'amoureux passa devant lui, étroitement enlacé. Il détourna les yeux, pour découvrir une maigre silhouette aux vêtements rapiécés qui dormait sur le banc le plus ombragé en pleine journée. Mino s'en approcha doucement – un sourd ronflement s'élevait du pauvre homme. Prenant garde à ne pas le réveiller, il glissa un billet de cent bolivars dans sa poche.

« De la part d'Isidoro, de papa Mágico », murmura-t-il dans un souffle.

Quelques semaines plus tard, Mino et Orlando furent les témoins d'un spectacle édifiant, avec les troupes spéciales du gouvernement dans le rôle principal. Selon la rumeur qui courait parmi les étudiants, le CCPR, le parti révolutionnaire illégal, possédait une station de radio clandestine qui émettait tout près du campus. Des voitures bourrées d'enquêteurs équipés de matériel d'écoute patrouillaient dans les environs, sans rien trouver – à la grande joie des étudiants. Mais c'était trop beau pour durer. Une taupe avait infiltré les rangs des initiés. Des camions remplis de soldats armés, des tanks et des lanceurs de bombes encerclèrent sans crier gare un bâtiment en briques situé à une centaine de mètres à peine de l'appartement de Mino et d'Orlando. Ils furent ainsi des témoins de première main du drame qui s'y déroula.

Par hasard, ils recevaient ce jour-là la visite de Tombo Estuvian, l'étudiant en droit, et de Jovina Pons. Tombo, qui était membre du CCPR, devint très pâle en comprenant ce qui se passait.

« Juan Pescal habite cette maison, expliqua-t-il. C'est lui qui dirige la station de radio. C'est l'homme le plus courageux que nous ayons eu au CCPR depuis longtemps. Maintenant, c'est fini, ils ont trouvé la station... »

Il dut se retenir au rebord de la fenêtre pour ne pas s'évanouir.

Les troupes militaires formèrent un cercle impénétrable autour de la maison. On mit en place les canons, les tireurs prirent position. Un silence terrifiant s'abattit sur toute la zone, finalement brisé par la voix du commandant tonnant d'un mégaphone grésillant : « Tu as trois minutes pour sortir avec les mains en l'air ! Au nom de la démocratie, rends-toi ! »

La démocratie obtint une réponse des plus ferme. Mino et ses compagnons virent un volet s'ouvrir brusquement au premier étage, et l'acier y briller. Soudain, un éclair de feu en jaillit. En un instant, le commandant recevait une balle dans la tête, et trois autres soldats se tordaient par terre, le corps troué de balles. Les armes automatiques des soldats se mirent aussitôt à canarder la maison. Il y eut un vacarme infernal, des douilles se mirent à voler dans tous les sens, des morceaux de pierres, de verre, de bois et de peintures éclatèrent ; pas un seul carreau de fenêtre ne resta intact. Puis le silence retomba.

« *Jesus Maria !* s'exclama Jovina. Il doit être mort à présent. »

Tombo Estuvian serra tant les dents que ses mâchoires blanchirent. Ses ongles s'enfonçaient dans le rebord de la fenêtre.

Puis ils entrevirent soudain une ombre, cette fois au rez-de-chaussée, et entendirent aussitôt trois tirs rapides. Impossible de savoir si ceux-ci avaient touché des soldats, mais une nouvelle rafale leur succéda immédiatement : des morceaux de fer, des blocs de murs et des poutres entières s'effondrèrent sur les planchers. Les plaques de zinc se détachèrent du toit. La zone autour de la maison fut presque totalement couverte d'un épais brouillard de fumée. Puis les tanks s'avancèrent. Un pan de mur entier s'effondra dans la rue. Ensuite s'abattit un silence de mort.

Qui dura longtemps, cette fois. Tout le monde comprit qu'il ne restait désormais que des lambeaux du courageux Juan Pescal. Orlando s'apprêtait à aller chercher la bouteille de liqueur de cactus pour honorer la mémoire de Pescal, quand Jovina s'agrippa à son bras.

« Regarde ! » cria-t-elle.

La porte d'entrée à moitié démolie s'ouvrit sur Juan Pescal, qui s'élança dans la rue en zigzaguant tout en tirant sur les soldats. Puis il fut touché ; il faillit tomber, mais parvint encore à avancer de quelques mètres, jusqu'à ce que son corps soit tellement criblé de balles que ses jambes ne parvinrent plus à le porter. Il demeura étendu, sans bouger, à cinquante centimètres du tank rouge brique. Les soldats assis derrière les plaques blindées observèrent un instant la scène, puis la machine infernale avança de quelques mètres. Ce qui resta alors de Juan Pescal n'aurait guère fait bonne impression lors d'une veillée funéraire.

C'était fini. Les quatre amis prirent quelques gorgées de liqueur en évoquant l'homme qui avait donné sa vie pour la cause.

« Ils peuvent bien écraser la chair et les os, murmura Tombo d'une voix brisée par le chagrin, mais ils n'arriveront jamais à écraser des idées. »

Mino élargit peu à peu son champ d'études. Outre l'entomologie, il se mit à suivre des cours d'écologie. Ce sujet finit par le passionner au point qu'il se plongea dans tous les livres qu'il put trouver sur l'équilibre de la nature, la destruction du milieu naturel et l'importance des diverses formes de vie. Cette université, qui dans l'ensemble jouissait d'une bonne réputation, avait la chance de posséder dans ses rangs l'un des chercheurs les plus considérés au monde dans ce domaine, à savoir le professeur Constantino Castillo de la Cruz. Mino assistait à toutes ses conférences en buvant chacune de ses paroles. Le señor Castillo de la Cruz était lui aussi dans le collimateur des autorités : on prétendait qu'il faisait de la propagande communiste, et dénigrait systématiquement l'action du gouvernement.

« La Banque mondiale, cette institution fort respectée, déclara le professeur lors d'une brillante conférence, est devenue l'un des plus grands ennemis du système biologique global. J'aurais pu vous exposer tout un ensemble d'exemples ; dans ce contexte, je me contenterai de vous en présenter trois. Premièrement : le financement du gigantesque et scandaleux projet de barrage *Nueva Esperanza* dans l'un de nos pays voisins, au beau milieu de la partie la plus vulnérable de la forêt tropicale humide. Au bas mot, ce projet a exterminé, dans un premier temps, une centaine d'espèces d'arbres rares, plus de mille plantes distinctives, dont trente-quatre espèces d'orchidées répertoriées, des milliers d'espèces d'insectes, sept de mollusques connus et au moins trois de mammifères. L'organisation environnementale

World Wildlife Fund, gérée par des carriéristes prestigieux et des aristocrates faibles d'esprit, n'a pas levé le petit doigt pour attirer l'attention des médias et des gouvernements là-dessus. Ils préfèrent faire diversion avec les tigres et les pandas, et tous les grands mammifères bien visibles. Deuxièmement : la Banque mondiale a franchi la ligne jaune en développant le projet industriel *Ferromangan Corporation*. On a pu calculer que les matières premières nécessaires pour rendre ce projet possible allaient s'épuiser en l'espace de dix ans. Le projet aura alors créé un désert de la taille d'un pays d'Amérique latine, un désert où, plus tard, il sera à jamais impossible de retrouver une terre fertile. Et troisièmement : un projet titanesque de pêcherie sous le nom de *Colectiva berbao*, financé lui aussi entièrement par la Banque mondiale, et qui pratiquera une pêche si intensive qu'au moins dix espèces disparaîtront par an. Eh bien, chers étudiants, voilà les conséquences directes qu'aucun chercheur ne remet en question. Quant aux indirectes, il est bien sûr trop tôt pour les préciser, mais nul doute qu'elles seront plus catastrophiques encore, parce qu'il s'agit ici de la destruction d'un équilibre qui a mis des millions d'années à s'instaurer. Voilà donc les conséquences des bienfaits à court terme de la Banque mondiale. Et, señores et señoritas, notez bien ce qui suit : je ne vous ai cité que trois exemples parmi une liste aussi terrifiante qu'infinie, dont sont responsables des personnes dépourvues d'intelligence et de savoir, mais qui possèdent le pouvoir décisionnaire. Malheureusement, c'est bien ainsi que nous vivons dans cette partie du monde, la plus touchée à cause des ressources fabuleuses de notre forêt humide primaire. Allez, partez maintenant, et réfléchissez à la question suivante : comment chacun de nous pourra-t-il se servir de ses connaissances et de ses études pour œuvrer à l'arrêt de ce développement insensé avant qu'il ne soit trop tard ? »

Ainsi parlait Constantino Castillo de la Cruz aux étudiants. Il lui arrivait également d'illustrer son propos avec des exemples tirés du contexte écolo-économique : « Señores y señoritas, dit-il un jour en posant sur le bureau un verre rempli de terre rouge ainsi qu'un magnifique oiseau empaillé de l'espèce *Gallus accinatus*, une poule de jungle assez rare. Vous voyez cette terre ? Eh bien, elle contient une bactérie bien particulière. Si particulière que sans sa présence, nous n'aurions jamais pu contempler ce magnifique oiseau ici présent. Tout simplement, parce qu'il n'aurait pas existé ! La terre dans ce verre est un échantillon de la zone qui entoure les monts Diabolo. Ce qui la rend extraordinaire, c'est qu'elle contient des minéraux rares permettant aux bactéries *tetronyphaca* de croître. Ces bactéries développent à leur tour une relation de symbiose avec la plante *Thecla curasina*, à l'apparence banale, mais qui possède une propriété fantastique : ses feuilles constituent l'essentiel du régime alimentaire des larves de la libellule moyenne *Sutina sutina*, qui vit en grands essaims – ceux d'entre vous qui connaissent les monts Diabolo en ont certainement déjà vus. *Sutina sutina, señores y señoritas*, constitue à son tour la nourriture principale de la poule de jungle. Elle vit uniquement là où ces libellules existent. Remontons un peu plus loin. Jusqu'à il y a une cinquantaine d'années, il y avait là-bas une petite tribu d'Indiens, un petit peuple appelé les Cingijiwas. Pour eux, la poule de jungle était irremplaçable, puisque la majeure partie de leur alimentation s'en composait. Les Cingijiwas ont depuis longtemps été éradiqués. La poule de jungle n'a pas encore disparu, mais dans dix ans ? À ce moment-là, la bactérie *tetronyphaca* n'existera plus, à cause des pulvérisations intensives qu'on effectue dans cette région par avion contre le moustique porteur du paludisme. Les toxines visant à tuer leurs larves sont ensuite stockées dans le sol, où elles tuent par la même occasion cette bactérie. *Sutina sutina* disparaîtra parce qu'elle ne trouvera plus la plante nourricière *Thecla curasina*. Exit *Gallus accinatus*. Jeunes gens : regardez bien cet oiseau. Regardez bien ce verre. Ensuite, regardez-vous. Puis regardez autour de vous. »

Ainsi parlait Constantino Castillo de la Cruz pendant ses cours.

Mino écrivait régulièrement à Maria Estrella, lui faisant part de ses idées, de ses sentiments et de ses visions. Et elle lui répondait, lui parlant de sa vie en prison, des petits et des grands drames, de la torture brutale, des larmes et du désespoir. Elle-même allait assez bien, lui assura-t-elle. Elle avait eu l'intelligence de ne se mettre personne à dos, ni ses codétenues ni les gardiens. De cette manière, les journées passaient, monotones, mais elle ne craignait pas pour sa vie. Elle lisait beaucoup et s'était mise au dessin. Elle en envoya un certain nombre à Mino, qui les fit aussitôt encadrer pour les accrocher au mur. Il les trouvait extraordinaires, du grand art. Tout le monde les admirait, lui écrivit-il – ce qui était la stricte vérité. Tombo Estuvian voulait même organiser une exposition avec.

Orlando et Jovina Pons s'étaient trouvés. Ils formaient un joli couple d'amoureux, et Mino ne manquait jamais une occasion de taquiner son camarade à ce propos. Jovina suivait des études de pharmacologie. « Ma maîtresse est une empoisonneuse », chantait Orlando dans la salle de bains. Il composait comme d'habitude des chansons sur tout et n'importe quoi.

À plusieurs reprises, Mino rendit visite aux deux señoras qui résidaient dans sa maison. Il leur avait promis qu'elles pourraient habiter là pendant quatre ans, mais elles devraient ensuite quitter les lieux, car Maria Estrella sortirait alors de prison. Les deux femmes prenaient bien soin de la maison, elles s'occupaient des plantes et récoltaient les oranges. Au grand bonheur du jeune homme, Mami continuait résolument à pousser, ce qu'il interprétait comme un signe positif.

Il se décida également à entreprendre le long voyage jusqu'à la *prisión Blanca*, rien que pour voir l'endroit où Maria Estrella était condamnée à rester tant d'années. Le jeune homme fit le tour des murs blancs, dans l'espoir de découvrir une petite fissure par laquelle jeter un coup d'œil à l'intérieur. En vain. Il alla compter les misérables croix dans ce qui ressemblait à un cimetière. Deux mille quatre cent neuf. Parmi elles se dressait celle de Vanina Piña.

Orlando et Mino participaient de plus en plus activement aux débats politiques, durant lesquels on les percevait comme des anarchistes. Ils avaient du mal à comprendre l'importance des distinctions entre CCPR, CCPR (Negro), ACS, PTC, CTF, CST (m-l), *Frente Rojo* et une foule de groupuscules de gauche. D'autant qu'aucun de ces groupes n'avait analysé le problème le plus urgent selon Mino : l'apparent mépris total de l'homme pour le monde animal et végétal. Quand ces jeunes gauchistes arriveraient au pouvoir, ils continueraient à encenser l'Homme, lui octroieraient le droit de faire tout ce qui servirait ses intérêts. Mino en tira la conclusion que non seulement le système existant devait être démoli, anéanti pour toujours, mais que la conception de l'Homme devait elle aussi être revue de fond en comble.

L'Homme n'était qu'une vermine misérable, la plus vile créature que la planète ait produite.

Il avait argumenté avec les autres, avait jeté ses opinions dans la mêlée, les avait développées, pour finalement camper sur ses positions d'origine. À ses côtés s'élevaient les voix d'Orlando et de Jovina Pons. Cette dernière était peut-être celle qui portait le plus de haine en elle.

Les dix-huitièmes anniversaires d'Orlando et de Mino, qui tombaient à peu près à la même date, furent l'occasion d'organiser une grande fête. Plus de vingt étudiants se réunirent à *La Colmena*. Le tenancier, señor Torpedo, les reçut comme des rois – il avait été payé en conséquence. Il y avait de l'agneau au poivre vert et des oignons confits, des *tordos* farcis, des sardines fumées et les meilleurs fruits de la région.

Mino avait veillé à ce qu'Orlando reste dans l'ignorance de la surprise qu'il préparait. À un moment, il réclama le silence, adressa un signe à señor Torpedo, qui se trouvait près de la porte de sortie, et frappa dans ses mains.

« J'ai le grand honneur de vous présenter quelqu'un qui va nous rejoindre sur le campus ! Quelqu'un qu'il faudrait immédiatement admettre dans notre communauté. »

La porte s'ouvrit, sur Ildebranda.

Orlando en resta un instant bouche bée. Puis il courut prendre dans ses bras la jeune femme, qui éclipsait presque toutes les autres par sa beauté énigmatique.

Mino l'avait rencontrée par hasard quelques jours plus tôt à l'université. Elle venait d'arriver pour suivre des études et devenir professeur. Ce furent de joyeuses retrouvailles. Les yeux d'Ildebranda se remplirent de larmes quand elle découvrit que les deux garçons étudiaient également là-bas. Pas une seconde elle n'aurait imaginé les revoir en ces lieux. Tous deux avaient décidé de garder leur rencontre secrète jusqu'à la fête d'anniversaire. C'était en outre une bonne occasion pour Ildebranda de faire la connaissance d'autres étudiants.

Ce fut une fête sans égale. Señor Torpedo s'en donna à cœur joie, passant outre les réglementations de l'État relatives au tapage nocturne et à la vente de boissons alcoolisées. Sa voix de basse couvrait celles des étudiants lorsqu'ils se mettaient à chanter des airs la cantonade. Au bout du compte, il s'endormit sous l'une de ses tables après s'être laissé entraîner dans une discussion impossible avec Rolfo, le superthéoricien marxiste du groupe CCPR (Negro).

Mino eut une longue conversation à bâtons rompus avec Jovina Pons – au sujet de l'inutilité de parler sans agir, pour l'essentiel. Il fallait que quelque chose se produise. Ils n'avaient plus le temps d'attendre. Durant la discussion, Jovina jetait sans arrêt des regards vers Orlando qui, pour échapper à tout ce bruit, s'était réfugié avec Ildebranda sous une table. Et il était clair que là-bas, il alliait le geste à la parole...

Avant que le soleil ne se lève, et que des millions de voitures ne commencent à envelopper la ville du voile anesthésiant des fumées d'échappement, Orlando et Mino terminèrent la célébration de leur anniversaire chez eux en compagnie de Jovina et d'Ildebranda. Orlando n'en pouvait plus d'attendre ; il conduisit donc Ildebranda dans sa chambre afin de passer aux choses sérieuses. Et ce fut tout sauf discret : dans le salon où se trouvaient Mino et Jovina, même le plafonnier oscilla sous les coups de boutoir d'Orlando.

« Orlando n'a jamais compris la différence entre les ébats amoureux et la galanterie », fit Jovina, soudain très pâle.

Tous deux poursuivirent leur conversation commencée à *La Colmena* – une conversation qui serait d'une importance capitale pour la suite des événements.

« *Muy bien*, dit Orlando. Nous allons fonder un groupe. Un vrai groupe, capable de jeter des éclairs à la face du monde. Nous sommes quatre, Jovina, Ildebranda, toi et moi, contre vents et marées ; nous partageons les mêmes opinions sur la plupart des choses.

— Je voudrais te parler de Jovina », dit Mino qui, d'inquiétude, baissa les yeux dans sa tasse de café.

Ils étaient attablés, seuls, dans un coin tranquille de *La Colmena*.

« Jovina renferme une haine immense en elle. Tu crois que celle-ci est réelle, ou seulement un masque ? Je pense à sa famille, à son père qu'elle déteste. »

Orlando haussa ses épaules. « Si tu estimes cela nécessaire, on peut toujours la tester. »

Mino sourit. Son camarade avait eu la même idée que lui. Comment diable réussissaient-ils à toujours penser la même chose en même temps ? En était-il toujours ainsi entre frères colibris ?

À la maison, plus tard dans l'après-midi, Mino alla récupérer son pistolet et le tendit à Orlando.

« *Bueno, amigo.* À toi de décider combien de balles tu veux gaspiller. »

Orlando Villalobos s'absenta de l'université environ une semaine pour procéder à des recherches approfondies jusqu'à ce qu'il se sente prêt à passer à l'action.

Un après-midi, il alla se poster à l'intersection entre l'Estreita Febrero et l'Avenida Bilbao, tout près de l'entrée principale du quotidien *El Nacional*, le nez apparemment plongé dans un autre journal, *La Hora*. Quand une Chrysler noire aux fenêtres opaques blindées arriva devant l'entrée, il transféra son poids de sa jambe droite à la gauche, en regardant à peine par-dessus le bord de son journal. Il savait ce qui allait arriver. Il s'y était préparé.

Exactement à six heures et cinq minutes, Rui Garcia Pons, accompagné d'un secrétaire et d'un garde du corps, sortit par la grande porte et se dirigea d'un pas rapide vers la voiture qui l'attendait, l'une des portières déjà ouverte. Au moment où le magnat de presse multimillionnaire s'apprêtait à monter, une puissante détonation retentit. Rui Garcia Pons pivota sur les talons et tomba à la renverse dans un brasero d'épis de maïs appartenant à un marchand ambulant. Un mince filet de sang s'écoulait sur sa joue depuis le petit trou qu'il avait à la tempe.

Orlando avait disparu avant même que le garde du corps n'ait eu le temps de réagir. Il courut aussi vite qu'il le put à travers les étroites ruelles pour aller se fondre dans la foule. Après avoir hélé un taxi, il demanda au chauffeur de le conduire dans l'un des bidonvilles qui s'étendaient à la périphérie de la ville, à l'opposé de l'université et du quartier où il habitait. Une fois là-bas, il se promena pendant quelques heures en regardant les rats, les chats maigres et les chiens galeux qui disputaient aux habitants tout ce qui pouvait être comestible. Finalement, il prit un autobus qui se rendait vers le centre-ville, et changea plusieurs fois de lignes avant de retrouver son appartement. Une fois là, il rangea le pistolet dans sa cachette habituelle, sortit la bouteille de liqueur de cactus et s'assit, content de lui, sur une chaise près de la fenêtre.

Une seule balle.

À peu près au même moment, Mino terminait une démonstration de magie et de jonglerie pour ses compagnons de l'institut d'entomologie. Son show provoqua un tonnerre d'applaudissements – on lui réclama aussitôt des numéros supplémentaires. Au bout du compte, il parvint néanmoins à partir avec Jovina et Ildebranda, qui avaient elles aussi assisté au spectacle.

« Tu es un magicien, dit Jovina en l'embrassant sur la bouche.

— Aucun homme au monde n'a des mains plus sensuelles que Carlos », gloussa Ildebranda.

Ils descendirent la Calle Córdova en direction de l'appartement.

Mino sourit, Orlando en fit de même. Les filles, encore excitées après le spectacle du premier, insistaient pour qu'il leur apprenne quelques trucs. Il fit non de la tête, puis alla chercher un plat de morceaux de poulet fumé au chili et quelques tranches de pain blanc. Tous les quatre prirent donc place autour de la table pour manger.

En plein milieu du repas, Orlando déclara : « Jovina. Ton père est mort. Une balle dans la tête. C'est moi qui l'ai tué. »

*

Ces messieurs Urquart et Gascoigne disposaient de la suite spéciale de l'hôtel Hilton à Istanbul. La suite même où l'attentat contre Bulent Eçevit avait été soigneusement préparé, en son temps.

Un message cliqueta sur le télex. Urquart jura très fort, mais non sans joie, en le lisant : *Identification positive de l'individu Orlando Villalobos. Étudiant à la même université que MORPHO, à la même période. Connu de nos services comme élément radical de gauche, affilié aux groupes extrémistes CCPR et* Frente Rojo. *A brillamment réussi ses examens en anglais, allemand, littérature, philosophie et politique. Casier judiciaire vierge. Localisation inconnue.*

« Enfin, murmura Gascoigne en prenant une gorgée d'eau gazeuse. Enfin une preuve que nous suivons la bonne piste. Orlando Villalobos et ARGANTE ne font qu'un. »

Ils se trouvaient à Istanbul depuis à peine trois heures, mais avaient déjà réussi à organiser l'intégralité du programme de surveillance. En tout, pas moins de cinq cents personnes, divisées en groupes chacun chargé d'une tâche spécifique. Jamais auparavant ils n'avaient été aussi près du groupe Mariposa. Ils touchaient enfin au but.

Urquart vérifia la liste des congrès organisés à Istanbul, puis celle des délégations étrangères présentes en ville. Elle était longue. Mettre sur pied des interventions auprès de toutes aurait demandé bien trop de travail. Il importait donc de sélectionner les cibles potentielles du groupe Mariposa. Ce qui ne devrait guère poser de problèmes.

« Le congrès IBM, c'est peu probable, marmonna Urquart. Nous vérifierons de toute façon quelles personnalités ont des chances de s'y rendre. Des éleveurs d'animaux à fourrure canadiens. Bon sang ! Que font-ils à Istanbul ? Et des horlogers suisses ? Et *Nippon Kasamura*, qu'est-ce que c'est que ça ? Soixante Japonais à l'hôtel Savoy. À vérifier. »

Il continua de parcourir la liste, mais sans repérer de cible évidente pour le groupe Mariposa.

Gascoigne appela le Savoy pour obtenir des renseignements sur *Nippon Kasamura.* Il s'avéra qu'il s'agissait du plus grand consortium de transport de bois du Japon. Ils possédaient des usines de matières premières à Bornéo, en Malaisie et au Brésil, et importaient les deux tiers des besoins du Japon en bois exotique, ce qui n'était pas rien.

« Couverture complète en ce qui concerne *Nippon Kasamura.* C'est une cible de choix. Ils ressortent du lot. »

Gascoigne était tout excité. Ça commençait enfin à bouger.

Il n'y avait qu'un seul bémol à sa joie. Des messages de la Centrale et de la « cabane » indiquaient qu'une mouche à merde de journaliste avait exhumé la liquidation de la fille de Barcelone, et qu'il menaçait de la révéler si la liquidation en question avait un lien quelconque avec le groupe Mariposa. Comme si cela ne suffisait pas, les journaux risquaient de faire capoter toute l'intervention en s'emparant de l'affaire. À moins que déjà… Scénario qu'Urquart et Gascoigne n'osaient évoquer tout haut, mais savaient possible en leur for intérieur : si le groupe Mariposa s'était rendu compte qu'un de leurs membres ou proches sympathisants s'était fait coincer, peut-être avait-il décidé d'entrer en clandestinité. Tous leurs efforts seraient alors ruinés. Étant donné la situation, il leur fallait malgré tout miser sur leurs atouts. Tellement de choses étaient en jeu. Le pouvoir et la confiance dont ils jouissaient pouvaient facilement se réduire à néant. Alors ils retourneraient dans l'ombre, sans le moindre avenir devant eux. En signant pour cette mission, ils avaient accepté un ultimatum : exterminer le groupe Mariposa de la surface de la terre ou bien subir le procès de leurs méfaits passés. Leurs antécédents en tant qu'agents du renseignement avaient laissé de vilaines cicatrices. Peu de chefs d'État leur auraient serré la main sans ressentir le besoin de se la laver après.

Gascoigne vida son verre d'eau pétillante d'un trait et rota.

« Les sorcières vont avoir un sabbat du tonnerre ! La mouche bleue ne va pas avoir besoin d'être épinglée pour être exposée. On va lui arracher les ailes, puis l'écraser jusqu'à ce que du pus jaune en suinte. À ta santé ! »

*

Jovina Pons s'arrêta de mâcher, les yeux fixés droit sur Orlando. Puis elle s'agenouilla, enfonça sa tête dans le tapis et commença à se traîner en avant en hurlant comme un loup. Ce n'étaient pas des pleurs. Ce n'était pas de la joie. Mais un étrange état intermédiaire qui évoquait les complaintes extatiques lancées par les bonnes sœurs de l'ordre de sainte Isabelle pendant leur défilé annuel de la Vierge. Elle continua ainsi longtemps, avant de se relever et d'aller se planter devant la fenêtre.

Orlando et Mino continuèrent leur repas, tandis qu'Ildebranda exigeait une explication. Ce qu'elle obtint. Elle garda ensuite le silence un bon moment, totalement blême.

« Orlando, dit Jovina. *Comment* as-tu fait ? Je veux tous les détails. »

Elle vint de nouveau s'asseoir à la table ; Orlando lui raconta tout le plus simplement du monde.

« Son visage, tu as pu voir son visage après avoir tiré ? A-t-il eu le temps de comprendre que le jour de la vengeance était arrivé ? »

Elle parlait calmement, ses mains ne tremblaient pas quand elle se servait de sa fourchette.

« Je crois qu'il ne s'est même pas rendu compte qu'il avait été abattu. Il a dû mourir en pensant qu'une portière de voiture s'était ouverte devant lui. En tout cas, aucun son n'a passé le seuil de ses lèvres, pas même quand il est tombé dans le brasero.

— Idiot ! Fils de pute ! Chien galeux ! hurla tout à coup Jovina au visage d'Orlando qui, décontenancé, laissa tomber un morceau de pain par terre. Tu aurais d'abord dû le *blesser* ! Une balle dans les couilles et deux dans le ventre. Alors, il aurait eu le temps de *comprendre*. Ah, si ç'avait été moi !

— *Sí, sí, claro*, soupira Orlando, mais dans ce cas je ne me trouverais probablement pas ici à l'heure qu'il est. Le garde du corps m'aurait pris, ou il aurait eu le temps de donner l'alarme. Il y avait pas mal de soldats dans les rues alentour. Il fallait que j'agisse très rapidement pour éviter de me faire prendre – c'est ainsi qu'il faut procéder. »

Et soudain Jovina embrassait Orlando. Absolument rien dans son comportement ne ressemblait de près ou de loin à du chagrin. Son père, qu'elle avait toujours évoqué en en faisant le pire des salauds du pays, à l'exception de Son Éminence et certains ministres, était *réellement* un salaud à ses yeux.

À la grande satisfaction de Mino et d'Orlando.

L'attentat sur le patron de presse haï causa un certain émoi pendant les jours suivants, à l'université comme parmi la population. On spécula longuement sur l'identité de son auteur ; le journal *Clarín* lança la théorie d'un mercenaire payé par la mafia nord-américaine, puisque Rui Garcia Pons avait un jour vexé l'épouse d'un parrain venu séjourner dans le pays pour veiller aux intérêts de sa compagnie, la puissante chaîne *Perro Caliente*. Il l'avait qualifiée, après que celle-ci eut renversé du champagne sur son costume blanc, d'« épouvantail mai-grichon », une remarque tout à fait pertinente, mais qui fut fort mal accueillie.

Le *Clarin* continua à porter ses soupçons sur la mafia, au point que le consortium *Perro Caliente* fut sur-le-champ nationalisé et passa sous le contrôle d'un impérium qui, ironiquement, servait les intérêts de la famille Pons. Les millions de vendeurs de *perro caliente* remarquèrent alors que leurs saucisses chaudes avaient rapetissé, et que les gens en demandaient deux au lieu d'une. Les bénéfices s'accrurent, puisque le prix restait le même. De ce point de vue, le meurtre de Rui Garcia Pons eut des conséquences heureuses pour les vendeurs les plus modestes.

D'autres journaux comme *La Tarde* et *La Hora* soutenaient que le meurtrier était un extrémiste dément vivant dans les immenses bidonvilles dans lesquels ni les policiers ni les militaires n'osaient mettre les pieds. *El Nacional*, en revanche, déclara sans détour que leur propriétaire avait été abattu par erreur. Ils ne pouvaient accep-ter l'idée qu'il existe dans ce pays un citoyen capable de vouloir du mal à un bienfaiteur si unanimement respecté. Aussi ne cautionnaient-ils aucunement la théorie faisant de la mafia le res-ponsable de ce drame : ce n'étaient que pures calomnies. Jamais don Pons n'aurait froissé la femme d'un puissant dirigeant nord-américain.

L'affaire s'éteignit peu à peu. En l'absence d'indices, il ne pouvait y avoir de véritable enquête pour retrouver l'auteur du crime. Il faut dire que dans certains cercles du gouvernement, un attentat poli-tique sur un fasciste déclaré présentait certains avantages : cela pou-vait être perçu comme une expression de la puissance des forces démocratiques dans le pays.

Les quatre compagnons tirèrent un rapide bilan de leur action : malgré sa relative simplicité, elle avait fait beaucoup de bruit et pro-voqué des changements concrets pour plusieurs milliers de vendeurs de saucisses – un effet imprévu, bien sûr, mais qui montrait qu'il fallait peu de chose, au fond, pour faire bouger les masses et créer de l'enthousiasme.

Cet acte avait constitué un test. D'abord vis-à-vis de Jovina, ensuite pour leur permettre de déterminer les répercussions de ce genre d'opérations. Ce n'était néanmoins qu'un modeste début.

Alors que toute la ville se parait de violet pour célébrer la fête nationale, que toutes les maisons brillaient de milliers de lampions aux bougies faites maison, et que les bonnes sœurs d'un nombre infini de couvents marchaient en procession dans les rues en lançant des gâteaux aux enfants pauvres, les quatre amis partirent pour la maison de Mino, que les deux garçons quittèrent presque aussitôt pour trouver des cours de plongée dans le coin. Jovina et Ildebranda restaient perplexes devant leur air fort mystérieux.

Quand le résultat de leurs efforts, peu à peu, remonta à la surface sous forme de vingt lingots d'or massif, ils n'eurent bien sûr d'autre choix que de raconter aux filles leur extraordinaire histoire. Après avoir retrouvé leur voix, celles-ci jurèrent solennellement de ne jamais divulguer ce secret à quiconque. Personne ne devrait jamais avoir vent de cet incroyable trésor.

Ils étaient riches comme des nababs. Les barres d'or comme l'argent étaient devenues propriété commune – celle du groupe. Jovina, qui en connaissait long sur l'argent et les manières de le faire fructifier au mieux, se proposa de s'en occuper. Le plus sûr, disait-elle, restait encore de le répartir sur plusieurs coffres-forts.

Et presque chaque soir, ils se retrouvaient autour de leur table réservée à *La Colmena* ou encore chez Orlando et Mino. On discutait, on philosophait. On planifiait.

« *Señores y señoritas* », commença le professeur Constantino Castillo de la Cruz lors d'une de ses conférences.

Attentif, Mino l'écoutait la tête légèrement tournée vers la droite ainsi qu'il en avait l'habitude, à cause de son oreille manquante. Le professeur dévia de son cours d'économie pour parler politique, saisissant ainsi l'occasion de leur exposer quelques analyses sans concession : « Imaginons qu'une organisation terroriste fasse exploser un Boeing 747 rempli de gens. Pas de survivants. Un acte atroce, dirions-nous sans doute. Mais quelqu'un peut-il me répondre pourquoi, chaque année, quarante millions d'êtres humains doivent mourir de faim et de sous-alimentation ? Quarante millions d'êtres humains, c'est beaucoup. Si nous transformons ce chiffre en nombre de Boeing 747, cela correspond à environ *trois cents avions détruits chaque jour pendant toute une année.* Bon. Le fait est qu'il existe assez de nourriture sur Terre pour nourrir tout le monde. Mais quarante millions de personnes meurent faute de pouvoir se procurer cette nourriture. Ces quarante millions meurent à cause de ce que nous pourrions appeler du terrorisme légalisé, admis et délibéré de la part de la finance, de la politique des grands de ce monde, de la recherche effrénée de profit à court terme. Il se trouve en effet, *señores y señoritas,* que le terrorisme s'exerce à deux niveaux : à un petit, tout d'abord, où ce sont souvent des personnes désespérées qui le perpètrent, à défaut d'autre moyen pour changer un système injuste. À un niveau supérieur, ce sont des hommes polis, corrects, avec costume, porte-documents et cartes de crédit qui le pratiquent. Le terrorisme que la classe supérieure exerce sur cette planète envers la majorité pauvre est le plus grand génocide jamais commis. Ceci ne pourra pas durer indéfiniment. Je puis affirmer, sans trop de risques de me tromper, que le jour arrivera bientôt où tous les pauvres du monde feront à leur tour usage des moyens dont eux-mêmes ont souffert pendant des centaines d'années. Je vais vous laisser partir, maintenant, mais réfléchissez à la chose suivante : trois cents Boeing 747 explosent chaque jour quelque part sur la planète. Comment faire pour arrêter ceci ? »

Dans la cohue de la fin du cours, au moment même où Mino s'apprêtait à s'approcher de de la Cruz pour lui demander quelque chose d'important, il se produisit un événement d'une grande brutalité : huit soldats armés se précipitèrent vers le professeur, s'emparèrent de lui et l'entraînèrent de force dans une voiture de police stationnée devant l'amphi. Cela fut la dernière conférence de Constantino Castillo de la Cruz. Il n'apparut plus jamais à l'université.

Mino avait voulu lui demander la chose suivante : combien d'êtres humains, selon lui, la planète pouvait-elle nourrir de manière raisonnable sans que cela nuise à l'équilibre écologique à long terme ?

Les semaines et les mois passèrent. Orlando passa brillamment ses examens. Mino de même. Jovina Pons termina, avec brio, la première partie de ses études de pharmacologie. Ildebranda s'était bien intégrée. Quant à l'éternelle discussion entre les différents groupuscules politiques sur l'éventualité d'une occupation complète de l'université, les choses se clarifiaient. Les longues heures passées le soir à *La Colmena* apportaient de nouveaux éléments de compréhension dans les débats, surtout après que le CCPR se fut doté d'un nouveau chef de file qui n'hésitait pas à nouer des alliances stratégiques. Mino, Orlando, Jovina et Ildebranda, cependant, ne voyaient aucun partenaire à qui s'allier.

« Jovina, lui dit un soir Mino, les sarbacanes et les flèches font d'excellentes armes. Elles sont silencieuses, on peut les porter à la vue de tous comme une canne. Toi qui as accès à des laboratoires, tu pourrais faire en sorte que ces flèches se terminent par une pointe en forme d'aiguille de seringue ? Et si *en plus* tu arrivais à te procurer un poison violent capable de tuer instantanément sans laisser de trace… »

Jovina accepta de relever le défi. Quelques jours plus tard, elle revint avec une douzaine de flèches terminées par une pointe d'aiguille. Le poison dont elle les avait enduites s'appelait *ascolsina* : une toxine végétale dont le simple contact était mortel. En piquant la pointe d'une aiguille dans la consistance crémeuse du poison, une partie de la toxine allait rester dans le petit creux de la seringue. C'était plus qu'assez pour tuer un bœuf.

À force d'exercices, Mino et Orlando étaient devenus fort habiles avec les sarbacanes. Ils touchaient une cible de la taille d'une orange à une distance de vingt mètres. C'est ainsi qu'ils se retrouvèrent en possession d'une arme redoutable, si l'on en faisait un usage approprié.

Mino fut le premier à passer à l'action, après avoir méticuleusement choisi la cible, l'heure et l'endroit. Il n'avait jamais oublié AQUA-ENTREPO CO. – les constructeurs des barrages qui allaient noyer une grosse étendue de jungle censée être protégée. Cette société s'occupait également de toute une série d'autres projets, qui avaient comme point commun de s'attaquer à de grandes parties de la *sabana*, de la forêt et de la montagne. Elle comptait trois Nord-Américains à la direction, mais Lombardo Pelico, propriétaire de trois mines de nickel et de plusieurs aciéries, beau-frère du ministre des Transports, était l'homme à abattre.

Mino savait précisément où il allait quand il sortit dans la nuit avec une sarbacane et six flèches trempées dans de l'*ascolsina*. Rien ne pressait.

Les rues étaient bondées, comme d'habitude. Il n'était pas encore onze heures, des odeurs d'huile et d'oignons doux en provenance des innombrables gargotes se mélangeaient aux lourds gaz d'échappement, ceux qui rendaient les bien-portants malades et tuaient plus vite les malades. Mino se sentait calme, détendu. Son sourire insondable le faisait paraître parfaitement inoffensif. Il se montrait poli avec les dames, s'écartait pour laisser passer les marchands ambulants qui se bagarraient avec leurs lourdes charrettes à bras le long des trottoirs. Il prit le temps de bien étudier le menu à la devanture des restaurants où cela sentait particulièrement bon. Il visita brièvement une galerie d'art pour admirer les peintures. Ce soir-là, il aurait pu serrer dans ses bras cette ville boursouflée qui n'en finissait pas.

Il pensa à Maria Estrella. Encore deux ans et demi à attendre. Elle écrivait les plus jolies lettres qui soient, des lettres qui ne sentaient pas la prison, le moisi ou le pourri ; plutôt la lavande et le citron. Il lui répondait par de longs poèmes sur l'avenir qui les attendait près d'une mer éternellement verte, à l'ombre du corossolier. Dans deux ans et demi, tout serait terminé, prêt pour elle.

Il ferma les yeux en traversant le parc, et se retrouva dans la jungle. Tous ses parfums lui revinrent en mémoire. Il avait encore le goût de centaines d'écorces sur la langue. Un jour, il achèterait un mulet pour y emmener Maria Estrella. Au pays de Tarquentarque. Elle serait le Tambour de la Jungle. Elle porterait le pendentif de la princesse indienne autour du cou, sur une chaîne que Mino aurait choisie avec soin. Alors, ils embrasseraient tout ce vert et obtiendraient des réponses à bien des énigmes.

Il arriva dans la partie de la ville qui abritait les meilleurs restaurants, les plus chers. La direction d'AQUA-ENTREPO CO. dînait ce soir-là aux *Nuits de Paris*. Ils auraient bientôt terminé le repas par lequel se soldait toujours leur conseil d'administration hebdomadaire – ils avaient coutume de réserver leur table dans ce restaurant. Mino avait observé tous leurs mouvements ces derniers mois, il connaissait donc leurs moindres habitudes. Ce soir-là, lui-même avait pris une table. Et pas n'importe laquelle.

Mino pouvait être fier de lui. Il avait appris tant de choses qu'il avait l'impression de comprendre le monde, de le maîtriser. Et il avait enfin un but : tuer. Tuer d'une manière cynique et calculée. Il avait compris qu'il n'y aurait plus jamais de grandes guerres mondiales comme par le passé. Mais une autre guerre était en marche : le terrorisme systématique contre ceux qui avaient le pouvoir de détruire, d'empester et d'oppresser, contre ceux qui n'avaient pas compris l'importance des déplacements des fourmis, la communication sensible des feuilles, la perception exceptionnelle des animaux et la nécessité des concepts environnementaux. Il avait appris qu'il y avait des écosystèmes, des chaînes d'événements assemblées et forgées au cours d'un lent processus ayant duré des millions d'années. Et que ces chaînes avaient été brutalement rompues par une course aveugle aux profits à court terme. Il n'y avait pas de grâce à accorder. Il ne *pouvait pas* y avoir de grâce.

Il avait Orlando. Il avait Jovina et Ildebranda. Orlando avec son optimisme invétéré et son désir d'assumer les exigences du jaguar, du feu et du soleil. Celles-ci se résumaient à une lutte sans compromis sous le signe de la révolution, dont les résultats ne se mesureraient pas en termes de position et de pouvoir personnel, mais par la gratitude d'êtres sans voix. Ainsi, il aurait son écriture dans le ciel, cet Orlando qui pouvait faire l'amour à deux femmes la même nuit sans qu'elles en éprouvent une quelconque jalousie. Et Jovina, pâle et grave, empreinte d'une haine céleste. Elle avait percé à jour la vanité des disputes entre les groupes gauchistes à propos des tactiques et stratégies à adopter. Leur but était utopique, les moyens des puissances oppriantes illimités. Issue de la plus haute classe sociale, Jovina avait passé sa jeunesse assoupie dans de la soie et du coton parfumé. Mais elle s'était réveillée avec une lucidité de cristal. Jovina voulait montrer au monde entier que le terrorisme ne se résumait pas à des bombes portées dans des valises par de valeureux Arabes. Mais que savait Mino d'Ildebranda ? Pas mal de choses, à dire vrai. Elle aussi avait grandi au point de sortir de l'ombre du platane, pour laisser derrière elle les folles orgies désinvoltes près de la cabane en planches d'Orlando. Ildebranda Sánchez, dont le corps exubérant vibrait de passion. Sa mère avait péri dans l'usine de sardines à cause de l'explosion d'un baril d'huile, et elle n'avait jamais rencontré son père. Ildebranda connaissait le nom de chaque fleur du pays. Elle partageait entièrement la vue des trois autres sur le monde, et était prête à sacrifier sa vie pour sauver tout ce qui relevait de la nature. Si Tarquentarque avait eu deux filles, elle aurait pu être la seconde.

Mino savait que le dîner de la direction s'éternisait, un dessert en appelant un autre. En s'approchant du restaurant, il sentit la chaleur de la sarbacane dissimulée sous sa chemise, entre l'aisselle et la ceinture du pantalon.

Il s'était fait beaucoup d'amis à l'institut d'entomologie. Ensemble, ils étaient partis à plusieurs reprises en excursion afin d'observer, enregistrer et recueillir des insectes. De son côté, Mino avait trouvé plusieurs nouvelles espèces de papillons et, dans deux cas, obtenu la reconnaissance de deux nouvelles sous-espèces non encore répertoriées à ce jour. Il était devenu un lépidoptérologue très apprécié, dont Zulk, l'homme qui ne cessait de renifler, était à la fois le guide et l'admirateur.

Zulk. Il n'avait jamais réussi à le saisir tout à fait. Zulk savait presque tout ce qu'il fallait savoir sur les papillons, mais il ne participait jamais à leur chasse ou à leur préparation. Le thymol et l'éther altéraient l'odeur naturelle des papillons, prétendait-il alors que tout le monde s'inscrivait en faux. C'était un clown, un éternel étudiant, mais aussi une sorte de mascotte pour les entomologistes. À une occasion, cependant, Mino avait senti son dos se glacer en sa présence : Zulk l'avait percé de ses étranges pupilles intenses et lui avait demandé si Carlos Ibañez était son *vrai* nom…

Il avait tous les sens en éveil. Il était libre. Il pouvait regarder le Zoo de Mengele du bon côté des barreaux. Josef Mengele. À la demande d'Orlando, il avait lu quelques ouvrages à propos du fameux médecin nazi. Ça l'avait choqué, rendu honteux, mis en colère et empli de désespoir. Puis il s'était mis à réfléchir : pourquoi Mengele avait-il fait tout ceci ? Pourquoi avait-il employé sa science, sans le moindre scrupule, d'une manière si bestiale ? *Bestiale.* C'était exactement le mot qui lui était venu à l'esprit ; une expression négative que l'être humain utilisait en référence au monde animal. Bestialité, animalité, des choses propres aux animaux. Quelque chose de brutal et d'inférieur. Un mot que Mino ne pouvait accepter. Josef Mengele était *bestial* ? Parfait. Peut-être qu'en réalité, Mengele avait compris la position de l'être humain dans la totalité, peut-être avait-il saisi qu'il était aussi défendable, d'un point de vue éthique, de mener des expériences sur les hommes que sur des macaques rhésus ou des rats ? Mais Josef Mengele avait établi une hiérarchie *entre* les hommes. Pour lui, comme pour l'idéologie nazie, les Juifs appartenaient à une race inférieure, presque animale – on pouvait donc les traiter en conséquence. À moins que son racisme n'ait été à ses yeux qu'un prétexte pour pouvoir mener ses expérimentations scientifiques sur l'homme plutôt que sur des rats ? Mino doutait qu'il sache jamais le fin mot de l'énigme Josef Mengele. Pourtant, le monde fonctionnait comme s'il avait été créé à son image.

Une fois devant le restaurant, il brossa du revers de la main la poussière accumulée sur sa chemise après sa longue promenade à travers la moitié de la ville. Il était presque minuit. L'heure idéale.

La table qu'il avait réservée se trouvait au fond, dans un coin, avec une bonne visibilité sur une grande table ronde qui trônait au milieu de la pièce. Six hommes bien habillés étaient en train d'y converser mollement.

Señor Lombardo Pelico lui tournait le dos ; Mino voyait son cou gras luire de sueur. Il y avait trois *gringos* assis en face de lui, et de nombreuses bouteilles très chères sur la table. D'après ce que le jeune homme pouvait en voir, les convives devaient en être à la moitié des desserts.

Mino sortit sa sarbacane et la posa sur la table. Longue d'un peu plus de cinquante centimètres, elle n'attira pas davantage d'attention que la baguette d'un chef d'orchestre ou la règle d'un professeur.

Il commanda un plat de poisson ainsi qu'une bouteille de vin blanc sans alcool, dont il savoura chaque morceau, chaque gorgée. Il y avait peu de clients à une heure si tardive.

Les autres en étaient au dernier dessert, ils allaient bientôt quitter le restaurant. Mino paya et se leva. Les toilettes se trouvaient près de la porte d'entrée. Sans que personne ne le voie, il se faufila à l'intérieur, s'assit sur une lunette et attendit, patiemment.

Au bout de cinq minutes, Lombardo Pelico et deux des *gringos* y firent leur entrée, pour se mettre aussitôt en ligne le long des urinoirs. Mino souffla dans sa sarbacane. Pelico s'écroula deux secondes à peine après que la petite flèche se fut fichée dans sa cheville, juste en dessous de l'ourlet du pantalon. Un deuxième tir, et l'un des *gringos* s'affala comme un sac de patates, une flèche dans le dos. Le troisième allait crier quand la flèche pénétra dans sa joue, le réduisant au silence.

Après avoir récupéré les projectiles, Mino sortit une feuille de la poche de son veston et la posa sur la poitrine de Lombardo Pelico. C'était une magnifique photo d'un *Morpho peleides*.

7. L'envol du Morpho bleu

Il se tenait à côté de la tombe du chef indien. Un petit monument funéraire. Sur le bloc de granit était fixée une plaque en laiton, qui disait : ci-gît Loup lunatique, grand Indien *pee*. Loup lunatique. Ce chef qui avait ému une partie du continent avec ses visions existentielles poétiques. Qui avait été enfermé dans un asile de fous durant toute sa vie d'adulte pour avoir parlé d'une pluie acide qui ferait éclater l'épiderme des Amérindiens comme l'écorce des arbres d'eucalyptus. Qui pouvait réciter toute la mythologie oubliée des Indiens Pueblos avec une intensité telle qu'ethnologues et archéologues en avaient la chair de poule et oubliaient toutes leurs théories condescendantes. Loup lunatique avait à peine trente ans quand il était mort à l'hôpital à cause d'une piqûre mal dosée.

Tout près de sa tombe, sous le soleil brûlant du désert, deux vieilles femmes édentées passablement ratatinées avaient monté leur tente : la mère de Loup lunatique et sa sœur, qui vendaient de l'artisanat *pee* ainsi que les ouvrages publiés par leur illustre parent. La tombe recevait régulièrement la visite de personnes ayant lu ses livres et les ayant compris. Les pèlerins laissaient le soleil du désert réchauffer ces idées jusqu'à ce qu'elles deviennent aussi dures et limpides que du verre.

Mino feuilleta le petit livre usé qu'il tenait caché sous sa chemise ; il l'avait lu et relu une bonne centaine de fois. Dans un chuchotement, il récita la légende du malheureux chef indien Tetratec et du joli papillon Nini-na qui l'aida, lui et son peuple, à élever la Princesse du Vent printanier, la plus jolie et la plus sage créature qui puisse exister au Pays des Vallées vertes. Puis il caressa tout doucement le bloc de pierre avant d'enfouir à nouveau le livre sous sa chemise.

Car Mino avait fait le voyage au pays des *gringos*, aux États-Unis. Il avait pris l'avion pour San Francisco. La première chose qu'il avait faite en arrivant avait été de rechercher la tombe de Loup lunatique, qui se trouvait dans une contrée désertique loin de la ville. Là-bas, il voulait puiser assez de force et de courage pour arpenter ce pays abhorré, pour croiser ses habitants qui exploitaient de pauvres gens jusqu'à la moelle, qui pillaient la terre en quête du pétrole pour leurs voitures, qui étaient capables de laisser des milliers d'enfants mourir de faim pour qu'eux seuls puissent avoir de la viande tendre à mettre dans leurs marmites.

Il avait trouvé les livres de Loup lunatique à la bibliothèque de l'université. Avec une émotion immense, il avait lu la légende de Tetratec et du papillon Nini-na. La nuit, avant de sombrer dans un profond sommeil, il entendait encore clairement la voix de son père, Sebastian Portoguesa, lire pour lui, ses frères et sa sœur, des contes plus merveilleux les uns que les autres. La voix de son père lui parlait dans son oreille arrachée.

Mino Aquiles Portoguesa se trouvait aux États-Unis. Ici, il ne se faisait pas appeler Carlos Ibañez. Ici il se nommait Fernando Yquem et arrivait de Séville. Il possédait un passeport espagnol avec un visa pour les États-Unis. Personne ne lui avait jeté le moindre coup d'œil soupçonneux quand il s'était présenté au contrôle de l'immigration. Sa valise ne contenait pas grand-chose : quelques vêtements, des affaires de toilette, plus deux sarbacanes et une douzaine de flèches munies d'une aiguille de seringue. Parmi ses affaires de toilette se trouvait une petite boîte d'*ascolsina*. Sous sa chemise, dans une pochette de toile, trois passeports supplémentaires, tous à son effigie, mais sous d'autres noms et des nationalités différentes. En cas de fouille corporelle, il pourrait aisément les déplacer tout autour de son corps sans même que les contrôleurs s'en rendent compte.

Il avait lu toute l'histoire des États-Unis. Il la connaissait sur le bout des doigts ; chaque année importante, chaque Président... Il pouvait même citer le nom des cent quatorze astronautes que les Américains avaient envoyés dans l'espace. Il connaissait l'identité des citoyens les plus riches du pays, de ceux qui dirigeaient les journaux et les banques, la défense et les services du renseignement, il connaissait l'emplacement de la Banque mondiale et l'identité de ses dirigeants. Il connaissait l'organigramme d'une vingtaine des plus grands groupes industriels. Les États-Unis constituaient le premier arrêt d'un voyage minutieusement préparé. Et qu'il comptait bien poursuivre.

C'était avant tout l'homme de la rue qu'il voulait étudier, celui qui rendait ce système possible ; qui *exigeait* que le système soit ainsi. Mino les examinait avec dégoût.

À San Francisco, ils étaient gros et moches. Ils transpiraient en mâchant du chewing-gum. On aurait dit des ruminants. Dans les stations-service, entre les pneus, les flaques d'huile, les clés à molette et les crics, ils mastiquaient en épongeant la sueur qui ruisselait de leurs fronts. Ils buvaient constamment du Coca-Cola et mangeaient des hamburgers. Mino constata assez vite que la plupart des habitants dans cette ville pouvaient péter ouvertement dans la rue sans en paraître le moins du monde gênés. Tout était propre et net dans la partie aisée de la ville, alors que les quartiers pauvres débordaient de détritus. Mais les pauvres avaient eux aussi la bouche pleine de chewing-gum ; ils affichaient peut-être toutes les couleurs de peau, mais n'étaient finalement guère différents des autres. Ici, personne ne crachait dans la rue ; en revanche, on laissait les chiens obèses faire leurs besoins dans les parcs, dans les buissons et sous les arbres. Lesdits parcs, d'ailleurs, étaient envahis par des épaves humaines : ceux qui fuyaient ce monde absurde autour d'eux, qui ne prenaient pas part à l'admiration béate que vouait ce pays médiocre aux autoroutes à douze voies, aux immeubles de verre et d'acier rutilants qui cherchaient à toucher le ciel, à ces terres agricoles à perte de vue où ils cultivaient des cacahuètes, dont la consommation effrénée leur donnait encore plus soif de Coca-Cola.

Mino observa et comprit.

Dans le parc Benbee, où il restait des ruines du grand tremblement de terre, il rencontra le Noir Pontius Pilatus Eisenhower, nommé d'après deux figures importantes de l'histoire. Le Noir l'aborda au moment où Mino passait devant son banc. Il s'arrêta, et vit là un visage crasseux couturé de cicatrices. Les yeux du Noir lui sortaient de la tête, le blanc était injecté de sang et les pupilles avaient la taille d'un œuf de merle.

« *A dime for dinner* », dit la voix rauque.

Mino lui tendit un billet de dix dollars, gagnant ainsi d'un coup la confiance de cette loque humaine.

Mino apprit comment on pouvait s'échapper de la misère en consommant de la morphine, de l'héroïne, de la méthadone, du Palfium, de l'Eukodal, du Diosan, de l'opium et du Demerol. Il apprit qu'on pouvait fumer de la drogue, manger de la drogue, sniffer de la drogue, se l'injecter dans les veines, sous la peau, dans les muscles, les yeux, ou carrément dans le rectum. À vrai dire, Pontius Pilatus Eisenhower n'était pas un débutant, c'était un junkie pur et dur, le genre à ne guère s'intéresser au cannabis, à la marijuana, à la mescaline, au *Banisteriopsis caapi*, au LSD ou au « Champignon sacré ».

« *I say, man*, que j'en ai fini avec le prétentieux culte du peyotl. Tu ne pourras pas me faire avaler ces histoires de Champignon sacré du Mexique censé permettre aux humains de voir la face de Dieu, *man*. Moi, je vois Dieu tous les jours, parce que j'ai *la flamme bleue*. Je suis une lampe à huile dont la mèche monte chaque jour de plus en plus haut. Ta beuh, tu peux te la garder, *man*. »

Mino hocha la tête.

Avec circonspection, il observa les autres épaves humaines dans le parc. Un moment même, il envisagea de gratifier chacun de ces pauvres hères d'une flèche empoisonnée, histoire de les envoyer au ciel pour de bon. Non, il n'était pas venu là pour aider les parias.

Il arpenta les larges boulevards chics où les balayeurs se faisaient insulter et maltraiter, sous les yeux de tous, par de grosses brutes munies de chaînes et de gourdins sans que personne n'intervienne. Il vit des policiers en civil, des Latinos, à costume peau de requin et chemise Brooks Brothers à col boutonné, ricaner de leurs blanches dents en fondant sur des prostituées qui tentaient de s'échapper sous des portes cochères. Il vit des milliers de fils à papa, coiffés à la dernière mode, aller et venir à la banque ou au bureau avec *The News* sous le bras et les pupilles en forme de dollar. Il vit une délégation de politiciens aller à la rencontre de manifestants furieux, qui hurlaient des slogans comme : *A thousand dollar dinner for a born-again sinner !*

Certains d'entre eux arboraient des crêtes rouges, des bottes militaires et des blousons en cuir avec des pointes d'acier ; ils ressemblaient à certaines peintures de grands prêtres *k'iche'* qu'il avait eu l'occasion de voir.

San Francisco. La ville de toutes les minorités. La ville ultralibérale. La ville cruellement frappée par la peste, comme l'avait prédit Kermit Featherway, le prédicateur moraliste, membre du Ku Klux Klan. Bientôt le grand tremblement de terre aurait lieu. *The Big One.* Après avoir compté le trois mille quatre cent cinquante-neuvième fast-food, Mino eut un sourire.

Les États-Unis n'étaient pas ce pays aussi jeune qu'on le prétendait. La nouveauté, c'étaient toute cette haine et cette barbarie. Cela sautait aux yeux de ceux qui savaient où regarder : des tatous écrasés sur l'autoroute, des vautours au-dessus des décharges et des marécages, des haies de cyprès fanés en bordure de champs empoisonnés.

Mino acheta un billet d'autobus *Greyhound* pour voyager d'une côte à l'autre du continent.

Le véhicule roula à travers d'infinis paysages de machines à sous, des lieux éteints et stériles. Il arriva à La Nouvelle-Orléans, une piètre ville-musée où chaque maison donnait l'impression d'être en exposition dans une vitrine. Le ciel violacé laissait tomber tellement de flocons de cendres sur les habitants que leurs pas laissaient des traces sur les trottoirs. Mino sentait l'odeur grasse et sucrée de la cuisine créole s'échapper de restaurants qui servaient de grands plateaux de *spareribs* noyés de ketchup et de chili. Partout, des obèses s'empiffraient de nourriture, le visage luisant de graisse, ahanant, éructant, rotant et pétant.

Entre les villes, Mino vit nombre de décharges et de champs de blé. Les premières fourmillaient d'alligators, de rats, de vautours et d'énormes nuées de mouches à merde ; dans les seconds, pas le moindre animal nuisible. Aux États-Unis, les champs de blé ne donnaient rien, à part du blé hybride.

Il traversa l'Arkansas, un État raciste dans lequel il aperçut un shérif avec un ventre si gros que même Tarquentarque aurait paru mince en comparaison.

Une centaine de villes, plus ennuyeuses et désolées les unes que les autres. À Chicago, il ressentit les vestiges d'une invisible échelle sociale de Latinos pelés, il huma un vague relent de puanteur d'anciens gangsters rachitiques, il vit des ombres fantomatiques errer près de North et d'Halstead, dans le parc Lincoln et sous les ponts ferroviaires.

Au bout de six semaines, il arriva à New York, où il s'installa dans un hôtel situé aussi près que possible du bâtiment de l'ONU. Trois jours durant, pendant lesquels il se remit de sa longue traversée du pays des mangeurs de hamburgers, il étudia cet épouvantable monstre depuis la fenêtre de son hôtel ; il le trouvait plus proche d'une dalle de pierre posée à la verticale que d'un véritable bâtiment.

Puis il sortit la sarbacane et prépara les flèches.

Le groupe Mariposa connut son baptême du feu au cours des semaines qui suivirent l'élimination de Lombardo Pelico, le directeur d'AQUA-ENTREPO CO., en même temps que celle de deux autres Américains. Orlando, Jovina et Ildebranda étaient entrés en action pendant que les journaux faisaient leur une sur ces meurtres inexpliqués, des morts qui évoquaient davantage un arrêt cardiaque ordinaire qu'un assassinat pur et simple, avant que l'autopsie ne décèle finalement le terrible poison. Orlando s'était servi d'une sarbacane, Jovina d'une boîte de confiseries empoisonnées, tandis qu'Ildebranda avait accompli un véritable tour de force en étranglant le ministre de l'Agriculture avec un lacet de soie, après s'être fait passer pour une prostituée. Elle avait réussi à l'entraîner dans un hôtel miteux soigneusement choisi, où il rendit l'âme dans une situation pour le moins compromettante.

Auprès de chacun de ces cadavres, la police trouva une feuille imprimée d'un papillon bleu métallique, un *Morpho*. Les journaux se lancèrent dans toute une débauche de spéculations, jusqu'à ce que tous reçoivent une lettre annonçant que quiconque se rendrait responsable d'actes détruisant irrémédiablement la nature, ou se rendrait coupable – directement ou indirectement – de la destruction d'espèces de plantes, d'insectes ou d'animaux, quiconque impliqué dans des projets – nationaux ou internationaux – entraînant des catastrophes écologiques, quiconque polluerait ou répandrait du poison à grande échelle, serait tué d'une manière particulièrement sournoise.

Le résultat ne se fit pas attendre. Les universités bouillonnaient, chaque petit groupe d'étudiants discutait du sort qui menaçait à présent la classe dirigeante. Le CCPR qualifia cette action de « terrorisme bourgeois », comme beaucoup d'autres groupuscules de gauche – ils lui reprochaient de ne pas s'enraciner dans les masses et de ne pas suivre l'idéologie marxiste. Autant d'analyses prétentieuses qui se retrouvèrent balayées par l'enthousiasme de milliers d'étudiants applaudissant les meurtres de ces dirigeants, coupables à leurs yeux de crimes à la fois contre les êtres humains et la nature. Comprenant que ces actions plongeaient ses racines *profondément* dans les masses et suscitaient un tel enthousiasme, le CCPR révisa ses positions.

Un petit frisson parcourut le pays tout entier. Ici, on n'employait pas des balles ou des bombes, on utilisait le savoir, la ruse et des armes qui n'attiraient pas l'attention. Et le but des militants n'était ni l'argent, ni le statut social, ni la révolution, ni le chaos économique, mais une lutte sans compromis contre les responsables de la déforestation massive de la forêt tropicale humide. Enfin il se passait quelque chose, quelque chose de dangereux.

Aucun changement immédiat ne se produisit, bien entendu. Tout continua comme avant, en tout cas en surface. Mais on ne cessait d'évoquer ces menaces dans les hautes sphères ; à l'abri des oreilles indiscrètes, on murmurait des choses qui jamais n'avaient été formulées auparavant.

Mino, Orlando, Jovina et Ildebranda prenaient passionnément part aux discussions avec les autres étudiants, tout en gardant une certaine distance à l'égard des actes terroristes, et en feignant de ne pas trouver d'arguments pour les justifier. Mais une fois entre eux, ils laissaient déborder leur joie et fêtaient leurs succès à la liqueur de cactus. Ils n'en étaient cependant encore qu'au début.

La police, la garde nationale et les militaires étaient mobilisés jusqu'au dernier homme pour traquer les terroristes. Mais autant rechercher des zombies. Ils ne disposaient d'aucun signalement, d'aucune source fiable susceptible de relier un visage à ces attentats. Tout ce qu'ils pouvaient faire, c'était offrir leur protection à un nombre toujours grandissant d'individus qui craignaient de devenir la prochaine cible des terroristes. Tout ceci provoqua un chaos quasi total au sein de forces au pouvoir, ce qui permit aux partis gauchistes illégaux de souffler un peu. Mais à la longue, tout redevint comme avant. Et, quand le directeur de la Compagnie générale des eaux du pays tomba sous une des flèches de Jovina, les journaux se contentèrent d'écrire qu'il n'avait eu que ce qu'il méritait. Le terrorisme frappait ceux *qui le méritaient* ! L'incroyable s'était produit : l'attitude de certains cercles dirigeants était en train de changer.

À cause des *Morphos* bleus dont les assassins avaient fait leur signature, on baptisa les terroristes *groupe Mariposa*. Ce qui combla Mino de bonheur.

On était prêt à parier que le groupe Mariposa se composait d'au moins une centaine de terroristes aguerris parfaitement entraînés.

De ce fait, Mino, Orlando, Jovina et Ildebranda auraient pu, s'ils l'avaient voulu, éradiquer lentement et sûrement toute l'élite au pouvoir. Ils auraient ainsi pu créer un espace aux postes clés pour des chefs de file plus responsables. Mais ce n'était pas dans ce pays modeste et retiré de l'Amérique latine que le sort de la planète se décidait. Les décisions déterminantes étaient prises ailleurs, dans des organes tout autres. Ce pays restait avant tout une victime dont on pillait les ressources naturelles.

Il fallait plonger dans le grand bain.

Les quatre amis pouvaient rester des nuits entières à fomenter des plans, évaluer leurs chances de réussite, analyser des méthodes, calculer les conséquences de leurs actes. Toutes les actions, leurs moindres faits et gestes devaient être soigneusement préparés et mûrement réfléchis, toutes les éventualités prises en considération : ils ne pouvaient pas risquer un seul faux pas. Il leur fallait se comporter comme un esprit invisible qui ne laisserait aucune trace. Jusqu'à présent, tout s'était bien passé. Les autorités croyaient encore en l'existence d'une puissante organisation internationale derrière ces troubles. Ils avaient frappé les coupables. Il ne fallait *jamais* s'arrêter de frapper les coupables, si l'on voulait garder l'appui de la population silencieuse.

À présent, il était temps de partir.

Par des circuits guère difficiles à dénicher quand on a l'argent nécessaire, ils se procurèrent quatre passeports pour chacun, avec des nationalités et des noms différents. Ils iraient chacun de son côté, dans un pays qu'ils avaient envie de visiter. Pendant six mois, ils voyageraient en individuel, sans se contacter. À une date convenue, ils se retrouveraient à Madère, une île de l'Atlantique appartenant au Portugal. Ils y resteraient un bon moment, le temps de se raconter leurs expériences respectives et de planifier les grandes actions à venir.

Surtout ne rien avoir sur soi qui puisse évoquer un papillon ; un contrôle aux frontières pourrait se révéler désastreux. Au moment de passer à l'action dans un pays donné, chacun d'entre eux, de son côté, devrait donc acheter un livre sur les papillons dans lequel découper l'image du *Morpho peleides*. Celle-ci serait ensuite collée sur une feuille de papier blanc, puis déposée à proximité de la victime. Il fallait en outre rédiger une lettre à l'intention des divers grands journaux du pays concerné – le texte, préalablement appris par cœur, expliquerait les motifs et le but de leur démarche. Faire passer le message et revendiquer clairement la *padre*nité de ces attentats au nom du groupe Mariposa était crucial pour créer un courant d'opinion favorable. Aucune action ne devrait être entreprise si l'on n'était pas sûr à cent pour cent de la réussir. Il ne fallait prendre aucun risque, trop de choses étaient en jeu.

Aucun détail ne semblait avoir été laissé au hasard. Ils emportaient d'épaisses liasses de dollars leur permettant de voyager et de se loger n'importe où. Quant à ce dont ils auraient besoin, il leur suffirait de se l'acheter en cours de route. Le seul point faible du dispositif résidait dans le franchissement des passeports complémentaires aux contrôles des frontières. Ils décidèrent donc qu'Orlando, Jovina et Ildebranda, qui contrairement à Mino ne maîtrisaient pas l'art de la prestidigitation, enverraient leurs autres papiers à une adresse de poste restante dans le pays où ils avaient prévu de se rendre. Chaque passeport ferait objet d'un envoi séparé, et à des bureaux de poste différents. Ainsi, tout était soigneusement planifié.

Orlando partait en Allemagne, Jovina au Japon, Ildebranda en Espagne et Mino aux États-Unis.

Il parcourut la ville de New York en long et en large. Dans les ruelles de Harlem, il apprit à reconnaître l'odeur du melon pourri et celle de la pisse de chat. Dans les tripots désolés de Brooklyn, il ressentit la violence brute qui sommeillait un peu partout. À Chinatown, il perçut la fourbe obséquiosité de Sino-Américains cupides qui proposaient une tendre viande de veaux pas encore nés originaires de la pampa argentine. À Greenwich Village, il observa avec écœurement le milieu artistique frustré, où dans le parfum douceâtre de la marijuana se gonflaient des mirages à l'instar d'une colique tendant la peau d'un ventre. Il observa aussi les bookmakers, les jongleurs, les mendiants, les prostituées, les voleurs à la tire et les trafiquants de drogue. Mais plus que tout, il remarqua les interminables files, l'innombrable armée de robots en costume cravate qui entraient dans des ascenseurs pour prendre possession de gratte-ciel aussi monstrueux qu'inquiétants. C'était dans ces endroits-là que les pires crimes étaient commis.

Il fit les cent pas devant le bâtiment de l'ONU, en se mêlant aux groupes de touristes qui suivaient leur guide. Il avait beaucoup lu sur les interventions menées dans le monde entier sous l'égide de cette institution, mais cela ne l'avait guère enthousiasmé. Elles se contentaient de mettre un couvercle sur les conflits ouverts et les inégalités sociales sans jamais questionner le modèle dominant des pays occidentaux, au désavantage des systèmes économiques des pays en voie de développement. Quant aux programmes de recherches que menait l'ONU, ils ne bénéficiaient à long terme qu'aux puissants. Malgré tout, Mino n'en voulait pas particulièrement à cette organisation.

Sauf que le représentant américain auprès de l'ONU s'appelait Dale Theobald Star. D.T. Star.

Un peu plus tôt, en vérifiant par hasard la liste des politiciens les plus en vue aux États-Unis, Mino était tombé sur son nom. Il avait aussitôt senti son ventre se nouer, et la tête lui tourner. *Dale Theobald Star.* Pouvait-il s'agir de señor *Detestar*, le puissant *jefe* qui, une éternité plus tôt, avait orchestré la tragédie et la ruine de son village ? De nombreuses années s'étant écoulées depuis, Mino dut passer plusieurs coups de fil avant d'en avoir l'absolue certitude. Finalement, il avait eu la confirmation que le représentant américain auprès de l'ONU avait auparavant travaillé pour une grande compagnie pétrolière engagée dans l'extraction d'hydrocarbures en Amérique latine. Il s'était lancé en politique cinq ans plus tôt, et avait rapidement gravi les échelons pour être nommé représentant américain auprès de l'ONU. Un poste très élevé.

Il fallut plusieurs semaines à Mino pour établir un plan en conséquence. Il rédigea donc des courriers pour tous les journaux locaux, où il racontait que D.T. Star, en tant que responsable de tel et tel projet dans tel et tel pays d'Amérique latine, s'était rendu coupable de la destruction d'un certain village et du massacre de sa population. Le groupe Mariposa allait donc, sans pitié, liquider cette personne qui, en vertu de sa position actuelle, avait la possibilité de commettre des crimes encore plus grands contre la nature et l'avenir de la planète.

Ces lettres, quatorze en tout, destinées aux plus grands quotidiens et magazines de New York, furent postées très tôt le matin même où Mino passa à l'action.

D.T. Star habitait une magnifique villa avec une façade ornée de colonnes grecques et de statues des dieux de l'Olympe. Située dans l'une des banlieues les plus chics de la ville, la maison était entourée d'un grand jardin arboré, comptant certaines espèces fort rares – trois jardiniers étaient chargés de l'entretenir. Un haut mur entourait la propriété qui, à en croire les panneaux, était truffée d'alarmes. L'ensemble était gardé par sept vigiles armés qui patrouillaient jour et nuit à l'extérieur comme à l'intérieur du mur. Tout cela, Mino l'avait vérifié au cours d'inspections minutieuses mais discrètes, sous différents déguisements.

Arrivé très tôt ce matin-là dans ce quartier de villas cossues, il se promena nonchalamment dans une de ses rues, vêtu d'un costume cravate sombre. Il avait attaché ses longs cheveux en chignon, qu'il dissimulait sous un chapeau. Il tenait une petite mallette en cuir dans une main, un parapluie dans l'autre et un journal sous le bras. Ses épaulettes étaient rembourrées, et il avait ajouté une couche d'ouate autour de sa taille afin de se donner une silhouette plus imposante. Ses airs de jeune cadre dynamique en route pour le bureau se fondaient parfaitement dans le décor. Seule son oreille manquante aurait pu le trahir. Aussi faisait-il très attention à pencher suffisamment la tête pour empêcher les passants et les automobilistes de s'en rendre compte.

À sept heures dix précises, il appuya sur la sonnette incrustée dans le magnifique portail métallique. Le concierge sortit de sa loge, installée en partie dans l'enceinte, en se frottant les yeux encore pleins de sommeil. Il regarda Mino d'un air méfiant à travers les barreaux.

« Il y a un cadavre près du mur », annonça Mino d'une voix égale en désignant du doigt un endroit que le gardien ne pouvait pas voir, tout en détachant doucement la poignée de son parapluie pour vérifier que la flèche était bien en place.

Le gardien proféra un juron, farfouilla pour trouver ses clés et déverrouilla le portail afin de sortir voir. Il eut à peine le temps de pousser le battant que la flèche venait se ficher dans sa gorge et qu'il s'affaissait par terre. Rapide comme l'éclair, Mino se glissa à l'intérieur, prit les clés et tira le gardien inanimé dans sa loge. Après avoir ôté le projectile du cou du malheureux, et remis un nouveau projectile dans la sarbacane, il resta un bref moment derrière la porte fermée pour reprendre son souffle.

Quelques minutes plus tard, on frappait impérieusement à la porte. Il savait à quoi s'attendre : les deux vigiles voulaient avoir confirmation que la route était libre ; le représentant de l'ONU était attendu d'un moment à l'autre. Mino recula de quelques pas rapides sitôt après avoir ouvert. Il souffla une fois, puis glissa une autre flèche dans la sarbacane pour récidiver immédiatement. Les deux vigiles s'écroulèrent l'un sur l'autre. Il les traîna à l'intérieur.

Il entendait déjà le faible bourdonnement de la Mercedes de l'ambassadeur. Elle s'arrêta devant le portail, où le chauffeur klaxonna à plusieurs reprises. Comme rien ne se passait, il sortit de la voiture pour se diriger vers la loge du gardien, prêt à passer un sérieux savon à cet imbécile qui ne faisait pas son boulot…

Le chauffeur ne put achever sa phrase. Mino referma la porte derrière lui et attendit.

Il entendit alors une portière s'ouvrir doucement, puis un raclement de gorge impatient. Alors Mino sortit.

Durant le bref instant où rien ne se passa, à part l'envol d'un corbeau de son perchoir nocturne sous l'épais feuillage d'un chêne, Mino eut le temps de remarquer que D.T. Star n'avait guère changé. Son visage flasque n'avait pas pris une ride, le sommet dégarni de son crâne brillait comme autrefois sous l'effet des pommades grasses, ses yeux restaient toujours aussi froids. Ses grosses lèvres esquissaient le même sourire condescendant. Ses doigts courts et boudinés n'avaient presque pas d'ongles. Le représentant de l'ONU se tenait devant la portière ouverte, appuyé sur une canne à pommeau en argent.

« *Señor De-te-star*, articula lentement Mino. Il y a bien longtemps, tu distribuais du *Old Kentucky Bourbon* à tes mercenaires dans la jungle. Au sergent *Felipe Cabura* et à cette brute de *Pitrolfo*.

— Co-comment ? »

Pâle comme un linge, Star voulut retourner dans la voiture, à l'abri des vitres et des portières blindées. Parfaitement conscient de la situation, il redoutait une issue fatale.

« Reste tranquille, lui lança Mino d'un ton cinglant tout en avançant de quelques pas. Ne bouge pas, Detestar ! Tu as exterminé tout un village, tu as tué, massacré mes parents, mes frères et ma sœur comme des animaux ! Moi seul ai réussi à me sauver. C'est pourquoi je suis là, devant toi. Detestar ! »

L'ambassadeur de l'ONU chancela, faillit perdre haleine. Son front dégoulinait de sueur. Machinalement, il leva une main en un vain geste défensif.

« Écoute, murmura-t-il d'une voix rauque. Je te donnerai… »

La flèche l'atteignit en plein globe oculaire avec une telle force qu'elle s'enfonça jusque dans le cerveau de Dale Theobald Star. Mino eut le plus grand mal à la récupérer.

Il traîna le cadavre à l'intérieur de la loge du gardien. À présent, cinq cadavres s'entassaient derrière la porte verte, que Mino verrouilla consciencieusement après avoir posé la photo du papillon à un endroit bien visible. Puis il ouvrit la portière, monta dans la voiture du représentant de l'ONU et partit. Il avait veillé à refermer le portail du jardin derrière lui.

C'était pour ainsi dire la première fois qu'il se retrouvait derrière un volant. Il ne connaissait de la conduite que l'aspect théorique, aussi peina-t-il un peu dans un premier temps avec la boîte automatique ; mais il parvint finalement à rouler sans à-coups dans la rue des villas, en sifflant gaiement un air de samba. Grâce aux vitres fumées, presque noires, personne ne pouvait voir qui se trouvait à l'intérieur du véhicule.

Il savait où aller. Ce n'était pas très loin, rien ne l'obligeait à prendre l'autoroute, régulièrement surveillée par la police. Inutile de courir pareil risque. Une fois arrivé sans encombre à un centre commercial très fréquenté qui venait d'ouvrir pour la journée, il se dirigea doucement vers le parking. Après s'être assuré qu'il n'y avait personne alentour, il sortit de la voiture et quitta discrètement les lieux.

Une heure plus tard, Mino était de retour dans sa chambre d'hôtel. Après être allé prendre une douche, il enveloppa tous ses déguisements dans des sacs en plastique, qu'il alla jeta dans diverses poubelles de Chinatown. Puis il déposa les sarbacanes, les flèches et la boîte d'*ascolsina* dans un casier de consigne. C'étaient là les règles de sécurité que chaque membre du groupe avait apprises, et qu'il devait observer à n'importe quel prix. Si l'impensable devait arriver, c'est-à-dire se retrouver sous les feux des projecteurs ou coincé dans une rafle imprévue, pas le moindre indice ne devait permettre de remonter aux assassinats.

Mino quitta New York pour un parc national qui s'étendait à la frontière de l'État voisin. Il avait trouvé une publicité pour ce lieu de villégiature dans une agence de voyages. Il loua un chalet en rondins de bois entièrement équipé, idéalement situé près d'un petit lac dans une forêt de pins. Le passage de l'été à l'automne ne laissait pas de l'étonner. Les arbres arboraient des nuances allant du jaune au rouge, et l'air, dépourvu de tout insecte, était d'une limpidité cristalline.

Il attendait. Attendait la réaction des journaux à la mort soudaine du représentant de l'ONU. Attendait que sa lettre soit publiée et que le message du groupe Mariposa parvienne enfin à la population de ce pays. Le lendemain, il marcha un kilomètre jusqu'au kiosque à journaux du supermarché pour acheter tous les quotidiens de New York. Rien. Pas une ligne.

Assis sous un grand pin près du petit étang, sur une couche d'aiguilles, Mino admirait la surface de l'eau qui brillait des derniers feux du soleil de l'après-midi. Bientôt l'astre disparaîtrait derrière les collines à l'ouest. Tout était serein, personne aux alentours. Le pays entier avait dû ressembler à cela quand les Indiens en étaient encore les maîtres, avant que ces barbares blancs ne viennent les déposséder de leurs terres. Les parcs nationaux n'étaient finalement qu'une expression de la mauvaise conscience des *gringos*.

Si seulement tous les grands chefs indiens ayant vécu ici pendant des millénaires avaient pu consigner par écrit toute leur sagesse, et si seulement celle-ci avait pu être préservée ! Loup lunatique avait eu l'intelligence de chercher cette sagesse à une source oubliée depuis longtemps. Et même ainsi, il ne restait plus que des fragments d'un ensemble bien plus vaste, d'une telle subtilité que jamais l'homme blanc ne le comprendrait. Loup lunatique avait constitué une sorte de menace pour l'homme blanc, voilà pourquoi on l'avait enfermé dans un hôpital où on l'avait fait mourir. Loup lunatique avait été un *mágico*. Un vrai *mágico*, comme Arigó de Congonhas avant lui. Mino repensa à la diseuse de bonne aventure qu'il avait consultée, longtemps auparavant, et regarda malgré lui la paume de sa main. Pouvait-on réellement y lire l'avenir ?

Une biche descendait à l'étang sur le versant opposé. Elle resta un instant les narines dilatées à flairer dans sa direction. Puis elle s'avança avec précaution jusqu'à l'eau pour s'abreuver. Il demeura immobile pour ne pas l'effrayer et pouvoir l'admirer à loisir. Des canards barbotaient dans une petite crique, dessinant des ronds dans l'eau lorsqu'ils plongeaient pour aller manger des plantes aquatiques au fond de l'étang. Les rayons du soleil faisaient scintiller les feuilles d'automne comme de l'or pur. Tout n'était que calme et beauté.

Quand tout serait fini, et que Maria Estrella sortirait enfin de prison, ils iraient de nouveau s'installer dans la maison du bord de mer. Lui prendrait un nouveau nom, il paierait grassement un avocat pour obtenir des documents légaux attestant le fait qu'il en était le propriétaire. Ils se marieraient et auraient beaucoup d'enfants. Il lirait des livres d'archéologie sur les anciennes civilisations, il partirait en expédition dans la jungle sur les traces des grands chefs indiens. Il collectionnerait et répertorierait les papillons les plus rares. Mais d'abord, il fallait sauver la jungle, il fallait libérer la planète de tous ces tyrans brutaux. Ces parasites qu'étaient les êtres humains devaient être isolés et assignés à leur juste place.

Quand la nuit commença à tomber, il retourna au chalet, alluma un feu dans la cheminée et écrivit une longue lettre à Maria Estrella.

Le lendemain non plus, il ne trouva pas une ligne dans les journaux. Mino commença à s'inquiéter. Qu'est-ce que cela signifiait ? Quand une personne aussi importante que le représentant américain auprès de l'ONU était assassinée, *cela* méritait quand même quelques lignes dans les journaux ! Et les lettres que Mino avait écrites ? Pas un seul quotidien ne mentionnait le sort infortuné de D.T. Star.

Mais le jour suivant plongea Mino dans une totale perplexité : tous les journaux semblaient s'être donné le mot pour publier un long article sur Dale Theobald Star, le représentant auprès de l'ONU, malheureusement décédé dans sa villa d'une crise cardiaque. La nation entière exprimait sa grande tristesse d'avoir perdu cet homme si compétent, qui avait si bien su défendre les intérêts des États-Unis. Un nouveau représentant serait nommé auprès de l'ONU dans les prochains jours. Chaque article était accompagné de la même photo, représentant D.T. Star en pleine conversation avec le secrétaire général de l'ONU.

Dans un premier temps, il n'y comprit rien. Puis la vérité finit par se faire jour en lui. Il aurait dû s'en douter. C'était ainsi que ce système complètement corrompu fonctionnait ; il était impensable qu'un de leurs dirigeants puisse être assassiné à cause de crimes – si vils soient-ils – commis dans le passé avec la bénédiction des grandes compagnies pétrolières et du ministère des Affaires étrangères. Cela voulait-il donc dire que tous les journaux sans exception étaient corrompus ? Qu'on avait acheté leur silence ?

Mino alla se promener sous les pins, puis s'installa sous les chênes pour cogiter en paix. Et finalement décider de ce qu'il devait faire. Il allait leur montrer la puissance du groupe Mariposa. Il leur forcerait la main. Au bout du compte, la signature du Morpho bleu vaincrait leurs réticences.

Il retourna à New York et se choisit un hôtel de milieu de gamme en plein Manhattan, là où le flot des passants demeurait presque ininterrompu.

Le journal qu'il choisit ne faisait pas partie des plus grands, mais il était réputé pour oser critiquer ouvertement le système. Il possédait des agences dans plusieurs petites villes autour de New York. Exactement ce qu'il fallait. Mino leur envoya une lettre pour les avertir que si, sous deux jours, ils n'avaient pas publié le message du groupe Mariposa et la vérité sur les circonstances de la mort de D.T. Star, le groupe frapperait les collaborateurs du journal, quel que soit leur poste, jusqu'à ce qu'il ne reste plus un seul journaliste, plus un seul secrétaire, typographe ni collaborateur vivant. Mino l'avait tapée sur une machine à écrire achetée spécialement pour l'occasion, et qu'il mit au rebut aussitôt après. Même une machine à écrire pouvait laisser des indices. Il photocopia la lettre et l'envoya aux vingt-trois collaborateurs du journal, à leur adresse privée, du rédacteur en chef jusqu'aux standardistes, histoire de mettre le plus grand nombre de personnes au courant. Quelqu'un finirait forcément par craquer tôt au tard.

Il passa finalement à l'action, puisqu'à la date limite fixée le journal n'avait toujours rien publié sur l'assassinat du représentant auprès de l'ONU. Un journaliste, deux secrétaires et le directeur artistique furent les premières cibles des flèches empoisonnées de Mino, respectivement dans un bar au moment de la fermeture, près de leur domicile et dans une station de métro.

Le journal ne publia toujours rien.

Puis ce fut au tour du responsable d'une agence locale, d'un autre journaliste et même de l'assistante personnelle du rédacteur en chef. C'est alors que la bombe explosa.

Dans une typographie qui devait n'être réservée qu'au déclenchement d'une guerre nucléaire ou à la collision de notre planète avec un astéroïde, le journal révélait, dans une édition spéciale grosse comme un pavé, l'existence de la terrifiante organisation terroriste qui avait tué Dale Theobald Star, son concierge, ses deux gardes du corps, son chauffeur, ainsi que sept des collaborateurs du journal. La lettre de Mino fut publiée dans son intégralité, avec une page presque entière consacrée à la photo de ce qui constituait le signe distinctif du groupe terroriste : un papillon angoissant, mais terriblement beau.

Le scandale ayant enfin éclaté, le pays des *gringos* se retrouva victime d'une sorte de tremblement de terre qui le secoua pendant des mois. Les journaux se rejetèrent mutuellement la responsabilité pour tenter en vain de sauver la face ; des fauteuils de rédacteurs en chef furent renversés, relevés et renversés de plus belle ; des hommes politiques se suicidèrent dans leur salle de bains ; des auditions s'enchaînèrent à n'en plus finir ; les injures fusaient dans les tribunaux ; des vautours se regroupaient dans une seule et grande nuée de Manhattan à Houston, de Chicago à Palm Beach, et le Président lui-même se fendit d'explications fumeuses en transpirant à grosses gouttes sur les écrans de télévision, dans une tentative pathétique de rejeter la faute sur des infiltrations communistes, dont le travail de sape avait été réalisé par des éléments combinant les qualités de ruse et de duplicité d'un serpent.

Mino ramassa son parapluie, ses flèches, sa boîte d'*ascolsina*, puis partit se mettre au vert dans un petit coin perdu du Montana, d'où il pourrait suivre les conséquences du tohu-bohu qu'il avait provoqué. Il emballa tout ce qui pouvait l'incriminer dans un sac plastique, qu'il alla enterrer près d'une falaise non loin de son chalet de location. La pile de livres qu'il avait emportée devait servir à prouver à quiconque s'intéresserait à lui qu'il étudiait l'ethnologie et l'archéologie.

Un pan du passé était vengé. D.T. Star avait connu mort et disgrâce en même temps.

À présent, il s'agissait de penser à l'avenir.

Le nom du groupe Mariposa, son but, ses moyens et ses méthodes avaient fait le tour du monde. La police des *gringos* présumait qu'il s'agissait d'une grande formation terroriste extrêmement bien organisée, qui utilisait des seringues pour tuer ; des seringues contenant un poison très particulier et très rare. Ce n'était donc plus qu'une question de temps avant que l'un de ses membres se fasse démasquer et appréhender. Pour l'instant, certes, elle n'avait pas de piste sérieuse, quand bien même trois cent trente-quatre personnes s'étaient dénoncées pour revendiquer le meurtre de Dale Theobald Star. Mais certains politiciens exigeaient que des mesures immédiates soient prises à l'encontre de Mouammar Kadhafi et d'Abou Nidal.

Mino admirait les montagnes enneigées en chantonnant un texte dont le refrain incitait à la réflexion : « *God, guts and guns made this country strong.* » Le feu dans l'âtre flambait joliment, et le jeune homme lisait et relisait avec bonheur les trois dernières lettres de Maria Estrella.

*

Urquart faisait les cent pas dans sa suite. À travers la fenêtre, Gascoigne jetait un regard absent sur le détroit du Bosphore et, au-delà, vers Usküdar, la partie asiatique d'Istanbul. Il pestait de ne pas pouvoir apercevoir d'ici les coupoles magnifiques du palais de Topkapi.

Ils attendaient un invité. Un invité de marque, conduit ici pour cette occasion précise et susceptible de leur être d'une grande aide dans cette ultime bataille contre le groupe Mariposa : señor Jeroban Z. Morales, plus connu dans le milieu sous le nom d'agent Z. Il arrivait d'Amérique du Sud dans un avion spécialement affrété pour lui.

« *Nippon Kasamura*, marmonna Gascoigne pour la énième fois. La délégation du *Nippon Kasamura* est la cible évidente de ces chiens sanguinaires. Elle convient parfaitement à leur *modus operandi.* »

Il s'assit devant un des ordinateurs pour ouvrir le fichier des crimes terroristes. Il le connaissait presque par cœur, mais adorait le relire. Ça lui donnait l'impression qu'ils œuvraient pour une grande cause ; il démontrait noir sur blanc ce pour quoi ils avaient reçu l'autorisation de tuer.

Le long fichier commençait ainsi : *Rap. Agent Z., première identification : à l'université, institut d'ethnologie, six mois après le meurtre de* Lombardo Pelico, Andreas de la Parra, Juan Montrose, Ferdinand Zuccre *et* Levi Castellena, *outre les Nord-Américains* Kenneth Bech *et* John Foster Pen, *trois mois après la disparition de l'étudiant* Carlos Ibañez *du milieu estudiantin. Le visage semble familier au signataire, qui a confirmé ses dires après un examen approfondi d'anciennes éditions de journaux publiés dans des pays voisins :* Carlos Ibañez *et* Mino Aquiles Portoguesa *ne font qu'un. Tueur dès son plus jeune âge, auteur du meurtre de deux Nord-Américains, finalement capturé et emprisonné,* Portoguesa *passait pour avoir péri dans un incendie de prison.*

« Qu'il aille au diable, maugréa Gascoigne en fermant le fichier. Quel pays sous-développé de merde ! Ils n'ont même pas la photo de tous leurs étudiants. Ils n'ont jamais entendu parler de services secrets ? Ces gorilles croient que les fusils et les canons suffisent à garder le pouvoir ! Si nous avions eu une photo exploitable de ce Portoguesa, ou Carlos Ibañez, si c'est vraiment lui la mouche de merde, nous aurions pu interpeller toute la bande depuis un bon moment déjà. Et voilà que cet agent va arriver *ici* ! Ça va lui demander un sacré boulot, de surveiller les millions de personnes qui habitent cette ville de merde...

— Calme-toi, tempéra Urquart en s'asseyant dans un canapé de cuir. Bon. Nous n'avons pas de photo exploitable, mais l'agent Z. pourra identifier Ibañez, Villalobos et sans doute les autres membres du groupe s'ils devaient s'approcher du groupe *Nippon Kasamura*. Auquel cas on les tiendra.

— La photo, grogna Gascoigne. Cette photo de Portoguesa que nous avons fini par obtenir, c'est celle d'un *gamin*. Comment l'agent Z. pourrait-il le reconnaître ?

— Les rumeurs le gratifient de certaines... aptitudes. Ce n'est pas par hasard qu'il se maintient à sa position depuis si longtemps. Par moments, ai-je cru comprendre, les choses peuvent devenir assez chaudes là-bas.

— Un pays puant rempli de Latinos ! Tous des ordures », pesta Gascoigne en ouvrant sa quatrième bouteille d'eau pétillante.

On frappa à la porte ; le garçon de service entra pour annoncer qu'un certain *effendi* Jeroban Z. Morales demandait à les voir. Urquart donna son assentiment d'un signe de la tête.

Ils entendirent alors des bruits bizarres en provenance du couloir, comme un moteur à vapeur en train de rendre l'âme. Et puis, dans l'encadrement de la porte, apparut une créature étrange dont le nez minuscule ne comportait qu'une narine. L'agent Z.

*

Mino profita de chaque instant lors de ces quelques jours de calme. L'air glacé était transparent comme de la naphtaline. Le jeune homme passait son temps à observer la faune et la flore dans ce coin encore vierge du pays des *gringos*. En pêchant dans la rivière avec une canne qu'il s'était procurée, il avait attrapé un gros poisson argenté avec des points rouges sur les côtés. Ça avait très bon goût, une fois cuit sur les braises de l'âtre. Il ramassait des feuilles jaune et rouge tombées des arbres pour en étudier la forme, l'aspect, l'odeur et le goût. Le soir, il sortait admirer le ciel étoilé en claquant des dents dans ce froid inhabituel pour lui. *Là-haut*, se dit-il, *il y a des millions et des millions d'autres planètes.* Il se demandait parfois si les bleues et vertes étaient gérées comme il le fallait. Sans doute. Dans tout l'univers, l'humanité était certainement une espèce unique par son immense bêtise, son égoïsme et sa cruauté.

Gaïa. La Terre. Comme un seul grand organisme vivant. Mino se remémorait chaque mot des conférences de Constantino Castillo de la Cruz.

Il escalada le flanc abrupt d'une montagne pour aller cueillir des fleurs qui s'accrochaient dans les crevasses et sur d'étroits rebords. D'irréductibles petites plantes drues vivement colorées, capables de survivre sous la neige pendant des semaines, voire des mois. Un vrai miracle. Un miracle qui renfermait plus de sagesse que n'importe quel livre savant. Il sentait le sol dur de la montagne sous ses pieds. Tout en l'escaladant, il l'entendait parler à ses bottes. Elle avait davantage de caractère qu'un être humain.

Mino n'avait pas beaucoup de pensées pour les morts, ceux qu'il avait tués. Il ne ressentait aucun chagrin, aucune culpabilité. Il savait que la terre qu'il arpentait ne lui en tenait pas grief. C'étaient les lois des hommes et leur moralité étroite qui le jugeraient à l'aune de leur propre image exaltée. Ils le jugeraient comme un criminel de la pire espèce. Le jeune homme ne ressentait plus la moindre peur en se disant cela, rien qu'un grand désespoir.

Un être humain possédait la capacité de penser, de manifester ses émotions en pleurant et en riant. Donc, un être humain différait d'un animal. Et on ne pouvait pas non plus le comparer à une plante. Aussi s'était-il créé d'autres lois, d'autres normes que celles qui prévalaient dans le reste du monde vivant. Mino ne comprenait pas d'où pouvaient venir de telles idées, ni comment on pouvait les prendre au sérieux. Il observa une belle *Peperomia* qui étalait ses feuilles vertes en une magnifique draperie le long du tronc de son arbre-hôte ; elle avait eu du mal à trouver une prise pour ses racines sur les plus hautes branches, seul moyen pour elle d'éviter l'ombre et l'humidité, mais aussi de déployer ses fleurs splendides au moment précis où les abeilles *heeto* essaimaient. Il devait forcément exister une volonté sensible derrière tout cela. Pourquoi celle-ci aurait-elle eu moins d'importance que les activités humaines ? Le fait d'arracher une *Peperomia* de son tronc et de la piétiner constituait un acte plus brutal que de couper la tête à une demi-douzaine de *gringos*. Du point de vue de la planète.

Gaïa. La Mère.

Mino avait beaucoup appris pendant ces quelques années. Mais il lui restait encore beaucoup à découvrir. Toutes les sources du savoir l'attendaient, dans son propre avenir. Il comptait s'approcher d'elles avec délicatesse, l'une après l'autre.

Il s'écoula pas mal de temps avant que l'agitation consécutive à la mort de D.T. Star ne finisse par retomber. Mino resta trois semaines dans la montagne. Dans l'ensemble, les gens qu'il y rencontra se montraient amicaux, mais il gardait néanmoins une distance polie pour rester en paix et cogiter à son aise.

Puis un jour, il décida de déterrer le parapluie et de partir. La cible était mûrement réfléchie, il avait longuement pesé le pour et le contre.

Le quartier général de *Jacoby Mississippi Oil and Mining Trust*, ou JAMIOMICO, était situé dans un gratte-ciel de quarante-deux étages qui, entre ses surfaces vitrées polarisantes, arborait de jolies couleurs pastel. Le bâtiment avait la réputation de figurer parmi les plus beaux de cette ville, qui se trouvait près du golfe du Mexique. JAMIOMICO était un immense consortium nord-américain gérant les contrats et droits d'exploitation du pétrole et du minerai dans l'une des plus importantes régions de la forêt tropicale humide d'Amérique latine. Leurs méthodes étaient expéditives et brutales. Ils brûlaient la jungle, construisaient de larges routes et arasaient des collines, voire des montagnes entières. Sans aucun égard, ils chassaient de chez elles des populations entières d'autochtones, qui venaient grossir les bidonvilles autour des grandes villes. Plusieurs rapports dénonçant le comportement de ce consortium étaient arrivés aux oreilles des groupes de protection de l'environnement partout dans le monde ; mais ceux-ci étaient impuissants, car les gouvernements de plusieurs pays, qui réalisaient de gros bénéfices sur les concessions allouées à JAMIO-MICO, étouffaient toute critique dans l'œuf.

Pour l'étudier sous toutes les coutures, Mino fit sept fois le tour de l'immense bâtiment en sifflotant sa samba préférée, ravi de sa tenue : une grande soutane de prêtre achetée dans une friperie. Son déguisement n'attirait aucunement l'attention – il avait déjà vu à plusieurs reprises des ecclésiastiques marcher dans la rue avec le même genre de robe. Certains parmi les passants qu'il croisait s'inclinaient en se signant. Avec le plus grand sérieux, Mino leur répondait aussitôt de la même façon.

Impossible de faire sauter le bâtiment. Même avec une quantité illimitée d'explosifs, et en sachant les utiliser, il n'arriverait jamais à les placer aux endroits stratégiques sans être vu. C'était irréalisable. *À moins que...*

Il alla se commander une salade dans une cafétéria des environs. Le gigantisme du bâtiment semblait une invite à attenter à sa destruction, tant il était à l'origine de souffrances et de tragédies. Une petite flèche empoisonnée, ou même une dizaine, à quoi bon ? Comment allait-il résoudre ce problème ?

Des explosifs, des explosifs, des explosifs. Ce mot ensorcelant ne le lâchait pas. Guère au point sur la question, il savait néanmoins qu'il fallait une mèche, des détonateurs et du feu. Il parviendrait certainement à obtenir une déflagration, mais pour quel résultat ? Combien d'explosifs faudrait-il pour faire pulvériser un tel bâtiment ? Dix kilos, cent kilos, une tonne ? Sûrement plus d'une tonne, estima-t-il. Où pouvait-on s'en procurer autant ?

Il réfléchit tout en mangeant.

Après son repas, il alla trouver dans un bottin le numéro d'un armurier. Au téléphone, il lui demanda s'il vendait également des explosifs – une question qui fut accueillie par une salve de rires. Ce genre d'équipement n'était disponible que dans des magasins d'État.

Il se présenta donc au magasin habillé de sa soutane. Avec le plus grand sérieux, Mino expliqua alors la raison de sa venue : il arrivait d'un endroit paumé à la campagne – l'homme acquiesça au nom qu'il lui donna – où l'on voulait faire construire une nouvelle église. Les paroissiens avaient acquis un terrain, mais un bunker avec des murs en béton armé de deux mètres d'épaisseur, ayant jadis appartenu à l'armée, s'y élevait en plein milieu. Avant de commencer la construction de la nouvelle église, il fallait par conséquent le dynamiter. Quelle quantité d'explosifs leur serait nécessaire ?

L'homme se gratta l'oreille derrière son guichet.

« Eh bien, ça dépend. Je recommande l'utilisation de la *cassandrite*. Dix kilos en tout, ça devrait suffire. Vous avez un permis d'acquisition ? »

Mino le remercia poliment avec un grand sourire.

« Merci beaucoup, monsieur. Je vous enverrai mon *segundo* à l'heure voulue.

— Parfait, mon père, dit le vendeur en prenant l'air de comprendre ce qu'était un *segundo*. Un curé ne s'occupe pas d'explosifs, bien évidemment. »

Des explosifs, des explosifs, des explosifs. Le mot s'était comme enrayé dans sa tête... Ne s'était-il pas fourvoyé ? Prudence, ne pas prendre de risques, considérer toutes les éventualités. Il le devait aux autres membres du groupe. Quand bien même : il y avait un parking au sous-sol du gratte-ciel, et n'importe qui pouvait y garer sa voiture, il l'avait vérifié.

Pendant trois jours et trois nuits, Mino pesa le pour et le contre avec le plus grand sérieux. Le quatrième, il n'avait plus aucun doute sur ses chances de succès.

Il passa dans le quartier où prostitués et drogués se rassemblaient, observant chaque personnage, chaque visage, avec une telle attention qu'on le prit une ou deux fois pour un espion de la police. Alors il riait bien fort, extirpant de sa poche trois boules en plastique afin de faire une brève démonstration de ses talents de jongleur, si bien que de soupçonneux les regards se faisaient admiratifs.

Les frères Sanders, avec leur physique de brutes épaisses et leurs yeux comme des graines de grenade écrasées, conséquence d'un long abus de méthamphétamine, avaient élu domicile parmi les poubelles, les monceaux de légumes pourris et les couinements de rats. Dans une évidente tentative de vol, Ken et Benjamin Sanders entreprirent de fouiller les poches de Mino, qui parvint néanmoins à gagner leur confiance avant qu'ils n'aient le temps de le tabasser à mort. Il conduisit les deux frères dans un fast-food pour leur faire une proposition avantageuse.

Si l'un d'eux acceptait de venir le lendemain matin à l'hôtel où il logeait, il lui remettrait dix mille dollars en liquide. Pour cette somme, les frères devraient voler une certaine voiture, s'introduire dans le dépôt d'explosifs de la ville pour dérober au moins deux tonnes de *cassandrite*, plus un certain nombre de mètres de mèche et des détonateurs. S'ils parvenaient à accomplir un tel prodige et lui livraient la voiture avec les explosifs en un lieu dont ils conviendraient ultérieurement, ils se verraient gratifiés de dix mille dollars supplémentaires. S'ils tentaient de le rouler d'une manière ou d'une autre, en revanche, ou s'ils en parlaient à qui que ce soit, Mino avait une puissante organisation d'assassins derrière lui qui se chargerait de le venger avec une cruauté raffinée.

Les deux frères considérèrent Mino bouche bée – un filet de bave s'échappa même de la commissure de leurs lèvres. Puis tous deux acquiescèrent, lui assurant que les explosifs lui appartenaient déjà. Des explosifs, rien de plus facile à voler.

Tout se déroula comme prévu. Après avoir donné l'avance à Ken Sanders, Mino alla entreprendre une inspection aussi minutieuse que discrète du parking au sous-sol du bâtiment JAMIOMICO. Ce qu'il y découvrit le rendit très optimiste : à l'exception de sa hauteur, les dimensions du bâtiment s'avéraient relativement réduites. Huit piliers de base, plus une énorme colonne au milieu, traversaient le parking. À l'évidence, tout le poids de l'immeuble reposait dessus. Et comme le parking se trouvait en sous-sol, le souffle de l'explosion se répercuterait vers le haut. Il avait autrefois écouté avec intérêt les camarades à *La Colmena* rêver d'actions de sabotage contre le bâtiment réservé à la police sur le campus.

Les frères Sanders firent preuve d'une grande compétence dans cette affaire. Neuf jours après que l'accord eut été conclu, ils firent savoir à Mino qu'une camionnette volée dans une ville voisine l'attendrait dans un terrain vague à l'extérieur de la ville. Ils exigeaient que le solde de l'argent leur soit remis au moment de la livraison. Mais ils ne comprenaient toujours pas à quoi allait servir une telle quantité d'explosifs. Leur oncle, qui avait travaillé comme artificier dans une carrière de pierre de taille, n'en avait probablement pas utilisé autant au cours de toute sa vie.

Les deux frères s'étaient préparé une bonne quantité de crack qu'ils étaient déjà en train d'inhaler à l'aide d'une pipe quand Mino arriva, à pied. Aussitôt après, ils se retrouvaient contraints de s'accroupir à côté de la camionnette jaune pour déféquer – contrecoup inévitable d'une prise de drogue dure, qui se solda par deux mares verdâtres, épaisses et nauséabondes.

Mino défit calmement le manche de son parapluie pour envoyer deux flèches en succession rapide. Les frères Sanders expirèrent dans leur propre merde avant de comprendre ce qui leur arrivait.

Puis il alla examiner la camionnette. En ouvrant la portière arrière, il vit un grand empilement de caisses marquées du mot « Cassandrite ». Le véhicule en était chargé à bloc. Il y avait aussi une bobine de mèche et un sachet de détonateurs. Il hésita un instant, puis se rappela ce qu'il devait faire : couper une mèche d'environ cinq mètres, fixer avec ses dents un détonateur à l'une des extrémités et glisser la mèche avec précaution dans un pain d'explosif qu'il avait débarrassé de son papier d'emballage. Ensuite, il plaça le pain d'explosifs à peu près au milieu de l'empilement de caisses, et glissa l'autre bout de la mèche dans l'habitacle de la camionnette. Enfin, il s'assit derrière le volant, démarra et sortit lentement du terrain vague, sans jeter un regard aux frères Sanders. Le tout ne lui avait pas pris plus de cinq minutes.

Il devait y avoir plusieurs tonnes d'explosifs. Mino eut un sourire sinistre.

À la vitesse d'un escargot, il réussit l'exploit d'arriver sans dommage jusqu'au bâtiment JAMIOMICO. C'était ce trajet qu'il avait redouté le plus. Les mains moites, il se gara près d'un parcmètre devant l'entrée principale, descendit de la camionnette et verrouilla soigneusement la portière. Sous le bras, il portait une grosse mallette.

Il s'engouffra dans l'entrée principale et s'adressa à la réception – il s'y était préparé :

« *Excuse me*, demanda-t-il poliment. J'aurais bien aimé profiter de la vue du toit quelques minutes. C'est une si jolie ville.

— Prenez l'ascenseur jusqu'en haut, puis la première porte à gauche en montant l'escalier. *You're welcome, sir.* »

Après l'avoir remercié, tout sourire, Mino prit l'ascenseur silencieux jusqu'au quarante-deuxième étage, où il trouva un escalier permettant d'accéder au toit. Là, il ouvrit rapidement sa mallette, en sortit la pile de photos du *Morpho peleides* et commença à les répandre sur le toit – en tout plus d'une centaine. Immédiatement après, il redescendit par l'ascenseur.

Il conduisit la camionnette dans le parking, paya le gardien pour deux heures, puis trouva une place près de la colonne porteuse au centre. Après s'être accordé quelques instants de répit, il alluma la mèche.

Mino sortit sans hâte, en sifflant tranquillement un air. Il traversa la rue et continua en coupant par un parc. Deux minutes. Une autre rue le conduisit jusqu'à la gare. Trois minutes. Il s'assit sur un banc du quai et jeta un coup d'œil à sa montre. Le train express pour La Nouvelle-Orléans allait arriver dans cinq minutes. De l'endroit où il se trouvait, il avait une vue dégagée sur le gratte-ciel appartenant à la *Jacoby Mississippi Oil and Mining Trust.*

Il aperçut d'abord la fumée et les mouvements avant d'entendre la détonation.

En l'espace de quelques secondes, il observa, fasciné, la suite des événements. Un champignon de fumée gris-bleu s'étendit tout autour du bâtiment au niveau du sol, puis le gratte-ciel parut se soulever de ses fondations, comme menaçant de s'envoler à l'instar d'une fusée spatiale. Il tangua ensuite dangereusement avant de basculer. Soudain, il y eut un grondement fracassant, et un souffle d'air si violent que Mino et le banc faillirent tous deux être emportés. Finalement, le bâtiment s'écroula dans un tourbillon infernal de fumée et de poussière.

Le train express était en train d'entrer en gare. Mino eut tout juste le temps de poster ses vingt enveloppes destinées aux journaux dans une boîte à lettres avant de monter à bord. Il manqua la plaisante vision de cent Morphos bleus voltigeant dans le ciel avant d'aller se poser délicatement sur le grand tas de décombres – jadis l'étincelante façade mensongère que JAMIOMICO présentait au monde.

Tout ce blanc l'aveuglait. Quand Mino ouvrit la porte ce matin-là pour regarder au-dehors, le sol était couvert d'un étincelant tapis immaculé. Il cligna des yeux et les tourna vers le ciel d'un pâle rose bleuté. Hésitant, il fit quelques pas dans cette poudre très fine dans laquelle s'imprimaient ses empreintes. Fou d'allégresse, il courut tout autour de la cabane, se roula dans la neige, y enfouit son visage, la mit dans sa bouche et l'avala. Ensuite, il retourna allumer un feu dans la cheminée pour se réchauffer et se faire cuire deux œufs au plat pour le petit déjeuner.

Il était de retour dans ses montagnes du Montana. Le *Ranger* chargé de la surveillance de la région était également responsable de la location des chalets. Après lui avoir à nouveau souhaité bienvenue, il l'informa que monsieur Yquem n'était plus le seul chercheur à profiter de la quiétude du lieu en dehors de la saison touristique. Outre Mino, plusieurs écrivains renommés s'étaient installés dans la réserve. Le *ranger* se proposait également de lui montrer les vestiges d'un ancien habitat indien. Leur culture archaïque remontait peut-être à plusieurs millénaires. Intéressé, Mino se mit à étudier les dessins et symboles gravés dans la paroi de la montagne.

« Personne ne sait ce qu'ils signifient », lui avait dit le *Ranger*.

Mino les recopia sur du papier avec la plus grande précision possible. Le soir, devant le feu de la cheminée, il laissait vagabonder son esprit sur le sens de ces symboles secrets.

L'ébranlement consécutif à l'affaire D.T. Star, qui avait secoué le continent entier d'une côte à l'autre, ne fut rien comparé à ce qui se produisit après la catastrophe du *Jacoby Mississippi Oil and Mining Trust*, durant laquelle sept cent quatorze personnes perdirent la vie, tandis que deux cent vingt et une autres survivaient miraculeusement à l'effondrement du gratte-ciel. Le groupe Mariposa, avec son redouté papillon bleu pour symbole, fut qualifié de plus grande menace que les États-Unis aient eu à affronter depuis l'attaque des Japonais sur Pearl Harbor. Toutes les forces de la police fédérale participaient à la chasse aux terroristes, conjointement avec la marine, l'armée, les forces aériennes et les *Rangers*. Tous les shérifs du pays eurent carte blanche pour assermenter vingt *deputies* supplémentaires. Une vaste organisation privée rassembla des volontaires désireux de s'en mêler.

On estima que plus de sept millions de femmes et d'hommes armés furent ainsi impliqués dans la chasse à ce papillon bien particulier. Par acquit de conscience, on envoya des avions bombarder Tripoli, la capitale de Mouammar Kadhafi, ainsi que quelques camps de réfugiés au Liban où l'on pensait qu'Abou Nidal était susceptible de se cacher.

Un jour, Mino reçut la visite de trois hommes arborant une étoile sur la poitrine. Ils s'étaient frayé un chemin à travers la neige jusqu'à son chalet. Le jeune homme, qui se grattait distraitement la tête, leva les yeux de ses piles de livres. Il leur proposa du café chaud pendant qu'ils posaient leurs questions de routine en fouillant vaguement dans ses affaires. Sans rien trouver d'intéressant, bien sûr, aussi demandèrent-ils à señor Yquem d'Espagne de bien vouloir les excuser pour le dérangement, avant de lui souhaiter une bonne continuation dans son étude des anciennes civilisations amérindiennes.

Cet épisode le fit beaucoup réfléchir. Il comprenait à présent l'importance d'observer avec le plus grand sérieux toutes, absolument toutes, les règles de sécurité : remplacer les baleines du parapluie par les flèches, enterrer le parapluie, la boîte d'*ascolsina* et les passeports supplémentaires, brûler au fur et à mesure tous les journaux qu'il achetait ainsi que les lettres qu'il recevait de Maria Estrella, n'avoir ni machine à écrire ni rame de papier ni image de papillon à l'endroit où il se trouvait. Le moindre détail était capital. Il ne fallait rien laisser au hasard. Il espérait qu'Orlando, Jovina et Ildebranda se montraient aussi méticuleux que lui-même.

Journaux et chaînes de télévision s'en donnaient à cœur joie, révélant scandale sur scandale à une population américaine traumatisée. Jamais pareil drame ne s'était produit dans leur pays, cette patrie de la liberté bénie des dieux. Des révélations de corruption et des cas d'abus de pouvoir faisaient à présent régulièrement la une. Des politiciens s'écroulaient comme des châteaux de cartes par rangs entiers, des patrons d'industrie désespérés se jetaient dans le vide par les fenêtres de leur bureau, les courbes de la Bourse de Wall Street s'envolaient et s'effondraient comme des canards blessés par des tirs perdus, des fonctionnaires de police de premier plan entraient dans un état de schizophrénie avancée, les braves gens voyaient le grand rêve américain se noyer dans une mare de boue et, pris d'une panique inexpliquée,

297

des chefs mafieux se mettaient à régler leurs comptes en pleine rue. Ébranlé sur ses fondations, le continent entier se tordait dans une souffrance indescriptible à l'heure de la vérité.

Et tout cela était le fait d'une seule personne, un garçon qui n'avait pas encore vingt ans et qui, quelques années plus tôt, s'était enfui du fin fond de la jungle après avoir assisté à un massacre dont il n'aurait pas dû réchapper. Un événement insignifiant qui aurait facilement pu rester dissimulé dans le visage haineux et ridé du monde des hommes.

Le pays des *gringos* bouillonnait, mais le plus gros de la tempête était passé au bout de quelques semaines, laissant une population lasse, en sueur, devant son écran de télévision. Les canettes de bière vides s'amoncelèrent de nouveau dans les poubelles, des couches de chewing-gum recommencèrent à joncher le sol, et deux cents millions de bouches se rouvrirent pour engloutir toujours plus de hamburgers. La police retourna à ses activités habituelles – tabasser les pédés, les putes, les drogués, les bookmakers clandestins, les manifestants déchaînés, les sans-emploi et autres vagabonds de toutes sortes. Aucun membre du groupe Mariposa ne fut retrouvé, malgré des recherches d'une ampleur inédite dans l'histoire du pays. Le discours enflammé que le Président tint à la télévision parvint à redresser un tant soit peu la colonne vertébrale du peuple américain, qui avait pris un sale coup. Il dut néanmoins reconnaître que toutes les recherches menées pour retrouver les terroristes tant redoutés n'avaient pour l'instant rien donné.

Pourtant, certaines choses avaient changé. Dans certains coins isolés, au plus profond des ombres, une braise couvait. Et elle allait grandir, pour devenir un flambeau qui viendrait éclairer les terribles exactions à l'origine des attentats du groupe Mariposa – exactions qui étaient la cause *réelle* de toute la misère dans laquelle vivaient ces populations.

La neige finit par devenir tellement épaisse que Mino avait à présent toutes les peines du monde pour aller jusqu'au supermarché du coin ; il se décida donc à partir. Dans la faible lueur de la cheminée, il vérifia le passeport qu'il avait utilisé jusqu'à présent et qui l'identifiait comme Fernando Yquem. Étudiant. Né en Espagne. Il pouvait se fondre dans la foule.

Le jeune homme écrivit aussi une dernière lettre à Maria Estrella, dans laquelle il lui expliquait qu'à partir de maintenant, ils ne pourraient plus correspondre, car il allait partir pour une longue expédition dans des contrées où il n'y avait pas de service postal. Il lui écrivit que pas même les rayons du soleil en plein été ne pouvaient se mesurer à la chaleur qui s'emparait de lui quand la jeune femme habitait ses pensées, qu'il pouvait toujours sentir les parfums doux et sucrés de son corps, quand il se couchait le soir, qu'il cherchait à l'étreindre dans son sommeil, qu'il lui parlait comme si elle se trouvait couchée à ses côtés. L'attente avait été longue, mais elle touchait à sa fin. Mino lui assura qu'il dépensait utilement son temps, et qu'il serait un homme mûr et sage à sa sortie de prison. Alors ils se marieraient, et iraient habiter dans la maison au bord de la mer. Pour le moment, cependant, il lui fallait voyager pour parfaire ses études et voir le monde. Elle devait rester courageuse, et patiente, car il ne la quitterait plus jamais.

Maria Estrella ignorait tout du but réel du voyage de Mino. Aucune des lettres qu'il lui avait adressées en prison ne laissait suggérer qu'il ait eu quoi que ce soit à voir avec le groupe Mariposa. Et si ses missives étaient lues par un tiers ? Et si l'une d'elles s'égarait ? Voilà pourquoi il avait pris cette précaution supplémentaire : arrêt complet de toute correspondance. Une décision difficile, mais nécessaire.

Devoir quitter cet endroit le contrariait. Il aurait voulu y passer tout l'hiver afin de pouvoir vivre les miracles du printemps, assister à ce nouvel éveil à la vie. Mais il fallait continuer. L'envol du Morpho bleu ne faisait que commencer.

L'université de Los Angeles. UCLA.

Il allait y suivre des cours magistraux, écouter les idées des étudiants *gringos*. Il y allait en observateur anonyme, fondu dans la foule des élèves, il y allait pour enregistrer les échos de ce qui s'était produit. Peut-être pourrait-il également y découvrir si les objectifs du groupe Mariposa étaient bien réalisables.

Sans grande difficulté, Mino loua une maison non loin du campus. Il trouva le chemin de l'institut et des auditoriums où se tenaient les cours d'écologie. Tous ses sens en éveil, il s'imprégna de l'ambiance. Et elle était épouvantable.

Il eut l'impression de se retrouver au milieu d'une foule d'enfants criards qui bavardaient sur des futilités sans importance, d'enfants qui pouffaient de rire, plus occupés par leurs problèmes de coiffure et les chances pour leur équipe de base-ball de remporter le prochain match que par la destruction des forêts primaires de la planète. Ce qu'il entendit sur le groupe Mariposa le consterna. Le groupe était soit perçu comme une bande schizophrène de terroristes communistes, soit comme des agents à la solde de l'ennemi héréditaire du pays, Mouammar Kadhafi.

Il demanda à plusieurs personnes si elles connaissaient le célèbre professeur señor Constantino Castillo de la Cruz. La réponse était invariablement « non ». Par contre, ils connaissaient très bien Milton Friedman et ses célèbres Chicago Boys.

Il n'arrivait pas à comprendre qu'il puisse s'agir d'une véritable université. Où était la ferveur, où étaient l'engagement et l'esprit ? Y avait-il une quelconque opposition critique ? Elle existait pourtant, mais Mino n'eut pas le temps de la découvrir au cours de son trop bref séjour. Il n'était décidément pas un *gringo*. Il ne pouvait pas penser comme un *gringo*. Ses rêves et ses aspirations s'étaient forgés à partir d'une tout autre réalité. Il se sentait un vieillard parmi des adolescents. Alors qu'il faisait partie des plus jeunes éléments.

Assis sur un banc dans le calme d'un parc derrière la faculté de biologie, il tenait un petit caillou dans la main, un caillou rouge, moucheté de cristaux brillants. Il en compta plus de soixante, liés entre eux par une force puissante les immobilisant pour l'éternité. Personne ne pourrait briser cette immobilité. Il ferma les yeux, laissant la pierre légère comme une plume reposer sur sa paume ouverte. Quand il les rouvrit, elle avait disparu. Ce n'était pas plus difficile que ça. De toute façon, cette université ne lui apporterait aucune réponse. Il lui faudrait au moins plusieurs années pour comprendre les raisons de ce conformisme superficiel, en parfaite adéquation avec les idéaux économiques et culturels de ce pays. Chez les *gringos*, Mino Aquiles Portoguesa serait pour toujours un paria ou, dans le meilleur des cas, un élément d'une minorité méritant d'être enfermé dans une réserve. Ou un hôpital psychiatrique. Comme le chef indien *pee*, Loup lunatique.

Plus que quelques semaines. Plus que quelques semaines avant qu'il puisse retrouver ses chers amis Orlando, Jovina et Ildebranda qui lui manquaient tant. *Eux* devaient avoir beaucoup à lui apprendre sur les contrées qu'ils avaient vues. Lui-même avait l'impression de n'avoir pas grand-chose à raconter. Non, presque rien.

Mino se leva du banc et regarda autour de lui. Nulle part il ne voyait le caillou aux soixante cristaux. Le jeune homme esquissa un sourire, puis quitta pour de bon l'université en sifflant une samba.

Mino errait dans l'immense hall de transit de l'aéroport J.F. Kennedy. Son avion pour Lisbonne allait partir dans une heure. L'Europe. Un autre continent. Le pincement au cœur qu'il ressentait découlait de deux choses : la certitude qu'il allait bientôt retrouver les autres membres du groupe, et le soulagement de pouvoir enfin quitter ce pays.

Il avait brûlé le passeport utilisé jusqu'ici. Il quittait les États-Unis sous un nouveau nom, une nouvelle identité : il n'était plus l'étudiant espagnol Fernando Yquem, mais un citoyen britannique avec des ancêtres jamaïcains qui s'appelait Hector Quiabama. Comme profession, il avait indiqué le vague titre de « chercheur ». Il aurait pu faire des recherches dans n'importe quel domaine.

Au cours de ces dernières semaines, Mino avait brillamment rempli deux missions : à Boston, il avait tiré une flèche empoisonnée sur le puissant magnat d'industrie Max Maximilian McKeevin, et une autre sur son fils Melville. Ces deux-là avaient exercé un pouvoir sans limites sur le consortium Xeton qui regroupait quelques-unes des plus grandes usines de caoutchouc, réparties un peu partout dans le monde, aux endroits où des plantations d'hévéas étaient venues remplacer la forêt. Dans l'une de ces régions, on estimait que plus de six mille espèces d'arbres et de plantes avaient été détruites pour laisser place à la production de caoutchouc. Une fois la terre devenue stérile et les hévéas morts, le consortium dévorait de nouvelles parties de la forêt primaire. À Boston, les usines Xeton produisaient des pneus. Mais après la visite du Morpho bleu, les actions Xeton avaient connu une baisse spectaculaire à la Bourse.

Et à Washington, il avait fiché une flèche dans le cou de M. Theodore W. Hansson, contremaître de la société pour le développement de l'industrie américaine en Amérique latine. Celui-ci avait également occupé un siège à la direction de la Banque mondiale, et jouissait d'une grande réputation comme expert économique.

Ces deux assassinats avaient déclenché une agitation sans précédent. Les journaux publiaient des kilomètres de colonnes d'accusations haineuses contre les politiciens et la police qui ne parvenait pas à arrêter les terroristes. Certains journaux allaient jusqu'à avancer qu'il fallait s'interroger sur ce que les Américains *faisaient* vraiment dans le monde pour subir de telles représailles. Les victimes du groupe Mariposa avaient-elles vraiment la conscience tranquille ?

Les porte-parole officiels condamnèrent aussitôt ces articles, qui portaient la marque manifeste de l'extrême gauche ou d'autres ennemis subversifs de la société ; Mino, quant à lui, les lut avec un grand sourire – et non sans une certaine fierté.

Qui sait ? pensa-t-il.

Juste avant de monter dans l'avion, il acheta un grand nombre de journaux et de magazines. Sur la une du *Washington Post*, une grande photo attira immédiatement son attention. Il fut aussitôt pris d'une violente nausée. Alors qu'il vomissait au-dessus d'une poubelle, une femme d'un certain âge lui demanda s'il avait besoin d'un médecin.

Blanc comme un fantôme, il secoua la tête, dents serrées, puis prit tant bien que mal la direction de la porte d'embarquement où l'avion pour Lisbonne avait été annoncé.

8. Les tétrapodes

Il se plaqua contre le mur de la maison pour laisser passer les voitures. Les rues étroites ne possédant pas de trottoirs, il avançait avec difficulté au milieu de la circulation avec ses valises pleines de livres. En arrivant à la petite place qui donnait sur l'église São Pedro, il s'assit pour reprendre haleine.

Funchal, Madère. L'ultime frontière sur l'océan Atlantique. Madère était synonyme de forêts. Il avait déjà pu apprécier la luxuriance de l'île quand l'avion avait amorcé son atterrissage. Sur ses pentes raides, les terrassements regorgeaient d'arbres fruitiers, de potagers et de fleurs. Il avait lu quelque part que cette île disposait d'une flore unique dans sa diversité. Ce n'était pas par hasard qu'il avait choisi ce jardin naturel pour leur lieu de rendez-vous.

Ici, ils pourraient souffler un peu, faire le point, planifier l'avenir.

Mino attaqua la pente raide qui menait à la *Residência Santa Clara*. Il avait demandé son chemin pour s'y rendre à pied, mais regrettait à présent de ne pas avoir pris le taxi jusqu'en haut de la côte. La lourde charge qu'il portait le faisait transpirer. Il n'avait pas eu le cœur de jeter les livres qu'il avait achetés aux États-Unis ; c'étaient des livres importants, dont il désirait partager le contenu avec les autres.

Les autres. Orlando, Jovina et Ildebranda. Étaient-ils déjà arrivés ? Seraient-ils au rendez-vous ? Il avait deux jours d'avance. C'était à lui de les attendre. C'était à lui de les accueillir. De leur souhaiter la bienvenue avec un plateau d'anones ; il avait vu qu'on en cultivait ici.

La *Residência Santa Clara*. Jovina s'était chargé de la réservation par téléphone avec l'office de tourisme de Funchal. Elle avait souhaité un endroit tranquille, dans un joli cadre avec accès à un jardin. Elle avait donné le nom de son faux passeport.

Rien, se dit Mino sombrement, rien ne pourrait plus arrêter ce qu'ils avaient amorcé.

Un beau portail bleu en fer forgé marquait l'entrée de la *Residência*. Une allée d'hibiscus et de bougainvillées menait à la charmante maison de style colonial britannique. Devant celle-ci s'alignaient des *Strelitzias*, appelées oiseaux du paradis, dans des pots en terre cuite. Ayant reconnu là d'autres plantes exotiques, Mino s'arrêta un instant pour en humer les parfums : *aranhas* ou araignées violettes, grappes de verveines dorées, *coraleiras* rouge sang et même un *acacia draco*.

Il salua poliment le jardinier qui ramassait des feuilles mortes dans l'allée.

Le vieux *padre* bienveillant qui le reçut gérait cet endroit en plus de son ministère ecclésiastique. Il lui donna une chambre donnant directement sur le jardin.

Personne d'autre n'était encore arrivé.

Mino épluchait un corossol sur un banc, à l'ombre d'un grand hibiscus exubérant. L'air était lourd, chargé d'humidité, mais ça restait plutôt agréable dans ce jardin qui évoquait vaguement un petit bout de jungle. Une boule lui monta dans la gorge. Pendant un bref instant, il eut envie de tout abandonner, de s'établir sur cette île tranquille pour le restant de sa vie. Maria Estrella s'y plairait certainement. Mais c'était impossible. Cela constituerait une trahison, un manquement impardonnable envers la région du monde qui les avait vus naître et qui avait besoin de leur aide.

Il voyait la mer. Située sur les hauteurs de la ville, la *Residência Santa Clara* offrait une vue magnifique. Une longue jetée s'étirait vers le large, protégeant le bassin portuaire contre la houle. Au loin, Mino apercevait des humains, telles de minuscules fourmis, se promener le long de la jetée.

Tout avait été si simple. Tuer ne posait guère de problèmes. Même les plus puissants parmi les puissants ne pouvaient être protégés chaque heure, chaque seconde de la journée. Et il suffisait d'une fraction de seconde pour que la flèche silencieuse atteigne sa cible. La sarbacane, les flèches, le poison, tout cela venait de la jungle. C'était la vengeance de la forêt primaire.

Le groupe Mariposa allait utiliser le Morpho bleu comme symbole. Mino souriait. Un autre papillon avait fait son apparition, un *Phoebis argante* jaune d'or. Il était apparu en Allemagne où il avait provoqué peur et désespoir. Les journaux américains en avaient fait leurs gros titres. Ainsi le groupe Mariposa ne s'attaquait pas seulement aux États-Unis. L'Europe aussi pouvait subir leur vengeance.

« *Toi*, tu peux être le Morpho, lui avait dit Orlando avec un grand sourire juste avant qu'ils ne se séparent. *Moi*, je veux être l'Argante. C'est mon papillon préféré. »

Mino sentait pourtant une vague inquiétude le ronger. Il s'était produit quelque chose qui n'aurait pas dû avoir lieu. Il ne se sentirait rassuré qu'après les avoir tous les trois auprès de lui. Le choc qui l'avait saisi à l'aéroport peu avant d'embarquer lui nouait toujours l'estomac, comme un poing serré. L'incertitude le perturbait jusqu'à lui ôter le sommeil. Malgré sa satisfaction, il était fatigué, tendu.

Le lendemain, il alla se promener sur la jetée. Les puissantes vagues venaient frapper le côté tourné vers l'océan, alors que, du côté intérieur, chargements et déchargements des bateaux animaient le petit port. La petite ville de Funchal grimpait sur les flancs de la montagne pour s'étirer jusqu'à une église blanche loin, très loin là-haut. C'était une jolie localité, avec ses maisons blanchies à la chaux aux toits de tuiles roses et ses parcs luxuriants, véritables poumons verts.

Tout au bout de la jetée, une sorte de plateau en béton donnait vers le large. Pour y accéder, il fallait descendre sur des cerceaux de fer scellés dans la paroi verticale. Mino se glissa par-dessus le rebord, trouva une prise pour le pied sur le premier crampon, puis se lança. Les petits crabes qui peuplaient le plateau se précipitèrent aussitôt dans l'eau, affolés.

Ici, il était à l'abri des bruits de la ville. Ici il n'entendait plus que le ressac de la mer. Ici, au calme, le visage réchauffé par les rayons du soleil, il pouvait se coller contre le mur en laissant libre cours à ses pensées et à son inquiétude. Pendant un court instant, il envisagea de plonger, mais la force des vagues l'en dissuada : elles risquaient de le projeter violemment contre le béton.

La membrane entre l'air et l'eau. Il avait presque oublié d'où il venait. Là était sa place. Pourquoi en était-il ainsi ? D'où lui était venue jadis cette idée étrange ? C'était une image, une image enfouie dans son subconscient, une image importante. Rassurante, à en croire ses souvenirs. Pourquoi ne surgissait-elle plus désormais ? L'oubli l'avait-il effacée ? Les événements intenses de ces dernières années l'avaient-ils fait disparaître ?

Il n'arrivait pas à raviver l'image. Mais il savait qu'il la portait quelque part au fond de lui.

La vie lui donnait parfois l'impression d'être un grand fleuve, un fleuve qui s'écoulait trop rapidement. Il se trouvait au milieu d'un gué, dans un courant violent qui l'emportait dans une seule et même direction. Rapidement, trop rapidement, les contours des paysages qui défilaient devenaient flous. Ses tentatives de nager à contre-courant l'épuisaient, le mettaient hors d'haleine, au point qu'il perdait la notion du passage du temps ; selon les moments, il se sentait soit trop vieux soit trop jeune, presque comme un nouveau-né, vierge de toute expérience. Dans ce fleuve tourbillonnant, il existait pourtant des criques paisibles où il pouvait flotter, immobile, en se laissant pénétrer par la nature autour de lui. À cet instant précis, une telle bulle apaisante l'entourait.

Et il était certain d'une chose : où qu'il se trouve dans le monde et quel que soit son âge, il serait inextricablement lié à la jungle, à la *selva*. Là où les forêts humides primaires recelaient des mystères et des secrets insondables ; là où résidait la plus grande biodiversité de la planète ; là où était produit l'oxygène de la Terre ; là où avaient vécu d'anciennes cultures oubliées depuis des millénaires. Si jamais l'on parvenait un jour à déchiffrer ces magnifiques inscriptions rupestres, ces pétroglyphes gravés dans la roche le long des fleuves ou sur les montagnes, souvent dissimulés par la végétation, le monde entier n'aurait d'autre choix que de courber la tête, d'admiration. Ces inscriptions renfermaient une musique que l'oreille humaine n'entendait plus.

À présent, les forêts humides primaires avec leurs secrets menaçaient d'être rasées, dévastées, anéanties. L'organisme vivant le plus actif de la planète ! Mino lui-même n'était qu'un minuscule humain sans importance. Sa vie – qu'elle soit courte ou longue –, il était prêt à la sacrifier sur l'autel de la forêt primaire. Elle ne devait servir qu'un seul but : une lutte sans merci. Si la vengeance de la forêt avait pu s'exercer, peu d'hommes auraient échappé à sa justice. Et sa vengeance aurait causé la mort, l'extermination de la race humaine.

Il y avait deux milliards de personnes en trop. Gaïa en avait des convulsions. Mino voulait bien mourir si cela pouvait soulager son supplice.

Il se trouvait en Europe. Il avait tout lu sur l'histoire de ce continent. Une histoire douloureuse et cruelle. De l'Antiquité des Grecs jusqu'au temps présent, ce n'était qu'une longue traînée sanguinolente. Ça semblait l'évidence même, mais malheureusement dans la logique des choses : quand l'homme avait voulu devenir quelque chose qu'il n'était pas, le continent européen en avait subi les conséquences. Pour toujours. C'était à partir de l'Europe que la peste s'était propagée aux autres continents.

Une petite graine, se dit Mino. *Dommage qu'il n'y ait pas eu de petite graine magique.* Une petite graine qui se serait propagée à telle vitesse qu'elle aurait fait éclater en mille morceaux le bitume qu'aucune machine au monde n'aurait eu le temps de reconstruire. Qui aurait pu encercler toutes les villes d'une forêt impénétrable en l'espace d'une seule nuit. Ainsi, l'Europe aurait pu renaître. Et seulement de cette façon.

Il regarda la houle se fracasser sur la jetée. Mais avant qu'elle n'arrive jusque-là, quelques colosses de béton d'une forme bizarre se chargeaient de malmener les vagues, de les fractionner au point de presque les neutraliser : à partir d'un noyau central, sortaient quatre jambages qui rayonnaient dans toutes les directions. Des brise-lames, des « tétrapodes ». Ils étaient d'une efficacité redoutable.

Mino dîna à *O Archo*, un restaurant qui proposait une cuisine traditionnelle. Il aimait leurs spécialités de poisson, les *espadas*. Tout en mangeant, il fit le lien entre son nom et celui de ce pays, le Portugal.

Venait-il d'ici ? C'était tout à fait plausible. Mais quelle importance, au fond ?

Un grand éclat de rire en provenance de la rue lui parvint soudain sous l'hibiscus du jardin de la résidence. Une portière de voiture claqua, et il entrevit un taxi qui s'éloignait. Ce rire-*là*, il l'aurait reconnu entre tous.

Il se précipita vers le portail de l'entrée. Orlando dominait comme un phare la mer de paquets et de valises qui l'encombrait. Tout son visage s'illumina quand il aperçut Mino ; il lâcha tout ce qu'il avait dans les mains pour se précipiter sur lui – leurs retrouvailles lui arrachèrent d'ailleurs quelques larmes. Quant à Mino, il se mit à bégayer malgré lui.

Orlando portait d'élégants vêtements hors de prix. Il émanait de lui une odeur d'après-rasage raffiné. Et il s'était fait éclaircir les cheveux. Ce séjour en pays étranger lui avait donné une prestance et une distinction à vous couper le souffle.

« *Mein lieber Mágico*, Mariposa, Morpho, Mino, le grand justicier le plus recherché au monde, *ma petite crapule sans ailes* ! Est-ce vraiment toi ? »

Orlando, totalement incapable de garder sa dignité, se mit à exécuter une danse de joie dans l'entrée. Ce n'était plus qu'un enfant trop vite devenu adulte, qui exprimait sa joie.

Ils n'arrêtaient pas de rire, de se taper dans le dos.

Puis le *padre* arriva pour montrer à Orlando sa chambre.

Au restaurant de poissons *O Golfinho*, ils dînèrent de homard et de vin blanc, pour finir avec quelques petits verres de *macieira* à la terrasse d'un bar. La seule ombre au tableau, c'était qu'ils devaient chuchoter pour se narrer leurs aventures, alors qu'ils auraient voulu les crier sur les toits pour que tout Funchal sache quels hôtes formidables elle hébergeait.

Orlando était au courant de presque tous les faits et gestes de Mino. Ses actions avaient connu les honneurs des médias ces derniers mois. Ainsi que celles d'Orlando. En tout, ce dernier s'était rendu coupable des crimes suivants : attentat contre le dirigeant Kurt Dieter Huhn ; liquidation d'un membre du Bundestag, Emma Ockenhauer, et de son mari, qui était aussi son secrétaire et conseiller ; meurtre de trois journalistes du journal *Bild-Zeitung* ; suppression de Hieronymus Cern ; exécution de Walter Schlossöffner, dirigeant et géant de la finance.

Autant de personnalités victimes de l'utilisation imperceptible, froide et rusée de la sarbacane d'Orlando, de ses flèches empoisonnées à l'*ascolsina*. C'était devenu le sort commun de tous les responsables des projets détruisant de grandes étendues de forêts humides primaires de la planète. Seuls les trois journalistes du *Bild-Zeitung* avaient fait exception. Orlando avait en effet eu à gérer le même problème que Mino : la presse locale avait refusé de publier le message du groupe Mariposa. Mais ce problème s'était résolu de lui-même avec l'expédition *ad patres* de trois des reporters les plus importants du pays.

« Magnifique ! chuchota Mino tandis qu'Orlando dépliait une coupure de presse après l'autre.

— *De nada*, dit Orlando avec un large sourire. Mais, par la Sainte Mère des abatteurs de porcs, comment as-tu pu réaliser cette prouesse de faire exploser tout un gratte-ciel ?

— Un coup de chance, répondit Mino. Les circonstances étaient réunies. Mais cette méthode ne pourra guère s'appliquer en Europe.

— Regarde, fit Orlando en sortant un autre article. Que penses-tu de *ceci* ? »

Il lui montra la une d'un quotidien anglais, le *Daily Telegraph* ; un article accompagné d'une photo d'un brancard recouvert d'un drap occupait la moitié de la page. Mino lut :

MARIPOSA ARRIVE AU JAPON.

Tous les membres du directoire de la firme japonaise d'importation de papier ont péri suite à un empoisonnement dans une discothèque de Tokyo. Sur place, on a retrouvé plusieurs images du papillon Morpho, à présent bien connu. Une telle action démontre la capacité de l'effroyable groupe Mariposa à frapper n'importe où dans le monde. La police japonaise n'a, elle non plus, aucune piste concrète.

« Jovina, constata Orlando. Notre chère Jovina a déployé ses gracieuses ailes. »

Ils trinquèrent à leur succès, tout en écoutant les stridulations des criquets qui remplissaient la douceur de la nuit. Ayant déniché une table un peu à l'écart, ils s'assirent dans un bar près de la promenade de la plage. Derrière eux s'étendait le joli parc floral.

Le visage de Mino se fit soudain grave. « Ils savent qui je suis, dit-il posément. Il y a trois jours, j'ai vu une photo de moi dans le *Washington Post*. Une vieille photo, qui date du moment où ils sont venus me chercher dans ma maison du bord de mer. Il y avait aussi mon vrai nom. *"Ce jeune garçon, Mino Aquiles Portoguesa, fait-il partie des terroristes Mariposa ?"* Voilà comment c'était formulé. Comment est-ce possible, Orlando ? Je suis censé être mort dans notre pays. Je ne comprends pas. Ça disait aussi que Mino Aquiles Portoguesa pourrait bien ne faire qu'un avec l'étudiant Carlos Ibañez. Heureusement, personne ne pourra me reconnaître à partir de ce vieux cliché – et il n'en existe aucun de Carlos Ibañez. Mais il y avait une description de moi, une description assez précise. Cela étant, j'ai un physique assez ordinaire, donc cette description pourrait correspondre à celle de millions de jeunes Sud-Américains, voire méditerranéens, de dix-neuf ans. *Qui donc se trouve derrière tout ça, Orlando ?* »

Celui-ci avait blêmi. Il serrait les dents, sourcils froncés.

« C'est grave, dit-il. Si j'en crois ce que tu m'as raconté, seuls toi, moi et Maria Estrella connaissent le lien entre Carlos Ibañez et Mino Aquiles Portoguesa. Ni Jovina ni Ildebranda…

— *Personne* d'autre, le coupa Mino. Juste Maria Estrella et toi. »

Ils réfléchirent en silence. Tous deux pensaient à la même chose – un soupçon douloureux.

« C'est impossible, dit finalement Mino. Ça ne peut pas être Maria Estrella.

— *Bueno*, lança Orlando avec un optimisme un peu forcé. Tout finira par s'expliquer. La seule chose importante, c'est que personne ne te reconnaisse. La photo est trop mauvaise, et le signalement correspond à la moitié des habitants de la planète. Nous sommes toujours en sécurité. Quel nom utilises-tu à présent ?

— Hector Quiamaba. Et toi ? s'enquit Mino, de nouveau tout sourire.

— Señor Hernando Lopez du royaume d'España », annonça son ami, qui se leva pour effectuer un salut théâtral.

Jovina Pons débarqua le lendemain à la *Residência Santa Clara*, à cinq heures de l'après-midi. Elle était pâle et sérieuse, comme à son habitude, mais décrivit avec chaleur son séjour dans ce pays étrange qu'était le Japon. La couleur lui montait aux joues à mesure qu'elle le leur racontait, et, après un verre de vin de Madère au bar du *padre*, elle pouffait de rire en gesticulant comme une enfant excitée à son anniversaire.

Elle aussi avait suivi dans les journaux les actes héroïques de Mino et d'Orlando. Mais les Japonais étaient un peuple bien étrange : il en fallait manifestement beaucoup pour les impressionner. Dans leur stérilité congénitale et leur soumission manifeste, disait-elle, et compte tenu de leur religion stoïque et de leur matérialisme pratique, ils se fichaient éperdument des exploits d'un groupe de terroristes internationaux désireux de sauver les dernières forêts primaires de la planète. Même après que Jovina eut exécuté une demi-douzaine d'hommes parmi les plus puissants du pays, les Japonais continuèrent tranquillement à arroser leurs bonsaïs et à déguster leur petit verre de saké comme si de rien n'était.

« Le Japon, conclut Jovina, va nous donner du fil à retordre. Ce fil, il ne faudra pas seulement le casser, il faudra le pulvériser. Vous saviez que ce pays importe à lui seul *quatre-vingts pour cent* des bois exotiques abattus dans les forêts primaires ? Le Japon, qui lui-même n'a presque plus de forêts sur son territoire, est un grand consommateur de toutes sortes de bois, qui pour ses habitants représente un symbole sacré de statut social. Ils ont d'ailleurs développé toute une religion tarabiscotée à propos des arbres, et ne reculent devant rien pour s'en procurer. Ils font la révérence, hochent la tête en souriant, tout en envoyant bulldozers, pelleteuses et tronçonneuses commandés par ordinateur dans les jungles de Bornéo, de Java, du Cameroun et d'Amazonie – où ils ne laissent derrière eux qu'un paysage de désolation. »

Mino et Orlando écoutaient attentivement.

« Une nouvelle bombe atomique pourrait faire l'affaire, marmonna Orlando.

— Pas une, dix », le corrigea durement Mino.

Assis sous le grand hibiscus, leurs yeux tournés vers la rue, ils attendaient Ildebranda. Il était déjà plus de neuf heures du soir, il faisait nuit depuis longtemps. La date officielle de leurs retrouvailles avait été fixée aujourd'hui. Arriver en avance, cela importait peu, mais ce retard les inquiétait. Ildebranda avait choisi l'Espagne, un pays guère éloigné.

Elle n'arriva pas ce soir-là. Ni le lendemain. L'humeur des trois compagnons s'assombrissait de jour en jour. Ils n'avaient aucune raison de faire la fête tant que l'équipe n'était pas au complet.

Quand l'horloge du clocher de l'église São Pedro sonna les vêpres du troisième soir, un taxi s'arrêta devant l'entrée. En sortit la femme la plus élégante à avoir jamais posé le pied dans la ville de Funchal : Ildebranda Sánchez.

« Par le nombril parfumé de mon infidèle de mère ! s'exclama Orlando.

— La future fille à naître de Tarquentarque ! gémit Mino.

— L'apparition de sainte Lucie ! » murmura Jovina en écrasant la larme de joie qui roulait sur sa joue.

Ildebranda virevolta un instant sur ses talons aiguilles avant de localiser l'origine de ces voix familières : ses amis à moitié dissimulés dans l'ombre de l'hibiscus. Puis tous se précipitèrent à sa rencontre pour la conduire, avec ses bagages, jusqu'à la table à laquelle ils étaient installés.

Mino alla chercher le plateau de corossols qu'il gardait au frais dans sa chambre depuis un certain temps.

La première demi-heure, ils parlèrent tous en même temps, dans une joyeuse confusion. Puis Ildebranda fondit en larmes et commença à hoqueter comme un ara prêt à pondre.

« En grève, put-elle finalement sortir. En grève. Tout le personnel des aéroports d'Espagne était en grè-ève, hoqueta-t-elle. Il a fallu que je prenne un autobus pour Porto. Sans quoi je serais arrivée depuis déjà trois jours. »

Les larmes mêlées au mascara coulaient le long de ses joues ; dans un geste maternel, Jovina les essuya avec une serviette.

Quand Orlando eut posé deux bouteilles de rosé sur la table, Ildebranda fut enfin en état de raconter toute son histoire.

Celle-ci portait sur un fabuleux dentiste, dont elle était tombée amoureuse et qui exécutait des tours de magie que même Mino ne connaissait pas. Il ne pratiquait jamais d'anesthésie quand il utilisait la fraise ou arrachait une dent. Non, Rulfo Ravenna se contentait de regarder ses patients fixement dans les yeux, et hop ! ils s'endormaient comme des bébés, la bouche grande ouverte. Voilà ce qu'il avait fait à Ildebranda quand elle était venue le voir pour se faire extraire une dent cariée. Et c'était ainsi qu'il l'avait regardée pendant les longues soirées tièdes sous les lanternes près du mur blanchi à la chaux de la bibliothèque de Cordoue, où ils se donnaient rendez-vous. Rulfo Ravenna y faisait son apparition tel un saint Gabriel ou un saint Sébastien. Ses ongles manucurés avaient l'éclat d'un miroir, dans lequel se reflétaient des oasis débordantes de jets d'eau et de palmiers ; des étincelles jaillissaient de son ongle s'il pointait l'index vers quelqu'un.

Rulfo Ravenna était un miracle béni des dieux. À quatre reprises, il avait montré à Ildebranda comment retourner une balle de tennis flambant neuve sur elle-même, et vice-versa, sans y faire la moindre entaille. Rulfo se contentait de la tenir dans la main en fermant les yeux, puis on entendait un plop ! et l'intérieur de la balle de tennis se retrouvait à l'extérieur, et inversement.

Rulfo Ravenna entretenait des liens avec don Jorge Figureiro et señor Alphonso Muierre, qui possédaient une grande usine de zinc de mauvaise réputation : depuis des années, celle-ci avait infligé d'atroces souffrances aux plantes, aux animaux et aux hommes dans l'un des pays les plus pauvres d'Amérique latine. Tout cela, elle le savait déjà quand elle s'était rendue chez Rulfo Ravenna la première fois, avec sa carie.

Arriver à ses fins lui prit cependant beaucoup plus de temps qu'elle ne l'avait prévu. Elle n'y était parvenue qu'une semaine plus tôt. Profitant de l'euphorie consécutive à une corrida particulièrement passionnée, dans la pénombre d'une taverne qui servait des sardines grillées et dans laquelle Rulfo et les deux industriels, accompagnés de leurs maîtresses, trinquaient à la santé du torero, elle avait très discrètement versé une infime dose d'*ascolsina* dans leurs verres.

Et dans celui de Rulfo, malheureusement ; elle n'avait pas le choix. Au bout de quelques minutes, quand les têtes avaient commencé à dodeliner, elle avait posé l'image du papillon bleu sur la table et s'était glissée au-dehors sans se faire remarquer. Ensuite, elle avait posté le message du groupe à cinq des plus grands quotidiens du pays.

« Pauvre Rulfo, renifla-t-elle en fouillant dans son sac à main jusqu'à trouver un exemplaire d'*El País*. Regardez. »

Les autres approchèrent pour regarder la une du journal, consacrée au groupe Mariposa. Une grande photo montrant cinq personnes affalées autour d'une table de restaurant couvrait la moitié de la page.

« Là, dit Ildebranda en posant un ongle verni de rouge sur une personne à moitié écroulée au bout de la table. Voici le meilleur amant d'Espagne en train de rendre l'âme. À son arrivée au Royaume du Ciel, la chair de la Vierge Marie découvrira le plaisir de la luxure.

— Il faudra d'abord qu'il ait l'occasion de lui arracher les dents », fit remarquer Orlando, qui n'arrivait pas à dissimuler un soupçon de jalousie.

Mais les autres louèrent Ildebranda pour son action parfaitement planifiée.

Mino resta ensuite longtemps à méditer. Il n'arrivait pas à se sortir de la tête l'histoire de la balle de tennis qui se retournait. Ce devait être de la grande magie. Dommage que Rulfo Ravenna ait dû mourir ; il aurait peut-être pu devenir un papillon utile.

Ils mangèrent les corossols et burent tout le vin.

Puis ils se rendirent tous ensemble dans la chambre d'Orlando, qui disposait du lit le plus grand. Ils passèrent le reste de la nuit en une seule masse empêtrée, de laquelle leur tendresse amoureuse s'évacuait dans de telles proportions qu'une épaisse vapeur sortait par la fenêtre pour se déposer telle une rosée matinale sur les mandariniers en fleurs dans le jardin du *padre*. Plus tard, une fois les fruits cueillis, personne dans la domesticité du *padre* ne se rappellerait avoir jamais goûté de si juteuses mandarines.

Pendant plusieurs semaines, ils laissèrent le monde tourner à sa guise. Ils parcoururent cette île luxuriante de long en large comme une bande d'adolescents débridés en vacances. Se munissant de paniers de pique-nique bien garnis, ils grimpaient sur les hauteurs du Pico de Arieiro et du Pico Ruivo. À l'encontre de toutes les théories des géologues, Mino trouva en fouillant le sol de la montagne un animal fossile muni de sept paires de jambes, de deux paires d'ailes et de deux antennes. Une curiosité qu'il alla présenter au directeur du musée de l'île, qui à son tour la transmit à Lisbonne pour un examen plus approfondi.

Ils visitèrent Caniçal, petite ville de baleiniers à la pointe est de l'île, où ils se promenèrent parmi des montagnes d'ossements et de fanons de baleines. Là-bas, Jovina assena une claque au policier local qui dormait sur une chaise au soleil : une bonne vingtaine de mouches grouillaient sur son visage, menaçant d'obstruer son nez. En signe de profonde gratitude, et parce que cela le changeait de sa routine, il ne put s'empêcher de leur offrir quelques verres d'*aguardiente* locale dont il avait, tout à fait par hasard, une bouteille à côté de sa chaise.

Ou bien ils se baladaient le long des *levadas*, ces anciens canaux d'irrigation qui serpentaient à l'infini dans les vallées et les montagnes, dans une si parfaite harmonie avec le principe d'Archimède que leur déclivité permettait à l'eau de s'écouler exactement aux endroits nécessaires. Il arrivait alors à Orlando et Ildebranda de s'éclipser sous un grand poinsettia afin de satisfaire un besoin d'intimité pressante – ce qui leur arrivait assez souvent ; ils en revenaient saupoudrés de poussières d'étoiles, celles, rouges, du poinsettia et celles, plus immatérielles, du firmament.

Mais ils restaient surtout à la seule plage de l'île, un lido situé au milieu d'hôtels touristiques à la périphérie de Funchal. Ils en profitaient pour se mêler aux touristes, aux Anglais pâlots qui recouvraient leur peau délicate de plaids écossais ; aux Scandinaves rouges de coups de soleil à répétition, et qui, pour les plus chanceux, finissaient parfois par obtenir un hâle incapable de dissimuler leurs origines tant qu'ils n'avaient pas la présence d'esprit de se faire teindre les cheveux ; aux Italiens excessifs qui s'amusaient à asperger d'eau le patriarche, en l'occurrence l'arrière-grand-père qui supervisait les trente-quatre autres membres de la famille ; aux Français hautains qui tentaient tant bien que mal de faire honneur à leur réputation de grands intellectuels en lisant, dans la piscine, des textes de philosophes démodés tels qu'Auguste Comte, Sartre ou Simone de Beauvoir.

Ainsi passaient les jours.

Pour le vingtième anniversaire de Mino et d'Orlando, qu'ils célébraient ensemble, Jovina et Ildebranda se montrèrent des plus cachottières, constamment occupées par diverses courses dont les garçons n'arrivaient pas à percer le secret. Assis dans le jardin du *padre*, les deux garçons évoquaient le mythe de l'Atlantide engloutie, et la possibilité que d'éventuels survivants aient pu nager jusqu'au continent américain – ce qui aurait fait d'eux les pères fondateurs d'une brillante culture dont Mayas et Incas n'étaient que des reliquats. Orlando avait apporté un livre révélant que les Basques d'Europe et les Mayas partageaient un groupe sanguin tout à fait particulier. Ne pouvait-on pas y voir la preuve que les survivants de l'Atlantide s'étaient réfugiés des deux côtés de l'Atlantique ? D'ailleurs, Orlando allait de ce pas se faire tester – qui sait s'il n'était pas du même groupe sanguin ? Juste avant que son père grimpe dans le pylône à haute tension pour se suicider, il avait parlé une langue que personne dans le village ne comprenait, mais qui, par la suite, fut interprétée comme étant un ancien dialecte indigène. Le tempérament particulier de son père, qui pouvait passer d'une fermeté colérique à une indifférence flegmatique, signait également son appartenance au peuple indien.

« Et toi aussi, dit-il à Mino, tu devrais absolument faire déterminer ton groupe sanguin. Toi qui es né et as grandi au fin fond de la jungle.

— Mon sang est unique, il ne ressemble à aucune autre. De toute façon, je suis Obojo. Le dernier des Obojos. »

Les rais de soleil qui filtraient à travers le feuillage du grand hibiscus dansaient sur la coupelle d'olives posée sur la table qui les séparait – ils dessinaient dessus maints motifs abstraits. Une quiétude divine régnait dans le jardin du *padre*.

À six heures de l'après-midi, Jovina et Ildebranda débarquèrent en tirant derrière elles un gros carton, qu'elles firent immédiatement disparaître dans la chambre d'Ildebranda. Par la fenêtre ouverte, les deux garçons pouvaient entendre leurs gloussements et leurs explosions de rires. À l'évidence, une surprise était dans l'air.

« Allez vous laver les mains, le visage et les pieds, puis venez ! » leur cria Jovina par la fenêtre.

Hésitants, Mino et Orlando s'exécutèrent en traînant un peu les pieds pour monter l'escalier jusqu'à la chambre d'Ildebranda. Et restèrent bouche bée dans l'encadrement de la porte.

Le sol était couvert de plusieurs couches de tapis et de couvertures. Des rangées de bougies avaient été alignées sur les tables et les étagères d'angles, l'air était saturé de parfums de lavande, d'estragon et d'encens. Jovina et Ildebranda portaient de fins voiles qui devenaient presque transparents à la lueur vacillante des bougies ; on ne voyait plus d'elles que deux paires d'yeux brillant dans la pénombre. « Bienvenue dans le palais des mille et une nuits », pouvait-on lire sur la fenêtre, écrit au rouge à lèvres d'Ildebranda. Les filles, qui balançaient leur buste d'une manière suggestive, étaient assises de part et d'autre d'une espèce de tour reposant sur un grand plat de service posé par terre ; elles soufflaient de l'encens dans la pièce à travers de longues pailles.

En s'approchant, les deux garçons constatèrent que la tour était en réalité un gâteau en forme d'immeuble. Sur le toit, un fanion en papier arborait l'inscription : « JAMIOMICO ». Partout sur le bâtiment, elles avaient collé des bonshommes en guimauve de toutes les couleurs sur lesquels était fixé un petit bout de papier indiquant au choix « Lombardo Pelico », « D.T. Star », « Emma Ockenhauer », « Walter Schlossöffner » ou « Alphonso Muirre » : toutes les personnalités que le groupe Mariposa avait expédiées *ad patres* figuraient sur le gâteau. Et il y en avait un nombre conséquent.

Mino et Orlando restèrent sans voix. Mais on les pria bien vite d'ôter leurs vêtements superflus, de se trouver une place bien confortable par terre et d'allumer la ficelle qui sortait de la base du gâteau – il ne pouvait s'agir que d'un petit pétard, car il sifflait en brûlant.

Hypnotisés, ils attendirent la suite. Puis, dans un « plop » étouffé, le bâtiment s'écroula dans une débauche de crème chantilly qui partit éclabousser tout ce qui se trouvait autour. À l'intérieur apparut une bouteille de madère d'une bonne année, dont l'étiquette souhaitait un « *Joyeux anniversaire à Morpho et à Argante !* »

Ils éclatèrent de joie, et se jetèrent dans les bras les uns des autres. Ainsi débuta une fête qui, dès le départ, avait quelque chose de magique.

Ils mangèrent le gâteau avec les doigts, puis s'essuyèrent mutuellement le visage en embrassant, léchant, suçant la chantilly. La totalité du bâtiment JAMIOMICO ainsi que les bonshommes en guimauve ne tardèrent pas à être consommés. Dans un brouillard d'encens et de camphre légèrement euphorisant, de vieux madère, de confidences douces et sucrées comme du miel, ils s'emmêlèrent en un seul grand nœud de Kama Sutra, tel un monstre aztèque en extase, telle la danse du dieu-serpent Quetzalcóatl des Mayas cabrés face au soleil.

Ils se retrouvèrent finalement couchés tous les quatre dans un fatras de tapis et de couvertures, à gémir, à soupirer, exténués et rassasiés par toutes ces bonnes choses. La tête de Mino reposait sur le sein d'Ildebranda, tandis qu'un de ses gros orteils dessinait mollement des cercles autour du nombril de Jovina. Orlando tétait la bouteille de madère à petites gorgées en épongeant la sueur de son visage coquin.

« Ton saint Sébastien, saint Gabriel ou Rulfo Ravenna le dentiste – paix à son âme –, la taquina Orlando, il doit pleurer en te voyant, Ildebranda.

— Bah ! Peu importe. Et moi qui avais presque oublié la douceur des mains de Mino et ta fougue de jeune taureau. Je ne pense plus à Rulfo, fit-elle en secouant la tête pour laisser apparaître ses yeux pétillants sous sa chevelure indisciplinée.

— Moi aussi, enchaîna Orlando, j'ai rencontré quelqu'un, une jolie fille. Elle s'appelle Mercedes, et vient d'un minuscule pays – l'Andorre. Je vais la revoir un jour. Je le lui ai promis.

— Jamais de la vie tu ne tiendras cette promesse, susurra Jovina.

— Tu verras bien », répliqua-t-il avec fermeté.

Les autres se mirent aussitôt à le bombarder de coussins ; il se retrouva bientôt complètement enseveli, à marmonner des choses incompréhensibles.

« Maintenant, s'esclaffa Mino, il parle indien comme son père. Il s'est mis en tête qu'il avait du sang atlante ! »

Les filles commencèrent à tout ranger, et les garçons reçurent l'ordre d'aller prendre une douche, de s'habiller et de se préparer pour la suite. Ce n'était que le début des festivités.

« On va y laisser notre peau », protesta Orlando avec une mine de capitulation.

Mino glissa dans l'escalier récemment ciré, ce qui lui valut de s'affaler par terre dans le hall. Mais il ne s'était pas fait mal ; il réfléchissait encore au moyen de retourner une balle de tennis *sans* l'entailler.

« *Para casa de fado Marcelino, se faz favor* », lança Jovina au chauffeur de taxi.

Les Portugais adoraient le fado, ils pouvaient rester debout toute la nuit à écouter d'interminables ballades mélancoliques qui finissaient immanquablement mal. N'importe quel Portugais pouvait, quand il était en forme, chanter un fado sur demande. L'accompagnement se composait en général de guitares, ou d'un type particulier de luth.

Le *Marcelino*, censément le meilleur bar de fado de Funchal, les accueillit chaleureusement. En réalité, Jovina et Ildebranda avaient réservé l'endroit pour la soirée, sans pour autant en interdire l'entrée à quiconque. Les convives pouvaient manger et boire à volonté, c'était Jovina qui régalait.

Ils eurent les meilleures places, et quand l'orchestre entonna le fado le plus populaire du Portugal, *Uma casa portuguesa*, Mino en fut ému aux larmes. « Portuguesa », c'était presque son nom de famille ; celui que jamais plus il ne pourrait porter.

Ils burent plusieurs grosses cruches de sangria. L'ambiance battait son plein, les touristes n'en revenaient pas de cette générosité inattendue. Bientôt, Suédois, Allemands, Finlandais et Hollandais se crurent devenus de vrais Portugais, capables de chanter eux aussi ces textes si singuliers.

Les barrières entre les gens tombaient les unes après les autres à mesure que la soirée avançait. Tout le monde se mélangeait. Quand les convives comprirent qu'on fêtait Mino et Orlando, les bienfaiteurs de ces festivités, ceux-ci n'eurent d'autre choix que de porter un grand nombre de toasts.

Néanmoins, le silence se fit immédiatement dans le bar quand un Finlandais monta sur l'estrade afin de chanter un fado de son pays natal – car un fado finnois n'est pas une chose banale. Avec une force de volonté suffisante pour repousser quelque peu les vapeurs d'alcool, et avec une tendance aux vocalises improvisées, le Finlandais se lança dans une interprétation qui ne trouva pas immédiatement un écho favorable aux oreilles du public. Par contre, quand il s'emmêla les pieds en descendant de l'estrade et roula sous une table, où il resta ensuite une bonne heure, l'artiste autoproclamé récolta des applaudissements assourdissants.

À la longue, il devenait impossible pour les vrais musiciens de jouer. Personne ne les écoutait plus. Le bruit atteignait un niveau dangereux – tout aurait pu se terminer dans une belle pagaille sans la compétence du personnel, qui fit à cette occasion preuve d'une souple fermeté. Un groupe de guitaristes virtuoses était néanmoins parvenu à se frayer un chemin jusqu'à la scène ; ils se mirent à jouer un flamenco entraînant – on fit aussitôt de la place, et que la danse commence ! Le premier à se lancer fut bien évidemment Orlando.

Il tournoya sur la piste comme un torero, tandis que les filles scandinaves couinaient de joie en rougissant quand il leur faisait un clin d'œil. Il improvisa des rumbas, des salsas et des ranchos ; avec Ildebranda, véritable feu d'artifice de beauté et d'élégance, il dansa la samba la plus osée et la plus érotique de mémoire d'homme.

Dans un mouvement très étudié de vieille pavane décadente, il souleva ensuite Jovina vers le plafond en la laissant tournoyer comme un esprit en lévitation.

C'était une nuit ensorcelée, où tout pouvait arriver.

Mino se hasarda à exécuter quelques simples tours de magie ; il tira tant de plumes de dinde de la chemise d'un Allemand corpulent que sa femme finit par se persuader que son mari les avait toujours eues dans sa chemise. Il versa quatre cruches remplies de sangria dans le cou d'un Norvégien assoupi sans qu'une seule goutte ne ressorte nulle part. Personne ne comprenait où avait bien pu disparaître la sangria, avec les pelures d'oranges, les morceaux de fruits et tout le reste. Ou encore, il bourra tant et plus sa bouche de serviettes que de grandes piles en provenance de la cuisine y disparurent, sans même qu'il ait l'air de mâcher. Quand, enfin, il ferma la bouche pour déglutir haut et fort, il était clair pour tout le monde qu'une telle quantité de papier allait finir par l'étouffer. Mais Mino resta d'un calme olympien – et, quand il rouvrit enfin la bouche, ce fut pour en sortir un couteau étincelant long de cinquante centimètres ! Il le lança en l'air, où la lame se transforma en une colombe effrayée qui alla se poser sur le crâne lisse et transpirant d'un Danois, où elle lâcha une fiente.

Oui, la nuit n'en finissait pas. Ildebranda et Jovina étaient comme des déesses répandant de la poussière d'étoiles dans les yeux des hommes. Orlando et Mino finirent par tant boire de toasts qu'au bout du compte, ils ne pouvaient même plus articuler un seul mot compréhensible. La parole fit donc place aux gesticulations. En revanche, tous les quatre se raidirent un instant quand un Suédois au visage mangé par une barbe rousse, particulièrement ivre, monta sur une table en titubant, avant de balbutier dans un anglais approximatif qu'il vivait là les vacances les plus amusantes qu'il ait jamais passées. Dans cette euphorie, il ne pouvait s'empêcher d'avoir une pensée pour tous ces miséreux dans le monde qui n'avaient pas la chance d'en faire partie et qui étaient obligés de rester chez eux, dans la jungle, à mâcher de la terre parce qu'ils n'avaient rien d'autre à manger. Lui, dans l'état d'esprit où il se trouvait à présent, un état qui le rendait ultralucide, il voulait porter un toast à tous ceux qui risquaient leur vie pour sauver la planète ; ils méritaient la sympathie de tous au lieu de la condamnation dont ils étaient l'objet, et ce, malgré leurs actes sanglants.

« Trinquons au groupe Mariposa ! » conclut-il avec une voix pâteuse pendant qu'on l'aidait à descendre de la table.

Un silence total s'abattit sur la salle l'espace de quelques secondes, comme si tout le monde cherchait à s'éclaircir les idées, puis ce fut un tonnerre d'applaudissements. On criait, on trinquait et on poussait des « *Vive le groupe Mariposa !* » dans toutes les langues.

Quand Mino, Orlando, Jovina et Ildebranda furent parvenus à se ressaisir un peu après cet intermède hautement inattendu, ils n'osèrent pas se regarder de crainte de dévoiler leurs émotions. C'était fort. Si fort qu'ils avaient l'impression de se retrouver dans un rêve.

Mais c'était une nuit ensorcelée.

Les deux héros de la soirée avaient besoin d'air frais. Ils avaient encore la vue brouillée, et parlaient par borborygmes. Sans se faire remarquer, ils quittèrent donc tous les quatre le *Marcelino*, au milieu de quelques Finlandais entreprenants occupés à organiser une chenille ; celle-ci commençait à serpenter tout autour du bar, chacun devant sautiller d'avant en arrière tout en lançant ses pieds sur les côtés.

Ildebranda et Jovina soutenaient les deux autres entre elles. Ils progressaient lentement le long de la promenade du bord de mer. La douce brise de l'océan les ragaillardissait, leurs yeux s'éclaircissaient, et les mots commençaient de nouveau à passer le seuil du compréhensible.

« Par saint Giovanni, bredouilla Orlando d'une voix cassée.

— Par les cendres du *padre* Macondo, marmonna Mino.

— Par le Zoo de Men-hengele, hoqueta Orlando.

— Ils nous adorent, affirma Jovina de son timbre clair. Partout dans le monde, les gens nous aiment pour ce que nous avons fait. »

Ils marchèrent longtemps. En silence. Ils dépassèrent les rochers pour atteindre la jetée, qu'ils empruntèrent jusqu'à son extrémité.

Mais la nuit n'était pas qu'ensorcelée. Par leur union indéfectible, ils portaient les idées et les espoirs de tout un continent, de toute une partie du monde ; un terrain fertile où l'imagination ne faisait qu'un avec la réalité, et rendait les miracles possibles.

« Descendons », dit Mino en désignant le plateau qui faisait face à la mer.

Avec une infinie prudence, ils se glissèrent l'un après l'autre par-dessus le bord. Plaqués contre la paroi, ils sentaient les embruns de la houle leur chatouiller la peau. Il faisait noir. C'était douillet, sécurisant.

« Des tétrapodes, indiqua Mino en leur montrant les contours des blocs en béton gris qui protégeaient la jetée. Ce sont des brise-lames, qu'on appelle ainsi à cause de leurs quatre membres au profil courbe qui pointent chacun dans une direction opposée. Il n'y a pas de construction plus efficace pour briser les grosses vagues destructrices et leur faire barrage. Sans même parler de leur forme parfaite – un tétrapode est en soi-même une belle sculpture.

— Un tétrapode, murmura Ildebranda.

— Un tétrapode, répéta Jovina d'une voix pensive tout en caressant les cheveux de Mino.

— Un tétrapode », chuchota Orlando avant de s'endormir, la tête sur les genoux d'Ildebranda.

*

L'agent Z., Jeroban Z. Morales, soufflait de l'air à travers son unique narine sifflante en parcourant avec Urquart et Gascoigne tous les renseignements qu'ils avaient réunis. Les textes scintillaient sur les écrans sombres des moniteurs.

« Pour moi, dit-il enfin, cela ne fait aucun doute. Ça ne *peut pas* être un hasard. Carlos Ibañez et Mino Aquiles Portoguesa sont une seule et même personne. Et il était toujours fourré avec Orlando Villalobos à l'université, tout le monde le savait dans le milieu étudiant. Portoguesa possédait une maison sur la côte, là où sa fiancée Maria Estrella Piña et sa génitrice ont habité après son arrestation. La mère est morte, mais la fille, condamnée pour coups et blessures sur un policier, se trouve actuellement en prison. Elle sera libérée dans quelques jours ; nous verrons bien alors où l'oiseau va s'envoler.

— Ne me déçois pas, grommela Urquart qui s'était trouvé une place dans un coin, le plus loin possible des reniflements et des halètements de Morales. C'est pour demain ou après-demain. *Ici*, dans cette ville infecte. Tu dois suivre pas à pas la délégation Kasamura, et nous désigner les terroristes dès qu'ils se pointeront. S'ils s'approchent des Japs à moins de cent mètres, nous les aurons. Crois-moi, t'as intérêt à les reconnaître ! »

Jeroban Z. Morales se pinça les lèvres. Il se sentait offensé. Il n'aimait guère ces deux chasseurs de terroristes qui monopolisaient toutes leurs moyens de recherches. Au bout du compte, les lauriers seraient pour *eux*, alors que c'était lui, et lui seul, qui avait réussi à identifier Morpho et Argante.

« Eh, ces Japonais, intervint Gascoigne en levant les yeux des documents qu'il feuilletait. Putain, ce sont de vraies pointures. Une occasion rêvée pour la mouche à merde. J'ai reçu la doc sur les membres de la délégation : quatre observateurs européens et deux des États-Unis en font partie. Tous impliqués dans des projets de très grande envergure concernant l'exploitation et le traitement de bois exotique dans les pays du tiers-monde. Il y aura en outre deux économistes censés représenter les gouvernements des pays concernés. Pour ce qui est des Japs, on attend huit des hommes les plus riches et les plus puissants du pays : des yakusa dynastiques. Autant dire que ça foutra un sacré merdier si la mouche à merde parvient à les liquider.

— Ça ne pourrait guère être pire que ça ne l'est déjà, grogna Urquart. Le monde est devenu complètement fou depuis le début de cette affaire. Ça pullule partout de communistes et de fouteurs de merde.

— La délégation, poursuivit Gascoigne, arrive ce soir. Tout est sous contrôle. S'il devait se passer quelque chose, ce serait pour demain ou après-demain. Nous savons où et quand.

— Si vous savez tout, alors pourquoi suis-je ici ? s'enquit l'agent Z., toujours aussi froissé.

— Tu n'as rien compris ! » vociféra Urquart en bondissait de sa chaise. Il ne parvenait pas à maîtriser l'agacement qu'il ressentait à l'égard de cette monstruosité même pas foutue de respirer normalement. « Tu dois rester à leurs basques tout le temps ! Ne pas les lâcher d'une semelle, tu comprends, hein !?

— Du calme, du calme, ça va marcher comme sur des roulettes », intervint Gascoigne histoire de calmer l'atmosphère, qui devenait explosive dans cette suite nichée au sommet de l'hôtel Hilton.

Mais lui-même avait ses propres inquiétudes. Il allait se produire quelque chose d'important. Un événement qui déciderait de son propre avenir. S'il échouait, il perdrait tout.

Un télex arriva.

RAP. SEC. +10. CANAL DIRECT : *Plusieurs journalistes s'interrogent sur la liquidation de la fille. Impossibilité d'éviter la publication. Répète : Impossible. Deadline pour la publication : demain. Journaliste d'UPI a identifié la fille comme étant Mercedes Palenques. Profession : Journaliste. Nationalité : Andorre. Tendance politique : ETA. Confirmation rap. au plus vite.*

Urquart s'arracha les cheveux.

« Merde ! Bon, de toute façon, ça n'a plus d'importance. Le problème de la liquidation les regarde, à eux de s'arranger avec l'opinion publique. Le groupe Mariposa va frapper demain ou après-demain, c'est-à-dire avant que la nouvelle ait fait le tour du monde. C'est comme si on les tenait déjà.

— Mercedes Palenques », marmonna Gascoigne d'un air absent, les yeux fixés sur le flot de lumières en contrebas, là où le palais Dolmabahçe brillait de mille feux. « Je me rappelle son nom. Elle écrivait pour un quotidien de gauche, *L'Écho*. Qu'elle ait été une sympathisante de la mouche à merde ne fait aucun doute. Mais elle n'appartient pas au groupe. *Alors comment pouvait-elle savoir...*

— Laisse tomber. Viens plutôt m'aider à vérifier la sécurité pour demain. Il y a encore une foule de détails à régler, tout doit être *parfait*. »

Gascoigne vint s'asseoir devant les écrans à côté d'Urquart. Jeroban Z. Morales, laissé à son triste sort, entreprit de nettoyer ses lunettes aux verres rayés. Il eut un sourire méprisant ; lui seul savait comment on traitait les papillons. Et comment on les capturait.

*

Sous le grand hibiscus du jardin du *padre*, ils pouvaient rester seuls à la table sans être dérangés. Les autres touristes qui résidaient au même endroit partaient en général tôt le matin pour ne revenir que le soir.

Toutes les actions qu'ils avaient menées, de même que leurs conséquences, firent l'objet d'une analyse exhaustive.

Sur le plan officiel, dans les déclarations des chefs d'État, des autorités policières et des gouvernements, de même que dans certains journaux, la condamnation de leurs actions était totale et sans ambiguïté. On considérait le groupe Mariposa comme une bande de fanatiques qui tuaient aveuglément des citoyens innocents en répandant peur et désespoir. À un niveau officieux, en revanche, parmi les gens ordinaires comme dans la communauté scientifique et étudiante, au sein des organisations environnementales et dans une partie de la presse (celle qui se fixait un autre but que de flatter le pouvoir), les actes de

Mariposa recevaient un accueil positif, car ils attiraient l'attention sur les dysfonctionnements des gouvernements. Quelques journaux affichaient ouvertement leur sympathie pour le groupe, allant jusqu'à questionner le rôle des pays développés dans la déforestation en Amérique latine.

Et c'était là un fait résolument nouveau.

Aucune organisation terroriste n'avait auparavant réussi à créer un courant de sympathie pour sa cause en recourant à la violence. Mais le groupe Mariposa avait quelque chose d'inédit.

Ils ne frappaient que les coupables.

Ils opéraient partout dans le monde.

Ils devaient s'appuyer sur une grande organisation, puissante, qui mettait à leur disposition des tueurs professionnels.

Ils avaient jusqu'à présent procédé de manière complètement invisible.

Ils faisaient publier des messages clairs, bien argumentés, qui mettaient en lumière des faits résistant à l'examen critique tout en restant à la portée des gens ordinaires.

Ils démasquaient leurs victimes et les plongeaient dans le déshonneur le plus total.

Mais tout cela n'était qu'une moitié de vérité. Qu'auraient-ils pu accomplir si Mino n'avait pas eu cette chance inouïe de trouver un trésor au fond de la mer ? Grâce à cette source de revenus inépuisable, ils pouvaient s'acheter tout ce qu'ils voulaient, obtenir de faux passeports n'était pas un problème. Rien ne les obligeait à s'exposer à des risques inutiles, ils pouvaient voyager et se loger de la manière la plus confortable qui soit.

Et qu'auraient-ils pu faire sans la science des poisons végétaux de Jovina, qui leur avait déniché l'*ascolsina* ? Sans lui, il leur aurait fallu utiliser des bombes et des armes à feu, alors qu'actuellement ils pouvaient opérer en toute discrétion. Leurs armes étaient redoutables de silence et d'efficacité.

Et qu'auraient-ils fait sans les liens puissants qui les unissaient ? Ils formaient un seul et unique organisme, ils pensaient les mêmes choses, ressentaient les mêmes choses, haïssaient les mêmes choses.

Et ils n'étaient que quatre, ce qui les rendait invisibles aux yeux du monde.

Mino Aquiles Portoguesa. Vingt ans. Constitution fluette, taille moyenne. Très beau, son visage presque féminin arborait une fine moustache, une barbe soignée et une chevelure abondante. Souvent grave, mais avec dans les yeux une lueur permanente qui pouvait passer d'une profondeur insondable à une intensité pétillante.

Orlando Villalobos. Vingt ans. Puissant, bien charpenté et brun. Toujours bien habillé, charmant, avec un rire sincère et communicatif. Caractère ? À la fois superficiel et profond. Son regard taquin comme son impatience enthousiaste pouvaient faire passer n'importe qui pour un lourdaud. Aucune fille ne pouvait croiser Orlando sans se retourner sur lui.

Jovina Pons. Vingt-deux ans. Petite et fragile. Visage grave de poupée. Calme et introvertie, elle pouvait s'ouvrir tout à coup, tel un feu d'artifice d'émotions. Pour ceux qui ne la connaissaient pas, sa réserve glacée semblait la rendre inaccessible.

Ildebranda Sánchez. Dix-neuf ans. Exubérante et bouillonnante, élégante par sa beauté classique et pas le moins du monde arrogante. Gaie, toujours contente, elle faisait l'effet d'une petite catastrophe naturelle sur son environnement. À la fois parfaite catin et madone inaccessible.

Quatre personnes foncièrement différentes, mais qui formaient une entité invincible. Les vagues qui voudraient les submerger finiraient morcelées, anéanties en écume contre ce cœur de béton armé.

Morpho et Argante. Daplidice et Cleopatra. Le *Daplidice* de Jovina, un papillon moucheté de blanc et de noir, rapide et animé, était des plus communs. Le *Cleopatra* d'Ildebranda, un grand papillon jaune orangé, volait parmi les branches les plus hautes.

Jusqu'à présent, ils avaient frappé seuls, chacun de son côté, trouvant leurs victimes selon leurs propres critères, mais toujours en accord avec les principes du groupe. Désormais, ils allaient échafauder leurs actions ensemble. Tout ce qu'ils entreprendraient allait suivre un plan concerté, afin d'en obtenir un maximum de répercussions.

Ils allaient opérer de deux façons : ensemble, ils allaient établir des listes d'individus occupant une position de pouvoir dans des projets qui, d'une manière ou d'une autre, représentaient une menace pour les forêts humides. Ces personnes, ils les identifieraient en analysant les revues financières, les quotidiens, les publications économiques et politiques du monde entier, puis ils les abattraient par lots de quatre. Chacun devait donc partir de son côté en s'efforçant de frapper à peu près en même temps, ce qui maintiendrait ainsi l'illusion d'une vaste organisation terroriste. Mais en plus de ces raids *locos lobos*, comme Orlando les avait baptisés, ils mèneraient ensemble des actions de plus grande envergure. Il suffirait pour cela de dénicher un congrès, une assemblée ou une délégation se réunissant à des fins commerciales dans une ville quelconque. Par des méthodes subtiles, ils passeraient à l'attaque et exécuteraient les coupables. Ces actions, ils les qualifiaient de *picaduras juntas*. Tout en haut de la liste des *picaduras juntas* figurait un congrès où seraient réunis les membres de la Banque mondiale.

Locos lobos et *picaduras juntas*. Voilà leur stratégie. Plus aucun *gringo*, Européen ou Japonais ne resterait impuni s'il détruisait la terre fragile et les jungles verdoyantes d'Amérique latine, chassant ainsi les populations indigènes dans la pestilence des bidonvilles qui entouraient les grandes villes, où ne les attendaient que pauvreté et anéantissement.

La liste des victimes ciblées pour les raids *locos lobos* fut enfin esquissée. Elle se présentait pour l'instant ainsi :

Samuel W. Pearson, président-directeur général d'*Equador Steel Company*. Domicile : Toronto, Canada. Responsable de l'extinction des Indiens *guijiano*, *miathinji* et *sitsja*. Responsable de la destruction de 26 000 kilomètres carrés de forêts humides, de six cours d'eau et de l'assèchement d'une importante région de marécages dont toute faune et toute flore avaient disparu.

Oyobon Lucayton Boyobon, chef suprême de la dynastie Boyobon. Domicile : Kuala Lumpur, Malaisie. Responsable d'une déforestation brutale de grandes régions de forêts tropicales humides en Asie, Afrique et Amérique latine. Responsable de l'extension d'au moins 70 000 kilomètres carrés de désert.

Dr Claus Wilhelm Henkel, chef de l'Institut Mercer et pressenti deux fois pour le prix Nobel de chimie. Domicile : Francfort-sur-le-Main. Responsable du développement comme de la commercialisation de pesticides et de redoutables insecticides ayant entraîné d'irréparables dommages sur les animaux, les plantes et les insectes dans le haut de l'Amazonie, et de la construction de la route transamazonienne Boa Vista – Porto Velho. Les produits chimiques de Henkel ont causé l'extinction d'au moins vingt mille espèces.

Geofrey Sherman Jr., directeur multimilliardaire à la tête de la compagnie pétrolière *COCC*. Domicile : Miami, États-Unis. Responsable de l'hécatombe des Indiens *enjibami* en Colombie ; accusé d'avoir soudoyé des membres du gouvernement afin d'organiser une chasse systématique des Indiens depuis des hélicoptères, mais finalement acquitté. Responsable de la destruction d'une grande partie de forêts humides.

Hiro Nakimoto, président du groupe *SUNYA*, fabricant de papiers de qualité exceptionnelle. Domicile : Tokyo, Japon. Responsable de la destruction de régions entières de forêts humides à Bornéo et au Brésil. Il a obtenu la concession de territoires immenses dans ces deux pays. Responsable de la fuite d'au moins 200 000 indigènes de la forêt vers les taudis des grandes villes.

Stefan Stefanson Yxenhammer, directeur du groupe *SUEBRA*. Domicile : Stockholm, Suède. Responsable de projets de développement et d'exploitation de sources d'énergie dans plusieurs pays d'Amérique latine, entraînant la dégradation d'un territoire aux dimensions énormes. Trois des projets du conglomérat SUEBRA ont entraîné des changements climatiques majeurs.

Harold Oldoak Smythe, chef du conglomérat mondial Pipeway Corp. Domicile : Sheffield, Angleterre. Responsable de la construction de pipelines pétroliers et gaziers au Brésil, au Venezuela, en Équateur et en Colombie, avec des conséquences catastrophiques pour les paysans, les Indiens et la biodiversité. Smythe est en outre actionnaire majoritaire de plusieurs mines d'or en Équateur et a réussi à obtenir des concessions dans des régions qui, jusqu'ici, étaient restées protégées.

Pinson Leopold Pinson, fondateur de la dynastie Pinson. Domicile : Boston, États-Unis. Responsable de la déforestation de grandes étendues au Panamá, au Costa Rica, au Salvador, au Honduras et au Belize. Il a mobilisé des armées privées pour lutter contre la guérilla dans plusieurs de ces pays. Devenu milliardaire en produisant des fruits, du café et du coton.

Telle était la liste. Un bon début, mais un début seulement, car aurait pu s'y ajouter une série interminable de *gringos* commettant les pires méfaits contre l'environnement et les populations de cette partie déshéritée de la planète. Mais ils voulaient être sûrs d'obtenir une certaine couverture dans les médias, car leur cause concernait toute la planète.

Orlando montra à Mino un article publié dans le *Financial Times* qui parlait de l'assemblée générale de la société multinationale *BULLBURGER*, une chaîne produisant des hamburgers vendus partout dans le monde. La viande provenait d'élevages de bovins dans d'immenses fermes réparties un peu partout en Amérique latine. BULLBURGER préparait une assemblée générale où, parmi d'autres questions, allaient être à l'ordre du jour des projets d'installation en Afrique. Projets qui avaient récemment provoqué une hausse spectaculaire du cours des actions de BULLBURGER.

Mino hocha la tête. L'assemblée générale se tiendrait à Paris dans à peine un mois. C'était parfait. Un bon départ pour le lancement de ces *picaduras juntas*.

« Pour chaque hamburger mangé, déclara solennellement Jovina, on sacrifie *cinq mètres carrés* de forêt primaire. »

Voilà pour les grandes lignes. D'abord, ils partiraient chacun de leur côté pour un raid *loco lobo* visant à éliminer les quatre premiers noms de la liste. Ensuite, ils se retrouveraient à Paris afin de s'attaquer, tous ensemble, aux dirigeants de BULLBURGER.

Mino redescendit la vertigineuse pente caillouteuse du Pico de Arieiro pour atteindre une vallée luxuriante appelée Curral das Freiras, la Vallée des Nonnes. À en croire la légende, quand la grande peste avait touché Madère, des nonnes étaient venues s'y réfugier – il y restait encore un couvent de bonnes sœurs de nos jours.

Orlando, Jovina et Ildebranda avaient pris l'autobus pour retourner à Funchal après la randonnée en montagne. Mino avait insisté pour se rendre tout seul dans cette vallée. Il voulait, leur avait-il expliqué, trouver des fossiles sur les pentes de la montagne. En vérité, il avait vu quelques grands papillons colorés voleter en contrebas et ressentait un besoin irrépressible de voir à quoi ils ressemblaient. Chose qu'il ne pouvait dire aux autres, vu qu'il avait déjà dû jurer sur la tête de sa mère de ne plus s'intéresser aux papillons tant que les actions du groupe Mariposa ne seraient pas devenues de l'histoire ancienne. C'était beaucoup trop risqué, lui-même le savait parfaitement – mais il allait juste jeter un petit coup d'œil.

Descendre la pente ne fut pas une partie de plaisir, mais il finit par atteindre une *levada* envahie par les herbes folles qui se révéla plus facile à suivre. Des agaves et des acacias se cramponnaient dans les fissures et sur les rebords, et il aperçut aussi les fleurs rouges du baumier du Pérou et les clochettes violettes des *campainhas*. Au bout du compte, il trouva un endroit propice pour s'asseoir et savourer le silence. De grands papillons vinrent voleter autour de lui, si près qu'il aurait facilement pu les attraper à main nue s'il l'avait voulu.

D'un jaune doré piqueté de taches noires et blanches, ils appartenaient au genre *Danaus*. À vue de nez, ils pouvaient être de la sous-espèce *Plexippus*, également appelée Monarques. Ils étaient grands, beaucoup plus grands que les *Danaini* de sa collection.

Sa collection. Mino se réveillait parfois en pleine nuit à cause d'un cauchemar récurrent : quelqu'un détruisait sa collection de papillons. Dans ces moments-là, il restait longtemps les yeux ouverts dans le noir avec un seul désir : revenir à la maison sur la côte, auprès de Maria Estrella et de ses papillons. Parfois la tentation était si forte qu'il se levait du lit, fermement décidé à réveiller Orlando pour lui dire qu'il allait rentrer chez lui, oublier toutes ces actions terroristes et vivre tranquillement le restant de sa vie. Chaque fois, cependant, il avait changé d'avis. Le matin, bien éveillé et les idées plus claires, il redevenait assez raisonnable pour comprendre qu'il n'aurait aucune trêve avant que tout soit terminé, avant d'avoir accompli tous les buts qu'ils s'étaient fixés. Et où pourrait-il trouver la tranquillité si toute l'Amérique latine se transformait en un grand désert puant, gris et sale, où

331

les hommes habitaient dans des décharges ? Où trouverait-il la paix dans la nature si celle-ci venait à disparaître ?

Et pourtant, il avait le cœur serré. Il aurait tellement aimé retourner là-bas…

Maria Estrella serait libérée dans moins d'un an. Que feraient-ils alors ? Ses ennemis savaient que Mino Aquiles Portoguesa était encore vivant ; *ils* ne lâcheraient donc jamais sa *querida* de vue ; *ils* la traqueraient, l'espionneraient, attendraient patiemment qu'il se pointe sous un déguisement quelconque, sous un faux nom, peu importe. Il en serait ainsi pour l'éternité.

À quoi ressemblait-elle aujourd'hui ? Mino ferma les yeux en essayant de se la remémorer. Il y avait si longtemps, oui, si longtemps. Portait-elle toujours du jaune ? Sentait-elle toujours aussi bon ? C'était son parfum dont il se souvenait le mieux. Il pouvait évoquer sa douce odeur n'importe quand.

Non, il n'avait rien oublié. Tout était comme avant. Il lui était demeuré fidèle. Jovina et Ildebranda ne comptaient pas, elles faisaient partie de son être, ils feraient tous partie d'un même organisme le temps que durerait cette lutte. Mais après ? Ils partiraient chacun de son côté, démarreraient une nouvelle vie, sous une nouvelle identité. Était-ce possible ?

La jungle, pour peu qu'elle soit préservée, pouvait accueillir tellement de choses. Ils pourraient tous s'y établir. Personne ne les trouverait. Ils bâtiraient un village, un joli petit village au bord d'une rivière aux eaux cristallines où ils pourraient cultiver la jungle ainsi que le grand chef indien Tarquentarque l'avait appris du gracieux papillon Mariposa Mimosa. Ce ne serait pas difficile. Ils auraient des enfants, se multiplieraient. Ils habiteraient des maisons de torchis blanches aux fenêtres bleues et rouges. Avec des lopins de terre qui regorgeraient de tomates et du taro nourrissant. Mino avait appris comment traiter la jungle pour qu'elle donne de la nourriture sans en souffrir. Il se rappelait chaque mot des conférences du professeur Constantino Castillo de la Cruz. Il pourrait sans problème aucun nourrir toute une famille en pleine jungle sauvage, s'il mettait ses connaissances en pratique. Comme Orlando, comme Jovina et Ildebranda. Et il se construirait une maison dévolue à l'étude des papillons : un laboratoire avec le meilleur équipement qui soit. Il sillonnerait la jungle à la recherche de nouvelles espèces, de nouvelles créatures merveilleuses aux combinaisons de couleurs parfaites. Il ferait don à une université méritante de sa collection, accompagnée d'une importante somme d'argent pour la création d'un institut portant le nom du professeur Constantino.

Bien sûr qu'ils s'établiraient dans la jungle ! Comment n'y avait-il pas pensé plus tôt ? Tout comme les autres dans leurs rares moments de répit, il s'était persuadé qu'ils n'avaient pas d'avenir ; que plus jamais ils ne seraient en sécurité nulle part. Mais il se trompait.

La place ne manquait pas dans la jungle, qui leur réservait encore bien des secrets. S'ils agissaient avec discernement, restaient à l'écoute et se montraient humbles, ils auraient peut-être la chance d'en découvrir certains. Même de très anciens. Qui sait si Mino ne parviendrait pas, par exemple, à retrouver l'étrange plante qui rendait la pierre aussi tendre que de la cire ? Et peut-être parviendraient-ils à déchiffrer les signes millénaires gravés dans la roche ? Mais s'ils venaient à apprendre des choses capables d'attirer dans la jungle des gens cupides et avides de pouvoir, ils ne les partageraient avec personne. Ce qu'ils apprendraient, ils le transmettraient seulement à leurs enfants qui, à leur tour, le transmettraient aux leurs, et ainsi de suite. Comme cela avait toujours été le cas jusqu'alors.

Jovina découvrirait un trésor de biodiversité qu'elle pourrait utiliser dans sa pharmacologie. Mino était convaincu qu'il n'existait pas de maladie qu'une quelconque plante ne puisse guérir. Les anciens Obojos n'étaient pratiquement jamais malades. Et Ildebranda, par son exubérance féconde, donnerait certainement naissance à une ribambelle d'enfants. Elle pourrait devenir leur professeur à tous. Et ils finiraient par croître et multiplier.

Mais d'abord, il fallait sauver la jungle. Et pour ce faire, il fallait tuer. Tuer beaucoup de gens.

Des sarbacanes, des flèches et de l'*ascolsina*. Était-ce suffisant ? Seraient-ils obligés d'employer de plus grands moyens, comme lui-même l'avait fait dans le pays des *gringos* ? Ç'avait été osé, presque une action suicidaire ; il avait eu de la chance. De la chance, vraiment ? Se procurer les explosifs avait été un jeu d'enfant. Pourtant, seul un hasard avait rendu la chose possible. S'ils voulaient se faire coincer, avait dit Orlando, il leur suffisait de continuer à utiliser des explosifs. Mino avait donc écarté l'idée de se rendre au Liban, chez la parentèle de Bakhtar Asj Asij, où il aurait certainement été bien reçu en montrant la lettre de Bakhtar. Dans ce pays brisé, détruit à coups d'obus, où tout le monde tirait sur tout le monde, il aurait pu apprendre tout ce qu'il fallait savoir sur l'utilisation d'explosifs, de bombes et autres engins du même genre.

Il avait brûlé la lettre de Bakhtar. Lors d'un contrôle, elle aurait pu lui être fatale.

Ils n'emploieraient ni armes à feu ni explosifs. Beaucoup avant eux avaient essayé de changer le monde en employant ce genre de moyens, et ils avaient échoué. Pour parvenir à des changements aussi radicaux, les humains devaient, comme toute autre créature sur cette planète, faire preuve d'humilité. Une simple bourrasque d'automne ne suffisait-elle pas à faire tomber toutes les feuilles jaunies d'un arbre ? Et une petite goutte d'eau, en gelant dans une fissure de roche, ne finissait-elle pas par faire éclater toute une montagne ?

Ils s'étaient améliorés à la sarbacane en s'exerçant dans une vallée isolée. Ildebranda et Jovina avaient fini par égaler les deux garçons. Ils avaient réduit la taille des tubes et des flèches pour qu'ils prennent moins de place. Un petit cylindre de la taille d'un crayon n'attirerait guère l'attention lors d'un éventuel contrôle. Les flèches seraient démontées ; les pointes de seringue piquées dans un coussinet avec d'autres articles de couture ; les flèches elles-mêmes pourraient passer pour de grands cure-dents. Le tout pouvait être monté et préparé en un tour de main. Quant au poison, Jovina l'avait camouflé, avec beaucoup d'habileté, au fond d'un tube de dentifrice. Rien, absolument rien, n'était laissé au hasard.

Mino se leva pour s'approcher d'un *Danaus* qui s'était posé sur un *Anthurium*. Sa trompe se déroulait pour aller chercher le nectar.

Le soir commençait à tomber quand il atteignit le fond de la vallée. Le village n'était pas grand : une église, une école, quelques boutiques et un arrêt d'autobus en plus du couvent. Mino vit plusieurs bonnes sœurs se promener dans leurs tenues noires de moniales. En attendant le départ de l'autobus pour Funchal, il entra dans l'église. La pénombre y était pesante, seuls quelques cierges se consumaient dans un coin. Une nonne se tenait agenouillée, la tête penchée vers une statue de la Vierge Marie. L'intérieur poussiéreux sentait le moisi. Comme il restait près de la porte sans but particulier, la nonne finit par lentement tourner le visage vers lui.

Ses yeux exprimaient une bonté infinie. Hochant la tête avec un sourire, elle se signa.

Ils se tenaient assis sur la jetée, précisément sur le plateau tourné vers le large. Il n'y avait pas de houle. La mer était d'un calme plat et tout le monde avait fini de se baigner. Orlando, les jambes par-dessus le bord, était en train de pêcher. Il avait une ligne, un hameçon et quelques bouts de pain – mais aucun poisson ne se laissait tenter.

C'étaient leurs derniers jours à Madère. Le lendemain, chacun partirait de son côté pour son *loco lobo*. Ildebranda irait au Canada, Jovina en Malaisie, Orlando en Allemagne et Mino retournerait aux États-Unis. Ils s'étaient donné rendez-vous à Paris quinze jours plus tard. Si tout se passait comme prévu, le monde serait alors débarrassé de quatre puissants ennemis. Et un nouveau message aurait été répandu dans le monde entier, un message signé Morpho, Argante, Daplidice et Cleopatra.

Ce message comprendrait quelques lignes supplémentaires : un appel à tous les gens sensés de la planète, capables de réfléchir par eux-mêmes, à tous ceux qui auraient assez de force, de talent et de volonté d'agir, à tous ceux qui plaçaient l'avenir de la planète avant leur propre vie, bref à tous ceux qui estimaient posséder les qualités des papillons. Il s'agissait simplement d'appeler à la formation de nouveaux groupes terroristes sur le modèle de Mariposa.

Un mouvement était en marche. Tout autour de la planète, l'opinion publique était en train de changer. Ces dernières semaines, des articles dans les journaux incitaient à l'optimisme. À l'évidence, ils n'étaient plus les seuls à exprimer ces opinions.

« Ça me démange, dit Orlando. Exactement comme jadis, quand je posais le couteau contre la gorge d'un cochon en adressant une petite prière à saint Rupert, l'ange gardien des porcs, pour que le sang qui allait se répandre sur le sol serve à nourrir toute la vermine qui s'y cache. Si je piquais mal, le cochon faisait un raffut de tous les diables en ameutant le voisinage – de temps à autre, il arrivait même à se détacher des sangles qui le retenaient ; il se mettait alors à courir en rond, et le sang qui lui giclait du cou allait arroser tout ce qui se trouvait à proximité. Saint Rupert ne veut pas de ces cochons-là, et les femmes du village se méfiaient de leur viande.

— Pourquoi me racontes-tu cela ? » demanda Jovina, qui suçait un quartier d'orange allongée sur une serviette de bain.

Mino et Ildebranda avaient escaladé les tétrapodes pour attraper les petits crabes qui couraient dessus.

« Parce que ça me démange, bien évidemment. N'allons-nous pas tuer du cochon, demain ? Tu aurais dû voir ce gros porc d'Oyobon Boyobon, où peu importe son nom, courir en rond en hurlant avec une flèche dans le dos !

— Je ne comprends pas où tu veux en venir, fit Jovina en s'installant sur le dos. Soit dit en passant, tous ces saints bizarres, je suis persuadée qu'ils sortent de ta tête. Je n'ai jamais entendu parler d'un saint Rupert.

— Quoi, saint Rupert ? Tu n'as jamais entendu parler de saint Rupert ? Alors, je vais…

— Arrête, Orlando ! » fit-elle d'une voix dure.

Découragé, celui-ci remonta sa ligne de pêche tout en lançant un regard équivoque à la jeune femme. Leurs yeux se croisèrent, s'affrontèrent. Longtemps. Puis Orlando baissa la tête en disant : « *Bueno*, Jovina. Je comprends. Tu as peur. Moi aussi, j'ai peur. Nous ne savons pas comment tout cela va se terminer.

— Je ne comprends même pas comment tout ça a commencé, dit-elle doucement. Durant mon enfance, quand mes parents se disputaient, ou quand mon père me frappait en maudissant la pauvre fillette que j'étais, qui ne pourrait jamais reprendre les grandes propriétés selon la tradition familiale, je me sauvais dans le grand jardin qui entourait la maison. J'avais ma petite cachette secrète dans un coin envahi par la végétation, ma petite jungle privée. Je m'y réfugiais chaque fois que j'étais déprimée, ou que j'avais peur. Là-bas, je pouvais parler aux fleurs, aux feuilles et aux insectes. Je ne saurais te dire pourquoi, mais je savais qu'ils me comprenaient. Je haïssais les adultes, je haïssais les gens ; toutes ces personnes à vomir qui entouraient mon père, qui s'inclinaient et s'abaissaient en se soumettant à ses caprices sadiques. C'était un pervers ; il prenait du plaisir à enfoncer une cigarette allumée dans l'œil d'un subordonné ou à arracher le téton d'une secrétaire avec ses dents. Je pouvais voir la tache humide sur son pantalon, à l'entrejambe, quand il avait fait un truc vicieux. J'allais alors me cacher dans le jardin pendant plusieurs jours d'affilée en me nourrissant de vers et de coléoptères et en parlant avec les fleurs. Elles seules me comprenaient. Plus tard, quand je me suis retrouvée à l'université et que j'ai pu mettre un nom sur ma haine, j'ai compris que ce n'était pas les *gens* en général que je haïssais, mais un certain type d'individus : ceux qui, par le pouvoir, la violence et l'oppression, étaient responsables de la pauvreté, de la faim et des maladies dans le monde ; ceux qui détruisaient la Terre. Moi, j'aimais les révolutionnaires, ceux qui voulaient occuper l'université et renverser le pouvoir, même si eux aussi me faisaient peur. Ils se montraient si bornés, il leur manquait une perspective, une vision d'ensemble, de la sensibilité et de la compassion. Il a fallu que je vous rencontre, toi et Mino, pour savoir ce que je voulais vraiment. Mais je me sens si petite, Orlando, si misérable et impuissante. Il m'arrive de me demander si nous n'agissons pas comme des aveugles, si nous n'allons pas droit dans le mur en prenant une importance qui nous échappe. Aucun de nous ne parle de la mort, ou de l'avenir. Je n'ai pas peur de mourir, mais je crains la douleur, la douleur physique – et aussi celle que j'éprouve quand je m'imagine un avenir. »

Orlando enroula la ligne sur son index, de façon si serrée que sa phalangette blanchit complètement. Puis il s'approcha de Jovina pour lui caresser doucement la peau si douce qui entourait son nombril, avant d'embrasser quelques cristaux de sel sur son épaule.

« Moi, je vivais dans un petit village si pauvre que j'avais toujours des pantalons en loques et de la morve au nez. Je voyais ses habitants se démener pour vivre comme des animaux déboussolés. Leur vie n'avait pas de sens, leur mort non plus. Que les morts soient transportés à la décharge pour pourrir au soleil ou qu'on les enterre en grande pompe au cimetière, c'était du pareil au même. Moi, je me faufilais partout et j'entendais ce qu'on racontait : j'écoutais les vieux gâteux sur la place du marché quand ils se partageaient une bouteille de mauvaise *aguardiente*, les bonnes femmes édentées quand elles jacassaient près du puits, les étrangers quand ils passaient par là. À la fin, ma tête était pleine à craquer de ces histoires, ces tragédies, ces blagues, ces absurdités et tout ce bla-bla qui, je l'ai bien vite compris, n'allaient me servir à rien. Alors, j'ai arrêté d'écouter et je me suis mis à rêver. Je rêvais de longs voyages, de passionnantes aventures où c'était *moi*, le personnage principal. Quand mon père a fait son feu d'artifice sur la ligne à haute tension, quand les étincelles me sont tombées sur la tête, soudain j'ai su. J'ai su qu'Orlando était le jaguar, le feu et le soleil ; et qu'un beau jour ce nom brillerait en lettres d'or sur le monde ! Mais je ne sais pas comment ça se serait passé sans ma rencontre avec Mino. Je serais probablement resté dans ma cabane en planches, à lire des livres empruntés à la bibliothèque ou bien à rêvasser – et je serais devenu le père d'un millier d'enfants illégitimes semés un peu partout dans la ville.

— Tu m'as dit que toi aussi tu avais peur, fit remarquer Jovina en lui prenant la main.

— Peut-être bien que je ressens la même chose que toi. Je n'ai pas peur de mourir, pour peu que ça se passe bien, sans souffrir. Mais oui, *j'ai peur*. Quand je lis les journaux, j'ai peur. Quand ils écrivent sur nous, ce n'est pas avec des lettres d'or...

— Tu crois que nous allons nous faire tuer ? »

Elle l'avait dit d'une manière à peine audible, mais Orlando l'entendit.

« Non, répondit-il en rejetant la tête en arrière dans un grand éclat de rire, pour souligner sa certitude. Non, Jovina, ils n'arriveront *jamais* à nous prendre, si nous ne faisons rien de stupide. Je mourrai tranquillement dans mon lit comme un vieillard heureux entouré d'un tas de petits-enfants, j'en suis convaincu. »

Jovina sourit. « Tu as sûrement raison, dit-elle. Et j'aimerais bien être la mère de certains de tes enfants. Pas de tous, mais de quelques-uns. »

Elle se jeta sur lui, le chatouilla. Ils roulèrent l'un sur l'autre et finirent par tomber dans l'eau dans une grande gerbe d'éclaboussures.

Ildebranda et Mino s'étaient perdus dans le labyrinthe des tétrapodes. Ces blocs de béton empilés les uns sur les autres formaient des cavités inextricables au-dessus comme en dessous de la surface. À présent que la mer était redevenue calme, ils pouvaient se déplacer en toute sécurité à l'intérieur. Ils y cherchaient des crabes, mais quand ils finirent par comprendre que jamais ils n'arriveraient à en attraper, ils s'amusèrent à se faire la chasse. Ils se faufilaient dans d'étroites ouvertures, se cachaient contre la paroi derrière les tétrapodes, plongeaient sous l'eau en se taquinant. Finalement, Ildebranda se laissa capturer et s'allongea confortablement sur le dos à l'abri d'un tétrapode, tout près de la jetée. Elle ferma les yeux, un sourire aux lèvres. Comme son expression n'avait rien d'équivoque, Mino vint s'allonger tout près d'elle et lui retira doucement son maillot de bain mouillé. Elle ronronna de plaisir, se tortilla, son corps parfait vint rencontrer le sien tel un arc tendu quand il la pénétra. Ils restèrent longtemps ainsi, immobiles, à se contenter de vibrer en chœur. Les mouvements de succion retenaient Mino si fermement que son sang venait cogner contre ses tympans. Puis, tous deux se mirent à glisser l'un contre l'autre à un rythme excitant, pour enfin arriver à l'extase. Et les tétrapodes dansaient autour d'eux, s'envolaient avec leurs tonnes de béton vers le septième ciel.

Après un long moment, elle le fixa de ses yeux sombres et profonds.

« Carlos, dit-elle, pourquoi vous ai-je rencontrés, tous les deux ?

— Parce que Gaïa l'a voulu, répondit-il doucement.

— Parle-moi de Gaïa. »

Et Mino parla de Gaïa, de la planète, de l'âme de la planète, du monde en tant qu'entité, exactement comme Constantino Castillo de la Cruz l'avait formulé. Du fait qu'il existait peut-être une volonté supérieure qui contrôlait tout, de l'infime microbe jusqu'à la plus grosse baleine, jusqu'aux jaguars dans la forêt et, finalement, jusqu'aux êtres humains aussi. Ce n'était donc peut-être pas un hasard si ces quatre jeunes s'étaient rencontrés. Ensemble, ils constituaient une force capable d'accomplir des miracles.

« Tu es croyant, chuchota Ildebranda, mais tu hais les humains. Pourquoi Gaïa a-t-elle créé des hommes qui font tellement de mal, à eux comme à la nature ?

— Gaïa n'a pas créé les hommes. Tout s'est créé tout seul, même Gaïa. Et toute chose qui se crée n'est pas forcément bonne. La nature aussi connaît des tâtonnements et des erreurs.

— Tu considères donc les humains comme une erreur, Carlos ? Dans ce cas, moi, Jovina et Orlando, nous sommes des erreurs. Et toi aussi. »

Mino sourit. « Oui, dit-il. Peut-être. Même si j'ai du mal à le croire. *Toi*, je ne te vois pas franchement comme une erreur de la nature. Peut-être y a-t-il simplement trop de gens. Pour survivre, ça les contraint à détruire la nature. Mais en faisant cela, ils détruisent en même temps Gaïa. Et cela, la planète ne peut l'accepter. Juste avant que les soldats ne pénètrent dans l'amphithéâtre pour arrêter le professeur Constantino, je voulais lui poser une question : d'un point de vue écologique, combien de personnes estimait-il que la Terre pouvait raisonnablement supporter ? Les experts aux Nations unies et les économistes libéraux pensent que la planète pourrait nourrir dix milliards d'hommes et de femmes, à la seule condition que les ressources soient équitablement réparties. *Moi, je n'en crois pas un mot.* Cela voudrait dire que, partout où on peut cultiver un bout de terre, il faudrait l'utiliser uniquement pour produire de la nourriture pour les humains. Mais dans ce cas, toute nature authentique finirait détruite, des millions d'espèces animales et végétales seraient exterminées ; moins diversifié, l'environnement deviendrait si vulnérable que la moindre perturbation risquerait de provoquer l'effondrement de l'ensemble. C'est la biodiversité qui fait tenir le tout. C'est aussi la biodiversité qui permet à Gaïa de rester saine et solide.

— Pour combien de gens penses-tu qu'il y ait de la place, alors ? s'enquit Ildebranda en griffant légèrement la cuisse de Mino avec ses ongles pointus.

— Peut-être un milliard ou deux, que sais-je ?

— Autant dire que nous avons du pain sur la planche, soupira-t-elle, s'il nous faut en diminuer le nombre à un tel niveau.

— Tu oublies tous les gens qui s'entretuent dans leurs petites guéguerres – sans négliger le cancer et les épidémies, qui pourraient aider un peu ici et là. Si la nature est épargnée, tout rentrera dans l'ordre. Gaïa se montre si forte quand elle n'est pas malade ! »

Mino se releva, contrairement à la jeune femme.

« Tu veux *toujours* rester à l'écart, Carlos ? Ne pourras-tu donc jamais t'imaginer en train de construire quelque chose ? Ta haine est-elle si forte que tu sois obligé de tuer, tuer, toujours tuer ? »

Sa voix était devenue dure.

Mino se raidit, la tête tournée vers la mer. Son regard était sombre, fermé. Éteint.

« Je n'appartiens plus à ce que l'humanité est devenue, dit-il. Je n'ai *jamais* appartenu à la race humaine. Je ne ressens aucune sympathie envers elle, aucun devoir. Regarde le pays d'où nous venons : ce n'est plus qu'une grande tour de forage avec des barils de pétrole rouillés partout, rien qu'une grande décharge d'épaves de voitures. Avec leur cervelle vide, les *gringos* et la classe bourgeoise dansent autour du veau d'or. Ce sont eux qui ont le pouvoir. Eux qui dirigent et décident. Pourquoi devrais-je avoir de la sympathie pour un tel monde ? Pour moi, tuer des hommes est plus facile que d'écraser une fourmi. »

Ildebranda se leva brusquement pour se jeter dans les bras de Mino. Elle pleurait. Hoquetait. Le corps de la jeune femme était secoué de tremblements et de frissons. Mino se mit à doucement lui caresser les cheveux – elle finit par se calmer, et leva vers lui un regard plein de larmes.

« Je t'aime, Carlos. Je vous aime toi, Orlando et Jovina. J'aurais voulu qu'on reste ensemble, quelque part à l'abri. Quand tout ceci sera enfin terminé…

— Viens, fit Mino en lui prenant la main. Viens, je vais vous raconter, à toi et aux autres, ce que j'ai imaginé pour l'avenir. Nous formerons la plus grande et la plus heureuse des familles du monde ! »

Main dans la main, ils marchèrent en funambules à travers le labyrinthe des tétrapodes jusqu'au plateau où Jovina et Orlando se tartinaient de crème solaire.

Lorsque Mino eut fini de parler, ils se mirent à danser en s'étreignant tous les quatre. Puis ils burent du rosé et portèrent un toast au village blanc, sur la rive d'un fleuve aux eaux cristallines, loin, très loin, au fin fond de la jungle.

9. La joie verte de la terre mère Gaïa

La surface grisâtre du lac Ontario était parfaitement calme sous l'épaisse brume jaune qui arrivait par grosses masses du sud-ouest, des régions industrielles autour de Toronto. C'était le petit matin du lundi 4 septembre. Dans quelques minutes, le soleil se lèverait à l'est au-dessus des collines pour faire briller le lac de toutes les couleurs de l'arc-en-ciel. La membrane grasse du mélange nauséabond d'huiles usées, de lubrifiants, d'essence, de gasoil et de mille autres déchets, disperserait dans son spectre les rayons de lumière pour animer quelques minutes la surface avant que le vent du nord la fasse friser en un tapis ondulant jaune soufre.

Ces quelques minutes où la magie du soleil transformait le lac en un diamant étincelant, le directeur Samuel W. Pearson les appréciait de son balcon dans la petite ville d'Oshawa, à l'extérieur de Toronto. Il bâillait pour se réveiller, s'étirait en pensant à sa nouvelle journée. Son énorme propriété s'étendait tout en bas, sur les rives mêmes du lac Ontario.

Ce matin-là, il n'eut guère le temps de bâiller plus d'une fois avant qu'un sifflement imperceptible traverse l'air et qu'une petite flèche s'enfonce dans sa poitrine. Il tomba la tête la première par-dessus son balcon. Qui sait s'il eut le temps de remarquer le mouvement furtif d'une silhouette en noir sous un buisson de *Buddleia*, avant de s'écraser sur le sol ? La maison était calme. Il s'écoula plus d'une heure avant qu'on ne retrouve le directeur de la *Equador Steel Company*, couché sur le dos et les yeux vitreux, la poitrine couverte d'une jolie photo découpée dans un livre : un papillon jaune et orange, un *Gonepteryx cleopatra*.

Le même jour, en fin d'après-midi, à un tout autre endroit de la planète, le Dr Claus Wilhelm Henkel reçut dans son bureau de l'institut Mercer, à Francfort-sur-le-Main, la visite d'une personne affirmant connaître la composition d'un gaz chimique qui, injecté dans une ruche d'abeilles, avait la propriété de détruire la mite *Varroa*, tant redoutée par les apiculteurs du monde entier. Comme ceci constituait un problème hautement prioritaire pour les usines de fabrication de pesticides, le grand patron consentit à une brève entrevue avec elle, qui se présentait sous le nom de Dr Josef Mangala.

L'homme entra tout sourire dans le bureau de Henkel, le salua poliment, puis referma soigneusement la porte derrière lui. Ensuite, il sortit un petit tube de sa poche, le mit devant sa bouche et souffla très fort. Touché à la joue, le Dr Claus Wilhelm Henkel s'affaissa sans un bruit sur les documents posés sur son bureau.

Quand la secrétaire de l'institut et les trois autres personnes qui avaient vu ce « Dr Josef Mangala » durent donner une description du meurtrier, tous s'accordèrent à dire qu'il s'agissait d'un homme âgé aux cheveux grisonnants, légèrement bossu, portant des lunettes d'écaille, avec un petit ventre rond et une démarche traînante. Il s'était montré très poli en arrivant comme en partant. Pas loin d'une demi-heure s'était écoulée avant que la secrétaire ne frappe à la porte de Henkel et ne le retrouve raide mort ; la photo d'un joli papillon reposait devant lui sur le bureau.

À une cinquantaine de kilomètres au nord-ouest de Kuala Lumpur, sur la côte, se trouvait la petite ville de Kuala Selangor, où la dynastie Boyobon avait établi sa forteresse. C'était ici que vivait Oyobon Lucayton Boyobon en personne avec ses deux frères cadets, leurs épouses et leurs vingt-trois enfants. D'ici qu'il dirigeait son réseau mondial de commerce du bois. Boyobon, l'un des hommes les plus puissants et les plus riches de Malaisie, pouvait de ce fait se permettre un bon nombre de choses interdites aux autres Malais. Par exemple, il pouvait s'acheter assez ouvertement des fillettes des bidonvilles pour leur infliger des choses que d'aucuns qualifieraient de répugnantes, passibles de la peine capitale pour le citoyen lambda. Mais pas pour Oyobon Lucayton Boyobon et ses frères. Ils étaient intouchables. Catégorie poids lourds, au sens figuré comme au sens propre : il fallait mettre cent trente-neuf kilos d'or dans la balance pour arriver au poids d'Oyobon. Son frère Togaton pesait cent quarante-sept kilos. Et Ligayon, le plus jeune Boyobon, seulement cent dix-sept kilos.

Tard le soir du mercredi 6 septembre, les trois frères revenaient dans leur Rolls-Royce Silver Cloud de la réunion hebdomadaire aux bureaux de la direction, à Kuala Lumpur. La voiture de luxe avait été spécialement conçue pour permettre à tous trois de s'asseoir sur la banquette arrière. Il faisait nuit noire, et la circulation se faisait rare aux abords de Kuala Selangor. Complètement absorbés par un film porno qu'ils visionnaient sur le petit écran installé dans le dossier du siège du conducteur, les trois frères ne prêtèrent aucune attention à la petite voiture de sport qui les doubla juste avant d'arriver à un passage où la jungle se resserrait des deux côtés de la route.

Le chauffeur s'arrêta net. Devant eux, presque dans le fossé, une Ferrari décapotable semblait être sortie de la route. Et à côté, une jeune femme apparemment sans vie gisait sur la chaussée. Il sauta dehors et alla s'agenouiller à côté de la victime. La femme bougea alors légèrement le bras d'un mouvement vif, le chauffeur sentit quelque chose le piquer au mollet, puis s'écroula, mort.

Oyobon, Togaton et Ligayon attendaient le retour du chauffeur avec impatience. Le moteur était éteint, la climatisation arrêtée et la vidéo figée sur une image où un sexe masculin surdimensionné était en train de pénétrer le frêle corps d'une fillette. L'excitation avait mis les trois frères obèses en sueur ; de la condensation ne tarda pas à se former sur les vitres. Dans la jungle alentour, un chien sauvage poussa un long hurlement, relayé par le chant de millions de cigales ; l'ambiance était d'une lourdeur insupportable.

Togaton ouvrit la portière pour appeler le chauffeur. Il reçut alors une flèche dans le cou et bascula, dans un râle, en dehors de la voiture. Les deux autres le rejoignirent dans les secondes qui suivirent. Une mince silhouette jeta alors une feuille de papier dans le véhicule : la reproduction d'un *Pontia daplidice* tacheté de vert et de blanc.

La Ferrari fit rugir son moteur en remontant du bas-côté de la route, puis disparut à grande vitesse vers Kuala Lumpur en laissant des traces de pneu sur la route.

Mino contemplait tous ces voiliers ancrés dans le port de plaisance de Fort Lauderdale. Il éprouvait une sympathie immédiate pour ces embarcations constituées d'une coque, d'un simple mât et de voiles, qui se déplaçaient sans bruit et sans émission polluante. Mais ces bateaux n'étaient qu'un jeu. Un jeu de riches.

Geofrey Sherman Jr. devait se trouver à bord d'un grand voilier appelé *Minnie*. Mino l'avait appris simplement en en faisant la demande au bureau principal de la COCC – M. Sherman passait ses vacances ici, à Fort Lauderdale. Ce n'était pas plus compliqué que ça.

Il compta sept cent trente-quatre bateaux.

Presque tout au bout, entre un ponton flottant et une bouée d'amarrage, il aperçut le *Minnie*.

C'était un trois-mâts, l'un des plus grands. Quantité de personnes se promenaient sur le pont.

Des flèches empoisonnées ne suffiront pas, se dit Mino.

Il procéda consciencieusement à ses observations.

Le lendemain, il alla s'acheter au supermarché Maritim Equip une barque en plastique qu'il amarra du côté des quais les plus éloignés. Puis il fit l'acquisition de douze bidons d'essence, en provenance de six stations-service différentes, qu'il emporta dans l'embarcation avec d'autres bricoles. C'était tout juste si lui-même put monter à bord.

Sous le couvert de la nuit, il rama jusqu'aux derniers pontons flottants, d'où il voyait distinctement le *Minnie* décoré de fanions et de lampions colorés. On faisait la fête à bord, dans un brouhaha de cris et de rires.

Quelques heures après minuit, il manœuvra sa barque pour s'approcher tout près du bateau. Il n'y avait plus personne sur le pont. Ni sur les pontons alentour. Avec un couteau, il entreprit de trancher toutes les amarres du *Minnie*.

Puis il commença à l'asperger d'essence, continuant ensuite à ramer pour en faire le tour tout en vidant dessus un bidon après l'autre. Il versa enfin les dernières gouttes sur un épais rouleau de gaze.

Après en avoir attaché une bande à l'une des cordes du voilier, il s'éloigna doucement du *Minnie* tout en dévidant le rouleau, mètre après mètre, jusqu'à l'avoir terminé à une vingtaine de mètres du voilier. Avant d'en lâcher le bout, il l'alluma avec un briquet et s'assura que la gaze prenait bien feu. Puis il s'éloigna en ramant aussi vite que possible.

Tout se déroula exactement comme prévu. Quand, dissimulé par la nuit, il se retrouva à une centaine de mètres de son méfait, les flammes s'élevaient déjà à plusieurs mètres autour du voilier à la dérive.

Il amarra sa barque derrière un grand cabin-cruiser sans que personne ne l'aperçoive. Par-dessus des bidons vides, il posa la photo du Morpho bleu.

Mino Aquiles Portoguesa ne put s'empêcher de sourire. *Ah, l'essence !* se dit-il. Ça faisait bien longtemps qu'il n'avait pas senti son odeur sur ses doigts.

Le matin du 7 septembre, il débarqua à Miami par le bus du matin et se rendit aussitôt à la plage de son hôtel pour aller longuement nager. Il passa le reste de la journée à rêver, allongé sous un parasol, au milieu de centaines d'autres touristes, tandis que Mère Gaïa, toute à sa joie, lui envoyait des rayons verts.

Le message que le groupe Mariposa envoya à plus de quarante journaux à partir de quatre endroits différents de la planète était d'une clarté limpide.

Il frapperait toute activité impliquée dans des projets qui, d'une manière ou d'une autre, contribuaient à détruire la nature et les forêts dans des régions tropicales ou subtropicales. L'arrêt immédiat de toute intervention dans les forêts humides était exigé. Deux conditions étaient requises pour la cessation de ses agissements : *primo*, la Banque mondiale et les pays riches devaient, sans contrepartie, annuler la dette de tous les pays du tiers-monde, qui contraignait ces pays à vendre, à piller et à saccager leurs richesses naturelles pour répondre aux exigences de leurs créditeurs. *Secundo*, un certain nombre de forêts tropicales humides en Amérique latine, en Asie et en Afrique devaient immédiatement être protégées.

S'il fallait les chiffrer, ces exigences coûteraient un peu plus de cent dollars par an et par adulte des pays riches.

D'après les calculs du groupe Mariposa.

Tout comme ils avaient calculé que la création de grands parcs naturels dans les régions protégées créerait nombre d'emplois lucratifs dans les pays concernés.

Le financement, la constitution et la supervision de ces zones protégées devaient devenir la prérogative d'un organe spécial aux Nations unies, qui aurait également le pouvoir de collecter la somme annuelle auprès des pays riches, soit l'équivalent de cent dollars par an et par adulte aux États-Unis, en Europe et dans certaines parties de l'Asie.

De cette façon, les organismes les plus vitaux de la planète seraient sauvegardés. Aucune négociation possible. Tant que son but ne serait pas atteint, le groupe continuerait à frapper les responsables.

Dix mille journaux publièrent ces revendications. Mille stations de télévision et de radio les diffusèrent aux quatre coins du globe. La première semaine de septembre, les exécutions de Samuel W. Pearson, des frères Boyobon, du fabricant de pesticides Henkel et de sept autres millionnaires, dont Geofrey Sherman Jr. sur son yacht de luxe *Minnie*, eurent un écho planétaire. On ne parlait que du groupe Mariposa. Les noms de quatre papillons entrèrent, pour l'éternité, dans la conscience des gens : Morpho, Argante, Daplidice et Cleopatra.

Après que des tonnes d'encre eurent coulé et que des kilomètres de colonnes eurent relaté les dernières actions du groupe, il se produisit quelque chose de totalement imprévisible, quelque chose que la postérité qualifia de « Grand Massacre de la Presse ». C'était comme si un virus malin, jusqu'ici latent, s'était soudain réveillé pour se répandre à la vitesse de la lumière, en ignorant toute frontière. Ou comme si un tas de compost avait explosé, projetant ses bactéries puantes jusque dans la troposphère, y répandant une odeur si nauséabonde qu'il fallait avoir le cœur bien accroché pour ne pas vomir.

Ce fut probablement le journal britannique *The Sun* qui activa le virus. Contrairement à leurs habitudes, ses journalistes s'étaient sans crier gare mis à prendre parti pour le groupe Mariposa sans aucune ambiguïté. Ils affirmaient *comprendre* ces actes, oui, et qu'il était *grand temps* qu'une telle chose arrive. De là, ce fut comme une traînée de poudre. Et les soutiens allaient revêtir bien d'autres formes encore.

Il y eut d'abord deux ou trois jours de violente polémique à laquelle tous les journaux prirent part ; les pires accusations et les révélations les plus affreuses y furent étalées au grand jour, des scandales et des secrets étouffés déballés sur la place publique. Le légendaire flegme britannique, si imperturbable en temps normal, convulsait littéralement. Puis, le rédacteur du *Sun* et quatre de ses plus proches collaborateurs furent brutalement abattus et proprement mutilés dans leur propre salle de rédaction par une foule de représentants d'autres journaux transformés en cannibales et en malades mentaux. La folie était totale.

Des scènes analogues se produisirent dans la plupart des pays occidentaux – ces soi-disant démocraties éclairées où la liberté de la presse et de l'opinion était censée servir de porte-drapeau au monde. En Allemagne, un secrétaire de rédaction péta les plombs et détruisit pour onze millions de deutsch Marks de matériel informatique dans le journal où il travaillait. À Hambourg et à Bonn, il y eut des combats de rue entre les rédactions de différents journaux, et un chroniqueur de la Bourse renommé eut le crâne fracassé par un typographe appartenant à une faction dissidente du *Frankfurter Allgemein*. À Paris, le rédacteur de la rubrique internationale du *Monde* dut être transporté à l'hôpital après que sa propre secrétaire eut déversé toute une bouteille de nitrate d'argent sur sa tête ; l'événement mit le feu aux poudres dans le pays, et aurait pu dégénérer en une nouvelle révolution si les ouvriers de chez Renault n'avaient pas été en vacances précisément cette semaine-là. À l'extrémité du continent européen, dans l'ultime pays avant le pôle Nord – où l'on savait à peine à quoi ressemblait une forêt tropicale humide –, un apprenti pyromane mit le feu à trois des immeubles qui abritaient les plus importants journaux du pays, après une bagarre d'ivrognes dans le cercle de presse ayant eu lieu un peu plus tôt dans la soirée.

C'était vraiment un virus malin. Quand enfin il lâcha prise, il avait laissé derrière lui un champ de ruines où il fallait enfiler des gants en amiante pour faire le ménage. Les lignes éditoriales comme les sympathies politiques se retrouvèrent si profondément chamboulées que plus personne ne savait qui soutenait qui, laissant par là même les gouvernements sans porte-parole ; les ministres serraient les dents, paniqués à l'idée de dire quoi que ce soit aux médias : comment savoir s'ils n'avaient pas à leur tête le Diable en personne ?

Le lieu du rendez-vous à Paris : le musée de l'Homme. Le jour fixé : le 15 septembre. L'heure : à onze heures du matin. Les actions *locos lobos* avaient fonctionné à merveille, et ils étaient de nouveau réunis tous les quatre. Ils ne se parlèrent pas beaucoup en se promenant dans le musée, se contentant d'échanger clins d'œil et sourires complices. Près du célèbre crâne en cristal exposé dans la montée de l'escalier, Orlando se tourna vers Mino :

« Señor Mágico, ta poudre de perlimpinpin possède une puissance inquiétante quand on la verse dans la coupe de la folie.

— *Si, amigo*. C'est un miracle, renchérit Mino en regardant les lignes de sa main d'un air sérieux. C'est pourtant si facile.

— Beaucoup trop facile, acquiesça Orlando. Je crois que l'abattage des cochons commence à me manquer. Eux, au moins, ils protestaient avant de crever. »

Chacun logeait dans un hôtel différent, mais le soir, ils se retrouvaient tous pour dîner ensemble au *Restaurant Julien*, rue du Faubourg Saint-Denis. À voix basse, ils revenaient sur chacune de leurs actions, quand bien même il n'y avait pas grand-chose à en dire. Ils restaient invisibles aux yeux du monde. Il n'existait aucun signalement d'eux, à part le déguisement d'Orlando en Dr Josef Mengele vieillissant.

L'on mettait aussi en doute l'affirmation selon laquelle Mino Aquiles Portoguesa, ce mystérieux jeune homme originaire d'un pays pauvre d'Amérique latine, ne ferait qu'un avec Carlos Ibañez, et qu'il appartiendrait au groupe Mariposa. Tout ce que les journaux écrivaient restait très confus pour l'instant, à part les faits indéniables : la mort brutale de capitaines d'industrie et de multimillionnaires.

« Mino Aquiles Portoguesa, fit Jovina, la bouche pleine de salade de homard, c'est ton vrai nom ? »

C'était marqué dans tous les journaux, rien d'étonnant par conséquent à ce qu'Ildebranda et Jovina lui posent la question.

Mino haussa les épaules.

« Oui », dit-il.

Pour lui, cela n'avait pas d'importance. Il aurait tout aussi bien pu s'appeler Président Pingo ou Tarquentarque.

Picadoras juntas. Dans une semaine et demie, toutes les sommités du groupe BULLBURGER se retrouveraient à Paris – quarante-quatre personnes, à en croire Orlando ; arrivé à Paris une semaine avant les autres, il n'était pas resté les bras croisés. Outre des informations précises sur le congrès, il avait eu le temps de se faire introduire dans la vie nocturne particulièrement raffinée de cette célèbre ville. Son guide et admiratrice était une très belle déesse d'Andorre, Mercedes Palenques, qu'Orlando, en évoquant différents saints, avait juré d'emmener vivre au village qu'ils créeraient dans la jungle, le moment venu.

« Hôtel Victor-Hugo. Dixième arrondissement. Le groupe BULLBURGER a réservé quarante-quatre chambres au cinquième et au sixième étage. Les bœufs de la pampa n'auront bientôt plus de pères, annonça Orlando en humant d'un air mondain son verre de vin rouge.

— Quel papillon sera à l'honneur ? voulut savoir Ildebranda.

— Le Morpho, dit Orlando d'un ton ferme. Toutes les actions *picaduras juntas* doivent être signées du Morpho bleu. »

Mino se taisait. Il était loin. Quelque part de l'autre côté de l'océan. Au fin fond de la jungle, là où ils établiraient leur joli petit village. Bientôt. Bientôt Maria Estrella retrouverait la liberté. Bientôt, ils pourraient ranger leurs flèches empoisonnées. Ils auraient remporté la bataille. La folie du monde avait été mise à nu.

Ildebranda réserva des chambres à l'hôtel Victor-Hugo pour la nuit du 27 au 28 septembre. L'après-midi du 27, ils se retrouvèrent tous les quatre dans sa chambre pour peaufiner les derniers détails. Ils portaient des déguisements tellement sophistiqués qu'ils eurent du mal à se reconnaître entre eux. Chacun s'était équipé d'une clé passe-partout pour les chambres du cinquième et du sixième étage. La dextérité de Mino, associée à ses rencontres « accidentelles » avec certains membres choisis du personnel de l'hôtel, lui avait permis de les obtenir sans trop de problèmes. Quarante-quatre feuilles avec des Morphos bleus furent distribuées.

À quatre heures et demie du matin, ils passèrent à l'action.

À neuf heures et demie, trois millions de téléscripteurs sur la planète crachaient l'annonce de la catastrophe : le groupe Mariposa avait encore frappé, cette fois à Paris. Le puissant groupe de hamburgers BULLBURGER était anéanti. Ses six patrons nord-américains, ainsi que les directeurs d'agence de trente-huit pays différents, avaient trouvé la mort, empoisonnés avec de l'*ascolsina*.

Les bœufs de la pampa poussèrent un meuglement de liberté dont l'écho résonna sur toute la planète. ·

Et la joie de Gaïa frémissait en tous lieux ; un bloc de granit niché tout en haut des montagnes des Andes se fendit d'un grand sourire, les têtards dans les marais formèrent une chaîne de joie, un renard polaire esseulé qui errait sur un glacier lécha ses pattes gelées et sut, tout à coup, où trouver une compagne.

Du point de vue des hommes, par contre, les récents événements restaient finalement dans l'ordre des choses. Les grands journaux se hâtèrent de retourner leur veste, condamnant désormais sévèrement cette maladie fulgurante qui avait aveuglé les masses au point qu'elles éprouvaient de la sympathie pour une cause orchestrée par de froids terroristes calculateurs, vraisemblablement financés par une organisation fanatique d'une envergure jusqu'alors inédite. Les rédactions reçurent des directives prioritaires de leurs gouvernements et régimes respectifs. Soutenir la protection des baleines et des phoques dans les régions polaires, passe encore, *mais il s'agissait à présent de tout autre chose. Il s'agissait d'une campagne systématique et malveillante, dirigée contre les valeurs humaines, la morale – en gros, contre tout ce que l'homme cherchait à incarner et qu'il avait mis en œuvre à travers les siècles.*

Ainsi les journaux finissaient-ils par se ressaisir. Des produits plus lourds que du plomb furent ajoutés à l'encre officielle de ces appareils de propagande – à croire que les dix commandements de Moïse menaçaient les fauteuils de rédacteur et les studios de télévision. Et dans la ville de Tripoli écrasée sous les bombes, Mouammar Kadhafi assura une énième fois qu'il n'avait rien à voir dans ces actes terroristes.

Loin des médias, dans des pièces fermées à double tour au bout des couloirs les plus reculés, où les hommes de pouvoir cherchaient refuge quand les menaces de crises les contraignaient à prendre des décisions urgentes – des décisions qui ne supportaient pas la lumière du jour –, régnait une activité fébrile. Les représentants de différents gouvernements rencontraient des experts et des autorités de la police, de l'armée et du renseignement. Des alliances les plus improbables furent nouées, des gens qui ne se parlaient pas conspirèrent ensemble pour mettre au point une stratégie. Des espions lièrent connaissance avec des contre-espions, des parrains mafieux et des prêtres se serrèrent la main ; il fallait mobiliser la moindre force susceptible d'être utilisée dans la lutte contre cet ennemi commun. Menées par les États-Unis, qui mettaient à leur disposition des ressources illimitées en capital et en haute technologie, les nations joignirent leurs efforts dans un seul but : éliminer le groupe Mariposa.

Un organisme spécial vit le jour, avec un mandat quasi illimité. Son QG jouirait d'un statut international. Une catacombe oubliée sous les rues de Paris fut donc excavée et transformée en centre de contrôle ultramoderne. Ledit centre portait un nom de code, et seules cinq personnes connaissaient son emplacement. Des mesures de sécurité drastiques s'imposaient dans cette affaire. Personne ne savait quelle direction l'opinion pouvait prendre, et aucun gouvernement ne faisait totalement confiance à un autre dans un projet aussi sensible.

Deux agents coordonneraient la chasse aux terroristes. Deux agents choisis avec soin. Deux personnes ayant prouvé qu'elles ne lâchaient jamais leurs proies, dont le casier judiciaire aurait fait pâlir des vétérans de guerre qui pourtant en avaient vu d'autres. Deux personnes qui avaient eu le choix entre un futur d'un luxe incomparable et l'obscurité complète.

L'un d'eux était Benjamin Urquart, originaire d'Israël. Âgé de cinquante-huit ans, il avait participé à pratiquement toutes les manœuvres perpétrées par le Groupe Stern, l'Irgoun et le Mossad. En tant que chasseur d'hommes, il était d'une efficacité redoutable. Ses interventions laissaient peu de traces. Juste des cadavres.

L'autre agent, un Franco-Algérien, s'appelait Lucien Gascoigne. Il n'avait que quarante-neuf ans, mais il avait vécu assez longtemps pour se distinguer lors de la lutte pour la libération de l'Algérie, d'une façon que seuls les plus endurcis des Français pouvaient applaudir. Plus tard, il avait servi dans divers services secrets ; au moins six gouvernements différents souhaitaient le voir découpé en petits morceaux. Il était attaché à la Légion étrangère en tant que conseiller de recrutement, mais son cas s'avérait si chargé que son nom ne figurait même plus sur les bulletins de paie officiels de l'État français.

Des moyens illimités avaient été mis à leur disposition. Des accords avec cinquante-six nations abolissaient les frontières de leur terrain de jeux. Il leur suffisait de claquer des doigts pour obtenir d'un gouvernement quelconque toutes les informations qu'ils désiraient. Ils avaient une armée de sous-agents à leurs ordres. Un centre de torture très poussée se tenait prêt à accueillir quiconque aurait un lien manifeste avec les terroristes – il était dirigé par un psychologue surnommé « le Colonel ».

Tout cela était top-secret. Pas un journal, pas un rédacteur ne savait ce qui se tramait dans les couloirs les plus sombres, derrière les portes cadenassées.

Ces messieurs Urquart et Gascoigne n'avaient pas mis beaucoup de temps à développer la théorie suivante : le groupe Mariposa était petit, constitué de tout au plus une dizaine de personnes, sans doute pas plus de quatre. Le groupe bénéficiait de soutiens extérieurs limités, voire inexistants. C'était précisément cela qui lui permettait d'échapper aux recherches étendues, de se cacher, de ne pas se faire remarquer. Avec un réseau plus grand, ses membres auraient de toute évidence déjà été arrêtés. Moins il y avait de personnes impliquées, moins on risquait de commettre un faux pas.

Comme le groupe n'avait apparemment aucun problème d'argent, il semblait naturel de rechercher, dans les milieux aisés, des idéalistes ayant un bon niveau d'études et jouissant d'une totale indépendance matérielle. Voilà pourquoi Urquart et Gascoigne se montrèrent dans un premier temps méfiants quant aux rumeurs concernant le jeune Portoguesa, qui venait d'un pays pauvre d'Amérique latine. En outre, les renseignements sur son autre identité, Carlos Ibañez, s'avéraient insuffisants.

La méthode de travail que ces deux agents mirent sur pied était des plus simple, et, tôt ou tard, elle finirait par porter ses fruits. Des armées de sous-agents dans de nombreux pays reçurent l'ordre de surveiller hôtels et auberges. De préférence autour des délégations et des congrès susceptibles de constituer des cibles potentielles pour le groupe Mariposa. Par ailleurs, des vérifications systématiques furent conduites dans les milieux et les organisations s'intéressant à la protection de l'environnement. Il va sans dire que chaque association – ou club – de lépidoptères fut placée sous étroite surveillance.

Sans le moindre résultat.

Quand les quarante-quatre membres de la délégation BULLBURGER furent découverts morts dans leur lit à l'hôtel Victor-Hugo, Urquart et Gascoigne se déplacèrent sur le lieu du crime. Une armée d'experts de la police scientifique et technique examina chaque millimètre de l'hôtel, en particulier le cinquième et le sixième étage, mais le groupe Mariposa ne laissait invariablement derrière lui qu'un seul indice : quarante-quatre photocopies du papillon bleu. Les feuilles de papier provenaient d'une photocopieuse publique, et ne comportaient aucune empreinte digitale.

Un par un, tous les clients de l'hôtel furent retrouvés et interrogés, à l'exception d'une personne partie pour une destination inconnue le matin du 28 septembre. C'était une jeune femme au passeport italien, répondant au nom de Liza Maria Sordini. Profession : designer. Son signalement, imprécis, pouvait correspondre à n'importe quelle jolie femme entre vingt et trente-cinq ans. Un avis de recherche fut alors lancé par tous les canaux possibles – en vain.

Jamais ils ne s'étaient autant approchés de l'un des membres du groupe Mariposa.

Le 12 novembre, Stefan Stefanson Yxenhammer, le directeur du grand consortium suédois SUEBRA, fut retrouvé mort dans sa voiture à Vallentuna, près de Stockholm. Il rentrait à sa villa après sa journée de travail. Sur sa poitrine était épinglée l'image d'un papillon jaune et orange.

Les jours suivants, tous les journaux de Suède publièrent le message du groupe Mariposa, accompagné d'un réquisitoire sur les agissements de Yxenhammer et du consortium SUEBRA en Amérique latine, plus précisément au Brésil. La construction d'Itaipu et de Tucurui, ces immenses barrages et centrales hydroélectriques, n'aurait guère été possible sans la compétence et l'expertise des ingénieurs du consortium SUEBRA. Ces barrages étaient à n'en pas douter responsables du plus grand désastre écologique ayant frappé l'Amazonie jusqu'à présent. Outre les énormes dégâts sur l'environnement dans la région même de leur construction, l'électricité qu'ils produisaient allait être employée à un vaste déboisement de forêts vierges pour exploiter les gisements de minerais enterrés un peu partout dans le pays. Les riches allaient encore s'enrichir, les pauvres s'appauvrir. Et des centaines de milliers d'espèces d'animaux et de plantes disparaîtraient à jamais.

Yxenhammer était un assassin.

Le crime d'Yxenhammer contre la planète était inadmissible.

Quiconque suivrait ses pas perdrait la vie d'une manière aussi peu glorieuse.

Harold Oldoak Smythe était à la tête d'une société qui produisait et installait des oléoducs tant pour le pétrole que le gaz. Cette société internationale s'était tout particulièrement distinguée en Amérique latine. Les ouvriers d'Oldoak Smythe devaient leur renommée à une pratique bien singulière : celle de tirer à balles réelles sur les Indiens. À leurs yeux, ces indigènes ne valaient pas mieux que des animaux. Les Indiens sabotaient les oléoducs. Les Indiens étaient des sauvages. Les Indiens étaient des communistes. *Oldoak Pipelines and Pipeway Corp.* avait des accords exclusifs avec les puissants des pays dans lesquels ils opéraient, des conventions qui garantissaient de l'or plein les poches aux deux parties et des ventres grouillants de vers pour des milliers de nouveau-nés.

Après un bon repas au restaurant à Sheffield, tard le soir du 13 novembre, Harold Oldoak Smythe et deux de ses plus proches collaborateurs eurent droit à une bonne dose d'*ascolsina*.

Les cadavres étaient signés *Argante*.

Jovina Pons avait pour tâche de mettre le Japon à genoux. La presse nipponne ne publiait pas grand-chose sur le groupe Mariposa. Aussi *Daplidice* soigna-t-il particulièrement les détails. Son action *loco lobo* était délicate à accomplir. Rien à voir avec l'exécution du milliardaire papetier ou du chef mafieux Hiro Nakimoto lors de son voyage précédent.

Elle envoya un millier de feuilles arborant l'image de son papillon à différents directeurs de sociétés, de patrons de presse, de sociétés de télévision et de politiciens. Puis elle cibla les symboles sacrés du Japon.

Elle tua deux des sumotoris les plus célèbres du pays.

Elle réussit l'exploit d'empoisonner un membre de la famille de l'empereur.

Sans grande difficulté, elle expédia dans l'au-delà deux moines *shioto*, laissant de ce fait un tiers de la population japonaise sans protection contre les puissances du Mal.

Et elle trucida l'enfant chéri du Japon, le petit génie de l'informatique Keyo Yakihara.

Autant d'actions qui eurent lieu en l'espace de quinze jours, à cheval sur octobre et novembre.

Alors six cent mille lunes de papier explosèrent enfin : les Japonais se mirent à proférer des cris de haine et des appels au meurtre contre tous les papillons du monde. Au bas mot, plus d'un milliard d'innocents *Danaus*, de *Cupido minimus*, de Piérides, de Machaons et d'Apollons, qui jusque-là voletaient tranquillement dans les jardins zen et les espaces verts, payèrent de leur vie la fureur désormais incontrôlable des Nippons. Plus d'un bonsaï fut jeté aux orties après la visite d'un papillon.

Et quand, dans la nuit du 14 novembre, Hiro Nakimoto mourut sans un soupir d'une flèche dans le cou au fond des toilettes d'un de ces bars tokyoïtes destinés aux hommes d'affaires, le Japon déclara la guerre. Une guerre sans merci.

Mais aucun gouvernement ne peut compter sur l'appui du peuple pour entrer en guerre si ledit peuple ignore pourquoi. Quand le message du groupe Mariposa fut enfin publié dans la presse, les Japonais mirent soudain moins d'enthousiasme à arroser leurs arbres nains. Le bonsaï avait beau être aussi vieux que le monde, il pouvait avoir été garrotté et contraint dans les règles de l'art pendant des générations, jamais il ne pourrait se mesurer à une forêt tropicale primaire.

Jovina avait réussi l'impossible.

Cette fois-ci, Mino arriva aux États-Unis par Fairbanks, en Alaska. Il avait un faux passeport espagnol et un visa touristique au nom d'Alfonso Carrera, géologue. Il fixa si tranquillement le douanier que tout soupçon s'évanouit comme la plus douce des sèves. Aucun terroriste ne pouvait avoir de tels yeux.

C'était la dernière fois. La dernière fois qu'il allait arpenter l'abject pays des *gringos*. Les autres membres du groupe auraient préféré que quelqu'un d'autre se charge de cette mission à Boston, mais Mino n'avait rien voulu entendre. Une dernière fois, il voulait s'offrir la joie d'anéantir des *gringos*. Ensuite, Orlando, Ildebranda ou Jovina pourraient bien prendre le relais. Le pays des *gringos* regorgeait de *gringos*. Il y en avait au moins deux cents millions de trop.

Dans l'immédiat, un seul parmi ces millions était directement concerné : Pinson Leopold Pinson, le roi du coton de Boston. La dynastie Pinson remontait à plusieurs générations. Tout avait commencé par des plantations dans le Sud, à coup de brutalités et de sang versé. L'arrière-grand-père Pinson avait abattu une vingtaine de nègres. Le grand-père Pinson quelques-uns de plus. Le père Pinson, quant à lui, avait pu assouvir les inclinations familiales à travers le Ku Klux Klan. Le Pinson actuel régnait d'une main de fer sur un bon millier de misérables Latinos en Amérique centrale. Il les traitait ainsi qu'ils le méritaient : comme des nègres.

Mais ce ne fut pas un pauvre Latino qui, tard un soir de novembre, sonna à la porte de la villa familiale Pinson, à l'extérieur de Boston, alors que la première tempête d'automne descendait de Nouvelle-Écosse en arrachant les dernières feuilles jaunies des arbres.

C'était un jeune homme respectable, avec quatre petites flèches fin prêtes à être utilisées : une pour papa, une pour maman, une pour la sœur et une pour le frère.

Mino traversa la frontière du Mexique quatre heures avant que les cadavres de la famille Pinson soient découverts, et qu'on établisse un barrage autour de Boston. La police arrêta vingt-sept personnes soupçonnées d'appartenir au groupe Mariposa, parmi lesquelles deux fils de l'opulent magnat du pétrole Omar Abbhada ibn Hammadha de Mascate. Ils avaient eu le malheur de porter des attachés-cases décorés de motifs papillon – ils subirent trois semaines de très sévères interrogatoires avant d'être libérés. L'intermède entraîna un boycott pétrolier des États-Unis par sept pays arabes, provoquant une perte économique de trente-sept milliards de dollars.

Pendant que Mino passait une semaine de repos sur la presqu'île du Yucatán, à admirer dans les vestiges de Chetumal, la ville des dieux, l'architecture céleste de la culture maya et sa perfection cosmologique, la planète entière sortait de ses gonds.

Le Japon, docilement suivi par la Malaisie, l'Indonésie et la Corée du Sud, se mit à proférer de violentes accusations contre l'Occident, qui avait laissé se développer ce genre de terrorisme, et exigea une interdiction immédiate de toutes les organisations écologiques. Ces attaques eurent un écho quelque peu défavorable, puisque quatorze moines *minsurai* se firent hara-kiri en public, dans l'une des rues les plus passantes de Tokyo, en pure sympathie avec le groupe Mariposa et leur lutte pour la sauvegarde de l'écosystème de la planète. Cela ne se passa guère mieux sur le continent asiatique, puisque huit cents aborigènes de Bornéo vinrent défiler en tenue de guerriers devant le palais ministériel de Djakarta, l'assiégeant pendant dix-huit heures afin d'obtenir le droit de disposer eux-mêmes de leurs forêts.

En Australie et en Nouvelle-Zélande régnait un chaos presque total. Des dizaines de milliers de personnes manifestèrent dans les rues des grandes villes en exigeant que les Nations unies cèdent aux revendications du groupe Mariposa – qui n'étaient pas si utopiques, après tout, on pouvait même les considérer comme pondérées. Tout cela prit de telles proportions que les Parlements des deux pays envisagèrent la possibilité de demander aux Nations unies de placer les grandes forêts humides sous leur protection – demandes qui furent rejetées, puisqu'elles auraient signifié l'effondrement total de l'économie des pays industrialisés.

En Europe, deux gouvernements chutèrent à cause de leur position ambiguë sur la lutte contre le terrorisme. Vingt-quatre pays au total envoyèrent des délégations officielles en Amérique du Sud afin d'examiner la jungle ; dix-huit déclarèrent à leur retour qu'elles n'avaient jamais vu autant d'arbres de leur vie, qu'il n'y avait donc absolument aucun danger, tandis que cinq autres faisaient part de leur inquiétude, s'étant montrées assez perspicaces pour voir ce que les autres n'avaient pas vu : que les interventions allaient s'intensifiant et, forcément, finiraient par provoquer une catastrophe écologique si rien n'était fait pour les contrer. Une délégation d'un pays où il ne faisait pas spécialement bon vivre disparut en outre dans la jungle de manière inexpliquée, sans laisser de traces.

Les Bourses de Londres, Tokyo et New York commençaient peu à peu à suivre des lois auparavant connues des seuls physiciens quantiques. Imprévisibilité totale, effet tunnel, causes non localisables et interférences étaient des concepts issus de la physique quantique que les courtiers devaient désormais prendre en compte s'ils voulaient comprendre leurs courbes. Quand des entreprises aussi solides que BULLBURGER se retrouvaient décapitées, quand des monarques dynastiques tels que Oyobon Lucayton Boyobon, Pinson Leopold Pinson, Hiro Nakimoto et Stefan Stefanson Yxenhammer n'étaient plus là pour interpréter des signaux pourtant évidents, quand une flopée de boîtes internationales s'enfermaient dans une anxiété schizophrène de peur d'être frappées par quelque chose d'aussi peu mercantile qu'une *vengeance*, la logique spéculative en prenait pour son grade. Cette anarchie boursière ruina au bas mot quatre cent cinquante mille investisseurs millionnaires. En retour apparurent un certain nombre de nouveaux millionnaires devant leur fortune à des transactions délirantes et des spéculations hasardeuses dans des affaires dépassant toute raison.

On assista par conséquent à une certaine redistribution des cartes dans la classe dirigeante, invisible pour l'homme de la rue, mais non sans influence sur les dispositions futures vis-à-vis de la planète.

La puanteur laissée par l'assassinat de ces dirigeants était si prégnante que la dissimuler relevait de la mission impossible. Des journalistes courageux, qui n'étaient pas pieds et poings liés par les injonctions de leur hiérarchie, publièrent de sinistres rapports sur les méfaits de la dynastie du coton Pinson au fil des générations. Ces journalistes démasquèrent le fabricant de pesticides Henkel, le qualifiant d'assassin d'enfants : les effets secondaires de ses produits, très efficaces contre les nuisibles et les mauvaises herbes, provoquaient des infections dans le système digestif des enfants en bas âge qui s'approchaient des plantes et des animaux traités avec ce poison. La participation indirecte de D.T. Star à l'extermination d'une tribu dans un petit pays d'Amérique latine paraissait soudain dérisoire, comparée aux horreurs révélées sur des personnes telles que Walter Schlossöffner, Kurt Dieter Huhn, Samuel W. Pearson, Hieronymus Cern, Alphonso Muirre, Harold Oldoak Smythe, les frères Boyobon et Hiro Nakimoto.

Les faits parlaient d'eux-mêmes, et ils étaient irréfutables. Ces événements eurent également des conséquences dans les milieux plus réactionnaires. Sur les soixante-dix-neuf étudiants en économie bien propres sur eux qui venaient de passer avec brio leurs examens à l'université de Stanford, et avaient juré une fidélité éternelle aux principes de Milton Friedman, plus de quarante avaient déjà changé d'avis la première année. Et quatre d'entre eux se suicidèrent quand la vérité sur la dynastie Pinson éclata. Deux autres furent internés en hôpital psychiatrique, six démissionnèrent de leur travail d'experts financiers et se laissèrent pousser la barbe. Seuls sept étudiants restèrent fidèles à leur gourou, et à sa course effrénée au profit.

Divers incidents se produisirent dans le monde entre la fin novembre et le début décembre, des incidents qu'historiens et scientifiques eurent bien du mal à interpréter par la suite.

Comment était-il possible que quatre des horloges atomiques, en principe parfaitement stables dans leur vide inaltérable, indiquent que la planète avait tourné plus vite de six secondes trois quarts, le jour où les quarante-quatre chefs BULLBURGER avaient trouvé la mort dans un hôtel à Paris ? Pourquoi les perroquets ermites, des oiseaux taciturnes pratiquement disparus de la surface de la planète, étaient-ils entrés soudain en rut, en caquetant et s'accouplant à qui mieux mieux dans dix-huit des zoos du monde, la nuit où Hiro Nakimoto avait péri dans les toilettes d'un bar à Tokyo ? Ou encore, comment expliquer que neuf cents geysers inactifs d'Islande se mettent à envoyer des jets d'eau chaude à des dizaines mètres dans les airs quelques minutes après que le corps d'Harold Oldoak Smythe se fut raidi à jamais dans une rue de Sheffield ?

Ces événements, comme d'autres encore, passaient au-dessus de la tête de Jovina Pons, qui se prélassait pendant quelques semaines sur la plage de Singaraia, à Bali. Quant à Orlando Villalobos, il avait d'autres choses à l'esprit sur les terrasses des cafés de Barcelone, alors qu'il se réjouissait de la vue de milliers de señoritas qui passaient devant lui. Ildebranda Sánchez, par contre, rivalisait d'éclat avec les millions de cristaux de neige amassés sur les montagnes scandinaves du grand nord de l'Europe, où une vingtaine de moniteurs de ski s'empressaient autour d'elle, chacun s'efforçant de surpasser l'autre pour apprendre à cette merveille de femme du Sud, si *caliente*, l'art du ski.

Mino se promenait parmi les vestiges de Chetumal. Loin de l'Europe. Où aucun *gringo* ne pouvait le déranger dans ses réflexions. Il s'était plongé dans le monde des Mayas ; dans l'incroyable sagesse et grandeur des Mayas. Sur les fondations de ces blocs mégalithiques silencieux, il bâtissait ses propres tours, érigeait ses propres flèches. Et, quand le soleil se couchait derrière les frondaisons luxuriantes à l'est, lui se tenait encore debout sur la plus grande des pyramides, à admirer les ombres qui dessinaient des personnages de contes sur le sol à ses pieds. Il lui semblait entendre le rire joyeux de Chac Mool, le dieu des Mayas.

*

Peu avant minuit, quand tout fut fin prêt pour le lendemain – Urquart et Gascoigne avaient entre autres instruit l'agent Z. de ses missions pour les prochaines vingt-quatre heures –, on frappa à la porte de la suite.

Gascoigne regarda Urquart d'un air interrogateur, tandis que Morales s'étirait dans le canapé de cuir avec un reniflement.

« Oui ? » fit Urquart.

Les coups se poursuivirent.

« Merde, grogna Gascoigne, qui vient nous déranger à une heure pareille ! Nous n'attendons l'officier *guardia* que demain matin. J'ai besoin de sommeil, moi !

— Entrez ! » cria son compagnon.

Mais la porte était fermée à clé, aussi Urquart dut-il aller l'ouvrir. Un jeune homme et une jeune femme se précipitèrent dans la pièce sitôt qu'il l'eut déverrouillée. Ils portèrent un petit tube à leurs lèvres.

Le reniflement de l'agent Z. s'arrêta brusquement.

*

Une nouvelle action de type *picaduras juntas* eut lieu à São Paulo au Brésil, dans cette mégapole où les bidonvilles gonflaient comme une pâte à pain au-delà de toute limite, où des hordes d'enfants affamés pleuraient si fort qu'ils auraient pu faire exploser les coupoles dorées du Vatican. On disait de la ville de São Paulo qu'elle était la locomotive du Brésil. Le reste se résumait à des wagons à bestiaux.

La date était le 7 décembre.

La cible : l'assemblée générale du consortium *Minas Gerais & Ouro Preto*. Cette société avait la mainmise sur soixante-dix pour cent de la production de magnésium, d'aigue-marine, de topazes, de bauxite, de niobium et d'uranium du Brésil. Le consortium avalait la jungle amazonienne plus vite qu'une nuée de sauterelles dévastait un champ. Au conseil d'administration siégeaient quatre Nord-Américains ainsi qu'un représentant de la Banque mondiale.

L'assemblée générale avait lieu dans un hôtel de luxe qui, ironiquement, s'appelait *Silva Xavier* – d'après le premier martyre révolutionnaire du Brésil, José da Silva Xavier, surnommé par la population *el Tiradentes*, l'arracheur de dents, à cause de son métier d'origine.

Silva Xavier fut officiellement pendu et démembré en public à Rio de Janeiro en 1792.

L'action se passa dans le calme, sans violence apparente. Quand quatre serviteurs apportèrent des rafraîchissements – eau minérale, café, thé et petits verres de liqueur de *tetza* – à la salle réservée aux congrès, au dernier étage de l'hôtel, aucun des vingt-huit membres de la direction ne réagit, quand bien même ce service ne figurait pas sur le programme du jour. Les serveurs saluèrent très poliment, puis s'éclipsèrent aussi silencieusement qu'ils étaient arrivés.

Au cours des quatre heures qui suivirent, l'ensemble des membres présents trépassa après de forts maux de ventre, des convulsions et des signes d'étouffement. Ce n'était pas cette fois l'*ascolsina* la responsable, mais une mixture insidieuse préparée par Jovina Pons qui agissait quelques heures après avoir été ingérée.

Quand le drame fut découvert, et la police alertée, on trouva dans les couloirs de l'hôtel Silva Xavier maintes feuilles frappées de la photo de l'épouvantable papillon bleu.

Le 19 décembre, le roi de la *bratwurst*, Dieter Kögelstosser, fut retrouvé mort dans son appartement de Montevideo, Uruguay. *Cleopatra.*

Le 21 décembre, le milliardaire du café Don Pedro Caesar Muerillo décédait après une représentation à l'opéra à Bogota, Colombie. *Daplidice.*

Le même jour, le baron de l'acier Kevin MacDuncan fut découvert flottant sans vie dans le bassin du port d'Acapulco, Mexico, où il devait passer Noël en famille. *Morpho.*

Et le jour même de Noël, les directeurs de l'empire de bois exotiques Knox Mills et Jesper Jennings, ainsi que leur chauffeur privé, perdirent la vie, après une visite dans un grand magasin de Mobile, États-Unis. *Argante.*

Le jour de la Saint-Sylvestre, il se produisit une chose curieuse. Le *New York Times* publia pour la nouvelle année un courrier qui allait se répandre comme une traînée de poudre dans les salles de rédaction du monde entier. Il était signé de Denasco Peuchc, un Indien d'Amazonie – et le dernier survivant de la tribu Zaparo. Le message s'adressait aux grandes compagnies pétrolières TEXACO, BP, ESSO et ELF. Il disait ceci :

Aujourd'hui, six peuples indiens luttent pour leur survie au fin fond des jungles amazoniennes. Il s'agit du peuple Shuar, Siona, Secoya, Quichua, Cofan et Huaorani. *Mais deux autres peuples,* Tetete *et* Zaparo, *ont déjà été exterminés – avec leur culture, leur langue, leur histoire et leur territoire.*

Moi-même, je suis le dernier Zaparo *vivant.*

Mes parents étaient Zaparo, *toute ma parenté l'était. En tout, nous étions une trentaine. Ils sont tous morts à présent, à cause des maladies et des épidémies. Ils sont tous morts et moi je suis le seul à rester après eux. Mon peuple a été totalement exterminé, et cela me rend triste, mais que puis-je y faire ? Dans la langue* Zaparo, *le tabac se dit* aonic, *le singe choronge* jatuc, *les arbres* naccu, *les montagnes* anashiwa, *la rivière* murichiaj. *Mais j'ai presque tout oublié, il ne me reste plus que quelques mots en mémoire, parce que je n'ai plus personne à qui parler. À quoi bon parler tout seul ? Ils sont tous morts, la jungle est en train de mourir, les palmiers* chonta *que nous mangions ont tous disparu. C'est ainsi.*

Mon bon ami, le grand poète indien Gualiga, m'a raconté ceci : chaque jour qui passe, notre survie est de plus en plus menacée, et plus encore à présent qu'on remplace la forêt par le palmier à huile africain. Vos engrais sont toxiques, et ces palmiers que vous cultivez rendent définitivement notre Allpamama *– la Terre Mère – stérile. Si au siècle dernier les plantations d'hévéa étaient juste une tache honteuse sur la planète, les multinationales d'aujourd'hui vont nous exterminer jusqu'au dernier.*

Je me rappelle, enfant, nos grands rassemblements près de la rivière. Chez nous, ma grand-mère était la première à prendre la parole, toujours les yeux fermés et les oreilles grandes ouvertes. C'était la première voix qui venait rompre le silence. Tout le monde l'écoutait, personne n'osait la contredire, toutes ses paroles sonnaient juste. Ses mots avaient une force, une énergie qui nous pénétrait jusqu'au plus profond de l'âme. Elle pouvait parler de la communauté, du fait de vivre ensemble et de lutter *ensemble. Car aucune lutte n'est isolée, personne ne peut vivre uniquement pour soi, on se doit aussi de participer à l'existence d'autrui. Le fait de ramer dans la rivière pour pêcher, de cultiver la terre avec un enfant attaché dans le dos, voilà ce qui génère l'histoire de notre peuple.*

Mais la jungle finira par retrouver sa forme originelle, exactement comme le condor né il y a bien longtemps au fin fond de la jungle. Le grand Otorongo l'avait lâché au-dessus des Quechuas. Après s'être échappé de la profondeur d'une cruche sacrée, l'oiseau avait fini par s'habituer à vivre sous le soleil et la lune. Et un jour, il y retournera. Oui, à cet instant, je vois le condor retourner à tire-d'aile vers la jungle. Car il n'y a que dans la jungle que ma grand-mère peut respirer, profondément et calmement – tout ce qu'elle nous a raconté y est resté vivant. Ses mots sont comme des cruches, des cruches qui contiennent toutes les différentes sortes d'eau : les cascades, l'eau de pluie, les tourbillons, la circulation sanguine des hommes et leurs larmes. Ses mots sont comme des hommes, mais aussi bien plus encore. Ce ne sont pas des cruches pleines d'eau stagnante que vous, les hommes, avez oubliée, tout comme vous oubliez vos mots. Non, dans nos cruches à nous, il y a des fleuves entiers.

Et si un jour l'enveloppe des mots se déchire, l'eau sera toujours là, vivante, intacte, s'écoulant dans un renouvellement éternel, de même que les mots remonteront à la surface et donneront de la force à la vie.

Que le *New York Times* publie un tel article avait de quoi surprendre. Jusqu'alors, le journal avait condamné en des termes très durs les idées défendues par le groupe Mariposa. Une rumeur courut selon laquelle cet article contenait en fait des informations cryptées sur les terroristes, dissimulés avec subtilité dans les images du texte. L'article fut donc lu avec la plus grande attention, et donna lieu à diverses interprétations de la part des experts. Une section de la CIA alla même si loin dans l'analyse qu'en retraçant l'origine des noms présents dans l'article, ils se retrouvaient, bizarrement, chez un photographe danois ayant vécu plusieurs années dans la jungle amazonienne, et qui estimait avoir pour vocation de se faire le porte-parole des Indiens.

Mais l'article fut également interprété comme le signe d'une sourde menace. L'inquiétude dans les hautes sphères du monde de la finance ne cessait d'augmenter, le dollar baissa à un niveau si dramatiquement bas que même les petits poissons pouvaient par quelque saut médiocre en attraper un bout de billet.

La stratégie extrêmement bien planifiée du groupe Mariposa, complétée par leur message d'une grande limpidité, créait des réactions en chaîne. À Londres, juste avant Noël, pendant une cérémonie solennelle devenue une tradition au fil des décennies, à savoir l'illumination d'un sapin géant offert par la Scandinavie, eut lieu un événement tragique : au moment où le maire faisait son allocution de remerciement pour l'arbre, un objet lancé de la foule vint atterrir sur l'estrade où il se tenait. C'était un objet tout à fait insolite, qui grésilla quelques secondes à ses pieds... avant d'exploser. Le maire disparut aussitôt dans un nuage de fumée.

L'auteur parvint à disparaître dans le public pris de panique ; jamais on ne le retrouva. Le maire perdit ses deux jambes dans l'histoire. Sur les lieux, la police découvrit quelques feuilles de papier froissées et salies, avec l'image d'un papillon jaune pâle, un *Napi*, la Piéride du navet. Et un journal de Londres reçut un message exigeant l'arrêt immédiat de toute émission de fumée d'origine industrielle, sans quoi toutes les forêts de Scandinavie allaient mourir. Le message était signé *Napi*.

En Nouvelle-Zélande eut lieu une action beaucoup plus raffinée : quatre sommités de la finance impliquées dans un important projet en Papouasie-Nouvelle-Guinée furent retrouvées à Wellington asphyxiées par les gaz d'échappement d'une voiture dans un parking fermé. Sur le toit du véhicule trônait une photo du joli papillon *Neurosigma gausape*.

Et le châtelain multimillionnaire Maurice Montaillard fut retrouvé inanimé dans sa cave à vins dans la région du Médoc, en France, sans que les médecins ne parviennent à déterminer les causes de sa mort. Une seule certitude : la tête du roi du vin reposait sur une feuille reproduisant l'image du papillon mexicain *Papilio ambrax.* Montaillard était connu dans les cercles viticoles pour avoir racheté de grandes propriétés en Amérique latine, où il avait fait planter des cépages de vins sur des terres auparavant dédiées à la culture du maïs.

Morpho. Argante. Cleopatra. Daplidice. Napi. Gausape. Andrax.
Les plus pessimistes craignaient que chaque espèce de papillons sur
Terre ne finisse par venir grossir les rangs des terroristes.

Mais sous les rues de Paris, au cœur de ce territoire international,
les experts avaient étudié leur *modus operandi* dans le moindre détail,
et ils en avaient rapidement déduit que Morpho, Argante, Cleopatra
et Daplidice constituaient une race à part. C'étaient ceux-là qu'il fallait
capturer. Deux hommes, deux femmes, âgés de vingt à vingt-cinq ans.
Les mouches à merde qui répandaient cette infection contagieuse, qui
poussaient la planète à la démence.

L'attentat qui se produisit à Hambourg le 12 février était l'action
la plus osée, la plus insolente que les terroristes aient signée
jusqu'alors. Elle généra un fort chaos, et davantage de complications
que toutes leurs autres opérations réunies – le monde entier se
retrouva paralysé pendant deux jours, au point que les spéculateurs
les plus extrêmes en conclurent à l'implication des extraterrestres.

Le congrès de la Banque mondiale devait durer toute une semaine,
durant laquelle Hambourg se transformerait en une ville assiégée. On
avait pour l'occasion mobilisé la police, les forces de sécurité nationale
et des commandos spécialement formés par l'OTAN. Le cercle qui
entourait ces cent soixante-douze représentants de la Banque mondiale était absolument impénétrable. Pas le moindre moustique ne
devait pouvoir atteindre le bout du nez d'un de ces hommes puissants.
Le congrès avait lieu à une bonne distance du sol : au douzième étage,
dans la grande salle de banquets de l'hôtel Erlkönig. La totalité de
l'établissement avait été réservée pour l'occasion. Le personnel devait
être habilité par la sécurité ; pas moins de trente-deux personnes se
retrouvèrent sans travail à cause d'un passé douteux. Personne ne
pouvait franchir le seuil de l'hôtel avant d'avoir subi une fouille corporelle et un strict contrôle.

Rien ne devait arriver aux représentants de la Banque mondiale tant
qu'ils se trouvaient sur le sol allemand.

Mino débarqua fin janvier à Hambourg par le train en provenance
de Copenhague. Orlando arrivait de Paris, Ildebranda d'Autriche et
Jovina d'Italie.

Les quatre compagnons partirent en reconnaissance aux environs de la forteresse – et la jugèrent imprenable. Ils se faisaient contrôler dès qu'ils se retrouvaient aux abords de l'hôtel Erlkönig. Heureusement qu'ils pouvaient chaque fois présenter des papiers en ordre, et faire valoir une raison sérieuse à leur présence.

« *Claro*, dit Orlando, déçu, en secouant la tête. Même avec l'aide de saint Fernando, nous n'y arriverons pas. Aucun magicien au monde ne pourrait trouver un quelconque moyen de forcer le passage. »

Ils avaient envisagé six actions différentes, pour renoncer à chacune. C'eût été un véritable suicide.

Mino contemplait son verre de *Sprudelwasser* sans rien dire. Les bulles venaient éclater à la surface.

Éclater.

Tout à coup, une étincelle se mit à briller dans ses yeux. Ses trois compagnons comprirent aussitôt qu'il lui était venu une idée.

« Jovina, reine des alchimistes, commença-t-il avec un immense sourire. Si tu réponds par l'affirmative à la question que je vais te poser, les mâchoires voraces de la Banque mondiale seront paralysées pour toujours. Avec tes connaissances bénies des dieux, serais-tu capable de produire un gaz mortel qui, mélangé avec de l'hélium, pourrait tuer, disons… cent soixante-douze personnes s'il était libéré d'un petit conteneur ? »

Jovina éclata de rire.

« *Claro*. Sans problème. Du gaz *serafin*. Facile à produire. Les ingrédients qui le composent s'achètent dans n'importe quelle pharmacie sans ordonnance. Mais je vais devoir porter un masque à gaz et une combinaison spéciale pendant la fabrication. Une seule molécule de ce gaz suffit à provoquer une hyperallergie. À son contact, une intense démangeaison gagne l'intégralité du corps. Qui se met à enfler au bout de quelques minutes, pour doubler de volume et finir par éclater comme une patate trop cuite. Personne ne survit à un contact avec le gaz *serafin*. Toutefois, je ne comprends pas…

— *Vamos* ! s'écria Mino en bondissant sur ses pieds. Je vais vous montrer. C'est tellement simple. Même un enfant pourrait le faire. Venez, allons voir encore une fois la façade de l'hôtel Erlkönig – les fenêtres du douzième étage, surtout. Vous avez quand même remarqué à quel point il fait chaud, non ? Le printemps est dans l'air ! »

Quatre jours plus tard, soit l'avant-dernier jour du congrès, il se produisit la chose suivante : un vendeur de ballons en costume de clown traversa la rue vers l'hôtel Erlkönig avec à la main un bouquet de ballons gonflés à l'hélium. Il dansait tout sourire sur le trottoir, en quête de parents avec des enfants. Juste sous la façade d'acier et de verre, il heurta malencontreusement un policier en patrouille. L'agent perdit son casque, le clown tomba et lâcha tous ses ballons. Tandis qu'il pleurait et criait en montrant ses ballons envolés qui remontaient le long des murs lisses de l'hôtel, il se releva et commença à injurier le policier. Peu à peu, il se calma, et regarda avec tristesse les bulles multicolores s'élever de plus en plus haut, poussées par le vent. Au douzième étage, toute une rangée de fenêtres étaient entrouvertes. Quatre des ballons furent arrêtés par le petit auvent formé par les fenêtres et disparurent à l'intérieur. Les autres s'envolèrent par-dessus les toits et disparurent.

Tout comme le clown.

Et arriva ce qui devait arriver. Même l'adulte le plus sérieux et le plus raisonnable ne peut se retenir quand un ballon flotte dans une pièce. Le besoin de percer un trou, de provoquer une petite explosion innocente, finit par devenir trop pressant. Une petite aiguille, une cigarette allumée, et paf ! Qui, parmi les cent soixante-douze représentants sans doute en pleine discussion sur un point d'équilibre douteux dans la comptabilité de la Banque mondiale, s'avisa de crever un ballon ? La postérité ne le saura jamais. Car quelques minutes plus tard, quand le terrible gaz *serafin* se fut répandu dans la salle de banquet, tous les présents avaient gonflé et gisaient, telles des baudruches crevées, sur les colonnes chiffrant leurs méfaits.

Les comptes étaient en train de s'équilibrer.

Quatorze soldats d'élite de la Bundeswehr connurent le même sort quand un sergent tira sur les trois derniers ballons qui flottaient dans la pièce. Une feuille de papier froissée retomba de chacun d'eux : le grand papillon des tropiques bleu azur, un *Morpho peleides*.

Il se passa seize bonnes heures avant que les autorités allemandes osent rendre publique la nouvelle. La police était indignée, l'affaire faisait perdre toute crédibilité à la Bundeswehr – quoi, des troupes d'élite de l'OTAN qui crevaient comme des citrons trop mûrs ! Partout régnaient la rébellion et le chaos, et le président de la Fédération en personne ne fut sauvé qu'à la dernière minute grâce à une injection massive de *Laccadon*.

Quinze jours durant, Mino, Orlando, Jovina et Ildebranda se cachèrent dans le district de St. Pauli, en se faisant passer pour des drogués et des prostituées, en dormant sous des portes cochères ou sur un banc, dans des parcs municipaux. Ce ne fut qu'après cet intermède qu'ils osèrent enfin quitter la ville, hermétiquement fermée les premiers jours ayant suivi l'attentat.

Tout était loin d'être fiable dans ce qui fut dit ou écrit au cours des semaines et des mois qui suivirent l'attentat du 12 février à Hambourg ; ainsi certaines rumeurs furent-elles immédiatement cataloguées comme étant pure spéculation.

On affirma par exemple qu'un groupe d'Inuits, une nuit d'hiver glacée au pied de l'inlandsis groenlandais, avait observé un phénomène curieux dans le ciel nocturne. Sous un soleil soudain devenu étincelant, ils auraient vu un gigantesque félin sauter par-dessus le firmament. Au bout du compte, le ciel entier aurait pris feu comme un seul et grand brasier.

Bien évidemment, on aurait pu immédiatement balayer ceci comme relevant d'une hallucination, une autosuggestion de groupe ou un mensonge délibéré, si le même phénomène n'avait pas été rapporté par la presque totalité des habitants de Lhassa, au Tibet, ainsi que par la population d'une île du Pacifique et les Indiens d'une réserve de l'Oklahoma. Les observations auraient apparemment eu lieu à la même heure.

Aucune personne raisonnable ne s'aviserait de rattacher ces faits aux actions du groupe Mariposa. Mais puisque le nombre de personnes raisonnables avait dramatiquement baissé dans le monde entier au cours de la dernière année, ces épisodes, malgré leur invraisemblance, furent notés et archivés pour la postérité, juste au cas où…

Orlando Villalobos était allongé au soleil, quelque part dans le monde. À côté de lui, Mino Aquiles Portoguesa. Le magicien. Leurs yeux étaient tournés vers le bleu du ciel.

Le feu, le soleil et le jaguar.

La Terre. Gaïa. *Allpamama*. Seuls les plus anciens pouvaient comprendre. Ceux qui portaient leurs yeux là où mille rivières se croisaient, là où se reflétaient à l'infini les profondeurs vertes des forêts primaires.

10. Au fond de la crypte magique

Pieds nus dans le sable, Mino suivait le vol d'un *Colias crocea* entre les troncs des pins parasols. *Qu'il en soit ainsi,* se dit-il. *Que l'éventualité d'un miracle apparaisse aux yeux de tous.* Aucune forêt, aucune montagne, aucune rivière n'avait besoin de l'homme. Idem pour les fourmis, les poissons ou les tigres. Les orchidées, les cactus et les palmiers. Et pourtant, la possibilité d'un miracle se trouvait déjà dans leur synthèse, dans leurs interactions – dont l'homme s'était de lui-même mis à l'écart.

C'était le début du mois de mai. Mino, Orlando, Jovina et Ildebranda se trouvaient en Turquie, où ils avaient prévu de rester un bon moment. Ce pays constituerait leur dernier arrêt avant qu'ils ne se retirent pour de bon. Ils avaient déniché un bel endroit : Ölüdeniz, une petite baie, une lagune vert turquoise sur la côte lycienne de la Méditerranée. Un hôtel modeste, quelques pensions ici et là, des restaurants, c'était à peu près tout. La forêt de pins parasols descendait jusqu'à la mer.

Et partout, on trouvait des vestiges de cultures depuis longtemps disparues. Des vestiges de constructions grandioses. Au fond de la mer, en direction d'une petite île, s'étendait toute une ville engloutie. Elle avait disparu après un violent tremblement de terre, environ deux millénaires et demi plus tôt. Ölüdeniz était l'endroit le plus paisible qu'on puisse imaginer. Et leur dernière opération n'était pas planifiée tout de suite.

La dernière.

Mino jeta un coup d'œil vers la plage, où les autres s'étaient allongés. Les premiers jours, personne n'avait été très bavard. Ils étaient fatigués. L'attention permanente qu'ils devaient porter à chaque détail, la tension constante au moment du contrôle des passeports aux frontières, avaient laissé des traces. Ildebranda avait failli craquer quand deux fonctionnaires zélés l'avaient interrogée lors d'un contrôle de passeport. Ils voulaient vérifier l'authenticité du sien – portugais, émis au nom d'Isabella Ribeira, originaire de Peniche, une petite ville côtière au nord de Lisbonne. Les fonctionnaires envoyèrent un télex. Et la jeune femme n'eut d'autre choix que de recourir aux flèches à l'*ascolsina* pour éviter de se faire démasquer. Elle en réchappa de justesse, les cadavres des deux fonctionnaires ayant été découverts immédiatement après. En fin de compte, elle s'en était sortie, mais ça ne l'empêcha pas de pleurer toutes les larmes de son corps quand elle retrouva enfin les autres.

Ildebranda n'allait pas participer à leur dernière action. Ildebranda devait dessiner les plans du village idéal qu'ils allaient construire au fond de la jungle. Ildebranda ne serait plus exposée à d'autres dangers. Cleopatra allait se reposer. Cleopatra n'existait plus.

Le rire d'Orlando vint rompre le silence. Son ami ne changeait décidément pas. Espièglerie et insouciance n'étaient jamais loin avec lui. Avec Ildebranda et Jovina à ses côtés, il redevenait le petit garçon fauché dans sa cahute en planches au bord de la rivière, le saigneur de cochons qui les ensorcelait par ses incantations fantaisistes. Dans les capitales d'Europe, pourtant, il devenait un parfait homme du monde, que rien ni personne n'impressionnait.

Jovina, quant à elle, avait changé. Le nœud de haine tapi en son for intérieur avait fini par disparaître. Elle était devenue plus douce, plus ouverte, et souriait plus souvent qu'avant. Comme si les actions sanguinaires auxquelles elle avait participé ou qu'elle-même avait exécutées avaient réussi à dissoudre la colère qui l'habitait. Elle avait la beauté d'une fragile fleur de nuit.

Mino souriait. Le miracle de la synthèse. À eux quatre, ils formaient une synthèse qui durerait à jamais.

Il entrait dans l'eau sous le couvert des branches touffues d'un pin parasol, nageait calmement vers le large pour ensuite décrire une courbe qui le ramenait vers les autres. Puis il plongeait, ne ressortant pas avant de se retrouver tout près de la plage où ses amis paressaient.

Avec un cri qui aurait rendu jaloux un singe choronge en rut, il émergeait alors de l'eau. Les autres sursautaient, pour aussitôt se jeter sur lui et l'entraîner dans la lagune. Une fois là, ils le maintenaient si longtemps sous l'eau que ses yeux finissaient par demander grâce.

Ensuite, ils nageaient tous ensemble jusqu'à l'île minuscule séparée de la plage d'une centaine de mètres. Ce n'était qu'un tertre émergeant de la mer.

« C'est vrai, par le sein de la Vierge Marie. Je le jure, je l'aime vraiment », affirmait la voix d'Orlando.

Jovina voulait avoir des nouvelles de la madone d'Andorre.

« Et elle viendrait passer le restant de sa vie avec nous dans la jungle ? Je n'y crois pas un instant, fit-elle en secouant la tête.

— Tu verras, dit Orlando. Elle arrivera à Istanbul quand nous aurons bouclé notre dernière opération. Nous sommes convenus de nous retrouver dans le quartier de Gulhane. La société la rejette, elle aussi – il lui faut même utiliser de faux passeports.

— Ha ha ! s'esclaffa-t-elle, nous allons former une sacrée famille ! Mino et Maria Estrella, la princesse d'Andorre et toi, plus Ildebranda et moi-même. Et *nous*, qui allons nous prendre avec nous ? Tu crois que ça nous fera plaisir de voir nos sexes se dessécher ? Mais peu importe, Ildebranda et moi, on sait parfaitement ce qu'on veut : deux Indiens fougueux et bien musclés. Nous en avons déjà parlé, n'est-ce pas ?

— *Sí, claro*, renchérit Ildebranda en secouant ses longs cheveux brillants, couleur aile de corbeau, qui lui retombaient dans le dos. Les Européens ne sont que des mauviettes. Les hommes du Nord sont tout juste bons à faire du ski quand il fait froid, à dévaler des pentes abruptes comme des casse-cou, mais une fois au lit, il n'y a plus personne. Les hommes du Sud sont d'une prétention et d'une arrogance insupportables. Quant aux *gringos*, hors de question. Les hommes, dans notre partie du monde, ont le regard las et des idées aussi transparentes qu'un bouillon de maïs. Mais n'avons-nous pas lutté pour défendre la force originelle ? On ne peut donc pas choisir n'importe quel sang pour notre village. Le sang indien, il n'y a que ça de vrai. Si on opte pour la jungle, autant s'y tenir ! »

Orlando éclata si fort de rire qu'il faillit tomber à la renverse dans l'eau. Jovina comme Ildebranda le regardaient, un peu vexées. Elles ne voyaient pas ce qu'il trouvait là de si drôle. Tiens, elles auraient bien aimé voir la tête que ferait *sa* poupée en porcelaine dans la jungle.

Mino écoutait les autres en regardant la mer. Il ne se sentait pas tranquille. La surface de l'eau était si sombre, si profondément verte, si étrangement familière. Elle ne ressemblait pourtant pas du tout à la mer dans laquelle ils s'étaient baignés si souvent, des années plus tôt. Lui et Maria Estrella.

Maria Estrella. Dans un mois, elle retrouverait la liberté. Il tenait un compte consciencieux des jours qui l'en séparaient. Il ne se souvenait plus de son visage. Mais il se rappelait toujours son odeur.

Il se secoua pour chasser son sombre pressentiment.

Son regard se tourna vers les puissantes montagnes du Taurus, à l'est, qui profilaient leurs longues ombres bleues et grises sur les petits bouts de champs où des femmes vêtues de noir remplissaient le panier qu'elles portaient sur la tête avec des cailloux, qu'elles s'empressaient d'emporter. Les mêmes cailloux année après année, pendant des *centaines* d'années ; jamais la Terre ne manquerait de cailloux. Un labeur patient pour l'encourager à se montrer généreuse. Et, généreuse, elle l'était.

Mais eux-mêmes, pourraient-ils vivre ainsi ? Pourraient-ils trouver la paix dans les profondeurs des forêts verdoyantes, là où la terre, sous les cimes luxuriantes, était encore plus incultivable qu'ici ? *Lui* le pouvait. Mais Orlando, Jovina et Ildebranda ? Et Maria Estrella ?

Était-ce un rêve désespéré, qui avait surgi à cause de l'exil éternel auquel ils s'étaient eux-mêmes condamnés ?

« Je me rappelle la pluie. » Il s'adressait à Ildebranda, comme si le fait d'être installée tout près de lui permettait à la jeune femme de suivre ses pensées. « Oui, je me rappelle la pluie. D'abord, les oiseaux descendaient du ciel comme des boules de plumes, ils tombaient comme des paillettes colorées : toucans, piroles et hoazins. L'air était immobile, étouffant, moite, et tout d'un coup la pluie s'abattit, tel un mur étincelant et doré, aussi lumineux et tranchant que la lame d'une machette. Elle frappait la terre rouge avec une telle force que tout se dissolvait, pour devenir une boue collante. Ensuite, un doux brouillard jaune venait envelopper la canopée, et toute la jungle était comme ensorcelée. On tendait tous l'oreille, des sons étranges nous parvenaient de la cime des arbres – en même temps que des senteurs bizarres. Après la pluie, tout semblait comme neuf, le passé aurait tout aussi bien pu avoir disparu.

— Où était-ce ? s'enquit la jeune femme la tête penchée de côté, pour signifier son désir de comprendre ce que Mino voulait dire.

— Dans la jungle, bien évidemment, là où nous irons tous. Tu n'es *jamais* allée dans la jungle ? »

Ildebranda haussa les épaules.

« Je ne crois pas, non, dit-elle. Pas dans la vraie jungle, en tout cas. Mais tout près. »

Orlando et Jovina restèrent silencieux. Ils comprenaient que Mino avait quelque chose sur le cœur, quelque chose d'important, quelque chose qui les concernait tous, mais sur lequel il avait du mal à poser des mots. La profondeur de ses yeux restait insondable, et il jonglait sans cesse avec quatre coquillages trouvés sur la plage.

« *Bueno*, finit par dire Orlando. Je vais parler à ta place. C'est peut-être plus facile pour moi de l'expliquer. Tu viens du plus profond de la jungle, où tu es né et où tu as grandi. Ton village a été détruit, ta famille massacrée ; les *gringos* ont tout rasé. Tu devais te venger. Tu t'es vengé. À présent tu veux y retourner pour reconstruire quelque chose. Recommencer là où tout s'est arrêté pour toi, il y a dix ans, refermer le cercle. Par le nez poudré de saint Stefanus, tu te demandes comment nous avons pu te suivre jusqu'ici, et si nous partageons vraiment ton enthousiasme à l'idée de retourner dans la forêt tropicale humide ! Tu crains que nous n'allions nous terrer sous une souche d'arbre et tomber malades, nous faire dévorer par les fourmis et les insectes ou nous noyer dans une mare de boue, rongés par le chagrin d'être devenus les ennemis funestes d'une civilisation sclérosée pour laquelle nous n'avons que du mépris ? *Claro*, il y aura des problèmes, peut-être même de sérieux pour les filles, mais nous sommes partants pour essayer. Nous préférons dix fois la jungle à une métropole puante et polluée. Peut-être qu'en dépit de nos passés différents, nous avons partagé tous les quatre le même rêve. Peut-être que la partie du monde d'où nous venons porte en elle des idées et des espoirs qui ne pourront prendre corps que si nous prenons soin de ce qui se trouve à l'origine du monde. Tu crois que notre culture, notre langue, notre littérature ont cherché leur inspiration dans les barils de pétrole rouillés, les épaves de voitures américaines ou les *favelas* nauséabondes ? Mino, par saint Rupert et les ailes de l'inaccessible Cristobal, cette imagination foisonnante et ce développement propres à notre culture sont l'expression de la nature qui jusqu'ici nous entourait et qu'on détruit à présent sans état d'âme. Cette nature pour laquelle nous nous sommes battus, et que nous sommes en train de sauver.

« Un vrai poète, pas vrai Mino ? poursuivit-il. Mon monde à moi se résume à une grande orgie de mots et d'images. Crois-moi, je sais d'où te viennent tes sources. Ildebranda n'est-elle pas la véritable fille de Tarquentarque, comme tu l'as dit toi-même ? Regarde-la, elle porte en elle toute la luxuriance de la jungle, elle pourrait engendrer d'authentiques enfants sauvages et chanter pour eux, sous la canopée le soir, des berceuses si douces que les bourgeons des fleurs s'épanouiraient et donneraient des fruits mûrs. Et Jovina, la sorcière qui connaît le pouvoir guérisseur de mille plantes médicinales, elle ne va pas passer sa vie à inventer des poisons destinés à éradiquer des nuisibles, elle a mieux à faire que de gâcher ses talents dans une officine à fabriquer des pilules de synthèse pour calmer les crises de nerfs des citadins et leur faire oublier leur vie sentimentale pathétique. »

Sur ce, Orlando se décida à gravir le modeste rocher qui servait d'éminence à la petite île. Magnifiquement hâlé par le soleil, il se posta là-haut tout en continuant son discours inspiré. Il était le jaguar en équilibre sur la pierre, il était le soleil qui faisait croître les plantes, il était le feu dont le millier de flammes qui éclairait la nuit attirait la sagesse, à l'instar de papillons de nuit sortant de l'obscurité. Captivés, ses trois amis restaient assis autour de lui à l'écouter.

« Tous les juges du monde se réjouiraient de nous voir décapités, coupés en morceaux et jetés aux rats. Tout ça parce que nous sommes intervenus dans l'Ordre Sacré de l'Économie et que nous avons dérangé l'équilibre du monde en exterminant les chiens de tête, ces bâtards galeux qui, impunément, ont pu se goinfrer des meilleurs morceaux découpés dans la chair de la Terre. De nouveaux bâtards viennent bien sûr prendre la place des anciens, mais ils sont meurtris, prudents, *conscients*. Ils ont humé l'odeur de leur propre sang puant. Nous avons amorcé la guerre : elle se poursuivra peut-être après notre retrait. Il nous est impossible de vivre en Europe, nous ne nous plaisons pas en Afrique ou en Asie. Nous ne pouvons pas retourner dans notre propre pays pour y reprendre le cours de notre vie. Nous sommes des sans-nom, des invisibles. Et ainsi nous demeurerons pour l'éternité. Même nos propres enfants ne sauront peut-être jamais qui nous sommes vraiment. Est-ce pour autant une raison pour qu'Orlando se morfonde de chagrin ? Doit-il s'affliger à l'idée que des milliers de juges souhaitent le réduire en nourriture pour rats ? Pour les victimes qui se sont noyées dans le puits sans fond de leur cupidité ? Parce qu'il ne peut pas vivre à Barcelone ou aller en discothèque à Paris ? Doit-il s'apitoyer sur son sort parce qu'il lui faut rester sans nom ? Non, rien de tout cela ne rend triste Orlando. En revanche, il s'attriste de voir que Mino, le redouté Morpho, le Magicien, le Père des Miracles, *ne croit pas* ses amis capables de le suivre dans son rêve d'un petit village blanchi à la chaux, sur les rives d'un fleuve étincelant au cœur d'une jungle verdoyante. Nous sommes toujours riches comme Crésus, nous avons des billets de banque à foison, nous pouvons nous faire construire un palais dans la jungle, si ça nous chante. Poser des pièges sophistiqués partout dans la forêt pour empêcher les *gringos* de venir troubler notre tranquillité. Alors Mino, mets-toi ça dans le crâne une fois pour toutes : nous avons confiance en l'avenir !

« Cela dit, poursuivit-il en scrutant la mer comme s'il rassemblait une invincible flotte de bateaux de guerre, des miracles encore plus grands peuvent s'accomplir. Si le monde continue à sortir de ses gonds, on court le risque d'être considérés comme des héros. »

Sur ce, il effectua un plongeon parfait dans la mer. Des bulles vertes remontèrent jusqu'à la surface de l'eau.

Mino interrogea les deux jeunes femmes des yeux. Toutes deux hochèrent la tête.

« Nous ne plaisantons pas, dit Jovina. Nous étions parfaitement sincères en parlant des Indiens. On pourrait avoir une vie merveilleuse.

Pour peu qu'on nous laisse tranquilles après ce que nous avons fait. Sans quoi tout cela aura été bien inutile. »

Ildebranda entreprit de tresser ses cheveux en deux longues nattes sans lâcher Mino des yeux.

« Je me rappelle la première fois que je t'ai rencontrée, dit-elle. À la grande fête du cochon, chez Orlando. Déjà, à ce moment-là, je savais que vous deux, vous pourriez mettre le monde sens dessus dessous si d'aventure vous le décidiez. Tu étais assis là, aussi rayonnant qu'une centrale électrique, tu envoyais des espèces d'ondes autour de toi, et pourtant ça ne t'empêchait pas de conserver ta silhouette immatérielle. Il m'a fallu te toucher pour m'assurer qu'elle soit de chair et de sang. Parfois, d'ailleurs, je continue à penser que tu n'es qu'un esprit. Quand j'étais seule, en train de me préparer à tuer, c'est d'ailleurs ce que je choisissais de croire. Pour que tout se passe bien. Et cela a été le cas.

— Je ne comprends pas, dit Mino d'un air sérieux. Ai-je l'air d'un *esprit* ? »

Il observa son propre reflet dans l'eau.

Jovina et Ildebranda riaient.

« Non, fit Jovina, tu n'as pas *l'air* d'un esprit. Mais ce que tu fais ressemble souvent à de la sorcellerie. Tu es un magicien fabuleux, tu parles de dieux indiens et de personnages imaginaires, tu remontes de l'or du fond de la mer à la pelle comme si c'était la chose la plus naturelle au monde ; tu mets au point des actions *a priori* impossibles à exécuter, mais qui sous tes mains deviennent aussi simples qu'un jeu d'enfant. Et ça ne m'étonnerait qu'à moitié si tu parvenais à faire voler cette pierre. » La jeune femme en tenait une dans la main.

Mino baissa les yeux. Il ne voulait pas regarder cette pierre. Le rapide coup d'œil qu'il lui avait jeté lui avait fait monter le sang aux joues. Elle ressemblait étrangement à une autre, que lui-même avait tenue il n'y avait pas si longtemps. Une pierre rouge tachetée de cristaux. Elle avait disparu de sa main alors qu'il méditait sur un banc, à l'extérieur de l'université de Californie. Là où les étudiants n'étaient que des enfants.

Jovina jeta la pierre dans les vagues, où elle disparut avec un *plouf !* Orlando sortit de l'eau en s'ébrouant comme un petit chien. Dans la main, il tenait une éponge remontée des profondeurs.

« Celle-ci, annonça-t-il fièrement, je l'utiliserai pour me frotter le dos quand je rentrerai suant de fatigue de mon lopin de terre, avec mon panier rempli de tomates bien rouges. Ou de papayes. Ou de taro juteux.

— Merci, murmura Mino. Merci pour ce que tu as dit. Je sais que vous êtes sincères, même si j'ai un peu de mal à vous comprendre – de toute façon, je ne comprends pas grand-chose ces derniers temps. À peine si j'arrive à me rappeler pourquoi le ciel est bleu. Il est comme il a toujours été, mais même ça, je n'arrive plus à le saisir.

— Ne dis pas de bêtises, grommela Orlando. Si tu fixes le ciel assez longtemps, tu verras le signe du condor. Du grand condor. Ses lignes presque invisibles nous indiquent la direction de la fuite. Les condors rentrent à la maison. »

Ils nagèrent jusqu'au rivage, ramassèrent leurs vêtements, puis longèrent la plage jusqu'à leur pension. Le soir venu, ils burent du raki blanc dans de petits verres, en regardant le soleil rouge se coucher dans la mer.

Ils se faisaient passer pour deux couples mariés. Leurs passeports indiquaient qu'ils étaient originaires d'Argentine. Ildebranda et Orlando étaient devenus señor et señora Goncalves. Mino, señor Ruffino Begendo, et Jovina señora Lucilla Begendo. Deux jeunes ingénieurs en voyage de noces avec leurs épouses dans les pays méditerranéens.

Personne ne leur demanda rien. Les Turcs se montraient polis et fort discrets ; les autres touristes avaient suffisamment de quoi s'occuper avec eux-mêmes et les beaux paysages. Ölüdeniz ne recevait pas la presse étrangère, et les quatre compagnons ne comprenaient rien à ce qui était écrit dans les journaux locaux. Mais c'était du pareil au même. Ils n'avaient pas besoin qu'on leur confirme leur propre existence. Ils savaient qui ils étaient, et pourquoi ils se trouvaient là. Les plans avaient été établis, plusieurs semaines auparavant, après que Mino, sur les recommandations de Jovina, eut fait des recherches sur le consortium *Nippon Kasamura*.

Nippon Kasamura était la pierre angulaire du Japon pour tout ce qui concernait le bois, le papier et la cellulose. C'était une entreprise pour ainsi dire sacrée, bénie tant par l'empereur que par la mafia. Après que Jovina Pons, au cours de sa dernière visite, eut créé le pire des désordres dans les interminables rangs de robots japonais, pire que la plus violente des tempêtes de mousson, les Nippons étaient entrés en pleine rébellion. Il ne fallait plus grand-chose pour tout faire basculer.

Nippon Kasamura serait le point final.

Mino avait accompli un travail d'enquête harassant. Frapper le consortium *Kasamura* dans son propre pays leur semblait difficile. Mais un petit article dans le *Financial Times*, où il était question de la cotation toujours en baisse des sociétés multinationales de l'industrie du bois, leur avait appris que l'un des plus puissants consortiums au monde, *Nippon Kasamura*, allait tenir un congrès à Istanbul la dernière semaine de mai. Outre les Japonais eux-mêmes, des représentants de sociétés occidentales allaient y participer également. À en croire l'article, on fondait de grands espoirs sur ce congrès.

De grands espoirs ?

Même si le chef des armées turques convoquait tous ses *guardias* à Istanbul cette semaine-là, même si une armée entière d'espions, d'agents et d'experts de renseignement de tous les pays du monde s'y donnait rendez-vous, le consortium Kasamura n'en réchapperait pas. Ils allaient le mettre impitoyablement en face de son destin.

Tous ensemble, ils avaient établi un plan magistral. L'idée, cette fois-ci, ne leur était pas venue de bulles dans un verre d'eau, mais de la mer elle-même, comme une douce brume.

Ruffino Begendo avait réservé très tôt l'une des suites nuptiales de l'hôtel Hilton pour lui et son épouse. Señor Goncalves, par contre, avait opté pour une pension bon marché dans le quartier Kadiköy. Madame Goncalves resterait à Ölüdeniz.

Voilà pour leurs bases d'opérations.

Ils firent un certain nombre d'excursions pour passer le temps : Ils allèrent visiter les vestiges de l'île Saint-Nicolas, grimpèrent au sommet des montagnes, et se laissèrent charmer par l'ambiance des antiques villes lyciennes, vieilles de plusieurs millénaires, et qui toutes avaient une jolie vue sur la mer.

Ils visitèrent aussi Kayaköy, une ville de sinistre mémoire, à l'ouest de Fethiye.

Quelques décennies plus tôt, Kayaköy était encore une ville comptant plusieurs milliers d'habitants. Seul problème : la plupart d'entre eux étaient grecs. À l'époque où Atatürk libérait le pays, les Grecs avaient été persécutés, ceux qui refusaient de partir étaient abattus. Ainsi donc Kayaköy était-elle devenue une ville fantôme. Il y restait encore des crânes et des restes de squelettes disséminés parmi les ruines, de façon à faire de cette ville un monument à la gloire des Turcs contre son ennemi héréditaire.

Dans l'église, il n'y avait plus guère que l'autel qui restât à peu près intact. Jovina alla s'y agenouiller, créant aussitôt un attroupement joyeux d'enfants turcs qui jouaient auparavant dans le fond de l'église. Ildebranda leur donna un sachet de bonbons et leur demanda de déguerpir. Les quatre amis souhaitaient rester seuls. En faisant le tour des ruines, Mino vit qu'ici aussi, il y avait eu un muret d'église.

Des *gringos* et des Turcs.

Orlando tenait un crâne dans sa main.

« Imaginez que ce crâne vermoulu a eu un jour une langue pour chanter. Aujourd'hui, les rares visiteurs qui viennent ici le rouent de coups de pied comme si c'était la tête de Caïn, le premier meurtrier sur Terre. Qu'en savons-nous, c'était peut-être un poète délicat qui écrivait des vers magnifiques sur la nature et l'amour, pas vrai ?

— *Claro.* »

Mino prit le crâne, le fit tourner pour l'examiner sous toutes les coutures. Ici se situait l'esprit, dit-il en glissant l'index dans l'un des globes oculaires. Pensées et cervelle étaient devenues de la nourriture pour les vers et les coléoptères. Et tous ces insectes étaient morts depuis longtemps, ils étaient redevenus poussière. Où se trouvait cette poussière ? Sous leurs pieds, peut-être, à moins qu'elle n'ait été cuite pour servir de brique pour une maison. Si insignifiante pour eux était la valeur d'un être humain – mais, pour la Terre, chaque molécule était essentielle.

« En voilà un autre, fit Orlando en le touchant du bout de sa chaussure. Il a le front plus large. Un homme de pouvoir ? Un juge, peut-être. Quelqu'un qui s'estimait au-dessus de tout, le maître du Bien et du Mal. Il ne vaut plus grand-chose, désormais. Depuis le temps que sa tête a roulé ici, parmi les ruines, je parie qu'il a reçu autant de coups de pied qu'il en a donnés dans toute son existence. Tiens, en voilà un de ma part. »

Orlando shoota de toutes ses forces dans le crâne, qui alla se perdre parmi les blocs de pierres tombées du muret de l'église. Un fort sifflement se fit entendre, et un serpent gris-bleu sortit des cailloux en ondulant. Ses pupilles étaient comme deux pointes d'acier.

Mino n'avait pas lâché le premier crâne, dont l'intérieur était déjà vert de moisi. Dans quelques années, il aurait disparu, totalement décomposé. Le jeune homme le jeta là où Orlando s'était débarrassé du sien.

Des nids de serpents. Les crânes pourraient encore servir à ça pendant un certain temps.

C'était en vérité une ville sinistre. Il leur semblait à chaque instant pouvoir entendre les lamentations des exilés, les hurlements désespérés des torturés aux fenêtres vides. Et les ricanements des Turcs, qui ne cessaient de résonner entre les murs, desquels tombaient les plâtres par plaques entières.

Jovina était devenue toute pâle. Ildebranda frissonnait. Assises sur les restes du muret de l'église, elles tenaient chacune leur bâton à la main pour chasser les lézards qui s'enhardissaient un peu trop. Elles attendaient les deux garçons, qui de leur côté semblaient fascinés par ce monument élevé en l'honneur de la cruauté humaine. Mais elles comprenaient pourquoi, ce qui avait tendance à les rendre patientes. La pénombre du soir qui descendait sur la ville déserte apportait certaines réponses à leurs questionnements.

« C'était bien Caïn, le premier assassin ? » lança Mino en soulevant le couvercle d'une citerne enfouie sous la végétation.

Il jeta un coup d'œil dans les sombres profondeurs, d'où montait une forte odeur de pourriture.

Orlando haussa les épaules. « *Quién sabe* ? C'est une vieille histoire, une vieille explication sur le besoin inné du genre humain de régner sur les autres. Si ça ne marche pas par la ruse ou la force, il faut recourir au meurtre.

— Rien n'est inné, dit Mino. En tant qu'individu, l'homme est un tout formé par son environnement, par des influences, des idées et sa propre image de soi. C'est un processus qui commence peut-être déjà avant la naissance, dans le ventre de la mère. Tu crois vraiment que *moi*, j'aurais un don inné qui me permettrait de ficher une flèche empoisonnée dans n'importe quel être humain sans me poser la moindre question ?

— Non, ce n'est pas ce que j'ai voulu dire. C'est la morale avec laquelle nous avons grandi qui le veut ainsi. Tu es quelqu'un de perdu. Tu vas te retrouver en enfer, avec Jovina, Ildebranda et moi. Tu as tué. Tu t'es fait meurtrier, agresseur. *Notre* échelle de valeurs n'a pas cours ici. La morale des gens au pouvoir a lavé le cerveau d'au moins trois quarts de l'humanité. Ce qui explique pourquoi certains arrivent à s'enorgueillir de cette ville. »

Orlando laissa tomber une pierre dans la citerne que Mino était en train de refermer. Après un petit *plouf*, une nuée de chauves-souris se décida soudain à sortir du trou, droit sur les deux garçons – qui reculèrent d'effroi pour les éviter. Elles avaient dormi pendant cent ans.

Enfin libérées. Peut-être s'agissait-il de revenants. Dans un frisson, Orlando aida son compagnon à remettre la pierre en place sur le trou.

Les ombres s'étaient allongées. Un vol de bruants noir et blanc cerclait au-dessus de la ville en quête d'un abri pour la nuit.

« Et *nous*, combien en avons-nous tués ? » demanda Mino en fixant durement Orlando.

Celui-ci haussa les épaules.

« *Nada*, dit-il. Personne, de mon point de vue. Mais si je devais donner un chiffre, en me conformant à l'optique des autres, je dirais un millier. Tu en as liquidé plusieurs centaines dans la fameuse explosion du gratte-ciel.

— Et *eux*, combien en avaient-ils tués ?

— Comment pourrais-je le savoir ? Pourquoi poses-tu des questions aussi idiotes ?

— Parce que les réponses que tu me donnes sont aussi vides que les crânes dans lesquels nous avons shooté. Tout comme tes questions. »

Ils reprirent la direction des ruines de l'église, pour y rejoindre Jovina et Ildebranda.

« Mino, attends un peu. » Orlando lui avait pris le bras pour l'arrêter. « Je n'ai pas bien compris ce que tu voulais dire. Qu'est-ce que tu essaies de me faire comprendre avec tes paradoxes étranges ? »

Mino fixa son camarade droit dans les yeux. Puis, en désignant d'une main la plage qui s'étendait en contrebas, il éclata de rire.

« Un jour, l'homme est sorti de la mer. Il était resté à l'état de somnolence dans cette membrane entre l'eau et l'air pendant des millions d'années, avant d'émerger sous la forme d'un animal visqueux. En commençant son développement sous le soleil, la membrane de mucus s'est desséchée, craquelée, pour laisser place à une épaisse fourrure. Désespéré, il a commencé à se l'arracher touffe après touffe, pour finalement se retrouver nu comme un ver. Il était enfin devenu un être humain, pareil à ce que Dieu aurait voulu qu'il soit. Car Dieu ne voulait pas créer un animal visqueux à son image – un singe plein de poils non plus. Il voulait créer un être à la peau lisse, sans poils, ce qui le contraignait à voler la fourrure des autres créatures pour ne pas mourir de froid. Et celui parmi les hommes qui tuait et volait la plus belle fourrure, celui-là devenait leur chef. Et celui qui a trouvé le plus d'or et de pierres précieuses dans la terre, celui-là pouvait acheter la plus belle fourrure et devenir le *plus grand* des chefs. Mais dans la mer, dans cette petite membrane entre l'air et l'eau, il y avait également d'autres organismes désireux de rejoindre la terre ferme. Ce sont eux qui ont fourni aux hommes l'air pour respirer, un air qui devait leur rappeler d'où ils venaient. Mais les petits organismes marins n'avaient pas compris que l'homme était devenu un assassin. Ils ne comprenaient pas qu'il considérait désormais les autres animaux et les plantes comme des ennemis, comme des créatures non bénies par Dieu. Ils ne comprenaient pas que les humains étaient devenus si avides, et si nombreux, qu'ils devaient exterminer la plupart des autres créatures vivantes pour se réserver les richesses de la Terre, au nom même de Dieu. Il y a longtemps, continua Mino, j'ai vu un reflet à la surface de l'eau, une sorte de vision que j'avais oubliée. Je sais que cette membrane abrite le germe de tout ce qui est nouveau. Toi et moi, Jovina et Ildebranda, nous venons d'en émerger. Nous formons quelque chose de nouveau. De différent. C'est pour cela que le mot "tuer" n'existe pas tel que je l'emploie dans mes questions, ou tel que les juges l'utilisent dans le monde des riches. Ce mot n'a pas de signification pour moi. Un poisson *tue*-t-il quand il happe une mouche à la surface de l'eau ? Le jaguar, est-il un meurtrier quand il revient vers ses petits affamés avec un tapir dans la gueule ? Et de quel crime l'aigle se rend-il coupable quand il plonge du ciel pour attraper un mulot ? Ils se contentent de faire ce qui leur est naturel, nécessaire. Tout comme nous.

— *Comprendo, amigo*. Mais c'est une philosophie impitoyable. » Orlando jeta un regard autour de lui. « Mais pas plus impitoyable que ce qui s'est passé ici », corrigea-t-il dans un murmure.

Il ferait bientôt nuit noire. Jovina et Ildebranda prirent les garçons par le bras et les entraînèrent en hâte en dehors de la ville, pour parcourir sur les sombres routes de campagne les quatre kilomètres qui les séparaient du prochain village.

Ils partirent pour Istanbul une semaine avant la date de la conférence Kasamura, histoire d'avoir tout le temps nécessaire pour préparer leur action sur place. Leur plan était fin prêt, génial dans sa simplicité, mais ça ne les dispensait pas des précautions d'usage.

Ildebranda était donc restée sur place. Elle avait étudié en détail une carte des grandes zones vierges de la jungle encore existantes, suivi les cours d'eau, examiné les chaînes de montagnes et les rares petits villages qui y étaient indiqués. Il importait de trouver le bon endroit. De plus, elle avait établi d'interminables listes de tout ce qu'ils devraient emporter : ils allaient devoir louer plusieurs grands bateaux de rivière pour le transport. Elle pensait avoir trouvé le pays, la région et l'endroit. Ils devraient franchir plusieurs frontières, mais à ces passages personne ne leur demanderait rien ; ils se feraient passer pour une expédition. Comme ils n'iraient pas sonder la terre à la recherche de pétrole ou de l'or, ils n'auraient pas besoin de licences ou de documents tamponnés d'un quelconque ministère corrompu ; ils allaient enregistrer le chant des oiseaux dans les arbres et planter des graines dans la terre.

De nombreuses grandes zones étaient marquées en rouge sur la carte d'Ildebranda. C'étaient les projets de barrages validés par la Banque mondiale et qui inonderaient d'énormes parties de la jungle. La jeune femme en avait compté cent quinze. Mises bout à bout, elles représentaient une surface équivalente à la taille de l'Europe.

Le cœur de l'Amazonie. Le pouls de la planète.

Les Indiens, les plantes et les animaux, tout allait être détruit, anéanti, rasé de la surface de la Terre.

Avec ces projets de barrages arriveraient les industries. Et avec les industries, la pollution des rivières. Au bout du compte, tout ce qui avait été à l'origine du monde serait détruit et finirait par s'éteindre.

La Banque mondiale. Derrière chaque chiffre noté dans sa comptabilité s'entassaient des cadavres en décomposition. À l'instar des vautours charognards, ils nettoyaient la chair des cadavres avant d'aller encercler une nouvelle victime.

Mais aujourd'hui, eux-mêmes avaient péri. L'élite au pouvoir de cette sinistre institution avait disparu. Y en aurait-il de nouveaux ? Oseraient-ils recommencer à l'identique ?

Ildebranda ferma les yeux ; les zones rouges de la carte se mirent à danser devant ses yeux, recouvrant tout le reste. C'était du sang. Et dans cette mare de sang, il n'y avait de place pour personne. La jeune femme dessina pourtant un trait, le long d'un fleuve tout d'abord, puis en direction des grandes collines au-delà d'un barrage ; ensuite jusqu'à un second ouvrage d'art, sur une rivière plus petite, presque à l'endroit où commençaient les montagnes.

Elle y traça un cercle.

Elle savait. Les barrages n'étaient pas encore construits, les routes pas encore commencées. Il y avait encore des Indiens qui se cachaient au plus profond de la jungle, le cœur plein d'espoir.

Argante opta pour une petite pension de troisième classe dans le quartier pauvre de Kadiköy. Daplidice et Morpho s'installèrent dans l'une des suites nuptiales au dernier étage de l'hôtel Hilton. Un grand bouquet de roses rouges leur souhaitait la bienvenue à Istanbul. De la chambre, ils avaient une magnifique vue sur le détroit du Bosphore et l'étincelant palais de Dolmabahçe.

Le premier jour, ils allèrent inspecter la mosquée de Soliman le Magnifique. Orlando resta un peu en retrait, pendant que Jovina et Mino parlaient avec deux des plus vieux gardiens de la mosquée, chargés d'empêcher quiconque de pénétrer dans le Saint des Saints sans avoir au préalable troqué ses chaussures pour une paire de babouches en cuir mises à la disposition des visiteurs à l'entrée.

Les deux gardiens hochèrent la tête de concert quand Mino eut fini de s'expliquer. Tout fut donc bientôt parfaitement réglé – rien n'allait pouvoir les retenir d'accomplir leur mission le jour donné. Surtout pas après que Jovina eut fourré une grande liasse de dollars dans leurs poches.

Ensuite, Orlando se rendit dans les boutiques de chaussures situées derrière le bazar, là où justement on vendait de telles babouches.

Soixante-trois paires de babouches de mosquée.

Ils se retrouvèrent dans la modeste chambre d'Orlando, au milieu d'un monceau de cuir à l'odeur enivrante. Cent vingt-six chaussures. Pour ne prendre aucun risque, ils traitaient les deux chaussures de chaque paire.

L'idée leur était venue ainsi : un jour, sur la plage à Ölüdeniz, Ildebranda avait marché sur un éclat de verre dans l'eau. Ce jour-là, justement, il y avait de la vapeur qui s'élevait de la mer, saturant l'air d'une brume de douces visions. Et les visions s'étaient transformées en mots concrets.

C'était Jovina qui, au terme d'une correspondance particulièrement roublarde, avait réussi à obtenir une partie du programme du groupe Kasamura durant leur séjour à Istanbul. Ledit programme comprenait la visite obligatoire de la cathédrale Sainte-Sophie, du musée Topkapi et de la mosquée de Soliman le Magnifique.

La date et l'heure exactes de la visite de la mosquée avaient déjà été arrêtées. Les Japonais restaient fidèles à leur réputation de précision et de ponctualité.

Ildebranda les avait briefés sur le comportement à adopter dans les pays islamiques quand on allait visiter une mosquée. Il fallait ôter ses chaussures, et se munir de souliers qui conviennent à Allah.

Pour visiter la mosquée, les Japonais étaient donc obligés de changer de chaussures. C'était donc précisément à ce moment-là que les membres du groupe Kasamura devenaient vulnérables. Et qu'ils deviendraient les victimes du groupe Mariposa.

Ildebranda avait marché sur un éclat de verre, ce qui lui avait causé une petite blessure sur la plante du pied. Les Japonais aussi allaient avoir droit à leur éclat de verre, petit au point d'être à peine visible, si négligeable que leur cerveau enregistrerait à peine la douleur.

De minuscules éclats de verre formaient donc un tas sur la table devant Mino. Avec une pince à épiler, il choisissait les plus petits, les plus *pointus*, et les tendait à Orlando. Qui entreprenait de les fixer, avec une grande précision, à l'intérieur de chaque chaussure, à peu près là où le coussin du gros orteil allait appuyer. Il utilisait pour cela un tube de Super Glue à séchage ultrarapide. Puis c'était au tour de Jovina de déposer sur l'éclat de verre une couche d'*ascolsina* avec un petit pinceau. Ils avaient dosé le poison de manière à ce qu'il n'agisse qu'au bout d'une demi-heure. Les Japonais ne portaient jamais de chaussettes épaisses, Jovina le leur avait certifié. À l'exception d'éventuels experts en karaté dans le groupe, à la plante de pied épaisse comme une semelle de béton armé, ils périraient inexorablement comme des cafards traités au mercure.

Le lendemain, Jovina et Mino vinrent comme convenu se présenter à la mosquée de Soliman le Magnifique avec leurs soixante-trois paires de babouches spécialement préparées.

Mehmet, l'un des gardiens, hocha la tête. Ces babouches convenaient parfaitement à un usage dans pareil sanctuaire. Il alla les déposer dans un placard, avec la promesse qu'on ne les utiliserait pas avant l'arrivée des personnes à qui elles étaient destinées. Car ce serait offenser l'empereur japonais. Et ni Mehmet ni les autres gardiens ne voulaient offenser une entité sacrée, que ce fût Allah ou l'empereur japonais.

Les babouches étaient en outre un cadeau, que la mosquée pourrait garder après que les Japonais les auraient utilisées.

Ainsi donc tout était déjà en place trois jours avant l'arrivée de la délégation en ville. Après avoir rédigé leur message sur une feuille de papier neutre signée du papillon bleu, Morpho, Argante et Daplidice en firent un certain nombre de copies, qui seraient envoyées à tous les médias les plus importants d'Istanbul, y compris les filiales des grandes agences de presse internationales. Ledit message comprenait une documentation complète sur les crimes commis par *Nippon Kasamura* :

- Destruction de plus de 6000 kilomètres carrés de forêt pluviale à Bornéo, à Java et en Papouasie-Nouvelle-Guinée.
- Expulsion des aborigènes de ces zones et massacre de plus de 14000 personnes.
- Extermination de plus de 200 espèces d'animaux endémiques de cette région.
- Anéantissement de plus de 1500 espèces d'arbres et de plantes.
- Achat de territoires dans des forêts tropicales humides auparavant protégées en Équateur, en Colombie et au Brésil.
- Entente avec les autorités de ces pays concernant le déplacement forcé, et donc l'extermination, d'au moins sept tribus indiennes dans les zones concernées.
- Entente avec la mafia dans leur pays sur l'achat et la vente de drogues dures, à destination des pays d'Europe et d'Amérique du Nord.
- Traite d'êtres humains à destination de bars de nuit de Tokyo, des jeunes filles en provenance de partout sur la planète où le consortium Kasamura avait des intérêts.

La liste aurait aisément pu s'allonger. Et elle décuplerait si d'aventure *Nippon Kasamura* continuait seulement cinq ans sous cette forme d'alliance sacrée entre l'empereur et la mafia. Pareil rapprochement n'était rendu possible qu'en raison des immenses besoins du Japon en bois et en papier, deux matériaux ayant une place centrale dans la religion japonaise.

Mino se mit à tousser. La fumée et les gaz d'échappement des deux millions de voitures qui roulaient pare-chocs contre pare-chocs dans ces tristes rues grises irritaient ses poumons.

Istanbul était une ville blessée, asphyxiée par les voitures, les gens pauvres et les idéaux de l'Occident. La vision d'Atatürk, faire de la Turquie une puissance sur le modèle européen, était devenue un garrot mortel autour du cou de ce qui jadis avait été la Sublime Porte de l'Orient vers l'ouest.

Mino ferma les yeux en pensant à tous les livres qu'il avait lus sur cette ville ; ses flèches et ses coupoles magnifiques, ses bazars embaumant les épices ensorcelés par la musique de flûtes et de tambours…

Tout était couvert de suie et de saletés. Un horrible couvercle jaune soufre dissimulait le ciel, empêchant les rayons du soleil de passer. Le chant lancinant des imams qui appelaient à la prière du haut d'un millier de minarets se noyait complètement dans le bruit de la rue.

Il regarda les visages des gens : gris, épuisés, emplis de désespoir et d'humiliation. Ils avaient le regard vide et la bouche fermée, comme dans une protestation muette. Les vagues polluées de la mer de Marmara clapotaient sous le pont de Galata, là où les plus pauvres se rassemblaient autour des poubelles du marché aux poissons.

Il leva les yeux vers les hauteurs du Topkapi. L'immense palais du sultan renfermait toujours des richesses incroyables. Derrière des vitrines blindées, les touristes pouvaient admirer de l'or, des pierres précieuses, des tapis datant d'un millénaire et des trésors artistiques inégalés. À peine quelques années auparavant, ces somptuosités auraient peut-être réussi à contrebalancer la misère à l'extérieur. Plus maintenant. Des ombres noires planaient sur Istanbul, et tout l'or que recelait la ville ne pouvait redonner son éclat à ce pays.

Mino remonta la grande rue Istiklal-Caddesi – il avait rendez-vous avec Jovina et Orlando dans un petit restaurant tranquille dans le quartier Taksim, non loin de l'hôtel Hilton.

Jovina avait passé la journée à prendre des dispositions pour le volet financier de leur avenir. Connaissant sur le bout des ongles le monde de la banque et de la finance, elle pouvait faire virer de l'argent d'un pays à l'autre en quelques minutes à peine. Ainsi chacun d'eux avait-il un compte en banque bien garni, disponible à n'importe quel moment, et répondant au nom inscrit sur leur passeport. La plus grosse partie de leur fortune allait à présent être transférée dans des banques d'Amérique latine.

Orlando fouinait dans les bazars à la recherche d'un cadeau digne de la madone d'Andorre, Mercedes Palenques, qui allait arriver dans quelques jours. Une fois leur ultime action accomplie.

Mino avait bien étudié le milieu urbain et ses habitants. Plus rien ne l'étonnait. Il ne pouvait en être autrement. Tout cela ne faisait que confirmer ce qu'il avait compris depuis longtemps. Mais en certains lieux, misère et déchéance avaient progressé plus qu'il ne l'aurait imaginé. Comme dans cette ville. Istanbul ressemblait à un feu de circulation devenu fou ; un feu absurde où les trois couleurs clignotaient en même temps. Pas en rouge et jaune et vert, mais en gris, jaune et marron.

La dent du prophète. Les cheveux du prophète. Les empreintes des pieds du prophète. Des reliques pathétiques pour une croyance pathétique. Au cours des siècles, les Osman, Muhammad, Mourad, Bayezid, Ibrahim, Selim et Soliman s'étaient massacrés les uns les autres, avaient tué leurs prédécesseurs, rivaux, frères, parents et descendance dans une guerre sans fin. Sans aucun résultat. Aucune idée nouvelle d'espérance n'avait germé sur la terre de Turquie. Par contre, un voile de cendres infamantes avait recouvert la ville en lui imposant cette loi : « Je tue, donc je suis. »

Mino avait beaucoup lu au cours de ces dernières années. Tout ce temps, il s'était dit que ce savoir restait quoi qu'il arrive accessible. Que rien n'était caché. Au fond, il avait déjà tout compris à l'âge de six ans, en découvrant le secret des papillons dans la canopée, en plein cœur de la jungle.

Ce n'était pas la proximité de la mort qui l'effrayait. C'était l'éloignement de la vie.

L'odeur de tabac sucré et d'eau citronnée envahit ses narines quand il poussa la porte du restaurant. Orlando et Jovina n'étant pas encore arrivés, il choisit une table tout au fond et commanda une tasse de thé.

Mino aurait bientôt vingt et un ans, mais il avait l'impression d'avoir toute sa vie été adulte. Sa peau ne présentait pourtant aucune ride ; celle de son visage gardait une douceur presque enfantine. Et la sensibilité de ses doigts n'avait pas diminué depuis les années qu'il avait passées avec Isidoro, papa Mágico. Ses mains délicates, il les utiliserait bientôt pour cultiver la terre.

Beaucoup de choses allaient changer.

Le monde *pouvait* changer. La planète pouvait être guérie de ces dernières décennies de tortures, à l'instar des cicatrices de son entrejambe qui s'étaient peu à peu assouplies pour pratiquement disparaître. Il était fécond. Une seule oreille lui suffisait à entendre aussi bien qu'un autre avec deux. Il y avait une volonté, pas seulement dans son corps, mais dans tout ce qui existait sur Terre, capable de rendre coup pour coup et reconstruire ce qui avait été détruit. Peut-être n'en était-il qu'un instrument ? À l'image du fameux Arigó de Congonhas, qui avait été l'instrument d'une volonté inexplicable pour guérir les pauvres et les malades.

Mino savait qu'à lui seul, il ne formait pas une entité, un tout. Il n'était qu'une petite partie de quelque chose de plus grand, et d'incompréhensible. *Allpamama.* Ces esprits de la jungle qui veillaient sur tout.

Certaines réflexions le rendaient pourtant désespérément triste. Il savait que, quoi qu'ils fassent, jamais ils ne pourraient ressusciter la centaine de tribus d'Indiens anéanties avec leurs cultures, leurs langues et leurs sagesses, qui du coup étaient tombées dans l'oubli. Il en était de même pour les centaines de milliers d'animaux et de plantes, d'odeurs et de bruits qui ne pourraient plus jamais être vus, entendus, touchés.

À moins que tout ne soit conservé quelque part.

Il but son thé par petites gorgées.

Il y avait une limite à ne pas franchir. Comme il y avait une limite au temps que cette ville, cette inquiétante machine empoisonnée par les gaz d'échappement, pourrait continuer sur sa lancée. Dix ans encore, peut-être vingt, trente au maximum. Alors les rues se rempliraient de maigres cadavres ratatinés. Tous ces millions de gens qui toussaient autour de lui seraient enfin réduits au silence. Pour la planète aussi, il existait aussi des bornes à ne pas dépasser.

Non loin de la Terre se trouvait la planète Vénus, un enfer brûlant de volcans et de soufre. Plus éloignée, il y avait Mars, un désert de pierres aride, doré, stérile et désolé. Et au milieu se trouvait la Terre, toujours verte, toujours bleue, toujours bouillonnante de vie. Mais si la Terre devait un jour rejoindre les autres planètes mortes qui flottaient dans l'infini de l'espace, aucune force de l'univers ne s'en désolerait.

Mais la Terre possédait une volonté. Tant que ses propres bactéries ne s'avisaient pas de vouloir l'assassiner. Des bactéries avides, aveugles, qui se multipliaient dans l'ivresse contagieuse de leur perfection.

Deux milliards d'hommes en trop.

Aussi n'importe quelle guerre touchant à *l'humanité*, mais laissant la nature intacte, constituerait-elle une bénédiction. Aucun cri de détresse poussé par l'Homme ne pourrait dépasser les injustices que les océans, la jungle et les montagnes avaient dû endurer. La Terre n'était pas là pour servir les êtres humains ; c'était à *eux* de servir la Terre.

L'arrivée précipitée d'Orlando dans le café vint mettre fin à ces considérations. Il jeta aussitôt toute une pile de journaux sur la table devant lui – turcs, anglais, allemands, américains.

« Ça bouge sérieusement, s'écria-t-il tout excité. Ça se propage, ça se propage ! Et ça se dégarnit sérieusement parmi les porcs reproducteurs. On a réussi à provoquer un vrai vent de folie ! »

Une fois assis, il commanda un grand verre de raki ainsi qu'une carafe d'eau.

« *Cómo ?* dit Mino en fixant, abasourdi, la pile de journaux.

— Regarde : *Evet*, c'est *evet* que ça s'appelle en turc. Une révolte a lieu en Nouvelle-Zélande. Là-bas sont apparus une bonne *douzaine* de papillons, qui commettent des attentats en grand nombre. Ils frappent les géants industriels d'Asie du Sud-Est en conjuguant explosifs, gaz et poison. Et, dans le paradis même des *gringos*, il y a un redoutable papillon nocturne qui opère sous le nom de *Diacrisia sannio*, "la Bordure ensanglantée". Et tu ne vas pas me croire, même la Piéride du navet – *Napi*, c'est bien ça son nom ? – a encore frappé. Cette fois, il ne s'agit plus simplement d'un maire qui a perdu ses pieds, mais de toute une délégation gouvernementale qui s'est crashée en mer dans un hélicoptère en route pour l'inauguration d'une plateforme pétrolière dans l'océan Arctique. Formidable, pas vrai ? »

Mino plissa les yeux.

« Ils vont se faire prendre, se borna-t-il à dire.

— Prendre ? Par les cheveux blancs du miséricordieux saint Umberto ! Certains, peut-être, mais qu'est-ce que ça peut faire ? Pour chaque personne arrêtée, dix autres apparaîtront. Et ça continuera longtemps comme ça.

— Non, lâcha sèchement Mino. Nous avons commis une erreur en encourageant d'autres personnes à nous imiter. La même erreur que bien des terroristes ont faite avant nous. Seule notre invisibilité, notre invisibilité *parfaite*, peut donner des résultats. Nous devons immédiatement diffuser un message leur demandant de cesser ces agissements inconsidérés. *Est-ce que tu comprends ça ?* »

Orlando fit non de la tête.

À l'arrivée de Jovina, ses amis lui exposèrent le problème. Plusieurs heures de discussions intenses s'ensuivirent. Leurs désaccords étaient grands, mais, à la longue, le point de vue de Mino finit par l'emporter.

« Tu es vraiment bizarre, conclut Jovina. Tu accepterais sans problème une petite guerre mondiale, sans armes atomiques. Mais quand quelqu'un s'inspire de nos actions pour trucider l'élite au pouvoir, voilà que tu joues les difficiles. Je crois néanmoins que tu as mis le doigt sur un point sensible.

— Le Morpho bleu, dit Mino avec douceur, est devenu un symbole. Un symbole funeste pour tous ceux qui s'approchent de trop près de la forêt primaire avec des intentions impures. Le Morpho bleu ne se laissera pas capturer. Il veillera sur toute chose pour l'éternité.

— Compris, dit Orlando. Ainsi soit-il. Mais que faisons-nous avec Argante et Daplidice ? »

Mino baissa les yeux sur sa tasse de thé.

« Argante, Daplidice et Cleopatra ont déjà disparu. Ils ont fait leur travail. L'enveloppe du cocon s'est depuis longtemps désintégrée, leurs ailes se sont refermées. Ils ne se déploieront plus jamais. »

La soirée était bien avancée, les lettres prêtes. Ils les posteraient le lendemain, une heure avant l'arrivée de la délégation Kasamura à la mosquée de Soliman le Magnifique. Jovina et Mino avaient réservé auprès de la compagnie Pamukkale des billets d'autocar pour Ölüdeniz aussitôt après. Orlando allait rester quelques jours de plus en ville afin d'attendre sa *querida*, Mercedes. L'idée était de tous se retrouver à Ölüdeniz pour passer quelques semaines ensemble, histoire de laisser à la situation le temps de se calmer.

Ensuite, ils partiraient. L'itinéraire était soigneusement planifié.

Après avoir pris congé d'Orlando, qui voulait sortir pour prendre la température de la vie nocturne en ville, Mino et Jovina retournèrent dans la suite nuptiale de l'hôtel Hilton.

Tout sourire, Jovina alla chercher une bouteille d'eau minérale dans le bar. Elle en remplit un verre pour Mino, et un pour elle-même.

« Orlando est incorrigible, dit-elle. Qu'est-ce que tu penses de lui et de cette Mercedes ?

— Qui sait ? Elle arrivera peut-être à le retenir. Ou peut-être qu'elle se sauvera, en le laissant à sa jungle. Peut-être qu'Orlando va se révéler être un parfait père de famille. Tout peut arriver », fit Mino, tout sourire, en lui ouvrant les bras.

Elle vint s'asseoir à côté de lui et posa la tête sur son épaule.

« Ça serait si bon, dit-elle. Ça serait si bon de pouvoir se détendre enfin. On sera si bien ensemble. On se connaît par cœur, on se fait entièrement confiance. Maria Estrella est-elle une femme jalouse ? lança-t-elle en lui jetant un regard coquin.

— Jalouse ? Non, fit-il avec une pointe d'hésitation. C'était il y a si longtemps, Jovina. Si longtemps... Tu crois que je vais la reconnaître ?

— Qui sait ? Vous n'étiez que des gamins. Elle est peut-être devenue une grande et grosse matrone avec des cuisses comme des flancs de colline et une poitrine comme une montagne de glaise ?

— C'est possible, dit-il lentement. Ou bien elle est peut-être restée aussi mince qu'une fleur d'agapanthe *timaru*. Ça n'a aucune importance. Par ma faute, elle a fait quatre ans de prison. »

Ils gardèrent un moment le silence. Le regard tourné vers les sombres baies vitrées qui dominaient la ville. La porte du petit balcon était entrouverte, l'air qui entrait devenait un peu plus frais qu'auparavant. Le vent de la mer Noire.

« Comment se fait-il que personne d'entre nous ne soit jaloux ? se demanda-t-elle.

— Peut-être parce que nous savons qu'ensemble, nous avons accompli quelque chose qui surpasse tous les sentiments égoïstes. Quatre individus différents, mais avec le même cœur. Exactement comme les tétrapodes.

— Les tétrapodes, soupira-t-elle. De si belles sculptures, si pleines de signification. Elles trônent à la surface de la mer.

— À la surface de la mer », répéta-t-il.

Elle se leva pour faire quelques pas. Puis s'arrêta à côté du joli bouquet de fleurs, le cadeau de l'hôtel au couple de mariés.

« Tu sais ce qu'il me tarde de connaître dans la jungle ? Les fleurs. Je vais cultiver un jardin que m'envieront tous les jardiniers du monde. Et tous les parfums. Toi qui connais la jungle, est-ce que tous mes désirs se réaliseront ?

— Non, Jovina, ce sera bien différent de ce que tu imagines. Ce sera encore mieux, ajouta-t-il, tout sourire, en s'approchant d'elle. Ce que vous disiez à propos des Indiens. Est-ce que vous le pensiez vraiment ?

— Bien sûr, pourquoi cette question ?

— Je pensais juste… Trouver les bons ne va pas être facile. Ceux que j'ai eu l'occasion de rencontrer dans la jungle, les vrais, ils étaient si farouches. Ils nous regardaient avec crainte. Je crois que pour eux, malgré tout ce que nous aurons fait, nous serons toujours des intrus.

— On verra bien », répliqua-t-elle en redressant fièrement la tête.

Il alla à la fenêtre contempler la ville à ses pieds. La mer de lumières s'étendait jusqu'à l'horizon. Deux bateaux de croisière glissaient lentement sous le pont du détroit du Bosphore. C'était si beau à voir, la nuit. Juste les lumières.

« Qu'est-ce qui va se passer, à ton avis ? » Elle s'était approchée pour lui entourer la taille de ses bras.

« Je crois que tout va s'effondrer. Des protestations et des rébellions apparaissent déjà de toute part, et pas seulement à cause de ce que *nous* avons fait. Regarde cette ville : elle est au bord de l'effondrement et nous n'y sommes pour rien. La mort marche à côté des gens ici. L'air qu'ils respirent est empoisonné. Dans quelques d'années, tout sera mort.

— Mais alors, et notre action Kasamura ?

— Elle sera, je pense, la dernière pierre à retenir la grande avalanche.

— Tu l'espères ou tu le crois ? »

Il se tourna vers elle avec un large sourire.

« Ni l'un ni l'autre, dit-il. Je le *sais*.

— Si tu le dis », lança-t-elle, comme si quelque chose lui revenait soudain à l'esprit.

Elle alla jusqu'au téléphone et composa un bref numéro.

« Que fais-tu ? demanda Mino.

— Nous sommes un couple marié, non ? Ne devions-nous pas fêter quelque chose ? Nous n'aurons peut-être plus jamais l'occasion de séjourner dans un tel hôtel. Demain, tout sera fini. J'ai envie de profiter de cette soirée. »

Mino entendit qu'elle commandait le meilleur dîner de l'hôtel, avec champagne et bon vin. Il sourit. Il admirait cette jeune femme, tout comme il admirait Maria Estrella. Sans elles, rien n'aurait été possible.

Trois serveurs vinrent s'incliner devant eux avant de leur apporter un plateau sous cloche, des assiettes, des verres et des bouteilles. Une table fut dressée selon les règles de l'art. Au milieu, le bouquet de fleurs.

« *Allhais-marladyk*, les remercia poliment Mino.

— *Güle-güle* », lui répondirent les garçons avec une nouvelle courbette, avant de disparaître.

Ils goûtèrent le champagne et se servirent copieusement des plats aux parfums épicés. Les joues de Jovina rosirent, ses yeux étincelaient.

Tout comme une vraie mariée, se dit Mino. Pris par la solennité du moment, il restait droit comme un *padre* d'église.

Il leva son verre. « *Salud*.

— *Salud*, répondit-elle en clignant rapidement des yeux.

— Dommage qu'Orlando et Ildebranda ne soient pas là, dit-il. On aurait pu fêter un double mariage.

— Il n'y a pas de regrets à avoir. Ils ont déjà fêté leur mariage d'innombrables fois.

— Pas comme nous, dit-il. *Ceci* est un vrai mariage. Combien d'enfants aurons-nous ?

— Quatre. »

La jeune femme reposa ses couverts, soudain intimidée. Ses yeux brillaient de larmes. Pendant un court instant elle regarda Mino, puis se leva pour se jeter à son cou. Elle sanglotait.

Mino lui caressa le dos, posa son visage dans le creux de son cou. Elle n'avait pas besoin de parler. Il savait. Ils avaient vécu des moments de stress qu'aucun mot ne pouvait exprimer. Ses cheveux étaient doux et soyeux.

« Une vraie nuit de noces, Jovina. Mais sans tous ces gâteaux jaunes et gluants ni les couronnes de fleurs roses avec lesquelles on surcharge la mariée dans nos pays. Et nous ne trouverons sans doute pas une oreille de cochon dans le lit en nous couchant. »

Elle se rassit. Prit le verre tout en essuyant ses larmes. Sourit.

« J'ai envie de chanter, dit-elle. Si tu me promets de ne rien dire aux autres, je vais te gratifier d'une ancienne berceuse indienne pour t'endormir. Nous avions une bonne d'enfants métisse qui chantait pour moi, chaque soir. C'est peut-être mon plus beau souvenir d'enfance.

— J'ai hâte de t'écouter », fit Mino.

Sur ce, tous deux trinquèrent et commentèrent en riant le sort qui attendait la délégation Kasamura. Des babouches de mosquée avec des éclats de verre ! Ils s'écroulèrent de rire en imaginant les Japonais tombant les uns après les autres, sous l'effet de l'*ascolsina*. Dire qu'ils avaient conçu un coup aussi ingénieux !

Le dos tourné à la porte d'entrée, Mino regardait vers la porte du balcon. Celle-ci étant restée entrouverte, l'angle et l'effet de réflexion lui permettaient d'apercevoir par la fenêtre ce qui se passait dans la suite d'à côté. Il y avait du mouvement à l'intérieur. Probablement un autre couple de mariés, se dit-il.

D'un seul coup, il laissa tomber sa fourchette par terre et se releva à moitié de sa chaise. Il s'immobilisa dans cette position et sentit son sang se figer.

Jovina le dévisagea, effrayée.

« Qu'y a-t-il, Mino ? »

Elle n'osait pas se retourner. Mino avait le regard fixé sur un point derrière elle.

« Je… je… n'arrive pas à le croire », parvint-il finalement à articuler tout en se redressant, très lentement.

Tel un chat prêt à bondir, il resta immobile un moment, puis s'avança pas à pas jusqu'à la porte du balcon pour scruter l'image que lui renvoyait le verre teinté.

Il y avait trois personnes dans la pièce. Deux d'entre elles fixaient ce qui ressemblait à des écrans de télévision. *Beaucoup* d'écrans de télévision. La troisième se tenait à la fenêtre, occupée à contempler la ville. Mino vit nettement son visage. Ce visage-là, il l'aurait reconnu entre mille.

« Zulk, murmura-t-il d'une voix effarée. L'expert en papillons de l'université. Regarde, Jovina. »

Elle vint sur la pointe des pieds se poster à côté de lui. Le reflet dans la porte du balcon était d'une netteté parfaite. Si eux parvenaient presque à entendre les reniflements de Zulk, lui ne pouvait pas les voir.

« Mon Dieu, chuchota-t-elle.

— *Ils savent que nous sommes ici, dans cette ville.* »

Les yeux de Mino se réduisirent à deux fentes. Il pâlit, sentit son corps se nouer.

« Je me demandais *comment...* Zulk. C'est donc lui qui m'a identifié comme étant Mino Aquiles Portoguesa. Mais je ne comprends pas ce qu'il fait ici. Est-ce qu'ils... »

Il ne compléta pas la phrase.

« Mino ! l'interrompit-elle d'une voix dure. Oublie le pourquoi et le comment. Il est ici. *Ils sont ici*, sur nos talons ! Les deux autres sont peut-être à la tête de la traque. Regarde tout cet équipement. Tu ne comprends donc pas ce que ça veut dire ? Nous pouvons les avoir ! Nous pouvons leur régler leur compte, ici et maintenant. »

Ils s'éloignèrent du balcon. Jovina s'empara du bras de Mino. Il la regarda. Ses lèvres bougèrent à peine quand il lui dit :

« On va le faire. Mais il faut agir vite. Nous ignorons ce qu'ils ont manigancé – peut-être savent-ils que nous nous trouvons ici. Nous devons partir, quitter cet hôtel, quitter la ville. Les Japonais sont déjà morts de toute façon, ce n'est pas la peine de...

— Tiens ! » lui lança Jovina d'une voix ferme.

Elle avait hâtivement démonté deux stylos. Les armes étaient prêtes, les flèches en place.

Mino tâtonna pour trouver les siennes. Il en prépara trois, pour plus de sûreté. Ses pensées se mélangeaient dans sa tête comme les tourbillons écumants sous une chute d'eau.

Ils firent leurs bagages en vitesse. Jovina téléphona à la réception pour leur demander de préparer la facture. Il n'y avait qu'une chose à faire : partir calmement après avoir fait ce qui s'imposait, en espérant ne pas tomber dans un piège par la même occasion – et en croisant les doigts pour que l'hôtel ne soit pas encerclé.

Tous deux sortirent dans le couloir. Il était vide. Mino alla se positionner près de la porte qui menait à la suite voisine. Jovina lui fit un signe de la tête. Il frappa d'un coup ferme et autoritaire.

Ils entendaient des voix exaspérées à l'intérieur. Les occupants des lieux semblaient ne pas vouloir de visite.

« S'ils ouvrent, chuchota Mino, on aura la certitude qu'ils ne nous savent pas ici, à l'hôtel. Ils n'ouvriraient jamais dans le cas contraire, n'est-ce pas ? »

Avec un pâle sourire, la jeune femme acquiesça.

Ils entendirent des pas se rapprocher à l'intérieur, puis la clé tourner dans la serrure. Et Mino poussa violemment la porte et s'engouffra dans la pièce.

Il eut le temps de tirer les trois flèches. Leur intrusion avait clairement pris les occupants des lieux au dépourvu. Jovina décocha ses deux projectiles à peu près en même temps que lui, touchant Urquart à la poitrine et Gascoigne au visage.

Zulk, avec la flèche de Mino fichée dans la cuisse, roula du canapé jusque sous la table. Gascoigne s'affaissa près de la rangée d'écrans et de télex avec deux flèches dans le corps. Urquart eut tout juste le temps de poser une main sur la crosse de son revolver, sous son aisselle, avant que le projectile ne s'enfonce dans son corps ; il tomba aussitôt en avant comme un sac vide.

Tout était silencieux. Un silence angoissant.

Mino dut enjamber le corps d'Urquart pour entrer dans la pièce. Jovina alla ramasser les flèches. Un seul regard suffit à leur confirmer ce qu'ils pressentaient : c'était un QG de recherches, dédié aux terroristes Mariposa.

« Ah les salauds », grogna Mino.

Il s'arrêta pour lire le texte affiché sur l'un des écrans. Les lettres vertes n'étaient pas difficiles à comprendre. Il appela Jovina.

« Voici une partie de l'explication », annonça-t-il en désignant du doigt un écran.

Le texte parlait d'une femme nommée Mercedes Palenques. Elle était décédée suite à un « interrogatoire musclé » qui n'aurait jamais dû être porté à la connaissance du public. Elle était morte après avoir communiqué des renseignements qui, selon toute vraisemblance, allaient mener à l'arrestation des terroristes de Mariposa.

« Pauvre Orlando », murmura Jovina.

Sans rien dire, Mino commença à arracher systématiquement tous les câbles des appareils. Ça craqua, ça crépita, et après en avoir enfin terminé, il emporta le tout dans la salle de bains pour l'empiler dans la baignoire. Puis il ouvrit les robinets en grand. Jovina rafla tous les documents qu'elle put trouver, des factures de service jusqu'aux imprimés de télex, et les fourra dans son sac à main.

« Il faut trouver Orlando, fit Mino. Cette nuit. Puis retourner à Ölüdeniz, maintenant. Chacun de son côté. Nous posterons le message en route.

— Ölüdeniz ? Maintenant ?

— Maintenant. Aussi vite que possible. Nous ne savons pas ce qui se trame ici, dans cette ville », déclara-t-il, plus déterminé que jamais.

Ils quittèrent la pièce.

Zulk sortit tant bien que mal de sous la table. Il reprit sa respiration en soufflant bruyamment. Rester silencieux en présence des autres lui avait demandé de grands efforts. Par précaution, il ressortit sa petite bouteille avant de se lever. Une bouteille *très* importante. Ça n'avait pas été très difficile de convaincre la direction de l'institut pharmacologique de produire un antidote contre l'*ascolsina*. La recette était plutôt simple. Seul problème : l'antidote ne fonctionnait que si on le prenait *avant* d'être exposé à l'*ascolsina*. Il en avait donc régulièrement bu ces dernières vingt-quatre heures. Et, pour se rassurer, il en reprenait régulièrement une petite gorgée à sa bouteille. L'agent Jeroban Z. Morales ne prenait jamais aucun risque. Il était la seule et unique personne qui savait comment attraper les papillons. Ces deux enflures d'Européens, ces petits morveux, n'avaient eu que ce qu'ils méritaient.

« Ölüdeniz », répéta-t-il en se levant.

Tout était calme à la réception, le personnel poli. Mino et Jovina réglèrent leur séjour, déclinèrent l'offre d'un taxi devant l'entrée et partirent un peu plus loin dans la rue. Là, ils hélèrent au hasard un taxi, à qui ils donnèrent l'adresse d'une petite pension de famille dans le quartier Kadiköy.

Orlando, bien sûr, n'était pas rentré. Mino et Jovina durent l'attendre presque trois heures dans une cage d'escalier puante, au milieu de quatre chiens et d'un vagabond qui ronflait, avant de reconnaître son joyeux sifflement.

Il sursauta en voyant ses amis.

En quelques mots, ils lui racontèrent ce qui s'était passé. Lui annoncèrent que Mercedes Palenques était morte. Qu'ils devaient partir. Maintenant. Tout de suite. Chacun de leur côté.

Orlando se recroquevilla, son visage entre ses mains. Il resta longtemps ainsi. Puis il se redressa, donna un coup de pied dans un pot de yaourt vide – qui alla s'écraser contre le mur – et gratifia Mino d'un regard dur.

« *Elle n'a pas pu nous trahir*, dit-il. C'est impossible. Je te le jure. »

Mino haussa les épaules.

« *Quién sabe*. Il semblerait que si, mais nous en saurons un peu plus en parcourant les documents que Jovina a emportés. Venez. »

Ils descendirent la rue sombre, Mino en tête. Jovina avait passé les bras autour d'Orlando qui, abattu, se laissait presque porter.

Ils se séparèrent devant un bar encore ouvert après s'être mis d'accord sur les itinéraires à prendre. En alternant bus et taxis. Sans dire un mot, Orlando s'engouffra dans le premier taxi venu.

Mino arriva à Ölüdeniz tard dans la soirée du lendemain. Il avait choisi l'itinéraire le plus long, en prenant tout son temps. À Fethiye, il avait pu voir les actualités dans un restaurant équipé de la télévision. Les gros titres annonçaient que cinquante-cinq Japonais, deux Américains et quatre Européens appartenant à un consortium appelé *Nippon Kasamura* s'étaient effondrés, morts, à l'extérieur de la mosquée de Soliman le Magnifique. Le groupe Mariposa serait à l'origine de ces meurtres pour l'heure inexpliqués sur lesquels les autorités enquêtaient à présent.

À son grand soulagement, il aperçut Ildebranda, Jovina et Orlando autour d'une table de restaurant un peu à l'écart, avec des petits verres de raki devant eux. Ils étaient à nouveau réunis.

Quand le soleil, qui avait pointé le bout de son nez au-dessus des sombres monts Taurus, atteignit la pointe de la plage, Orlando pénétra dans l'eau pour rejoindre la petite île à la nage. La roche ayant déjà eu le temps de se réchauffer, il y trouva une place agréable. Il ferma les yeux, et essaya de se défaire du froid qu'il ressentait.

Avec le temps, il avait enfin compris ce qui s'était passé. Mercedes s'était fait prendre. Ils l'avaient torturée à mort avec un raffinement atroce. Et ils l'avaient droguée pour la faire parler. Elle n'avait pas dit grand-chose. Mais ça suffisait. Ça suffisait pour les mettre eux aussi en danger. La douleur qui le déchirait ne lui laissait pas une seconde de répit. Il avait marché toute la nuit.

Mino arriva à la nage et alla s'installer à côté de son ami. Ils restèrent longtemps ainsi.

« Le couteau, finit-il par lâcher. Tu te rappelles le couteau que tu avais volé ? »

Orlando hocha imperceptiblement la tête.

« Je n'ai jamais compris pourquoi tu devais voler un couteau pour dépecer ce cochon. Ça a failli gâcher toute la fête que tu avais prévue.

— Si je ne l'avais pas volé, grommela Orlando d'un air sombre, je ne t'aurais jamais rencontré.

— *Claro*. C'est ainsi. Mais le cochon avait certainement meilleur goût quand tu le dépeçais avec un couteau volé ? »

Orlando se redressa sur ses coudes. « Qu'est-ce que tu veux dire ?

— Aucun plaisir n'est parfait sans une part de risque. Cet instant de plaisir aurait tout aussi bien pu se transformer en moment de désespoir. En défaite. »

Mino regardait fixement la mer.

Une étincelle s'enflamma dans le regard d'Orlando. Il saisit son ami par les épaules en l'agrippant de toutes ses forces. Leurs yeux se croisèrent ; tous deux y lurent quelque chose qu'ils n'avaient jamais vu auparavant. Épouvantés, ils s'éloignèrent l'un de l'autre.

« *Bueno*, dit finalement Orlando. Je crois que je comprends ce que tu veux dire. Tu penses que j'ai entraîné Mercedes dans cette histoire pour rendre le succès plus piquant. Possible. Mais *j'aimais* cette fille, et maintenant, elle est morte. Et c'est ma faute.

— Maria Estrella est en prison depuis quatre ans à cause de moi. Ils vont la libérer aujourd'hui. » Mino avait pour ainsi dire craché ces mots vers la surface de l'eau, en bas du rocher.

« Nous sommes des ordures, dit Orlando.

— Non, pire que ça.

— Alors qu'en principe c'était maintenant que tout devait commencer… »

Il y avait de l'amertume dans la voix d'Orlando, qui alla s'asseoir au bout du rocher, le dos tourné contre Mino.

Celui-ci, bien sûr, avait remarqué le malaise qui s'était soudain installé entre eux. Un malaise apparu l'autre soir quand, tous réunis, ils avaient tenté de consoler Orlando. C'était une nuit sans lune, et les mots prononcés n'avaient allumé aucune étincelle. Ildebranda et Jovina avaient commencé à se chipoter pour rien. Orlando avait disparu dans le noir. Au bout du compte, Mino s'était retrouvé seul à la table, fatigué, incapable de rassembler ses idées. Il avait regardé ses mains ; elles ressemblaient à des griffes.

Les griffes du Mal.

Une pensée terrible le frappait : rien de tout cela ne se serait produit s'il n'avait pas tué le sergent Felipe Cabura. Cette ordure.

Pourquoi *maintenant* ? pensa-t-il.

Jovina était en train d'arriver à la nage ; il agita la main dans sa direction, en essayant de paraître le plus joyeux possible. Ils avaient réussi, peut-être même avaient-ils créé un mouvement d'opinion favorable qui rendrait impossibles la déforestation et toutes ces destructions effrénées. Ils avaient réalisé un miracle, un véritable tour de force. Alors pourquoi mélancolie et pensées sombres l'envahissaient-elles maintenant ?

Sans rien dire, Jovina alla s'installer à mi-chemin entre Mino et Orlando. Elle ferma les yeux et laissa le soleil sécher les gouttes d'eau sur son corps.

« Où est Ildebranda ? s'enquit Mino.

— Pouah ! s'exclama-t-elle en se retournant sur le ventre. Elle flirte avec le garçon de café, un Turc. »

Le silence s'abattit sur eux pendant un bon moment.

Ildebranda portait un minuscule bikini blanc quand elle les rejoignit sur la petite île. Tout sourire, elle rejeta la tête en arrière pour laisser ses longs cheveux se déployer le long de son dos.

« *Hola, bandidos !* lança-t-elle en s'approchant d'Orlando pour lui ébouriffer les cheveux. Vous auriez dû *voir* les efforts de Hamdi pour se rendre intéressant. Mais ses yeux ont failli sortir de leurs orbites quand il m'a vue enfiler mon bikini. J'ai dû nager jusqu'ici pour avoir la paix.

— Ici, tu l'auras, la paix, grogna Orlando.

— Je vois. Eh bien, l'ambiance ne s'est pas améliorée, dit-elle en s'asseyant à côté de Jovina. Bon, on arrête, trancha-t-elle d'un ton ferme. C'est n'importe quoi. Après tout ce que nous avons vécu, c'est normal qu'il y ait un contrecoup. Mais maintenant, c'est *finito*, terminé. Nous n'avons plus qu'à nous occuper de nous-mêmes. Et ce n'est pas rien. »

Ildebranda avait gagné. Ils se rapprochèrent peu à peu les uns des autres, Orlando ne put s'empêcher de sourire quand Jovina lui raconta comment elle et Mino avaient failli fêter leur nuit de noces. Celle-ci aurait pu être fort intéressante si un visage pathétique n'avait pas surgi dans le reflet de la porte du balcon.

Quand le soleil fut monté au zénith, redonnant aux monts Taurus leur chaude couleur vert olive, tout ou presque était redevenu comme avant. Après qu'ils eurent barboté dans l'eau, puis plongé en quête d'oursins et d'éponges, Mino retourna à la plage leur chercher des rafraîchissements et quelque chose à grignoter – il ramena le tout sur l'île dans un sac en plastique. Orlando s'endormit aussitôt après s'être restauré.

Il ne se réveillerait plus jamais.

Cela arriva si vite.

Jovina et Ildebranda somnolaient également. Mino, assis au sommet du rocher, était en train de scruter la mer. Dans le doux bruit du clapotement des vagues, ses pensées s'envolaient en suivant le condor : vers un continent situé de l'autre côté de la mer.

Soudain, le jeune homme entendit des cris sur la terre ferme. Il tourna aussitôt les yeux, pour constater que la plage fourmillait de *guardias* en vert militaire ; au milieu d'eux trônait une silhouette qu'il aurait reconnue entre mille : Zulk.

Mino poussa un cri à l'instant même où les premiers tirs se mettaient à crépiter. Il vit le corps d'Orlando culbuter de plusieurs mètres quand une pluie de balles s'abattit sur son camarade endormi. Jovina n'eut pas le temps de se relever avant que sa tête n'éclate, laissant apparaître un cratère duquel s'écoula une masse visqueuse.

Ildebranda était debout. Mino vit son corps svelte tanguer, et le minuscule bikini blanc se couvrir brusquement de vilaines mouches noires, des impacts de balles, une fraction de seconde avant que son sang ne jaillisse.

Avant de plonger, il ressentit une douleur cuisante à la hanche et au bras. Quand l'eau se referma tout autour de lui, il ne pensa qu'à une chose : *Ils ne m'auront jamais, je vais nager, nager, nager.* Mino était un *vrai* magicien ; il allait saisir la main de son confrère Arigó de Congonhas et, ensemble, tous deux traverseraient l'océan.

Il prit la direction du large, nageant longtemps sous l'eau, pour ensuite se laisser remonter vers la surface, respirer profondément, s'orienter de nouveau et se remettre à progresser en longues coulées opiniâtres. Vers le large, vers le large, vers le large. Il était fort, il ne ressentait aucune douleur.

Aucun poisson ne pouvait nager aussi vite.

Il flottait à la surface. Immobile. Dans la petite membrane entre l'air et l'eau. Là où il avait toujours été. Ici, il pouvait se reposer. Ici, il pouvait *tout* voir.

Il se remit à nager. Lentement, calmement à présent. Regarda vers le bas. Tout était vert. Le fond ! Il pouvait voir le fond. Et tout à coup, il découvrit des maisons et des rues, des tableaux de gens vêtus d'habits étranges ; les pavés formaient la plus jolie mosaïque qu'on puisse imaginer, et il avait l'impression d'entendre de la musique et des chants. C'était un monde étranger, qu'il reconnut néanmoins tout de suite. Il avait déjà vu cette image dans le ruisseau au fond de la jungle, quand les hélicoptères lui avaient collé la frousse de sa vie en passant au-dessus de lui. L'image l'avait rassuré. *Cette image lui avait donné de la force.*

Il était dans la membrane et scrutait les profondeurs. C'était la ville engloutie par la mer plus de deux mille ans auparavant.

Contempler cette ville engloutie lui arracha un sourire ; car il sut, dans un éclair, que tout ce qui avait disparu, tout ce qui était oublié, se trouvait néanmoins quelque part. Rien de ce qui un jour avait existé ne pouvait s'effacer.

Et les vagues étaient douces, et agréables.

Loin, très loin de l'autre côté de la mer, il y avait une femme ravissante vêtue de jaune. Elle se tenait près d'un petit corossolier qui avait poussé de plusieurs mètres depuis la dernière fois qu'elle l'avait vu.

Sous son bras, elle avait emporté un petit chevalet, une toile, quelques tubes de couleurs et des pinceaux. Lentement, elle descendit les cinquante-trois marches qui menaient au ponton. Les rangées de coquillages étaient toujours là.

Elle regarda vers l'horizon. Elle allait attendre. Et pendant qu'elle attendrait, elle allait peindre.

Elle allait peindre la mer.

FIN DU PREMIER VOLUME

TABLE